詩書畫緣探美

周旻 著

海峽出版發行集團 | 海峽書局

图书在版编目（CIP）数据

诗书画缘探美 / 周旻著 .-- 福州：海峡书局，2020.12
ISBN 978-7-5567-0758-4

Ⅰ．①诗… Ⅱ．①周… Ⅲ．①古典诗歌－诗歌研究－中国②汉字－书法－研究－中国－古代③中国画－绘画研究－中国－古代 Ⅳ．① I207.2 ② J292.11 ③ J212.05

中国版本图书馆 CIP 数据核字（2020）第 236937 号

著　　者：周　旻
责任编辑：卢　清
书名题字：茅林立
装帧设计：陈小玲

诗书画缘探美

出版发行：海峡书局
地　　址：福州市白马中路 15 号
邮　　编：350005
印　　刷：福建东南彩色印刷有限公司
书　　号：ISBN 978-7-5567-0758-4
版　　次：2020 年 12 月第 1 版
印　　次：2020 年 12 月第 1 次印刷
开　　本：889×1194　1/16
印　　张：26.25
字　　数：378 千字
定　　价：168.00 元

版权所有，翻印必究

周　旻

1958年10月出生，漳州平和人。媒体高级编辑，厦门大学副教授，特聘教授，书画家，文史学者，全国广播电视十佳理论人才。曾先后任职于厦门大学、厦门电视台、中共厦门市委组织部、厦门广播电视局、厦门广播电视集团、厦门市社科联和厦门市政协。

现任厦门市政协书画室副主任兼秘书长，厦门老年大学书画院院长，福建省政协书画院特邀书画家，福建省政协文化文史委特约研究员，厦门市政协文史特约研究员。福建省美协会员，福建省书协会员，福建省作协会员，中华诗词学会会员。曾任厦门大学中文系古典文学教研室副主任，厦门大学新闻传播研究所副所长。曾兼任福建省电视艺术家协会副主席，厦门市文联副主席。

曾任福建省新闻正高职称评审委员会主任，厦门市拔尖人才评委会专家组组长，厦门市社科优秀成果评委会专家组成员，厦门市文学艺术优秀成果评委会专家组成员等。

在《中国社会科学》上发表《中国书画的通融性及其美学性格》等学术论文，在《人民日报》《光明日报》《厦门大学学报》发表论文多篇。探索文史研究和艺术创作一体化，出版《厦门历史名人画传》《闽台历史名人画传》《鼓浪屿历史名人画传》等人物画集三部，出版《诗书画缘探美》《中国书画史话》《宋词三百首选析》等论著多部，撰写历史小说《潮漫夕阳》，以及《心灵活水》等散文集四部，400万字。主编《世界艺术史话》《传媒改革丛书》《厦门历史文献丛书》《鼓浪屿研究》等六十种。

书法作品重视传承帖学传统，国画兼擅山水，人物和花鸟。山水画崇尚宋元遗韵，追求诗书画"三绝"。

学术研究成果和艺术创作成果，获得国家、省、市多项政府奖。多年参与策划多项省、市书画大展。个人书画作品为多家博物馆和机构收藏。

内容简介

《诗书画缘探美》是一部研究中国书法、绘画与诗歌关系的艺术史专著。中国古代诗歌与书画,是传统文化的瑰宝,历史悠久,名家辈出,各种风格流派的作品精彩纷呈。特别是诗书画相融一体的美学性格及其文化基因不断得到强化,构成中国文化传统的基本外形和特质之一,是民族文化自信的标志符号。本书从历史纵向梳理诗、书、画三者互相交融影响的流与变,指出其若干特征,如秦汉存古拙,六朝尚气韵,唐人建法度,宋元多尚意,明人重新理异态,有清一代的总结与回归以及在新旧文化交融,书画市场繁荣背景下,民国书画的守成与变革等,深入阐释了诗情画意、中国书画的通融性格、能作与能评、人格艺术狂怪趣尚、心画心声的异同、儒释道影响等现象。全书史料文献征引到位,艺术审美和学术辨析富有新意,形成研究诗书画关系的理论模式。这部著作的一些主要学术观点,曾发表于《中国社会科学》杂志上,长篇论文的题目是:《中国书画的通融性及其美学性格》,论文发表后,被译成英文,引用者众,获得海内外学界广泛好评。与此书相关的论著曾获得过多项省部级社会科学优秀成果奖。

序

　　诗、书、画是中国传统文化的瑰宝。不但历史悠久，源远流长，而且名家辈出，各种风格流派争镳并驰，作品浩如烟海，千古蔚为奇观。在中国甚至东方的艺术史中占有重要的地位，并产生过深远的影响。这是我们中华民族的骄傲。

　　诗、书、画又是三门姊妹艺术，她们固然有各自的内在特质、表现形态和发展规律，同时又有许多共同点与相通之处。在长期的发展中，既有互相区别，又有互相借鉴和吸收，乃至互相渗透和融合。例如书法受诗歌审美原则的影响，产生"意象"化的倾向；诗与画的结合则出现"诗中有画，画中有诗"的诗情画意；书法入画，则引起画法的革新，并形成中国画独有的风格。由此而产生的艺术综合美感，也就形态万千，异彩纷呈。

　　历史的发展与变革，时代风气的转换，世俗的好尚，必然制约和影响艺术家的思想与创作。因此在漫长的封建社会的各个不同阶段，艺术的发展总是有自己的主流和倾向，表现出时代的特征与风貌。另一方面，由于诗人与书画家的身份、生活经历、社会环境的不同，他们的作品也就各具面目；他们的政治主张、道德标准、宗教信仰、哲学观念，无不在自己的作品中刻下烙印。如帝王书画的"霸气"与"宫廷味"，隐者追求的"平淡"与"真意"，失意士大夫的"艺术忧患意识"，以及离经叛道的

"狂"与"怪"等等。对于这些，今天我们都必须认真地加以研究，探讨其源流，体认其同异，辨析其分合变化，揭示其中蕴藏的美学价值，从而达到古为今用的目的。

关于诗、书、画的研究、评论、鉴赏，前人做了很多工作。历代的诗论、词论、画论、书论；近现代的诗史、词史、画史、书史，洋洋洒洒，形式多样，内容丰富。但这些论著一般只局限于单独的某一门艺术，某一个流派，或某些全能作者的探讨与评价，很少像周旻同志这样，用史的眼光，把诗、书、画三者打通，进行"一以贯之"的观照与巡游。因此《诗书画缘探美》一书所显示的非凡气魄与首创精神就特别应当引起人们的重视。

一部新著的学术价值，关键在于它是否具有开拓性，是否有自己的独立体系。本书的突出成就和主要贡献就在于：能以史为主线，贯穿始终，将诗、书、画三门艺术联系在一起，作综合性的考察，用发展的眼光审视其源、流、变的轨迹；站在理论的高度，阐明三者相互制约、补充、影响的内因与外部条件等错综复杂的关系，辨析其同、异、分、合的规律；通过名家及代表性作品的剖析与品鉴，为史和论提供具体而形象的生动证据。全书基本按时代分章，每章围绕一个核心，探讨一个或数个问题，彼此之间既有各自相对的独立性，又有密不可分的内在联系，环环扣紧，蝉联而下。将史、论、鉴赏融为一炉，形成一个有机整体。布局合理，熔裁得当，可谓匠心独运。加之，宏观雄视百代，能于纷繁变化中理出头绪，提纲挈领，经纬分明，足见其胸有成竹；微观体物深细，凡考辨论证，必穷根究底，神领意会，妙达毫颠，含英咀华，时有新见。非但有较强的艺术鉴别力，从中亦可窥见作者有较为坚实的古文化根柢。

周旻同志多年在大学从事古典文学教学与研究工作，为文科学生开设过多门谈艺课程。平时博览群书，故视野开阔；又善于独立思考勇于探索，故思想敏锐活跃。近年来在国内各种报刊及大型辞书发表了大量的有关诗、词、书、画的评论、随笔和鉴赏文章，为著书立说打下牢固的基础。此外，他还兼擅书画，专长诗词研究，且能创作，此乃一般作者所难具备。还有一点特别要提到的是：他年富力强，风华正茂，治学态度认真严谨，既能承传古人行之有效的方法，又能博采众长，与时推移而不断开拓前进。艺海行舟，风帆正举，前程未可限量。

写到这里，使我想起了唐代诗人杨敬之评价青年友人项斯的一首诗，"几度见诗诗总好，及观标格过于诗。平生不解藏人善，到处逢人说项斯。"读了这部著作，使我更加了解周旻其人。作为一部处女作，难免会有不足之处，同时也不难被将来后起之秀所超越，但是像这样一部富有开拓性之作，以及周旻同志的才华、品格，却不会因时光的流逝，而减弱他的固有价值，这是勿容置疑的。是以为序。

黄拔荆

一九九二年春于厦门大学敬贤第一楼

这是我的恩师黄拔荆先生为我当年的旧著写的序。黄拔荆先生是厦门大学中文系教授、古典文学研究专家，其古典诗词研究成果丰硕，著作等身，成就突出。特别是他获得中国图书奖的著作《中国词史》，多次再版，影响很大。如今黄先生已仙逝，回想起他关爱鼓励学生，奖掖后学的种种细节，读其旧序，见字如面，不禁泫然。师恩难忘，修订好的《诗书画缘探美》一书即将出版。我特别将黄先生的旧序放在前面，为导读，也为怀念。

庚子2020年冬，周旻并记于厦门。

前　言

　　从理论上说，诗歌、书法、绘画属于不同形态的艺术。一般认为，诗歌属于时间艺术，绘画属于空间艺术，而书法特别是中国书法，则是以文学（包括诗歌）为内容，以绘画为基因，以文字为媒介而兼具多重特性的时空艺术。三者各有其独特的特点、功能，以及与这些特点、功能相伴相生的局限性。

　　诗书画作为中国文化的精华，它们三者之间既有相对独立发展的规律，又有其密不可分的联系。追求诗书画的兼擅，使之变成一个统一的艺术体，即将诗歌、书法、绘画进行有意识的综合，使这种综合达到所谓的"双绝"或"三绝"，逐渐成为中国古代艺术家倾心追求的共同目标。追溯一下历史即可发现，上自帝王，下迄民间画工，中间有最广泛的文人阶层，都无不向这个趋势靠拢。唐宋特别是宋元以后，每个朝代都可以开列出一长串毕生追求这一目标，并且成就斐然的作者名单。

　　作为一种文化现象，中国古代审美意识首先容许并肯定了门类艺术的交融性，因此，诗书画才能同属一个境界层面。狭义地说，书法常以诗为内容，诗通过书法得以表现，即便是所谓的"金石入画"，也是以笔师刀，即以"闲章"而论，也体现了诗情、画意与笔趣的微观综合。画上题诗，画与诗相得益彰，通过题诗，欣赏者才能对画家的独特命意进行深入把握。而书法以文字为依据，又不脱离文字表意的作用，在这一点上，有人认为书法与实用工艺美术类似，其独立性都是相对的。

　　广义地说，诗、书、画在艺术境界、艺术表现上相通。比如书法与诗的节奏有通感，石鼓文开首几行字形的大小安排，很容易使人联想到《诗经》所表现的平仄音韵。至于格律诗词与作为艺术创作的行草书法的内在节奏的回环映照，就更为突出。书法与绘画就基本的表现手段来看，都是具有特殊韵致的线条。书法几乎是传统中国画的骨干，绘画"六法"中至少"气韵生动"、"骨法用笔"、"经营位置"、"传移模写"与书法一致。中国传统艺术的空间意识、虚实分布等重要的美学范畴，无不在诗书画的创作和欣赏中得到共同应用。

总之，诗人写诗追求"诗中有画"，画家作画追求"画中有诗"，而书法水平的普遍提高和文人画以书入画的成功实践，以及审美鉴赏理论的推波助澜，使三者产生了紧密的联系。所以，诗以画存，画因诗活，书画并美，从最初体制上的并列关系，发展到交叉关系，到后来诗书画统一到画面内外，成为一种观念形态上相对固定却又十分独特的面目。这种发展体现了中国艺术独特的历史进程，正是在这一历史进程中逐渐形成了中国诗书画艺术的民族特色。

中国诗人和书画家往往以综合的方式统合政治、道德、宗教、哲学等多重文化心理要素，借助诗歌、书法、绘画表现意境化的文化观念，以感悟体认的方法去把握世界，以情感逻辑保持心理距离，审度万物，从而使中国文化表现出相当程度的艺术化特征。儒、释、道思想是中国古代思想和哲学的主干，它们以各自的特点或分或合，对诗书画家及其艺术的总体风貌产生深刻影响。儒家主入世、重教化的艺术功利观，使诗书画的创作和批评标准偏于"实"；佛（禅）与道家，或主"心"、"悟"，或倡"自然"、"天人合一"，归于本真，都使艺术创作心理和批评鉴赏产生"虚"的效应。在三家思想的综合影响下，虚实相济，心物交融，不仅在中国文人的处世进退上完成思想性格的塑造，而且使之成为中国艺术传统的主要特征。

现代西方心理学和文艺批评界，十分重视对病理学意义上的疯狂现象的研究，他们在疯狂艺术家身上寻找人类存在与艺术表现的联系，取得了一些新成果和方法。与西方人重视病理学意义上的艺术狂人不同，中国古代文化传统中也形成有别西方的大量"狂""怪"艺术家与艺术品。通过佯狂或醉态，古代艺术家表达了他们对于封建桎梏的漠视和反抗，同时也使艺术创作获得升华。

由于中国传统诗歌、书法、绘画特殊的抒情本质，特别是作为各门类艺术灵魂的书法艺术的抽象形式及其地位的确定，"人化"的伦理学批评在艺术批评中占有特殊的优势。长期以来，"心画"是否失真，也就成为讨论人与艺术关系的一个重要课题。颜真卿、林逋、蔡京、赵孟頫、张瑞图、王铎等书画家"立身"与艺术的关系，就突出地表现出在这一特殊文化现象涵盖下的若干重要特征。

"诗情画意"与"情景交融"一样，几乎成为可以滥用的艺术欣赏的套语。把诗情与画意的内含以及相互间的关系描述得更为具体明确，是揭示诗画通融性的重要前提。我们在讨论诗画的表层与内在联系或区别的同时，着力阐释了以书法入画法的表现形态及其背景，试图把握这种现象所产生的独特审美价值，以及它在塑造中国书画通融性格中所起的重要作用。

诗书画的交融趋势有一个过程。从象形文字算起，汉字本身已经具有某种抒情表意的"诗意"构成。从楚汉开始到近代，这种综合过程是何等漫长。汉乐府、汉代画像石、砖与壁画、帛书，都出自民间艺术家之手，在表达那种人神杂处的琳琅满目的世界之美时，诗人与书画家已经开始运用某种相近的艺术手段，传达不同门类艺术的共同艺术理想。这是一种不自觉综合意识的体现。

汉魏六朝在中国文学艺术、美学、思想史等领域都是一个重要时期。经过战乱，三曹的诗风，陆机的章草书，传达了魏晋风骨的刚健体貌特征。北朝造像及其碑版书法，留下狂热崇佛之后人性的内心独白。以"自然""平淡"为新的审美追求，于是，"二王"书风、陶渊明诗歌的萧散简淡，山水诗画的勃兴与崇尚自然的人化审美评价，构成了魏晋风度中以人的觉醒及艺术的自觉为主要特征的六朝之韵。

唐代诗歌格律的成熟、绘画线条、色彩的烂漫丰富与书法的法度严整处在同一个层面上。可以说，杜诗、颜字和吴画的集大成本身就是"法"。同时，唐太宗和李邕行书入碑的探索，以李白、张旭、怀素为代表的崇尚壮美风格的艺术家，以无法之法树立了另一种艺术楷模，而王维、皎然、司空图则于上述两种审美风范以外，独辟蹊径，推崇一种以表现"韵味"及艺术家心境再现为主的审美风格，具有十分重要的意义。

宋代儒、释、道三教趋同，对于"心"与"道"的理解都有某种方法论上的近似观点。因此，禅宗的"顿悟"、文人写意画的发端、以禅喻诗，对书法的写意之风起到推波助澜的作用。文艺全才苏东坡对陶渊明"平淡"之境的极力推崇，宋元山水画中倪云林画格"逸品"、"逸格"的完成，黄公望、王蒙生命坎坷的山水画创造历程，留下技法的创意空间，让人回味无穷。特别是宋元人关于以书入画的实践，基本上从技法层面上确立了中国书画的形式面貌。这些都具有十分重要的美学意义。

明清书势与诗画坛的拟古与创新的理论和实践，各自标榜，各具姿态。行草书的放纵恣肆，启发了以水墨为主的大写意花鸟画的崛起。商品经济的发展和消费城市的繁荣，促使明清绘画先是都市里的"山水"如沈周、文徵明、唐寅、仇英等明四家作品风靡一时，而后是诗书画印四位一体的"扬州八怪"的写意花卉的大受欢迎。面对世俗或"狂逸"之态的挑战，董其昌首开绘画史流派研究之风气，倡"南北宗"论，力图以禅喻画，以重新确定文人画以心境表现为主的地位，强调以书入画、"士气"和"书卷气"，影响明末清初的诗书画坛数十年。

清代"四五"与"四僧"，对山水画的创作客观上存在分歧，但其学习和传承优秀传统的用心是相同的。有必要再评"四王"并给予肯定。清代朴学的发达导致了"碑学"的崛起，以及诗歌诸多宗唐、宗宋流派的产生。宋元明的文人书画均受帖学影响，到了清代中后期，金石文物大量出土，书坛的崇碑风气由此大盛。那种刚健古拙的"金石味"被引入写意花鸟画，使赵之谦、吴昌硕的笔墨技法达到登峰造极的高度。有清一代，在总结前人成就的有关艺术理论和偏重艺术技巧的研讨与实践方面，取得新的成果，成为总结与回归时期。

结束帝制，建立民国，新旧文化思潮都在互相激荡。民国书画出现了多道风景线。美术教育培养新观念人才，社团林立，书画市场繁荣，民国书画大家纷纷亮相。在中西文化交融互动中，传承旧时精彩，开启新的路径。

在中国文化广阔深刻的背景之上，以史为脉络，我们采用宏观鸟瞰与微观辨析相结合的方法，力求开阔视野，从各种视角和层面"散点透视"，研究诗书画三者的关系。散点式区别于焦点式最重要之处就在于后者是一种线条流动过程中的意象自然凸现，这种凸现与作者（或观者）视点同步，而前者则是一种糅合，立足于空间各个侧面的意象糅合而成为某种统一基调，因而更具空间感与综合性。

我们注意到以往的研究大多将艺术全才式人物割裂开来，如同诗、书、画各自成史，倘若将它作某种适度综合，既不是宽泛美学概念的论证，又非琐细的单篇（幅）作品的鉴赏，则呈现的视点和思路可能更为独特，更接近于文学艺术史的实际。为了较好地进行这种糅合，我们以大量诗、书、画兼擅或专精的"全才"作品，以及与之相关的时代审美思潮为依据，试图揭示诗、书、画交叉融合过程中各自的形成形态和不同特点，探寻其中与民族审美心理结构相对应的美的形式，描述诗、书、画交融中积淀的美感，从而剖析中国文化在这一层面上展示的民族心态及其生成的意义。

目　录

序/黄拔荆/1
前言/1

第一章　诗书之缘引论/1
　一、汉字的"诗意"构成/2
　二、书法的线条感与诗的空间构筑/10
　三、诗歌与书法统一于"缘情""观物取象"/20

第二章　诗情画意/27
　一、诗中有画/29
　二、画中有诗/37
　三、钱钟书论中国诗与中国画/46

第三章　中国书画的通融性格/50
　一、书画的源与流/51
　二、书法在文人画中的地位/56
　三、"描"与"写"/66
　四、款题与闲章/71

第四章　汉之古拙与活力/78
一、"天人合一"与屈骚传统/79
二、艺术的世俗世界/85
三、乐府风格及刀工与笔韵/89

第五章　魏晋六朝之韵/96
一、战乱清音：从三曹到陆机/97
二、"气韵"：人化的审美评价/104
三、北朝造像膜拜/110
四、北碑异彩/115
五、"自然"与"平谈"之境/121
六、个性之美与二王风度/126

第六章　唐之法/137
一、从外晋内唐到杜诗颜字/137
二、从行书入碑到狂草书/146
三、皎然的意义/156
四、唐诗与绘画/161
五、"外师造化，中得心源"/169

第七章　宋元之意/174
一、"艺即道"与尚晋韵/175
二、从"文同之竹"到"云林画格"/184
三、大痴山樵留山水/192
四、诗书画的全面交融/198

第八章　明之新理异态/208
一、"独抒性灵"与"纵笔取势"/208
二、"明四家"与董其昌/217

三、"走向世俗"的综合大趋势/222

第九章 清——总结与回归/231
一、感伤的心潮/231
二、再议"四王"/240
三、赵书的复兴与"我用我法"/248
四、汲古标新"金石味"/257
五、禅机画趣说石溪/264
六、诗歌对画意的独特把握/267
七、象物寓情的书画互演/271

第十章 民国书画的多道风景线/281
一、民国美术教育和林立的书画社团/281
二、北京和上海的书画市场/288
三、民国画家群像掠影/294
四、巾帼画笔绘新风/304
五、民国书风览略/311
六、大字秀：招牌匾额报头书法的传播/323

第十一章 "心画"与"心声"/329
一、"人品"与"书品"/330
二、孙过庭：关于"识者"评价/339
三、奸佞手迹辨/342
四、"贰臣"艺术的传世心理/347

第十二章 "狂""怪"论/354
一、孔子和庄子如是说/355
二、"狂""怪"百态举隅/358
三、醉态与艺术升华/367

第十三章 儒、释、道思想影响及评价/375
　　一、儒家共性及艺术功利倾向/375
　　二、"象"外之旨与仙气/382
　　三、"心缘"与心境再现/389
　　四、相融性及塑造力/397

后　记/400

第一章　诗书之缘引论

中国古代艺术美学系统，是一个素朴结合的有序整体，各门类美学之间存在着不可分离的密切联系，它们互相依赖、互相影响。在其自身的发展过程中，不断地借鉴、吸收其他门类艺术的精华，同时也对它们产生重要影响。诗、书、画三位一体，成为中国文人艺术的主导门类。在三者相互制约、补充、影响的关系中，书法相对受诗文的影响较大，而书法对绘画的影响大于吸收和借鉴。前者更多地从审美原则、艺术精神和美学范畴等方面借鉴，而对后者则更多从形式美规律、艺术表现技巧等方面借鉴。

在中国古代诗歌、书法、绘画、音乐、舞蹈等诸艺术门类中，有的论者以为书法以其时间笼罩空间的节奏，并主要以其对其他门类产生影响的特点，肯定了书法艺术的崇高地位[1]。因魏晋以前的艺术理论主要是音乐理论，魏晋以后，乐论相对减少（似为宗白华"乐教失传"之意），而书论、画论和诗文论急起直追。如果我们想要从艺术形式方面深入把握中国艺术的美学特性，节奏理论是一个理想的起点。的确，与书法相近的艺术有音乐和绘画，但由于音乐的基本面貌现在或早在魏晋以后就很难准确描述，即所谓"乐教失传"，所以中国古代艺术中的原始音乐与书法也就失去比较的一方。而中国绘画的节奏感由于书法的介入就更显得鲜明和突出了。

---

[1] 宗白华：《美学散步》。

另一方面，中国古代诗歌具有一种强大的理论势力，这就使得诸门类艺术的美学研究出现了文学化的倾向。然而，我们依然可以应用节奏理论来探索古代诗歌艺术结构的奥秘。在诗画关系中，诗的意象本身就以其绘画性而产生"如画"的效果。诗歌与音乐的密切关系，又使意象趋于节奏化。所以宗白华认为中国诗歌的空间意识是被节奏化和音乐化了的，我们可以把他的意思理解为诗中的意象被节奏化了，包括意象的空间构筑方式以及语言、音韵等构成因素的节奏化。如果承认这一点，那么诗歌理论中有许多概念和术语，反倒是从乐论、书论和画论中移植过来。这个普遍存在的现象给我们一个重要启示：只要稍稍摆脱解释所有的艺术门类现象时必定要采用诗歌理论的传统作法，而把评论视角略作转移，这样，有些在诗论中纠缠不清的概念、术语，在别的艺术门类理论中却是清晰的；或者采用别的艺术门类的理论来阐释诗歌现象，也许能收到更好的效果。

书法与诗歌的关系，正可以作如是观。

一、汉字的"诗意"构成

"文字"是交流思想的工具，"语言"的使用，归根结底是为了传递各种信息，这就是社会学角度的"实用价值"。吸取前人文字起源说的有益成份，如"结绳说"、"八卦说"等，综合近人研究的成果，我们知道汉字与其它文字一样起源于原始记事方法，尤其是图画与契刻。它萌芽于仰韶文化时期，距今约六千年；其形成体系，当在夏代，距今约四千年。

原始记事方法如结绳、结珠之类，这些记号已接近了"语言"的符号。然而这些简单的符号都缺少一种把语言的音节化为可见符号记录下来的结构，所以用图画来记事也就成为文字最初的源头。

专家们的研究表明，尽管旧石器时代已经有非常写实的动物壁画，但是这种勾画技术与文字最初并无关系，因为这些符号并无表音功能。汉字萌芽阶段，在契刻或图画基础上产生的符号，最初大约只能记录一些单词，后来慢慢地可以记录一些简单或不完全的句子。

当这些符号能记录一连串的句子、表达比较复杂的思想时，就意味着它已形成一套比较完整的符号，成体系的文字就最终诞生了。形成体系阶段的材料目前虽然以商后期的甲骨文为最大宗，但比甲骨文更早的文字已经存在，这就是商前期的郑州二里岗陶文①。《论语·八佾》："夏礼吾能言之，杞不足征也，殷礼吾能言之，宋不足征也，文献不足故也，足则吾能言之矣。"这就是说：文献并非没有，而是"不足"。可见孔子或多或少是接触过夏殷文献的。《太平御览》卷618引《吕氏春秋·先识览》云："桀将亡，太史令终古执其图书而奔于商。"这是有关夏人已有类似文字的记载。

确定文字起源的历史上限，其意义是相当重大的。因为如同在人类的语言基础上才产生诗歌、音乐，汉字书法亦产生于汉字的基础之上。因为书法首先是以文字作为表现形态，所以没有汉字，也就没有汉字书法。

以诗为例，诗首先要用语言所构成的"意境"提供给读者进行欣赏，这种"意境"不是概念，因为即使是理趣诗、禅偈诗，也是通过"诗"的语言和韵律相统一。任何民族的语言都可以成为诗的语言，但中国的语言基本上以单音为语词单位，所以在表达"诗意"方面就有其方便和自然之处。

中国语言的特点影响了中国文字的特点，大部分的汉字视觉形象的统一感与语音及意义的统一感是一致的。这种字、词、意的相对完整性使中国古代语言不需要"是"动词，因而减少语言、文字的描述及陈述性和再现性，而增强了它的表现性。中国语言这种"诗意"的吟诵性特性，一旦与"文字"相结合，也就加强了中国文字的艺术性和欣赏性②。

书法使用的文字首先必须具备作为语言的表意功能，通过书写文字

---

① 参看陈炜湛：《汉字起源试论》，《中山大学学报》（哲社版），1978年1期。
② 叶秀山：《书法美学引论》，宝文堂书店，1991年北京版第54页。

内容构成书法"意象"。就是说它是以线条为主的点、线、面符号构成。这种带有符号媒介性质的字形，人们在阅读其文字媒介时，总是扬弃线条，只理解其意义（内容），但作为书法艺术，则力求把字的线条和字的意义结合起来，而始终不扬弃字的形式。

于是，书法艺术的字义就相当于诗的意象，字形、线条组合就相当于诗的声韵以及在此基础上发展起来的乐曲。这大概就是中国诗、书、画、音乐、舞蹈诸门类艺术统一于节奏理论的一种解释。

一般论述中国诗歌的起源，重点都放在《诗经》上，其实比《诗经》更早的西周金文乃至甲骨文，就已经包含着中国文学的雏形。金文中有大量韵文，如天亡簋、墙盘、虢季子白盘、㝨钟等，读来朗朗上口。

甲骨文也有一些带文学修辞色彩的精彩片断，如"有出虹自北于河"（《菁》4）是拟人格，"其自西来雨？其自东来雨？其自北来雨？其自南来雨？"（《新缀》426）[①]，反复唱叹，格调与汉乐府民歌《江南可采莲》如出一辙。由于甲骨文已具备了中国书法的三个基本要素：用笔、结字、章法，因此，甲骨文与抒情意味较浓的韵文的结合，就在书法艺术史上占有特殊的重要地位。

的确如此，汉字书法的美正是建立在从象形基础上演化出来的线条章法和形体结构之上。用刀刻成的甲骨文笔画多方折，笔画交叉处剥落粗重，给后世书法、篆刻留下了不少用笔、用刀的借鉴方法。从结体上看，甲骨文错综变化，大小均衡、对称、稳定的格局已确定。从章法上看，或错落疏朗，或严整端庄，且因骨片大小和形状不同而异，都显露出古朴而又烂漫的情趣。邓以蛰《书法之欣赏》对甲骨文书法"诸如此类，竟能给一段文字以全篇之美观。此美莫非来自意境而为当时书家精意结构可知也"[②]，就是说，这种净化了的线条美一开始与内容（意义）相结合，则美感意义就是多重的，尽管当时对这种美并非出自自

[①] 陈炜湛、唐钰明：《古文字学纲要》，中山大学出版社1988年版第11页。
[②] 转引自宗白华：《中国书法中的美学思想》。

觉的追求。

在先秦书法中，洋洋大观最可称道的就是殷周以来铸刻在钟鼎彝器上的铭文。后世称之为"钟鼎文"、"金文"、"大篆"、"古文"、"籀文"。以青铜艺术为代表的商周文化，在中国文化史上占据十分重要的地位。青铜器的出现，表明中国文明的启始和政治文化的开端在其中扮演了主要角色。由于青铜器制作十分繁杂，而且耗资昂贵，因此只有组织严密、国力强大的民族才能办到。所以，青铜及其复杂的工艺，就是具有鲜明特征的古代的权力政治所追逐的主要对象。

周朝所整理、推广的文字从西都沣镐到东都洛阳，已是当时流行极为广泛的正统文字，特别是西周及秦系文字，更是后来"书同文字"的基础。而这些文字正是伴随着权力政治所追逐的青铜及其复杂工艺而传播开来，同时这些文字也由开始的图形发展到后来线的着意舒展，由单个符号发展到后来长篇铭功记事，这是一个对书法美有意识地追求的过程。而且，它与当时铭文内容的滋蔓和文章风格的追求是同步的。

郭沫若说："东周而后，书史之性质变而为文饰，如钟镈之铭多韵语，以规整之款式镂刻于器表，其字体亦多作波磔而有意求工。……凡此均于审美意识之下所施之文饰也，其效用与花纹同。中国以文字为艺术品之习尚当自此始。"[①] 一方面由于青铜饕餮和这些汉字符号有着庄严肃穆的神圣含义，如商代鼎上"人"、"兽"象形的成分很大，具有更多的偶像、图腾崇拜的原始意味，也就是具有很强的宗教性；另一方面，随着时代的推移，鼎上的文字内容复杂化了，字数也大大增加，出现了像西周《毛公鼎》那样刻有四百九十七字的鸿篇巨制，记述了周宣王时毛公厝因对王室效忠而被赐大量珍贵物品的事件，鼎不仅是权力或财富的象征，而且进一步成了历史及人事的象征。

被前人称为四大国宝的《毛公鼎》《虢季子白盘》《大盂鼎》和《散氏盘》，从书法史的角度看已达到了金文艺术的极致。这些铭文笔画圆匀，章法讲究，结体或平正紧密，或取斜势扁圆，如被称为"金

---

① 郭沫若：《青铜时代·周代彝铭进化观》。

文中的草书"的《散氏盘》。宗白华由此展开了他的节奏理论："中国古代商周铜器铭文里所表现章法的美，令人相信仓颉四目窥见了宇宙的神奇、获得自然界最深妙的形式的秘密。""通过结构的疏密，点画的轻重，行笔的缓急……就像音乐艺术从自然界的群声里抽出乐音来，发展这乐音间相互结合的规律，用强弱、高低、节奏、旋律等有规律的变化来表现自然界的形象和内心的情感。"① 这就说明甲骨、金文把象形的图画模拟逐渐变而为纯粹化了的抽象的线条和结构以后，它就区别于一般的图案花纹的形式美和装饰美，从而开创了中国书法艺术独立发展的道路。另外，春秋战国时期青铜器的铭文，还以韵文形式普遍出现，如秦公篡、栾书缶、国差罐、许子钟等。书法艺术和韵文的自觉结合，使得诗歌与书法的有机融合兼具造型和表现两种功能的优势，得到集中的体现。

早期诗与书法相结合而统一于节奏感的典范作品是《石鼓文》。石鼓的年代自发现以来一直争论不休，总共有周、秦、汉、后魏、北周五说。近世学者考定为东周秦国之初的作品。石鼓从唐初被发现后，无论文字、诗歌、书法都受到历代学者的推崇和珍爱。

郭沫若据现传最早的宋拓本予以拼复，仅得五百零一字。石鼓文内容主要是歌颂田原之美和田猎之盛（旧又名"猎碣"），其格调、韵律大体接近《诗经·小雅》中的《车攻》《吉日》篇。

>　邀车既工，邀马既同。邀车既好，邀马既驸。君子员邋（猎），员邋员游，麀鹿速速，君子之求。牪牪角弓，弓兹㠯（已）寺，邀驱其特，其来趩趩，趩趩，即邀即时，鹿麋趚趚，其来大次（恣），邀驱其朴，其来遵遵，射其豬蜀。

从内容角度看，石鼓文较少涉及史实，但却有较高的文学价值。郭沫若《石鼓文研究·重印弁言》指出："石鼓文是诗。……从文学史的

---

① 宗白华：《中国书法中的美学思想》。

观点来看，石鼓诗不仅直接提供了一部分古代文学作品的宝贵史料，而且更重要的贡献是保证了民族古典文学的一部极丰富的宝藏《诗经》的真实性。"这就说明《诗经》的内容大体上就是用《石鼓文》这类书体来整理记录的。《石鼓文》的字体与《虢季子白盘》及《秦公簋》等青铜器铭文一脉相承，是典型的秦国书风，并对后来秦代小篆的出现产生了很大的影响，在书法史上具有承前启后的地位。

《石鼓文》本身结体方正匀整，舒展大方，线条饱满圆润，笔意浓厚。《石鼓文》在线条的笔法和字形结构各部分之间的组合规律方面，都达到很高的水平。尤其是根据诗的意象，书法的节奏感十分鲜明，如开首几行字形的"大小小大大小，小小大小小大，大小小大大小，大大小小大大"，很容易使人联想到六朝才开始讲究的平仄音韵，以及朗朗上口的四言《诗经》名篇。

由于《石鼓文》兼具文字、书法、诗歌的综合魅力，所以受到历代学者特别是诗书画兼擅的艺术家的推崇和珍爱。如唐张怀瓘《书断》说："体象卓然，殊今异古，落落珠玉，飘飘缨组。仓颉之嗣，小篆之祖。以名称书遗迹石鼓。"韩愈《石鼓歌》赞曰："辞严义密读难晓，字体不类隶与科。鸾翔凤翥众仙下，珊瑚碧树交枝柯。金绳铁索锁纽壮，古鼎跃水龙腾梭。"苏轼也曾作《石鼓歌》赞美石鼓文："旧闻石鼓今见之，文字郁律蛟蛇走……强寻偏旁推点画，时得一二遗八九……古器纵横犹识鼎，众星错落仅名斗。模糊半已似瘢胝，诘曲犹能辨跟肘。娟娟缺月隐云雾，濯濯嘉禾秀良莠……上追轩颉相唯诺，下揖冰斯向毂觳。"

虽然早在唐代《石鼓文》的可识性已经不高，但是凭着一种艺术直觉，艺术家却强烈地感受到"金绳铁索锁纽壮"、"文字郁律蛟蛇走"的节奏韵律，正如清代康有为称赞石鼓文"如金钿落地，芝草团云，不烦整裁，自有奇采"。

艺术史的实践表明，书法艺术也是通过艺术内容，决定艺术形式。因为书法艺术不是孤立的，而是综合的，从来就是把"写什么"放在第一位；另一方面，我们也不能把书法内容完全局限于文字的含意，而忽略书法线条本身的含意，正如诗歌有其语言表达的内容，也有韵律、曲调所体现的内容，作为艺术，二者是缺一不可的。所以，即使石鼓文的文字的可识性较差，但它具有诗的外在形式，以及因年代久远而具有上古文化的凝重和抽象意义，这本身就是一种内容。因此，一旦它以一寸左右大字（与钟鼎的刻铸小字比较而言）诞生于刻石形式时，便成为划时代的优秀书法作品。

秦王政十年（前237年）下令驱逐六国客卿。李斯上《谏逐客书》阻止，为秦王政所采纳，不久李斯官拜廷尉。秦统一天下后，他建议实行郡县制，并主持制定了秦一系列的法律规章。不久李斯官至丞相。始皇三十四年，李斯上言焚烧《诗》《书》以及诸子百家之书，为始皇所采纳，从而造成了文化上的一场浩劫。

李斯的散文上承荀况，下开枚乘、邹阳。其书奏议论，比喻层出，辞藻斐然，而又刻峭谨严，风格与《韩非子》相近。鲁迅称其为"秦之文章，李斯一人"（《汉文学史纲要·李斯》）。

始皇二十六年，在李斯的建议下，秦始皇发布政令，在全国"书同文字"。李斯作《仓颉篇》，赵高作《爰历篇》，胡毋敬作《博学篇》，均采用新改定的小篆书体，以此颁布天下。李斯小篆既是秦代官方文字，又是后世篆书艺术之祖，在书法史上有着特殊的地位。因李斯在小篆改定和推广方面的功绩，历史上曾给予了他极高的评价。唐代李嗣真《书后品》称其书法为："斯小篆之精，古今妙绝，秦望诸山及皇帝玉玺，犹夫千钧强弩，万石洪钟。岂徒学者之宗匠，亦是传国之遗宝。"窦臮《述书赋》亦云："斯之法也，驰妙思而变古，立后学之宗祖。"就是放在整个书法史中去关照，能当此评价者，可谓不多。

李斯所留下的书法遗存，当是随同始皇出巡，所至之处的纪功刻石作品。这些纪功刻石作品虽然均无署名，但历来史料都确信必出李斯之手，这里权从旧说。见于史料的刻石一共有七处，它们分别是：泰山、琅玡台、峄山、碣石、会稽、芝罘、东观刻石。有的没入海中，有的早已散佚，有的毁于兵火。能全面反映李斯小篆风貌者，只有《泰山刻石》了。

泰山刻石是泰山最早的刻石。前半部系公元前219年秦始皇东巡泰山时刻制，共144字；后半部为秦二世胡亥即位第一年所刻，共78字，均为秦丞相李斯所书。据《泰安县志》记载，北宋政和四年刻石在岱顶玉女池上，可认读的尚有146字，漫灭剥蚀了76字。明代嘉靖年间，为防止风蚀雨淋，移之于碧霞祠东庑，当时仅存二世诏书4行29字。清乾隆五年碧霞祠毁于火，石佚。嘉庆二十年，在玉女池得残石2块，仅存秦二世诏书10个残字，即"斯臣去疾昧死臣请矣臣"，又称"泰山十字"。泰山刻石具有重要的艺术价值和历史价值，被称作"传国之伟宝，百代之法式"。

秦泰山刻石具有重要的艺术价值和历史价值。书法严谨浑厚，平稳端宁；字形公正匀称，修长宛转；线条圆健似铁，愈圆愈方；结构左右对称，横平竖直，外拙内巧，疏密适宜。

《泰山刻石》传世最早的是宋人摹刻于丛帖之中的残本。《泰山刻石》作为秦篆的代表作之一，历代都给予了极高的评价。唐张怀瓘《书断》云："《泰山》、《峄山》、秦望等碑并其遗迹，亦谓传国之伟宝，百代之法式。"袁昂《书评》亦云："李斯书世为冠盖，不易施平。"李嗣真《书后品》称其为："秦相刻铭，烂若舒锦。"宋刘跂《泰山秦篆谱序》云："李斯小篆，古今所师。"明赵宧光云："秦斯为古今宗匠，书法至此，无以加矣。"

泰山刻石价值极高，此石是泰山现存最早的刻石，被誉为天下第一名刻。因其篆法圆润，骨气丰多，故称其为"李斯小篆"或"玉箸篆"。李斯小篆不仅在书体上，而且在书法神韵上都有承前启后的作用，对后世的篆、行、真、草都有较大影响。宋刘跂《秦篆谱序》云："李斯小篆，古今所师。"元郝经《赞泰山刻石》诗云："拳如钗股直如箸，曲铁碾玉秀且奇。千年瘦劲益飞动，回视诸家肥更痴。"《岱史》云："秦虽无道，然其所立有绝人者，其文字书法世莫能及。"清宋思仁《泰山述记》云："夫李斯小篆为八分之祖。斯不义不足论，而碑实为可宝，能继周之石鼓鼎铭，为汉金石刻之前步焉。"鲁迅先生对此也有极高的评价，他说："质而能壮，实汉晋碑铭所从出也。"王克煜认为，李斯篆书的泰山刻石，不仅是我国书法艺术的瑰宝，而且对发展我国的历史文化也有莫大功绩。

"没有统一的文字，就没有统一的文化；没有统一的文化，就没有统一的中国。"李斯倡导的"书同文"被秦始皇采纳，在大篆的基础上改省结体，整齐笔画，创造了小篆体，在全国范围内统一了文字，使中国成为政令统一的一统天下。由此足见其价值之重大，它不愧为天下第一名刻。

二、书法的线条感和诗的空间构筑

从汉字的起源到表现这些文字的书法的诞生，以及石鼓文给韩愈、苏轼等造成的"读"而"难晓"、"强寻偏旁推点画，时得一二遗八九"的现象看，书法艺术是以可视的汉字为媒介的构架的呈现，它不要像什么，而只需要表示一种秩序、结构、比例、平衡、对称等等审美内容。这种内容用可视的形式表现即说明它具有理性色彩。而诗歌、特别是格律严格的古典诗词，作为一种"人心营构之象"的组合，更多的不再是一种"具象"，诸如风花雪月或铜琶铁琶的题材内容的具象，而是一种组织构架的具体。这从律化诗歌的最基本的两个特征：节奏和奇偶上可以明显得到体现。

从《诗经》起，诸如汉魏乐府、唐代律绝、宋词、元曲、明清时调小曲，都是入乐的。随着历史的发展，"声"与"诗"往往分离，即诗体逐渐脱离了音乐，"歌咏言"之"歌"即声调虽然消失，但该体"诗"即"言"却仍然保存了它原有的节奏上的特点。具体表现在字音的平仄相间相重。一音一字或一字一音的语言特点，使诗人在写诗时，可以于声音以外的词汇、语法方面加以种种不同的排列组合，构成诗句中奇偶的变化。

节奏和奇偶即后来的对仗因素就存在于最早的诗歌或典籍里，而那时还没有律诗的雏形。如《诗经》："昔我往矣，杨柳依依；今我来思，雨雪霏霏"；《老子》："有无相生，难易相成"；《论语》："君子周而不比，小人比而不周"。这种自发运用对偶现象的产生，正是由于汉字的音义同步和单音节、单个的字富于装饰能力的缘故。而且是一种完全以内容为去取的标准。然而，形式与内容的相互制约与生成规律，使这种本来纯属偶然的选择变成了具有深刻历史价值的类型选择。①

再进一步，对仗也从追求整齐的审美理想而转化为形式格律。但它在诗词格律中仍然实施着具有内容色彩的修辞功能，所以我们才把它叫作意象组织构架的具体。这就形成中国格律诗空间塑造能力的强烈而明确的特征，即中国诗歌与书面汉语的可视的特征。

中国诗歌的这种节奏和可视的空间色彩，为诗与书法的比较提供了视觉心理的基础和依据。

我们通常所说的诗歌表层形象里的某种思维线索或情感线索对于诗能起到贯串始终的作用，这样的"线索"就具有我们论述书画时的那种线条感。例如：

古乐府《箜篌引》：

公无渡河，公竟渡河！堕河而死，将奈公何！

汉乐府《有所思》：

有所思，乃在大海南。何用问遗君？双珠玳瑁簪。用玉绍缭之。闻君有他心，拉杂摧烧之，当风扬其灰。从今以往，勿复相思！相思与君绝！鸡鸣狗吠，兄嫂当知之。妃呼豨！秋风肃肃晨风飔，东方须臾高知之！

汉乐府《上邪》：

上邪！我欲与君相知，长命无绝衰。山无陵，江水为竭，冬雷震震，夏雨雪，天地合，乃敢与君绝！

---

① 陈振濂：《空间诗学导论》，上海文艺出版社1982年版，第157页。

这些诗属于直线型，它的特点是平白如话、思绪流畅，给人一种明快的线条感。虽然并不具有构架特征，但其简单直接的直线型诉说，使它不陷于琐碎的细节刻画，而是一任自然，线条在语言间穿插使诗的意象结构在同一种气氛中进行。这正如书法取势中的顺笔取势。字有自然之形，笔有自然之势，顺其字形自然的趋向而数字一笔挥成则形势自生。这种左右映带，上下衔接的取势方法，能手偶尔为之，不但使笔势的往来更加流畅，同时又可以表现出笔力遒劲、神完气足的艺术效果——在诗词中，古风与民歌最擅于此道。

我们假设每一个字有一个重心，可以用虚拟的中轴线来表示其重心所在，那么竖行的书法艺术就有每个字连结而成的中轴线。如果行与行之间的中轴线基本上处于平行状态，那么整幅字的行距就可能处于平稳端庄的总体风格控制之下，如果中轴线产生位移，或者位移的程度达到极限，则书法的视觉效果就可能产生龙蛇腾跃的跳荡冲撞感。

前者以大篆、小篆、隶、楷等书体为主，而后者以行草为主。从表现内容方面看，书体与文体相称，字迹随辞令而异。

徐铉《重修〈说文〉序》云："若乃高文大册，则宜以篆籀着之金石，至于寻常简牍，则草隶足矣。"吾邱衍《学古编》还告诫说，小篆只用写成篆文字，"切不可写词曲"。李慈铭《越缦堂日记》同治九年二月三十日："凡写诗词，不宜用《说文》体，散文亦宜择而用之，骈文则无害。"李商隐《韩碑》："文成破体书在纸"，说明此"纸"乃恭录"铺丹墀"而晋呈天览者，必定如梁庾元威《论书》引宗炳所谓"九体书"之"简奏书"、"笺表书"，出以正隶端楷，而非"破体"作行草书[①]。

这就说明古人选择何种书体书写何种内容，都是很有讲究的。李商隐《韩碑》所谓破体，可以和董其昌《容台集》卷四《陈懿卜〈古印选〉引》相发明："古之作者，于寂寥短章，未尝以高文大册施之，虽不离其宗，亦各言其体也。"

---

① 钱钟书：《管锥编》第四册，第1466页。

上述观念形成的前提，是在书法史和文体史的发展过程中，诸种体裁皆已完善的基础上产生的。从自觉抒情的角度看，诗是最合适的体裁。而我们通常所看到的法帖，率皆以此类"寂寥短章"为主要对象。刘熙载《艺概》卷五云："欧阳（修）《集古录》跋王献之法帖云：'所谓法贴，率皆吊哀、候病、叙睽离、通讯问，施于家人朋友之间，不过数行而已。盖其初非用意，而逸笔余兴，淋漓挥洒。至于高文典册，何尝用此？'"

当"逸笔余兴"的感情诉诸毫端而"淋漓挥洒"时，形式的制约力同时也反映出对构筑能力的有力提携，如对称：

> 吴山青，越山青，两岸青山相送迎，谁知离别情？君泪盈，妾泪盈，罗带同心结未成，江头潮已平。

宋林逋的《长相思》以两大片为平行对称，把两座山的相送迎作为一组意象，又把"君""妾"两人相对作为另一组意象，前喻景后抒情，每组意象自有两个对比而两组意象又成对称。平行对称是书法行气中较少郁结的表现手法，也是诗词格律性格的基本特征。一对一的比兴，律诗的颔联和颈联的对仗即属此类。

如果说平行对称具有戏曲小说"话分两头，各表一枝"的功能的话，那么跳跃对称或交叉则接近"淋漓挥洒"，使得中轴线的位移呈现流动感。扇面书法的书写方式启发了诗的一种修辞手法即"扇对"的命名。扇对又称隔句对，指的是诗中第一句对第三句，第二句对第四句，如郑谷《寄裴晤员外》："昔年共照松溪影，松折碑荒僧已无。今日还思锦城事，雪消花谢梦何如。"杜甫《存殁口号二首》之一："郑公粉绘随长夜，曹霸丹青已白头。天下何曾有山水，人间不解重骅骝。"这种隔句对称的技巧使得意象之间产生间隔，这些间隔本身就构成空白，通过意象周期性地在纵轴线上前后展开，意象组合与书法的线条组合的空间感就十分相似了。

复合与重叠，是构成意象序列具有纵深感的有效手段。它不仅使诗的字面构成具有生发性，而且使意象自身的含义也得到有力表现。我们知道，中国山水画具象形式的抽象表现本质决定了皴法具备书法的写意特征。皴法有其明确的技法层次，如覆与醒，清人华琳《南宗抉微》认为山水画皴法中勾线的重复与抽象美表现之间，有一种"醒"的关系：

依轮加皴，浑厚为要。设所皴之墨渐混，须将轮廓提清，以醒眉目，然不可重于原笔之上，亦不可离原轮过远，但少退些，有草蛇灰线之势方妙。若照原轮满提，必似板矣。至于墨色，较原轮宜深，以其在加深之后故也。

西泠八家之一的奚冈，也体会到这个关系，他在《树木山石画法册》里说："重不可泥前笔，亦不可离前笔，有意无意，自然不泥，自然不离。"

由于毛笔纸张的特殊工具及其性能的客观条件限制，以水墨为主的抽象点线一般不容易完全吻合或重复，另一方面则在主观上有意避免机械重叠原笔之上。所贵者在于不即不离之间，这就是"醒"。上下两个笔划不但本身显示出其运行的提按速度，而且一前一后，保留下"草蛇灰线"即书法线条的美，又显示出另一种书法用笔所产生的"势"。造成呼应参差的若干主从关系，从而形成新的顺序美，也给主笔、次笔之间，以"意"为主的"写"而非"描"，保留了线条艺术挥写过程可贵的书法意味的形态美。

这种"覆"与"醒"的效果，是书画交融以后，在技法层面获得理论总结又反之用于指导创作的产物，它显示了以书入画达到理论自觉以后，技法语言的定型化，并且包容丰富的表现内涵和审美价值。

诗歌意象复合与重叠，借助具象序列的排列与选择，如李白、苏轼的对月邀饮，由此展开的议论与联想，以及揽镜自赏、水中倒影等题材所选择的思路、技法，也都具备书画线条"覆"或"醒"的表现效果。如李白《月下独酌》：

花间一壶酒，独酌无相亲。
　　举杯邀明月，对影成三人。
　　月既不解饮，影徒随我身。
　　暂伴月将影，行乐须及春。
　　我歌月徘徊，我舞影零乱。
　　醒时同交欢，醉后各分散。
　　永结无情游，相期邈云汉。

宋张孝祥《念奴娇》：

　　洞庭青草，近中秋，更无一点风色。玉鉴琼田三万顷，著我扁舟一叶，素月分辉，明河共影，表里俱澄澈。悠然心会，妙处难与君说。　　应念岭表经年，孤光自照，肝胆皆冰雪。短鬓萧疏襟袖冷，稳泛沧浪空阔。尽挹西江，细斟北斗，万象为宾客。叩舷独啸，不知今夕何夕！

清朱彝尊《桂殿秋》：

　　思往事，渡江干。青娥低映越山看。共眠一舸听秋雨，小簟轻衾各自寒。

　　李白诗："举杯邀明月，对影成三人"，以多写少，在意象呈现时明确说明意象是由一而三复由三而一，明月、李白、影子成"三"，早已成为"独与天地精神往来而不睥睨万物"的典型表达模式。诗人运用丰富的想象，表现出一种由独而不独，由不独而独，再由独而不独的复杂情感。
　　与李白这种独白形式，自立自破，自破自立，使诗情波澜起伏而又纯乎天籁的表现方法异曲同工的是张孝祥的洞庭湖月夜泛舟的独白。

"表里俱澄澈"，既是写外景，又是写心境，因为张孝祥此行是被贬官时经过洞庭湖的，他所选择的意象群，全都服务于其为自己的坦白襟怀辩白。所以当我（主体）与万象（客体）构成一对关系时，通过月光、湖面的映照，主体的心境与作为宾客的"万象"即融为一体，并呈现出向上下左右无限延伸的效果，从而扩大了主体的表现容量。

朱彝尊的《桂殿秋》"青娥低映越山看"更令人涵咏无穷。诗人到底看到的美人"青娥"像"越山"，还是"越山"像"青娥"，抑或美人若有所思以水面为镜的孤芳自赏，并未明说。"共眠一舸听秋雨，小簟轻衾各自寒"。以己度人，写出相爱不能相亲的微妙情愫。

诗的意象正像书法中的笔断意连的效果，行距之间因中轴线的摆动似复合而实相距出一段恰到好处的距离，而让意象的真正内涵取得复合效果。心灵的奇异感应正是书法所谓的笔不到而意到。

再如辐射式结构。在宋四大书家中，黄庭坚的结体从《瘗鹤铭》和颜鲁公《八关斋会报德记》来，中宫收紧，由中心向外作辐射状，纵伸横逸，如荡桨，如撑舟，气魄宏大，气宇轩昂，个性特点十分显著。《宣和书谱》记载米芾自谓"善书者只有一笔，我独有四面"，也未尝不包含着这种独具心理张力的辐射效果。

很难说是诗影响了书法，还是书法影响了诗，总之这种辐射结构在诗里也有精彩的描写。汉乐府民歌《江南》："江南可采莲，莲叶何田田，鱼戏莲叶间。鱼戏莲叶东，鱼戏莲叶西，鱼戏莲叶南，鱼戏莲叶北。"以采莲人为中心，作东、南、西、北的方向伸延开张。《乐府解题》云："《江南》，古辞，盖美芳晨丽景，嬉游得时也。"诗明写鱼游，隐喻青年男女在劳动过程中的嬉戏。四方伸延的每一端，都有活动的响应者，因此，汉乐府民歌的这种类似环视的手法就从《诗经》的《关雎》"参差荇菜"、"左右流之"、"采之"、"芼之"的单线复沓，收缩为团状，显得更为集中热闹，节奏也更为明快。

古典诗词在十分有限的字数里，描绘无限大的宇宙空间，正是靠意象本身的浓缩与构筑完美的作用。以律诗而言，其音韵平仄的对仗，正负意象的对称，不断形成纵横轴线的摆动，在"中和"中求变化，又于变化中取得总体的和谐。这种变化的曲线形式类似于被称之为"美的线条"的龙蛇形波浪纹。

当王羲之的书法取得公认的艺术成就后，人品与书品都获得"矫若游龙"的美誉。王羲之认为卫夫人的《笔阵图》提出了楷书及行书的创作方法，而如果要学草书，则别有它法，如"须缓前急后，字体形势，状等龙蛇，相钩连不断。"①这里值得注意的是在书法艺术的创作与欣赏领域，已经使用了龙蛇形体比喻作为美的象征。

可以在中古以前的文献中找到龙蛇喻美人的步态身姿，来证明书法艺术取喻的这种美感心理来源。边让《章华台赋》："振华袂以逶迤，若游龙之登云。"傅毅《舞赋》："矮蛇蜿娜，云转飘曶，体如游龙，袖如素蜺。"曹植《洛神赋》："其形也，翩若惊鸿，婉若游龙。"卞兰《许昌宫赋》："蜿转鼓侧，矮蛇丹庭，或迟或速，乍止乍旋，似飞凫之迅疾，若翔龙之游天。"或以龙蛇喻飞转之快，或龙蛇喻舞姿步态之婀娜徐缓，成为美女形体美的佳喻。以后如《红楼梦》喻晴雯"水蛇腰，削肩膀儿"，把她归入林黛玉一类。

中国人取喻于龙蛇，又与西方谈艺不谋而合。米开朗基罗论画，特别标举"蛇状"技法，他认为这种类似波浪纹的笔法钩勒，蜿蜒萦回，最足以传达出轻盈流动的姿态与韵致，如蛇之行地，焰之被风。英国美学家威廉·荷加斯在其《美的分析》一书中，称蛇形或波形曲线为"美的线条"，而且"只有一种准确的蛇形线"可以叫作"富有吸引力的线条"。

而中国书法特别是行草书，正是对于这种美的事物和情感的抽象。这种美的规律迹化在中国诗歌的意象构筑之中，洋溢于音乐旋律之中。一旦《世说新语》谓时人目王羲之"飘如游云，矫若惊龙"的品评出现，便立即形成一种美的人心营构之象，同时又成为独具抽象形式美感的喻体，龙蛇形几乎成为草书的同义语。

孙过庭《书谱》云："草贵流而畅"，有"鸾舞蛇惊之态"；苏轼

---

① 王羲之：《题卫夫人〈笔阵图〉后》，《法书要录》卷一。

《跋文与可论草书》谓文同"见道上斗蛇，遂得其妙"。刘禹锡观贺知章草书赞曰："壁上笔纵龙虎腾。"李白《草书歌》："恍恍如闻鬼神惊，时时只见龙蛇走。"黄庭坚则径呼草书为"惊蛇"。当然，诗人和艺术家盛赞的草书艺术不约而同地以龙蛇为喻，正是发现了草书的线条所呈现的那种龙蛇形或波浪纹的独特美感。用苏轼与文同的玩笑说，就是"与可之所见，岂真蛇耶，抑草书之精耶？"

中国的毛笔柔软而有弹性，有吸墨快速和吐墨自由的特色。对于它的妙处，汉代蔡邕曾经说过："笔软则奇怪生焉。"柔软的毛笔可按可提，出墨可以控制多少、浓淡，且可在点画运动中灵活调节，尽情地表现点画的粗细、润枯、方圆、浓淡、重轻、起伏、正侧，产生出因人而异、因字而异、因笔而异的特殊效果。一般而言，按照数学的眼光看龙蛇形，容易造成正弦或余弦的曲线，产生绝对对称的曲线或结体。但是由于书家有意寻求变化和特殊工具的书写效果，使得每一处点画和使转都显示出优美的独特性。王羲之写《兰亭序》，一文中有二十二个"之"字，如何写得"变转悉异，遂无同者"①，历来都是美学家关注的焦点。

因为"之"字本身就类似于"S"形，简单的重复会使人倍加注意，也可能让人厌倦。米芾《题永徽中所摹〈兰亭序〉》就注意到王羲之的变化："二十八行三百字，'之'字最多无一似。"姜夔《续〈书谱〉·草》："王右军书'羲之'字，'当'字，'得'字，'深'字，'慰'字最多，多至数十字，无有同者，而未尝不同也。"是说王羲之的草书艺术在整体风格"未尝不同"的把握下，呈现丰富的变化。重而不复，同中见异的旋律感是一切高明的书家追求的视觉效果。再如米芾《留简帖》连续书写"迥避遂"三字，三字的末笔均是捺笔，从起笔、中宫、收笔处观察，处理手法确实非凡。"迥"字末笔处理成"很重——更重——轻灵"；"避"字末笔处理为"轻灵——微重——更重"；"遂"字末笔处理为"微重——较重——微重"。一字一式，造成

---

① 唐何延之：《兰亭始末记》。

耐人咀嚼的旋律变幻。

  书法与诗的节奏有通感，我们在对石鼓文的分析中已经提及。书法节奏对章法的形成产生重要作用，它的回环映照在行草诗文内容里，往往与诗文的节奏暗合。试观传为唐张旭所书的《古诗四帖》里的一半：

    岩下一老公
    四五少年赞
    衡山采药人
    路迷粮亦绝

先看字的形体大小安排：
    大小小大大
    小小大小大
    大小大小小
    小大大小大

再看字的笔道的润枯变化：

    枯润润润润
    润枯枯枯润
    润枯枯润枯
    润枯润润枯

最后看字的笔道的轻重：

    重重轻轻轻
    重轻轻重重
    重重重轻重
    轻重重轻轻

由于毛笔的特殊功能使其吸墨快速、吐墨自由，从而"笔软而奇怪生焉"，每一次重复都是一个新的笔墨意象而绝不雷同。因此，这种形体的大小、笔道的润枯和轻重，颇难作明确的界限划分，经过剖析而显示出的旋律节奏，也不可能像音乐的节拍、律诗的平仄那样缜密工整，可以容许反复地、局部地加以揣摩和修饰。因为书法艺术特别是可以称"圣"的狂草书，是在相当随意自在而又简捷明快的片刻间一气呵成的，它与音乐词章的节奏旋律的一脉相通，是指视觉心理方面的意通，正如书法艺术作品中"力透纸背"的力不能通过仪器测量一样，是一种心理学意义上的力感，可以通过识者加以辨察的[1]。

　　另外，书法艺术本身就具有其抽象性，它的节奏就仿佛象形文字的形体，较之物象又似是而非，似非实是，而不像诗歌的意象或由词性归类，或由音韵所明确界定。由于这种异曲同工的内在规定性的差异，诗歌、书法，也像其他艺术门类一样，有着各自独立的表现形式；同时，又可以在艺术精神方面找到它们的相通之处。

三、诗歌与书法统一于"缘情""观物取象"

　　诗歌、书法艺术和其它艺术门类在"缘情""言志"方面是一致的。为了让书法艺术获得崇高的地位，以抽象形式为抒情表现本质特征的书法艺术，不仅以视觉心理成果实现跨越时间和空间的形式自足，而且在审美评价上采用了诗文的标准，譬如我们在《"心画"与"心声"》一章里所阐述的"人化"审美评价，就是很典型的表现。

　　明代项穆说："柳公权曰：心正则笔正。余今曰：人正则书正。心为人之帅，心正则人正矣。笔为书之充，笔正则事正矣。人由心正，书由笔正，即《诗》云：'思无邪'，《礼》云'毋不敬'，书法大旨，一

---

[1] 韩天衡：《书法艺术美感试说》，《书法研究》1985年第2期。

语括之矣"①。孔子曾以"《诗》三百,一言以蔽之,曰:'思无邪'"作为对《诗经》的总评价。

黑格尔在论述孔子时,说他的"教训""是一种道德哲学"②,基本上是符合实际的。孔子曾经说过,"不学《诗》,无以言"③,要"放郑声",因为"郑声淫"。在崇雅的意义之外,还包括诗所体现的社会、道德内容的不同,在孔子看来,《诗经》"思无邪",关键就在于它能在具体、感性的愉悦中,使人成为一个有特定教养的、道德上完美的人。

书法的"大旨"也应该达到这个目的。显然,这种十分重视与道德伦理关系的美学,在某种意义上可以说就是道德美学。

在孔子的言论中,美在许多情况下就是"善"的同义词。有时也有不确切地以主体的道德伦理修养代替一切的情况,如《宪问》所谓:"有德者必有言,有言者不必有德"。前面一句仿佛就是"人正则笔正"的另一种说法。

由于诗与书法所采用的人格艺术品评的一体说,因此,经过后代的接受和发挥,书法艺术作品也有血、肉、筋、骨、气、脉,也可以从中看出作者的人格。其实孔子还有后面一句"有言者不必有德"作为补充,就是说,"有言",甚至在艺术上很有特色的作品,其作者未必是有道德的人。

前后合观,也就不至于对孔子的重"善"与"美"相统一的思想发生理解上的误会。后代诗与书法的评价标准恰好只偏重于前者。

和美与善相联系着的,是孔子对"文"与"质"的看法。孔子论"文"与"质",初不是为文而是为人而发。《论语·雍也》云:"质胜文则野,文胜质则史。文质彬彬,然后君子。"意思是说,对于一个人,质地朴素超过文饰,不免粗野;反之文彩超过质地,则不免虚浮繁琐,只有二者结合,既朴实而又文雅,才是"君子"。此说包含着内容与形式相对立的两个侧面必须和谐统一的问题。

---

① 项穆:《书法雅言》。
② 《哲学史讲演录》第119页。
③ 《论语·季氏》。

后世也逐渐把文质当作艺术的内容与形式的关系来普遍运用。唐代张怀瓘用"文质彬彬"的标准评论历朝书法家,认为王僧虔书"稍乏妍华",庾肩吾书"多惭质素","乏于筋力",就是要求书法创作要达到"质"与"妍"的统一。

同时,张怀瓘还批评了那种古质而今妍,从而厚古薄今或厚今而薄古的现象:"虞和云:古质而今妍,数之常;爱妍而薄质,人之情。钟(繇)张(芝)方之二王,可谓古矣,岂得无妍质之殊?父子之间,又为今古。子敬穷其妍妙,固其宜也,并以小王居胜,达人通论,不其然乎?"①

书法艺术的内容指的是汉字本身的结构和书家审美意识的完整统一,而不应该只是表现字义的文字内容,当然,后者对于我们表现或理解书法艺术的感性外观,即建立在内容基础之上的并在书写时产生的墨韵、笔致、结体变化和章法这样一种形式,并不是毫无关系的。

就书法艺术的具体作品看,它是书法艺术和文学艺术的综合产物,其内容既包涵书法艺术的内容,又带有文学艺术的内容(即文字内容),其形式在书法艺术形式之外还附加各种书体、风格、款式等等。这样,在"言志"、"缘情"的艺术精神的统领下"观物取象"。在各种门类艺术强调表现人格思想的影响下,具有强大理论势力的诗歌,必然要利用人们"不学诗,无以言"的心理定势,向书法领域传播自己的创作和欣赏模式。这并不是说古代的书法家不懂得书法与诗歌客观上明显存在的差异性,而是在古代书法家首先就应该是诗人。

在这个基础上他们也同时进行关于书法艺术形式的研讨。如"永字八法"、卫铄《笔阵图》、王羲之《书论》、欧阳询《三十六法》、张怀瓘《论用笔十法》、颜真卿《述张长史笔法十二意》、周星莲《临池管见》、朱和羹《临池心解》、康有为《广艺舟双楫》等等。而这一切,都必须"情动形言,取风骚之意"②。用文字形式构造情感符号,如同

---

① 张怀瓘:《书断》(下),《法书要录》卷九。
② 孙过庭:《书谱》。

诗歌"情动于中而形于言",达到抒情目的。

诗歌通过比兴手法表达诗人的艺术观和思想感情。朱熹解释"比""兴"时说:"兴者,先言他物引起所咏之词也。比者,以彼物比此物也。"比兴的真正作用,就是引起联想和想象,比兴手法众多,有显喻、隐喻、曲喻、直喻、博喻,等等。

黑格尔在《美学》里特别称颂中国诗的比兴手法:"东方诗在运用图景和比喻方面特别显得辉煌富丽,这一方面由于东方诗的象征倾向必然要使诗人在周围寻找可以比拟的类似现象,这就使得东方诗把世间一切最辉煌最庄严的五光十色的事物都用来装饰心中的唯一值得歌颂的对象。"

在诗歌创作中,比兴是必不可少的手法之一,而鉴赏和阅读诗歌时也要懂得"还原"。王逸《离骚经序》说:"《离骚》之文,依诗取兴、引类譬喻,故善鸟香草以配忠贞,恶禽臭物以比谗佞,'灵修''美人',以媲于君,'宓妃''佚女'以譬贤臣,虬龙鸾凤以托君子,飘风云霓以为小人。其词温而雅,其义皎而朗。"说明比兴手法借个别事物来概括相类似的重大事物,起到"称名也小,取类也大"的作用。

诗文中比喻性的品评方法,被书家用以评论书法。"以彼物比此物"的比的方法,在书法创作中主要运用在观物取象上。

书法的点和线是抽象的,它的"象"无论是创作或鉴赏,都需要有"彼物"来比较,从而引起联想,产生美感。如梁武帝《草书状》:"缓则鸦行,急则鹊历,抽如雉啄,点如兔掷。"张怀瓘《六体书论》:"真书如立,行书如行,草书如走";姜夔《续〈书谱〉》:"指点者,字之眉目。横直画者,字之骨体。撇捺者,字之手足。"

从描摹物色人事,再发展到像绘画一样去以造化为师,书法家作字从方法论上看也就如同画家作画须观物取象,诗人作诗以彼物比此物了。

陆鸿渐《僧怀素传》载张旭自言:"'孤蓬自振,惊沙坐飞',余师而为书,故得奇怪。"又载颜真卿曰:"张长史睹孤蓬惊沙之处,见公孙大娘剑器舞,始得低昂回翔之状。"又载怀素曰:"贫道观'夏云多奇峰'辄师之。"李阳冰《上李大夫论古篆书》："于天地山川，得方圆流峙之形；于日月星辰，得经纬昭回之度；于衣冠文物，得揖让周旋之礼；于鬚眉口鼻，得喜怒惨舒之分；于虫鱼鸟兽，得屈伸飞动之理；于骨角齿牙，得摆拉咀嚼之势。随手万变，任心所成，通三才之气象，备万物之情状。"均是比兴的具体运用。

虽然书法文字形式无法像绘画那样逼真地再现客观事物，但它的点画飞动，结构纵横，却可以使人联想起自然万物生动变化的气势、姿态，从而唤起丰富的审美感受。因而，要求书法艺术家有意、自觉地去摹拟自然万物的姿态、气势和韵律。

通过联想，把书面的抽象的点画化为非常具体的"万象"；而与此相反，能够发挥逼真反映或再现客观自然特性的绘画，在古人眼中却要向简、拙、程式化发展，让其具有抽象性质。

由于旧诗传统里，擅长运用比兴手法、精细刻画风景或叙事、说理的诗歌始终占据主导地位，极力向这个方向靠拢的"观物取象"的书法，便有了知音。而略具笔墨、赏识"虚"的抽象意味的文人画，便从书法的形式构成要素如点、线等抽象形式中获得营养。

当我们把诗、书、画的这种情形放在一起考察时，书法对诗文创作方法与欣赏模式的套用，就情有可原了。

王士禛说："昔人评谢康乐诗如初日芙蓉，颜延之诗如镂金错采。梁武帝取其语以入《书评》，云：'李镇东书如芙蓉之出水，文采之镂金'。"① 即借诗评中的两种风格来评论书家质与妍的完美结合。

与诗文比较之下探讨书法艺术的审美规律，用人们熟知的诗文境界来说明书法意境，也是常见的另一种"观物取象"法。

吴德旋说："学少师书，如读周秦诸子；乍看若散漫无纪，细玩却自有条理可寻。于诗则陶靖节也。王右军如《史记》之文，变化皆行于自然。其于诗则无名氏之《十九首》也。"② 杨凝式的书法像诸子散

---

① 王士禛：《带经堂诗话》。
② 吴德旋：《初月楼论书随笔》。

文，汪洋姿肆，于随意中见条理，又像以平淡见韵味的陶渊明诗。王羲之书法如同《史记》和《古诗十九首》，富于变化而又自然质朴。

又如张怀瓘在评价王羲之时说："亦犹'钟鼓'云乎，《雅》《颂》得所"，"趣之幽深，情之比兴"①，认为王书既有《诗经》里《雅》《颂》的端庄整肃的风貌，又有趣味幽深的情感抒泄。

从鉴赏品评角度看，由于诗歌与书法创作方法的近似，故而在品评鉴赏中往往相互采用相近的标准。譬如冠之以"品"为书名的诗歌与书法评论集，南朝钟嵘撰《诗品》三卷，以"品"取汉魏至梁能诗者一百零三人，论其优劣，分上中下三品，唐司空图撰《二十四诗品》，主言外之意，对诗歌艺术风格的品评产生了很大影响。

也是在南朝梁时，庾肩吾有《书品》一卷，载汉至齐梁能书者一百二十余人，分为九品，各附短论，品评各家书法优劣。后代以书品为题名甚多，如明杨慎、清杨景曾均有同名评论书法的著作。

"品"的对象虽然不同，但作为艺术鉴赏批评的思路却是如此相近，这绝不是偶然的巧合。欧阳修《六一诗话》云："近诗尤古硬，咀嚼苦难嘬，又如食橄榄，真味久愈在。"以品尝橄榄比喻读诗有余味。精于鉴赏的赵构在其《翰墨志》中谈到鉴赏王羲之书法时的感受说："余每得右军或数行，或数字，手之不置。初若食□，喉间少甘则已；末则如食橄榄，真味久愈在也，故尤不忘于心手。"

赵构直接将欧阳修的评诗名句移评于书法批评之中，强调观书亦当如读诗，求"味外之味"，即好的诗或书法作品，都应给欣赏者留下联想和想象的广阔空间，留下反复回味和参与创造的极大余地，即所谓"真味久愈在"，"不忘于心手"。

书家为了抒写某一特定的情绪，一般采用两种方法，一种是自拟诗题，通过自作诗明确表达情感，另一种是某些情感或情绪不便于直接传达，或者是前代及当代诗人现成的诗作恰好能够体现彼时彼地的心境，于是就通过引申别人的诗作来抒发自己的情感。

---

① 张怀瓘：《六体书论》。

这种情况宋代以后更为常见，即使大书家也常常如此。如苏轼的《李白仙诗卷》，据载是由汴都道士丹元子口诵李白诗二首，由苏轼录之而成的。书者想必一边耳听丹元子诵诗声，一边在追寻先贤李白心灵的辙迹。"青松霭朝霞，缥渺山下村"，"念此一脱洒，长啸登崑岢。醉着鸾皇衣……"，书法由行而草，似乎随着李白诗中情感的宣泄，苏轼也在体验"小舟从此逝，江海寄余生"的"共鸣"，而手中诗意与笔墨的浑然一体，也几乎达到"共振"状态，一发不可收。再如黄庭坚《李白忆旧游诗卷》，书风沉雄超迈，丰姿跌宕，豪纵奇逸，与李白这首浪漫抒情的诗歌在情调上取得高度的和谐。

又如赵孟頫的《韦苏州诗帖》、《苏轼古诗帖》，鲜于枢的《王安石杂诗帖》、《杜甫茅屋为秋风所破歌卷》、康里巙巙的《李白诗卷》、宋克《李白行路难诗帖》、张骏《杜甫贫交行诗轴》、祝允明《春江花月夜卷》、《箜篌引诗帖》、陈淳《秋兴八首卷》、王宠《宋之问诗》、徐渭《秋兴八首册》、董其昌《李白月下独酌诗卷》、《杜甫醉歌行卷》、张瑞图《王维终南山诗轴》、《杜甫秋兴八首诗卷》、王铎《杜甫綦毋潜等诗卷》、傅山《孟浩然诗卷》等等。这些著名书画家，都根据自己的生活体验和艺术情趣而分别选择了著名诗人的诗作，通过书法的形式给予"诗意再现"，尤其杜甫的《秋兴八首》那种抑郁难平的人生坎坷，李白游仙诗远离尘世的飘逸性格，无不具有类型意义上的普遍吸引力。

因此通过诗作来传达的书家情感也就各具特色。比如同是杜诗书法，鲜于枢写得粗豪而奔放，在王铎手里的杜诗书法形象却于放中节制和收敛，张瑞图则一意绞转横撑，不避锋芒，董其昌则清逸流走。总之，诗意对书家心灵的感应和制约主要以"神"为主，书家以其"神"为主导情思，依据自己的气质和艺术技法修养来取其神与象，从而创造书法的"形"。借助名诗创作书法如此，自拟诗题创造书法艺术作品更是如此。

第二章　诗情画意

对诗画问题的研究，是中西方艺术家所共同感兴趣的。没有人会否认在艺术史上，它曾经或者仍在激发中西艺术家的热情。众所周知，中西艺术家们对诗画问题的理解存在着根本性的差异。关于诗画关系的论述，或从内容出发，或从感染方式出发，或从两者的优劣出发，都取得了一些重要的研究成果。

但由于各家讨论的出发点不尽相同，因而结论也不尽一致。如果说西方艺术家是在尽心尽力地为诗、画寻找界限和二者结合的可能性，那么，中国艺术家则是将全身心献给了探索诗画联系的生命之缘。"诗情画意"就是中国艺术形式的有机相融性在诗画关系上最简捷的说明。

在中国的艺术家看来，观照宇宙，提高和净化人格，与观照美、提升艺术境界是同步的。超越感官层面的无所不在的精神即所谓"道"，蕴蓄着真正永恒的美。用老庄哲学的意思讲，就是天地有大美而不言。因此，艺术与天地万物都同样为宇宙精神所统摄，决定艺术根本特质的不是可以感受到的现实时空，而是一个充天地而不竭的宇宙艺术精神。

这种为文化意识制约的独特审美心态的存在，使中国艺术天生就缺少从外部世界去类分形式的热情，而更多地去关注艺术内在精神的表现。艺术精神相融性思想的存在，决定了中国艺术的不同形式在表现人格化的宇宙精神时，能够自觉地融合、沟通。"诗画本一律"、"诗中有画"、"画中有诗"、"诗是无形画，画是有形诗"等人所共知的诗画品评标准，就是从诗画关系角度上鲜明地表现出这种审美心态。

为文化意识和艺术精神所驱策，中国艺术家对诗画共同境界的表现，延及到诗画形式交融的追求，这种自觉的追求，又使中国艺术在内交融的基础上，找到了与此相适应的形式。中国画表现出向诗化转换的意向，中国诗歌也总是表现出向画境转换的意向。当然，诗和画既是两种能够独立存在的艺术样式，那么承认二者间不同的形式特征是必要的，也是必然的。在这一方面，中国艺术家同样投进了一定的注意力。

诗和画内在精神的交融和逻辑选择的一致，决定了它们外在形式的必然性渗透。如果艺术形式更多受到感官选择的话，那么它往往带上感官有限性选择的局部或片面的印迹。

对于眼睛来说，凝固片断时空的表现，与运动着的连续时空的表现应该用两种形式才有可能，要在一种形式上同时作两种表现是十分困难的。

因此，西方文艺理论将画视为表现空间的艺术，把诗视为时间的艺术。莱辛认为：画是感受静止的物体，物体只在空间中并列，难以流动，画如要叙述动作，只能采取顶点前的顷刻；诗是感受流动的动作，动作只在时间中承续，承续难以静止，诗如要写静止的物体，只能通过动作去暗示。相反，如果艺术形式更多地是受到内在逻辑的选择，那么它就有可能冲破感官有限性的束缚，找到松动、开放的表现天地。

由于受到古代哲学思想和中国人思维方式的影响，中国艺术中，诗画甚至包括书法在理论和创作中都没有十分严格的界限，中国诗论、画论和书论，无论在理论构架或在感兴趣的核心问题上都表现出许多共同性。在艺术创作中，用线条、墨彩构成的绘画形式，与用语言文字为基本构成的诗歌同置于一个共同体中，中国画中的题诗，其意义已明显大于诗、书、画三种形式的外部结合，或者仅仅是部分时间向部分空间的扩展。借用诗画形式来表现心灵观照的自然和人生情怀，已成为艺术家的普遍意识。

在艺术发展史中，中国艺术家们无不努力去表现一种超越表层世界，超越形式媒介束缚的艺术精神，同时把更多的兴趣和精力放在艺术形式的有机融合上，在这种情况下，满足于某一感官需求的艺术形式的局限性，便得到一定程度的纠正。苏东坡《跋君谟飞白》云，天下"物一理也，通其意则无适而不可"。艺术精神与艺术形式的有机关联，表明了任何艺术形式都衍化于同一种精神世界。因此，艺术形式内在的融合力量是完全有可能取代外部感官世界所带来的分离力量。

当我们考察艺术史时，往往会发现这样一个有趣的事实，即在论及诗画问题时，艺术家们令人惊奇地选择了同一个视角，同一条道路，就是用内在的精神特质来规范艺术的世界，而不是对外部世界作直接的划分①。在这种艺术意识选择下的诗画形式，便成为中国艺术中令世界瞩目的奇葩。

一、诗中有画

在中国历代美学家眼里，首先是诗画都必须"动情"，诗画结合的基础在于缘情特质。在此前提下，强调宜于表现空间视觉形象的画，要表现看不见、摸不着的主观情思；而宜于表现主观感受的诗，则要求它应该描绘生动形象的客观景物，寓情于景。

这种看似相反实即相成的现象，恰好反映了中国诗画两种不同的艺术在其本质上的相通之处，即诗的本质可以视为画的本质，二者均以表现作者的思想感情为根本目的。所以欧阳修说："古画画意不画形，梅诗咏物无隐情。忘形得意知者寡，不若见诗如见画。"苏轼也认为："诗画本一律，天工与清新。"正是在这个意义上，我们才能理解画意即诗意。

中国古代美学基本上被文学化了，因此，诗歌似乎就成为各门类艺术中的核心艺术。因而许多年来，一种强大的理论势力就是以诗歌理论作为中国美学研究的土壤。诗画关系的研究也离不开这种理论格局。

批评史的事实告诉我们，诗常以是否有美的意境作为审美判断重要的甚至是唯一的标准。意境是中国美学中具有民族特色的范畴之一，意

---

① 冯晓：《中国艺术形式的有机相融性》，《美苑》1989 年 4 期。

境是指诗、画、戏曲以及园林等门类艺术中,凭借匠心独运的艺术手法所熔铸成情景交融、虚实统一,能深刻表现宇宙生机或人生真谛,使审美主体的身心超越感性具体,从而进入空间无比广阔的艺术化境。

意境在明清时期始成为独立的美学范畴,但它的形成背景须上溯至先秦道家、魏晋玄学以及隋唐佛学的本体论讨论,须上溯至自魏晋至宋元诗画等门类艺术中有关"象"与"象外"、"虚"与"实"、"情"与"景"(包括意与景、情与境、意与境)关系的讨论。

仅以诗论而言,"意境"一词最早见于唐王昌龄的《诗格》。唐代日僧遍照金刚撰《文镜秘府论》,提出"境与意相兼始好",附合并发挥王昌龄《论文意》中有关"意"与"境"关系的论点。王昌龄和遍照金刚这一要求"意"与"境"合的观点,在唐宋以后成为许多诗人、诗论家的共识。

如权德舆《左武卫胄曹许君集序》谓"意与境会"、司空图《与王驾评诗书》的"思与境偕",北宋梅尧臣"状难写之景如在目前,含不尽之意见于言外",姜白石《白石道人诗说》认为诗要做到"意中有景,景中有意",南宋严羽以禅喻诗,以"羚羊挂角"说明诗意的取得要通过有别逻辑思维的艺术构思,又以"镜花水月"说明诗歌中"象"与"象外"统一的意境特征,强调只有这样的诗歌才能使人得到隽永深长的审美享受。南宋范晞文在《对床夜语》中提出"景无情不发,情无景不生"的情景相融的著名观点。此外,张炎、方回、谢榛、胡应麟、李渔、王夫之、袁枚、叶燮、刘熙载、王国维等都针对情与景、意与境等关系作过详细深入的分析。

要之,情与景只可能互相渗透而不可能互相游离,只可有所侧重而不能顾此失彼,否则意境就无法形成。

王国维在《人间词话》中干脆以为景即可表情:"昔人论诗词,有景语、情语之别,不知一切景语,皆情语也。"这种"以物观物"的审美意趣,影响到诗歌意境特定内涵的构成,即以再现为表现,描绘特定的空间境象以表达诗人的主观感情。

一般中国画在类型本质上向中国诗靠拢的趋势及其表现主要有两

点，一是强调抒情性，即要有"意"，有"我"，有诗意，二是在此基础之上表现手法的加强，如以突破时空限制观念为指导，使笔墨、线条、色彩、构图等形式美感因素具有相对的独立性或程式化。而中国诗恰好与之相反，它往往通过加强描绘对象的表现力，使景象更具表情作用。这样，本来用于表现时间感和情绪化的诗歌，就更多地以画面感向空间渗透，造成诗中有画这一特征。

海外学者刘若愚先生曾把中国诗歌中的时间观念分为三类，即个人的、历史的、宇宙的，每一类都可以单独存在，也可以与其他两类相结合，而且"每一种时间观念都倾向于和一定类型的空间形象相关联。例如，个人的观念倾于和房屋、庭院、道路等形象相关联；历史的观念和城市、宫殿、废墟等形象相关联；宇宙的观念则和河流、山岳、星辰等形象相关联。"① 就是说，诗人往往利用外界某些富有特征性景物，以及人们长期以来对这些审美物象的特殊审美经验，进行象征性的直观表现，这就反映了诗人对绘画手法的运用，即意象的空间构筑。

形式构成原理是一切视觉艺术训练的基础。中国诗歌，特别是格律诗词关于意象组合现象，长期受到研究者的关注，似乎已经成为一个老传统。而西方只是在本世纪以来才对它加以注意，尚未形成一整套法则性的体系。

我们这里重点要讨论的不是"意"与"象"所构成的一对范畴，因为那样做将重复关于意境的一般性论述，我们所要讨论的是作为向空间渗透、发展，乃至构筑起诗的构筑性空间的美学意义。这当然也就有别于孤立地寻找构成形象思维的简单具象。

意象在使诗歌获得"意境"中担当着重要角色，这就说明意象在作为内形式方面具有重大价值。

作为意象组合的最基本元素，它同时具有形式功能，但又不是形式本身，这样一种"支点"式的双重性格，使意象组合在诗歌造型的"可视"性质方面，发挥着重要作用。

---

① 刘若愚：《中国诗歌中的时间空间和我》。

中国格律诗由于声、义同步与异指、对偶、声律的相反相承作用的客观存在，使得它对空间的塑造能力强烈而明确。而相对西方的诗则显得微弱而含混。它必须等读者把字面的参差错落变成一个个固定意向之后，在读者思维中才有可能显示出其构筑性。

流行于英国，更盛行于美国的意象派诗歌，本世纪初以来，几乎每一个现代诗人都强烈地感受到它的影响。而意象派诗歌的主要代表人物庞德，主张诗应该是"情绪等式"，不应该把诗歌变成"情绪喷射器"，"艺术家寻觅出鲜明的细节，在作品中呈现出来，但不作任何说明。"

庞德为意象派原则树立的最优秀的范例是中国古典诗歌，一九一五年他译的李白、王维的诗歌汇集成《汉诗译卷》出版，对意象派起了更大的推动作用。即使一九一五年洛威尔改革了意象派并从理论上修改了意象派宣言，也仍然表明该诗派更注重"表现细节"，满足于浮动在感觉表层的意象，追求瞬间印象的速记，用精确清晰的意象描绘小巧玲珑的图画，而不究其内容的深意或社会性关联。

意象派对中国古典诗歌形式构成的敏感，造成它对西方史诗顺时序构筑方式的有效突破。庞德、艾略特等人正是努力想要摆脱那种语言化、叙述化的桎梏，进入文字化的范围以求提高意象密度。

庞德所说的意象乃是"在一瞬间显现的理性和感情的复合体"，这一观点表达了他所提倡的现代诗歌创作技巧——并置和迭加方法："一种意象被重叠在另一意象之上"，从而形成"语言力量极大值点"的综合体。

中国格律诗词有效地提供了这种范例。因为意象的紧密排列暗示了画面感的增强，而画面提供的就是一个空间①。按照格律越对称意象就越密集、画面感也就越强烈的原则，律诗显然是最占优势的。

王维《送梓州李使君》："山中一夜雨，树杪百重泉。"杜甫《漫兴》："肠断春江欲尽头，杖藜徐步立芳洲。"温庭筠《商山早行》："鸡声茅店月，人迹板桥霜。"在这里，意象的凝炼和精简达到一字一景，

---

① 陈振濂：《空间诗学导论》。

没有虚拟词出现,这大约是格律诗在画面感追求上的最极端做法了。再看杜甫《蜀相》:

> 丞相祠堂何处寻?锦官城外柏森森。
> 映阶碧草自春色,隔叶黄鹂空好音。
> 三顾频烦天下计,两朝开济老臣心。
> 出师未捷身先死,长使英雄泪满襟。

这是杜甫兼夹议论的律诗,两两相对的句式与对称意象十分明显。荒芜的诸葛祠堂与周围拔地参天的高柏是一种对称,也是一种对比。碧草自显春色,黄鹂空鸣好音,补足前景。而"三顾"、"两朝"两句平行对称的历史事件和人物,概括了晤对、征战的情与景,由于"三"、"两"之间有人们熟知的"鼎立"历程作背景,故而诗所凝聚叠加的意象群和画面感是阔大和清晰的。

对称本身就存在着内容及形式的跳跃的可能性,假设律诗的两联对仗没有意象之间的跳跃,那么它的容量必定因"呆板"而受到限制。因此,在某种特定感情的作用下,诗人常把不同环境不同范围的自然景色或其他审美物象联结起来,并对它们进行并列的生动描绘。再看杜甫《登高》:

> 风急天高猿啸哀,渚清沙白鸟飞回。
> 无边落木萧萧下,不尽长江滚滚来。
> 万里悲秋常作客,百年多病独登台。
> 艰难苦恨繁霜鬓,潦倒新停浊酒杯。

这首诗前半写景,后半抒情,在写法上各有错综之妙。首联具体刻划眼前具体景物,形、声、色、态具现;颔联着重渲染秋天气氛,好比写意画,只宜传神写意,余下无穷想象余地。颈联表现感情,从纵横即时间和空间着色,由异乡漂泊写到多病残生。尾联从自身白发日生,护病断炊的艰难潦倒之苦，寻找到时世艰难乃其根源。意象空间组合从可视的角度看，由大及小，"无边"、"不尽"可以和"酒杯"及"霜鬓"并列。这种跳跃对称倒不在于具体量上的均等，而在于意象从形象（具象）中所摄取的情感值的大小。王维《积雨辋川庄作》：

积雨空林烟火迟，蒸藜炊黍饷东菑。
漠漠水田飞白鹭，阴阴夏木啭黄鹂。
山中习静观朝槿，松下清斋折露葵。
野老与人争席罢，海鸥何事更相疑。

此诗既写田家生活和自然景色，又抒写隐居山林的禅寂生活之乐。自然物象与诗人心境的描写之间，虽然有一种跳跃，但超迈的风格和深远的兴味，全都渗透入画意盎然的意象之中。

杜甫《绝句》："两个黄鹂鸣翠柳，一行白鹭上青天。窗含西岭千秋雪，门泊东吴万里船。"这首诗全是罗列景物，一句一景，是四幅独立的图景。而一以贯之，使其构成一个统一意境的正是诗人的内在情感。

写此诗时，正是安史之乱平定的第二年，当时杜甫的好友严武还镇成都，杜甫得知消息后也回到成都草堂。诗人兴到笔随，写下绝句。"门泊东吴万里船"，表现战乱平定，交通恢复后，诗人可以"青春作伴好还乡"的喜悦，故连用"黄"、"翠"、"白"、"青"四种鲜明的色彩，组成一幅绚丽的图景，传达无比欢快的感情。

马致远《天净沙·秋思》的手法与杜诗十分相近，这首散曲除了"断肠人在天涯"以外，其余都是景物排比并列。然而所有这些景物、场面的铺叙，都是为了突出旅人的落魄无依。

从技术角度看，这一类诗最易入画，但也最难画好。因为它似乎比"踏花归来马蹄香"、"万绿丛中一点红"之"香"、"红"更棘手，人在天涯如何"断肠"，与"人迹板桥霜"所包含的作者的浓郁情态，都是"贵写画中态"的写景诗不能回避的基本功底。

在上述情况下，除了一条贯穿全篇的感情线索可以寻绎（通过背景分析）外，描绘对象已毫无顾忌地突破了时空的界限，而且努力使诗中每一个描绘对象都必须具备独立表情意义，注意它们本身的完整与鲜明。这种"单轴画"的效果联结起来共存于一首诗中，就综合而成视觉连续印象，形成类似手卷式的"连环画"意象群，同时意象群的并列又往往是没有什么逻辑承启关系的，是"非时序"的。

如贺铸《青玉案》词的下片："碧云冉冉蘅皋暮，彩笔新题断肠句，试问闲愁都几许？一川烟草，满城风絮，梅子黄时雨。""一川烟草"三句历来被盛赞。但这三句并没有叙述上的前后关系。"满城风絮"与"梅子黄时雨"不能同时出现。因此，三个意象只能并列地为闲愁服务，它们本身只在"愁"字上取得交融点，"一川烟草"状愁之多，"满城风絮"状愁之密，"梅子黄时雨"则状黄梅时节连绵的细雨。

为了突出画面感或"如在画图中"的亲近感，诗人选择描写的视点颇有讲究。如李白《望庐山瀑布》就用保持固定距离的观赏，突出瀑布"飞流直下三千尺，疑是银河落九天"的落差效果。李白《望天门山》："天门中断楚江开，碧水东流至此回。两岸青山相对出，孤帆一片日边来。"写逼近诗中画图的前行推移感觉，其速度与李白《朝辞白帝城》的所谓"速度刺激"快感又不相同。有的则随处游移，往观于四面八方。如王维《终南山》：

太乙近天都，连山到海隅。
白云回望合，青霭入看无。
分野中峰变，阴晴万壑殊。
欲投人宿处，隔水问樵夫。

诗的本意写终南山之高大，气候之多变犹"东边日出西边雨"，却为中国山水画表现艺术提供了很好的范本。诗中既有"三远"法，又有使山水富于灵气的云水，以及点景人物。即以"我"问"樵夫"的细节看也十分传神："樵夫"口应手指，"我"则侧首遥望，终南山之可游可居由远眺进入深沟大涧的体验，的确给人如在画中畅游的感觉。

浪漫主义诗人所采用的游天形式也为入画带来形式依据。屈原《离骚》结尾写诗人离开楚国欲远游升空而返顾故土时悲伤欲绝，这个视点深深地感动了李白。李白《古风》"俯视洛阳川，茫茫皆胡兵"，就是对屈原所展示的似曾相似图景所渗透情感的共鸣。至于李贺《梦天》："黄尘清水三山下，更变千年如走马。遥望齐州九点烟，一泓海水杯中泻。"设想从月宫上俯视人间，感觉到时间是那样短促，空间是那样渺小，就在这个视点上，寄寓了诗人对人事沧桑的深沉感慨。通过画面空间人与意象之间比例的倒置，实现了心理空间的开放与拓展。李清照《渔家傲》：

> 天接云涛连晓雾，星河欲转千帆舞。仿佛梦魂归帝所，闻天语，殷勤问我归何处。　我报路长嗟日暮，学诗谩有惊人句。九万里风鹏正举。风休住，蓬舟吹取三山去。

这首词经《乐府雅词》缀题曰"记梦"。但细玩词意，倒不如说是李清照的一首述志词。在寻找精神归宿的古老命题中，"路漫漫其修远兮，吾将上下而求索"，鼓舞着词的空间构筑意象的豪迈、清空、雄阔。对这类"外师造化"的特殊"心源"的表现，恐怕正是"飞想者赏其神骏"[①] 的主要根据了。

在具有宇宙意识的背景上，诗人与画家使用了基本一致的感知方法来表现诗情画意。其中屈原的《离骚》《天问》，李白、李贺、李清照等游天鸟瞰诗篇，以及宋词中许多婉约词家如秦观、周邦彦、吴文英、史达祖等人的长调，无论在意象的构成方式，或者色彩的综合效应上，都具有重在表现一种意象的切割和片断的安置的散点透视特征。

宋人的长调词，常给人以跳跃断续的感觉，造成一般阅读的困难，其实这正是中国画散点透视的一般规律在词中的典型表现。这种散点式

---

① 沈曾植：《菌阁琐谈》。

的构筑方式使人能够在空间的前后左右上下等不同视点的移动中，达到中国画中常用的面面观、步步看的效果。

陶渊明、谢灵运、李白、杜甫、王维、孟浩然、柳宗元、杜牧、李贺、李商隐、苏轼、李清照、陆游等诗人的作品中，存在着大量富有画意的佳作。这些具有普遍意义的中国画的空间处理方式，为诗中有画的欣赏提供了视觉心理依据，为画家对诗中意境的描述和再现提供了操作的可能性。更重要的是，对于诗论、词论中纠缠不清的概念、术语，以及具体赏读作品时遇到的难点，只要采用绘画或书法理论予以分析，就立刻变得清晰起来。

二、画中有诗

画上有诗与画中有诗是有区别的。前者多指在画上题诗或具有文学色彩的题款。它主要以诗与画在外在形态上的结合，或者由画而滋生出的题画诗一类文学样式为主要标志，而后者则指的是诗与画的内在结合，即画上并无题诗，却有诗的韵味与意境，使画不依靠诗而有诗情。中国画的这种"无形诗"的特色，主要通过诗与画的内面结合，即通过画的立意、构思、取境、章法、形象、色彩、笔墨的诗化来体现。

艺术形象的成功，在于能否从外部现象反映具有本质意义的情状、特征，从而取得形神兼备的艺术效果。作为中国画，很早就要求"以形写神"。

东晋画家顾恺之的理论，奠定了中国画论的基础。他强调"传神写照"，所谓"神"，就是描摹刻划对象的精神面貌，性格特征。以后谢赫"六法"中论"气韵"要求绘画须有生气贯注的效果，这就是"生动"。宋代郭若虚《图画见闻志》以及《宣和画谱》均论述要表现社会各阶层的不同人物性格的不同精神面貌。苏轼的《传神记》和陈慥的《论传神》则提出如何捕捉人物的神态。

最有深化开掘意义的是北宋陈郁，他在《藏一话腴·论写心》中提出有名的"写心"的主张，认为写形、传神、写心三者是一贯的：

"盖写形不难，写心惟难"，并列举了历代许多貌同心异的画例，说明写形状不写心，就很难反映一个人的贤愚忠奸。结论是"写其形必传其神，传其神必写其心"。陈郁的"写心"论是宋代文人书画"写意"审美思潮影响下的一个重要理论成果，这也说明中国绘画具有追求诗歌意境美的特色。

由于中国画从主观情思和形式上都倾向于"神似"，这就规定了中国画在描绘对象时失去了严格意义上的写实。不管运用何种线条，如装饰的、工整的、写意的，都体现了画家独特的审美理想，几乎所有的作品都明显地流露出画家对理想境界的追求，寄托着他们复杂深沉的情感。

中国画的审美特性还包含着画家对时间和空间、社会和自然、主观和客观的独到理解，对视觉方式的特殊领悟。"画中有诗"作为表达绘画意境的最高要求之一，历来受到重视。

所谓"画中有诗"一般是指画幅中要有象外之意，具备诗那样的意境美。写神写意由客观物象转移到主观之上，专指画家的情思、意境和审美情感，这与诗一样，要求作品突出画家的个性，形成我国绘画美学的一大飞跃。

这一飞跃从理论到实践，首先出现于山水画。南朝刘宋宗炳《画山水序》认为画山水是为了"畅神"，由于审美主体处于重要位置，画家的心境作用便削弱了状物的形似。到了宋代，苏轼"论画以形似，见与儿童邻。赋诗必此诗，定知非诗人"的理论，对当时和后人都产生过重要影响。对苏轼的意见，同时代人晁说之《和苏翰林题李甲画雁》二首之一下一转语说："画写物外形，要物形不改；诗传画外意，贵有画中态。"所谓"画写物外形"，就是要求画家不临摹照搬事物原形，把头脑中的表象加以选择、提炼、变为艺术形象，从而表达自己对于事物的感受和情思，赋予作品以灵魂和意境。

而诗虽能描写绘画所不能表现的东西，即"传画外意"，但诗也必须讲究细节真实和形象生动，如画一般，做到有画中态。既然为了写出情思、意境、传神，那么自然之"形"就容许夸张、凝炼、突出或变形。

这种差别在我国古代画论中，则被称为著名的"不似之似"。石涛云："天地浑溶一气，再分风雨四时，明暗高低远近，不似之似似之。"画家以具象为基础，通过高度提炼和概括，塑造出艺术形象的同时，寄托自己的情思和意境。可见"不似之似"乃绘画的手段，"似之"才是绘画的目的。

这个艺术创作的法则，早在石涛以前就有画家一直在运用。比如北宋米芾就曾以水墨横点，行笔草草，描绘云山出没，林木掩映，空蒙悠淡的自然景象，借以反映自己潇洒出尘的精神境界，开创了山水画大写意一派。又与其子米友仁创立了"米点山水"的典型，使得"前代画山水，至两米而其法大变，盖意过于形，苏子瞻所谓得其理者"[①]。这里所谓"大变"，是指从重形似转为求畅神，从状物转为借物写心，这个理论原则，是与苏轼"文以达吾心，画以适吾意而已"的主张一脉相承的[②]。元代倪瓒画竹是为了写"胸中逸气"，而"逸笔草草，不求形似"，明代陈道复、徐渭开创大写意花卉一派，乃至齐白石由摆脱"太似"，寻求"大变"而"衰年变法"，都以成功的艺术实践克服了画长于写形而短于表情的弱点，做到意溢画外，画中有情、有神、有"我"，也就是有诗。

总之，画有诗无诗，关系到作品能否反映画家个人对历史、现实、自然的感受，进而采用艺术手法创立意境、形成风格，也就是作品中有无个性的问题。

有必要具体明确"画中有诗"的理论来源及其所依据的典型画例，从而看出苏轼是否有所偏颇。苏轼总结这一理论时，乃是结合王维《蓝田烟雨图》而写成的。原文是：

味摩诘之诗，诗中有画；观摩诘之画，画中有诗。诗曰：蓝田

---

① 元吴海：《闻过庵集》。
② 苏轼：《东坡题跋》卷五。

白石出,玉川红叶稀。山路原无雨,空翠湿人衣。此摩诘之诗。或曰非也,好事者以补摩诘之遗。

对于诗,苏轼也很难断定其真伪,因为此诗只收在王维的集外集,题目叫《山中》。只有《冷斋夜话》说是王维所作。但从诗本身看,有"白石"、"红叶"、"空翠",色彩鲜明,形象突出,与王维的其他诗洋溢着绘画之美的特点很相似,画意是较为明显的。至于画,这幅《蓝田烟雨图》现已不存,无法看到画的是什么内容,苏轼也未作具体说明,只能从旁的诗画中去找材料来分析画的诗意。

最可靠的是以王维的《辋川图》(石刻摹写本)作为主要参照系加以考察。由米芾《画史》、北宋末黄伯思《东观余论》等记载可知,《辋川图》是王维画在他居住的辋川别墅墙上壁画的画稿,后经李栖筠、李吉甫、李德裕等人之手,到宋代此图为郭忠恕所临摹,明仇英也临摹过。明神宗时,郭漱六刻成拓片。以后临本、拓本有多种。经过翻刻传播,只能认定其大概轮廓是忠于原稿的。

后人对《辋川图》的艺术特色曾作过评价。朱景玄在《唐朝名画录》中说:"山谷盘郁,云水飞动,意出尘外,怪生笔端。"张彦远《历代名画记》说:"清源寺壁上画辋川,笔力雄壮。"黄山谷《山谷题跋》说:"王摩诘自作《辋川图》,笔墨可谓造微入妙。"黄伯思《东观余论》称"赋象简远,而运笔劲峻"。据说词人秦观得了肠癖之疾,卧床不起,因观《辋川图》而病愈。

总的看来,这幅画的诗意表现为葱郁而有变化,立意简明幽远,意溢于象外,而且笔墨奇特雄健,刻划又精致,符合苏轼特别强调的景外景、味外味标准。所以苏轼在《王维吴道子画》诗中对二家作过比较:"吴生虽妙绝,犹以画工论。摩诘得之象外,有如仙翻谢笼樊。吾观二子皆神俊,又于维也敛衽无间言。"他肯定吴道子"当其下笔风雨快,笔所未到气已吞",实际上是突出王维,因为吴道子犹以画工论,远不如王维得之于象外的"仙人"之笔。苏轼独标举王维的水墨山水画,除了自己与王维身世、思想、技能类似而有所偏好以外,更重要的原因还在于欣赏标准的不同。

苏轼的偏好对后世产生了双重影响。最明显的一面就是使得诗画结合成为中国诗画的一种独特形式。这种艺术形式的优势，宋郭熙《林泉高致》、晁说之（以道）《景迂生集》、明赵琦美《铁网珊瑚》、明吴宽《书画鉴影》、明李贽《焚书》、清石涛《苦瓜和尚画语录》、《石涛论画》等，都结合创作进行了理论上的比较阐释，形成一种艺术传统，从而产生了好的影响。

但另一种不良影响也同样不可忽视。由于苏轼的论说是专指王维的山水田园诗而说的，而且他特别强调文人画，因此，"诗中有画"、"画中有诗" 就成为鉴定衡量文人山水田园诗画以及花鸟画的规律。

在文艺全才苏东坡成为众所遵循的典则以后，文人画在高标准的理论推波助澜之下，成了一种汪洋之势。而众多人物画、历史画、风俗画等画种相对得不到理论扶持，苏轼标榜的文人画方向在整个中国绘画史上不能不说是一种较为封闭畸形的发展趋势。

我们对苏轼的理论导向尽可以做宽泛一些的理解。"画中有诗" 这句理论名言产生的背景，正是针对当时尚形似、过分雕琢的 "宫廷味" 有感而发的。当时画院在宋徽宗的倡导下，斤斤于画孔雀升高先举哪只脚，画月季看时分，无毫发差错者有厚赏。有稍作放逸者，"则谓不合法度"[1]，就连饭碗都不保。苏轼很厌恶这种风气，便以极大的热情提倡、肯定、揄扬画外 "意趣"。其《跋宋汉杰画山》云："观士人画，如阅天下马，取其意气所到；乃若画工，往往只取鞭策皮毛，槽枥刍秣，无一点俊发，看数尺便倦。汉杰真士人画也。"这是 "取其意气所到"；又《宝绘堂记》云："君子可以寓意于物，而不可以留意于物。寓意于物，虽微物足以为乐，虽尤物不足以为病；留意于物，虽微物足以为病，虽尤物不足以为乐。"这里 "寓意于物" 就是题李公麟《归去来图》中的 "画出阳关意外声" 的意思。

总之，透过技巧追求画中意趣，从而达到画外有画，诗外有诗，象

---

[1] 邓椿：《画继杂说》。

外有象，味外有味，这是以苏轼为代表的文人诗画家的审美标准。中国绘画与诗歌发展史到了这个阶段，其创作思想、审美意识和情趣的趋同性已经相当突出了。

如果不作过分狭隘的理解，苏轼理论主张的内核更多的是积极沟通概括中国诗画综合的优势，并启发我们对中国画寓时间于空间的系统理解和评价。

从创作角度看，画家为了画中有诗强调对于时间的渗透，这样便有利于追求气韵生动的效果。隋代展子虔"作立马而有走势，其为卧马则腹有腾骧起跃势，若不可掩也。"① 就是说，展子虔所画之马，让观众看了会感觉到空间上从"立"到"走"、从"卧"到"起"的运动趋向，而时间则由一点而延伸为一段，这种动势得到揭示，画面就会生动，情绪或诗意也就被寄寓其中。

汉代李广是一位带有传奇色彩的悲剧英雄。司马迁《史记》记载了这位"飞将军"的许多生动故事，如他的飞骑善射，中矢没石等，要表现这样一位知名度很高而又有许多可以入画情节的古代人物，观者的要求是很高的，这也给画家提出新课题。黄庭坚《山谷题跋》讲到李公麟画李广时高人一筹的构思：

> 往时李伯时为余作李广夺胡儿马，挟儿南驰，取胡儿弓，引满以拟追骑。观箭锋所直，发之人马皆应弦也。伯时笑曰："使俗子为之，当作箭中追骑矣。"余因此悟画格。

画家有画家的美学取向和表现手法，当他在精神上与诗人沟通时，其艺术奥秘便很快为诗人所"悟"。李公麟描绘善骑射的李广正在张弓瞄准追骑，箭在弦上却引而未发，用紧张的动势吸引观众。加上李公麟擅长于画马，在这场战斗中，马的奔驰也一定构成十分动人的场面。李广的神射工夫以及这场战斗的结果，观众已预先熟知了，所以李公麟并

---

① 董逌：《广川画跋·隋展子虔画马》。

不直接画结果。这种意余于象的特点，诗歌中例子也很多。

当然，画境与诗境的确有区别。从表现方法上看，二者只是力求相互靠拢而不可能完全一致，只有承认这种差别，比较才能进行。

清人刘熙载《艺概》曾经提出"文善醒，诗善醉"的比喻，揭示了诗的特质。那么诗如何能醉人呢？他说："山之精神写不出，以烟霞写之；春之精神写不出，以草树写之。故诗无气象，则精神亦无所寓矣。"这样探讨意境，为诗画沟通指出了一条表现途径。

再如另一位清人方薰说："画境异乎诗境，诗题中不关主意者，一二字点过，画图中具名者必逐物措置，惟诗有不能状之类，则画能见之。"① 对诗文已详细描摹过的东西，画则可以也有必要给予适当省略，为的是避免以"结尾"代替"过程"，断绝了观者的想象和再创造。

又如宋无名氏的《归牧图》，画的是一个牧童骑着母牛带小牛过河，母牛过去了，而小牛还站在对岸不敢浮水。有趣的是，牧童、母牛与小牛之间发生了矛盾：牧童已是归心似箭，可是小牛过不来怎么办？一般的归牧情景是悠闲舒适的，可是宋人的这幅归牧图却有意在平和中透出一丝紧张。画上没有题诗，却留下丰富的诗情。

宋画院招考画工以诗为题的故事已为众人熟知。如"嫩绿枝头红一点，动人春色不须多"，一般在绿叶红花上做文章的考生全未被录取，只有一位从景外下功夫，画一座有栏杆的小楼和一个穿红衣的少女倚在栏杆上沉思眺望，周围只有嫩绿的杨柳相衬。这样一来不仅切题，而且画中诗意得到表现。这位考生最后被录取。这个例子说明画"动人春色"或"断肠人在天涯"的"断肠人"这样的抽象抒情很难。而中国画就要求能够揭示出这样的抽象情绪。

譬如表层即语义学层次上的"红"是与"枝头"相关的颜色，但少女着红衣的"红"却表现为与表层意象相并列的一种意象结构，对于两者的选择也就构成画中诗意多寡的关键。

人们常常以中国画的手卷形式为例，说明古人寓时间于空间的时空

---

① 《山静居画论》。

观念。这种形式也可以认为是散点透视或无点透视单幅国画的延伸和扩展。手卷在空间上扩展图景，时间上持续意境的表达，也延长观赏者观赏过程，从而可以表现比较复杂丰富的内容，特别是多侧面多层次地反映画家对绘画对象的感受，使画意诗情更为浓厚。

手卷形式的绘画在表现富有情节性的题材方面无疑获得巨大成功。早在东晋时期，顾恺之的《洛神赋图》便已刻意追求以形写神，传情达意。根据内容和情节，作者采取浪漫的神话形式结构，画面利用空间的灵活性，充分体现了构思的"意境"，整个构图处于情势的婉折激荡之中。

宓妃与曹植之间，是一种"人神之道殊"的苦恋，画家通过高妙的绘画手段表达这种似梦非梦的特殊诗情。画中洛神在水上含情脉脉，欲去还留的绰约风姿十分动人。画家用宓妃的飘带飘向岸边，联结在曹植面前奔流的洛水，仿佛千万缕割不断的情丝萦绕，因此人物相距虽远，却可以让人感受到他们相互的感情交流。

在两者之间，同时出现了双鸟惊飞，更烘托了两人惊喜相见的一霎那情景。正像同名赋中所描写的"进止难期，若往若还。转盼流精，光润玉颜。含辞未吐，气若幽兰。华容阿娜，令我忘餐"。当宓妃驾车而去后，曹植则懊恼思慕，仍然泛舟于洛水之上，不肯离去。

为了表现赋中"夜耿耿而不寐，沾繁霜而至曙"的情景，曹植被安排画于洛水边，点上两支残烛，一手后倚，一手伸掌，以示天已将晓，一种失望的空虚无力情绪，弥漫在苦恼和惆怅之中，揭示了深重的离愁别恨。人物也由众多的侍者与神女逐渐减少，最后只剩下曹植和侍者二人，景物则由繁茂的树木转至稀疏的残枝。

《洛神赋图》的主要人物在画面上反复出现，并不使人感到重复和单调，这是由于构图上环境的变迁把观者引入了故事情节和人物的感情氛围之中。

这种连环画式的手卷形式，解决了时间与空间的矛盾，顾恺之的创造是十分有价值的。他正是用这种形式表达了曹植同名赋中的主要情节和诗情画意。从该画创作的时间上看，也与曹植创作此赋时相距不远。

说明倡"传神"写意的顾恺之也在有意识地从事"打通"工作，参与"文的自觉"的伟大创造工程。

如果说《洛神赋图》因为有情节的规定性而可以采用夸大变形的时空错位，那么五代顾闳中的《韩熙载夜宴图》则是现实生活中真实人物的精神写照。画家运用手卷形式更为成功。画幅中韩熙载的形象多次出现，或坐在榻上听琵琶演奏，或亲自击鼓伴奏"七么"舞。几段情节连串起来，写出了主人公韬光养晦而又微露不安的神情。

在表现广阔的社会风情和细节刻划方面，手卷的绘画形式如北宋张择端的《清明上河图》也同样获得突破空间限制的高度。此画兼具世俗风情画和史诗的特点。张择端所反映的奢华逸乐情态和市井百态，可以和北宋柳永《望海潮》（"东南形胜"）名词相互映发，可见异曲同工之妙。在山水画卷中，董源的《夏山图卷》、夏圭的《溪山清远图卷》、王希孟的《千里江山图》等，或有"夏山如滴"[①]之感，或有"使王晋卿、赵千里见之亦当气短"[②]的元人感慨，都让人充分领略到诗的节奏和意趣。

相对诗的流动性大，而画的凝聚性大的不同特点，要使画具有"意"即诗情，就应偏重在化静为动，化实为虚上下功夫，使有神、有力、有韵味、有较强的生发性。这样才能做到意余于象，画中之诗才会生意盎然。

必须指出的一种情况，即人们往往误认为只有写意画才能更好地表现"象"外之"意"，其实以"含蓄"为例，"难写之景如在目前"也同时包含着"不尽之意见于言外"。画中的近景（工笔画）或远景（写意画）均可"含蓄"，诗文小说描写的"细密"或"阔略"同样能"含蓄"，正如钱钟书先生指出的那样，人们往往忽视工笔画（相当于诗文"细密"描写如白居易《琵琶行》"犹抱琵琶半遮面"等等）中的"含蓄"。

[①] 郭熙：《林泉高致》。
[②] 元李溥观王希孟《千里江山图》语，王伯敏《中国绘画史》引。

因此，就成功的实践看，要使画中之诗饱含物我为一的创造精神，就要立意新颖，构思巧妙，同时还应考虑到选择有诗意的题材，以及有关笔墨、色彩等技法问题。

三、钱钟书论中国诗与中国画

诗歌与绘画既然是能够独立存在的艺术样式，那么二者的形式特征也必然存在着差异，研究艺术家对二者形式特征的注意及其实际情形，是我们讨论诗画本质的相融性所不能忽视的。

钱钟书先生在他著名的《中国诗与中国画》[①]一文中，从"具体文艺鉴赏和评判"中指出，"中国旧诗和旧画是有矛盾的，并不像我们常说的那样融合无间。"

钱先生是从中国传统批评对于诗和画不同标准展开论述的。他以为，中国绘画史最有代表性的，最主要的流派当然是"南宗文人画"。董其昌《容台别集》卷四认为，"禅家有南北二宗，唐时始分。画之南北二宗，亦唐时分也"。北宗以李思训父子着色山水为代表，南宗始祖则首推王维。王维"始用渲染，一变构斫之法"。明代论诗以神韵为尚的王世贞，曾在《艺苑卮言》的附录中对南、北画风的区别作了如下概括："吴（道子）、李（思训）以前画家，雅而太虚。今雅道尚存，实德则病。"

或许由于画迹的可靠性问题，钱先生先从南禅宗和北禅的思想方法和学问之间的明显区别比较入手，引《隋书·儒林传》叙述经学时说，"大抵南人简约，得其英华；北学深芜，穷其枝叶"，就像唐以后对南、北禅宗的惯评。南禅宗把"念经"、"功课"全鄙弃为无聊多事，要把"学问"简至于无可再简，约至于不能再约，所谓"微妙法门，不立文字"，不看"经"，"省事"。

南宗画的理想也正是"简约"，即以最省略的笔墨获取最深远的艺

[①] 钱钟书：《旧文四篇》，上海古籍出版社1979年版。

术效果，以减削迹象来增加意境。这与南禅宗提倡"单刀直入"与"南人学问"的"清通简要"，"简约得英华"，一拍即合。

王维既是南宗画的创始人，又是神韵诗的大师，而且是南宗禅最早的信奉者。在他身上，禅、诗、画三者可以算是一体贯通，所以苏轼才说"味摩诘之诗，诗中有画；观摩诘之画，画中有诗"。流传极为广泛的宋人关于画"雪里芭蕉"的故事，其意义不仅在于文人画的"写意"，实际上，雪里芭蕉就像井底红尘、山头碧浪等以不可能事喻的修辞手法，暗示着"毕竟无"。这正是画中寓禅的最好证明。

在诗里，钱先生将王维的诗与王绩的诗进行比较。王维《杂诗》第二首："君自故乡来，应知故乡事：来日绮窗前，寒梅著花未？"王维诗是简约的"单刀直入"式地发问。

同样的题材和内容，初唐王绩《在京思故园见乡人问》一诗中则繁衍铺张。诗云："旅泊多年岁，老去不知回。忽逢门前客，道发故乡来。敛眉俱握手，破涕共衔杯。殷殷访朋旧，屈曲问童孩。衰宗多弟侄，若个赏池台？旧园今在否？新树也应栽。柳行疏密布，茅斋宽窄裁？经移何处竹？别种几株梅？渠当无绝水，石计总成苔。院果谁先熟？林花那后开？羁心只欲问，为报不须猜。行当驱下泽，去剪故园莱。"

很明显，王绩诗相当于画里的工笔，而王维诗相当于画里的大写意。这种"笔简"能写出"意高"的作品的标准，深得诗坛领袖王世贞的心仪，他在《蚕尾集》卷七《芝廛集序》大讲"南宗画"的"理"后接着说到诗："虽然，非独画也，古今风骚流别之道，固不越此。"

就是说，南宗画和神韵派诗是同一艺术原理在两门不同艺术里的分别体现。据此，钱钟书先生说，在这个范围里，"诗画本一律"的提法是有事实根据的。

但是，由此也引出麻烦，因为在神韵派眼里，既然"诗家三昧"是"略具笔墨"的写意之作，那么，精细刻划风景的诗和擅长叙事、说理的诗都算不得诗家上乘了。对于这个问题，钱先生鞭辟入里，分析了包括杜甫在内的如豪放的李白、直捷畅快的白居易、比喻络绎的苏轼等批评史公认的一流诗家,如何被神韵派的几位大师如王世贞、司空图、严羽或明或暗地不喜欢和异议的情形。同时指出,由于"神韵派在旧诗传统里并未像南宗在旧画传统里占有统治地位",因此,虽然王维在旧画里坐着第一把交椅,"但是旧诗传统里排起座位来",特别是"中唐以后,众望所归的最大诗人一直是杜甫。"

在列举繁富的材料并加以讨论的基础上,钱先生得出以下结论:"中国传统文艺批评对诗和画有不同的标准:评画时赏识王世贞所谓'虚'以及相联系的风格,而评诗时却赏识'实'以及相联系的风格。"这种标准的分歧,"据中国文艺批评史看来,用杜甫的诗风来作画,只能达到品位低于王维的吴道子,而用吴道子的画风来作诗,就能达到品位高于王维的杜甫。"

上述推论以"画风"与"诗歌品位"作因果关系比较,也只是某种形象的比拟。最可取和可以发挥本题目讨论深度的是有关"虚"、"实"的标准。虽然南禅宗思想影响导致诗与画一味尚简趋虚,但是,形成中国诗画的写意性特征,也未必全部由此引申而出,比如空白的美学性格早已存在。以许多格律严整的诗词而言,其技巧上的以虚构实特性也是十分明显的。早在《诗经·蒹葭》里,空白就成为诗人完成空间塑造的成功手段:

> 蒹葭苍苍,白露为霜。所谓伊人,在水一方。溯洄从之,道阻且长。溯游从之,宛在水中央。

在水一方之"方"与"水中央",以及"溯洄"、"溯游",其中固然有准确的描述片断,但因为"在水一方"式的表现立场突出的是空间观念,这就把准确的时序连续打破,造成间隔,即空白。再如柳宗元"孤舟蓑笠翁,独钓寒江雪",是独钓后再下雪还是老翁在雪舟上独钓,诗人巧妙地利用"雪"的意象同样把"交待"变成空白,获得多重"补白",即读者可能更多地参与和创造的效果。再如王维"大漠孤烟直，长河落日圆"，"直"与"圆"的意象以外，全都是一种空白处理，一般论者常以此为诗中有画的例子，其实细加品味这里更多地具有书法表现意义上分割空间（空白）的特点：以最省减的点画，使其所处的空白产生最大的想象张力。

从诵读或听人播讲的角度看，格律诗词与歌行体或叙事诗的区别极易判断。在叙事诗中，我们只发现思想与字面相统一的一条轨迹，诗中诸意象的连结是连续和紧密的，相对而言，其意象之间的空白间隔极小，故而具有情节连贯的吸引力，比较容易为一般对空白不敏感的"线状"习惯即时间序列把握较好的读者接受。而格律诗词由于意象之间的粘连顺序一般被切断，因而不易一目了然，这种跳跃即显示出空白性格的生成。

无论是尚虚的王维，或尚实的杜甫，都曾有意识地在律诗中表现没有整组连贯的意象片段。如前举《蜀相》《登高》《积雨辋川庄作》《绝句》《秋兴》，以及像婉约派词人的许多词作，都具有这种特点。

毫无疑问，中国画中的空白即是一种实体存在，山水画中的云气、山岚、瀑布、天空，一般都以空白出之，齐白石画水墨虾，空白即是水，这些写意原则在篆刻、戏曲表演中早已成为一种古典艺术审美规范，而这种美的表现形式其实也早就集中地表现在诗歌中间，从语言学范畴向审美范畴的延伸，使诗与画在技法层面上沟通起来，静态的绘画空白效应以可视性为主，动态的诗歌的空白主要表现为以虚隔实的时间节奏。这一"隔"出来的空白，正是形成中国诗歌独具民族风格的绘画性的主要机制。

第三章　中国书画的通融性格

在诗、书、画三者关系中，书与画的关系更为密切，所谓"书画同源"、"书画用笔同法"，长期以来一直成为共识。在二者的关系上，书法对绘画的影响更大。书法与诗歌的关系既包含内容与形式的关系，又在美学层面上主要采取互为借鉴的品评方法。而书法美学之对于绘画美学，则主要以影响为主，同时也借鉴、吸收绘画的观念、技法进行艺术探索。

众所周知，庄子奠定了中国艺术创造的精神，孔子重视音乐对人的熏陶感染作用，荀子重视礼、乐、舞三者的统一，魏晋以前的艺术理论主要是音乐理论，这与孟子等人所谓音乐便于传达"仁声"的思想有关。魏晋以后，乐论相对减少，而书论、画论和诗文论骤增。

在中国古代各门类艺术的发展过程中，时间笼罩空间，最具写意特征和形式内涵的音乐、书法和绘画，共同以节奏作为艺术灵魂。而由于乐教失传，绘画依文人画的标准看，它的成熟期要比书法晚。另一方面，中国诗歌历来被认为是核心艺术，其实中国诗中的空间意识也是被节奏化和音乐化了的，宗白华先生的意见解释了中国古代诗歌绘画性的艺术结构奥秘，所以意象的空间感及其生命节奏成为我们探寻诗画关系的关键。

这样，书法也就被公认为中国古代各门类艺术中的领头艺术。它无色而具有画图的灿烂，即所谓墨分五彩；无声而有音乐的节奏与和谐。就书画关系而言，这种"有意味的形式"给了绘画以极大的艺术伸展余地。因而宗白华先生将中国画的书法美列为一大特点，以为书法的"各种皴法溶解万象超入灵虚妙境"的特点被中国画所吸收，从而使中国画更有一种虚灵空澹、物我浑融的境界美。

同时，中国书法如同音乐旋律一般净化的线条，长时期一直成为中国各类造型艺术和表现艺术的灵魂。中国绘画中的书法因素的有意识渗透，也就使得中国画截然不同于西方绘画。以书入画，书画相济，不仅成为最富民族特色的审美规律，而且成为抒情表现的普遍形式。

一、书画的源与流

要讨论书法与绘画的关系，离不开汉字的起源问题。经过学术界长期的论争，文字起源于原始记事方法已被普遍接受。记事方法具体分为实物记事，即用实物传递信息的方法如结绳、结珠、编贝、讯木、堆土等。

契刻记事是先民普遍应用的记事方法，其符号就是某些数目字、指事字的先驱。《易·系辞》说："上古结绳而治，后世圣人易之以书契"，把文字叫"书契"，可见文字乃是来源于书写和契刻，也说明结绳这类实物记事方法不敷应用，于是进一步采用书写和契刻。契刻记事在典籍中屡见记载。《隋书·突厥传》说突厥"无文字，刻木为契"。《列子·说符》："宋人有游于道得人遗契者，归而藏之，密数其齿，告邻人曰：吾富可待矣。"

图画记事是用一组画面表达某种意思或某一事件的广泛应用的方法。它与供人欣赏的图画不同，是记事的辅助性交际工具，因而具有突出的抽象性和象征性。原始记事方法与文字虽然有着重大区别，但是在历史的进程中，它们却有着一种血缘关系。

早期的象形表意文字是由原始记事方法（尤其是契刻和图画）变出来的。原始记事方法在"寓意于形"这一点上给象形表意文字奠定了基础，同时也提供了形体、线条上的素材。

在契刻和图画的基础上，经过简化、抽象化和系统化，使之代表一定的语音和语义，便成为早期的文字。就其代表一定语音和语义而言，这也就是"内容"。假如使之有了节奏便于抒情，亦即"诗"。就其形体书写或契刻的过程就是"写字"，把写"诗"的"字"作为抒情的艺术看待，似可以理解为早期的"书法"。

另一方面，早期文字的形体与图画契刻的确相当接近。在所谓"书画同源"的口号下，我们要区别两种情况，一是文字描绘实物的逼真性，二是逼真的文字画不具备文字的作用。汉字起源于图画，这已为学术界所普遍接受。甲骨文、金文中的所谓"图形文字"，显然是在图画的基础上加以简化而成的。这些图形文字书写逼真，与图画几无区别，有描摹静态的，如 ▱ 象, ▱ 牛, ▱ 鱼, ▱ 龟, ▱ 弓, ▱ 鼎；有描摹动态事物的，如：▱ 砍头；▱ 持刀，▱ 持戈盾。一般的象形字、会意字虽然没有这样逼真，但也显然是由图画抽象化、线条化而成如 ▱ (鬲)、▱ (飨) 等。

文字画（如中国境内少数民族地区发现的刻画在山崖上的大批崖壁画，也叫岩画），以选择简略或象征的图形再现客观事物的特征或过程为特点，它与作为记录和交际工具的语言求准确精密的性质相矛盾，带有极大的狭隘性、游离性、浑然性，实际它只起图画的作用，不起文字的作用，它不能具体地、准确地记录语言。文字画虽然能表达一些事物的过程，甚至于一个酋长或一个部落的主要历史，但也不是一看就懂。

文字画不能表达语言的声音，也不能表达词和词序，实际上是一种表意的图画，是象形文字的前身或来源，不是纯文字。

如果将文字画与商代的金文、甲骨文相比，尽管我们在金甲文里仍可见到图像的痕迹，有时甚至还相当明显，但它们毕竟不再用图形表达整个意义过程，而用图形表示语言中的个别的完整的词或它的独立成份（构词的音节单位），它们已不是繁复的图形，而是比较简单的曲线，已从表示实物的形象演变到表示关联实物的抽象概念。

从中外最新发现的崖壁画资料看，人类创造象形文字，必定要经过文字画阶段,不管它是八千年前的作品,或是数百年前的作品,都是象形文字的前身。不论中国的宁明花山、沧源、新疆或福建华安仙字潭的崖壁画,抑或北非撒哈拉塔西里地区的崖壁画,都是原始民族有文字以前的文字画。正像不论我国的甲骨文、金文或埃及、克雷特的圣书字,都是象形文字一样。

从现代人的眼光来看,中国绘画的起源早于文字。那么为什么到了唐代以后却有"书画同源"的热烈讨论,而且势力相当强大呢?

主要原因恐怕在于书画艺术到了唐代已经先后达到成熟程度,书与画同为心灵的表现和性情的流露,所谓"心画"。而"书画同源"说在书画的用笔关系上的相同,更使这一论说获得特殊认同的社会基础。历代书画论有关这一类看法十分丰富,兹引数则:

> 昔张芝学崔瑗、杜度草书之法,因而变之,以成今草之体势,一笔而成,气脉通连,隔行不断。唯王子敬明其深旨故行首之字往往继其前行,世上谓之"一笔书"。其后陆探微亦作一笔画,连绵不断。故知书画用笔同法①。

> 笔与墨,人之浅近事,二物且不知所以操纵,又焉得成绝妙也哉!此亦非难,近取诸书法正与此类也。故说者谓王右军喜鹅,意在取其转项如人之执法转腕以结字,此正与论画用笔同。故世之人,多谓善书者往往善画,盖由其转腕用笔之不滞也②。

> 画无笔迹,非谓其墨淡模糊而无分晓也,正如善书者藏笔锋,如锥画沙、印印泥耳。书之藏锋在乎执笔沉着痛快。人能知善书执笔之法,则知名画无笔迹之说。故古人如孙太古(北宋画家孙知微)、今人如米元章,善书必能画,善画必能书,书画其实一

---

① 张彦远:《历代名画记》。
② 郭熙、郭思:《林泉高致》。

事尔①。

书画相通的上述立论，乃基于以下一个历史事实：即它们使用的基本工具如笔、墨、纸、绢等实物形式的相同。由于基本工具的相同，导致技法运用的诸多相通。中国画以线描为主要的造型手段，书法用笔的刚柔、曲直、顿挫、轻重、迟速等节奏变化，和绘画的线条息息相通。

更因为书法要求线条具有韵律、气势、风格以及能表现作者个性的丰富内容，所以书法艺术中"线"的高度艺术成就，必然会渗透到绘画中去，促使绘画艺术朝着墨韵、线、点等"见笔"的方向发展。

一般认为，文人画代表中国画的主要特色，要求"见笔"，即在画中要体现有笔的意趣，这种用笔的"意趣"主要来自画笔中的书法因素。

书法与绘画用笔同谓之"写"，画家又以其绘画线条的"写"法而表现个性特征。西方古代绘画理论在色彩与线条关系上，也重视线条。但他们更注重线条的"造型功能"，强调描绘事物的外形轮廓，要求逼真准确地描摹事物形体。

亚里士多德曾说："用最鲜艳的色彩随便涂抹而成的画，反不如在白色底子上勾出来的素描肖像那样可爱。"浪漫派大师德拉克洛瓦也认为："绘画中最重要的是轮廓，其他甚至可以忽略。"

正是由于线条具有造型和表意功能，一方面连贯着运笔造型，汇成一种动力趋向，缀合意与笔，统一主观与客观，从而概括出艺术形象；另一方面也就体现意境的发展和艺术构思的延绵。简言之，线条一旦入画，便具有创造美的巨大功能。

我们已经作过分析，文字起源于绘画，原始时代的文字画不是文字，但与文字有着联系。正如新时器时代成熟的彩陶绘画上的线条，比起晚它两千多年才成熟的殷代甲骨文，论成熟时间和性质都有很大的区别。就绘画而言，线条并非物体所本有，不是客观存在的，它是发源于

---

① 赵希鹄：《洞天清录》。

原始民族画家对自然、现实的感受、领会、想象和抽象；而以"线"的艺术为主要特征的汉字书法由于与绘画、文字有着千丝万缕的联系，因此它以绘画为基因，以文字为媒介，构成其自我维持能力。

闻一多认为："评论书画者常说起'书画同源'，实际上二者恐怕是异源同流。字与画只是亲近而已。因为亲近，所以两方面都喜欢互相拉拢；起初是字拉拢画，后来是画拉拢字，使字走上艺术的路，而发展成为我们这种独特的艺术——书法；画拉拢字，使画脱离了画的常轨，而产生了我们这独特作风的文人画。"① 所谓"拉拢"，揭示了书法（字）与绘画二门艺术在艺术发展历程中的合与分，同与异的特点。

强调书法艺术的独特的审美特性，注意书与画的区别，一直是中国书法得以自立的原因之一，孙过庭《书谱》认为："复有龙蛇云露之流、龟鹤花英之类，乍图真于率尔，或写瑞当年，巧涉丹青，工亏翰墨。"徐锴亦云："鸟书、虫书……，随笔之制，同于绘画，非文字之常也。"②

他们反对书法在造型上向绘画看齐，认为"鸟虫书"之类"同于绘画"，不符合书法本性。同时，在心理空间却又要求书家用绘画的眼光感受书法创作的包容性与具象特征，唐人伪托的"八法"，对"永"字的每一笔都有所描写：

"一"如千里阵云，隐隐然其实有形；"、"如高峰坠石，磕磕然实如崩也；"丿"如陆断犀象；"亅"如万岁枯藤；"\"如崩浪雷奔；"\"如百钧弩发；"丁"如劲弩筋节。

唐代大书家和书论家孙过庭在《书谱》里论草书也具有上述特征："奔雷坠石之奇，鸿飞兽骇之姿，鸾舞蛇惊之态，绝岸颓峰之势……"绘画则不强调客观事物的外在形貌，而突出其内在神韵，且极力发挥线条

---

① 闻一多：《字与画》。
② 《说文系传·疑义篇》。

本身的表现力。

这一点恰恰与"绘画中最关重要的是轮廓，其他甚至可以忽略"的古代西方画论貌同心异，其关键仍然在于中国绘画有了书法线条的介入，作画而不谓"画"，而曰"写"。

于是，明知书肇于画，有源流之分，却有意在观念上和实践中使二者产生若即若离的"合流"，从而反证其"同源"。

二、书法在文人画中的地位

书法作为中国诸门类艺术的领头艺术，从艺术本质上看在于它的节奏生命力，而从中国传统文化的心理结构考察，书法艺术则是所谓"心画"的外化物，它的社会地位甚至高于诗歌。

相对绘画而言，书法则一直处于主导地位。尤其是书家耻于为画师，职业画师在宋元以前的社会地位十分低微，即使有少数人因画艺高超而受到重用，也不以为荣。

最典型的莫过于唐太宗时的阎立本，这位官至宰相的著名人物画家，曾应诏成功地创作了《凌烟阁二十四人图》《历代帝王图》等杰作，但是在当时人看来，阎立本只不过善画而已，并非"宰相器"。

《历代名画记》卷九记载："太宗与侍臣泛游春苑，池中有奇鸟，随波容与，上爱玩不已，召侍从之臣歌咏之，急召立本写貌，阁内传呼画师阎立本，立本时已为主爵郎中，奔走流汗，俯伏池侧，手挥丹素，目瞻坐宾，不胜愧赧。退戒其子曰：'吾少年好读书属词，今独以丹青见知，辱莫大焉，尔宜深戒，勿习此艺。'"

阎立本这番诫子绝"此艺"的议论，固然是由自尊受挫而发，可更主要的还是他有感于自己本来是有志于经国济世，辅助圣贤，如今却被画所误，成为一受人驱遣，供人取乐的"画师"。

相反，书法在两汉特别是东晋王羲之以后地位日隆，在唐太宗看来，书法的地位要远比绘画来得高。在正统士人眼里，诗词、文章、书法是古人仕进的必修之课，对它们精通与否，会直接影响到一个人的前途。

张彦远为了提高绘画的地位,不惜把高祖、太宗、中宗、玄宗放在唐朝画家之首,声称这些有志于大道的圣贤也是"艺无不周"。但是史籍却并无他们"书画备能"的记载,故张彦远只能以"非臣下所敢陈述"一句敷衍了事。

而对于书法,唐太宗则不仅身体力行地学习,还要在教育、取士、官吏诠选上把书法列为考核的一个方面,所以唐代书法风气特别盛行。

绘画的情形恰好与之相反,大量事实足以证明,在当时有大成就的画家如卢鸿、韩干、吴道子、郑虔、王维、张璪、孙位等,不是专业画工,就是山林清客,都没有什么"政绩"可言。他们有足够时间和精力来解决一些艺术自身的问题,而不像书家那样只用有限的余暇书"碑"或作诗文的"草稿"。

这样,书法和绘画的技术性因素都被提高到相当成熟的程度,按照苏轼的说法是"天下之能事毕矣"。

虽然对书法和绘画技法的重视和钻研,给书画家带来不尽相同的两种遭遇,但是书法意识的强化,最终渗透到了绘画的每一个画种,其中尤以人物画最为明显。

在敦煌壁画中,北魏的绘画明显地受到外来绘画的影响,而唐代的壁画则形成以书法"骨法用笔"为主要特征的中国画风。六朝谢赫《画品》最为推崇的画家,如陆探微、曹不兴、卫协、张墨等专业画家在张彦远的《历代名画记》中,已经与王献之、张芝等书法名家相提并论。

张彦远意在揭示王献之"气脉通连,隔行不断"的"一笔书"与陆探微"连绵不断"的"一笔画"之间"用笔同法"而产生艺术门类交融的内在联系,的确独具慧眼。

唐代的楷书和狂草都取得高度成就,只是唐楷在唐代文人中却几乎没有受到诗歌的颂赞与夸示,而如贺知章、张旭、怀素等草书大家的作品却得到当朝诗人的热烈礼赞。

从渊源上看,张旭、怀素的狂草乃从张芝、王献之的连绵大草一路发展而来，颠张醉素的狂草书自然更容易入画。或者换句话说，狂草所呈现的龙蛇形本身就具有绘画线条的飘逸与灵动，它同样受到李白、杜甫等大诗人如同歌唱绘画那样的热情讴歌。

至少在张彦远眼里，唐代的"一笔书"与"一笔画"之间，应该也必然可以获得更进一步的沟通，并且有新的成果。

唐长安大雁塔内门侧的《大雁塔线刻画》采用圆屈紧劲的铁线描，准确有力地勾画出人物的结构和肌肉突起的外轮廓；阿斯塔那唐墓出土的《舞伎图》用线简洁流畅，运笔注意起落转折和轻重起伏，以或柔弱或劲健的线条分别表现眉目肌肤造型上的变化；李贤墓壁画《马球图》《客使图》《狩猎出行图》等遒劲流畅的用笔技巧，以及李仙蕙墓出土的《宫女图》有意突出宫女身体曲线而采用的长线条。特别是敦煌莫高窟多达四五千身的飞天人物，图中人体、衣带、云气和飞花以不同的动势和飞行速度，形成了强烈的音乐感、舞蹈感，作者用高度熟练的技巧，仿佛凌空作狂草，运用圆润豪放、气脉相贯的线条，生动地刻画出飞动的韵律，令人心驰神往。

上述唐代绘画在用线上的新特点，当是在唐代书法用笔的土壤中出现的绘画新气象。

苏轼对于王维和吴道子二位唐代画家虽然有着不同的评价，但是在肯定的方面，却有某种程度的一致性。王维倡南宗水墨画山水，用以表达诗情画意，墨的韵味的强调受到苏轼的格外注意。吴道子作"吴家样"，同样以淡彩和衣纹用笔的"莼菜描"等具有书法用笔因素而受到苏轼的重视。唯其如此，"画师"吴道子才能显出"画圣"那种雅俗共赏，同时也蕴含着向"简"、"淡"等文人画过渡的内在趋势。从宋人摹写的《送子天王图》以及吴道子弟子卢楞伽的《六尊者像册》等作品存留的吴道子画风看，焦墨勾线、笔迹洗炼劲爽等"吴装"特点仍然可以让人感受得到。

苏轼将吴道子的画与杜诗、韩文、颜书放在一起赞誉，无疑是要确立吴道子在绘画史上画圣的地位。他在《跋吴道子之画〈地狱变相图〉》中说："道子，画圣也。出新意于法度之内，寄妙理于豪放之外。"

通过"业余"途径，追摹杜诗、韩文、颜字，是大多数"士"所容易办到的。但是如果要想在为"士"的余暇去达到吴道子绘画的"法度"水准，恐怕连苏轼那样的天才也很难办到。据苏轼介绍，"道子画人物，如以灯取影，逆来顺往，旁见侧出，横斜平直，各相乘除，得自然之数，不差毫末。"[①] 故而只好特别鉴赏其"新意"与"妙理"，因为像吴道子那样法度森严，"得自然之数"且"不差毫末"的人物画画法，苏轼用游戏态度、信笔涂抹是很难透彻把握的。

作为一个画家，苏轼作画大都用于遣兴，着意于艺术的自我愉悦功能，相对吴道子画描绘物象的准确真实性，在于艺术的教化功能及其效用，苏轼则将笔墨的趣味放在比描绘物象更重要的地位。

从整个绘画发展趋势来看，文人把技术性标准越来越拉向笔墨，即表现力一边，而将模仿对象的"技"放到了次要的一边。一旦吴道子有诸如"笔才一二，象已应焉"[②] 的"疏体"现象出现，立即就给予书画"打通"工程的有心人如张彦远、苏轼等理论家带来极大鼓舞。

结果，在文人眼里，"外师造化"成了十分空泛的名言，而"中得心源"倒成了玩弄笔墨趣味的代名词。

似乎可以说，文人利用自己手中掌握的舆论工具，将绘画的批评标准逐渐偏向自己所擅长的技能，也是社会地位较高的门类艺术——书法，书法一旦被"援引"入画，"神似"的理论就更具魅力和新的内涵。"论画以形似，见与儿童邻"诗句一出，宋代文人画就获得了舆论的支持，以书入画的运动从此形成强大的理论态势，并且取得丰硕的成果。

艺术史上许多诗书画全才艺术家，特别是画名大于书名的画家或诗人，往往最为注重人们对其书法的评价，反倒不在乎诗名和画名。书画家的这种偏爱并非个别，而是几乎成为一种很值得研究的普遍现象了。

---

① 《苏东坡集》前集，卷二十三《书吴道子画后》。
② 张彦远：《历代名画记》。

苏轼对书法成就十分自负，曾对其弟子由说："吾虽不善书，晓书莫如吾。苟能通其意，常谓不学可。""我书意造本无法，点画信手烦推求。"发展到宋代，以诗词、文赋、信札等为内容的书法，已经不像唐代时仅仅作为"草稿"，而是具有独立审美价值的艺术作品了。

这种尚意书风，正是在苏轼等创造意识非常强的书家的倡导和实践下形成的。学书，苏轼以为："识浅、见狭、学不足，三者终不能尽妙，我则心、目、手俱得矣。"三者俱得方可臻妙境。

用高度成熟的书法技巧来尝试作画，必然是一种全新的面目。苏轼画的图式，主要受文同的影响，题材局限于枯木竹石。黄庭坚对于苏轼在造型技能方面的欠缺，曾直言不讳地指出，"画竹多成林棘"。从当时的技术标准来看，山谷的议论是合符事实的。

不仅如此，据记载，苏轼还在公堂办公之余暇尝试用朱笔画竹。苏轼的那些墨戏之作，除了遣兴之外，大都是送给一些朋友作纪念。在与章质夫的信中说："某近日百事废懒，唯墨木颇精，奉寄一纸，想我当一展观也。"这与他写信时嫌书法不佳，还要再抄一遍送人的艺术创造心理有着精神上的相通。由于特定的批评氛围，苏轼的小品画当时已经受到社会的宝重。《梁溪漫志》卷七记载："至于学问文章之余，写出无声之诗，其萧然笔墨间，足以想见其人，此乃可宝；而流俗不问何人，见用笔稍佳者则珍藏之，苟非其人，特一画工所能，何足贵也。如崇宁大臣以书名者，后者往往唾去，而东坡所作枯木竹石，万金争售，顾非以其人而轻重哉。"

这里主要还是牵涉到书法品评中的人格因素问题，但是就苏轼所从事的以书入画实践看，无疑枯木竹石要比道释人物和全景山水更容易见成效。

可以说，苏轼的绘画技能主要体现在线条的表现力上，枯木竹石的单纯与抽象化发展，可以更易于表现线条的固有品质，得益于书法造诣的苏东坡正是就此加以发挥，而不是在对复杂物象的精湛处理方面下功夫。

在文同、苏轼、米芾等文人画家的努力下，当时正统的美术批评家也不得不将上述题材的绘画列入绘画史著作的专门一类。如郭若虚的《图画见闻志》以《人物门》《山水门》《花鸟门》《杂画门》为序；《宣和画谱》则以《道释门》《人物门》《宫室门》《番族门》《龙鱼门》《山水门》《畜兽门》《花鸟门》《墨竹门》和《蔬果门》为序。

值得注意的是，宋代郭若虚《图画见闻志》已经明确指出："画衣纹林木，用笔全类于书"，可以看作是对苏轼等人绘画实践的某种理论总结。

道释、人物门类由于有了唐代的绘画基础，加上人物衣褶的天然飘逸恰好有利于行草笔意的直接化用，所以，早在五代就出现了贯休、周文矩、石恪等以书入画的人物画家。

贯休的水墨罗汉及释迦弟子诸像，笔法坚劲，大都粗眉大眼，形象夸张，贯休作"梵像"，得益于其狂草意态。

周文矩于南唐后主时任翰林待诏，绘画题材多擅宫廷贵族尤其仕女，画风近唐周昉而更纤丽，多用曲折战掣称为"战笔"的画法表现衣纹，这与当时李后主采用"金错刀"笔法作书可谓交相呼应。石恪擅画佛道、人物，形象夸张，笔墨纵逸刚劲。其以书入画的写意人物画风直接影响到南宋著名的简笔画家梁楷。

比较客观地看，由于有唐五代以来人物画偏向写意笔法的实践，故而竹、木、石也相应发展为独立绘画题材。在这些题材的实际创作过程中，苏轼等人同时倡导以书入画，使之成为文人托物寓情的艺术载体。这种具有援书入画新体貌的绘画的出现，就具有观念和技法的开拓意义。其后如杨无咎、法常、赵孟坚、王庭筠、郑思肖等人水墨"四君子"的表现程式和以书入画技法，成为元、明、清及近代势力强大的文人画家的楷模。

元代的绘画被后人评为"萧散简远，妙在笔墨之外"。中国山水画的发展由草创到成熟，技法由粗拙单一渐趋丰富完美，表现出由简到繁、由繁趋简、或简或繁的发展轨迹。

其中由宋至元大抵上有两次变格：一是北宋到南宋，如李唐晚岁的删繁为简，马远、夏圭拓展成为典型的水墨苍劲的南宋山水画派。其间由于北宋的灭亡和政权的南迁，文化艺术重心退缩江南，南方汉族文人艺术家遭受到较大的心理创伤，在内容上（多以诗词为主）表现山河沦落的悲恸，如李唐的《采薇图》描写殷代贵族伯夷、叔齐不食周粟，到首阳山采野菜充饥，最终饿死的故事。笔法方硬粗简，在画中使用了他首创的斧劈皴技法，与梁楷简笔人物画在艺术气质上很接近。

马远、夏圭则作"半边"或"一角"山水，政治上的托山水寓情感特征已经为绘画史论者普遍注意，画家的这种情绪同时可以在诗人陆游、词人辛弃疾、姜夔的作品中得到印证。从题材的处理上看，山水的"边"、"角"布局恰好像花卉中的折枝，更具中国画虚实相生的美学意义。

而水墨的强调则体现了与苏轼、米芾等人倡导的文人画书法意味的趋同。由南宋至元，出现了向简率方向的变格。黄公望、吴镇、倪瓒、王蒙等大家均程度不同地具有简率的元画体貌。黄公望之简在于以布局求丘壑的空灵，倪瓒、吴镇之简在于以笔墨取物象的神韵。都因在山水画中强调了书法意识及其技法，故而形成元代山水画与宋代山水画在中国绘画史上的双峰并峙地位。

在由南宋至元的变格中，元初赵孟頫对开拓和确定元画的审美形态有引导和开创之功。赵孟頫提倡晋唐、北宋的"古意"，反对南宋院体画侧重纤细、浓艳的审美情趣，以拓古就新的方法改进传统的画法规范，促使当时画风的演变。

最重要的是他具体明确地提出"书画本来同"的理论主张，并加以切实的实践。赵孟頫用许多精力把书法的审美趣味融化到画法中去，以书法入画的口号和实绩冲击趋向封闭纤细的南宋院体，使书法的节奏、韵律感浸透到绘画的形象思维中去。

赵孟頫随意挥写的简率画格，更能体现其技法探索变异的迹象。明显的如《秀木疏林图》一类。此图乃其书法融于画法的实例，后纸自题诗云："石如飞白木如籀，写竹还应八法通。若也有人能会此，须知书画本来同。"

这是流布于画坛的名篇，也是后人赞扬"以书入画"的理论依据。

画中山坡之上耸一巨石，两旁分布松木、幽兰、荆棘。与其说画上描绘了上述物象，不如说是书法线条的组合更为恰当。正如画家所提示的那样，画上巨石全用草法，横拖竖抹，忽行又止，树与荆棘用楷法和隶法，兰竹用篆法，整幅画体现了赵孟頫新的美学观，作者凭借他高深的书学修养，运用书法用笔的中锋、侧锋、藏锋、露锋，以及轻重、疾徐、转折、顿挫，表现出一种自我抒情，活泼灵动的节奏和韵律。这种笔情墨趣仅有轮廓而无渲染，可以最大限度地发挥书法线条功能，体现文人画"写"的意味。故后人谓"文人画起自东坡，至松雪敞开大门"。

赵孟頫"写"的美学观念直接影响到元代山水画的四位代表人物。黄公望、王蒙、倪瓒和吴镇合称元四家，他们虽然画风各异，但不纯主于自然本体的情意表达，大都讲究书法意味。正是这一点，从笔墨形式本身造成元代山水画带有变革意义的革命。

黄公望提出山水画有"平远"、"阔远"、"高远"的著名的"三远说"，对布局构成产生积极影响。他认为，作画大要"去邪、甜、俗、赖四个字"，主张山水之法"大概与写字一般"，"山水用笔筋骨相连，有笔有墨之分"。他著名的《富春山居图》就是在"用笔"的主导精神指导下，突出"写"的特点。

黄公望在画中通过富有书法抽象意味的线条，变易了南宋画派那种一目了然的重在墨块皴染交融的方法，在纸本上干笔勾皴，从而具有元画的典型特色。如以披麻皴的密集线皴来显示丘陵的山土形象；远山简远不用渲染，化宋人湿笔为干笔；气韵在笔而不在墨，从而见出疏秀空灵的笔趣。在节奏方面，以"米点"错落树丛，犹"山为衣，树为扣"，以浓墨为"扣"来归结前后纵深的空间层次和横向的物象联系。

黄公望山水画笔墨形式美的探索造诣很深，他的画风对后世产生了巨大影响。论者以为，《富春山居图》"开元明清山水画洪流之无垠法门"。

以繁线密点为主要风格特征的王蒙，用多种富有书法意趣的点和线来表现物象，同样引起后人的注意。他的《春山读书图》用曲折律动的纵势皴法，形似解索、奔蛇，很容易使人联想到王献之《中秋帖》的"一笔书"。密集的草书般线条的组合，使画面富于一种内在动势，仿佛辛幼安笔下"众山欲东"的群峦。《青卞隐居图》中单是山脉与山顶上使用的苔点就有浓、焦墨浑点、破竹点、胡椒点、破墨点等，狼籍多变的点画，形成生动苍茫的画面效果。方薰称王蒙作勾勒"如飞帛（即飞白书）书，虚中取实，以势为之"①，王蒙自己也说，"老来渐觉笔头迂，写画如同写篆书"。"迂"则不计工细端庄，随意出之如同作草篆，表达了书趣与画意融汇一体的满足感。

倪瓒以"云林画格"和"逸品"丰富、发展了传统山水画的艺术形式，开拓了使传统获得伸展的审美领域。"云林画格"以其疏简清逸代表绘画领域里的一种文化心态，传递并影响于后世。倪瓒在艺术表现上不以观念性的制作纤细取胜，而以不拘形似，脱略形迹的方式，借景物来抒写心绪。用他自己的话说，就是"逸笔草草，不求形似"，"聊写胸中逸气"。

这样一种绘画标准，更接近于书法的抒情本质。所以倪云林画的画面空间结构秩序的建立和形式美感的产生，主要突出疏简，简中寓繁，似简而繁；简在布局而繁在笔墨，和王蒙似繁而简的面貌恰好形成对比。

相比较而言，倪云林的简中寓繁，似嫩实苍的风格，更集中体现了文人画的精神内质，对明清文人水墨山水画产生了深刻影响。到了明代，竟出现"江南人家以有无（倪云林画）为清浊"的现象，获得社会的普遍认同。当然，倪云林的意义更多的还在于他所代表的隐士文化的具体内涵，笔墨仅仅是其特征之一。

吴镇借笔墨化客观物象为主观情思的方式和上述三家不同，他上承五代董源、巨然而兼取南宋马远、夏圭技法。他的美学思想中含有赵孟頫的"古意"成分。他将"南画"体貌和"北画"的骨法结合起来，化南宋院体的外露为蕴藉，渗和在董源、巨然等江南画派的温文画风之中，从而形成一种既重笔法，更重墨法，刚柔相济，干湿并重的画风。吴镇是元四家中唯一在画中含有南宋画风的画家。

---

① 方薰：《山静居画论》。

吴镇曾说，作画是"士大夫词翰之余，适一时之兴趣"，这与倪瓒"聊写胸中逸气"的精神是相通的，都强调一种"写"的随意性与抒情性。吴镇的艺术趣尚有其现实生活基础：性情孤峭，以卖卜卖画为生，终身隐居不仕。他在居处遍植梅树，以北宋林和靖自譬。当时，他与画家盛懋为邻，盛懋门庭若市，而吴镇却门可罗雀，连他画的墨竹都被讥为带有"酸馅气"。正是有这种与"富贵气"相异的清高远尘，坚持艺术与人格的统一，他才能耐得寂寞，不为物欲所动。《四库全书总目提要》评吴镇诗（多为题画诗）："（仲圭）抗怀孤往，穷饿不移，胸次既高，吐属自然拔俗。"或许吴镇的隐居是不带功利目的真正意义上的隐居，因而他的超尘脱俗特别得到后人的重视。

吴镇的书名为画名所掩，在元代艺术家中，吴镇是一位诗书画造诣极深，而且将三者有机结合最成功的艺术家。在他的题画书法中，可以看到他吸取贺知章、张旭等书家清隽洒脱的韵致，融化黄庭坚行草书或险劲或率性的书风，以及吸取杨凝式荒率生涩的外貌特征的痕迹。作于六十四岁的《渔父图卷》，融汇南北之长，不仅着意于以线立骨，同时不废渲染，点线结合，富有幽致。画前录柳宗元记一篇，画间题十六首渔父词，所作书法行草相间，笔意潇洒出尘，笔简而沉着，一如其画，是炉火纯青的行草逸品。可为诗书画"三绝"的代表作。

后世对吴镇的画评价甚高，欣赏并接受他的格调者颇多。而其书法从继承角度看，如以拙为巧，以荒率为绵密，以冷隽为醇正等特点，多为画家而兼书家者所蹈袭。明代文征明的长子文彭的草书，固然不脱文门绘画巧丽风格影响，却也从吴镇的书风中获得笔致纵逸而脱略形迹的一面，成为草书一大家。明清之际的垢道人程邃、髡残等书画家，则于其乱头粗服和孤峭冷逸中可以寻绎到吴镇书法的遗风。至于明人沈周和清人罗聘，也深受吴镇影响，罗两峰冷僻的题画字可称吴镇第二。可见吴镇在诗书画相通的创造中，找到一种比较适中的表现技巧和美学风貌，因而产生了综合影响。

三、"描"与"写"

回顾书画发展史，文字产生于绘画，书法又以文字为媒介。书法用笔的成熟又先于绘画，这种不平衡必然导致书法用笔对于绘画线形式表现性的影响。在书画工具相同且产生相近的审美标准以后，用笔方法，即对线的理解和使用，成为书画二门类艺术共同关心的问题。中国画吸取了书法艺术线的技法规律和审美原理，从而加强了绘画语言的表现力并使之获得了独立的审美价值。

从具体情形看，往往是在书法技法每每取得极大成功之后，隔了相当一段时间，才转借于绘画技法。杨维桢《图绘宝鉴序》说："书盛于晋，画盛于唐、宋，书与画一耳，士大夫工画者必工书，其画法即书法所在。"这是后人从书画成熟期不同步而逐渐趋同的角度提出的看法。

书法各体特别是便于写意画使用的行草法则早在晋代已经具备，唐人并没有大规模有意识地使之进入绘画领域。这可能与欣赏标准及书体特征有关系。徐渭曾经分析说："晋时顾、陆辈笔精匀圆劲净，本古篆书字象意。其后张僧繇、阎立本，最后吴道子、李伯时即稍变，犹知宗之。迨草书盛行，乃始有写意画，又一变也。"[①]

就是说，中国绘画早期的线条，多与篆书相同，线条"匀圆劲净"，以后才逐渐参入隶楷笔法，最后才以行草入画。等到笔法与画法全都成熟，而且观念上趋同时，后来的大家如徐渭、石涛、郑板桥、黄慎、赵之谦、吴昌硕、齐白石等注重综合运用，援书入画运动才取得真正成功。

那么如何理解早在唐代张彦远就提出的善画者必善书的见解？我们已经介绍过张彦远在《历代名画记》里提到的有关论断，如已注意到草书"一笔而成"，"一笔书"与"一笔画"的"连绵不断"特点，以及与书法"一点一画"的呼应关系等。创作者方面，画家吴道子也从

---

① 徐渭：《徐文长全集》。

张旭的草书中悟到连绵气势。但仔细分析可知，这种影响更多包含着整体气势以及激情感染的色彩。

如果与唐代书家的线条性质相比，则吴道子等唐代画家的线描可能更接近李阳冰的篆书；从风格熏染上分析，则属于杜甫所谓"书贵瘦硬方通神"一路。所以在画家的用笔上仍以线条的"描"为主而没有太大的突破。例如现在我们能看到的传为宋人所摹的吴道子《送子天王图》或吴道子弟子卢楞伽的罗汉，线条都细腻流畅。杜甫论书尚"瘦硬"，风格上比较接近篆书圆匀劲净的线条审美趣尚。虽然前人认为吴道子创造了一种在勾线时有轻重粗细变化的"兰叶描"，成为独具面目的"吴装"，但是，从前举画例看，则基本上属于缜密细致的密体"游丝"。这与唐五代绘画中大部分人物的服饰那种细密坚凝，给人以"实"的感觉是一致的。

有论者以为，这是绘画处于"描"的阶段，无法力挽狂澜而标新立异。其实主要是欣赏标准的不同。旧诗传统中，唐代杜甫以尚"实"如诗史的巨大成就而成为"诗圣"；而绘画中与之相应的尚实作风，也恰好处于由匀实劲净、细劲瘦硬一类"描"的线条开始转向更注重用笔轻重粗细变化的"写"的最后历程，因而更多地带有具象性表现因素。

新的文人画标准还未确立，因此这种尚"实"的"描"的作风仍然处在被肯定的主导地位。

五代、北宋以后，出现了石恪、梁楷等画家的简笔人物画。这是一个重要信号。石恪的《二祖调心》和南宋梁楷的《太白行吟图》《泼墨仙人》都成为当时一种新的画风，这是文人画写意绘画的先导。直到苏轼等人在理论上的推波助澜，开拓与工细重彩相对立的写意竹木石等画科，文人画以书入画的理论才引起了强烈反响。

必须指出，宋代行草书的高度成就，冲击了唐代以前绘画线条犹如篆书风格的"描"的定势。一方面唐楷在宋代已经成为活字印刷字体的样板，作为大众传播工具的印刷字体，在尚韵重意的宋代文人眼里已没有太多的艺术模仿价值，宋代楷书没有大成就，唐楷入画就失去基础。

另一方面，杜甫所偏好的"瘦硬"书风（可能与唐代绘画线条风格相呼应而成时尚），在宋代直接遇到苏轼的批评。苏轼《孙莘老求墨妙亭诗》说："峄山传刻典刑在，千载笔法留阳冰。杜陵评书贵瘦硬，此论未公吾不凭。短长肥瘠各有态，玉环飞燕谁敢憎？"苏轼既肯定唐人篆书如李阳冰继承李斯峄山铭篆书那样的"笔法"，又不满杜子美评论书法以"瘦硬"为贵，认为"未公"。他的主要思想还在于从欣赏"典刑"以外寻求新的发展。短长肥瘦，异态竞妍，正如杨玉环和赵飞燕各以其丰腴和苗条而各擅胜场。用苏轼《和子由论书》诗的话说，就是"貌妍容有颦，璧美何妨椭。端庄杂流丽，刚健含婀娜"。

在这样的舆论导向下，"描"的笔法，"瘦硬"的书风，以及由此而产生对绘画的原有影响，在宋人如苏轼的眼里，必定还是要变化的。变化的方向当然就是偏重清新流丽，饱含韵味的行草书及其笔法对绘画新的渗透。与唐代相比较，宋人的援书入画不仅从形式上而且从具体技法上进行了卓有成效的沟通。山水画方面，米芾一方面集古字，寻求晋人风韵，一方面却开始用具有书法抽象意味的"米点"画山水，其子米友仁作《云山墨戏图》《潇湘白云图》更加以发挥，他们书画共同具有的笔性因素，在明人董其昌手里得到淋漓尽致的表现。

文人画有一重要评判标准，即所谓"士气"。"士气"的核心就是画家作画是否用书法家写字的态度或方法进行。董其昌道："赵文敏（孟頫）问画道于钱选（舜举）：'何以称士气？钱曰：'隶体耳。'画史能辨之，即可无翼而飞；不尔，便落邪道，愈工愈远。"[①]

隶体即隶书，隶书相对篆书线条粗细一致而言，具有转折顿挫、粗细轻重变化的特点，对于这些特点画笔如有所借鉴，就能大大增强造型达意的效果和艺术形式的感染力。

可见画家作画是否吸取书法特别是新的书体的用笔，直接影响绘画艺术效果的强弱。故而大部分士大夫工书法，在他们下笔作画时，是否

---

① 董其昌：《容台集》，《佩文斋书画谱》卷十六引。

在画中强调书法因素就犹如作品之是否有"士气"了。董其昌说："士人作画，当以草、隶、奇字之法为之。树如屈铁，山如画沙，绝去甜俗蹊径，乃为士气。"①

元明以后，出现了许多画家以某种书体的笔法画某物的创作经验谈。如柯九思《画竹自跋》说："写竹，干用篆法，枝用草书法，写叶用八分法或用鲁公撇笔法，木石用折钗股，屋漏痕之遗意。""如印印泥"、"如锥画沙"、"折钗股"、"屋漏痕"等乃书法用笔的理想境界，在书画相通以后，绘画美学也认为这是画境的理想形态。

针对"士气"，明人屠隆也说："今之论画，必曰士气，所谓士气乃士林中能作隶家画品，全在神气生动为法，不求物趣，以得天趣为高。观其曰写而不曰描者，欲脱画工院气故尔。"

所谓"不求物趣，以得天趣为高"，则一定要依靠"写"而非"描"了。因为只有书法表现性极强的抽象因素，才更有利于发挥绘画线条本身的表现力。

吕凤子先生在总结中国画艺术特征时指出："勾线技巧，即使每一有力的线条都直接显示某种感情的技巧"，"是中国画的特有技巧"，"凡属表示愉快感情的线条，无论其状是方、圆、粗、细，其迹是燥、湿、浓、淡，总是一往流利，不作顿挫，转折也是不露圭角的。凡属表示不愉快感情的线条，就一往停顿，呈现一种艰涩状态，停顿过甚的就显示焦灼和忧郁感。有时纵笔如'风趋电疾'，如'兔起鹘落'，纵横挥斫，锋芒毕露，就构成表示某种激情或热爱、或绝忿的线条"。

以情感类别对应线条的特性，从书法抒情写意的艺术本质精神对绘画的渗透角度讲，无疑是正确的。

因而画家对书法用笔的强调，就并非仅仅是一种技巧上的借鉴。再看宋元以后的画家如何专心陶醉于书法的启迪：

鹿柴氏曰：云林之仿关仝，不用正锋，乃更秀润，关仝实正锋

---

① 董其昌：《画旨》。

也。李伯时书法极精，山谷谓其画之关纽透入书中，则书亦透入画中矣。钱叔宝游文太史之门，日见其搦管作书，而其画益妙。夏昶与陈嗣初、王孟端相友善，每于临文见草，而竹法愈超。与文士熏陶，实资笔力不少。又欧阳文忠公用尖笔干墨，作方阔字，神采秀发，观之如见其清眸丰颊，进趋晔如。徐文长醉后拈写字败笔，作拭桐美人，即以笔染两颊，而丰姿绝代，转觉世间铅粉为垢。此无他，盖其妙笔也。用笔至此，可谓珠撒掌中，神游化外，书与画均无歧致。

可见书法用笔对于绘画，不仅是表现性的扩大，如画家受书家作书时的气势和激情所感染，而且成全了绘画表现力。

郑板桥题画时写道："文与可、吴仲圭善画竹，吾未尝取为竹谱也；东坡、鲁直作书非作竹也，而吾之画竹往往学之。黄书飘洒而瘦，吾竹中瘦叶学之，东坡书短悍而肥，吾竹中肥叶学之。此吾画之取法于书也。至吾作书又往往取沈石田、徐文长、高其佩之画，以为笔法。"郑板桥想要论证的也是"要知书画一理"。

郑板桥的立论有其书画家的实践为基础，他从双向影响和渗透的角度，既看到书法对绘画的影响，又证明绘画对于书法的反渗透。在他眼里，不画竹的黄庭坚的书法，反倒让人感到"罔非竹也"，因为黄书体瘦而意腴，"秀而拔，欹侧而有准绳，折转而多断续"，简直就是"其吾竹之清癯雅脱乎"。可见书法的写意抽象，不仅可以有生发性情的功能，而且也有表现物象的功能（艺术变形）。擅长书法的画家，把他们的书法技法运用到绘画所需要的技巧中去，这就极大地丰富了画中的表现力和艺术效果。

当书画家意识到这种表现力完全成熟之后，表现性的笔法就受到极大的重视，并被广泛运用。所以历史上文人写意画史的通才艺术家，如苏轼、米芾、赵孟頫、杨维桢、柯九思、徐渭、唐寅、文徵明、董其昌、李日华、石涛、郑板桥、黄慎、赵之谦、吴昌硕、齐白石等，往往首先肯定自己的书法艺术，刻划其书法面目，并且有意识提醒人们注意他们以书法入画的意图和表现，也就不足为怪了。

四　款题与闲章[①]

中国画融诗、书、画、印为一体，形成民族传统绘画特有的表现样式。以书入画，不仅仅是绘画创作及赏鉴自身的相互渗透，而着重在"用笔"或"见笔"之中，而且更明显一点就是将诗文、书法、印信引入画面。这种尝试，在元代以后获得了十分重大的美学意义，因为款题、用印被认为既可以增强绘画的表现力，又可以增加形式美感。

这里我们将着重讨论以书入画即布局构成的款题书法、闲章及其特点。很明显，款题书法与绘画用笔的书法意趣是两个不同的概念，前者基本上属于外在形式如两种门类艺术的拼合共处，而后者是带有内在表现笔法的"内交融"，画法即书法，几乎无间。文人画高度成熟以后，就有意识地将二者综合到画面上来，形成诗、书、画、印的有机交融。

款题书法有着久远的历史。最早记载画上题字的，似为汉代麒麟阁内的功臣图像。《汉书·苏武传》记载："宣帝甘露三年，单于入朝。上思股肱之美，乃图画其人于麒麟阁，法其形貌，署其官爵姓名。"

之后就是"赞"的出现。一般来说，"赞"并不写入画面，而是另作文章，内容也不关画面本身的优劣巧拙，而是赞颂所画人物的生平及功业。蔡质《汉官典职》记载西汉"尚书奏事于明光殿省中，皆以胡粉涂壁，紫青界之，画古烈士，重行书赞。"可见当时的赞文是写在画像之旁，仅起解说和宣传作用。

东汉时在画上题字的情况已较常见。一九七二年发现的东汉和林格尔汉墓壁画，现存画面五十余组，是迄今所见榜题最多的汉墓壁画。汉灵帝时著名学者蔡邕奉诏画赤泉侯及五代将相，并受命写赞并书，其画、赞、书被时人称为"三美"。九十高龄的书画家赵岐，曾"先自为寿藏图。季札、子产、晏婴、叔向四象居宾位，又自画其象居主位，皆

[①] 参阅王伯敏：《中国绘画史》，上海人民美术出版社，1982年版。

为赞颂",所题已扩大到个人。

据唐张彦远《历代名画记》"叙自古跋尾押署"一节载,隋唐之交为传世作品题字之风始行。"自晋、宋至周、隋收聚图书","备列当时鉴识艺人押署"。如隋代开皇年间,薛道衡在画上"署名跋尾";开元中,唐玄宗购求天下图书,亦命当时鉴识人押署跋尾;张彦远的家祖,也刻有"河东张氏"印钤于书画上;米芾《画史》记载唐李德裕为阎立本的《步辇图》题跋。只是唐以前的题款大都得不到实物证明。

宋画题款尚无固定的款式。赵希鹄在《洞天清录》中提到:"郭熙画,于角上有熙字印。赵大年(令穰)、永年(令松),则有大年某年笔记。萧照以姓名作石鼓文书,崔顺之书姓名于叶下,易元吉书于石间",这种情况清人盛子履也提及:"古画不名款,有款者亦于树腔石角题名而已。"

在"树腔石角"题名的做法,后人称之为"藏款"。如崔白作《寒雀图》,左角树枝下书"崔白"二小字;范宽《溪山行旅图》将名字书于树叶间;王诜作《梦游瀛山图》,以蝇头小字,落款于一个小山峰上,书"保宁赐第王晋卿,瀛山既觉,因图梦中所见,甲辰春四月梦游者";又如赵黻作《江山万里图》,卷末下角书"京口赵黻作"。

清人钱杜《松壶画意》试图分析产生"藏款"的原因:"画之款识,唐人只小字藏树根石罅。大约书不正者,多落纸背。至宋始有年月纪元,然犹细楷一线,无书两行者。惟东坡款皆大行楷,或有跋语三五行……"钱杜认为画家的书法功底不厚,不敢写或不敢多写。其实更多的恐怕还是未形成风气。

当然,也有画家题款于明处的,如郭熙作《早春图》、《窠石平远图》,不仅有款,还钤有朱文长印。南宋的杨无咎作《四梅图》、赵孟坚的《墨竹图》、《水仙图》等都在画上题诗。

在画上题跋也始于宋时,宋徽宗赵佶喜欢对画院中的作品加押加印。他在《蜡梅山禽图》上,款署"宣和殿御制并书"字样,还用了一个花押"天",即"天下一人"的简写。宋画虽然有了款书、题诗、题跋并加印,但毕竟还不普遍,现存两宋名画,无款无名章的还是占多数。

苏轼在画上作大行楷的题款或跋，并未引起宋人的热烈响应，他的真正知音应算元画的主帅赵孟頫和元四家。由于他们都是文人画的实践者，又在画中率先大量使用书法的笔墨方法，因此题款在元人画中成为大趋势。

款题的内容和形式都颇为讲究，与绘画艺术浑然一体。赵孟頫的人物画《红衣罗汉卷》款题为"大德八年，暮春之初，吴兴赵孟頫子昂画"。后另纸题了长跋："余尝见卢楞伽罗汉像，最得西域人情态，故优入圣域。盖唐时京师多有西域人，耳目所接，语言相通故也。至五代王齐翰辈虽善画，要与汉僧何异？余仕京师久，颇尝与天竺僧游，故于罗汉像，自谓有得。此十七年前所作，粗有古意，未知观者以为如何也。庚申岁四月一日，孟頫书"，并钤有朱文"赵氏子昂"一印。

这是一篇写域外罗汉像的体会文字，书画均追求"古意"的赵孟頫在字里行间流露出自得之情。

黄公望的《天池石壁图》，不但写上画的标题，还题上作画的年月，以及自己的年龄，所谓"至正元月十日，大痴道人，作天池石壁图，时年七十有三"，可谓画、书、人俱老。吴镇的《渔父图》卷，几乎一段一题，《竹图》款书占画面一半。再如画梅大家王冕，在《点水梅花图》上，竟写上近千字的《梅先生传》；《墨梅图》上画梅仅数枝，花亦寥寥，而其款书在画面中间的下部，居然写上一百二十余字。可见款题风气的盛行。

明清的绘画题款内容更加丰富，形式也更讲究艺术性。明人沈颢在《画麈》中论及题款时将元代列为重要分期："元以前多不用款，款或隐之石隙，恐书不精，有伤画局。后来书绘并工，附丽成观。"是说元以后画面重视款题形成了一种传统。

明清两代的画家如沈周、文征明、唐寅、陈淳、徐渭、董其昌、朱耷、石涛、石谿、恽南田、金农、郑燮、李鱓、黄慎以及近代的吴昌硕、赵之谦、齐白石等，既是杰出的画家，又是杰出的书法家，他们各呈才思，形成了不同的款题风格和流派，他们在绘画上的款书，正如钱杜所说："书佳而行款得地，画亦随之增色。"

款题以书法艺术的形式占据了相应的画面位置，这就引起了章法的变化，也引起不同的看法。如清人孔衍栻《石村画诀》认为款题不能侵占画位，只可补画之空处。而明人沈颢的《画麈》却不同意此说，主张书法可以侵占画位，认为书法在画幅上的出现可以有"奇趣"。他说："石田晚年题写洒落，每侵画位，翻多奇趣，白阳辈效之。"

明清许多画家都十分重视款题位置的经营，他们往往煞费苦心地惨淡经营，常常表现出随机应变或出奇制胜之趣，并且根据画面内容采用相应的字体，造成画面的和谐与完整。如工细的界画多用工整的楷书或行书题识，而不用纵横飞舞的草书，如宋徽宗精丽的花鸟画用其"瘦金书"题款，就比用楷书或隶书要来得和谐。

明清的款题书法，形式多种多样，常见者主要有以下几种：

单方落款　这是明清书画中最普遍也是最简单的一种款式，或称"署名款"，可横可竖，字体也比较随意。如项圣谟所作梅花图，落款只书名字，下钤"易庵居士"印一方。有的将印故意叠钤在名字的一部分之上，以增加意趣。

短题　短题是指作者除写上姓名外，往往还要题写自己的年龄、籍贯或作画地点等等。特别是高龄画家署明年龄更觉珍贵，如"九十一岁白石"等。

署题意　也叫点题，这是一种除了署名款之外，就画图的内涵，拟出一个标题书款其上。如唐寅《落霞孤鹜图》，任颐《归田风趣图》，齐白石《蛙声十里出山泉》等等。

方题　方题多用于题画诗，是书者特意将诗行排成方形，具名时变换小一些的字体落款。由于方题在画面位置显著，往往用以调剂或补足画面的空白部分，画家题款时相当灵活。

长题　长题是从上至下，贯穿整个画面，增加形象气势的款题方法。它的特点是在画面上多占位置。一种字数较多的如沈周的《夜坐图》，上书《夜坐记》一篇，长数百言；明郭诩《琵琶行图轴》画白居易《琵琶行》诗意，上三分之二画面用草书题写白诗全文。另一种情况是款字写得大，如唐寅的《送别图》，每个字几与画中人物的头部相等。善于作长题的画家很多。例如八大的花鸟虫鱼，画面上只有简单的一种，而长题款的出现，顿使画面变得丰富多彩。

另外还有长横题，其特点是齐头不齐尾，以求变化。纵横题，是将长题与横题加以综合运用，画家或横或纵，或大或小，信笔挥洒，虽不免侵占画位，却平添许多韵味和美感。郑板桥常用纵横题以助长画中狂放豪逸之气。夹画题又叫穿插题。题款与画中形象互相穿插，隔形而题。但又题不碍形，形不碍字，相隔不断，形隔意连。是款题中别致而少见的样式。

如郑板桥题墨竹，有时散散落落写在竹丛的空隙中，近看为书，远看如竹旁的小枝小草。汪士慎也常把款书写在梅枝间，黄慎、吴昌硕也偶用此法，时人目为怪题，这种新奇的创造，着实可以增添画趣。

散题或叫多款题，是画家合作的产物，或者是他们观画读诗后题上的感受，内容较为庞杂，落款也较零散，它的价值更多的在于具有纪念意义。

多款题的作品中，还有一种款书多到不能再多的地步，这种款题有人也称之为"铺地款"，即画面上写满了款书。如董其昌的《婉娈草堂图》，作者在画上一连三题，此外还有十六款，多至八百四十余字，几乎将所有的空白都题满，还侵占了不该落款的位置，被当时的评论家称为"打闹习气"。

使用印章，也是中国书画艺术独具特色的一个方面。印章，书画家用以表示确属自己的创造，鉴赏家用以证实自己的鉴别。

早在春秋战国时代，印叫"钤"或"玺"，作为昭信之物，用作商业交往、官阶爵位的凭证。汉代始称"印"、"章"或"印章"。

宋以前的印章可以归为官印、私印二种，形状有鼎形、钟形、葫芦形等，且印文篆法尚不严密，字体互异，多为匠人所制。

一般认为，宋《宣和画谱》的刊行，使篆刻艺术成为和书法、绘画并列的艺术门类，而普遍流行画中用印的则是文人画兴盛的元代。

据记载，赵孟頫是第一位自制印信的文人画家。元末王冕偶得浙江宝华山所产的花乳石,喜其色泽斑斓,便为自己刻了一方印章,押到画上,十分称心惬意。今天我们还可以在王冕传世的绘画作品中见到他自刻的印章,如"王冕私印"、"王元章氏"、"方外司马"、"会稽佳山水"等,"方外司马"以汉印格局刻出,气魄宏大,作风泼辣,已具鲜明的个人风格,说明元代末年的文人印章已经有了崭新的内涵。此后,文人画士研朱弄石,遂为后人所尚。

印章从内容上可分为名章、姓章和闲章。加盖印信,是把篆刻艺术引入绘画的特定形式,它不仅可以增加中国书画的艺术美感,而且能够以篆刻语言阐发画面的意境,抒发画家的真切感受。在形式上,印章和书法有着不解之缘,治印时要书写印文,讲究章法的虚实向背、分朱布白,还要讲究刀法犹书画中用笔,所有这些,都是为了更好地表现作者的思想感情和艺术个性。而在所有的印章中,以闲章所涵括的思想艺术容量最大,也最引人注目。

闲章一般钤在书画作品的下半部,俗称"押脚"。相对大幅书画,一方红色印章只是一个微观世界,然而巨细之间,各呈风采。这个微观世界却犹如端楷中的逸笔草草,雄肆奇文中的一段小品,逗引出许多遐思,平添出许多生意。后期文人画中大量闲章的出现,就是这个微观世界流金焕彩的里程碑。

闲章的内容十分丰富,一般指刻入印中,钤于画上的那些作者最信奉的格言箴语,有的则是某段人生经历的概括,个性色彩十分鲜明。如郑板桥场屋失意,经历了由科举入仕的漫长历程,故刻有"康熙秀才"、"雍正举人"、"乾隆进士",以示自己入仕的坎坷。他在山东为官时刻有"恨不填满普天饥债","燮何力之有焉",表明心志与现实的矛盾。其"因贻父母令"章,更表明清正廉洁的志向。

李方膺在安徽作县令时屡次违忤上司,终被弹劾,并以此入过狱。他刻有闲章如"画医目疾"、"画平肝火",可见他脾气刚烈,作画是为了发泄不平。

吴昌硕五十二岁时有人保举他做了江苏安东县令,可他上任仅一个月就辞职回到扬州,后来刻了一方闲章,曰"弃官先彭泽令五十日",

意为自己比不愿做官的陶渊明做县令的时间还短。

康有为在戊戌变法失败后，亡命海外十六个春秋才回国。回国后向他求字的人很多，康有为晚年主要靠卖字为生。其政治生涯与其书法活动有着紧密的联系，晚年常使用的一枚闲章乃自述其不凡经历："维新百日，出亡十六年，三周大地，遍游四洲，经三十一国，行六十万里。"此章朱文四公分见方，共二十七字，字数之多，为闲章中所少见。观其所述，自矜自得之情，不胜低徊之感，错杂其间。无独有偶，他的女儿康同璧也曾随父同行。回国后，她也刻了一枚闲章曰："若论女子西游者，支那第一人。"可谓踌躇志满，雅有父风。方寸之间，真可谓刀下起波澜，刻出巨大的历史容量。

至于表明艺术观念和价值取向的闲章，往往与书画内容或款题文字有异曲同工、相映成趣之妙。

郑板桥标新立异，闲章印文便是借古"开今"、"不入时"；唐寅毕生坎坷，索性刻"江南第一风流才子"、"逃禅仙史"以自嘲；金农则有"淡澹生真趣"印；吴昌硕五十岁学画，镌"画奴"以自许；齐白石的"见贤思齐"、"我生无田食破砚"、"三百石印富翁"都表明对于艺术的执着。

其他诸如吴熙载"物常聚于所好"，黄易"茶熟香温且自看"，陈豫钟"文章有神交有道"，吴秋伊"长毋相忘"，邓石如"世济忠清"，马公愚"未能一日寡过，恨不十年读书"等等，或叙闲情逸致，或论交友之道，或说道德文章，都能曲尽其妙。

闲章不闲，它极大地丰富了中国书画的神采和意蕴，品鉴之余，让人回味无穷。

应该指出，明清的篆刻家中有许多是兼擅书画的名家，如明代的文彭与何震，均善写竹，款题书法也十分出色。清代的浙派篆刻家如丁敬善画墨梅，黄易、奚冈均工山水，晚清的赵之谦、吴昌硕等，更是诗、书、画、印兼善，并且是积极提倡和实践四艺集于一纸的关键性人物。有了这具有独立表达情感的篆刻势力的介入，文人画便获得进一步的发展，体貌也越来越明晰了。

第四章　汉之古拙与活力

短暂的秦王朝覆灭以后，传统的文化成就和文化精神随着政权的更迭仍然继续发生影响。西汉王朝立国之初，法、儒、道、纵横、阴阳等诸子之学，还同时并存，不同学派的代表人物依靠不同的政治势力，激烈地争夺着文化和意识形态领域的主导权。

汉初因巩固政权的时势需要，把出世的道家，改造为适于治世之术的黄老之学。司马谈就在其《论六家要旨》中从哲学上概括了黄老之学或新道家的理论特点，继承道家以虚无为本和重生的思想，却又强调根据事物的客观规律和历史形势的需要，"究万物之情"，"以因循为用"。也就是"因阴阳之大顺，采儒墨之善，撮名、法之要，与时迁移，应物变化"[1]。《淮南子》在以道家为主，兼采儒、墨、名、法，制定一整套理论纲领时，同时将阴阳五行学说的纳入，都说明汉初思想较为自由开放，兼容并包。楚汉浪漫主义的诸多特点能够在汉初继续得到保留和发展，与此大有关系。

汉代儒学则普遍吸收阴阳五行学说，把它纳入自己的体系，并通过与迷信谶纬的结合使之神秘化。为了适应大一统的政治需要，汉武帝"罢黜百家，独尊儒术"，儒家学说终于获得定为一尊的地位，不仅成为一统天下的汉王朝的指导思想纲领，而且成为中国整个封建社会的核心性思想纲领。

---

[1]　《史记·太史公自序》引。

同时，以屈骚为代表的巫术文化体系中的浪漫色彩，与迷信谶纬的某些因素相混合，构成汉代新的艺术风貌。

这些思想文化特点，都可以在诗书画等艺术门类中找到鲜明的印迹。不仅如此，我们还可以从内容到形式方面，发现诗书画所表现的美学特色的相互交融和互为补充。

一、"天人合一"与屈骚传统

作为汉代主要文化流派的今文经学和古文经学，尽管二者有许多歧异之处，但是，它们的矛盾并没有超出儒家的樊篱。从方法论上说是"六经注我"和"我注六经"的论争，从整体上说二者又处于互补的地位。今文经学靠古文经学了解历史，古文经学靠今文经学阐发现实。今文经学和古文经学面目不断变化，但都在"独尊儒术"的中线上摆动，它辐射到文化的每一个领域。

以书法而论，由于今文经学在整个西汉时期始终受到统治阶级的青睐，因而成为官学，而古文经学则日趋式微，成为私学。

今文经学使用的文字是当时通用的隶书，世传由蔡邕书写的熹平石经和孔庙的汉碑，即用隶书写成。古文经学使用的文字是用先秦的古文即籀书写的。世传岐阳石鼓及许慎的《说文》所载的古文，就是用籀书写成。属于官学的今文经学思想得到肯定，连带其新书体即隶书也受到重视。所以，汉初以来，文字由篆而隶，解决文字识别难度，提高书写速度的"隶变"的速度之快，是一个十分值得重视的文化现象。

"成人伦，助教化"是经学家对艺术与审美的主要观点。前者是从个体的道德方面说的，后者则主要从伦理规范方面说的。其结果是一方面极端突出了社会理性，一方面片面排斥了个体感性。

先秦孔、孟并未压抑和排斥感官享乐，认为人性中自然包含了感性欲求。汉代经学家则抛弃以乐说诗的先秦儒家传统，把它转换成以义说诗。孔子说《关雎》是"乐而不淫，哀而不伤"，表达的是一种中和之美，但在汉儒那里，却被说成是"后妃之德"。汉代经学家康衡认为，

"窈窕淑女，君子好逑"，是说后妃的贤良、贞洁，有情感不形于仪表，有理智止见于举止，只有这样，才能匹配天子。

这样，就将美的东西诉诸个体道德教养，进而归结为社会政治的需要。扬雄含有非审美的伦理道德因素的"心画"说，更成为后来盛行的"书如其人"说的源头。《毛诗序》则直言不讳地说："故正得失，动天地，感鬼神，莫近于诗。先王以是经夫妇，成孝敬，厚人伦，美教化，移风俗。"集中地体现了儒家的艺术功利观。

汉代经学所探索的自然之美，并没有独立的价值，而是蒙上了一层浓厚的社会伦理色彩。董仲舒主张，天的美是"仁"，"仁"就是一种无穷尽的美。"仁"作为社会伦理道德范畴，现在被推行到自然界去了。由董仲舒首创的天人感应被其后的谶纬学说发展到了极端，正统儒学被神化。另一方面，汉代经学家也由同类相感发现了许多"同构"现象。游仙观念、厚葬风俗，无不与此相关。

由于"究天人之际，通古今之变"在儒学家眼里可以作为探索天的奥秘和天人关系的行动指南，因此，尽管这种探索偏向人与自然联系的主观性方面，然而就整个过程看，艺术家的审美视野相应地扩大了，由人到天，由社会到自然，都在他们的视野之中。这对构成汉代艺术深沉雄大、古朴豪放的气势美，无疑是一个重要因素。

既然"书为心画"，就一定存在着某种同类相感的"同构"现象。因此，"天人感应"也在书法领域产生深刻影响，导致汉代书法美学着重从自然美的联想中探讨书法的审美本质。蔡邕的《笔论》《九势》《篆势》、崔瑗的《草书势》、赵壹的《非草书》等理论著作和扬雄的理论见解，都受到"天"与"人"之间同构关系思想的影响。

所谓"书状"、"书势"，就是把书法外在结构形式与自然美物象联系起来，作为"心画"的书法点画，也应该有一副"天"即自然的对应建构。再由这种关系中唤起观者的美感，使书法获得艺术和审美价值。因此，作为"心画"的书法与自然的关系是双向的。一方面借助自然物象之美来形容、比拟书法之美。蔡邕《篆势》说：

或龟文针裂,栉比龙鳞,纾体放尾,长翅短身,颓若黍稷之垂颖,蕴若虫蛇之梦蕴。扬波振撇,鹰跱鸟震,延颈胁翼,势欲凌云。或轻笔内投,微本浓末,若绝若连,似水露缘丝,凝垂下端。……远而望之,若鸿鹄群游,骆驿迁延……

崔瑗的《草书势》更说:"兀若竦崎,兽跂鸟跱,志在飞移,狡兔暴骇,将奔未驰","绝笔收势,余綖纠结,若杜伯揵毒……腾蛇赴穴,头没尾垂。"蔡邕《笔势》从另一方面强调书法艺术的状物和再现功能,主张书法造型要"若坐若行"、"若愁若喜","若水火,若云雾,若日月,纵横有可象者",要"入其形"。

这是书法"观物取象"的理论先河。对书法实现独立审美价值和建立书法创作中摹拟再现的造型规律,都是一种贡献。

随着统一的汉帝国的建立,各区域间文化的交流得到了加强。楚文化与中原文化早已有交流,但楚乐大规模地进入中原并广泛流行,则是汉代的事。秦末汉初,楚军纵横于中原地区,他们将楚地具有神秘的宗教意味的楚歌舞也带到中原地区。由于诗歌与音乐、舞蹈的不可分,因此,音乐的传播,也就自然涉及歌辞的传播。起于楚的刘邦创作了楚歌如《大风歌》,还曾对戚夫人说:"为我楚舞,我为若楚歌。"汉武帝的《秋风辞》,也显系由楚歌演化而来,可见楚歌及楚舞在汉初流行之广泛。

汉代那场著名的关于屈原及其《离骚》的论争,表面上许多论者都注意到刘安、司马迁、王逸等人对屈原作品和人格的首肯,以及班固、扬雄对于屈原的指责。这场论争的意义,固然在于如何评价我国文学史上第一个伟大作家及其作品,但是,从楚文化在汉代所产生的巨大影响角度看,这场论争的存在有其历史必然性。

屈原的《离骚》,"把最为生动鲜艳,只有在原始神话中才能出现的那种无羁而多义的浪漫想象,与最为炽热深沉、只有在理性觉醒时刻才能有的个体人格和情操,最完满地溶化成了有机整体。"[1]

---

[1] 李泽厚:《美的历程》。

在传为屈原作品的《天问》里，神话和历史作为连续的疑问系列被提了出来，并交融于丰富的情感和想象的层层交织中。它表现的是当时时代意识因理性的觉醒正在由神话向历史过渡的特点。对于《离骚》、《天问》，以及整个《楚辞》的《九歌》《九章》《九辩》《招魂》和《大招》等原始楚地祭神歌舞延续的体现，汉人王逸《楚辞章句》等都有解释。

刘安、司马迁、王逸，以及班固、扬雄等人对屈原的评价主要表现在对屈原人格评价上的明显差异与对立，而对屈原作品却不同程度地给予肯定。如淮南王刘安认为"《国风》好色而不淫，《小雅》怨悱而不乱，若《离骚》者，可谓兼之。蝉蜕浊秽之中，浮游尘埃之外，皭然泥而不滓。推此志，虽与日月争光可也"。

司马迁采纳了刘安的意见，对屈原作品和人品作了详尽的评论，认为《离骚》自怨而生，所抒之怨悱具有深广的社会内容，并提出作品与人品相一致的问题："其志洁，故其称物芳。"

班固虽然认为屈原"责数怀王"行为不当，且不知明哲保身，即所谓"露才扬己，竟乎危国群小之间"，违背了儒家中庸的原则，其作为不足效法，但其作品"弘博雅丽，为辞赋宗"，艺术上可以成为典范。

王逸则反驳了班固责难屈原的批评，指出"楚人高其行义，玮其文采，以相教传"的事实，并且预言《离骚》将流传不绝。

汉代虽然在文学上没有产生屈原作品的基础，但是这场论争表达了对屈骚传统的响往。换言之，屈骚传统是汉代文艺思想界必须正视并加以评判的一个重要文化传统，通过这种评判，重新确立汉代艺术的发展方向，其结果是，楚汉浪漫主义继先秦理性精神之后，与之相辅相成而成为中国古代又一伟大艺术传统。

文化的承传具有相当的灵活性和选择性，在确定大体的继承方向以后，门类艺术的兴衰也就成为这种发展的外在特征。汉代的诗歌中，屈宋开创的楚辞发展为另一种形式——汉赋，而屈原诗歌所表现的浪漫主义精神和境界，则大多转移到了汉代的绘画领域中。绘画领域由于继承了楚骚强烈的浪漫主义传统，又在思想领域探索"天人合一"的氛围中获得滋生和发展的条件。因此，汉代绘画通过展示楚骚中令人神往的境界，与汉代文学批评界对屈原及其作品的争鸣，"自下而上"，互为呼应。诗或诗论与绘画找到一个契合点，以各自的方式，在现实的文化空间进行交往，终于结出丰硕的成果。

如前所述，屈原诗歌所表现的浪漫主义风格，不仅可以在战国楚墓帛画《龙凤人物图》《驭龙图》等绘画中找到印证，而且可以在汉代的帛画、壁画、石刻、砖刻等绘画中找到更丰富具体的表现。

以《离骚》的意象群和神话传说体系为例，至少可以分成三组：一是现实人事的意象群，如君王、奸臣、党人、女嬃、巫咸、灵氛，以及尧、舜、鲧、禹、汤、文王、齐桓公等等；二是神仙传说的意象群，如天帝、高辛、少康、宓妃、简狄、二姚、日神、羲和、望舒、飞廉、雷师、丰隆等等；第三组是花草禽鸟的意象群，如木兰、江离、秋菊、薜荔、芙蓉、萧艾、宿莽、白芷、鸷鸟等。每一组意象群皆可以分为彼此对立的两组，分别代表善与恶两面，同时也分别代表诗人所处的现实社会、主体人格崇尚的精神境界，以及抒情主人公所向往的理想王国。

如此飞扬升华的诗思，我们只能在汉代马王堆帛画、北方的卜千秋墓室壁画中窥见其神采。

马王堆一号汉墓帛画《引魂升天图》，画面内容依丁字形的横幅和竖幅划为天上、人间、地下三个部分。

横幅部分描绘的是天界：日中金乌，红日下绘扶桑及树间八个小太阳；另一侧则有玉兔蟾蜍，月下嫦娥伫立；日月中间画一人首蛇身之神，又有巨龙神怪，再绘天门"阊阖"、豹及守门神帝阍。

人间图景则男、女仆，人虔诚侍奉主人，日常开筵设宴之豪华场面细致周到。

地下有裸形巨人跨一蛇站在两条大鳌鱼上，旁侧有神怪、大龟、鸱鹗等。帛画画的世界里，人所居住、活动的空间狭小，与由神怪们充斥的无边无垠的空间形成鲜明对比。

在神怪的空间里，各色各样奇幻的形象，飞动交叉的线条，鲜亮的红色与浓重的青黛、深棕色成强烈反差，加深了这个空间的神秘莫测与不安定感，颇类《楚辞》中《招魂》所描绘的恐怖世界。

在卜千秋壁画《升天图》里，我们看到的是手捧三足乌、乘三足乌的女主人和乘舟行蛇的男主人，以及仙女、白兔、奔狗、蟾蜍、伏羲（蛇身鱼尾）、含金乌的太阳、蛇鱼混合怪物、"猪头赶鬼"、"神魔吃魅"等等，同样保留和延续了远古传统的原始活力和野性。

由于被神化的儒家思想在汉代地位的提高，很多绘画将尧舜、文武、周公、孔子以及忠臣、孝子、义士、节女作为描绘的对象。到了东汉时期此风最盛。

王充反对颂古卑今思想，其《论衡·齐世》篇说："画工好画上代之人。秦汉之士，功行谲奇，不肯图。今世之士者，尊古卑今也。"王充的言论从一个侧面说明在楚地的神话幻想中又增加了北国的历史故事（"上代之人"），呈现出南北文化的混同趋势。

山东嘉祥武氏祠石刻《泗水取鼎图》《荆轲刺秦王图》，南阳画像石刻《二桃杀三士》《聂政自屠》《高祖斩蛇》等，使历史起源、儒家教义和谶纬迷信共置一处，再加上原始神话交织其中，如东王公、西王母、伏羲、女娲、飞翔的羽人，以负载日轮的金乌表示太阳，以雕有蟾蜍的圆轮象征月亮；以牵牛的牛郎、跽坐的织女的形象表示牛郎织女星等，更以舞乐百戏、角牴戏、车骑出行、骑射田猎、宴飨、投壶、奴婢、柚阁等客观现实生活题材入画。

后汉王延寿《鲁灵光殿赋》描述当时地面建筑的雕塑绘画时说："图画天地，品类群生，杂物奇怪，山神海灵"，"五龙比翼，人皇九头，伏羲鳞身，女娲蛇躯"，"黄帝唐虞，轩冕以庸"，"忠臣孝子，烈士贞女，贤愚成败，靡不载叙"。

神话、历史和现实的整合，体现了汉代思想文化兼容并包并且趋于统一的特点。

二、艺术的世俗世界

在整个汉代，特别是西汉，人们并没有舍弃或否定现实人生，这一点正好与六朝对佛教的顶礼膜拜乃至迷狂，有着重要区别。希求人生能够永恒延续，或羽化登仙，或死而复生，不仅可以作现实生活的实践，而且通过想象使神仙世界世俗化。汉代盛行"厚葬"即其产物。

当时人们的观念是"谓死如生，闵死独葬，魂孤无副，丘墓闭藏，谷物乏匮。故作偶人以侍尸柩，多藏食物以韵精魂"①。这种厚葬之风是由上而下的，统治者因为有钱便"厚资多葬"，把生时的一切享乐，包括被他们奴役而为他们服务的人（以俑代替），都尽量带进坟墓里去。

这种习俗已经达到"法令不能禁，礼义不能止"②的程度。《盐铁论·散不尽篇》称："今生不能致其爱敬，死以奢侈相高，虽无哀戚之心，而厚葬重弊者，则称以为孝；显名光于母，光荣著于俗，故黎民慕效，至于废室卖业。"厚葬的内容除了"多藏食物"以外，精神享乐即绘画是必不可少的，所以画像砖、石如此之多。而为了"显名""称以为孝"，则大多立碑作墓志。因此，书法勒石数量大增，而且多为名人高手撰书。

为了"显名"，"谀墓"的现象就自然发生。《困学纪闻》卷一举熹平石经的书者蔡邕为例，说蔡邕所有的碑志文只有《郭有道碑》为"无愧"，即其一例。那些"谀墓"内容大多失去其价值，但是，由于风靡整个时代的厚葬风气，造碑立碑也就为汉代书法的大盛创造了良好的条件。这是汉代艺术世俗化的一个渠道。

"谓死如生"，更何况活人。对神仙世界的渴慕已变成极力追求世俗世界的纯感官享受。汉武帝遇到方士少翁，言可使李夫人的灵魂出现

---

① 王充：《论衡·薄葬篇》。
② 《后汉书·光武纪》。

而与活人见面，执迷于求仙养性的汉武帝立即将这个道士召进宫里，请他作法。《汉书·外戚传》记载了当时的情景：

> 上思念李夫人不已，方士齐人少翁言能致其神。乃夜张灯烛，设帷帐，陈酒肉，而令上居他帐，遥望见好女如李夫人之貌，还幄坐而步。又不得就视，上愈益相思悲感，为作诗曰："是耶非耶？立而望之。偏何姗姗其来迟！"令乐府诸音家弦歌之。

这里的神仙世界并没有后来佛教所宣扬的苦难与恐怖，而是活人与死者可以互相交接的亲切氛围。汉乐府民歌《长歌行》之二写诗人跟骑白鹿的仙人入山采药，因而获得仙趣；《步出夏门行》记一位修仙者由险峻的山道上天的经历。《古艳歌》则集中描写一次亲身经历的天界宴游：

> 今日乐相乐，相从步云衢。天公出美酒，河伯出鲤鱼。青龙前铺席，白虎持榼壶。南斗工鼓瑟，北斗吹笙竽。姮娥垂明珰，织女奉瑛琚。苍霞扬东讴，清风流西歈。垂露成帷幄，奔星扶轮舆。

在一群步入天界的凡人面前，天帝神仙，各方星宿，个个兴高采烈，殷勤奔忙，神仙劝酒，嫦娥献艺，流星推动座舆，使遨游天宇的飞速动感特点得到强调。英国诗人弥尔顿《失乐园》亦有相类似情节：天堂里诸众人听说世人带消息前来，竟纷纷奔赴问讯，星流云集。"苍霞扬东讴，清风流西歈"，一指高亢激越的齐地和歌，一指柔美缠绵的吴地和歌。把人间美妙的音乐对天庭仙宿的诱惑集中刻划出来，而不是相反。整首诗以世间的宴会模式推衍出天界游宴场景，与极力夸张、尽量铺陈天上人间的各类事物的汉代大赋有相似之处，使得仙界也充满人间的乐趣。

由此我们可以理解何以汉画艺术中，人首蛇身、豹尾虎齿的原始神话人物，可以和真实的历史故事以及现实人物同时并在，人神杂处，构成丰满的形象画廊。马王堆一号汉墓出土的帛画如此,山东嘉祥画像石,南阳、四川等地的画像石或画像砖亦如此。

汉代艺术的世俗化不仅表现在活人的游仙幻想、死人的魂灵升天继续享受现世荣华富贵,而且在乐府诗和古诗十九首中也正面反映了汉人的"哀乐"。只有合观诗画所反映的不同生活内容,才能比较全面地把握其艺术精神。

汉武帝建立乐府专署,多方采集民歌。由太乐令和乐府令分掌雅乐和俗乐。实际情况是,俗乐一开始就备受欢迎,雅乐则颇遭冷遇。《汉书·礼乐志》载:"河间献王有雅材,亦以治道非礼乐不成,因献所集雅乐。天子下太乐官,常存肄之,岁时以备数,然不常御。常御及郊庙皆非雅声"。

可见雅乐虽也常排练演奏,只是"备数"而已。朝廷演奏的多是俗乐即民间流行的音乐,所谓"皆以郑声施于朝廷"。说明当时上达君主、贵族下及一般士人及广大百姓莫不喜爱俗乐。虽然音乐内涵随着历史的发展不断更新,但是,它贴近现实,深入人心的特点是相同的。这就意味着与前述神仙世界"人化"的同时,诗画领域也对世俗生活进行空间展示。

现存汉乐府民歌只有四五十篇,从内容到形式看,大半还是东汉作品,然而恰恰是这数十首乐府民歌,却以其丰富深刻的社会内容、健康质朴的思想感情和变化多姿的艺术形式,表现出古拙刚劲、气势雄浑的时代风范。《战城南》《东光》《饮马长城窟行》《十五从军征》《古歌》等篇,就是从不同侧面反映征战给人民带来的困扰和不幸。至于《上邪》《有所思》《白头吟》《怨歌行》《古诗为焦仲卿妻作》《陌上桑》等有关爱情婚姻的诗作,都不同程度地表现了对命运的抗争以及对美好生活的向往。

班固《汉书·艺文志》说:"自孝武立乐府而采风谣,于是有代、赵之讴,秦、楚之风,皆感于哀乐,缘事而发,亦可以观风俗,知薄厚云。"指出乐府民歌的由来和它的特色。规模空前的民间诗乐的广泛采集,东至海滨,西达西域,南到长江以南,北及匈奴。各民族之间的文化和音乐在这种统一的文化工程中集中和交流。

而诗与乐的一体，又促进了诗歌的传播。汉乐府诗中有不少具有唱叹表演性质的生活画面，就反映世俗生活的广度而言，无疑是有限的。所幸在近年出土的石刻、壁画、砖画、帛画中，可以看到乐府诗所未曾涉及的生活场景，如四川汉代画像砖《车马临阙》，主人举鞭策马，盛气凌人，而图上的亭长在"双阙"前迎候，鞠躬哈腰。《后汉书·逸民逢萌传》云："家贫，给事县当亭长。尉行过亭，萌候迎拜谒，既而掷楯叹曰：'大丈夫安能为人役哉！'"将这段话与砖画相对照，可以发现中下层文人中有一股不平之气在激荡，这就需要一种艺术形式给他们以表达的契机。

如果单停留在欣赏众多的"乐舞百戏"的汉代画像砖、画像石上，那么我们对整个汉代尤其是东汉末期的时代审美思潮的观察和理解则可能是片面的。

作为世俗生活的另一面，《古诗十九首》处处透露出"颓废"情绪，自有其深刻的历史原因。东汉后期政治黑暗，民生凋敝，加上几次党锢之祸，中下层知识分子仕进无门。儒学羼入谶纬之学后已逐渐失去维系人心的力量。失意的士人在现实面前碰了壁，不免有失落的悲哀，精神上陷入迷惘和苦闷。于是便转为追逐现世的欢乐，借以麻醉痛苦的心灵。"为乐当及时，何能待来兹"，"人生非金石，岂能长寿考？奄忽随物化，荣名以为宝"，"不如饮美酒，被服纨与素"，"千秋万岁后，荣名安所之？"对十九首此类"颓废"情绪的发泄，亦当作更深层次的理解：感慨人生无常，实则留恋人生；追求美酒逸乐，无非借酒浇愁；胸中块垒难以排除，偏以快语出之。

这样，《古诗十九首》就以其慷慨悲凉情调构成其"惊心动魄"的魅力。建安诗歌那些慷慨多气、功业未就的感伤悲凉实与十九首中的生命有限，荣名无望的深沉慨叹同调。

如果将汉诗与汉画放在一起加以比较，则汉代绘画的题材和对象相对比诗歌要丰富，无论是劳作耕作场面、弋射、煮盐、收获，还是墓主人奢侈排场，或是生动而丰富的歌舞表演，以及对房屋、桥梁等建筑物的图画，凡是绘画可以表现的题材都充分表现了，反映世俗生活的面的确比诗歌要广泛。

但是，恰恰是反映个体情绪，时代精神无形而巨大的声响如古诗十九首一类，却没有在汉代绘画中获得一席之地。从这个意义上说，汉诗在表现个体心灵感受方面要比汉画深刻，尤其是古诗十九首强烈的抒情色彩，更是汉代绘画所欠缺的。只有将二者合观，才能比较全面深入地把握它们的联系和各自具有的独特价值，从而了解汉代艺术世俗化的本质特征。

三、乐府风格及刀工与笔韵

虽然汉明帝雅好丹青，培养了专业的画工，设置了纪念的殿堂，藻绘功臣，但是，从整个汉代艺术来看，当时的民间艺术与文人艺术尚未分野，各门类艺术都处于成熟前特有的古拙、稚气和率真的整体风貌之中。在诗书画这些具体艺术门类的具体形态上，较少详尽的细节、修饰，以及个性表达。绘画基本上是一种粗线条粗轮廓的形象或者图案风格，民间汉隶以及竹木简书的荒率随意，更突出地表现了一种气势美。

我们注意到大量的石刻画和砖刻画所采用的特殊技法："剔地浮出"法。这种技法即将轮廓线以外的石料平面铲去，使要表现的人或物突出，然后用阴刻线在浮出部分刻画出人或物的各个细部，用这种手法刻出的画像石砖，厚实、饱满而有力，有一种古朴苍劲之美。

由于阴刻线在细节刻画过程中与大块面的浮雕动作相比较而削弱其作用，又经时间的历久而模糊，实际上显出更多的是剪影式的整体效果。我们看《泗水取鼎图》《荆轲刺秦王图》，以及山东滕县龙阳店石刻《群兽图》和陕西绥德王德元墓石刻《牛耕图》等，就仿佛在欣赏民间剪纸或皮影戏。这种只有黑白对比而无其他颜色的石刻砖刻艺术，在视觉上类似或接近书法，使人产生"墨舞"的联想。

如河南南阳画像砖《蹴鞠图》，人物胸部以下均为裸体，人物体态的变形也很厉害，如舞者的细腰，最细处与脖子相等；其长袖被简化成两根粗线条，其他细部全被省略了，只留下剪影似的形象，通过这些处理，观者感受到的是亦书亦画的强烈艺术感染力。《群兽图》墓石刻画，以虎、鹿、飞鸟等组成画面，表现手法粗犷。纠缠的群兽通过拉长、扭曲的变形处理，形成布满画面的流动的线条。由相互衔接的躯干所组成的粗线条和由四肢、犄角、尾部等组成的如络如网的细线条，交织成富于装饰风格的图案。整幅图中没有明确的主题，充满画面的是遒劲、朴拙的点线的律动，这些由内容而抽象积淀的形式，表现了一种浓郁的书法意识。

河南洛阳砖刻画《佩剑人物图》绘出一幅古代武士的侧面速写，只有阴刻的人物外形轮廓，但武士怒目扶剑的神情，通过刻画向前飘动的胡须和衣带，以及岿然不动的雄姿得以表现。

如果把刀刻的线条摹写在纸本，俨然就成了后代如梁楷等人以书入画的"减笔画"风格，由此可见汉人对于线条的把握达到很高的水平。

石刻绘画这种对于人物自身情感细节描写的省略效果，可以使人更多地注意到其表现性的另一方面，如情节片断等等。

《泗水取鼎图》描写秦始皇命人打捞秦昭王从周王室手中取走的九鼎时一鼎飞入泗水中的情景。图中一桥，桥上七人分为两组，正用绳子在往上拉；水中两舟，一舟上有一人用竹竿托鼎；岸上秦始皇等非常关切地注视并议论着打捞情况；一条龙从水中伸出龙头咬断绳索，桥上拉绳的七人立即东歪西倒。作品把构思重点放在"失败"的瞬间，突出一场热闹徒然换来的空欢喜。井井有条的打捞队伍一下子变得杂乱无章，这就收到紧张而扣人心弦的效果。

这一特点在《荆轲刺秦王图》里同样得到体现。荆轲刺秦王，整个事情发生得十分突然，庄严肃穆的秦王宫廷转瞬陷入一片混乱。这件石刻作品，正是抓住猝发性这一情节展开描绘，除荆轲外，惊慌失措的人物动势都呈放射状。秦王的断袖，刺穿铜柱的匕首，都得到夸张的表现，更增加了双方冲突的紧张气氛。

唯独后世艺术所十分注意刻划的面部表情这一类包括眼神在内的细节，石刻画像作品中几乎全然看不到。

而恰恰是这一点，给我们留下了凝炼、深沉、朴拙的力量感。同时也最大限度地让人发挥艺术想象力，用于补充和完善对于石刻艺术的"接受"与欣赏。

这种手法我们在著名的乐府诗《陌上桑》中可以找到知音。虽然石刻画限于材料缘故未必就作如此"处理"，但《陌上桑》一诗中关于罗敷之美的写法，的确与石刻画异曲同工。秦罗敷作为一位"好女"即美女，作者并未作正面的描绘，诗中只写观者的神态，罗敷容色之美专从旁人眼中衬托出来，可谓别开生面。"青丝为笼系，桂枝为笼钩。头上倭堕髻，耳中明月珠。"前面两句说用青丝绳作桑篮上的络绳，用桂枝作桑篮上的提柄，写其用具之精致。后两句写罗敷的发式时髦与佩饰的名贵。"缃绮为下裙，紫绮为上襦"——以上六句有关秦罗敷外貌的描写均可视为石刻轮廓式效果，因为唯独没有刻画其面部表情，只有从"影响"来推测其美貌："行者见罗敷，下担捋髭须。少年见罗敷，脱帽着悄头。耕者忘其犁，锄者忘其锄。来归相怨怒，但坐观罗敷。"

由秦罗敷美貌而产生的影响，直接导致了富于戏剧情节的"动作"，这些下意识的夸张"动作"，同样具有石刻画艺术的那种"剪影"效果。

乐府诗所开的这一"生面"，我们在荷马史诗《伊利亚特》中可以看到。海伦是引起一场十年战争的"祸水"，荷马不肯浪费笔墨直接刻画她的容颜之美，而只轻轻地借几个老人之口表达出她那惊人的美貌给人影响之深。意大利诗人但丁在《新生》一书里描写他的意中人碧亚特丽采，也不费笔墨去刻画她的服装容貌，而只着重道出其人之美给他的影响，如何使他一见倾心，神魂颠倒。

从历史和时间上看，这真可谓异域同文心了。

汉乐府如《东门行》的男主人公以"拔剑东门去"写其举家饥寒待毙，忍无可忍，故铤而走险；《有所思》女主人公将爱情信物"拉杂摧烧之"，且"当风扬其灰"，以示"从今以往，勿复相思"；以及《江南》写采莲女愉快的嬉戏场面等等，都是以动作写情绪，并无容颜表情的正面刻画，却均具石刻或砖刻画那种粗轮廓写实的"古拙"风格所体现的气势和魅力。

汉代书法到了东汉的桓、灵之际，定型的隶书，成为法度森严的官定标准书体。特别在东汉时期，社会上普遍流行树碑立传的风气，所遗碑版也最多，这类碑版就用笔特点及摹刻的风格而言，十分丰富。

东汉传世的碑版达一百七十余种。如《鄐君开通褒斜道石刻》《西狭颂》《夏承碑》《景君碑》等，体方笔拙，笔力遒稳，气势宏大。其中最拙古者有《鄐君开通褒斜道》，以及仇绋所书《郙阁颂》摩崖石刻等，它们没有明显的波磔笔画，笔道挺硬，以拙取胜。《张迁碑》《鲜于璜碑》等类碑刻，多是棱角森挺的方笔，斩钉截铁，爽利痛快。《熹平石经》《礼器碑》《曹全碑》《乙瑛碑》《史晨碑》《华山碑》《孔庙碑》等，法度森严，立汉碑风范。其他如《石门颂》等则舒展峭拔，烂漫多姿，有朴茂奔放之美。

树碑立传的社会风气造成世人对于书法的普遍重视。号称"三绝"的由蔡邕主持并亲自写了一部分的《熹平石经》，在当时极为轰动。《后汉书》记载，"及其碑始立，其观视及摹写者，车乘日千余辆，填塞街陌。"不过，碑乃以刀师笔之作，用极为讲究书法的眼光来看刻碑之举，最多达到下真迹一等的效果。

当全社会都通过树碑立传来扬名于后世的行为或心理成为一种"时髦"时，刻碑的技术及其文化行为也就必然渗透到石刻画或砖刻画领域，使砖、石材料成为书画艺术家和石刻工匠（或者合二为一）表现琳琅满目艺术世界的绝好载体，并使之得以传世。

毕竟刀与笔是有区别的。尽管汉代艺术可以总括以"古拙"为其主要美学特征，然而，在以刀和石为主要工具或材料的书画艺术中，与以笔为主要工具的竹木简书、帛书帛画和壁画中，我们仍然很容易看出二者的差别。

前者以刀师笔，具有浓厚的金石味，把书画的用笔特点往"斩"、"刻"、"凿"等敲打出来的"拙"上发展，加上年深日久，刻出来的书画线条及整体上都有不齐不匀甚至断裂现象，这种剥落腐蚀，产生了一种残缺美，形成笔道变化上的多样性。这就是自清代以来书法、篆刻家所刻意追求的"金石味",是以笔师刀的结果。

而汉代的竹木简书法、帛书法以及壁画上的绘画用笔,可以让我们直接了解到书画用笔的本来面目,以及两个门类艺术在各自的发展过程中,由于使用工具的相同而产生技法的某种程度的渗透。

隶书萌芽于古,趋用于秦,定型于西汉、东汉之际。文字学家把隶书的定型化过程叫作"隶变"。主要解决文字的易识和快写两个问题。因此,隶变是汉字书法史上一次最伟大的变革。

虽然小篆对古文大篆进行了初步地简省,使之定型化,笔画圆匀,但仍存象形遗意。隶书则把篆书逐渐方正平直化,冲破了造字的"六书"本意,字形改变很大,以至我们今天不能完全按它的基本笔画去追寻原来篆书的曲线,不能用隶书的偏旁去类推篆书的偏旁构造。

从书写笔画看,定型后的隶书有了最能体现隶书标准体的波、磔笔画。这种字上承篆书、古隶,下启楷书,用笔通于行草书。

如果说篆书的匀细线条和偏长的结体容易产生美术化倾向而更具绘画意味的话,那么隶书则彻底改变了其结体和笔划的构成,从而进一步脱离象形和绘画性,向着抽象的方向发展。

从上举隶书的几种不同用笔和结体的情形看,它在书画的"源",与"流"区别方面,迈出了很重要的一步。因为首先在书法发展史上,它明显地使自己的点画成为独具审美和欣赏意义的艺术载体,然后再以自成面目的有机组成部分向绘画进行渗透,这就与篆书本身所具有的绘画性大不一样。

有了"隶变",中国书法向绘画的交融,开始表现出宋元文人画意义上的以书入画的潜在可能性。特别是考察近年出土的大批汉代竹木简牍,完全证实了这种发展趋势。

值得注意的是,两汉在隶书定型化的同时也产生了行草书。晋卫恒《四体书势》就说:"汉兴而有草书",这是为适应当时"诸侯争长,简檄相传","解散隶体粗书之"的"赴急之书"。如《流沙坠简》载汉《可以殄灭简》系章草书,解放后出土的《武威医简》《居延汉简》中都有不少章草、今草混用的简文。至于《流沙》《居延》《武威》诸简中类似今日行书的字比比皆是。

在《马王堆一号汉墓遣策》《马王堆帛书〈老子〉甲本》、《马王堆帛书〈老子〉乙本》等帛书中，触目皆是耸侧雄奇的体势、沉重粗放的长垂，这种长垂甚至占去数字空档，在当时刻石画像中人物变形的身躯及衣袖中可以看到这种"长垂"体势。《孙子》《孙膑兵法》《江陵凤凰山木牍》《居延纪年简》，以及马王堆三号汉墓出土的六百余枚竹简木牍等，直接继承了秦隶的传统，写得浑厚质朴，而又仪态万千。这些墨迹，既有篆书圆融流动的笔意，也有八分的波磔与行草书的连笔，也可以看见真书的源头。

如《居延纪年简》有一个共同点，就是常借篇末和句逗处，长伸一竖，收取破滞完神、增益情致的效果。这些边塞下层卒吏飘然高举的书法神韵，是东汉晚期碑刻拘于布局者所远不及的。

再如《居延丞相御史律令牍》，这组木牍书成于汉宣帝甘露三年。或许是内容的机密性质要求写书的精谨风格，木牍字小而密，却又能保持字迹的清晰和撇捺的严整。书写体势全是横画左高右低，而且越是靠右的行越明显。

从西晋书写俑一手持简、一手执笔悬空书写的姿态里，可以揣测到其原因：符合臂腕指节的生理构造，运动时方便省力。以这种结体行笔，还可简省上下笔之间的空中回环动作，缩短笔管的运动距离，这一切都服从于"赴急救速"的实用目的。

至于《居延误死马驹册》木牍，《武威医药木牍》等来自西部边塞的下层无名氏之作，起落骏利，貌似粗率，然而恰恰在这种外表下面蕴含着河西大漠的浑厚朴拙气势，同时"天真烂漫"之趣溢于笔墨之间。

在这里我们看到了章草在开创时期充满探索精神的风采。医药木简所播的苍莽书风，启迪了敦煌张芝草书之"狂"，索靖章草之"峻"，至魏晋时期，已经形成一股强大的潮流，远布大江南北。

虽然草书、行书、楷书的成熟迟至魏晋之际，但是，整个两汉四百多年篆书渐退，隶书大盛，草、行、楷兼有发展的历史趋势，对于以线条为基本表现手段的汉代壁画、帛画却也同时产生了影响。

河南洛阳卜千秋墓壁画《升天图》，是迄今已发现的汉画壁画时代最早的作品。除马王堆汉墓帛画用笔有精细和粗犷之分外，在用笔上也有了转折向背、轻重缓急之别，使画面效果更富于节奏感。例如，同样是用曲线，在伏羲的蛇身、黄蛇、舟形蛇、白虎的背和尾、朱雀的颈和项等处，线条劲细有力，工整平稳，但在朱雀尾、云气等处，用线则一笔之中有数处变化，既有粗细变化，又有运笔速度上的差别。白虎身上的花纹也是用精细和粗率两种线描组成。

绘画用线水平的提高与汉代书体演变而产生的书法线条的灵活多样，显然是分不开的。最值得介绍的是朝鲜乐浪汉王盱墓墨画《羽衣舞人图》。这件附属于漆器上的墨画，与林格尔壁画那种以色为主的绘画风格相比，又别具一格。在讲究五彩的时代出现这件作品，无疑对探讨中国画，特别是水墨画的发展提供了一件极有价值的材料。该作品的用墨，尚无墨色的变化，但从以墨为线到以墨为面这一点而言，则可视为后世墨色变革的滥觞。作品中墨作面用之处有似后世的浓墨，勾线则如后世的淡墨，加上大量未上墨的空白，使人感受到浓淡虚实的墨色效果；用线以类似篆书线条特色的劲细之"高古游丝"描为主，但在一些起笔收笔和速度上，已经有了变化。

从文化气息上看，这种变化相当于西汉早期帛书：笔画已不仅在字内空间，同时又在字外空间更多地显示其意味，点画自身的形式较小篆具有更多的独立欣赏内涵。用这种已经构成独立审美价值的"隶变"点画成份，参与绘画创作（可能是无意识的），必然产生有别于刀刻石凿的石刻画或砖刻画的艺术效果。

第五章　魏晋六朝之韵

魏晋六朝在中国思想史和文化史上占有十分重要的地位，也是中国美学史以及中国文学艺术发展史上一个十分重要的历史时期。由于阶级矛盾的尖锐，民族之间冲突的加剧，以及封建统治集团内部激烈的倾轧和斗争，使魏晋六朝成为中国历史上政权更迭最为频繁、社会最为动荡、政治极为黑暗的年代。然而，就在这动乱、黑暗的年代，在一大批文人身上，开始了人的觉醒和文的自觉，在贫瘠的现实土壤上，开出了璀璨的精神花朵。

为了消除内心隐痛、精神苦闷，文人士大夫不仅放诞、纵欲、吃药、饮酒，在追求感官享受的同时，更寻求精神上的解脱和超越。因此，思考宇宙、生命本质的"玄学"，便在上述社会基础和当时盛行的清议风气中产生了。

老子、庄子著作中的"玄虚"思想乃是当时知识分子求得心理平衡和精神解脱的主要根据。当时注《老》、注《庄》成风，曹魏时期，"注《庄子》者数十家"[1]，曹魏以后，人数更多。经过魏晋人重新理解和阐释的老庄之学，带有鲜明的时代特色，成为魏晋时代的精神和灵魂。

由于佛学东渐，玄学中的思辨明显染上佛学特色。如关于"本"、"末"、"有"、"无"、"非有"、"非无"，以及宇宙、精神本体等一系列

---

[1] 《世说新语·文学》。

范畴和命题的探讨，不仅在客观上提高了人们的思辨能力，而且也促进了人们对精神领域种种问题的探索和思考。玄学的兴起，使人们发现了一个全新的艺术天地。思考生与死，探索人生的价值与意义，崇尚玄远，标举人的精神风貌，以及崇尚自然、发现自然等等，成为中国历史上独具特色的时代风尚。

道家对于文学艺术的影响内容也是十分广泛而且极为独特的。被誉为"芙蓉出水"的山水诗人谢灵运的诗，就可以看到这种影响。接受道家"乘化委运"、乐天知命思想的陶渊明，却能独树"平淡"之帜，并不完全采取当时普遍流行的自我放纵的态度。

从儒道互补性方面看，如王弼影响深远的"名教"出于"自然"说，显系融合儒道；葛洪《抱朴子》内篇为道家养生之道，外篇为言"世事臧否"的儒家之道；《颜氏家训·勉学》篇也说，何晏、王弼、山巨源、夏侯玄、王粲、嵇康、阮籍等"彼人者，并其领袖，玄宗所归"，但立身行事，却常乖老、庄之旨。所以鲁迅先生指出，"非汤武而薄周孔"的嵇康、阮籍等"魏晋的破坏礼教者，实在是相信礼教到顽固之极的"[①]。

魏晋时期，又是文人标举、追求自由最为热烈、执著的时期，所谓"情之所钟，正在我辈"，"礼岂为我辈设也"，正是对个性解放的高扬。而这正构成魏晋时期最具魅力的人文精神。

儒释（玄学）道的上述特征，深刻地影响一代美学思想的形成。诗书画等门类艺术所形成的独特的六朝之"韵"，就是在这一独特的文化思想与美学思潮下孕育出来的。

一、战乱清音：从三曹到陆机

魏晋时期是一个政治动乱，思想鲜活多彩的时代，一个张扬生命，重视人生、人性、人格的"人的自觉"的时代。在这期间，生命主题

[①] 鲁迅：《魏晋风度及文章与药及酒的关系》。

像交响乐般在诗坛久久回响。生命意识的充分觉醒和现实体验的深重痛苦互相交织构成了这一时期诗歌的时代主调。三曹诗歌就具有强烈的天下意识和忧患意识。

曹魏时期的文学既有直面现实人生的乐观精神，也有产生命运无常、自然永恒的人生苦闷。但总的来看，建安文人对生命短暂易逝的感慨，最终导向及时建立功业、拯济天下，追求人生的不朽。从而形成了建安文人慷慨悲壮的文学风格。值得注意的是，文风华丽，开始摆脱经学的附庸地位，文学独特艺术个性开始受到文人的自觉重视。这样的特征被后人标举为"建安风骨"或"汉魏风骨"。

从曹魏开始，对文学艺术的关注进入了一个新阶段，"惟才是举"等选人制度的实施，使"才能"有可能越过道德而成为人们的首要追求，其中就包含文学艺术，如原来被视作小道的文学，被曹丕誉为"经国之大业，不朽之盛事"。

曹操志存高远，出生于一个宦官之家，但其父是宦官的养子，故其社会名声并不高，为士族高门所鄙视轻蔑。因此曹操要建功立业，以志表白。他讨伐董卓，迎汉天子刘协到许昌，自任辅弼大臣，形成"挟天子以令诸侯"的局面。官渡决战，在我国历史上创造了著名的以少胜多的战例。以后先后消灭了其他割据势力，统一了北中国。

曹操喜欢用诗歌抒发自己的政治抱负和个人情感，反映民生疾苦。就诗而言，历史给予曹操的大多是褒奖。读曹操的诗，必读《短歌行》。"对酒当歌，人生几何？譬如朝露，去日苦多。""何以解忧？唯有杜康。"都是耳熟能详的句子。

人生短暂，总有痛苦与忧患，像幽灵一样缠着，即便是曹操也不能幸免。赤壁之战的失败，曹操以为最大的因素是缺少能为他所用的人才，所以短歌行在对酒当歌之余，也发出了求才若渴之声。

曹丕有很高的文化素养，他将文学提到"经国之大业，不朽之盛事"的高度来看待。是文学史上一个不可忽视的人物。从他作品的题材、内容来看，关注、吟咏的多是社会中下层民众，如戍卒、贫儿、游子、思妇之类。余冠英先生选注的《三曹诗选》共录魏文诗21首，平民诗就有14首之多，"秋风萧瑟天气凉，草木摇落露为霜""漫漫秋夜长，烈烈北风凉""西北有浮云，亭亭如车盖"之类的诗句都是名句。尤其在征夫思妇上有突出的表现。他似乎对扮演悲情女性有着特别的嗜好，俨然天下失宠失恩女子的代言人。

曹植是建安时期最负盛名的作家。考其一生，可以曹操之死为界，分为前后两个时期。前期基本都是生活在邺城，过的自然是贵公子的生活。世子之争失败后，曹丕展开了一系列对曹植的迫害，使曹植名为王侯，实则是个没有人生自由的囚犯。

南朝宋文学家谢灵运曾称赞其才华"天下才有一石，曹子建独占八斗"。曹植留下的作品中，除了赋之外，有诗一百多篇。

曹植早年也曾随父征战，一直到公元204年，曹操打败袁绍，平定北方，曹植的生活才算稳定，之前他一直都是跟随曹操的军队。此后他跟着曹操东征管承（14岁）、北征柳城（15岁）。他在《求自试表》中说"北出玄塞"即指此行；南征刘表（16岁），战于赤壁等等。18岁以后，开始和曹丕有立嗣之争，直到28岁曹丕确定为魏王，曹植最后忧郁去世。

生逢战乱，愿意为了报效国家，慷慨赴死。这是建安倡导的主旋律。

《白马篇》很热血，写出了军人的视死如归：

白马饰金羁，连翩西北驰。借问谁家子，幽并游侠儿。少小去乡邑，扬声沙漠垂。宿昔秉良弓，楛矢何参差。控弦破左的，右发摧月支。仰手接飞猱，俯身散马蹄。狡捷过猴猿，勇剽若豹螭。边城多警急，虏骑数迁移。羽檄从北来，厉马登高堤。长驱蹈匈奴，左顾凌鲜卑。弃身锋刃端，性命安可怀？父母且不顾，何言子与妻！名编壮士籍，不得中顾私。捐躯赴国难，视死忽如归！

"捐躯赴国难，视死忽如归"，就是成语视死如归的出处。

游侠男儿，为了报效国家，从小就离开家乡，苦练骑马射箭的本领,胜过猿猴,赛过豹子和螭龙,在边疆西北地危难之时,他勇往直前,打败匈奴和鲜卑。军人就是这样,一旦上了战场,就把命抛弃了,父母、老婆和孩子都顾不上了,只能奔赴国难,视死如归。

曹植出众的才华,加上其命运坎坷,引起无数后人唏嘘不已,试读他的《七步诗》:

> 煮豆燃豆萁,豆在釜中泣。
> 本是同根生,相煎何太急?
> 煮豆持作羹,漉菽以为汁。
> 萁在釜下燃,豆在釜中泣。
> 本自同根生,相煎何太急?

这首诗运用了比兴的手法,语言浅显,寓意明畅,不用多加阐释,便能明白其中含义。曹植通过燃萁煮豆这一日常现象,抒发了内心的悲愤。

《七哀》诗是曹植的代表作,尤其是诗中"愿为西南风,长逝入君怀"一句被作为爱情的至理名言千古流传。

尤其是他在《洛神赋》中,大力夸赞的洛神宓妃,一度被人们认为是他对其嫂甄宓的思念。

顾恺之《洛神赋图卷》(宋摹本),以曹植《洛神赋》为原型的绘画作品,是传世中国画中以文学为题材的最早作品。作品按《洛神赋》文意安排画面顺序,横 635.3 厘米,纵 27 厘米,分 22 段,设色绘人物、山水、龙鱼、车马、神物,描绘了曹植行临洛水与洛神水边初见、心生恋慕、人神殊途、龙车载返等故事内容。

人物刻画生动细致,笔法秀劲,意致潇洒,充分体现了原作的思想与浪漫情怀。人物之间的情思主要不是依靠面部表情来显露,而是依靠人物之间的相互关系的巧妙处理展现出来。画中的洛神含情脉脉,若往若还,表达出一种可望而不可及的惆怅情意。反复出现的曹植和洛神的形象以及对他们之间的情感动态的描绘,曲折细致而又层次分明地描绘着曹植与洛神真挚复杂的爱情故事。

画中的树木、山石、水云是中国山水画的雏形，其中树的线描和南京西善桥出土的竹林七贤砖画极为近似，画法幼稚古朴，体现了"人大于山，水不容泛"的早期山水画特点。线描总体特征为"春蚕吐丝"的高古游丝描，为隋唐人物画以线为主要造型手段奠定了基础。

魏晋书法承汉之余绪，又极富创造力，是书法史上的里程碑，奠定了中国书法艺术的发展方向。魏晋书法规隋唐之法，开两宋之意，启元、明之态，促有清、民国之朴，深刻地影响了历代书法并影响着当代书法的发展。

在三国末向西晋过渡这一历史时期，有一位集入世，出道，诗才、文采、书艺，且遭灭族于一身的高人，他就是在诸多领域具有开风气之先的陆机。

陆机（261—303），字士衡，吴郡吴县（今江苏苏州）人，西晋文学家、书法家，孙吴丞相陆逊之孙、大司马陆抗之子，与其弟陆云合称"二陆"。孙吴灭亡后出仕晋朝司马氏政权，曾历任平原内史、祭酒、著作郎等职，世称"陆平原"。陆机30岁时到洛阳，八王之乱后，陆机遭人诬告被诛三族，临刑前，陆机问陆云："华亭的鹤鸣声，哪能再听到呢？"成语"华亭鹤唳"就来自于此，有"感慨生平，悔入仕途"之意。

陆机在政治上主张实行分封制，曾著《五等论》以说明。

陆机创作时恪守道家崇尚自然的思想，并深受黄老思想内修之学的影响。理论见解在许多方面都跟道家思想密切相关，或直接引用，或是对其加以发挥，很有老庄思想的风范。

两晋诗坛上承建安、正始，下启南朝，呈现出一种过渡的状态，西晋诗坛以陆机、潘岳为代表，讲究形式，描写繁复，辞采华丽，诗风繁缛。所谓太康诗风就是指以陆、潘为代表的西晋诗风。陆机天才秀逸，辞藻宏达佳丽，被誉为"太康之英"。

陆机作文音律谐美，讲求对偶，典故很多，开创了骈文的先河。陆、潘诸人为了加强诗歌铺陈排比的描写功能，将辞赋的句式用于诗歌，丰富了诗歌的表现手法。他们诗中山水描写的成分大量增加，排偶之句主要用于描写山姿水态，为谢灵运、谢朓诸人的山水诗起了先导的作用。

追求华辞丽藻、描写繁复详尽及大量运用排偶，是太康诗风"繁缛"特征的主要表现。萧统说："盖踵其事而增华，变其本而加厉，物既有之，文亦宜然。"陆、潘发展了曹植"辞采华茂"的一面，对中国诗歌的发展是有贡献的，对南朝山水诗的发展及声律、对仗技巧的成熟，有促进的作用。陆机流传下来的诗，共105首，大多为乐府诗和拟古诗。代表作有《君子行》《长安有狭邪行》《赴洛道中作》等。刘勰《文心雕龙·乐府篇》称："子建士衡，咸有佳篇。"

陆机赋今存27篇，较出色的有《文赋》《叹逝赋》《漏刻赋》等。散文中，除《辨亡论》外，代表作还有《吊魏武帝文》。

张华曾对陆机说："别人作文，常遗憾才气少，而你更担心才气太多。"其弟陆云曾在给他的信中说："君苗见到兄长的文章，便要烧掉他的笔砚。"后来葛洪著书，称赞陆机的文章犹如玄圃的积玉，没有什么不是夜晚发光的，五条河喷吐流波，源泉却一样。他的文辞弘达美丽，典雅周全，英锐飘逸而出，也是一代的绝笔啊！刘勰《文心雕龙·才略篇》评其诗文云："陆机才欲窥深，辞务索广，故思能入巧，而不制繁。"

陆机善书法，其章草作品《平复帖》是中国古代存世最早的名人法书真迹，也是历史上第一件流传有序的法帖墨迹，有"法帖之祖"的美誉，被评为九大"镇国之宝"。陆机的《平复帖》，它用秃笔写于麻纸之上，距今已有1700多年的历史，是我国现存最早的真迹，比王羲之的《兰亭序》还要早60多年。该帖尺幅为23.8×20.5厘米，牙色纸本，因内有"恐难平复"的字样，故取名《平复帖》。《平复帖》字体在章草和今草之间，是向朋友问候疾病的书札，全帖只有85个字，帖上有宋徽宗赵佶瘦金题签，钤下双龙圆玺，前后钤"宣和"、"政和"印玺。还有楷书"原内史吴郡陆士衡书"九个字。另外还有明朝韩士能、董其昌，清代梁清标、安岐等的收藏印。

《平复帖》在中国书法史上的特殊意义在于——它是第一件流传有序的法帖墨迹。由于古代书家如李斯、钟繇、张芝等，虽是流传有序的人物，但无可靠的墨迹流传。而石刻作品，因是翻版，加之刻手的原因，风化剥蚀等，与墨迹多半相去较远。再者，此前墨迹虽有不少，但书家皆不署名，无法考证。因此愈显《平复帖》在书法史上的意义。

　　由笔画形态可以知道，陆机所用的毛笔是劲健的硬毫，笔锋已颓秃，但写出的点画硬朗，锋棱依然可见。帖中纵向的笔画，大多呈现向左背右的弧状，开张而无波挑，笔势奇古，非晋人不能作此态势。结体有向左倾侧的动势，字态呈现覆斗形，斜而能稳，平添一些奇险的意态。

　　陆机的书迹，南朝人视为"吴士书"，这是由地域书风论其书法，暗示他的字还保留着江南的旧法。三国时期，北方洛阳的书法风尚趋新，而南方吴国的书法沿袭东汉的风尚，比较保守。西晋灭吴之后，洛阳的新书风才传到江南，吴士纷纷效法北方风尚。陆机29岁入洛，那时卫瓘、索靖的草书名望已声高如云，而陆机入洛后极力攀附朝中显贵以求功名，势必要趋同洛阳的风气，也许受到洛下草书风气的熏染。此帖是罕见的晋人草书墨迹，字体古朴率直自然，介于章草与今草之间，是汉代章草书法向晋代书法今草过渡的有力实物证据，对研究文字和书法变迁，有不可估量的参考价值。

　　《平复帖》在中国书法史上地位崇高。《平复帖》的草体，北宋书家目为"章草"，但不像汉简草书那样结字平正，也不如西晋索靖《月仪帖》章草那样规范，称得上古朴，而非古雅。清朝书学家杨守敬评价："无一笔姿媚气，亦无一笔粗犷气。"《平复帖》写得潦草简率，后世书家难以释读，由此也带来一些神秘感。宋陈绎曾云："士衡《平复帖》，章草奇古"。《大观录》里说《平复帖》为"草书、若篆若隶，笔法奇崛"。《平复帖》对后世也产生过较大影响。清人顾复称"古意斑驳而字奇幻不可读，乃知怀素《千字文》《苦笋帖》，杨凝式《神仙起居法》，诸草圣咸从此得笔。"

　　《平复帖》内容涉及三个人物。贺循，字彦先，是陆机的朋友，身体多病，难以痊愈。陆机说他能够维持现状，已经可庆，又有子侍奉，可以无忧了。另一位叫吴子杨，以前曾到过陆家，但未受到重视。如今将西行，复来相见，其威仪举动，自有一种较前不同的气宇轩昂之美。最后说到夏伯荣，他因寇乱阻隔，没有消息。

人多病，生逢战乱，杀戮不断，不通音信，官场风险莫测，人命朝不保夕，这都是西晋时期典型的社会环境。繁缛多彩的诗文，匆匆落笔的书札，惴惴不安的心情，都集合在这个名帖上。读其帖，读其诗文皆如见其面。

惜哉，陆平原！

二、"气韵"：人化的审美评价

"气韵"、"风韵"或"神韵"，是魏晋风度的精神内核。魏晋六朝时，由于玄学和佛学的盛行，人们对精神价值的普遍追求，成为一种社会风尚。

对人的品评，主要不着眼于形，而是更为重视其精神风貌。在"气韵"一词出现之前的人物品评中，"风气"、"生气"、"风神"等词汇，经常交互使用。如《世说新语·贤媛》篇说谢道蕴"神情散朗，故有林下风气"；《赏誉》篇说："王平子与人书，称其儿'风气日上，足散人怀'。"刘峻注引《文章志》："羲之高爽有风气"；又《赏誉》篇张天锡评王弼"风神清会"。又《品藻》篇："庾道季云：廉颇、蔺相如虽千载上死人，懔懔恒如有生气。"《晋书·裴楷传》云"风神高迈"，等等。

晋宋时期，以"韵"评人的风度自然、飘逸与高雅，成为一代风尚。《晋书·庾敳传》："雅有远韵，为陈留相，未尝以事婴心。"王羲之《又遗谢迈书》："以君迈往不屑之韵，而俯同群辟，诚难如意也。"《宋书·谢万明传》："自然有雅韵。"《世说新语·赏誉》篇："孙兴公为庾公参军，共游白石山，卫君长在坐。孙曰：'此子神情都不关山水，而能作文。'庾公曰：'卫风韵虽不及卿诸人，倾倒处亦不近。'"

总之，与"韵"相关的语汇大量使用，说明"韵"或"风韵"指人在精神上蔑视鄙弃礼法，放浪形骸之外的那种高雅超俗的表现，都是内在的、精神的，而非外在的、形式的。

这些影响深远的人物品评或人格美的鉴赏，同时也移绎入文学艺术领域，成为人化的美学评价。即把作为审美对象的艺术品，看作是具有勃勃生机的人来品评。诗文、书画均要求具人的筋骨气韵。

《抱朴子》外篇《辞义》："妍而无据，证援不给，皮肤鲜泽而骨骸迥弱。"《颜氏家训·文章》："文章当以理致为心肾，气韵为筋骨，事义为皮肤，华丽为冠冕。"

先赋予文章以人的自然形体，从头到脚，从表到里，取自然之势，然后进一步申说其"神韵"，这是对曹丕"文以气为主"理论的深化。

再如李荐《济南集》卷八《答赵士舞德宣义论弘词书》："凡文之不可无者有四：一曰体，二曰志，三曰气，四曰韵。……文章之无体，譬之无耳目口鼻，不能成人。文章之无志，譬之虽有耳目口鼻，而不知视听臭味之所能，若土木偶人，形质皆具而无所用之。文章之无气，虽知视臭味，而血气不充于内，手足不卫于外，若奄奄病人，支离憔悴，生意消削。文章之无韵，譬之壮夫，其躯干枯然，骨强气盛，而神色昏瞢，言动凡浊，则庸俗鄙人而已。"言文章犹人之"体"、"志"、"气"、"韵"，须内、外兼具，形神兼备、方为佳作。

西晋陆机以为："宣物莫大于言，存形莫善于画。"对于绘画的要求还简单地停留在以真实地记录外在形象为满足。到了东晋顾恺之，则有了比较深刻的美学思考，并表现了鲜明的个性。人称顾恺之才绝、画绝、痴绝，表明他作为文人艺术家主要思想性格特征。能诗善赋的顾恺之有《洛神赋图》《列女仁智图卷》等诗情画意相得益彰的文学与绘画相结合的范例之作，还留下"画像点睛"、"颊上三毛"等生动的创作经验之谈。更重要的是他还具有魏晋名士放诞不拘的遗风——"痴绝"。当顾恺之发现寄存在南郡公桓玄处的名画不翼而飞，反而说"妙画通灵，变化而去，如人之登仙"。顾恺之的"三绝"，证明他继承了汉代以来专业画工的优秀技巧和实践经验，使他有可能在绘画理论方面也作出贡献。

顾恺之的绘画理论出自《魏晋胜画赞》《画云台山记》《论画》等文章，唐张彦远《历代名画记》收载。形神论在绘画理论领域的讨论，顾恺之的意见可以算作六朝论"韵"的重要组成部分。如说："凡画，人最难，次山水，次狗马，台榭一定器耳，难成而易好，不待迁想妙得也。"他明显地继承了从战国以来关于绘画难易的问题的见解，并作了进一步的发挥。画人最难，难在不易掌握人的形象特征，而且难在传神。

顾恺之曾经就前人的作品作具体评论，可以看出在人物画方面，如何实现"迁想妙得"。如"小列女：面如恨，刻削为容仪，不尽生气。""壮士：有奔腾大势，恨不尽激扬之态。""伏羲、神农：虽不似今世人，有奇骨而兼美好，神属冥芒，居然有得一之想。"《画云台山记》也提到："天师瘦形而神气远。"

可见他对人物要求表现"奔腾大势"、"有奇骨"、和"得一之想"，即所谓"生气"或"神气"；认为不足的是"不尽生气"，"恨不尽激扬之态"。

其《论画》在谈了一些摹画的方法之后，有两处具体谈到表现人物神气和"点睛"、"实对"的关系："……若长短、刚软、深浅、广狭与点睛之节，上下、大小、醲薄，有一毫小失，则神气与之俱变矣！""凡生人亡有手揖、眼视而前亡实对者，以形写神而空其实对，荃生之用乖，传神之趋失矣！空其实对则大失，对而不正则小失，不可不察也。一像之明昧，不若悟对之神通也。"

顾恺之提出"以形写神"的命题，发扬了神恃形以显、形具而神生的观点，同时强调形在绘画艺术中的意义正在于传神。形是传神的手段，为了达到"以形写神"，必须描绘运动着的人物姿态和神情，并在画面经营上，使其处于有所实对的正确关系之中。试观《世说新语·巧艺》的两则记载：

顾长康画人，或数年不点目睛。人问其故，顾曰："四体妍蚩本无关于妙处，传神写照正在阿堵中。"

　　顾长康画裴叔则，颊上益三毛。人问其故。顾曰："裴楷俊朗有识具，正此是其识具。看画者寻之，定觉益三毛如有神明，殊胜未安时。"

　　顾恺之"传神写照"的提法受到佛学的影响，其内涵具有浓厚的玄学意味。所谓"神"与"照"是指能够表达人的个性才情特征的精神与心灵活动。裴楷"俊朗有识具"即精明朗然，识见深刻，是顾恺之对裴楷的品评，亦是裴之"神"与"照"所在。为了将此表达出来，顾在其画像的面颊上增加三根毫毛。可见顾恺之并不认为唯独眼睛能传神。

　　明确把人的精神和心灵规定为艺术表现的对象，并将其置于突出的地位，是顾恺之的一大贡献。这意味着画家应通过对人物传神写照的描绘，去探索和表现人生超脱、永恒的精神境界。因此，它与魏晋人物品藻、诗文评价的人化重"韵"，用风姿神貌的品评替代过去纯理性和重道德伦理评价是一致的，这就使顾恺之的画论具有了更为明显的审美意义。

　　比顾稍后，宗炳《画山水序》提出"澄怀昧道"、"澄怀观道"的命题，认为"山水质而有趣灵"，"圣人以神法道，而贤者通；山水以形媚道，而仁者乐。"宗炳视山水与人同样有灵性。人以理性去揭示万物的本体，山水则以自己美的形象来显示宇宙万物的规律。因而无论自然美的欣赏还是山水画的创作，都应当从其"形"而达其"道"，以有限寓无限。这就使顾恺之"以形写神"的涵义得到进一步深化，使形神问题不再限于人，也不再限于绘画艺术，而成为涉及一切审美对象和艺术门类的重大美学课题。

　　卫恒《四体书势》论书体如人物的生动举止等，也是对扬雄"心画"说的拓展，由于汉代对艺术和人的评价重伦理品德与实用，书法艺术的人化评价也如人物品藻一样，重体态仪表、风度神采和个性才情。这是六朝人对艺术生命化的理解，对审美对象评价人化的特点，正是魏晋南北朝"人"与"文"的自觉的产物。

我国谈艺拈"韵"之始，当数谢赫著名的《画品》。长期以来，论绘画者无不援引此篇首节中的"画有六法"一说，以为评价艺术的依据和准则。"六法"也是中国美术史上影响至深至巨的理论规范。

钱钟书先生在《管锥编》中对张彦远《历代名画记》"漫引谢赫云"的错误句读，进行重新句读："六法者何？一、气韵，生动是也；二、骨法，用笔是也；三、应物，象形是也；四、随类，赋彩是也；五、经营，位置是也；六、传移，模写是也。"从艺术批评史的诗画理论看，品画以"神韵"作为标准，当远在说诗之先。钱钟书先生《管锥编》对"韵"的内涵，作了透辟的发挥：

谢赫之世，山水诗已勃兴，而画中苦乏陶、谢之伦，迫使顾、陆辈却步；山水画方滋，却尚不足与人物画争衡，非若唐后之由附庸而进为宗主也（参观《全后汉文》仲长统《昌言》）。赫所品之画，有龙，有蝉雀，有神鬼，有马，有鼠，尤重"象人"；故谢肇淛《五杂俎》卷七评"六法"曰："此数者何尝一语道得画中三昧？不过为绘人物、花鸟者道耳。"龙、马、雀、鼠、蝉同于人之具"生"命而"动"作，神、鬼则直现人相而加变怪。……《全晋文》卷二九王坦之《答谢安书》："人之体韵犹器之方圆"，其书与谢安来书均载《晋书》坦之本传，论立身行己者。"形"即"体"，"神"即"韵"，犹言状貌与风度；"气韵"、"神韵"即"韵"之足文申意，胥施于人身。如《全宋文》卷一。顺帝《诏谥王敬弘》："神韵冲简，识字标峻"；《世说·任诞》："阮浑长成，风气韵度似父"，《金楼子·后妃》记宣修容相静惠王云："行步向前，气韵殊下"，又《杂记》上记孔翁归"好饮酒，气韵标达"。赫取风鉴真人之语，推以目画中之人貌以至物象，犹恐读者不解，从而说明曰："生动是也。"杜甫《丹青引》："褒公鄂公毛发动，英姿飒爽来酣战"，正赫所谓"气韵"矣。赫谓六法"惟陆探微、卫协备该之矣",又称卫协"六法之中,殆为兼善",而唐朱景元《唐朝名画录·叙》云:"夫画者以人物居先,禽兽次之,山水次之,楼殿屋木次之。……以人物禽兽,移生动质,变态不穷,……故陆探微画人物极其妙绝,至于山水草木,粗成而已。"故知赫推陆、卫,着眼只在人物,山水草木,匪所思存,"气韵"仅以品人物画。张彦远《历代名画记》卷一"试论"六法,更为明白,有云:"至于台阁树石车舆器物,无生动之可拟,无气韵之可侔。……顾恺之曰:'画人最难,次山水,次狗马,其台阁一定器耳,差易为也';斯言得之。……鬼神人物有生动之可状,须神韵而后全,若气韵不周,空陈形似,谓非妙也。……今之画人,粗善写貌,得其形似,则无其气韵,具其彩色,则失其笔法。"张引顾恺之语,足征晋、宋风尚,赫之品画,正合时趋。

从绘画史的实际情况看,画家对人物画所花费的精力最多,取得成就也最早。更重要的是,与晋、宋风尚同步,"韵"最初用以品评人物,继之乃以品评人物画,最后则扩而充之,并用于品评山水画。

用"逸韵"评诗,最早见于梁简文帝《劝医论》:"又若为诗,则多须见意,或古或今,或雅或俗,详其去取,然后逸韵乃生。"六朝以后,论诗文、书画均以兼具筋骨气韵为尚。特别是宋代范温《潜溪诗眼》,用"韵"全面品评诗文及书画,对批评史的"神韵说"产生了巨大影响。艺术门类及批评标准的相互渗透及趋同,使诗品、画品、书品终归于一律,而究其影响的先后探本溯源,则可以在"同出心源"下取得共识。古人鉴画衡文与观物结习如一,皆以无生者作有生看,以非人作人观。故"气"这一中国哲学的范畴,从先秦至汉魏一方面作为自然本体论的概念,另一方面又由本体论意义转化为古代诸种"生命哲学"学说中的一个概念,具有伦理学和美学意义,并且与这一时期的人物品藻中反复出现的另一观念"韵"并行。

在谢赫的《画品》里,"气韵"概念被引进审美和艺术批评领域,指的是所描写的客观事物的生机、生气、生命活动,又指所描写的人物的主观精神。以气韵"生动",便成为一个美学命题。所以,"气韵生动"与顾恺之的"传神写照"既是一脉相承,又是进一步的深入和新发展。

三、北朝造像膜拜

在被胡人统治下的北方,崇佛之风更炽。在统治者不惜巨资开凿各个石窟的带动下,雕刻塔碑塑造供养造像的风潮在民间也弥漫开来。山东、山西、河南、河北等地成为了造像重地,雕塑手法与艺术风格变得更加丰富,各自灿烂精彩。可以说,北朝的佛教石造像,是在弥漫着狂热的信仰风潮中诞生的艺术作品。相对于南朝信众对于佛教义理的探究和辩论,北朝信众显得更务实,他们以造像能修功德、祈福报为目标,竞相塑造,一时上至帝相权贵,下至百姓,莫不舍宅为寺,开山立窟,穷资雕凿。为了完成这个行为艺术,强大的社会动员力与跌宕的现实生活互为激荡,上自宫廷权贵,下到平民百姓共同参与,共同分享这个艺术门类。由此,中国佛造像艺术在北朝波澜壮阔的崇佛运动中迎来了黄金时代。

北朝造像兴衰存废与宗教相关。造像见证了佛教与中国文化的融合。在这一过程中,佛教传播的主要手段,除了文字经典外,就是依靠和利用人人都可以理解的雕塑形象。所谓"象教",就是说明了雕塑造像于佛教的重要性和普及性。在传达说明佛教义理的同时,因为要面对普罗大众,迎合中国传统文化习俗,故雕塑造像的形式和内容也必然涉及和反映世俗的现实生活。

北朝佛教造像题材以佛像和菩萨像为主,也有声闻、天王、力士等雕像。这一时期的佛教造像具有浓厚的外来特征,同时融入了中国传统的审美意识。

中国古代的雕塑师们充分运用和发挥了卓越的艺术才能,使这一西来的异教,融合到中国的传统文化中,演变和创造出无数崭新的艺术形式和表现手法,使中国古代造像雕塑于此时达到了历史性的艺术成就高度，给后世留下了无数杰出的艺术作品。北朝佛教的兴起和发展，成为佛教发展的时代见证。

北魏迁都洛阳之后，社会比较安定，经济也有大的发展。加上西域交通发达，中外文化得以交流，雕刻技法、图案装饰不断藉以汲取新的养料。一班贵族豪门、文臣武将习于奢靡生活，一心想造佛修福，长保富贵。更多则是中层信徒一人或多人出资雕造，在碑身一面、二面或四面以浮雕、线刻形式开龛造像，也常刻有发愿文或供养人姓名及纪年，用以还愿或施功德。

北魏早期造像端庄凝重，衣纹细密厚重。太和改制之后深受南方佛像"秀骨清相"的影响，面容清瘦，褒衣博带。东魏时期造像面相日趋丰满，衣褶模拟轻薄质料，凿刻方法常用双阴线表现。北齐造像体态由修长转为稍觉矮胖，腹部显前凸，头部似觉过大，面相已颇为丰满，衣服更趋轻薄，衣纹刻法更为疏简，常仅用阴刻表现，周围装饰却日趋繁缛，体现出向隋唐风格过渡的趋势。北魏同时期的北周，造像工艺更为粗略，因此显得古拙质朴。

从地理形貌上来说，造像密集分布地的石层结构为石灰岩，石质均匀坚细，易于开采加工，具有坚固性、吸水性以及很好的胶结性、磨光性、不透气性，故能施以极为细致的雕刻。

古代为生人、亡人或自己祈福，多有于僧寺，或在崖壁间镌石成佛像。以石刻者，今存有北魏时河南龙门造像和山西大同云冈石窟造像等；以铜等金属铸造者，如《陶斋吉金录》所记《宋韩谦造像》和《北魏徐常乐造像》等。造像和写经、造寺、造塔等，同具种种功德。

中国文化一向以忠孝伦理道德为中心，大到社会秩序，小至家庭关系。佛教为了获得发展的需用，首先由沙门法果解决了拜佛与忠君的关系，孝的问题也顺应而解。佛社造像把崇佛与儒家忠孝思想合而为一，既可以达到崇佛，又可以尽忠尽孝。龙门石窟的诸像，都是将为皇帝祈愿和为祖先邀福结合起来的实例，说明了佛教及佛教艺术逐渐接受儒家忠孝伦理思想的影响，求得自身的存在和发展。

造像上刻有供养人姓名，供养人即出资人，有的由一人出资，有的由几十甚至几百人共同出资，这些人都在同一个地方结社，称邑社，一般人称邑子（即同乡），领头人为邑主，可见在社会中的地位差别。

纵观南北，造像寄予的是生死，更粗陋直接一些，而《兰亭序》同样是谈生死观，更精美含蓄一些，两者本质一致。

以迁都为界，北魏的造像艺术呈现出前期和后期很明显的不同特色。前期，北魏的造像具有十六国时期的遗风。在发式上，既有已经汉化的磨光肉髻式和发绺式，也有印度的涡卷式和水波纹等式样。造像衣纹主要用三种技法来表现，一是汉代的阴线刻法，二是一道道的凸起线条，三是直平阶梯式的刻法，具有豪放大气，刻工雄健的艺术风格。

到了北魏后期，造像的时代特征变得更加明显，造像的鼻子变得修长高挺，双唇变薄，表情庄重，并且开始流行螺发形。在服饰方面，开始流行南朝士大夫宽衣博带式的大衣，纹饰图案也更加丰富。整个北魏时期，佛像的背光大多是高大的莲瓣形，比例匀称，火焰纹也较为细瘦。

北魏是来自今东北嫩江流域及兴安岭附近的鲜卑拓跋氏所建，入主中原后积极汉化并推崇佛教，重要标志之一就是规模巨大的佛教石窟的凿造，并由此带动和影响了民间造像的热潮和艺术形式的演变与发展。

始建于公元453年北魏文成帝时期的山西大同云冈石窟群，由著名和尚昙曜奉帝旨意主持开凿，参加凿建人数多达四万，并有狮子国（今斯里兰卡）的佛教徒参与其中，气势恢宏。此后诸帝都将此列为朝廷事业，主要洞窟大都完成于公元495年北魏迁都洛阳之前。自孝文帝迁都洛阳，历齐周二代，云冈地位渐衰微，而由洛阳龙门石窟群代兴。

早期云冈佛像形容，都以气概雄健为尚，具有浓郁的浑厚淳朴的西域情调，印度健陀罗式的面容特征和衣饰以及富有波斯风味的装饰手法等，都是这个时期典型的艺术特征。中期石窟则以精雕细琢、装饰华丽著称于世，原来身穿印度风格衣饰的佛像开始向身穿中国独特厚衣的形式转变，显示出复杂多变、富丽堂皇的北魏鼎盛时期的艺术风格。至晚期，窟室规模变小，但人物形象已经脱离了异国情调，变成了清瘦俊美、比例适中的纯中国风格，是中国北方石窟艺术的榜样和"瘦骨清像"的源起。

北魏分裂为东魏和西魏以后，造像在风格上与北魏晚期基本一致，东魏的造像面相较为丰满，西魏则较为清瘦，造像形象显得飘逸潇洒，透露出了自魏晋之后士大夫们的审美情趣。佛的服饰也融合了南朝士大夫的着装特色。此外，佛教中的菩萨形象也开始被变成了端秀柔美的女性。在衣纹的表现上，吸收了印度秣菟罗式的线条表现方法，创造出了直平阶梯式的衣纹。

再看水涡纹高肉髻的西魏造像：内穿僧祇支，胸前系结，外披通肩袈裟，结跏跌坐。衣服上有残存彩绘痕迹，覆于佛座前的衣褶呈现圆转的线条，质感厚重，层次分明，富有装饰趣味。佛面形方圆适中，端庄典雅、微微俯视、和蔼可亲，集中体现了西魏造像的美感。

此时的雕塑形象把本土人们的生活面貌，造像者对美的追求，对佛教文化的理解融入到佛像的塑造中，可称为世俗化。

如麦积山塑像受当地社会环境的影响使其表现了当地的人与情，使佛教造像好像在生活中似曾相识，使人感觉佛国世界的可亲可爱，从而虔诚信奉。如儿童造像，男童头戴毡帽，童女梳着双发髻，双眼细长，眉宇间流露出天真与稚气。虽然其五官主要特征还受这一时期佛像造型风格的影响，但"以人为对象"塑造无疑是一大进步。

河南洛阳龙门石窟始凿于北魏孝文帝迁都洛阳（公元494年）前后，是孝文帝立志改制推行汉化政策的重要标志，历经东西魏、北齐、北周，到隋唐至宋等朝代又连续大规模营造，达500余年之久。在此期间包含了北魏和盛唐两个高潮阶段，至今保存下来数以千计的像龛，绝大部分是这两个时期的作品。

属于北魏时期的几个洞窟是北魏王室贵族发愿造像最集中的地方，它充分说明了北魏王朝举国佞佛的情况。龙门石窟艺术壮观之极，其雕像制作风格与从前大为不同，佛像面容由云冈型的雄健刚毅转变成丰满温雅，平静永恒，具有浓郁的生命气息，显示出此时佛教艺术已在中国的匠师手里完成了西方写实与中国写意的结合，呈现出一种全新的风貌。

龙门造像最大的艺术成就，是在于它纵贯东西，融汇南北，融合了北方鲜卑族文化与南朝汉族文化，吸收结合了外来的佛教艺术与中国传统的艺术风格而创造出具有鲜明地方色彩和民族色彩新时代风格。这一时期在龙门石窟普遍出现了瘦削型的"秀骨清像"和"褒衣博带"式的服装，呈现出划时代的特征和风格。至此，中国石窟艺术在造像方面发生了根本性的改变，石窟艺术的东方风格开始形成，出现了走向人性化、中原化的佛教形象。

在坚硬的石头上表现柔顺飘逸的衣纹，这就像书法的线条一样，充满张力，令人神往。

西魏主要延续北魏中晚期的服饰和衣纹的处理手法，在整体造型逐渐脱离秀骨清像的同时，形体开始饱满厚重，这一重要转变主要体现在下身裙摆衣纹的处理上，平面的影像依然是对称式的装饰手法，可线与线之间的衣褶不再是直角阶梯式或圆角阶梯式，取而代之的是接近客观自然的衣纹形态。

到了北齐、北周，造像的突出特点是衣纹刻划比较简单，不重视立体效果。北齐的造像总体上显得扁平，缺乏立体感。北周造像的突出特点是身体比例不太协调，身材显得粗笨，额头大都比较宽。造像衣纹的线条比原来更加稀疏，有的采用阶梯式的衣纹，线条平直且极浅；有的则产生出新的起凸线条，下部衣纹较少，表现出了当时造像艺术的新风尚。造像的造型艺术到北齐、北周的时候已经基本定型，以后历代的造像艺术都是在这个基础上继续发展而形成的。

有一部分北齐精品造像水平较高。此类造像多为面相丰颐，衣纹疏简，服薄贴体，整体平润光洁，与面部宁静安祥的表情和谐一致。这类疏简淳润的佛教造像，无论从光洁的肌体或平滑衣裾里，似乎都能感觉到内部筋肉的轻微起伏变化。润泽的体面与舒缓下垂的线条，使形象在疏简平淡中流露出内在的气质。造像虽没有大的动态，但却仍然可以感受到形象内在的活力，在自然而写实的手法中，使人物形象更具现实感，明洁感人。

北齐造像面型丰颐，衣纹简洁。这种艺术风格上的变革，既有文化交流所带来的因素，但更重要的是现实生活与人民的审美观念给艺术家带来的影响。因此，谈到北齐风格不能不联想到当时甚具影响力的艺术家曹仲达。由于曹仲达来自中亚曹国，因此张彦远和僧彦悰特地把他所画的佛像称之为"梵像"，或外国佛像，以区别于前代的"张家样"和以后的"吴（道子）家样"。后代更形象地称之为"吴带当风，曹衣出水"。

四、北碑异彩

北朝碑刻统称北碑。"魏碑"，一般指北魏刻石书迹，而且多指北魏洛阳设都40年间的楷书刻石。史上对此称呼较为笼统，为别于三国魏国之书法，便将十六国时期北魏书法称为"北方书"、"魏楷"、"魏体"、"北碑"、"北朝碑刻"等，直到清康有为《广艺舟双楫》提出"凡魏碑，随取一家，皆足成体。尽合诸家，则为具美"，"魏碑"才作为一种书体称呼流行开来。有时"魏碑"也泛指北魏、东魏、西魏、北齐和北周在内整个北朝碑刻书法作品。作为北魏主流书体在"墓志铭"、"造像记"和"摩崖"中流行一时，大放异彩。

魏碑实乃汉文化与鲜卑文化融合的结晶，也可谓游牧边塞文化撞击中原华夏本位文化的产物。与北魏王朝意志与价值取向相映照，魏碑精神独具，即多元包容，尚武刚强，方圆相济，刚柔并举。其为游牧文化与农耕文化、外来文化与本土文化，彼此碰撞融合的结晶与见证。孙中山、于右任先生都倡导书写具有"尚武"精神的"魏碑"，将弘扬书法艺术与振奋民族精神结合起来。

魏碑主要分为碑刻、墓志、造像题记和摩崖石刻数种，总体风格朴拙险峻、厚重深沉，同样表达着书法家一定情感。观其点画，行笔迅起急收，棱角峻利，犀如刀切，转折处多以侧锋取势，形成内圆外方、劲猛力送之势；结体疏密自然，纵横倚斜，错落有致。北方少数民族孔武有力、强悍雄霸、血脉偾张之形象，热情开朗、直爽豪迈、藐视江湖之性情跃然碑刻之中。

魏碑承汉隶，启唐楷，与晋朝楷书、唐朝楷书并称三大楷书。楷书萌发于魏晋之际，钟繇的《宣示表》等作品已趋成熟之态。魏碑和南帖一样，都师出汉魏时期刘德昇、钟繇、胡昭书风一脉。南朝羊欣《采古来能书人名》中说得详尽："颍川钟繇，魏太尉；同郡胡昭，公车征。二子俱学于德升，而胡书肥，钟书瘦。"

魏碑造像题记书法由"洛阳体"、"长安书体"、"平城书体"、"邺城书体"、"凉州书体"等地域书体组成，涵盖摩崖、石阙、造像题记、碑碣、墓志等刻石。

从北魏迁都洛阳后的书法作品可以看出，魏碑与东晋、南朝新体楷书字体布局结构、求简趋势、虚实相间都基本相同，只不过因民族气质使书法风格存有差异，魏碑质朴刚劲，点画形态方折，结构纵横聚散，而南帖风流洒脱，形态干净利落，行笔自然中和。而正是因为民族区域差异和宗族意识，使得魏碑南帖由"花开两朵"变成"一枝独秀"。

佛教推波魏碑书法，魏碑助澜佛教艺术。寺庙是弘扬佛法的重要场所，书法是寺庙文化的诗意符号。北魏多年战乱人民颠沛流离，为避祸祈福，求得精神寄托，加上统治阶级提倡，佛教之风盛行，崇神佞佛，建寺造塔，一时蔚为壮观。《洛阳伽蓝记·序》记载：北朝庙宇之盛"招提栉比，宝塔骈罗。争写天上之姿，竞摹山中之影。金刹与灵台比高，讲殿共阿房等壮。岂直木衣绨绣，土被朱紫而已哉。"北魏迁都洛阳后，在洛阳龙门开凿石窟，造佛像达万尊之巨，造像题记据不完全统计达两千块之余。佛教繁荣，促进雕塑和书法艺术发展。

魏碑包括碑碣、墓志、造像提记、摩崖刻石等形制。书法风格多变、朴拙险峻，舒畅流丽。尤其是陆续出土的大量魏墓志，为书法学习开创了新的路径。

极有名的如《郑文公碑》《张猛龙碑》《高贞碑》《元怀墓志》及《张玄墓志》等，已开隋、唐楷书法则的先河。

造像，就是用泥塑成或用石头、木头、金属等雕成一定的形象。古代为生人、亡人或自己祈福，多有于僧寺，或在崖壁间镌石成佛像。

造像记是佛教兴盛的产物。南北朝时期，中国佛教发展步入高峰。

特别是北朝地区在佛即君主、禅观苦修思想的影响下，开窟造像的风气大盛，造像记也大量出现。

造像记虽非出于一时一人之手，但其风貌都反映出那个时代的审美风尚和追求。《始平公造像记》，刻于北魏太和二十二年（498）。孟达文、朱义章问书。原刻在河南洛阳龙门石窟古阳洞内。此造像记在北碑中是比较早的。一般题字都是阴刻，惟此题字是阳文。笔画方严峻峭，有鲜明的阳刚之美。康有为曾评论说："遍临诸品，终于《始平公》，极意疏荡，骨格成，体形定。得其形雄力厚，一生无靡弱之病。"

郑道昭（？—516），字僖伯，自署中岳先生，司州荥阳开封（今属河南）人，北魏诗人、书法家。郑道昭在当时是大名鼎鼎的书画家，与王羲之齐名，并称"北郑南王"，他是魏碑体的开山鼻祖，被誉为北方书圣。相比王羲之流传下来的名气，郑道昭却鲜为人知。

郑道昭少而好学，博览群书，曾入中书学，入仕即任秘书郎，很受孝文帝拓跋宏信任，后受到从弟郑思的牵连而被贬出禁，转而担任司徒元详的谘议参军。正始元年（504）后，郑道昭曾先后三次上表，劝谏宣武帝元恪重视教育，但都未被采纳，于永平三年（510）被推为光州刺史，又于延昌二年（513）转任青州刺史，后入朝任秘书监。熙平元年（516），郑道昭暴病而亡，获赠镇北将军、相州刺史，谥号"文恭"。

书法上，郑道昭是洛派的书法家，不仅发展了方折的书风，而且吸收民间圆笔作书的特色，创造了洛派真书中规矩整饬、结构严密的圆笔流派，叶昌炽称其为"书中之圣"，祝嘉则欲尊其为"北方书圣"。文学上，其五言诗既具有会通南北、折中古今的特点，又具有魏晋以来玄言诗以老庄玄学的思想方法来叙述体悟玄理的特点，但超越了玄言诗只体味玄理而不强调景物特殊性的特点。其创作有诗赋数十篇，多散佚。

郑道昭的五言诗继承了北魏前期崔浩、高允等人的文学成就，同时又吸取了南朝诗歌典丽清新的特点，拉开了北朝诗人吸取南朝诗歌成果以弥补自身不足的序幕，既有对于光州青山绿水的精细刻画，语言精练工整，又有感荡心灵的抒情，还带有北朝文辞所特有的尚质求实、刚健朴素的风格，具有会通南北、折中古今的特点，反映了北朝中后期诗歌演变发展的现状。

郑道昭的五言诗具有魏晋以来玄言诗以老庄玄学的思想方法来叙述体悟玄理的特点，却通过云峰山、大基山等地具体的、特殊的山水景物来体悟玄理，所描写的自然景色都是特定的、具体的山水景物，而不是玄言诗中概括性、概念化的山水景物，超越了玄言诗只体味玄理而不强调景物特殊性的特点。如《登云峰山观海岛》中描写的景色是在云峰山远眺中看到的仙鹄、玉车、金轩、紫盖、流精等仙界景色，并叙述自己在仙境的活动"往来风云道，出入朱明霞"，最后述说体悟到的玄理——"秦皇非徒驾，汉武岂空嗟"。

北魏时期造像记最受后人推崇的是《龙门二十品》。康有为说："龙门造像自为一体，意象相近，皆雄俊伟茂，极意发宕，方笔之极轨也。"他又把书法风格析分为四体："《杨大眼》《魏灵藏》《一弗》《惠感》《道匠》《孙秋生》《郑长猷》，沉着劲重为一体，《长乐王》《广川王》《太妃侯》《高树》，端方峻整为一体，《解伯达》《齐郡王祐》，峻骨妙气为一体，《慈香》《安定王元燮》，峻宕奇伟为一体"（《广艺舟双楫·余论第十九》）。

魏碑中属碑碣者有：《中岳嵩高灵庙碑》《张猛龙碑》《高贞碑》《晖福寺碑》《郑文公碑》等，其中最享盛名的是《张猛龙碑》，备受后人推崇。康有为说："《张猛龙》犹周公制礼，事事皆美善"，"结构精绝，变化无端"，"为正体变态之宗"。

墓志铭为北碑的另一大宗，产生于东汉末年，是埋入地下的碑。后来发展为一种石刻品类，体制多样而精致。已出土的北魏墓志大都为精美秀整的楷书。其中著名的如《张黑女墓志》《元显㑺墓志》《皇甫驎菡志》《刁遵墓志》《崔敬邕墓志》《元晖墓志》《石婉墓志》《李璧堪志》《鞠彦云墓志》《元瑛墓志》《司马悦墓志》《元怀墓志》《元倪墓志》等，都有很高的艺术价值。北魏墓志以元魏王室贵族的为大宗，书丹者当多为当时名手，镌刻者亦非平庸之辈，故书法以精美严谨为主要特征。如果说造像记反映了民间书法的面貌，那末以元氏贵族为代表的墓志则反映了上层贵族的书法面貌。综观二者，方可见北魏书法的概貌。

墓志书法与造像记的典型《龙门二十品》不同，更多地反映出魏晋楷书的遗貌，较为规范，字里行间渗透着书刻者小心翼翼与毕恭毕敬的神情。

摩崖为北朝书法的又一奇观，在山崖岩石上刻下的书迹称为"摩崖"。其中著名的有《石门铭》《云峰山刻石》《泰山经石峪金刚经》等。

《石门铭》为王远所书，笔画开阔恣肆，结体奇纵，字势飞逸。康有为在《广艺舟双楫》中将其列为神品，赞其书法"若琼岛散仙，骖鸾跨鹤"。

关于北碑总的特点，北碑的倡导者包世臣和康有为都曾有过论述。如包世臣说："北朝体多旁出"；"北朝人书来，落笔峻而结体庄和，行墨涩而取势排宕"；"北碑字有定法，而出之自在，故多变态；唐人书无定势，而出之矜持自，故形板刻"。康有为更将北碑的优点归纳为十美："一曰魄力雄强，二曰气象浑穆，三曰笔法跳越，四曰点画峻厚，五曰意志奇逸，六曰精神飞动，七曰兴趣酣足，八曰骨法洞达，九曰结构天成，十曰血肉丰百美。"这些评论，未必都很准确，但也反映了北碑的一些重要的共同特点。

北宋著名的文学家、史学家欧阳修，不仅在文学和史学上有着很高的造诣，而且对书法的研究也是极有见地。他关于书法的文字性言论都记录在《集古录》一书中，这本书记载了他对自魏晋以来的书法认识和论断，其中主要叙述了书法、书法与人品、书法创作的状态与目的、书法美的深层意蕴、个人书法面目的要求，以及对北碑的有关注解等。

欧阳修也不例外，他在寻找散落在民间的史料时，发现了北朝至隋朝的一些碑石，作为对书法有极大兴趣的他，将这些物证拿来分析研究，他通过和当朝乃至古人的书法相比，认为有些民间的无名氏的书法要远比一些官员写得好，所以他就在《集古录》中进行了加注，如说："右齐开府长兼行参军九门张公礼撰。不著书人名氏。字画遒劲，有欧虞之体。"又如："右《太平寺碑》。不著撰人名氏。南北文章，至于陈隋，其弊极矣。疑其里巷庸人所为。然视其字画，又非常俗所能。盖当时流弊，以为文章止此为佳矣。"

上面的这些记载，都是对发现的石碑中的文字进行了记述和评价，虽然每一块碑的评价文字不多，但这可是有史以来首次对北碑书法之美的评价。而这种评价没有在当时乃至后来的几个朝代里引起普遍性的关注，直到清朝才对碑刻书法兴起了盛行之风，这与欧阳修的早期评价也是分不开的。

因为历史承接的是唐末，书法文化自然也只有崇尚唐的遗风。北宋的书家对北朝书法，存在着认识上的偏颇，其原因主要的还是以二王书法作为最高审美标准。到北宋后期，苏轼、黄庭坚等人的崛起，使得尚意书风盛行起来。北碑的恣肆随性，刚健雄强，或许与北宋尚意书家的某些精神追求有某种契合。这与欧阳修正面评价北碑有着直接的关系。

北碑作为书法艺术在清中叶以前，并不受重视，直到清代著名的朴学大师阮元作《南北书派论》《北碑南帖论》，包世臣作《艺舟双楫》、康有为作《广艺舟双楫》继续鼓吹，所谓的碑学才在晚清及其以后盛行起来。

佛教繁荣，促进雕塑和书法艺术发展。但是，这种从皇室推行的兴佛运动，主要目的是笼络人心，以期完成北方统一大业，终究是在外围、形式、浅表上为魏碑提供发展框架与契机。其创作者是书法家，但实际上是匠人，表面是雕刻家，实际上是更多的是模仿。从表面上看，北碑与南帖是有很大的不同，但这种不同主要是因为北碑大体上都有书写与刀刻两道工序，因此，这类作品，实际上是一种与墨迹有很大差别的工艺品。这就决定魏碑本身并不是出于对佛教之虔诚，而是应付皇室需要的艰苦差事。

北魏后期，崔浩反佛，称佛教为"互狄之教"，使得太武帝拓跋焘一度要毁佛教。佛教大柱倾斜，使得魏碑传播提前进入停滞期。

五、"自然"与"平淡"之境

鲁迅、宗白华等论者关于魏晋风度及人的觉醒的论述指出，人们对生死的重视、感伤，对人生短促的感慨、喟叹，从建安直到晋宋，从社会中下层到皇家贵族，在相当时间和空间中弥漫开来，成为整个时代的共同心声。在表面看来似乎是颓废、悲观、消极的感叹中，深藏的恰恰是对人生、命运和现实生活强烈的执著和眷恋。

从《古诗十九首》到建安、正始诗歌，以及晋、宋之际，在"对酒当歌，人生几何"的沉酣背后，是"烈士暮年，壮心不已"的慷慨多气；在"虽世殊事异，所以兴怀，其致一也"的兴怀模式中，是"死生亦大矣，岂不痛哉"的不安感，比较清淡的王羲之尚且如此，更何况"何期百炼刚，化为绕指柔"的刘琨式的政治悲愤。"非汤武而薄周孔"、越名教而任自然的嵇康终于被杀，并非悠悠然的陶渊明"也不能忘掉死"（鲁讯语）。

就在这种社会思潮下，滋生出晋、宋人在自然美的更深层面，发现了人的精神自由美。而"韵"这一美学概念所体现的重视精神上的高风绝尘，或者标新立异，也就是对于人的精神美的重视。

顾恺之画人物时，还不忘在其身后放置岩石作为背景。《世说新语·巧艺》："顾长康画谢幼舆在岩石里。人问其所以，顾曰：'谢云：一丘一壑，自谓过之。此子宜置丘壑中。'"虽然顾恺之画岩石作为谢幼舆像的背景，其用意主要在于突出谢所谓"一丘一壑，自谓过之"的嗜好，表现其纵情山水的性格，但是，作为绘画题材的综合，山水岩壑已经入画，表明山水画已经开滥觞。

作为诗赋、绘画兼擅的文人画家，其绘画显然受到老庄任自然思想的影响，并从山水诗的勃兴中感受到一种表现自然的可行性思考，故试图在绘画中也表达崇尚自然美的母题，以满足自己的那种诗意冲动。

六朝时山水画的技术性问题尚不像同时代的人物画那么复杂，然而重要的是几乎所有的艺术门类都把山水田园的自然美作为人的自觉的审美对象,说明晋、宋间山水自然美被自觉地意识到,并进入艺术的殿堂。人们对自然美的鉴赏已经达到"流连信宿,不觉忘返"的境界。

例如顾恺之"从会稽还,人问山水之美。顾云:'千岩竞秀,万壑争流,草木蒙笼其上,若云兴霞蔚。'"①"王子敬云:'从山阴道上行,山川自相映发,使人应接不暇,若秋冬之际,尤难为怀。'"②在诗人笔下,田园山水的自然之趣,被表现得充满盎然的生命和情意,如陶诗"霭霭停云,濛濛时雨";"平畴交远风,良苗亦怀新";"倾耳无希声,举目皓以洁"……这些非常平凡的景致,带有那种欲辩已忘言的"真意":

结庐在人境,而无车马喧。问君何能尔,心远地自偏。采菊东篱下,悠然见南山。山气日夕佳,飞鸟相与还。此中有真意,欲辩已忘言③。

陶潜与作避世之狂的阮籍一样,是政治斗争的回避者,他明言自己是逃禄归耕,"守拙"归田。但是在玄学和老庄复归自然的时代潮流中,陶渊明的政治情怀被诗的平淡之境审美化、玄学化了。

关于山水诗和山水画勃兴的具体情形,晋、宋间的文献记载并非偶然或个别,而是较为普遍的现象。钱钟书《管锥编》对汉末以来产生的以山川自然作为审美对象问题的论释,就回答了这一问题。

诗文之及山水者,始则陈其形势产品,如《京》《都》之《赋》,或喻诸心性德性,如《山》《川》之《颂》,未尝玩物审美。继乃山水依傍田园,若茑萝之施松柏,其趣明而未融,谢灵运《山居赋》所谓"仲长愿言"、"应璩作书"、"铜陵卓氏"、"金谷石子",皆"徒形域之荟蔚,惜事异于栖盘",即指此也。终则附

---

① ② 《世说新语·言语》。
③ 陶渊明:《饮酒》之五。

庸蔚成大国，殆在东晋乎。袁嵩《宜都记》一节，足供标识："常闻峡中水疾，书记及口传悉以临惧相戒，曾无称有山水之美也。及余来践跻此境，既至，欣然，始信耳闻之不如亲见矣。其叠崿秀峰，奇构异形，固难以词叙。林木萧森，离离蔚蔚，乃在霞气之表，仰瞩俯映，弥习弥佳。流连信宿，不觉忘返，目所履历，未尝有也。既自欣得此奇观，山水有灵，亦当惊知于千古矣！"（《水经注》卷三四《江水》引）游目赏心之致，前人抒写未曾。六法中山水一门于晋、宋间应运突起，正亦斯情之流露，操术异而发兴同者。《全晋文》卷一九五王微《报何偃书》："又性知画绘，……故兼山水之爱，一往迹求，皆仿像也"；卷二〇宗炳《画山水序》："余眷恋庐衡，契阔荆巫，……于是画像布色，构兹云岭。……身所盘桓，目所绸缪，以形写形，以色貌色也。"目观之不足，而心之摹之，手之追之，诗文、绘画，此物此志尔。……叶适《水心集》卷一七《徐道辉墓志铭》："上下山水，穿幽透深，弃日留夜，拾其胜会，向人铺说，无异好美色也。"善于形容，足为袁嵩"山水有灵"二句嗣响。人于山水，如"好美色"；山水于人，如"惊知己"。此种境界，晋、宋以前文字中所未有也。

人与自然的关系，如好"美色"，如赏"知己"。情与景的关系如此融洽，在刘勰的《文心雕龙》的《物色》《神思》《诠赋》等篇中也有类似的描写。如："情以物迁，辞以情发。一叶且或迎意，虫声有足引心。况清风与明月同夜，白日与春林共朝哉！是以诗人感物，联类不穷，流连万象之际，沈吟视听之区，写气图貌，既随物以宛转；属声附采，亦与心而徘徊。""情往似赠，兴来如答"；"情以物兴"，"物以情观"；"登山则情满于山，观海则意溢于海"。

在这里，人充分自然化而自然也充分人化了。它包含了西方近代美学家立普斯提出的著名的"移情说"的要义。对后世情与景关系以及意境的美学概念的形成，无不产生直接影响。

晋宋人在诗文、绘画的艺术中将自然美作为自觉的审美对象，是对先秦时期萌发的天人合一思想的进一步发挥，而又带有其鲜明的时代特色。宗白华《美学散步》说：

> 晋宋人欣赏山水，由实入虚，超入玄境。当时画家宗炳云："山水质而有灵趣。"诗人陶渊明的"采菊东篱下，悠然见南山"，"此中有真意，欲辨已忘言"；谢灵运的"溟涨无端倪，虚舟有超越"；以及袁彦伯的"江山辽落，居然有万里之势"。王右军与谢太傅共登冶城，谢悠然远想，有高世之志。荀中郎登北固望海云："虽未睹三山，便自然使人有凌云意"。晋宋人欣赏自然，有"目送归鸿，手挥五弦"，超然玄远的意趣。这使中国山水画自始即是一种"意境中的山水"。宗炳画所游山水悬于室中，对之云："抚琴动操，欲令众山皆响！"郭景纯有诗句曰："林无静树，川无停流"，阮孚评之云："泓静萧瑟，实不可言，每读此文，辄觉神超形越。"这玄远幽深的哲学意味渗透在当时人的美美和自然欣赏中。

玄学以讨论"有"、"无"为中心议题，它把自然无为绝对化、抽象化，以为美是无限的。由于其无限，所以不落实于个别有限的事物，同时达到极致的美又非外在华丽的美，而是真实永恒的素朴的美。推崇真实、自然、永恒、素朴的美，是与玄学尚空求无密切相关的魏晋美学的一个重要风尚。尤其是在自然美中推崇平淡之美，认为它是一种至高的美。它启发人们开始在纯粹审美的意义上重新审视艺术。于是，中国美学史关于美的理想出现了新的重大转折。

宗白华在《美学散步·中国美学史中重要问题的初步探索》一文中，提出了"错采镂金的美"和"芙蓉出水之美"两种审美意识所代表的时代审美风格，以及表现在具体艺术门类中的具体形态：

> 这两种美感或美的理想，表现在诗歌、绘画、工艺美术等各个方面。

> 楚国的图案、楚辞、汉赋、六朝骈文、颜延之诗、明清瓷器，一直存在到今天的刺绣和京剧的舞台服装，这是一种美，"错采镂金、雕缋满眼"的美。汉代的铜器、陶器，王羲之的书法、顾恺之的画，陶潜的诗、宋代的白瓷，这又是一种美，"初发芙蓉，自然可爱"的美。
>
> 魏晋六朝是一个转变的关键，划分了两个阶段。从这个时候起，中国人的美感走到了一个新的方面，表现一种新的美的思想。那就是认为"初发芙蓉"比之于"错采镂金"是一种更高的美的境界。在艺术中，要着重表现自己的思想，自己的人格，而不是追求文字的雕琢。陶潜作诗和顾恺之作画，都是突出的例子。王羲之的字，也没有汉隶那么整齐，那么有装饰性，而是一种"自然可爱"的美。这是美学思想史上的一个大解放。诗书画开始成为活泼泼的生活的表现，独立的自我表现。

这段论述，不但对审美心理学的研究产生影响，而且提供了一个艺术社会学的观察视角，使得门类艺术的美学研究可以有一个统一的视野。应该指出，诗书画在晋宋时期开始"独立的自我表现"是有区别的。

同是以自然美为母题，陶渊明"尝闻水声，倚杖久听，叹曰：'秫稻已秀，翠色感人。时剖胸襟，一洗荆棘，此水过吾师丈人矣！'"其诗同样表现出这种大自然的一呼一吸，都足以使他感动的内容。这是一种人生的最高境界，即感悟到纯粹美和展开独立审美的境界。

同样，"王右军既去官，与东土人士营山水弋钓之乐，游名山，泛沧海，叹曰：'吾率当乐死。'"自然之美使人性愉悦瞬间达到极致。所谓"乐"而至"死"实乃至乐。唯其如此，其书法艺术也就成为书法史上的第一个高峰。

而顾恺之的绘画则表现出另一种特色。顾恺之的画所表现的内容仍然限于直接的形象伦理解释，其《女史箴图》《列女传图》，具有浓重的儒家伦理色彩，《洛神赋图》虽带有浪漫情调，但也旨在表现"发乎情，止乎礼义"的伦理规范，未传世的《云台山图》，则是道教的宣传画，记载中的佛教壁画，也大都是宣传性的作品。

因此，当我们在陶渊明、王羲之、宗炳、王微等诗人和书画家身上或他们的作品中，很容易发现到艺术风格之中的人格因素时，用相同的方法却无从在顾恺之的绘画风格中发现其人格。这就是处于同一时代不同艺术门类之间的差异。"紧劲联绵、循环超忽"的春蚕吐丝描，以及运思精深的用笔与构思，无疑更服从于被描绘的对象，而不是为独抒性情而发挥应有的作用。

在这一点上，陶渊明、王羲之、顾恺之在自觉地把心灵物化，以及将外物心灵化的艺术创造过程中，存在着实际创作与题材之间的差异，存在这种差异的主要原因仍然在于是否从创作心态和实践中把自然作为审美对象，并予以艺术再现。

假设顾恺之将"千岩竞秀，万壑争流，草木蒙笼其上，若云兴霞蔚"的观感，绘之绢帛，则晋宋山水画的美学品位将大大提高，郭若虚也许就不至于发"若论山水，则古不及近"①的感慨了。

六、个性之美与二王风度

晋之重视个性美的时代意识和精神，体现了中国艺术中心南移前后的独特风貌。永嘉丧乱之前的魏晋时期，"人以克己为耻，士以无措为通，时无履德之誉，俗有蹈义之愆"②，就是当时的社会风尚的真实写照。名噪一时的"竹林七贤"，菲薄礼法，恣情任性，而且都是当时著名的文学艺术家，阮籍、嵇康各代表的富有历史正义感的知识分子，偏以狂狷精神，反抗虚伪礼教对于人的个性和价值的抹煞，追求人的真个性、真面貌。即使临难亦能潇洒自若，大智大勇。《世说新语·雅量》载：

---

① 郭若虚：《图画见闻志》。
② 《晋书·王坦之传》。

> 嵇康临行东市，神气不变，索琴弹之，奏《广陵散》，曲终曰："袁孝尼尝请学此散，吾靳固不与，《广陵散》于今绝矣！"

晋室衣冠南渡，中原文化艺术人才南迁，生存地理空间发生较大变化。魏晋时哲学家关于自然的讨论，使老庄复归自然的思想找到了江南山水田园作为对应物。因此，嵇康式的悲慨在南方已不复存在，而代之以陶渊明淡泊自守的风尚。立足于北方的汉魏艺术风格此时也发生重大变化。

汉隶、八分长期受北方自然生存环境薰陶而多形成雄厚、简朴、方正、平扁的体貌。晋室南迁后，江浙水乡风景旖旎，气候温润，这种新的"自然"在十分重视表现自然，物化心灵的晋人眼里，具有巨大的魅力。

在山水诗勃兴，山水画随之发展的同时，书法领域也发生了重大变革，出现了王羲之父子潇洒的行草书风。受到江南山水地域和心理空间潜移默化影响的晋人书法，大胆标新立异，一变汉魏以来质朴书风而为妍美流丽的新体。"天下第一行书"《兰亭序》，对会稽地理环境的赞美恰好与其书风相互映衬。

东晋绘画亦由秦汉的简朴发展为更加繁复细腻，顾恺之名之为春蚕吐丝描的线条风格便是极好的说明。

宗白华先生《美学散步》在谈到魏晋风度中的书法艺术时说：

> 晋人风神潇洒，不滞于物，这优美的自由的心灵找到一种最适宜于表现他自己的艺术，这就是书法中的行草。行草艺术纯系一片神机，无法而有法，全在于下笔时的点画自如，一点一拂皆有情趣，从头至尾，一气呵成，如天马行空，游行自在。……这种超妙的艺术，只有晋人潇散超脱的心灵，才能心手相应，登峰造极。魏晋书法的特色，是能尽各字之真态。……"晋人结字用理，用理则从心所欲不逾距。"唐张怀瓘《书议》评王献之云："子敬之法，非草非行，流便于行草；又处于其中间，无藉因循，宁拘制则，挺

然秀出,务于简易。情驰神纵,超逸优游,临事制宜,从意适便。有若风行雨散,润色开花,笔法体势之中,最为风流者也!……"他这一段话不但传出行草艺术的真精神,且将晋人这自由潇洒的艺术人格形容尽致。中国独有的美术书法——这书法也是中国绘画艺术的灵魂——是从晋人的风韵中产生的。魏晋的玄学使晋人得到空前绝后的精神解放,晋人的书法是这自由的精神人格最具体最适当的艺术表现。这抽象的音乐似的艺术,才能表达出晋人的空灵的玄学精神和个性主义的自我价值。

这是一个很精辟的论断。六朝的音乐,已经发展到可以进行"好音以悲哀为主"或"声无哀乐"的讨论深度,宗先生将书法与之相比拟,展开其著名的节奏理论:诗、书、画、音乐,在晋人的"风韵"中得到统一;主宰书画艺术的线条艺术,甚至比音乐和诗歌更为自如地成为表现"自由的精神人格"的艺术。

要揭示《世说新语》时代的"个性价值之发现",书法艺术乃其重要的尺度。

李泽厚则将"文的自觉"引入书画研究之中:"所谓'文的自觉',是一个美学概念,非单指文学而已。其他艺术,特别是绘画与书法,同样从魏晋起表现着这么自觉,它们同样展现为讲究、研讨、注意自身创作规律和审美形式的过程。"

中国书法确实是在这一时期中被人认识到它自身固有的价值,它与诗歌、绘画等艺术一样,通过人化的审美评价找到表现个性的价值,并把它作为艺术表现的主体;同时在形式上进一步研讨和实践用笔与构成,创立了魏晋书法的新体貌,这就标志着书法艺术的全面自觉。

近人潘伯鹰从笔法角度也得出魏晋是中国书法成熟期上限的结论,是对宗白华、李泽厚等人论点的充实。潘伯鹰在《中国书法简论》一书中,抓住用笔这一书法艺术的核心问题进行论述,明确指出,由于王羲之成功地把隶法运用到楷草之中,他便成为书法史上承前启后的关键性人物,也即宗白华所谓扭转美学思想的集大成者。

王羲之是有继承的。西晋永嘉兵乱以后，世家巨族纷纷南迁，艺术重心也伴随政治、经济重心南移。史载王导以锺繇《宣示帖》置诸衣带过江，右军之师王廙得索靖《七月二十六日帖》，四迭衣中以渡江。包括真、行、草诸体在内的张芝、锺繇、索靖、卫瓘等汉魏名家的书法，由此流传江左。

东晋王朝的王、谢、庾、郗诸大族子弟，无不以书法相传习，几乎人人能书。王羲之是其中成就最高者。

孙过庭《书谱》所举"老姥遇题扇，初怨而后请；门生获书机，父削而子懊"的传闻，说明王羲之的书迹在当时就受到时人的珍爱。

王羲之新体书法特别得到年青人的青睐，他们纷纷研习王书，气得庾翼大叫："儿辈厌家鸡爱野鹜！"可见羲之书风的震撼力量。可是就是这位庾翼，晚年写信给羲之也说："吾昔有伯英章草十纸，过江狼狈，遂乃亡失，常恨妙迹永绝。忽见足下答家兄书，焕若神明，顿还旧观。"

张芝（伯英）的大草真迹我们今天已不复获观，但我们现在能见到的隶意很明显的行楷如《三国志》写本，陆机章草《平复帖》，古楼兰出土的《李柏文书》《济白帖》等，都是可资比较的材料。这些残纸与王羲之从事的书法活动的时期稍早或同时，《济白帖》的笔势内敛，结构简约，字字独立而无牵丝相连通的特点，依稀可见与王羲之《初月》《姨母》等帖体段相近的些许章草意味。《李柏文书》《济白帖》在当时自然不能与王羲之相提并论。

从墨拓二王书体的源流看，张芝、锺繇似应作为其起点。张、锺书体的成熟期，时间在东汉末的恒、灵之间，字体恰在隶书演为真书、章草演为今草的交接点上。张芝是今草的始祖，锺繇是真书大家，二者继其踵而总其成，登峰造极。

从诗歌的情况看，此时《古诗十九首》及与之风格相近的苏李诗，无论从内容到形式，都开一代风气，这声音便是将魏晋时人的觉醒的主题传达。也就在这个历史的时期，书法摆脱了作为文字的附属地位，而获得独立的艺术和审美价值。史载书、画、赞首次结合的蔡邕，也出现于此时。

书法史上著名的赵壹非难草书事件，则从另一侧面有力地说明了这一嬗变性质。赵壹作《非草书》严厉抨击张芝今草的普及，其罪名是"草本易而速，今反难而迟"①。易而速的草书，是服从于"刑峻网密，官书烦冗，战功并作，军书交驰，羽檄纷飞，故为隶草，趋急速耳"。从实用目的看，"隶草"的优点是能快速应用而不是艺术性。"难而迟"的草书在实际运用上毫无意义，但它作为一种艺术，尽管难写、难学、难识、难辨，却由于它具有独立、巨大的艺术感染力和鲜明的艺术个性，故张芝的今草举世风靡。"慕张生之草书过于希孔、颜"。

从草书的形态看，它的确体现出趋简淡、重萧散从而更具自由挥写的差异性特征，这正好与东汉就开始的，关于寻找个性价值的意识流向趋同。

因此，书法作为抒发情感，表现个性的艺术样式，一变而为社会上最重要的艺术，从民间和下级吏人手中的实用技艺，变成社会上层贵族和文人遣兴抒情的重要艺术载体。

王羲之少时曾师从卫夫人学书，传为卫夫人所作的《笔阵图》，提出"意后笔前者败"、"意前笔后者胜"的意笔论，说明了意对笔的决定作用。

王羲之的叔父王廙论书画，着重要求在书画艺术中表现出作者自己的个性特点。"画乃吾自画，书乃吾自书。吾余事虽不足法，而书画固可法。"这是王廙就王羲之请教其书画法时所发的议论。王廙说："欲汝学书则知积学可以致远，学画对以知师弟子行己之道。"则知书画的功用依然是有区别的。"知积学可以致远"的习书目的，至少有"书卷气"，可以使心志清逸高远；而王廙画《孔子十弟子图》用以鼓励王羲之，则可见当时绘画性质仍以伦理功用为主。王廙树立的自画自书的理论，对推动书画艺术的齐头发展和促进二者之间的结合，都有积极影响。

---

① 后魏孙畅之：《述画记》。

到了王羲之的《题笔阵图》，就明确提出了"意在笔前"的理论，并强调心意在书法艺术的各种因素中起主导作用，这是对《笔阵图》的进一步发挥：

> 夫纸者，阵也；笔者，刀矟也；墨者，鍪甲也；水砚者，城池也；心意者，将军也；本领者，副将也；结构者，谋略也；飏笔者，吉凶也；出入者，号令也；屈折者，杀戮也。夫欲书者，先乾研墨，凝神静思，预想字形大小，偃仰平直振动，令筋脉相连，意在笔前，然后作字。若平直相似，状如算子，上下方整，前后齐平，此不是书，但得其点画耳。

王羲之将书法艺术创作比作一场复杂的战斗，除了装备精良外，还必须有武功高强、深谋远虑的将师来指挥，才能取得胜利。王羲之所以反对"状如算子"、平整摆布的点画，那是因为实在有悖于艺术规律，很难突出个性。所以他强调须得书意于转深点画之间，以为点画之间，"自有言所不尽得其妙者"。

晋人书论中强调"意"在笔先的思想，在南齐书家王僧虔那里得到进一步发挥，如说："心忘于笔，手忘于书，心手遗情，书笔相忘，是谓求之不得，考之即彰。"六朝人重"意在笔前"、"凝神静思"，以及进入"心手遗情，书笔相忘"的最佳创作状态的描绘，都与诗、画论相一致，即突出情感表达的地位，从而也就强调了艺术个性，特别是行草书线条所具备的新的美感魅力，在音乐文化相对衰微的形势下，悄然替代了所谓的"仁声"。作为一种凝固的音乐，在尚韵的大潮中，中国书法史终于迎来了第一次高峰。

晋人书法历来受到后世的尊崇，王羲之和王献之父子恰恰代表了魏晋风度的极致。

王羲之决不像他的一些追随者那样死守前人的窠臼。相反，他本人就是一个极富创造精神的伟大艺术家。无论是楷书、行书、草书，他都能改变前人法度，自创新体。而且在这三方面都作出了划时代的伟大贡献，从而被尊为"书圣"。

清人刘熙载《艺概》评说王书云："右军书'不言而四时之气亦备'，所谓'中和诚可经'也。""中和"二字，道尽王羲之书法的审美极则，也道出传统儒家审美学说的极则。

孙过庭曾把王羲之与张芝、锺繇二人作了一个比较，这个比较似乎得出这样一个结论：比起雄放恣肆的张芝，王羲之稳重有余；比起稳重平和的锺繇，王羲之则是恣肆开张的。这样，居于保守和开放之间的王羲之便成为书中之"龙"之"圣"。

被唐人蔡希综《法书论》誉为"除繁就省，创立制度，谓之新草"的《十七帖》，千百年来一直被奉为草书圭臬，有"力屈万夫，韵高千古"之誉。

"力"，当然是指《十七帖》的阳刚之美。它以方笔方折为主调，左冲右突，有切金断玉之力，圆转处亦不作任何姿媚之态以取妍。比之前此的皇象、史游、索靖的章草，在结体、用笔上有新的突破与飞跃，扫除了以往章草中圆转游动而产生的浮丽之气。

"韵"，则指《十七帖》的阴柔之美。观此帖，字字独立，不作牵丝之形与夸张之状，不取荒诞之态，极尽含蓄蕴藉、平和疏朗之意。比之张芝《冠军帖》、献之《中秋帖》，尤见练达诚挚之美。

《十七帖》被奉为帖中神品，是由于它所占的主导地位的传统审美原则所决定的。此帖历来被认为最近羲之面目，这不仅反映了一个时代的书体、审美习惯的有机联系，更主要的还是其自身的艺术内涵及价值所决定的。

钩摹本《兰亭》作为公认的书法神品，不仅在于它的流传有绪而不断地提高它的影响力，更在于它被认为是魏晋风度的代表：骨力寓于姿媚之中，自然中又蕴涵匠心。内擫的笔势，遒丽爽健的线条，圆融中和的体态等等，不管时代如何变迁，它总是以这一恒定的书法形象及其营造的意境影响着无数古往今来的崇拜者，并以"天下第一行书"，作为中国书法主流的典型象征而成为永远不可攀登的书法高峰。特别是经梁武帝"永以为训"和唐太宗"尽善尽美"的逐级推崇之后，王羲之终于在书法的圣坛上被加冕了。他与"大成至圣"的境遇庶几相似，至此《兰亭》终于在迷信和盲从中被神化。

这也反映出千百年来人们认同权威的心理定势。《兰亭》的宗教式的法力，奠基于人们的顶礼膜拜。长期以来，有一种现象即王逸少的境界尽管数不清的人在心摹手追，却往往苦不可及。

以唐代为例，当时朝野崇尚大王书风，若论学王书，主、客观条件都极为有利，何以在学王有成如唐太宗、虞世南、褚遂良等人的书作中，总觉得仿佛缺少点什么。结论只能是，恰恰在顶礼膜拜的同时，人们彻底背离了王羲之藐视权威的独创精神，舍弃了王羲之敢于比肩古人的气概。

在唐代，人们用已趋精严的笔法去学王书，只能在十分计较笔法规范的同时把王书浑朴的萧散风神破坏殆尽。

当我们用清醒的目光审视这虽然是钩摹体的王书时，发现在其形质的表现背后，依然活跃着王羲之的个性和人生态度上那股"放浪形骸"的气质，那种书艺余事而全无因袭的超脱心态。此即陶渊明心目中的"真意"，绘画理论中的气韵生动内涵。

总之，既是晋代饮酒、服药、行散、清谈、任诞乃至重死生等等一类士族风气在书法中宣泄的总和，又以其"清风出袖，明月入怀"（唐李嗣真评语）的宇宙意识和永恒美感，而成一种模糊宽泛的里程碑式的"晋韵"。

从本体角度看，王羲之暗示着对线结构把握能力的理想状态。在他以后的时空中，构成方式虽然有所丰富，有所发展，但从精神上的追求，人们总在朝着这一目标而努力。

当年王羲之曾经感慨道："吾书比之钟张，钟当抗行，或谓过之；张草犹当雁行。"又说："吾真书胜钟，草故减张。"他承认了自己的楷书胜过钟繇，草书不及张芝。从发展的时代眼光看，大略不免囿于时代局限，认为张芝纵肆的大草优于他严肃的小草，而未曾认识到这种新型小草的独到价值。

王羲之的这种遗憾似乎被他的儿子王献之不自觉地意识到，并从书法实践上予以弥缝。这种弥缝又以十分特殊的方式表现出来：王献之自负书胜其父。唐张彦远《法书要录》所辑虞和《上明帝论书表》中记载二王轶闻，其中就有王献之自负书胜其父一事，与《世说·品藻》篇所载仅异数字。兹录《世说》所载如下：

> 谢公问王子敬："君书何如君家尊？"答曰："固当不同。"公曰："外人论殊不尔。"王曰："外人那得知！"

讨论及问答的语气和方式，十分婉转。王献之与谢安论书法，自认为过于其父。在大王书独尊其圣的唐代，献之所为被唐太宗和孙过庭大加挞伐。其实王献之自负之举给我们提供了一条比较清晰的思路。并非要强与其父一分轩轾，而是他认为王羲之之外，应该还有可以通圣的路子，其真正的意义在于"固当不同之中"。

年青的王献之曾对其父说："古之章草，未能宏逸。今穷伪略之理，极草纵之致，不若藁行之间，于往法固殊，大人宜改体；且法既不定；事贵变通，然古法亦局而执。"看来这个十五六岁的少年敢于对负盛名于当世的父亲大胆直言，劝其"改体"，的确有超人的才情与胆识。

羲献优劣话题引起后人的兴趣，其意义就在于一个十分短暂的时空中，由儿子代表一种有效的争鸣力量，对于既成艺术格局及其发展趋势的挑战，即另辟蹊径。

当然挑战是以卓有成效的实践为前提的。王献之的行草在继承张芝和羲之的基础上，进行了大胆而成功的突破。结体上弃古拙，趋秀逸，善变化，有"破体"之称。张怀瓘称之"才高识远，行草之外，更开一门"，即指他飞动神似的气势上超过羲之。

二行十五字的草书《鸭头丸帖》是献之行草名作。在晋人超脱秀逸的时代基调之上，更添一种遒峻奔放的气势。他的流贯倾泻式的章法在晋人行草中显得新颖独特。与王羲之的书迹比较，可以看到小王比大王行笔更快，理性的束缚相比之下更少，而情感在线运动中起着更大的导引作用。所谓羲之用内擫法、献之用外拓法，当不仅指笔法，还包括用各种不同的章法所表现的作者的意度。

于此感悟体味极深的宋人黄庭坚在其《山谷题跋》中作过精彩的二王比较论："大令（献之）草法殊迫伯英（张芝），淳古少可恨，弥觉成就耳。所以中间论书者以为右军草入能品，而大令草入神品也。余尝以右军父子草书比之文章，右军似左氏，大令似庄周也。"《左传》文章凝重、端庄、洒脱；《庄子》则汪洋恣肆，人蝶之间，梦痕依依，似真似幻，实固罕其匹。再看张怀瓘《书议》对献之行草书风给人风流温润印象的美妙形容：

> 子敬之法，非草非行，流便于草，开张于行，草又处其间。无藉因循，宁拘制则；挺然秀出，务于简易；情驰神纵，超逸优游；临事制宜，从意适便。有若风行雨散，润色开花，笔法体势之中，最为风流者也。

北宋的米芾对晋代书韵大加肯定，所谓"草书不入晋人格辙，徒成下品。"艺术师承标榜"集古字"的米海岳，似乎有点狡黠，他评说献之《中秋帖》时，按照董其昌的跋所云："大令此帖，米老以为天下第一。"实际上米芾得力于献之最多，奇怪的是他自己几乎没有提及他这位真正的师尊，就连《中秋帖》也被认为是他对王献之作品的创造性临摹杰作，个中因由，恐怕是他在献之名下以假充真的作品偏多吧？这就从一个非常特殊的角度看出"一笔草"（或称"一笔书"）那种强烈的表现主义色彩及其魅力所在，从唐代尚法之旁支的狂草张旭、怀素、北宋米芾、黄庭坚的行草以及明末清初的王铎等身上，依然可以寻绎到这股历史贯穿力。

羲、献书法的比较，乃晋人品评人物和艺术趣尚的一个特例，它表明尚韵的晋人本身在对"气韵生动"的自觉感悟的同时，也十分注重对形质构成乃至细节的把握。

在六朝的齐、梁间，诗歌领域里少了晋人的飘逸，而却出现了沈约等人对诗律形式规范的研求与斟酌。对于形式的过分注意，以及对于羲、献书风的推崇，使南朝后期几位文艺素养较高的帝王如萧梁父子，也只能谈论书体书写时骨肉结合等"肥瘦相和"一类问题。在二王所建树的中国书法史的第一个高峰面前，萧梁父子的书法识见及其实绩，远不如他们对于诗文的建树，以及对陶渊明诗歌美学价值独具慧眼的评价。

第六章　唐之法

　　唐代统一中国，结束了长期战乱与分裂。国家政治的稳定和经济的发展，也促使思想文化空前繁荣。诗歌、绘画、书法、音乐、舞蹈等门类艺术，竞呈风采，又相互交融，汇合成"盛唐气象"和"盛唐之音"。而卓有成就的艺术实践，又在潜移默化中成为后人不敢逾越的森严法度。仅以诗歌、书法、绘画方面而言，就产生了许多后人以为规范的法度。这种创立法度和对既定法度的尊崇，被概括为"唐人尚法"。同时，唐代基本上以进取的社会风气为主，这种社会风气使得魏晋以来注重主体、重情感的人的自觉精神得到高扬。

　　与此相联系，文学艺术领域也出现了重天资、尚无意、尚无法的倾向。前者以杜甫、颜真卿、韩愈、吴道子为主要代表，后者则以李白、王维、张旭、怀素、张怀瓘为代表。其间僧皎然、孙过庭、司空图等则是介于二者之间的特殊人物。他们或倡"中和"，或尚"壮美"，或重"兴会"，或讲"韵致"，理论与实践并重，形成百花争妍的艺术格局。诗、书、画在总体时代美学风貌上的趋同，以及具体欣赏标准上的相异，无论在创作思想或者创作实践中，都得到不同程度的体现。

一、从外晋内唐到杜诗颜字

　　初唐时期，六朝遗风仍然占据诗坛和书坛。唐太宗及其重臣如虞世南、欧阳询、褚遂良等都作宫体诗。其他宫廷诗人如杨师道、李义府，上官仪等无不追随梁、陈，风格轻靡。以诗人兼书法家的唐太宗，大力推崇王羲之法书，亦是对六朝清丽柔靡风气的认同。不过，诗歌与书法的这种发展趋势，更多的是一种过渡性的产物。

南朝禁止刻碑，流行简牍，北方则盛行碑榜，简牍罕传。在字形上南北虽存在小异，但并不妨碍笔法的从同。① 这种技法上的统一，亦伴随南北统一的政治形势，很快地在初唐便使字形与笔法获得一致。观唐初的楷书碑无不直传六朝碑版之意，字形严肃而凝重，富于金石气，同时姿态纷繁、凝重之中含有流动飞扬的风韵。这种新的书风，已经体现出唐统一以后的崭新气象。

虞世南、欧阳询、褚遂良、薛稷可为这一时期的代表。虞世南、欧阳询都是从陈经隋而入唐的前辈书家，诗、书都带有六朝遗风，薛稷为后辈，独褚遂良比虞、欧晚，比薛稷早。虞世南死后，唐太宗苦于无人精研王右军的笔法，褚遂良则以其专长而被太宗"即日召入侍书"，成为唐太宗重树王羲之形象的重要人物。他主持了鉴别右军书真伪的工程，对王羲之书风的流播作出具体贡献。

唐太宗李世民对王羲之的崇拜，意在"粉饰治具"，他亲为《晋书》撰写《右军传赞》，称其书法尽善尽美，古今第一。又有怀仁集王字《圣教序》的特殊之举，由此引导出全社会书势的发展变迁，朝着借重右军，变古制今，从而适应南北书风融合的发展趋势。

于是，"虞世南得右军之美韵"、"欧阳询得右军之力"、"褚遂良得右军之意"、"薛稷得右军之清"。风靡一时的右军书风与欧、虞、褚、薛为代表的初唐书势的相融合，终于形成"外晋内唐"的一代行草书风。倘若我们比较一下李世民的《晋祠铭》与集王字的《圣教序》的相似之处，可以发现李世民需要的是含而不露、不激不厉，既有情感又有理性节制的书风，这正是被改造过的晋人风度。

从作品形态到创作心境的探讨，同样遵循着上述原则。欧阳询《八诀》要求书法作品的外在形态必须"四面具备，短长合度，粗细折

---

① 潘伯鹰：《书法简论》。

中"，认为"墨淡则伤神彩，色浓必滞锋毫，肥则为钝，瘦则露骨。勿使伤于软弱，不须怒降为奇"，"气宇融和，精神洒落"。李世民、虞世南还提倡要以"冲和之气"控制创作心境，主张情感力量要适中，创作时要受理性控制，从而达到孙过庭所崇尚的"志气和平、不激不厉"的美。书法的这种美学思想，与诗歌所反映的六朝诗风的纤弱平和正相吻合。

初唐的孙过庭作《书谱》，从书法的外在形态、形式美规律到内在情感及创作心理诸多方面论述了"中和"、"平正"的审美理想，具有"法"的性质。其《书谱》云："初学分布，但求平正，既知平正，务追险绝，既能险绝，复归平正。初谓未及，中则过之，后乃通会。"这就是反对和不及的"平正"。同时他还提出一系列具有辩证因素的形式美范畴，如强调"劲速"与"迟留"的结合，"速而不犯、和而不同"，要求迟与疾、燥与润、浓与枯相结合。另外还提出艺术创作的"五乖"、"五合"说，注意到创作过程中主客体处于和谐状态的重要性。孙过庭还以其深得晋人法度韵味的草书作典范，书就著名的《书谱》。

与书法领域的外晋内唐风气相联系的，便是初唐诗坛的逐渐呈现自己的面貌。王勃、杨炯、卢照邻、骆宾王、沈佺期、宋之问和杜审言等陆续登上诗坛，这些人开始从形式上讲究调声、隶事和内容上沿袭宫体的风气中摆脱出来，他们改造了宫体诗，正像李世民和初唐四大书家各得晋人之韵一样，初唐诗人也继承了南朝诗人对于诗体的研究，完成了五七言律体，完善了七言古体。前者使诗歌的音调圆美谐和，后者则由于歌行的组织辞赋化，篇幅加大，气势稍见壮阔。诗歌题材从宫廷扩展到比较广阔的社会现实，风格也由纤柔卑弱转变为明快清新。

陈子昂是一面旗帜。当初唐"四杰"等人用改造宫体诗的方法结束了"六代淫哇"时，他则从汉魏风骨中吸取营养来开辟唐诗的疆域。陈子昂的寂寞应该说是短暂的，在经历书法的古典"冲和"之美氛围中徘徊之后，"外晋内唐"的自身特性随着时代的发展终究要发生质的变化。

恰好书法与诗歌一样，都在寻找"风骨"。早在王羲之的《兰亭序》没有殉葬昭陵以前，唐太宗就说："今吾临古人之书，殊不学其形势，惟在求其骨力，而形势自生耳。"① 反对"无丈夫气"的书法："子云近世擅名江表，然仅得成书，无丈夫气"②。李嗣真《书后品》也批评"但觉妍冶，殊无骨气"的作品。这简直与陈子昂要拿汉魏风骨来矫正六朝的"采丽竞繁"的呼吁，很有同慨了。

求"风骨"是为了寻找一种与时代精神相适应的阳刚之气。人们通常把杜诗、颜字、韩文的出现，作为"盛唐之音"的象征。随着经济文化的整体繁荣，诗、书、画等艺术门类的疆域也被大大拓展，在集大成和走向世俗这个特征上，杜诗、颜字、吴道子绘画，有着十分相似的表现。

杜甫和李白是唐代也是中国诗歌史上的两座高峰。

李白被誉为"诗仙"，因"仙"远离尘世，踪迹难求，是不可企及的天才之美。杜甫被称为"诗圣"，所谓"圣"，即关注世事，贴近生活。"诗圣"所作被称为"诗史"，就带有明显的人工美的痕迹。杜甫深受儒家思想影响，这就决定了他对现实人生的关注，从而其诗歌也以反映现实为主流，具有"实"的基本特征。

从《诗经》"饥者歌其食，劳者歌其事"，到《离骚》的"长太息以掩涕兮，哀民生之多艰"，从汉乐府"感于哀乐，缘事而发"，到建安诗人"慷慨以任气，磊落以使才"，都是围绕着现实这一主题进行创作。杜甫前后，高适、岑参、王维、李颀的边塞吟唱，李白的古风、乐府，都充溢着安社稷、济苍生的建功立业思想，更不必说"唯歌生民病，愿得天子知"的白居易，以及元结、张籍、王建、元稹、刘禹锡和晚唐贴近现实的杜牧、罗隐等人。

现实主义作为一种创作风格虽然并不能涵盖中国古典文学创作的全部，但是，由于儒家入世思想在唐代中小知识分子身上普遍存在，并且这种存在往往不同程度地被实践，因此，唐人较少汉末如《古诗十九

---

① 李世民：《论书》。
② 李世民：《王羲之传论》。

首》里的"游子"心态，也不欣赏魏晋人的任诞和放纵。当儒家文化及其内涵在唐代这个上升时期获得滋生土壤时，广大士子就把积极的入世情态和反映民生疾苦作为抒情言志的重要内容，给以热情地传达和表现。并且形成"辞达"、"充实"、"尽善尽美"等相应的审美特征。在这一特定风格的诗歌艺术长廊中，杜甫无疑是众望所归的集大成者。

孔子在齐闻《韶》乐，三月不知肉味，就是因为他认为《韶》是尽善尽美的。这种"尽善尽美"的理想，要求抒情表现要"情欲信，辞欲巧"，对语言则求"辞，达而已矣"。孟子继承并发挥此说，提出与"辞达"相关的"充实"概念："充实之谓美，充实而有光辉之谓大，大而化之而谓圣，圣而不可知之谓神。"

后人评价杜甫的诗歌美学特征，也基本上按照这个标准来衡量。明人袁宏道《答梅容生开府》曾对李白和杜甫诗的特点作过比较："青莲能虚，工部能实。青莲唯一于虚，故目前每有遗景；工部唯一于实，故其诗能人而不能于天，能大能化而不能神。"杜诗尚"实"，能从根本上反映唐王朝由盛而衰的过程，其诗歌成就达到空前的高度。

另一方面，如叶燮论诗，从客观的理、事、情和主观的才、胆、识力两方面着眼，要求诗人写出"不可名言之理，不可施见之事，不事迳达之情"，做到"正不伤庸，奇不伤怪，丽不伤浮，博不伤僻"的"辞达"，在他看来，"变化而不失其正，千古诗人，惟杜甫为能"，就是因为杜甫"凡欢愉幽愁、离合今昔之感，一一触类而起，因遇得题，因题达情，因情敷句。"[①]

无论以实写实，还是以虚写实，都是出于实而入于实。杜诗正是以其"实"而有别于李白浪漫的飘逸和王维入于禅理的淡远，从而形成一种易为后世学习模仿的规范。

我们可以用理解颜字的眼光来对待杜诗之"实"。颜真卿忠君、爱国、维护国家统一，与杜诗爱民、忠君、爱国的主题处于同一等高线上。除了立身忠直、以身殉国的声名之外，更重要的还在于颜字亦如杜

---

① 叶燮：《原诗》。

诗乃集大成者。

唐代的大部分书家都是当时的大政治家，是朝廷的重臣，他们的事功是比较突出的，如初唐的虞、欧、褚、薛，后来的李邕、柳公权，都积极参与政治活动，这在相当程度上影响了他们的书法风格，颜真卿是他们的代表人物。

从书法普及方面看，随着佛教深入人心和庙宇的修建，立碑和抄经风气又重新兴起，这对楷书的发展产生了一定的刺激。

一方面，"立在庙堂里的碑，和立在山林里的墓志要求自然不同，逐渐地也就形成在风格上和北魏墓志很不相同的唐代的碑刻。这种碑刻，出自当时大政治家之手笔，立在庄严肃穆、富丽堂皇的大庙里，自然须有一种雍容华贵、浑厚雄健的书风才能适应需要"[1]。

另一方面，颜字又是一种以篆隶之笔写真，兼得南北之长的刚健雄强的崭新书风，这是一种普遍为大众所接受的工整规范的世俗风度，具有雅俗共赏的属性，并且通过摩崖碑刻等榜书的应用而具有很强的社会实用功能。从这个意义上讲，颜真卿是从贵族小圈子突出来，把书法成功地植根于平民广博土壤之中的第一人。

对于颜真卿从"俗"、从"实"的变革，苏轼以为"颜公变法出新意"，刘熙载则谓颜真卿"变法得古意"，苏、刘二人分别道出颜书在继承和创新两方面的成果。范文澜《中国通史简编》说："初唐的欧、虞、褚、薛，只是二王书体的继承人。盛唐的颜真卿，才是唐朝新书体的创造者。"

所谓新书体，就是新在雄强茂密、刚劲浑厚的风貌上，新在将楷书的横画有意识地写得细瘦，点、竖、撇、捺写得肥壮，对称之竖有向内环抱之势，且用蚕头磔尾的隶法于捺笔的首尾。

颜真卿这种宽博宏达的气势，我们恰好在读杜诗时也能感觉到。杜甫《自京赴奉先县咏怀五百字》《北征》《壮游》等篇，融古于今，包容博大，沉郁顿挫，自成风格，确是有诗以来未有的奇观。

---

[1] 叶秀山：《书法美学引论》，宝文堂书店，1991年版第181页。

尤其是杜甫把律诗发展到完全成熟的阶段，它的意义正如颜真卿所创造的唐楷一样重大。人们所熟悉的《蜀相》《春望》《秋兴八首》《登高》等，都能把深沉的悲慨、磅礴的气势严格地规范在工整的音律或对仗中，毫无形式的束缚感。当这种"不烦绳削而自合"的技巧与植根于民族传统的深厚博大的同情心相结合，儒家的"充实"之美的审美理想，便在杜甫"诗史"的深度和广度中得到实现。

有了植根平民的土壤，又有时代所崇尚的进取精神，充实与世俗中便产生出"壮美"的理想，一如诗歌中追求功名、向往边塞的侠少人物形象：

葡萄美酒夜光杯，欲饮琵琶马上催。醉卧沙场君莫笑，古来征战几人回。

——王翰《凉州词》

青海长云暗雪山，孤城遥望玉门关。黄沙百战穿金甲，不破楼兰终不还。

——王昌龄《从行军》之一

大漠风尘日色昏，红旗半卷出辕门。前军夜战洮河北，已报生擒吐谷浑。

——王昌龄《从军行》之二

新丰美酒斗十千，咸阳游侠多少年。相逢意气为君饮，系马高楼垂柳边。

——王维《少年行》

天才横溢的李白、高适、岑参等诗人，更以突破初唐歌行的形式，以纵肆的笔调，多变的章法，写壮伟宏丽的题材，表现豪迈的气概。尤其是李白，以高度的创造精神，淋漓尽致的笔墨作乐府诗，许多乐府旧题在他的笔下获得新生。由于李白的歌行杂用古文和《楚辞》的句法，所以比汉魏和鲍照的杂言更加解放。李白自身就在抒情中改造旧"法"，创立风格。实际上唐诗的另一种形象和法度是在李白诗歌的

"无法"之"法"中鲜明地凸现出来的：

> 与君论心握君手，荣辱于余亦何有？孔圣犹闻伤凤麟，董龙更是何鸡狗。一生傲岸苦不谐，恩疏媒劳志多乖。严陵高揖汉天子，何必长剑柱颐事玉阶。

> 弃我去者，昨日之日不可留。乱我心者，今日之日多烦忧。……俱怀逸兴壮思飞，欲上青天揽明月。抽刀断水水更流，举杯销愁愁更愁。人生在世不称意，明朝散发弄扁舟。

> 西上太白峰，夕阳穷登攀。太白与我语，为我开天关。愿乘泠风去，直出浮云间。举手可近月，前行若无山。一别武功去，何时复更还？

> 朝辞白帝彩云间，千里江陵一日还。两岸猿声啼不住，轻舟已过万重山。

> 君不见黄河之水天上来，奔流到海不复回。君不见高堂明镜悲白发，朝如青丝暮成雪。人生得意须尽欢，莫使金樽空对月。天生我材必有用，千金散尽还复来。……

这些畅快淋漓，冲口而出的天才诗篇，长期以来成为人们追求壮美风采、抒泄郁闷的现成模式。后代诗书画家留下大量的李白诗抄书法作品，就是极好的说明。

唐代宗教性绘画出现了以幻想中的极乐世界为标志的从俗倾向，在唐人的壁画里，六朝时期以人饲虎、贸鸽、施舍儿女等残酷悲惨的故事及场景已不复存在，佛像也以现实中体态丰满的上层贵族为标本，人们跪在经变和佛像面前是一种钦羡向往而非畏惧失措的心态。

唐敦煌壁画第103窟的《维摩诘经变》，已经不复是超然自得高不可攀的思辨神灵，而是作为管辖世事、可向之请求庇佑的权威主宰。他的外在形象也由六朝时"清羸示病之容"，变为健壮的老人。他须眉奋张，目光如炬，凭几探身，奋髯蹙额，正把热烈的语言投向文殊师利。

这一转变正如中唐以来王羲之书法的姿媚受到"无丈夫气"的发难，而转为推崇颜鲁公的雄强壮美，颜字和佛像一样，都变得十分亲切而有人情味。

在画面的勾线上，西魏时期壁画流行的犍陀罗的块面式粗线风格已荡然无存，一种近似"吴带当风"的飘逸流畅的线条，使画面具有了典型的唐代画风。并且在唐代狂草如张旭、怀素的作品里，可以找到奇幻飞扬，一变孙过庭闲适静穆书风的新的艺术理想，这种接近李白诗风的草书艺术，已经开始靠近盛唐绘画，并且在吴道子等人的绘画艺术中得到不同程度的表现。

后人曾以唐"尚法"的特色，用以区别于晋之"尚韵"和宋之"尚意"以及明之"尚态"。当时，整个艺术领域都有一种建立法度的要求。

就诗歌而言，杜甫"晚年渐于诗律细"，有些参用古诗音调句法，标明"吴体"的七律、拗体，以及大量可以称为"变体"或别调的绝句，已非率意之作，而是为了追求别一种声律、有心创造出来的。在盛唐诗歌中，"子美不能为太白之飘逸，太白不能为子美之沉郁"[①]，李、杜恰成两种不同的风度。

从继承的角度看，飘逸的李白是天才之美，是"无法"之法；而杜诗却是人人可以效法的楷则，宋代黄庭坚为首的"江西诗派"，就是以杜甫为宗师。

在杜甫以后，有关杜诗具有可操作性的学习门径的提法和作法可谓层出不穷。如《后山诗话》以为"学诗当以子美为师，有规矩，故可学"。胡应麟《诗薮》："盛唐句法浑涵，如两汉之诗，不可以一字求；至老杜而后，句中奇字为眼，才有此句法。"北宋王安石开始集杜诗

---

① 严羽：《沧浪诗话》。

句,到了清代还有人编过一本方便大家集杜的"天书",把千余首杜诗拆散按平水韵以句尾韵作排列,作为集杜者最方便的工具书,可谓充类至尽。

魏晋开始寻找的规律和法则,到了唐代得到确立,这是书法美学的情形,正如齐梁发现"四声"、"八病"以后,律诗到唐代得以完成,时间几乎同步。唐代楷书形式到最后定形,并为后世提供了几种范型:虞世南之凝炼、欧阳询之严谨,褚遂良之疏朔,颜真卿之雄强,柳公权之劲挺。从唐楷定型以后,学习、模仿或摆脱、反叛唐法(主要指楷书)一直成为后代人特别是宋人争论的焦点。

就书法理论而言,唐人在尚法思潮影响下,探究法则、规律,总结、规定出一系列笔法、章法、墨法,撰写了众多的论"法"著作。如欧阳询《八诀》《三十六法》《传授法》《用笔一论》、李世民《笔法诀》、张怀瓘《论用笔十法》、颜真卿《述张长史笔法十二意》、韩方明《授笔要说》、林蕴《拨镫序》等等,不一而足。

宗白华《中国书法里的美学思想》说:"'唐人尚法',所以在字体上真书特别发达,他们研究真书的字体结构也特别细致。字体结构中构'法',唐人的探讨是有成就的。人类是依据美的规律来创造的,唐人所述的书法中的'法',是我们研究中国古代的美感和美学思想的好资料。"

二、从行书入碑到狂草书

唐代是一个国力强盛、经济繁荣、艺术向多元化、多层次化发展创新的封建帝国,达到了封建社会的高峰。在文化艺术方面是古今中外的空前大交流、大融合。这个朝代"无所畏惧,无所顾忌地吸引吸收,无束缚、无所留恋地创造革新"。打破框框,突破传统,这就产生了"盛唐之音"的社会氛围和思想基础,也正是在这种思想基础上,当时的文学、绘画、雕塑、音乐等文艺样式也都达到了前所未有的境地。作为唐代的书法,在继承"二王"的基础上融合北碑贯通,"以点画为形质，使转为情性，"写出了"唐代之音"的雄浑、放纵之态，极具法度。书法这门艺术，在当时既是最普及的，也是那个时代最鼎盛的艺术，由于大胆革新，如唐太宗李世民和李邕创造行书入碑，张旭、怀素、孙过庭和贺知章的草书艺术，因而出现了无可再现的高峰。

唐太宗李世民不但是一位雄才大略的军事家、励精图治的政治家，而且唐太宗对中国书法的贡献也是非常大的。他独为王羲之写传，可见李世民对王羲之的偏爱至极。其中"惟在求其骨力而形势自生耳"的理念深入人心。贞观元年，太宗诏设弘文馆，设书法一科，由欧阳询，虞世南教授楷法，诏令五品以上喜书者可就馆学书。

作为帝王，他把王羲之推上了至高无上的"书圣"之地位。李世民亲自撰写《晋书·王羲之传》。《晋书》是唐朝政府组织文人学士对前朝整个政治、军事、文化、社会整体修撰编史，而李世民书法论点，对后世产生了重要影响。

李世民对王羲之的偏爱，已超越了个人的偏爱。《三藏圣教序》是唐太宗为表彰玄奘法师赴西域各国求取佛经，回国后翻译三藏要籍而写的。其碑字由怀仁和尚借内府所藏王羲之真迹，历时25年集募而成，故为世所重。碑文选自王羲之各帖，如知、趣、或、群、然、林、怀、将、风、朗、是、崇、幽、托、为、揽、时、集等字皆取自《兰亭序》。由于怀仁对于书学的深厚造诣和严谨态度，致使此碑点画气势、起落转侧，纤微克肖，充分体现了王书的特点与韵味，达到了位置天然、章法秩理、平和简静的境界。

由僧怀仁集摹王羲之行书字迹成《大唐三藏圣教序》，碑刻中此为独创。北宋周越《古今法书苑》载："文皇制《圣教序》，时都城诸释委弘福寺怀仁集右军行书勒石，累年方就，逸少真迹，咸萃其中。"近人康有为《广艺舟双辑》称："《圣教序》怀仁所集右军书，位置天然，草法秩理，可谓异才。"作为帝王，李世民开启了一个书法新时代，决定了书法的走向，从而造就王羲之为代表的帖学一脉统治整个中国书法1300多年。

唐太宗李世民还是书法的实践者，其书法堪称一代大家。《晋祠铭》就是李世民以王羲之的书法精神一气呵成的千古名碑。

李世民在征战高丽的回途当中，专门到唐朝的龙兴之地晋阳来修养。时为贞观二十年（646），李世民已48岁。众所周知，晋祠是晋国开国诸侯唐叔虞的祠堂，有着3000多年的历史文化积淀。李世民当年随父亲李渊就是在晋阳的晋祠唐叔虞祠前祭拜盟誓之后起兵，第二年攻取长安，建立唐朝，因而晋阳城一直被视为唐朝的龙兴之地和政权根基所在。相隔30载，故地重游，百感交集，李世民怀着感恩晋祠、感恩晋水、感恩唐叔虞的心情，写下了这一通千古闻名的《晋祠之铭并序》，简称《晋祠铭》。

《晋祠铭》全文的主题思想，是在通过歌颂宗周的政治制度和唐叔虞的建国方针，并借以达到宣扬唐王朝的文治武功，期能巩固政权为目的。唐太宗在这篇文章中提出了贞观之治的精髓："德乃民宗，望为国范。"指出唐朝国号的来历是承袭唐尧。唐朝遵循着周朝晋国"经仁纬义"的国政，也就是唐叔虞以仁义治国，恪守正大光明之道，行为要合乎道德规范，进而提出以德治国，以民为本。

《晋祠铭》碑高195厘米、宽120厘米、厚27厘米。在唐以前，碑文书体一般是以篆书、隶书或楷书来书写，以示庄重威严，在秦朝是用篆书，在汉代是用隶书，在唐代是用楷书。但李世民却打破常规，以行书书写，也使此碑成为中国书法史上的第一块行书碑。在此之后碑的形式就更加丰富多彩了。此碑碑首为圆形，由螭首下垂装饰，华丽而庄重。碑首的正中间是一块圭形平面，用来写碑额，碑额一般是以篆书或隶书来写，所以有篆额或隶额之称，而李世民用的却是飞白书，极为少见。飞白书是由汉蔡邕创造，至今已经失传。一般碑额就是题目，而这块碑却写的是年月，即"贞观廿年正月廿六日"。碑的题目在碑文的开头，即《晋祠之铭并序》。

清代文学家杨宾："今观此碑，绝以笔力为主，不知分间布白为何事，而雄厚浑成，自无一笔失度。"（《大瓢偶记》）清代史学家、汉学家钱大昕："书法与怀仁《圣教序》极相似，盖其心摹手追乎右军者深矣。"清代书法家、金石学家钱泳："以行书而书碑者，始于唐太宗

《晋祠铭》，李北海继之。"(《书学》)

《晋祠铭》开创了行书上碑之先河，被后人誉为仅次于王羲之《兰亭序》的行书杰作。

李邕（678年—747年），字泰和，鄂州江夏（今湖北武汉市江夏区）人。唐朝大臣、书法家，文选学士李善之子。出身赵郡李氏江夏房，博学多才，少年成名。起家校书郎，迁左拾遗，转户部郎中，调殿中侍御史，迁括州刺史，转北海太守，史称"李北海"、"李括州"。

李邕愿意结交名士是出了名的。史载："邕素负美名，频被贬斥，皆以邕能文养士。"李邕鬻文获金，可以用来支付他结友交游的巨大开销，可是鬻文的事也不是常有的，总有手头拮据的时候。每逢这种时候，他就有挪用公款之嫌。杜甫和李白在天宝四年分别见到李邕的时候，他身上刚刚发生了一段死里逃生的故事。

开元十三年，公元725年，唐玄宗泰山封禅回归长安，车驾路过汴州。李邕从陈州赶过来谒见，并接连献上几篇辞赋，深得玄宗赏识。于是李邕就有点飘然，自我吹嘘凭自己的才华"当居相位"。那时李邕只是陈州刺史，偏偏这话叫中书令张说听见了，不久李邕在陈州任上挪用公钱事发，张说将旧账端出。两笔账一块算，下狱鞫讯：罪当死。

这时候幸亏有个叫孔璋的许州人上书玄宗皇帝要救李邕，那封奏疏写的真是好，打动了唐玄宗，免去李邕死罪，贬为钦州遵化县尉。而孔璋流配岭西（现今广东）而死。这两个以生死相交的人始终没有见上一面。孔璋的奏疏基本概括了李邕的生平功过。

这篇情真义切的文字更增加了李邕身上的传奇色彩，尤其让仕途失意、蔑视权贵的李白景仰。李白也深怀济人之心，有着散尽千金的豪爽，来到齐鲁之邦，他自然要去拜访这个传奇中人。就在天宝四年，他们相见于益都李邕任上。李白时年44岁。

送别杜甫和李白后两年，李邕就遭到奸相李林甫的政治迫害，被含冤杖死。

对于李邕的死，杜甫悲痛欲绝，他哭道："坡陀青州血，羌没汶阳瘗。"李白愤怒之极，感叹之极，他大呼："君不见李北海，英风豪气今何在？君不见裴尚书，土坟三尺蒿棘居。"

李邕的书法在一定程度上可以说是他的人格的写照。他的书法初学右军，又参以北碑及唐初诸家楷书及行书笔意，变法图新，形成了他自己鲜明的风格特征。

李邕工文，尤长碑颂。其为文，长于碑颂，多自书。甚至还有说他亲自镌刻的说法。唐人说李邕前后撰碑八百首。善行书，变王羲之法，笔法一新。他继李世民《晋祠铭》后以行书书写碑文，名重一时。其书风豪挺，结体茂密，笔画雄劲。传世作品有《端州石室记》《麓山寺碑》《法华寺碑》《云麾将军李思训碑》等。唐窦蒙在《述书赋注》中说：时议云："论诗则曰王维、崔颢；论笔则王缙、李邕；祖咏、张说不得预焉。"李阳冰谓之书中仙手。杜甫《八哀诗·赠秘书监江夏李公邕》：

忆昔李公存，词林有根底。声华当健笔，洒落富清制。
风流散金石，追琢山岳锐。情穷造化理，学贯天人际。
干谒走其门，碑版照四裔。名满深望还，森然起凡例。

李邕的书法从"二王"入手，能入乎内而出乎其外。《李思训碑》用笔瘦劲，方圆兼备，字体略呈斜势，而不失庄严，奇险中更见其稳健。此碑用笔瘦劲，方圆兼备，字体略呈斜势。这种豪爽雄健之气是东晋二王以来的行书所没有表现出来的。

《麓山寺碑》是最能体现李邕成熟的行书风格的代表作。雄放苍老，稳健奇崛。这种风格的形成，得之于他对魏晋南北朝书法艺术的学习和理解，更在于他有大胆创新的精神。他将二王一派行书的灵秀与北碑的方正庄严巧妙地糅合起来，吸收南帖的灵活多变，而不取其柔弱的一面；除却魏碑的呆板，而保留其厚重的一面，在广泛接受前人成果的同时，或者是不自觉地将他自己的性情和人格外化到笔墨之中。董其昌以"北海如象"来比喻李邕书法的力度，亦可谓形象传神。

李后主说："李邕得右将军之气而失于体格。"恰道出李邕善学之处。《宣和书谱》说："邕精于翰墨，行草之名尤著。初学右将军行法，既得其妙，乃复摆脱旧习，笔力一新。"

魏晋以来，碑铭刻石，都用正书撰写，入唐以后，李邕改用行书写碑。书法的个性非常明显，字形左高右低，笔力舒展遒劲，给人以险峭爽朗的感觉，他提倡创新，继承和发扬古代书艺。曾说："似我者欲俗，学我者死。"苏东坡，米元章都吸取了他的一些特点，元代的赵孟𫖯也极力追求他的笔意，从中学到了"风度闲雅"的书法境界。他对后世产生了巨大的影响，

李邕能诗善文，工书法，尤擅长行楷书。当时的中朝衣冠以及很多寺观常以金银财帛作酬谢，请他撰文书写碑颂。他一生共为人写了八百篇，得到的润笔费竟达数万之多。但他却好尚义气，爱惜英才，常用这些家资来拯救孤苦，周济他人。李邕撰文书写的碑文，常请伏灵芝，黄仙鹤和元省己镌刻。据明代杨慎的《丹铅录》考证，这三人很可能也是李邕的化名。他的传世作品有《叶有道先生碑》《端州石室记》《麓山寺碑》《东林寺碑》《法华寺碑》《云麾将军李思训碑》。传世书迹以《岳麓寺碑》《李思训碑》最为世人重视。

在唐贞观之治后，生产的发展更加促进了经济的繁荣，其文化艺术的风气也日趋走向磅礴豪迈和雄浑深厚，书法审美风格更是如此。自盛唐到中唐时期，这是中国书法上草书发展的一个重要时期。唐代草书是一座令人仰视的高峰。草书在中国书法史上具有非常重要的地位，它所承载的社会审美需求是超越其他书体的。草书以其飞动飘逸的浪漫主义风格，以及新奇险峻的线条，分割布局空间技法，创造出了形式上的无限表现空间。凸显了"人"的本质，赋予了书法艺术以生命意识。以张旭和怀素为首的"颠张醉素"草书家代表，更是将狂草艺术推向了一个丰碑式的高潮，在这个新阶段里，他们着重展现草书的表现力，他们用自身扎实的书法基础、娴熟的技法加上极富创造性的想象力，将唐代狂草艺术发展到了极致，开创了草书发展的新高峰，其对外以及后世都产生了极其重要的影响。

草书具有音乐特征。音乐是通过各种音符的顺序作和谐的各种变

化，产生旋律来完成的。而书法也是以简单笔墨书写出带有生命力、节奏感的线条。依靠笔顺，字势，在时间的推移中作各种轻重、缓急、枯润等多样统一的和谐变化而完成的。有人把书法比做无声的音乐，认为可以从作品中体会到音乐节奏的跳跃，这正是书法时间性的种种特征造成的。而这种特征在各种书体中以草书表现得最明显。

草书也具有绘画的特征。虽然它不表现具体的图像，也不具有绘画中的缤纷色彩，但书法中的一个个抽象的图形本来就是"具万象于一象"的，它那线条和线条的各种组合关系，构成了各具形态，但又不代表任何实体的图形。它纯净的黑白色彩又因墨色的浓淡、用笔的轻重缓急而变化无穷。在这种变化组合后构成的视觉效果和绘画是异曲同工的。而在书法个体中能表现书法这种艺术效果的也是以草书最为明显。

草书音乐性和绘画性同体，于是具有新奇的艺术审美通感。刘勰《文心雕龙》说，好文章可以让人"视通万里，思接千载"。观盛唐狂草书，亦有同感。

张旭（675年—约750），字伯高，一字季明，吴县（今江苏苏州）人，唐玄宗开元、天宝时在世，曾任常熟县尉、金吾长史。

张旭以草书著名，当时与李白诗歌，裴旻剑舞，称为"三绝"。与李白、贺知章等人共列饮中八仙之一。与贺知章、张若虚、包融号称"吴中四士"。据《旧唐书》的记载，每醉后号呼狂走，索笔挥洒，时称张颠。说明他对艺术爱好狂热度，被后世尊称为"草圣"。杜甫的《饮中八仙歌》这样写张旭："张旭三杯草圣传，脱帽露顶王公前，挥毫落纸如云烟。"张旭不光喜欢酒后写字，有时候激动起来，用自己的头发蘸着墨汁都可以写，酒醒之后还洋洋自得，自称是神来之笔。

张旭的书法，始化于张芝、二王一路风格，以草书成就最高。效法张芝草书之艺，创造出潇洒磊落，变幻莫测的狂草来，其状惊世骇俗。相传他见公主与担夫争道，又闻鼓吹而得笔法之意；在河南邺县时爱看公孙大娘舞西河剑器，并因此而得草书之神。颜真卿曾两度辞官向他请教笔法。张旭是一位纯粹的艺术家，他把满腔情感倾注在点画之间，旁若无人，如醉如痴，如癫如狂。唐韩愈《送高闲上人序》中赞之："喜怒、窘穷、忧悲、愉佚、怨恨、思慕、酣醉、无聊、不平，有动于心，必于草书焉发之。观于物，见山水崖谷、鸟兽虫鱼、草木之花实、日月列星、风雨水火、雷霆霹雳、歌舞战斗、天地事物之变，可喜可愕，一寓于书，故旭之书，变动犹鬼神，不可端倪，以此终其身而名后世。"

《草书古诗四首》，辽宁省博物馆藏，墨迹本，五色笺，狂草书。纵28.8厘米，横192.3厘米。凡40行，188字。无款，明董其昌定为张旭书。

张旭以独特的狂草书体，在名贵的"五色笺"上，纵情挥写了南北朝时期两位文豪谢灵运与庾信的古诗共4首。作品落笔力顶千钧，倾势而下，通篇笔画丰满，绝无纤弱浮滑之笔。行笔婉转自如，跌宕起伏，动静交错，有急有缓地荡漾在舒畅的韵律中。他的字奔放豪逸，笔画连绵不断，有着飞檐走壁之险，满纸如云烟缭绕，实乃草书颠峰之篇。草书之美其实就在于信手即来，一气呵成，给人以痛快淋漓之感。

《肚痛帖》为宋嘉祐三年（1058）摹刻上石，传唐张旭书，一说为宋僧彦修书，但历来多沿承张旭说。明王世贞跋云："张长史《肚痛帖》及《千字文》数行，出鬼入神，倘恍不可测。"此《肚痛帖》仅30字，写来洋洋洒洒一气贯之。

《肚痛帖》释文："忽肚痛不可堪。不知是冷热所致。欲服大黄汤，冷热俱有益。如何为计？非临床。"

书圣也会肚子痛。可观的是，如此书写痛感，以及记录如何疗治细节，读来倍感亲切。

张旭狂草，尽管书写难度极高，但一点一画尽合唐法典范，突显了他杰出的草书天才。开创了浪漫主义书风，展现了以自然天性为追求的创作风格。他以酒酣为催发剂，在恍兮惚兮之间，使天性得到最大的激发，将潜意识中的"天地万物，风云气象"，作了妙不可言的发挥和宣泄。

张旭书法得于二王，而又独创新意，楷书《郎官石柱记》，取欧阳询、虞世南笔法，端庄严谨，不失规矩，展现出楷书的精妙。《宣和书谱》中评说："其名本以颠草，而至于小楷，行草又不减草字之妙，其草字虽然奇怪百出,而求其源流,无一点画不该规矩者。"他的楷书端正谨严,规矩至极,黄山谷誉为"唐人正书无能出其右者"。若说他的楷书是继承多于创造,那么他的草书则是书法上了不起的创新与发展了。

怀素《自叙帖》长卷,纸本,纵28.3厘米,横775厘米;126行,共698字。帖前有李东阳篆书引首"藏真自叙"。台北故宫博物院藏。《自叙帖》内容为自述写草书的经历和经验,和当时士大夫对他书法的品评,即当时的著名人物如颜真卿、戴叙伦等对他的草书的赞颂。《自叙帖》是怀素流传下来篇幅最长的作品,也是他晚年草书的代表作。

《自叙帖》开篇,怀素以八十余字的篇幅,自述其生平大略。然后节录颜真卿《怀素上人草书歌序》,二百五十余字,借颜鲁公之口,展示"开士怀素,僧中之英"、"纵横不群,迅疾骇人"的"草圣"气象。

怀素将张谓、虞象、朱逵、李舟、许瑝、戴叔伦、窦冀、钱起等八人的赠诗,摘其精要,按内容分为"述形似"、"叙机格"、"语疾迅"、"目愚劣"四个方面,列举诸家的评赞。所谓"形似",作者用了"奔蛇走虺"、"骤雨旋风"、"壮士拔山伸劲铁"、"又似山开万仞峰"等约七十字,描述了其狂草的形式美。所谓"机格",是指创作方法,用了逾百字,如"以狂继颠"、"志在新奇无定则"、"醒后却书书不得",特别是"吴郡张颠曾不面"一句,当是对超迈张旭,前无古人的赞歌。所谓"迅疾",是言其书写的快捷,引用了四十余字,其中"满座失声看不及",对"迅疾"作了极形象的形容。所谓"愚劣"之云,乃多谦抑之词。所引"狂来轻世界,醉里得真如","狂"和"醉"在怀素而言,又何"愚劣"之有。在文章结尾处,怀素担心人们说他借重名公之口揄扬自己,特意写了一句:"固非虚薄之所敢当,徒增愧畏耳"。

有中华第一草书的实力,才敢如此自我策划借力做传播。后人对此举没有异议,全都大力点赞。

唐代时评怀素草书有"惊蛇走虺,骤雨狂风"之势,陆羽也称赞他"草书古势多矣"。怀素的晚年创作,渐从激越飞扬趋于稳健安雅,运笔结体尤多内蕴。《自叙帖》和《论书帖》偏于狂放的书写特性,表现出怀素书法的中年风格,《苦笋帖》和《食鱼帖》的逐显平正标志了他的中年以后直至晚年的基本风貌。

再看《食鱼帖》:"老僧在长沙食鱼,及来长安城中,多食肉,又为常流所笑,深为不便,故久病,不能多书,实疏。还报诸君,欲兴善之会,当得扶羸也。九日怀素藏真白。"

怀素在《食鱼帖》提到"食鱼食肉"的现象,杨秀发在《怀素的时代及其身世》一文中认为,南宗禅在惠能的弟子怀让(677~744)时期,于戒律的修持上出现了松动。当有僧徒问是否可以吃酒肉时,怀让答道:"要吃,是你的禄;不吃,是你的福。"由于此时的南宗禅并未达到晚唐的狂禅阶段,禅僧的思想处于发展演变期,人们对禅僧不守戒律的行为还不太能接受。因此怀素一方面饮酒食肉,一方面又因世俗议论的"常流所笑"感到不便。

《食鱼帖》书法放逸而不狂怪,笔墨精彩动人,使转灵活,提按得当,正如文征明赞:"藏真书如散僧入圣,狂怪处无一点不合轨范"。风格在真迹《苦笋帖》、宋拓本《律公帖》等之间,结字亦近宋临本《自叙帖》。

《食鱼帖》相继为宋代吴喆,元代赵子昂、乔篔成、张雨、张宴,明代项元汴,清代陈三省、何元英等递藏。收藏、鉴赏家印八十八方,历宋、元、明、清四朝,传千年,流传有绪。民国初在上海《神州国光集》第二十集中影印。曾藏山东潍坊丁家,后迁青岛,存于青岛市博物馆。1978年,青岛市博物馆邀请北京故宫博物院书画鉴定家徐邦达来馆鉴定书画,徐先生从未清理好的书画中发现了此《食鱼帖》,并撰写《古摹怀素〈食鱼帖〉的发现》一文。青岛市博物馆将此帖重新装潢。

唐代几乎人人会写诗,他们懂音律,欣赏好音,膜拜壁画,品尝美酒,提起笔便能写出一手好字。年轻人渴望建功立业,拜谒名公,剑指边陲,尚武争强,敢放豪言。甘当粉丝,追捧诗书画明星。这些都是盛唐人的性格构成。这样的气质杂糅在一起,找到草书这种最好的书写载体。写的人创造力十足,不断出新品。墨迹留痕处,看的人同感共鸣,欢呼雀跃，完成审美再造。

壮哉，中国历史的青壮年时期，没有挫折感。遥想当年，羡我大唐癫张醉素！

三、皎然的意义

中唐诗僧皎然的出现，有其特殊意义。这位曾与颜真卿、韦应物唱和的和尚，他关于诗学的意见以道、释为哲学指导，深入探讨诗的审美价值和艺术规律，是有别于以儒家的政治伦理学说为基础、着重论述诗的社会本质和政教作用的另一种诗学，从宏观的文学艺术发展史看，他是个承前启后的重要人物，而从唐人尚法的具体历史阶段看，他既是诗人，又是禅僧，儒道兼修，诗禅兼行。唐代禅、文兼擅的诗僧很多，但成为诗歌理论家的只有皎然一人，这恐怕在于他比一般禅僧更重视对佛、道、儒三家思想的兼容并包。他继承并改造前人强调政教作用和重视形式之美的两种诗学，对诗歌鉴赏和创作中的审美规律，作出了新的概括，他上承殷璠，下开司空图，对中国古代诗歌美学的发展作出了重大贡献。

《诗式》《诗评》《诗议》是皎然文艺思想的表现，但《诗评》与《诗议》已佚，只有片断保存在日人遍照金刚《文镜秘府论》等典籍中。所谓《诗式》就是论述诗的一般法式、规则。虽然皎然论诗承认《诗经》的教化作用、但他认为诗的本质并非是教化的工具。他用一种与现实保留一段距离的超然态度来论述诗的本质。《诗式序》开宗明义说：

夫诗者，众妙之华实，六经之菁华，虽非圣功，妙均于圣。彼天地日月，玄化之渊奥，鬼神之微冥，精思一搜，万象不能藏其巧。其作用也，放意须险，定句须难，虽取由我衷，而得若神表。至如天真挺拔之句，与造化争衡，可以意冥，难以言状，非作者不能知也。洎西汉以来，文体四变，将恐风雅寝泯，辄欲商较以正其源。今从西汉以降，至于我唐，名篇丽句，凡若干人，命曰《诗式》，使无天机者坐致天机。若君子见之，庶有益于诗教矣。

这段话是皎然对诗歌艺术的本质、特点所作的简明概括。首先，诗具有"众妙之华实，六经之菁英"的特殊本质，其次明作用，所谓"放意须险，定句须难……"云云，则集中揭示出艺术思维、审美活动的特殊情状。这既不同于释子之参禅悟道，更不同于儒者之穷经明理。但它对于社会、人生的价值、功用，却可以等同于六经、妙典，所谓"虽非圣功，而妙均于圣"。再次，皎然认为各代的名篇丽句，都是对风雅的继承和发展，都具有诗的特殊规律、本质和功用。这些观点，已经迥异于陈子昂的"道丧"之论了。

那么，为了"使无天机者坐致天机"，或让"君子见之，庶有益于诗教"，皎然从各种角度，通过对一系列相互矛盾的概念的分析、区别、界定，提出诗歌创作的各种审美要求，如"四不"、"四深"、"四离"、"二要"、"二废"以及"六迷"、"六至"等。皎然论诗，创造性地提出了许多相反相成的审美概念，比较全面地反映了诗歌艺术诸因素和诗歌创作、鉴赏中主观、客观诸条件之间的矛盾关系。如：体德与作用，意兴与境象，复古与通变，才力与识度，苦思与神会，气足与怒张，典丽与自然，虚诞与高古，缓慢与冲澹，诡怪与新奇，飞动与轻浮，险与僻，近与远，放与迂，劲与露，赡与疏，巧与拙，清与浊，动与静等。皎然认为，诗人要取得创作上的成功，最重要的是恰当处理这些矛盾。根据这些"式"即法则和规律，皎然认为，"诗有二要"："要力全而不苦涩，要气足而不怒张。""诗有四离"："虽有道情，而离深僻；虽用经史，而离书生；虽尚高逸，而离迂远；虽欲飞动，而离轻浮。""诗有六至"云："至险而不僻，至奇而不差，至丽而自然，至苦而无迹，至近而意远，至放而不迂。"这些都是要求在审美过程中，正确地认识和处理相互矛盾的因素，以达到对立的统一。

皎然在理论上的最大贡献是关于"意境"的思想。他虽然没有运用"意境"这个范畴，但他的"取境"说，实质上还是论述了意境的创造。在对"高、逸、贞、忠、节、气、情、思、德、闲、达、悲、怨、意、力、静、远"等文艺批评中常用的概念加以解释和界定前，皎然有一段总述，以为"诗人之思初发，取境偏高，则一首举体便高；取境偏逸，则一首举体便逸。"

"取境"决定了诗之"体德"，即决定了诗的思想内容，艺术风格，审美特征。"取境"之法，主要强调性情须真，立意须险，采奇象外，丽而自然。这样，"静，非如松风不动，林狖未鸣，乃谓意中之静。远，非如渺渺望水，杳杳看山，乃谓意中之远。"如此阐述意境，在古典诗论中，可说是一个开端，最后发展为王国维《人间词话》中完整的境界说。

从隋代到中唐，以复古求革新的文学思想逐步取得了胜利，这是刘勰《文心雕龙·通变》立论着眼于文体的通变论的发展和继续。这一文学思潮，就其主导面而言是积极的，但其缺点也同样明显，就是对六朝文学采取了全面否定的态度。盛唐时代的殷璠、杜甫，已经开始纠正前阶段理论上的偏颇，而到皎然才对文学发展中的基本矛盾和演变规律作出了全面概括。皎然以为"反古曰复，不滞曰变。若惟复不变，则陷于相似之格。"要复古而能"通于变"，这些立论都从诗歌形式的发展角度作为依据，批评了"陈子昂复多而变少"，肯定了"沈（佺期）宋（之问）复少而变多"。

对陈子昂复古旗帜上的文学渐衰论，皎然明确持不同意见。卢藏用在《陈子昂文集序》中，曾把从屈原到上官仪的文学发展，描绘成每况愈下的衰颓过程，从而得出："道丧五百年而得陈君"的论断。

皎然认为此论违背历史事实，"若论笔语，则东汉有班、张、崔、蔡。若但论诗，则魏有陶（曹）、刘、三傅，晋有潘岳、陆机、阮籍、卢谌，宋有谢康乐、陶渊明、鲍明远，齐有谢吏部，梁有柳文畅、吴叔痒，作者纷纭，继在青史，如何五百之数，独归于陈君乎？藏用欲为子昂张一尺之罗，盖弥天之宇，上掩曹刘，下遗康乐，安可得邪！"

皎然批评卢藏用（也包括陈子昂）的"文章道丧五百年"之说，不仅抓住了他在理论上的偏颇，而且也指出"子昂《感遇》三十首出自阮公咏怀",从而证明陈子昂成就的获得,正是由于他继承了被否定的"五百年"中的优秀传统,而并非"前不见古人"。

由此可见,皎然更多地注意到诗歌的艺术方面,而且十分重视形式美感,进而创造出境界美。"境"既然是一种创造的产物,因此他反对"诗不假修饰,任其丑朴"的说法,举例说"无盐阙容而有德,曷若文王太姒有容而有德"。也就是说理想的境界乃是形式美与内容善的统一。

皎然论诗时处中唐,在他的诗歌发展观里"除了对陈子昂、卢藏用所谓"道丧"观点的批评之外,更重要的是试图在诗歌创作本体论上有所创获。

依皎然的观点推想,李白所谓六朝诗歌"绮丽不足珍",大体与陈子昂一样是不能接受的。六朝文学的精华是什么?从皎然肯定"沈宋复少而变多"的具体情形看,应该是指给唐人带来形式自足的创造因素。因为一般的观点认为沈佺期、宋之问由于诗歌思想风格上有六朝浮丽的遗风,因而对他们在律诗完型化即树立规范方面的功劳,往往轻描淡写,未予重视。而皎然在比较"陈子昂复多而变少"之后,则明确指出"沈宋复少而变多"的重要意义。

从艺术史的实际看,所有的内容最终都会相应地找到或积淀为某种特定的形式,形式本身的完成,意味着美感的传达的普遍有效性。从这个角度看,杜甫"晚年渐于诗律细"亦属于皎然所首肯的"变多"性质,而不是相反。然而,皎然论诗歌取境的偏于"高"、"逸",又显然倾向于李白、王维二种美学风格。李白天马行空,神采飞扬;王维则清逸脱尘,富于韵味,诗人创作构思时"取境偏高,则一首举体便高;取境偏逸,则一首举体便逸。"

因为有了陈子昂、李白、王维、杜甫等不同流派和不同审美趣尚的诗家作为具体理论建构的背景,因此,皎然的作用类似刘勰。他不仅总结规范、寻找造艺规律,还探究从"神与物游"到"思与境谐"这一过渡中的种种文艺创作心理特征,以及各种艺术境界的创造问题。虽未详尽,却另开新思路。

皎然所总结的方向,是中唐文艺后来的发展方向。李商隐的七律对语言、对仗、声律和典故的精心选择和组织,开阖顿挫,造成一种精丽和富于暗示的诗风。杜牧的七绝以清新俊逸的风格见长,在王昌龄、李白等人之后自成一家。温庭筠的浓艳与晚唐长于描写人物心绪的词相通,更为唐诗增加了一种色彩。对于艺术形式和风格独创性的刻意追求,对于韵味、意境和情趣的讲究,实在是皎然所肯定的"变多"的结果。

当晚唐艺术再度呈现出鲜明的审美化倾向时,一位类似中唐皎然式的人物也就应运而生。这就是司空图和他的《诗品》。从《诗式》到《诗品》,再到宋人严羽的《沧浪诗话》,可以明显地看出其间审美思想意识的发展轨迹。

在司空图的《诗品》里,皎然未曾明确具体表述的"高"、"逸"一类"取境"内容,都一一被具体化为某种审美风格,如"寥寥长风"、"落花无言,人淡如菊","采采流水,蓬蓬远春"等。

司空图在介绍和描述二十四种风格意境美的同时,还表达了他在诗歌美学中对"象外之象"、"景外之景"的追求,以及对"韵外之致"和"味外之旨"的推许。如"含蓄":"不着一字,尽得风流;语不涉难,已不堪忧",与皎然《诗式》力倡的"但见情性,不睹文字"的见解是一脉相通的。

正如皎然反对陈子昂等人全盘否定六朝文学的"道丧"论,从而明确文艺的发展观,司空图则以追求含蓄蕴藉的"韵味",从而反对自中唐以来产生的以文为诗、以理为诗的流弊。皎然、司空图前后呼应,对宋代审美思潮产生了直接影响。

皎然、司空图所立之"法",对进一步突出和发展中国美学传统中抒情与表现的特点,同样起到杜甫、颜真卿、李白、张旭、王维和吴道子等人所不能起的特殊作用。"取境"和"韵味"说都要求表达种种只可意会而不可言传的心绪、意趣和情感,这就不仅在诗歌美学领域产生极大影响,而且在绘画、音乐和书法领域也产生了广泛影响。

四、唐诗与绘画

题画文学的出现标志着诗与绘画在体制或形态上联系的深化，而不仅仅是艺术精神上的相通。中国的题画文学从具体的文学样式看，大体上分为韵文和散文两大类。前者如画赞、题画诗等，后者如题画记、画跋等。按其出现的先后次序则为画赞、题画诗、题画记和画跋。相对而言，题画诗的出现使题画文学才真正具备了独立的审美意义。

中国诗画开始结合见于记载的，始于汉刘褒为《诗经》上的《北风》《云汉》二诗配的两幅图。晋张华《博物志》中赞扬刘褒的画说："汉刘褒画《云汉图》，见者觉热；又画《北风图》，见者觉寒。"东晋时顾恺之根据曹植的《洛神赋》画了《洛神赋图》，这种偶尔为之的现象，也必须包含两个前提，一是先有文字，二是这些文字要具有文学性如诗意或情节性。这样，陶渊明、谢灵运、谢朓等人的田园山水诗的出现便具有特别重要的意义。据记载，陶潜善画扇、谢灵运善画神像，而且他们有意在诗中描绘具有鲜明画面形象感的田园山水风光，平淡简远，清丽可亲。

之后宗炳、谢约、王微等相继以山水入画，并开始理论总结，六朝诗人和画家虽然不曾有意识地将诗画配合，相互映发，但山水田园作为诗歌和绘画的共同题材，却得到同步重视。这就与以歌功颂德为主要标志的画赞区别开来，有其可贵的艺术自觉。

值得注意的是，六朝齐梁间所流行的咏物诗中，有很多是咏画的诗，其中最有名的是北周庾信的《咏画屏风诗》二十五首。当这种咏物诗作为画赞题于画上时，即为题画诗的起始。可见当时的题画诗乃画赞与咏物诗的一种综合。

诗画结合在唐代已趋明朗化。为诗配画，为画配诗的情况也逐渐增多。

唐代较早写题画诗的诗人是卢鸿。卢鸿为其《草堂十志图》题诗，描绘了他隐居的嵩山草堂及附近胜景，借以表达栖止之志。卢鸿及王维是唐代自题自画最著名的诗人兼画家。

王维的《辋川图》画成后，自作诗二十首为图中二十景逐一相配。不过这些诗是否题在画幅上不得而知。根据记载，王维曾经亲自为孟浩然所作诗配画。葛立方《韵语阳秋》云：

> 维尝见孟公吟曰："日暮马行疾，城荒人住稀。"又吟云："挂席数千里，名山都未逢。泊舟浔阳郭，始见香炉峰。"余因美其风调，至所舍，图于素轴。

可见王维在创作实践中已有意将诗画创作相结合。据统计，《全唐诗》中题画诗人有八十多位，题画诗一百五十余首，其形式也多种多样。如唐太宗一边命阎立本在春苑池画异鸟，一边诏坐者赋诗，唐玄宗见到郑虔自题自画的《沧洲图》，称为诗书画"三绝"；有因诗绘画的，如张志和根据颜真卿送他的五首诗逐首配上画；新、旧《唐书》还记载当时诗人李益"每篇成……天下皆施之图绘"。可见诗画结合在唐代已经蔚成风气，遗憾的是有关这方面的实物已不传，因而无法再作深入研究。

以诗论画在唐代诗画关系史上占有重要地位，在中国诗画关系史上也具有重要意义。如前所述，诗画相配的实物形式因为几乎无从考查，而很难进一步了解到具体情形。正如书法与诗歌的关系一样，唐代是诗创作的历史高峰，但很少将诗刻在碑上。诗可以盛赞书家，书家却很少把书法与诗真正结合起来。有一些诗歌的"抄录"形式如柳公权《兰亭诗》，张旭的《古诗十九首》等，即使是真，也难以说明是把诗与书法同时作为艺术品来保存的。至于传世珍品杜牧的《张好好诗》墨迹，也像颜真卿的《祭侄文稿》一样，是打草稿用的。

因此，站在诗人立场来评论绘画或者书法，就成为唐代诗歌与绘画、或者诗歌与书法关系中的一个主要特色。后者如僧怀素著名的《自叙帖》，其内容大部分转引唐代诗人或其他名人对自己书法的评价，而这些评价又都用的是诗歌体裁。

唐代的题画诗已经具备了优秀题画诗的主要特征，即准确描摹画中物象和托画寄意相结合。唐代著名诗人如李白、杜甫、白居易、李商隐等，虽然并不像王维那样，既是杰出的诗人，又是著名的画家，但他们所作诗深得形象化之三昧，诗意如画，同时又是评画的行家。唐代许多绘画名家、名作，往往通过他们的诗笔得到传神写照。

李白的题画诗和画赞有十七首之多。所题有山水瀑布、观山海图、斩蛟图、苍鹰、画鹤及人物画像等。杜甫则写下二十多首题画诗，内容有赞颂画鹰、画马、画松、画山水、画人物等。

在描绘山水画的诗中，李白的《观元丹丘坐巫山屏风》云："昔游三峡见巫山，见画巫山宛相似。疑是天边十二峰，飞入君家彩屏里。寒松萧飒如有声，阳台微茫如有情……"

杜甫亦有《奉观严郑公厅事岷山沱江图画十韵》诗："沱水流中座，岷山到此堂。白波吹粉壁，青嶂插雕梁。直讶松杉冷，兼疑菱荇香。雪云虚点缀，沙草得微茫。岭雁随毫末。川蜒饮练光。霏红洲蕊乱，拂黛石萝长。谷暗非关雨，枫丹不为霜……"

两诗均以面对画幅，便如身临其境一般开端，而且均以感官视、触觉联想，如风声、寒冷，突出其画面真实性。杜诗一如其风格，细密详尽。

再看李、杜笔下的鹰画。李白《壁画苍鹰赞》："突兀枯树，旁无寸枝。上有苍鹰独立，若愁胡之攒眉；凝金天之杀气，凛粉壁之雄姿。嘴铦剑戟，爪握刀锥。群宾失席以愕眙，未悟丹青之所为。吾尝恐出户牖以飞去，何意终年而在斯！"全诗表现雄鹰凶猛的神态，仅以其口喙锋利如剑戟，脚爪尖利如刀锥为重点描写，着重从气氛和观众的感受方面渲染。

杜甫《画鹰》诗云："素练风霜起，苍鹰画作殊。㧐身思狡兔，侧目似愁胡。绦镟光堪摘，轩楹势可呼。何当击凡鸟，毛血洒平芜。"诗由赞画鹰转而写活鹰，突破画面的时空限制，塑造了一只威猛的真鹰形象，并有以鹰自比之意。

侧重于托画寄意的题画诗，要求题诗者不单就画论画，或重在摹状物态，而必须弥补画之不足，这样的题画诗才算上乘。李白《当涂赵炎少府粉图山水歌》：

> 峨眉高出西极天，罗浮直与南溟连。
> 名工绎思挥彩笔，驱山走海置眼前。
> 满堂空翠如可扫，赤城霞气苍梧烟。
> 洞庭潇湘意渺绵，三江七泽情回沿。
> 惊涛汹涌向何处？孤舟一去迷归年。
> 征帆不动亦不旋，飘如随风落天边。
> 心摇目断兴难尽，几时可到三山巅？
> 西峰峥嵘喷流泉，横石蹙水波潺湲。
> 东崖合沓蔽轻雾，深林杂树空芊绵。
> 此中冥昧失昼夜，隐几寂听无鸣蝉。
> 长松之下列羽客，对座不语南昌仙。
> 南昌仙人赵夫子，妙年历落青云士。
> 讼庭无事罗众宾，杳然如在丹青里。
> 五色粉图安足珍，真山可以全吾身。
> 若得功成拂衣去，武陵桃花笑杀人。

虽然是题画，却依然洋溢着天才李白的才气和超越时空的丰富想象力。画中山水就象他一生游历的名山大川一样，令人"心摇目断兴难尽"，然而最后四句先宕开一笔，说画好不足珍，再转而说但愿遁迹真山深处。诗的主旨是通过观画山水表达其出世思想，亦即"安黎元"的大志难遂之后的愤激语。

杜甫《奉先刘少府新画山水障歌》一诗，被后来许多山水画家奉为圭臬，并被作为"诗有惊人句"（杨诚斋语）和"诗中有画"的典范（王嗣奭语）。例如"堂上不合生枫树，怪底江山起烟雾"，以反诘语开头，起得陡峭而不离画景，被杨万里举为"惊人句"之诗例："悄然坐我天姥下，耳边已似闻青猿。反思前夜风雨急，乃是蒲城鬼神入。

元气淋漓幛犹湿,真宰上诉天应泣",此数句为提倡"温柔敦厚"的沈德潜所激赏,他评说"惊风雨,泣鬼神意,写来怪怪奇奇,不顾俗眼。"实际上这是杜甫高度评价画家刘侯兼画技之高仿佛天助其兴。诗的结尾写因画而生出隐居之思,对于穷达兼善的杜甫来说,真是十分复杂的思想独白。

《丹青引赠曹将军霸》更是悲歌慷慨,叹马、悯人、哀己三者有机地融为一体。诗人为了突出曹霸画马之神妙,处处加以陪衬,先是以书衬画,后来用画人来陪衬画马,最后写画马又用韩干作反衬,前者为宾,后者为主,绿叶红花,烘托映衬。最后落到他的牢骚:"途穷反遭俗眼白,世上未有如公贫。但看古来盛名下,终日坎壈缠其身。"与开头写曹霸"于今为庶为清门"相呼应,构成一种悲慨、苍凉的气氛。

杜甫以"丹青引"为题,以诗摹写画意,评画论画,诗画结合,富有浓郁的诗情画意,尤其他把以"实"为标准的画论和诗传体的特写融于一炉,具有独特的美学意义。这种"开出议论"的题画诗,在唐代美术史和绘画批评史上有相当重要的价值。

杜诗"实"的特色被同样贯穿在他的题画诗中,这就使得被描摹对象的形与神均得到照顾。例如杜甫在《天育骠骑图歌》诗中对马的描写,既刻画画中马的外在天骨、黄耳,又写内在的意态、龙性,具体到瞳孔,细微到骏毛,质实细致,绘形绘色。

米芾在《画史》中说:"世俗见马即命为曹、韩、韦,见牛即命为韩滉、戴嵩,甚可笑! 唐名手众,未易定。惟薛道祖绍彭家《九马图》合杜甫诗,是真曹笔。"米芾以著名书画家兼鉴赏家的眼光判定唐人画马用笔真伪,使用的方法即以杜诗的摹状作为参照标准。

陆时雍曾就杜甫《韦讽录事宅观曹将军画马图歌》的题画诗发表议论说:"咏画者多咏真,咏真易而咏画难。画中见真,真中见画,尤难。此诗亦可称画笔矣。"[1]

"画中见真"是强调生活真实,"真中见画"是揭示艺术规律,两

---

[1] 《杜诗详注》引。

者要和谐地统一在一起，形成一个生气贯注的整体。这样，诗笔才能通画笔，画家与诗人的特识才能交融而成其为共识。

精描细染、惟妙惟肖、工笔画式的杜诗，的确能在唐人绘画中找到知音。杜甫《丽人行》繁衍铺张，颇类初唐王绩《在京思故园见乡人问》，而不是王维《杂诗》单刀直入式地只问"寒梅着花未？"便戛然收束。

唐代绘画作品倾向表现现实生活的题材，仕女画日渐受到重视是和统治者的崇尚密切相关的。早在擅画仕女的张萱、周昉之前，初唐时期这类作品就很受重视并迅速发展成熟起来。如陕西省乾县李仙蕙墓出土的《宫女图》，这些近似真人大小的宫女画像短襦长裙，体态修长、脸颊丰腴，仪态矜持而又妩媚。

宋摹本《虢国夫人游春图》和《捣练图》所画的人物，完全如杜甫诗所描绘的那样，面貌丰润圆满，风姿绰约，"态浓意远淑且真，肌理细腻骨肉匀"，人物造型都是鹅蛋形的圆胖脸、小嘴，肥满丰腴的身躯，体现了盛唐时独特的审美意识。另外，在设色上也偏于浓丽，周昉的《簪花仕女图》《挥扇仕女图》则通过设色的浓丽华贵，较好地表现了贵族妇女细腻柔嫩的肌肤以及高级丝织物的纹饰。而这一切，按照李白诗"云想衣裳花想容"的描摹，显然就不如杜诗的描摹更具入画的可操作性。

唐诗在色彩渲染上具有比较鲜明的特色，不同诗人对于色彩的把握，实际上也影响到诗画流派和批评标准的分野。

仅以敦煌壁画为例，隋唐时期已经形成以"线描勾勒"法和细腻的"渲染"法相结合，完善了"工笔重彩"的技法，具有充分而细致的表现力，并且由早期的多用鲜明而简洁的原色与黑、灰、白色搭配来组成不同色调，发展到采用丰富复杂的复色和中间色，同一色种中也分出深浅冷暖的不同层次，色彩的丰富感大大加强，拓宽了色彩的表现力和感染力。色调上展现出各种冷、暖、深、浅、明、暗、浓、淡等不同个性。色彩观念上也由主观的固有色向客观的光色观念进化。

壁画的这些特色，已经奠定了盛唐进入"焕烂求备"的新阶段。

著名画家尉迟乙僧画佛像,色彩"堆"到"不隐指"的程度,李思训的山水多以勾勒成山,用大青绿着色,并用螺青苦绿皴染,设色的"金碧辉映"成为他的一家之法。

色彩的鲜艳丰富、刻画的细致,这与盛唐时期"绮罗人物"的造型特点如曲眉丰颊、体态丰腴的审美习惯是相通的,与颜真卿楷书的雄健壮硕的意态,亦有异曲同工之妙。绘画领域的色彩观念和色调意识的强调,不能不影响到诗歌创作对色彩美感的有意识追求。

早在六朝刘勰《文心雕龙·物色》篇已有"凡摛表五色,贵在时见。若青黄屡出,则繁而不珍"之论。唐代完成律化形式的诗歌,正好可以避免"青黄屡出"的那种艳俗、轻浮的不和谐,通过对仗可以使色彩关系和色彩的结构规律得到更好的表现,从而使诗画关系中以画入诗的手法有意识地得到运用。

据不完全统计,杜甫诗中用到"红"字的即有"红绽雨肥梅"、"更长爱烛红"、"晓看红湿处"、"露冷莲房坠粉红",以及"青鸟飞去衔红巾"等七十余处之多。杜甫还好将表色字置于句首,像"紫萼扶千蕊,黄须照万花"、"青云羞叶密,白雪避花繁"、"碧知湖外草,红见海东云"、"红入桃花嫩,青归柳叶新"等,都是很好的例子。宋人范晞文说:"老杜多欲以颜色字置第一字,却实字来,如'红入桃花嫩,青归柳叶新'是也。不如此,则语既弱而气亦馁"①。鲜明的原色对比和间隔,即刘勰所谓"摛表五色,贵在时见"的"时见",既醒人目,又能提起全诗精神。

这类例子还有李商隐"沧海月明珠有泪,蓝田日暖玉生烟",李白"日照香炉生紫烟,遥看瀑布挂前川。飞流直下三千尺,疑是银河落九天",岑参"忽如一夜春风来,千树万树梨花开"、"纷纷暮雪下辕门,风掣红旗冻不翻",以及柳宗元著名的《江雪》等等。其效用亦如绘画设色,增加状物抒情的层次、韵味、立体感和真实感。

如果细加辨别,则还有一些诗人的色彩描写更具特色。上引杜诗及

---

① 范晞文:《对床夜语》。

其他诗人的诗作,更多的只是直接点出色彩,而下面我们所要讨论的或淡施或装饰的色彩,就更具色彩学意义。韩愈《早春呈水部张十八员外》:"天街小雨润如酥,草色遥看近却无。"王维"瀑布杉松常带雨,夕阳彩翠忽成岚"①,"桃红复含宿雨,柳绿更带朝烟"②,"荆溪白石出,天寒红叶稀"③,"大漠孤烟直,长河落日圆"④,"明月松间照,清泉石上流"⑤。

按照色彩学的观点,重叠的不同颜色并列在视觉上不只呈现出相加的效果,而是一种互相作用的复合效果。而各种色彩都不是单纯地作对比,而是粘附在各自意象形象上完成色彩空间的构型。

韩愈的"小雨"加"草色",以及王维的"漠漠水田飞白鹭,阴阴夏木啭黄鹂"⑥数句之所以成为名句,乃在于前者精到地表现了似有若无、远近不同的朦胧美感,变化的色彩被笼罩在淡淡的基调中("小雨"),隐约有五彩但却不华美,预示着春的萌动。而后者则颇见功力,水田"绿"而有白鹭高飞,夏木茂密树叶必"青","青"色树木有黄鹂之啭,绿、白、青、黄,色彩本极鲜明,一旦加上作为底色的"漠漠"、"阴阴",似乎固有色彩的"火气"就被处理掉了,用一种以虚代实的装饰,使之相对于本体色彩而言成为一种外在媒介而不是目标,更加突出地表现出色彩在意象构筑时的性格、情绪,最终揭示诗中画面的美感。

这当然与王维"当世谬词客,前身应画师"的身份有关。身兼画家的诗人,长于绘画的景物取舍、层次安排、设色构图等诸多方面的思考和具体技法的运用,无疑使王维在诗歌创作中大得裨益。

苏轼评论杜甫时说:"少陵翰墨无形画",其意思与米芾是一致的,即认为杜甫细密逼真的描写(指评论韩幹马),相当于工笔画;而苏轼

---

① 《送方尊师归嵩山》。
② 《田园乐》。
③ 《山中》。
④ 《使至塞上》。
⑤ 《山居秋暝》。
⑥ 王维:《积雨辋川庄作》。

评王维则云"味摩诘之诗，诗中有画；观摩诘之画，画中有诗"。与评论杜诗相比，苏轼的话很耐人寻味。

苏轼以诗书画兼擅的切身体会评论王维诗画，他以为王维诗画妙就妙在诗画技法的相济出于一人之手，其间一"有"的程度把握使诗情画意得以完美结合，使诗画不再以逼真为尚。应该是益虚益深，才有韵味。这当然是宋人的标准，但确实也说明杜甫与王维的风格存在着批评史所划分的"实"与"虚"的差别。

五、"外师造化，中得心源"

山水画历来是表现人与自然关系，以及艺术与表现关系的重要艺术载体。如果说六朝时期人与自然的关系已经提到人的觉醒高度来认识的话，那么唐代的山水诗和山水画的发展则呈现出新的美学特色，尤其是山水画所代表的发展方向及其相关的审美欣赏标准，包括具体的表现手法和风格，都对后世产生重要影响。

唐代的山水画还残留着从人物故事分离出来的痕迹，某些作品还具有一定道释的或历史故事的内容，在表现技巧上也多继承前人细密工致的手法，但是着眼点已明显不是以故事内容为主，而是更多地着意于表现山水的秀丽和春日的明媚。

如果说六朝人更多地以文字表达人与山水如"好美色"，山水于人，如"惊知己"的境界的话，那么唐人则较深入地以具体的绘画实践来以山水为审美客体，并且细加描摹、敷彩、刻画。

例如被称为"国朝山水第一"的李思训，《历代名画记》称其"画山水树石，笔格遒劲，湍濑潺湲，云霞缥缈，时睹神仙之事，窅然岩岭之幽"。张彦远已看出李思训利用神仙故事，来表现与这故事有关的山水景致，表现山川景色，使人寄寓情怀，也就是山水本身已经成为绘画的主体，而不是像六朝绘画如顾恺之的《洛神赋图》那种水不容泛，树大于山一类仅仅作为陪衬之景。

在唐人的眼里，李思训李昭道父子代表着唐代山水画的主要成就，人们也以其风格作为最高欣赏标准。如"思训尤其善丹青,迄今绘事者推李将军山水"①,《历代名画记》则记载"思训子昭道,……变父之势,妙又过之。官至太子中舍。创海图之妙。世上言山水者,称大李将军、小李将军。"从山水画的发展史上看,李氏父子继承展子虔、郑法士"细密精致而臻丽"的风格,使青绿山水趋于成熟。

所谓成熟,是指画家能以尚实的标准,比较逼真地描绘山川景色,通过细密的刻划"穷其态"。由于真实地表现了山水的形质,以及具体布局上对山峦的转折重叠,林木、鞍马、楼台的穿插装点,所以能"通神"。

《唐朝名画录》谈到"明皇召思训画大同殿壁兼掩障。异日因对李思训云:'卿所画掩障,夜闻水声。通神之佳手也'"。说明李思训画艺高超,能够使人观画而如闻其声,首先在于其"鸟兽草木,皆穷其态"的技巧。

传为李昭道的《春山行旅图》《江帆楼阁图》《明皇幸蜀图》,多表现现实的事件人物,并以山水为创作重点,使写实技巧得到进一步发展。联系流传下来的绘画看,人物、山水、花鸟画能够得到全面发展,与画家多方面的艺术才能和唐代绘画分科还不严格有关。例如吴道子既是人物画家,也是山水画家;韦偃善画人物鞍马,也擅长山水树石。这样就有可能在人物画中穿插树石花鸟,而山水画中也点缀鞍马人物。各种绘画的技术经验可以得到普遍运用,而风格的特点又皆向"实"的方面靠近。如"皆写青田真"的薛稷画鹤,"尤善鹰鹘鸡雉,尽其形态,嘴眼脚爪,毛彩俱妙"的冯绍正,善画花鸟,"妙得其真,或用墨色如五彩"的殷仲容,"花鸟冠于代"的边鸾等,无不表现出唐代工细花鸟画的尚"实"审美倾向。

人物、花鸟、山水的工笔细致画法,不仅成为唐代绘画的主要技巧风格,而且为五代以后上述画科的繁荣准备了条件。

另一方面,唐代山水画本身也开始出现另一种发展方面,正如花鸟

---

① 《唐书·李叔良传》。

画家殷仲容不仅作"色彩俱妙"的工笔重彩，而且也使用水墨写意的技法表现花鸟画的情趣，吴道子也于李思训父子青碧山水风格之外，另辟蹊径。

李思训作细密工致、金碧辉煌的山水，一幅画须数月之功。而吴道子画嘉陵江山水却一日而成。吴道子之"快"，同样震动朝野。相比之下，李思训之举的确如明末董其昌所形容的那样，这种"北宗"画法容易"损寿"。

所以，以宋人如苏轼的标准看来，虽然吴道子作画"如以灯取影，送来顺往，傍见侧出，横斜平直，各相乘除，得自然之数，不差毫末"，但是，诚如张彦远所概括的那样，"笔才一二，象已应焉。"即指出吴道子画在神采上是准确加传神。

朱景玄《唐朝名画录》记载了后人津津乐道的"三绝"表演。在裴旻舞剑激情的感染下，吴道子奋笔作画，"俄倾而就，有若神助"。事后张旭也去写了一壁字。洛阳人士高兴地说："一日之中，获观三绝。"门类艺术相互感染，情势交融，创作灵感瞬息间被激活，这是艺术史上的一段佳话。

可见吴道子的画风更靠近狂草艺术，形成与李思训工细重彩山水相对的疏放风格。所以苏轼才说："吴道子画圣也，出新意于法度之中，寄妙理于豪放之外。"① 按照苏轼的标准，工细重彩的李思训相当于宋画院的花鸟画，偏重"形似"，而偏好形似则"见与儿童邻"，故不符合其欣赏和倡导的标准。而吴道子则离披其点画，脱落凡俗。从色彩上看，这种"吴装"设色简淡，是一种敷彩于墨痕之中略施晕染的表现手法。这在设色浓艳为时尚的盛唐时代，显然别具一格。

从山水画方面看，吴道子作壁画，"纵以怪石崩滩"，情致"豪放"。实际上，唐代已经存在工细与写意的不同风格的绘画流派，正如诗歌中存在李白、杜甫、王维等或飘逸，或写实，或清幽的不同风貌一样。只是由于苏轼突出了王维，又选择了稍稍摆脱工细一路的吴道子与

---

① 苏轼:《跋吴道子〈地狱变相〉》。

杜诗、颜字、韩文并举，在诗画方面以禅宗理想渗入文人画标准。而李思训的青绿山水因为太过形似，且敷彩"金碧辉煌"，恰恰是宋徽宗院体画的渊源和远祖，因而不提一字。只有合观董其昌的"南""北"宗论，才能比较全面地反映绘画史早已存在的不同表现风格及其特点。

山水画发展到晚唐，更出现了张璪、王洽、韦偃等破墨山水。张璪用紫毫秃锋，以掌摸色所作树石，被认为是"中遗巧饰，外若混成"。当时画家毕宏对张璪的创作所达到的"遗巧饰"、"若混成"的效果及其用意，甚为惊疑，并问其所以然："因问璪所受（指从何人学得此法）。璪曰：'外师造化，中得心源。'毕宏于是搁笔。"[①]

"外师造化，中得心源"，既照顾到艺术源于自然，又强调是心灵创造的产物，二者乃上乘的艺术品天机凑合的结果。这句传诵千载的中国画坛上的名言，是对绘画创作中主客体关系精妙而深刻的概括。它能够保证画家在主体关系中的平衡。这应该看作尚法的唐代美学理论的一个重要成果。

李思训父子的山水画法主要以"师造化"为主，如《明皇幸蜀图》中嫔妃着胡装戴帷帽，着红衣乘三花黑马正待过桥的唐明皇，以及侍、驭者数人解马放驼，略作歇息等情状，均一一如实描绘，山石有勾勒无皴法，设色全用青绿。这些都是对于自然环境、历史事件、地点人物较为写实的表现。而从"中得心源"的角度看，则艺术家对自然的理解则应有较大幅度的夸张与变形，包括各种写意技法的运用。综合吴道子的"疏体"及张璪绘画工具的选择使用情况，"心源"的强调则被提高到十分突出的地位。

这就意味着晚唐山水画的审美趣尚出现了新的特点，这些特点一方面影响着五代北宋山水画的体制及风格的形成，另一方面也启发了北宋写意画（文人画）的发展方向。

"外师造化"如何实现？五代北宋人的标准是，既不像李氏父子那样细谨而工于刻画，又不仅仅以简阔粗豪的轮廓勾勒取胜，而是吸取唐

---

① 张彦远：《历代名画记》。

代工笔和水墨山水的优点，发展成为以水墨为主体的新型山水形式。

无论是以荆浩为代表的北方山水画派，或是南唐董源为代表的江南山水画派，特别是北宋郭熙等人提出"可游"、"可居"、"可望"、"可行"的标准后，山水更成为文人的精神依归，更多地具有文化意义。

从表现技法上看，各种皴法的出现，也可视为"心源"的产物。至于元代四家不同程度地以书法线条意味入画，终于导致了山水画史上新的革命，但它仍然是由唐代张璪这一路风格发展而来的。

尽管明末董其昌抽象书法因素大量地向山水画渗透，与记载中的张璪等人画风相去甚远，但论其渊源所自，仍然是唐代王维诗、画风格、吴道子简装淡彩等特征的延续。

与董其昌同时的陈洪绶，则独出己意，绘制仿唐代大、小李将军的青绿山水，勾线加点苔，向具有民间图案的朴拙方向发展，个性鲜明，成就极高。

由此可见，唐代绘画已基本上确定了后世的发展方向，各种画科、流派以及著名画家的绘画风格及其特点，都可以在后人的艺术作品中找到鲜明的印迹，这就是唐人建立法则的特殊意义。

苏轼《书吴道子画后》，以"集大成"而能尚法为标准，总结了唐代文艺思潮的某种共同规律："智者创物，仁者述焉，非一人而成也。君子之于学，百工之于技，自三代历汉至唐而备矣。故诗至杜子美，文至韩退之，书至于颜鲁公，画至于吴道子，而古今之变，天下之能事毕矣。"

唐代无疑是一个高峰，一个很难逾越的高峰，要想在这座高峰旁造起延绵的群峰，任重道远。"尚意"的宋人独辟蹊径，并没有在"天下之能事毕"的诸多法则面前驻足不前。

第七章　宋元之意

相对而言，唐代特别是盛唐讲"法"，重外在客观、重自然，即批评史所欣赏的杜诗、韩文、颜字的那种充实、壮美的风格。而晚唐开始直至宋元，强调表现主体心境的"意"在艺术创作和欣赏中开始占主导地位。重个人意趣、情怀自由抒发的"尚意"，成为宋元时期的基本风貌。

晚唐时，杜牧提出"文以意为主"，李商隐的诗，温庭筠和南唐后主李煜的词等，都以成功的实践肯定了表现人物细腻内心世界的艺术趋势。与盛唐时期张怀瓘"惟观神彩，不见字形"的重神轻形的审美理想有一定联系，但又有所区别。因为张怀瓘推重具有壮美色彩的王献之，崇尚一种以气势胜、能产生"骇目惊心"效果的阳刚之美。他的"风神骨气"论，就是要求书法等艺术要具有一种雄健奔放之情，同时使之符合形式美规律。所谓"书亦须圆转，……若辄成棱角，是乃病也，岂曰力哉？""书能入流，含于和气，宛与理会，曲若天成。"① 又在《书议》中提出"囊括万殊，裁成一相"，即要求取法自然，从千变万化的自然万象中获得灵感，构思书法形象。这与韩愈《送高闲上人序》说张旭善草书，不治他技，且从"天地万物之变，可喜可愕"而"一寓于书"一样，更多的是"外师造化"，较少突出"中得心源"。

而宋元的"心源"被反复强调，诗词、书画"传神""写意"的呼

---

① 张怀瓘：《评书药石论》。

声十分强烈。反对唐"法",追求"萧散简远"的阴柔之美、相对盛唐所崇尚的刚健之美,一种"平淡"的趣味日益受到重视。注重人品修养,追求"书卷气"的"文人画"的审美形态、审美思潮蔚为风气。诗书画诸门类艺术进一步在艺术精神和具体形态上相互交融。

这样的艺术明显地失落了盛唐艺术所具有的阔大气象和磅礴气势,但总体上看,宋元人在深沉地表现个体错综复杂的内心世界方面却有新的开拓和突破。

一、"艺即道"与尚晋韵

唐宋之际,儒、释、道三教之间的相互影响日益加深,"三教合一"发展为一种必然的历史趋势。在这一融合中,值得注意的是三教都具有一种共同的思想倾向,即将外在的修养转向内在的修养,以至在"修心"问题上达到大体一致的认识。

儒、释、道三家都宣称自己所行之"道"可以被贯穿到平凡事件和所有事物之中。这种思想,使得那些"耽于艺"而不愿"志于道"的"士",可以堂而皇之地直接用艺术来标榜自己的道德境界,从而不必像孔子那样耗尽毕生精力去干预社会,实践理想。宋代理学中这种"艺即道"和"道即艺"的理论,至少在舆论上为持该观点的大批"士"提供了方便。

宋徽宗正是通过《宣和画谱》序言表明了这种意图。他想通过提高绘画的地位,使自己耽心于画艺而荒疏政事的行为能够得到社会正统思想的认可与同情。郭熙也正是试图通过提高绘画中精神因素的方式来提高自己的地位,不至于像唐代画家阎立本那样,身为宰相却以画师供人差遣取乐,从而感到惶愧不安。更为重要的是,这样一种思想也为那些确实有志于"道",但又喜好"游于艺"的文人,提供了艺术"质量"上的保障。就是说,他们不必花很大精力与那些专业画家在技术问题上进行较量,只要对自己在道德方面的修养有足够的信心,那么这种品质就一定能迹化在自己的艺术作品中,观者或读者就一定会从这些作品中领悟到他们的高风亮节。

例如苏轼，他信奉的人生原则当然也是"依仁游艺"，亦即入世的政治活动，安邦济世的政治理想居首，而艺术则其次。对于苏轼来说，他不会放弃自己的政治理想而全身心地解决艺术中的各种技术性问题，无意将自己列入那些优秀画家的行列。所以他反复指出吴道子的画艺虽高超，但仅是以绘画为职业的画工之作。而苏轼对王维的亦官亦隐、亦诗亦画、诗画融合、不分主次的"游于艺"的模式却十分欣赏，反复提及。

孔子著名的"志于道"与"游于艺"的为士原则，在绘画技术性因素不断增长的宋代绘画运动中所面临的困境，通过理学的新的阐释，找到了新的出路。其结果就是使那些从政入世的文人不必直接参与职业画家的那种绘画实践，而只要用轻松的或游戏的态度作画遣兴，或作为一个鉴赏家为那些优秀的艺术品题诗作记，加以揄扬，就足矣。

诗至宋代便出现了浓重的说理的倾向，一如主张在书法创作中寄寓、抒发丰富复杂的情怀，而几乎不谈，甚至反对状物、摹拟自然，开始向内"心"转移。大力提倡"书如其人"说，扬雄的"书，心画也。声画形，君子小人见矣"的主张，在宋代得到极端的发挥。

苏轼《论书》说："人貌有好丑，而君子小人之态不可掩也。言有辩讷，而君子小人之气不可欺也。书有工拙，而君子小人之心不可乱也。"于是，"君子小人"这个道德准则便成为书法创作、欣赏评价中一个重要因素。他们的确也找到颜真卿和林和靖两位不同类型的艺术家作为范例，通过他们的人品和书品，进一步阐发"书如其人"说。

欧阳修说：颜真卿"忠义出于天性，故字画刚劲，独立不袭前迹，挺然奇伟，有似其为人。"[①] 朱长文《续书断》也说："其发于笔翰，则刚毅雄特，体严法备，如忠臣义士，正色立朝，临大节而不可夺也，扬子云以书为心画，于鲁公信矣。"南宋姜夔倡"风神"，而其"风神"内涵的第一要义便是"人品高"。

---

① 欧阳修：《集古录》，《唐颜真卿三十二字帖跋》。

既要说理写"心",又反对状物和摹拟自然,这样,诗书画中对"书卷气"的追求也就成为一个主要方向和内容。宋代文人主张功夫在书外、画外、诗外,他们赞赏"学问文章之气",反对无学养的"俗气"。

苏轼说:"作字之法,识浅、见狭、学不足三者,终不能尽妙",以为"退笔如山未足珍,读书万卷始通神"。黄庭坚则说:"要须胸中有道义,又广之以圣哲之学,书乃可贵。""道义"乃理学家或道学家"天人合一,万物同体"的超伦理的本体境界,被看作人的最高存在的"道"和"理";"圣哲之学"则更多的包含儒家、道家、禅家等关于自然与社会人生的论断,当然也包括"诗圣"杜甫那些带有法则意义的艺术创作在内。

由于苏轼"学问文章之气,郁郁芊芊,发于笔墨之间,此所以他人终莫能及耳。"[①] 故黄庭坚评苏轼说:"东坡简札,字形温润,无一点俗气"[②],要使"胸中有书数千卷,不随世碌碌,则书不病韵"。换言之,也就是《宣和书谱》所谓"善论书者,以谓胸中有万卷书,下笔自无俗气"。

就书画家的情况看,晋、唐两代的艺术家在学识、修养方面的广博精深程度,的确不如宋代。

严羽《沧浪诗话》在评价江西诗派时说:"至东坡、山谷始自出己意以为诗,唐人之风变矣。山谷用工尤为深刻,其后法席盛行,海内称之为江西宗派。"江西诗派在宋代影响很大,该诗派以黄庭坚为领袖,主张宗法杜甫,试图通过对"诗圣"作品更多的静态分析把握到一种"悟入"的方法,成为理论上倡导以学问为诗和有"书卷气",并在实践中身体力行的范例:

自作语最难,老杜作诗,退之作文,无一字无来处,盖后人读

---

① 黄庭坚语,见马宗霍《书林藻鉴》。
② 《山谷题跋·题东坡字后》。

书少，故谓韩、杜自作此语耳。古之能为文章者，真能为陶冶万物，虽取古人之陈言入于翰墨，如灵丹一粒，点铁成金也①。

诗意无穷而人之才有限，以有限之才追无穷之意，虽渊明、少陵不得工也。然不易其意而造其语，谓之换骨法；窥入其意而形容之，谓之夺胎法②。

黄庭坚用脱胎换骨来比喻善于模仿前人而不露痕迹。这其实是唐代诗僧皎然"才巧意精，若无朕迹"那样一种"偷势"法的圆说。黄庭坚主张"无一字无来处"，多读书，多研究和模仿古人的佳构，又强调"点铁成金"，出以新意。

这种"若即若离"的方法曾经引起强烈反响，一方面相信此说并曾经实践的大批诗人，以为这样便可以省却许多力气，找到成法，重新攀登唐人达到的高峰；另一方面，"以文字为诗，以才学为诗，以议论为诗"的倾向，受到姜夔、严羽等人的大力抨击，因为照着这种方法，也可以为那些没有诗才、诗情和诗兴的人指示了一条成为诗人的终南捷径。尽管这并不完全是黄庭坚的原意。

黄庭坚的"无一字无来处"，很容易被误解为因循守旧。其实他的主要用意在于"点铁成金"，"夺胎换骨"，是强调"活法"。宋人极力反对"唐法"强调"无法"、"无意"，在"诗至杜子美，文至韩退之，书至于颜鲁公，画至于吴道子，而古今之变，天下之能事毕矣"的高峰面前，要想再与唐人较量，连苏轼这样的文艺天才都感觉到困难。因而为了让个人情感意趣能够得以自由抒发就要努力摆脱唐法的束缚。这种呼声，在诗、书、画诸门类艺术中几乎齐声同慨，尤以书法领域最为突出。

苏轼明确提出："我书意造本无法"，认为"吾书虽不甚佳，然自

---

① 黄庭坚：《答洪驹父书》。
② 见《冷斋夜话》卷一引黄庭坚语。

出新意，不践古人，是一快也"。有人指责苏书不合古法，黄庭坚为之辩解说："士大夫多讥东坡用笔不合古法，彼盖不知古法从何出尔！杜周云：三尺安出哉？前王所是以为律，后王所是以为令。余尝以此论书，而东坡绝倒也。"他又说："今俗子喜讥评东坡，盖用翰林侍书之尺度，是岂知法之意哉！"① 黄庭坚自己也声称："随人作计终后人，自成一家始逼真。"② 黄伯思说："昔人运笔，侧、掠、努、趯皆有成规。……今世人作一波画，尚未知厝笔处，徒规规强效古人，纵成，但若印刻学耳。"③ 晁补之是江西诗派的中坚，他的意见与黄庭坚近似，诗与书论合观，则更容易正确理解其"点铁成金"一类议论。

晁补之云："学书在法，而妙在人。法可以人人而传，而妙必其胸中之所独得。书工笔吏竭精神于日夜，尽得古人点画之法，而模之浓纤横斜，毫发必似，而古人之妙处已亡，妙不在法也。"④ 其他宋人如李之仪、董逌、米芾、姜白石等，都提出相似的意见。

既然唐法已不能满足于宋人抒情表意的要求，那么要以什么作为追求的目标呢？这时反唐法追求晋韵便成为公开的旗帜。

就各家通过对晋人韵味和标榜而达到的效果看，都是朝着尚意的方向发展。苏轼说："予尝论书，以为钟、王之迹，萧散简远，妙在笔墨之外，至唐颜、柳，始集古今笔法而进发之，极书之变，天下翕然以为宗师，而钟、王之法益微。至于诗亦然，苏、李之天成，曹、刘之自得，陶、谢之超然，盖亦至矣。而李太白、杜子美以英玮绝世之姿，凌越百代，古今诗人尽废，然魏晋以来高风绝尘亦少衰矣。李、杜之后，诗人继作，虽间有远韵，而才不逮意。独韦应物、柳宗元发纤秾于简古，寄至味于澹泊，非余子所及也。"⑤

苏轼欣赏的是王羲之书法"谢家夫人淡丰容，萧然自有林下风"

---

① 《佩文斋书画谱》卷七，《宋黄庭坚论书》。
② 黄庭坚：《山谷题跋·题〈乐毅论〉后》。
③ 《佩文斋书画谱》卷六，《宋黄伯思论书》。
④ 《佩文斋书画谱》卷六，《宋晁补之论书》。
⑤ 苏轼：《苏东坡后集》卷九，《书黄子思诗集后》。

的境界。① 又认为"永禅师书骨气深稳,体兼众妙,精能之至,反造疏淡。如观陶彭泽诗,初若散缓不收,反覆不已,乃知其趣。"②

苏轼出入儒道,濡染佛禅,思想兼容并采,灵活通脱。与之相应,他兼精各门类艺术,大雅大俗。苏轼对政治生涯和人生境界的解悟很全面地表现在他所有的创作领域,将绚烂之极归于平淡视为现实的极致和艺术美的上品。从而赞赏"发纤秾于简古,寄至味于淡泊",主张"大凡为文当使气象峥嵘,五色绚烂,渐老渐熟,乃造平淡。"

从思想史角度看,苏轼对艺术境界这种"简"、"淡"、"尚意"的追求,相当集中地体现了中国封建社会后期文人士大夫的审美趣味和思想性格。

从具体对象着手,苏轼创作了一百多首和陶诗,虽然未必见佳,但他的用意却在于通过对陶渊明"平淡"之境的模拟,达到对陶渊明人生境界和艺术境界的体味。苏轼称"吾于诗人,无所甚好,独好渊明之诗",得意处"自谓不甚愧渊明"。这是因为"渊明形神似我","如其为人,实有感焉……欲以晚节师范其万一也。"对陶渊明《归去来辞》,苏轼酷爱之极,既次其韵,又衍为长短句,再裂为集字诗,可谓推崇备至。

正是因为苏东坡的标举,陶渊明的地位才被抬高到独步古今的高度,陶诗以一种透彻了悟的平淡之境并且相当东坡化了的面目出现。其后如陈师道、许颛都大为推崇陶渊明,形成论陶学陶的高潮,这与苏轼独具慧眼是分不开的。

有了这种"平淡"的境界,我们就可以进一步理解苏轼论书所谓"书初无意于佳乃佳尔"的由衷之言。

黄庭坚艺术追求一种晚年老境,与苏轼的"平淡"境界是相通的。其《与王复观书》云:"观杜子美到夔州后诗,韩退之自潮州还朝后文章,皆不烦绳削而自合矣。"又《书陶渊明诗后寄王吉老》云:"血气方刚时读此诗,如嚼枯木,及绵历世事,如决定无所用智,每观此篇,

---

①② 苏轼:《书唐氏六家书后》。

如渴饮水，如欲寐得啜茗，如饥啖汤饼，今人有同味者乎？但恐嚼不破耳。"可以作为苏轼喜爱陶诗"平淡"造境的注脚。说明一定要历经人事沧桑，才能从作品中体验到人生况味。

黄庭坚对杜甫论诗"晚年渐于诗律细"，有其独特的理解："老来枝叶皮肤枯槁剥落，惟有心如铁石，盖厌末俗，文秘而意疏也。"① 就是黄庭坚《别杨叔明》诗所谓"皮毛剥落尽，惟有真实在"。

山谷还曾以佛家事评论学书的三种境界："余尝评近世三家书，杨少师如散僧入圣，李西台如法师参禅，王著如小僧缚律，恐来者不能易予此论也。"② 只拜倒在古人脚下亦步亦趋，故王著未能得"韵"；法师参禅则若有所悟，但乃未彻悟；只有杨凝式书法如散僧入圣后乃事事无碍，如意自在。

这大概就是黄庭坚自己在《跋东坡题书〈宝月塔〉》中提到的境界："书字虽工拙在人，要须年高手硬，心意闲淡，乃入微耳。"黄庭坚和苏轼的看法道出了宋代文艺特色。

将诗歌发展作生态学考察，则如钱钟书先生《谈艺录》所分析的那样："唐诗多以丰神情韵擅长，宋诗多以筋骨思理见胜，……少年才气发扬，遂为唐体；晚节思虑深沉，乃染宋调。""思虑深沉"正是宋调尚意的一个特色，不仅诗如此，许多"欲说还休"的词也弥漫着这种氛围。

道学家的"平淡"修身养性，禅家"平常心即道心"、"顿悟"说，诗歌造境的尚意说理、平淡简远，以及音乐的发达与词的兴盛，这一切导致了批评史在宋代全面重视"韵"的审美功能。

在形与神的关系中，宋人进一步丰富和深化了写"心"传"神"这一审美范畴。黄庭坚提出"观韵"说，以为"凡书画当观韵"③。又说："观魏晋间人论事，皆语少而意密，大都犹有古人风泽，略可想

---

① 黄庭坚：《答王云子飞》。
② 黄庭坚：《题杨凝式诗碑》。
③ 《豫章黄先生文集》卷二十七，《题摹燕郭尚父图》。

见。论人物要是韵胜,为尤难得。蓄书者能以韵观之,当得仿佛"。①

蔡襄提出"风韵"说:"书法惟风韵难及,虞书多粗糙。晋人书虽非名家亦自奕奕。缘当时人物以清简相尚,虚旷为怀,修容发语,以韵相胜,落华散藻,自然可观,可以精神解领,不可以言语求觅也。"②

宋人论"韵",其意相当于晚唐司空图的"味外之味"说。苏东坡对于司空图的评价极高,"唐末司空图崎岖兵乱之间,而诗文高雅,犹有承平之遗风。其论诗曰:'梅止于酸,盐止于咸,饮食不可无盐、梅,而其美常在咸、酸之外。'盖自列其诗之有得于文字之表者二十四韵,恨当时不识其妙,予三复其言而悲之。"③

唐人审美尚"骨"、"势"、"力",正如苏轼讲"颜鲁公雄秀独出,一变古法。如杜子美诗,格力天纵"。司空图讲韵外之致,味外之味,倾向于重内心情感意味表现的清远、简淡、萧散一类审美趣味,如"蓬蓬远春"之类自然也就难以得到唐人的赏识了。然而从唐之壮美理想转向优美理想之后,韵与味自然也就受到格外重视。

六朝谢赫以"生动"注释"气韵",重在说"气"而未详及"韵",唐司空图《诗品·精神》"生气远出"即已兼顾,"气"指"生动""生气","韵"即"远出",论说由粗而渐精。

宋代的音乐文学即词相当兴盛,在音乐文化背景下,出现了以"韵"来全面评论诗文书画的重要现象。这是在"新声"深入人心的同时,宋代文艺创作和品评尚意风气的产物。

钱钟书先生在《管锥编》中对"吾国首拈'韵'以通论书画诗文"的北宋人范温,以及他的《潜溪诗眼》有关"韵"的论说,给予高度评价。以为"洋洋千数百言,匪特为'神韵说'之弘纲要领,抑且为由画'韵'而及诗'韵'之转捩进阶。"

范温《潜溪诗眼》把"韵"作为诗文书画创作的最高审美要求。明确提出"有余意谓之韵"的观点。并且以此为标准,比较了"不

---

① 《豫章黄先生文集》卷二十八,《题绛本法帖》。
② 左因生《书式》上,见《蔡襄书法史料集》。
③ 《苏东坡集》后集卷九,《书黄子思诗集后》。

俗"、"潇洒"、"笔势飞动"、"简而穷理"等绘画史常见的画例之与"韵"的区别，如"夫潇洒者，清也，清乃一长，安得为尽美之韵乎？"吴道子笔势飞动，"是得其神，曰神则尽，不必谓之韵"，陆探微数笔作狻猊，"是简而穷其理，曰理则尽之，亦不必谓之韵"。韵"必也备众善而自韬晦，行于简易闲澹之中，而有深远无穷之味，观于世俗，若出寻常。至于识者遇之，则暗然心服，油然神会。测之而益深，究之而益来，其是之谓矣。"

范温进一步论证了苏轼所确立为"古今诗人"之最高形象的陶渊明地位的获得，乃是由于陶诗得"韵"，而苏轼学陶亦有"高韵胜者"。

在书法评论中，将二王与初唐学王者如欧、虞、褚、薛进行比较，又将尚法却能变法"有余"的颜真卿及杨凝式与拘于法度的初唐书家进行分析，准确地概括出晋人尚韵与唐五代尚法之间的差距及其缘由。拈出陶潜诗和二王法书作为晋人尚韵得韵的代表，又借评论当代四大书家得失，指出宋人如何在晋、唐之间进行选择，以及选择的结果。

譬如引黄庭坚语指出苏轼的成就要比蔡襄高，原因就在于苏轼重"韵"，即意多于法；而蔡襄多作唐楷一路，少变化，自然就无"韵"可言，当不得"本朝第一"。

又如米芾的书法虽如唐李邕，"遒丽圆转，是以名世，然未免于作为"，所谓"作为"即指人为的"安排"痕迹太露。具体说，米芾"集古字"而字字精彩，却不免失其天然蕴籍之趣。所以孜孜以求晋人韵致，并以之为旗帜的米芾，在范温看来反倒成为不得韵者。

唯有黄庭坚书法，体貌虽异于晋人，但他偏得《兰亭》之韵。究其原因，乃在于黄庭坚"如释氏所谓一超直入如来地"，是一种禅家悟入，一种精神的、彻底的解悟，一如其诗的以禅喻诗，所以得韵，品位便高。

范温以为"韵"乃"声外"之余音遗响，是在"意"、"味"之外的新创获。"韵"自老子"大音希声，大象无形"以还，已经构成一个重要的审美概念。晚唐司空图论"味"喻诗，北宋苏轼倡"言有尽而意无穷"，姜白石论"余味"，杨万里以品茶论诗，严羽倡"妙悟"说，说明宋人侧重于美感的内心体验，研究客观存在的美感心理。他们在艺术创作和欣赏中，已经有意识地追求一种既不离开艺术形象，又超出感觉之外的美的意境。这是宋人尚意的一个主要内涵。

二、从"文同之竹"到"云林画格"

诗歌的"比德"传统早在《诗经》《楚辞》里已经出现。而绘画史的"托物寓性"则通过梅、兰、竹、菊、松、石等题材符号的涌现，终于在宋、元间成为文人画的主要表现题材。

"四君子"、"岁寒三友"等艺术程式中，梅的高洁、竹的坚贞、兰的静逸、菊的孤傲、松的挺直，几乎概括了高人逸士的个体人格。为了突出写"心"达"意"，北宋出现了朱竹、墨竹，以书入画等抽象化、符号化的倾向。松针鳞皮代表松树，介字剔划是竹的符号，梅以圈花而菊用点瓣法，枫则以夹叶以区别梧桐的介字大点等等，容量广（通过题诗题跋）而变量少的花卉象征符号，自北宋起成为文人画家抒怀写志的主要手段。

北宋文同的画竹态度在绘画史上有重要意义，就在于文同作为诗人兼画家，他明确自觉地用诗歌托物寓性的思想来画竹，在竹中注入情感、个性，使画竹亦如诗歌、书法一样，成为"散怀抱"以及表现人格特征的艺术样式。因而是宋人尚意之风在绘画旗帜上的一个鲜明标志。

文同对绘画中的技术因素的研究也几乎达到忘我境界。苏辙说他"朝与竹乎为游，暮与竹乎为朋，饮食乎竹间，偃息乎竹阴，观竹之变也多矣"[1]。写竹时，"忽乎忘笔之在手与纸之在前"。苏轼曾经记录了文同一段很精辟的议论："竹之始生，一寸之萌耳，而节叶具焉。自蜩蝮蛇蚹，以至于剑拔十寻者，生而有之也。今画者乃节节而为之、叶叶而累之，岂复有竹乎？故画竹必先得成竹于胸中，执笔熟视，乃见其所

---

[1] 苏辙：《栾城集》卷十七。

欲画者，急起从之，振笔直遂，以追其所见，如兔起鹘落，少纵则逝矣。"① 苏轼还说："与可之教予如此，予不能然也，而心识其所以然。"

苏轼赞同文同对写竹创作方法的分析，"胸有成竹"便成为著名的绘画理论命题。

不仅如此，文同的好竹与画竹还别有用意。他的《纡竹记》记叙了自己在陵州时为纡竹写生的始末。

所谓"纡竹"，指一枝生长得纡回弯曲的竹子。由于这枝竹子出土不久，"为垂岩所轧"，不能得到正常的发育，以致"屈己自保，生意愈艰；蟠空缭隙，拳局以进"，终于长成了有异常态的纡竹，无复挺拔秀逸之势。对于这样一枝"不得其地，以完其生"，且"不能奋迅条达，以尽其性"的纡竹，作者不仅产生同情之感，而且发出由衷的赞美："观其抱节也，刚洁而隆高；其布叶也，瘦瘠而修长。是所谓战风日、傲冰霜，凌空四时，磨铄万草之奇植也。"

这简直就是一篇人物传记了。可以看出，作者在一枝生势促蹙的纡竹身上，写出了有志之士不能施展才能禀赋的悲哀。文同写竹，正是借物自喻。

"岁寒三友"、"四君子"，这些早在先秦时期就受到诗人、文章家和思想家重视的自然人化题材，一直到文同的出现，才把这些古人的惯技中所包含的道德化人格因素，明确地引入绘画表现领域，文同写竹从拟人化到移情的全过程，具有相当重要的意义。它使中国绘画批评史上出现了类似扬雄"书为心画"的标准，至少在花卉、竹木、石科绘画中，引起人们对这些变量较少的艺术程式所包含的道德化人格因素的充分理解和重视。

文同出名以后，见到人家设置笔砚有请他画竹之意，往往避之不及，以至人以为怪。但当时朝中有一小官张潜，为人谨小慎微，文同却主动画纡竹送给他。苏轼曾记叙文同将四方持缣素欲请作画的材料投之于地，骂曰："吾将以为袜！"文同解释自己画竹乃是为了排泄"学道

---

① 苏轼：《文与可画筼筜谷偃竹记》。

未至，意有所不适"之"病"。

苏轼可谓文同的知音，所以他说文同所至，诗在口，竹在手，而且"诗不能尽，溢而为书，变而为画"，用竹来寄寓特殊的道德境界。从中国绘画史的发展趋势来看，文同不像汉唐画家那样，用绘画直接体现儒、佛精神的人物故事，而是用一种自然的物象来"比德"，可以认为这是对宗炳、王微"圣人以神法道"、"山水以形媚道"思想的进一步发挥。

在宋代尚意的审美思潮中，文同的绘画与书法界关于"人品如书品"的讨论具有同等重要的写"心"意义。因此，文同在文人画运动中是一位在很大程度上改造了中国绘画性质的诗人和画家。苏轼对这一点很敏感，特别指明画竹法乃由文同所授。揣其用意，当不仅是简单的技法师承而已，而是包含着绘画史革命的深刻意义了。

当代美学史家曾经将宋元山水分为"无我之境"和"有我之境"来论述，其用意仍不外是文同画竹托物寓性在山水画领域的表现。身为宋神宗熙宁年间图画院艺学，后任翰林待诏直长的郭熙，对山水画的"寄托"问题同样提到具有普遍社会意义的高度加以论述，其尚意内核与文人画所倡导的思想是一致的。郭熙绘画实践的心得，由其子郭思纂述为《林泉高致》，是中国古典画论的重要著作之一。试观郭熙对山水画的社会意义的论述：

> 君子之所以爱夫山水者，其旨安在？丘园养素，所常处也；泉石啸傲，所常乐也；渔樵隐逸，所常适也；猿鹤飞鸣，所常亲也；尘嚣缰锁，此人情所常厌也；烟霞仙圣，此人情所常愿而不得见也。直以太平盛日，君亲之心两隆，苟洁一身，出处节义斯系，岂仁人高蹈远引，为离世绝俗之行，而必与箕、颍埒素，黄、绮同芳哉？《白驹》之诗，《紫芝》之咏，皆不得已而长往者也。然则林泉之志，烟霞之侣，梦寐在焉，耳目断绝。今得妙手，郁然出之，不下堂筵，坐穷泉壑；猿声鸟啼，依约在耳；山光水色，混漾夺

目。此岂不快人意，实获我心哉？此世之所以贵画山之本意也①。

郭熙认为山水画的产生是为了解决士大夫的某种心理矛盾，即"君亲之心两隆"与"林泉之志，烟霞之侣，梦寐在焉"的矛盾，供贵族文人在做官之余消遣之用。郭熙的这种看法具有很大代表性，反映了宋代山水画发展的实际情况。

五代至北宋，出现了为历代评论家所宝重的范宽、关仝、李成以及董源、巨然、王诜等山水大家，他们的山水画不只是探索山川自然的奥秘，而是与当时社会生活的各个侧面紧密结合在一起，如行旅、游乐、寻幽、探险、山居、访道，以及渔、樵、耕、读等，都可以在山水画里找到印记。那么，要画成什么样的山水最理想呢？《林泉高致·山水训》说：

> 世之笃论，谓山水有可行者，有可望者，有可游者，有可居者，画凡至此，皆入妙品；但可行可望不如可居可游之为得。何者？观今山川，地占数百里，可游可居之处，十无三四，而必取可居可游之品。君子之所以渴慕林泉者，正谓此佳处故也。故画者当以此意造，而鉴者又当以此意穷之。此之谓不失其本意。

为了画出君子渴慕的"四可"，就要使画中的"春山淡冶而如笑，夏山苍翠而如滴，秋山明净而如妆，冬山惨淡而如睡。"这样，就可以使"春山烟云连绵人欣欣，夏山嘉木繁阴人坦坦，秋山明净摇落人肃肃，冬山昏霾翳塞人寂寂。看此画令人生此意，如真在此山中，此画之景外意也。见青烟白道而思居，见岩扃泉石而思游。看此令人起此心，如将真即其处，此画之意外妙也。"

在可望、可行、可居、可游中，郭熙反复申明要选择"居"与"游"为出发点。如果从北宋士人的情况看，有其特殊的含义。一方面

---

① 《林泉高致·山水训》。

北宋出现了大批文官，他们中有一部分仕途较为平坦，生活优裕，在"君亲之心两隆"的背景下，满足于既得利益，同时也希望这种优闲自在的情趣能够保存和固定下来，他们的立足点是身、心均存"魏阙"，将可游、可居的大自然理想化、牧歌化，供做官之余的消遣。

另一方面也由于统治集团内部党争激烈，不少文人被卷入其中，终身坎坷，长期处于被贬谪流徙之中，其中如苏轼、黄庭坚、贺铸、秦观、辛弃疾、陆游等等，他们所接触的是自然真山水，大部分时间是"身在江海而心存魏阙"，他们在雄奇博大的山水精神中，寻找到某种心理慰藉。

在苏轼眼里，"惟江上之清风，与山间之明月"，"取之无禁，用之不竭"，为世人所"共适"①；辛弃疾说："我见青山多妩媚，料青山见我应如是。"② 张孝祥眼中的洞庭月夜，"妙处难与君说"③。

总之，青山、烟雨、月光、水色已不是纯自然的景物，它们已经变成诗人眼里心中富于情感的人化自然，所以可游可居可望可行的山水画题材，不仅为众多遭遇坎坷的文人所接受和喜爱，而且成为他们在诗文、词曲中刻意表现的内容和情感的归宿。经过画家之口发表的许多山水画创作的意见，也多为道学家或文人画家等所首肯。

如果说继宗教绘画之后，仕女牛马是中唐以来绘画创作的主要题材并取得相当成就的话，那么山水花鸟画的成熟和高峰期则在宋代。

郭若虚《图画见闻志》说："若论佛道人物，仕女牛马，则近不及古；若论山水林石，花竹禽鸟，则古不及近。"邵博《闻见后录》也自评，以为"本朝画山水之学，为古今第一。"

由于宋代画院所倡导的偏于形似的指导思想的影响，翎毛花卉一科的主要画例和画家成了强烈呼吁神似的文人画家们的针砭对象。这样，讲究布置、皴法、气势、笔法的山水画，因其风格不同于花鸟画且更便于寄寓作者之"意"，故而倍受重视。

---

① 苏轼：《前赤壁赋》。
② 辛弃疾：《贺新郎·甚矣吾衰矣》。
③ 张孝祥：《念奴娇·洞庭青草》。

郭若虚《图画见闻志》说："窃观自古奇迹，多是轩冕才贤，岩穴之士，依仁游艺，探赜钩深，高雅之情，一寄于画。"而且，人品既已高的人作画，"气韵不得不高；气韵既已高矣，生动不得不至。"如果不是这样，"虽竭巧思，止同众工之事，虽曰画而非画。"郭若虚谈"气韵"更多的是与"人品"联系起来考察，他的理论倾向靠近文同画竹，与黄庭坚论书画观韵之"韵"相比，前者偏重于思想道德情趣，而后者侧重于纯审美感知。不过，就山水画的创作实践看，主要在于表现山水自然与人十分贴近的那种"生气"。

李成和范宽代表北宋山水画的两个不同流派，通过合观他们的绘画特征，大体上可以把握到所谓"无我之境"的审美追求。

北宋王诜曾在他家的赐书堂悬挂李成和范宽的画，议论这两家当时左右画坛的流派。他说，李成画"墨润而笔精，烟岚轻动，如对面千里，秀气可掬"，而范宽画"气壮雄逸"，并把这两个画派比作"一文一武"，文比李成而武比范宽。

李成师法荆浩、关仝，善于创造性发挥，从荆、关豪放雄秀的画风转变为清旷、温秀的格调。由于李成生活在齐鲁一带，所以描绘烟林清旷之景，能达到前无古人的地步。《圣朝名画录》记载说："成之为画，精通造化，笔尽意在，扫千里于咫尺，写万趣于指下，峰峦重叠间露祠墅，此为最佳，至于林木稠薄，泉流深浅，如就真景，思清格老，古无其人。"

郭若虚《图画见闻志》说李成山水"夫气象萧疏，烟林清旷，锋毫颖脱，墨法精微者，营丘之制也。"

米芾则认为"李成淡墨如梦雾中，石如云动，多巧，少真意。"

都说明李成用淡墨的情韵，在于体现山水灵动自然的情态，强调自己所确定的前所未有的风貌。

李成山水画的秀雅、清旷、迷蒙、苍茫，恰好与当时占据主导地位的词婉约清丽的南方色彩与风貌相一致，因此他的创意深受欢迎，被推尊到极高的地位。

李成卒于乾德五年（967），入宋时间不到十年，董源则在南唐，因此北宋前期的山水画家，范宽最为老成。米芾认为范宽在北宋"本朝无人出其右"①。范宽学画渊源，与李成和董源相比，是一种截然不同的体制。范宽曾卜居终南、太华等山林中，深入体验和研究过秦中山水的风神气骨。他擅长描绘正面折落的山势，用端庄沉重的笔墨，采取一种短条子或称雨点皴即郭若虚形容的"抢笔俱均"的手法，表达对山的真实感受，富于雄奇而险峻的气势。

如《豀山行旅图》的"放大"和"逼近"感：画幅正中占满半幅的山峦折落，壮气夺人，山顶有密林，山谷深虚处一瀑如线，飞流百丈。画面前景以旅人、驴马沿溪行进，从而以其微小映衬出巨石、古木、高山、大壑的雄伟。传为范宽所作的《雪山萧寺图》《雪景寒林图》，不仅成功地表现了关陕山水的雄浑险峻和山岳的骨气，而且通过严冬季节自然界的沉寂表象传达出一种沉思内省的精神境界。

这大概也是范宽师"心"的产物。《宣和画谱》曾引范宽论"心源"时说："前人之法未尝不近取诸物，吾与其师于人未若师物也，吾与其师于物者未若师诸心也。"可以视作画家尚意的自白。

元灭南宋与金灭北宋一样都迫使汉族艺术文化重心退缩江南，这两次对艺术重心的推移方向是一致的。但元代在艺术重心未发生地理空间迁移情况下，仍完成了由北宋、辽、金时院体画坛以来演为禅宗文人画主导画坛的质变活动。一般来说，禅宗文人绘画由唐王维在北方播下种子以后，经过北宋苏轼、米氏父子以及黄庭坚、严羽等诗书画家在各个门类艺术里的提倡和实践，辗转在南方结出硕果。

"云林画格"的出现是一个显著的标志。中国山水画经过几次繁与简的交替选择，直到"逸笔草草"的倪云林的出现，逸格的审美理想，倪云林的山水画的创作实践，才得到完满的实现。这正是有些论者以倪云林为中国山水画"有我之境"的代表人物的意义所在。

倪瓒的作品在元代就被称为"殊无市朝尘埃气"。从具体构成看，画家追求一种静观的境界，画面结构总是平远小景，疏疏落落，悄然无

---

① 《画史》。

人影，枝头无绿叶，仅有萧疏瘦硬的干枝，清空、寂寞、淡远，仿佛有意解决欧阳修"萧条淡泊，此难画之意"或王安石"欲寄荒寒无善画"等难题。《幽涧寒松图》《渔庄秋霁图》等作品，运用干笔和折带皴的技法，被董其昌形容为"其佳处在笔法秀峭耳"。

然而，技巧的出色与其说是在表现景色，莫如说是表达一种极易为人所理解和引起共鸣的心情或心境更为贴切。"倪郎作画如斫冰，浊以净之而独清。溪寒沙瘦既无滓，石剥树皴能有情。""草满当年食客堂，一身投老寄僧床。秋风吟怨衰兰浦，暮雨行愁苦竹冈。"这些心存哀怨而寄情禅悦的诗句，可以看作是倪瓒隐士生涯中一段心灵历程的诉说。

如果说东晋陶渊明用诗给隐士的生活涂上了一层清静雅致的色彩，从而让人从诗化的退隐生活中得到某种倾慕，那么他的物质生活的困窘以致曳杖江村，游行以乞食，却更令人深思：真正的隐士似乎想向人们证明，人离弃了物质享受，精神便获得彻底自由，从而人格也愈为高洁、完整。

退隐行为成为一种社会现象，到唐代更成为一种"终南捷径"——以隐居手段博取声名乃至功名，成为有悖隐者初衷的"术"，终至引起人们的格外警惕。如《太平广记》收《因话录》记昭应书生奔驰入京，曰："将应'不求闻达科'。"陆游《老学庵笔记》卷九记天圣中置"高蹈邱园科"，许人于所在地"投状求试，时以为笑"，都是用漫画笔法对隐"术"的嘲讽。这些都从另一个角度说明退隐的艰难，正如明代才子祝枝山所说："浮生只说潜居易，隐比求名事更艰。"[①]

尽管用标新立异的生活行为和山水怡情的艺术趣味对抗宫廷味或世俗味，但是真正的隐者对人生的空漠感外化为对社会的反叛，却必然给他们带来悲剧意味浓郁的心态。用这种自我牺牲、自我封闭而对社会无可奈何的回避换来的独立人格参与文化创造，唯其如此，士的独立意识才得以长存于历史文化长河。

在美学层面上，可以用"逸"这样一个审美范畴来衡量。"逸"是

---

① 祝允明：《秋日闲居》。

中国古典美学独特的范畴，起于魏晋时代，它与政治理想、人格理想和审美理想都有所关联，而在倪云林身上可以说得到了充分的完成。

倪云林仿佛先知，预感天下将乱，散尽家财，入山避世，出入道释，他的政治理想因人生的空漠感而形成避世的野逸和隐遁。如性狷介，有洁癖，可谓极端之举。他扁舟独泛，混迹于渔夫野叟之间。

这样一种抗俗的高逸乃是他渴慕的人格理想。当然，形式上超越成法的散逸，境界上地老天荒的古逸，论画的"逸笔草草"、"聊写胸中逸气"，以及多用枯笔、简中寓繁的绘画风格，这一切就构成一个逸气四溢、逸格完满的人格艺术偶像或原型。山水画到倪云林终于完成了尚意的全部内涵，从形式到内容都对明清文人水墨山水画产生了巨大影响。

三、大痴山樵留山水

大痴山樵皆系狱，寻道山水画余生。

元四家中，黄公望和王蒙都入狱受折磨，其山水画的名声里，有他们惨烈的生命代价。

黄公望（1269—1354），字子久，号大痴、一峰道人。南宋末年，黄公望出生于江苏常熟。本姓陆，名坚，因父母早逝被同里黄家收养，过继到了一个富庶的书香世家。黄氏年九十无子，今有嗣子，便说："黄公望子，久矣！"乃更名为黄公望，字子久。

中年时，黄公望得徐琰赏识，在浙西廉访司充当书吏，黄公望是典型的封建文士，他仕途坎坷，隐居遁世，追求闲淡生活。当时，满腹经纶的他没有放弃仕途之梦，一边到处结交文人，道士，一边拜谒各路官员。在他42岁时，得到张闾的赏识，做了一名书吏，起草有关监察方面的文件。可这已是黄公望一生仕途的顶峰。不过五年，他因张闾贪腐而受牵连入狱。命运总是弄人，他一入狱，元却开了科举，黄公望就这样在狱内，错过了他一生期盼的机会。在狱中的日子孤独冷清，不知今日是何日，不知今世是何世。

等到黄公望50岁从监狱走出来的时候，他的野心已经幻灭。于是看破世道，他开始一边旅行、一边卖卜作画。在这期间，他结识了元代文人画的先驱赵孟頫，50岁时拜赵孟頫为师，从师学画。赵孟頫精于画艺，门下弟子众多，不乏天赋异禀且自幼学画之类。起初赵孟頫对于这个老龄学生表示很惊讶，后来发现他学画很刻苦，对画艺的钻研确有其独到之处，也便打破了对他的偏见，认真传艺了。在这段时间的潜心沉淀后，黄公望的绘画技艺有了显著提升。

再到后来，黄公望接受了全真教，最终他加入了全真教，号"大痴"。与金篷头、莫月鼎、冷启敬、张三丰等为师友。所谓全真，"盖屏去妄幻，独全其真之意也"。他还在苏州等地开设三教堂，宣传全真教义。真正意义上看破红尘，与尘世作别了。他放浪形骸，无拘无束，流连于各处山川美景，兴起便作画。

他也经常和倪瓒（号云林）、王蒙（字叔明）、吴镇（字仲圭）、曹知白等大画家相聚，切磋绘事，相互题赠，并和他们合作山水画，至今尚有他们合作的画迹存世。他和当时的名士杨维桢、张雨等也都是好朋友，杨、张常在他画上题诗题字。

74岁那年，王蒙题倪云林《春林远岫小幅》有云："至正二年十二月廿一日，叔明持元镇（倪瓒字）《春林远岫》，并示此纸，索拙笔以毗之，老眼昏甚，手不应心，聊塞来意，并题一绝云：'春林远岫云林画，意态萧然物外情。老眼堪怜似张籍，看花玄圃欠分明。'"看来他七十多岁已"老眼昏花"，并不像明人所说"黄子久年九十余，碧瞳丹颊"（李日华《紫桃轩杂缀》），或如清人所说"年九十，貌如童颜"（《虞山画志》）。同年，自题《夏山图》："今老甚，目力昏花，又不复能作矣。"同年夏五月，他寓云间玄真道院，作《芝兰室图》；七月，作《秋林烟霭图》；九月，于江上亭作《浅绛山水》。此后几年中，他虽然目力不逮，仍抓紧作画，"往来三吴"（《无声诗史》），直至满头白发的暮年。

放弃功名以后的黄公望生活平淡，有时为了一幅画，呆呆地坐在石头上。他说他在"观察莺飞草长，江流潺潺，渔人晚归。"被世人称为

"大痴本色"。79岁的那年，黄公望辗转来到了富阳，便被富春江的景致所吸引，遂定居于此。

隐居山中，黄公望常常对富春江望得出神，终日静坐山中。行走于山中时，身上常带有画具，路遇胜景，便如痴迷一般将其摹写下来，生怕错过一点景色。富春江的景色，便这样一点一滴地注入他的胸中。这段时间的积累，黄公望彻彻底底地与富春江融为一体，对富春江每处的景致都了然于胸，真正做到了景在心中，下笔自成。

八十岁前后，黄公望曾与无用禅师一起去富春山，领略江山钓滩之胜，暇日于南楼作画。晚年因爱杭州湖山之美，曾结庐于杭州的筲箕泉。《辍耕录》卷九载："杭州赤山之阴，曰筲箕泉，黄大痴所尝结庐处。"《无声诗史》："大痴道人，隐于杭州筲箕泉。"

宗教修炼对黄公望有很大影响。新道教中有《立教十五论》，有论住庵，论云游，论学书，论打坐，论降心，论炼性，论离凡世等等。这种打坐、降心、炼性，使人虚静凝神。诗要孤，画要静，这是古代文人画家在精神上最重要的修炼，它对绘画风格的影响甚大。

从黄公望的一生来看，由"少有大志"到"试吏弗遂"，到"绝意仕途"（《常熟县志》），其实都是出于不得已。他晚年的思想也确实处于沉静安稳状态，尤其是他加入新道教之后，仅以诗画为事，其生活和思想已无太大的波动，这在他的画中都有所体现。

最能代表黄公望山水画方面突出成就，且对后世影响最大的，是他学董源、巨然一路的画风。他学董源一路画法的作品，至今还可以看到很多，《丹崖玉树图》轴便是其中一幅。

此图画在纸本上，叠嶂嶙峋，乱石矗立，远处山头半虚半实，苍苍茫茫，近前处高松长木，分二组相互掩映，山腰下山坳处，一片矮房，右下角小平木桥上有一人行走，表明了此山是一隐者的居处。山石用圆润线条勾皴，皴属短披麻。山头小树丛密，苔点大多点在山石顶上的轮廓线上。近处长松用长线条勾轮廓，然后皴鳞片、勾叶针、杂树或圈或点，皆温润和柔，无强悍之气和奇峭之笔。构图甚繁，用笔甚简，大石的面处少皴或不皴，和全皴的乱石形成对比，联合远处的云，近处的雾，下面的水，愈显画面之空灵而充实。设色浅绛，淡冶秀雅，干墨披纷，笔法松秀。远山吸收了米点法，由湿至干。这些又皆有异于董源。但整个画面的神态，依旧能看出是从董源法中变出。黄公望学巨然画法的作品存世者尚有《仙山图》等。《仙山图》上自题"至元戊寅九月一峰道人为贞居画"。即1338年七十岁时为张雨所作。之所以叫《仙山图》，乃因于倪云林的题识，"至正己亥四月十七日，过张外史山居，观仙山图，遂题二绝于大痴画，懒瓒"。其二绝云："东望蓬莱弱水长，方壶宫阙镇芝房。谁怜误落尘寰久，曾嗽飞霞燕帝觞。""玉观仙台紫雾高，背骑丹凤恣游遨。双成不唤吹笙侣，阆苑春深醉碧桃。"画中杂树画法以及山石长披麻皴的线条显然来自巨然。画中右部的三叠山竟和巨然的《秋山问道图》画中右部的三叠山十分相似，有可能就是模拟巨然的。不过巨然的长披麻皴用笔纷披交叉，而黄公望的长披麻皴线条自上拉下直顺畅通，很少如乱麻似的交叉，就整幅画面论，较巨然更加疏朗秀灵。《天池石壁图》轴亦是他的杰作之一，可代表他山水画构图繁复的一路。

　　流传于世的《富春山居图》，是黄公望在80岁的高龄才开始画的。踏遍富春江岸的角落，四年后，黄公望终于完成了这幅画。一个垂暮老人在题完最后一个字后，心力交瘁，他累了。当他把画作交给师弟后，便溘然长逝了。

　　此画境界阔大，逸笔天成，风格恬淡，别有韵味。黄公望的绘画体现了文人画萧索，平淡的意趣。人与自然统一融合，是他审美心态的折射。黄公望始创的浅绛山水，开创了新的中国山水画表现形式。他晚年的长卷巨作《富春山居图》，流传有序，影响深远。

　　黄公望死后，《富春山居图》被师弟藏。只是师弟也故去后，画作的下落一度成谜。明代时曾藏于书画家沈周手中，清朝时又几经周折到了吴洪裕手中。吴洪裕对这幅画视若珍宝，曾拼命救下此画，没想到却因为爱之如命，在死前要求家人将其焚毁。后幸得解救及时，画作被焚毁了部分，便被一分为二，成前后两卷了。再到后来，就是辗转进宫，又被鉴伪的故事了。

最后，《富春山居图》的前段《剩山图》藏于浙江博物馆，后段《无用师卷》藏于台北故宫博物院。2011年，两馆还将《富春山居图》合璧展出，将此绝迹完美地呈现在世人面前。

王蒙（1308—1385），字叔明，号黄鹤山樵、香光居士，吴兴（今浙江湖州）人。元朝画家。赵孟頫外孙。诗书画全能，精工山水，兼善人物，元四大家之一，画风独特，成就很高，影响巨大。

元末张士诚占据吴兴一带时，王蒙做过长史、礼问，后辞官隐居到黄鹤山中，因号黄鹤山樵。1368年朱元璋建立明朝，晚年王蒙不顾朋友们的劝阻，如他的好朋友倪瓒曾作《寄王叔明》诗婉言劝阻，但没有奏效。王蒙毅然北上，不久就在朝为官了，官至山东泰安知州。后因胡惟庸案受牵连，因知聪和尚被逮入狱受审时被逼供，说于洪武十二年正月在胡丞相府见到王蒙、郭傅、毕克勤等在那里吃茶、看画。洪武十八年（1385年），因"胡惟庸案"牵累，王蒙被抓进监狱，受尽折磨，冤死在狱中。

倪瓒在朱元璋建明之后，没有出仕，看来是有先见之明的。王蒙没有听劝阻，死于非命。

王蒙与黄公望、吴镇、倪瓒合称"元四家"。其山水画受到赵孟頫影响，师法董源、巨然，集诸家之长自创风格。作品以繁密见胜，重峦叠嶂，长松茂树，气势充沛，变化多端；喜用解索皴和牛毛皴，干湿互用，寄秀润清新于厚重浑穆之中；苔点多焦墨渴笔，顺势而下。兼攻人物、墨竹，并擅行楷。存世作品有《青卞隐居图》《葛稚川移居图》《夏山高隐图》《丹山瀛海图》《太白山图》等。

关于王蒙与黄公望合作绘画，前人多有记载。明郁逢庆所编《郁氏书画题跋记》载王蒙在其所画《竹趣图》题识曰："仆暇日为郡曹刘彦敬画《竹趣图》，甫毕。而一峰黄处士见过，仆出此求印正。处士以为可添一远山并樵径，天趣迥殊，顿增深峻矣。省郎耿君督兵华亭，索仆画甚急，思拙笔弱，顷刻不能就，用辍此奉献。吴兴王蒙谨题。"

清吴历《墨井画跋》记载："黄鹤山樵一日扫室焚香邀痴翁至，出画学请质。子久熟视之却添数笔，遂觉岱华气象。相传为黄王合作也。"

黄公望长王蒙39岁，合作《山水图》时黄公望73岁，王蒙34岁。黄公望多次与王蒙合作绘画并进行指导，除了王蒙的好学与聪慧之外，还有一个重要缘由是黄公望曾拜赵孟頫为师，王蒙为孟頫外孙，黄公望与王蒙之父王国器也有交往。这种合作与指导于理于情便成了自然的事情。

王蒙名作《青卞隐居图》，1366年作，纸本，水墨，纵141厘米、横42.2厘米，董其昌誉为"天下第一"。该画层峦叠嶂，自下而上布满整个画面，用笔随意，用色典雅，林木山石的局部感觉极佳。

王蒙创造的"水晕墨章"，丰富了民族绘画的表现技法。他的独特风格，表现在"元气磅礴"，用笔熟练，"纵横离奇，莫辨端倪"。《画史绘要》中说："王蒙山水师巨然，甚得用墨法"。而恽南田更说他"远宗摩诘（王维）"。常用皴法，有解索皴和牛毛皴两种，其特征，一是好用蜷曲如蚯蚓的皴笔，以用笔揿变和"繁"著称；另一是用"淡墨钩石骨，纯以焦墨皴擦，使石中绝无余地，再加以破点，望之郁然深秀"。

他的新观念表现在笔墨和布局，以其密集的牛毛皴相对于赵孟頫以来的清逸简淡，以其繁密高叠的山石相对于倪瓒的一河两岸，在中国绘画史上，王蒙的地位就像荆浩、李唐、赵孟頫一样具有承前启后的重要性。

《葛稚川移居图》画葛洪携子侄徙家于罗浮山炼丹的故事。葛稚川，名洪，自号抱朴子，东晋时人，著有《抱朴子》、《神仙传》等书传世。画卷取全景式构图，但又不像宋画那样突出一主峰，而是强调众多山形所造成的一种整体气势和气氛。除画面左角空出一小块水面外，其余各处都布满了山石树木，使景致显得格外丰茂华滋，是王蒙典型的重山叠嶂式。

王蒙在中国绘画史上最特别的意义是作为从元代过渡到明代的关键性人物而存在的。与元四家其他三家艺术风格不同，表现了对周围环境的更加关心，对山川自然的描写更加尽心尽力。

王蒙《葛稚川移居图》在2011年6月4日晚北京保利2011春拍夜场中,以4.025亿元人民币成交,成为当年春季拍卖市场上成交价最高的中国古代书画作品。这个价位仅次于2010年黄庭坚《砥柱铭》4.368亿的价格,为迄今为止拍卖市场上第二高价的古代书画作品。

四、诗书画的全面交融

宋代诗画结合已经发展到成熟的阶段。由于苏轼提出总结性的"诗中有画"与"画中有诗"的诗画美学原则,诗人与画家都以此作为最高的审美追求和创作目标,以致诗配画、画配诗、画上题诗、自画自题等,成为普遍的诗画创作美的形式和标准。加上宋代设立的官方画院以诗配画招考天下画士,于是诗画结合便成为宋以后文人画的主要审美意趣和风尚。只是发展的结果出现了某种不平衡,如诗向多种方向发展,而画则以水墨山水花鸟等文人画为主流。

就题画的情况看,唐代的画作大多是画家的知交好友所题,一般是另卷另纸,如杜甫、李白的题画诗。由于题画人熟知画家的生平嗜好、思想性格和艺术趣尚,因而对画家画作的内容一般都有个全面深刻的评价。

这种他题的情况,到北宋成为艺术交往的主要手段。北宋画家李龙眠作画一般皆不自题,如他的《龙眠山庄图卷》,自画居处二十景,由苏颖滨作图咏二十首分题各景,又请苏东坡题了许多诗句。李龙眠的其他画,也多由苏轼、黄庭坚题跋。这种杰出画家和优秀评论家(主要是诗人)的合作,不仅发挥了画家和诗人的综合优势,而且通过艺术家的交往和传播,提高了画家和诗人的知名度。

最典型的如北宋文与可,这位苏轼十分钦佩的诗画家虽有"四绝"(诗、楚辞、草书、画)之誉,但他画竹,大多都要留请东坡题咏。其中有一幅竹画直到他死后八年方经苏轼题字。苏轼《题文与可墨竹》诗序说:"故人文与可,为道师王执中作墨竹,且谓执中勿使他人书字，待苏子瞻来，令作诗其侧。与可既没，八年而轼始还朝，见之乃赋一首。"① 这真是一段令人感叹唏嘘的文字。

画作他题，乃在寻求别一种体验，以画会诗，彼此用不同的艺术形式寻求共识。虽然带有一定的游戏因素，但是，经过苏轼八年坎坷经历，故人长逝等变迁后，这段艺苑佳话就带上了一层悲凉的人生感喟色彩。从诗与画或书与画体制上的结合，苏轼与文同的上述交往，至少是门类艺术综合的一次带有方向性的实践。

收藏家自题或乞求知己名家题咏的风气，宋元以来日盛。其中尤以题咏画卷最为风行。一幅图卷的题者常多至数十人。题辞的种类除诗词外，尚有画跋，内容或吟咏画中景物，或品评，或倾慕画家美德，或称颂收藏者的风雅，或记画之传播由来，或证画之真伪，林林总总，不一而足。

元初高克恭作《夜山图》，由于画家系当代显贵，故题者二十八家，内容无一不带有歌颂色彩，而高克恭为诗人兼画家仇远隐居所作的《山村隐居图卷》，时人题者五家，内容则全是赞美仇远隐居的清高。

据《大观录》记载，赵孟頫为钱德钧画《山村图》，时人题咏者便有四十家；倪云林为徐良辅所作的《耕渔轩图》，时人题咏亦有二十家。题辞内容皆因画者的思想倾向而生发议论。

元明间，优游自适的士大夫以请人描绘其隐居之所，并乞求知交或名家题咏题跋为荣的风气大开，并由此而发展到题咏个人画像。这样，题画就变成赠诗、赠序的性质了。

始于北宋的自画自题，表明数种不同性质的艺术同为一人掌握，是所谓诗书画"三绝"的一个主要标志。自题自画能使空间艺术与时间艺术很好地结合起来，来准确地表达诗情画意。在同一作者笔下，画不足以诗补之，诗不足以画补之，而且，诗画出于一人之手，不会产生理解错误等问题。由于自题者必须诗（文）、书、画三者兼擅，因此它是一种更富欣赏魅力和民族特色的艺术。

---

① 见《声画集》。

自题诗的内容往往是画家在创作时思想感情的真实记录，它们或是艺术家艺术见解的实录，或者是与作品有关佚事的纪实，有时可能是对绘画主题的说明，等等，这些优点正是他题所缺少的。从形式上看，自题者的书法本身也逐渐成为一种独立的艺术。

宋词的兴盛，对于书画家来说，等于扩大了一个领域。就书法气度而言，宋词的境界尚小、尚细，没有唐代以正楷书"碑"的气象，但宋词的境界与精神状态，在宋代诗人的艺术成就中占有很重要的比重，所以宋代诗家的行书与诗、词、赋配合起来，有一种独特的情趣，这是唐代所不及的。

宋代书家自觉地写诗词不仅保存诗作，而且炫耀书法。这与当时的书家大半自己就是诗人，诗人大半都是书家这种情况有关。这个集诗人与书家于一身的特点成为比较普遍的情形后，就由唐代的"打草稿"变成了书法的"艺术创作"。自题于画幅上的"题跋"，到了宋代不仅为画增色，而且自然成为相对独立的书法艺术形式。

不仅如此，中国绘画逐渐脱离"工艺"技术层面，用引进书法的用笔提高自己的层次。一般说来，绘画固然必须"状物"，但有了书法的参与就更加突出一种"笔墨情趣"，起于宋代的文人画，就明显地具有这种特点。

自晚唐五代开始直至北宋，这种绘画所"状"之"物"，乃文人眼中之"物"，是文人对世界的理解，而不是单纯的客观模仿。和书家一样，文人画为文人、画家和书家集于一身的产物，此时的"画家"已非专职的"画师"，他们也在走"书家"的路。这样，包括自画他题，自画自题在内的"绘画"，已成为文人寄托性情的方式。

自题自画的文人绘画形式在北宋中叶以前还不多见，倡导诗画同体说的苏轼以其诗书画诸艺兼精的全才实践，此类作品当不在少数。黄庭坚《题子瞻枯木诗》云："折冲儒墨阵堂堂，书入颜杨鸿雁行。胸中元自有丘壑，故作老木蟠风霜。"

山谷此诗道出东坡诗书画三位一体的消息。"折冲儒墨"是说苏轼读书多，学问渊博，亦即文人画强调的"书卷气"；"书入颜杨"一句说苏轼书法学颜真卿、杨凝式,并能伯仲其间,同时融诗意、书法入画。因此说"胸有丘壑",才能画出"老木蟠风霜"的画来。

虽然"当宣和时,党禁苏黄及其翰墨,凡书画有两公题跋者,以为不祥之物,裁割都尽"①,可是苏轼仍然留下一些自画自题的书画迹。试观《声画集》所载苏轼自画风竹并自题的文字:"余归自道场何山,遇大风。因憩耘老溪亭,命官奴秉烛捧砚,写风竹一枝。"题诗云:"更将掀舞势,把烛画风筱。美人为破颜,怜此腰肢褭。"又为其《木石图》自配诗云:"空肠得酒芒角出,肝肺槎牙生竹石。轰然欲作不可留,吐向君家雪色壁。"

自己酒后诗兴很浓,平时所留意的自然形态的竹石木等印象一时都涌现在心头,这些形象从肺腑中酝酿构思成熟以后都已形神兼备,这时趁着酒兴非画不可,于是提笔一挥而就。这里所讲的与前诗所记秉烛画风竹,都是创作心得和作画的感想。

与唐代题画诗多讲有关画里画外的自然客观图景的写法相比,宋人更注重个人心境的随意抒写,更具个人情趣的主观表现。那位画"村梅"而不被宋徽宗所重的杨补之,也常在画幅上题写咏梅诗词。到了宋末元初,郑所南、赵孟坚、赵孟𫖯、龚开、钱舜举,以及元末的倪瓒、吴镇等人,都是自画自题水平很高的全才人物。

特别是"靖康"之变和宋元之际,自题自画的形式由于特殊的历史环境使得寓意和寄托特征超出个人情趣的抒写而扩大了容量。如只画露根兰的南宋遗民郑思肖题《画菊》:"花开不并百花丛,独立疏篱趣未穷。宁可枝头抱香死,何曾吹落北风中。"以菊花抱死枝头比况誓死不仕元的节操。

元倪云林对郑所南坚贞的故国之思表示充分的理解和心仪,其《题郑所南兰》诗云:"秋风兰蕙化为茅,南国凄凉气已消。只有所南心不改,泪泉和墨写离骚。"

梅、兰、竹、菊、松等只要会书法就可以画的文人画的笔墨程式和

---

① 董其昌:《画禅室随笔》。

题材，到了宋元时期已经可以入"道"载"道"，等同《离骚》。可见笔墨的改革固然重要，然而以书画言"志"时往往少不了题上不可分割的"诗"。

在诗书画的交融成为时代潮流的宋元时期，我们不仅在体制形式方面可以看到这种交汇，更可以在创作思想及观念形态上发现这种趋同。

宋徽宗不善理国，但他却是一位出色的艺术家，他对宋代文化发展所起的作用是巨大的。一方面他提倡严格的宫廷艺术标准，不屑于画梅高手杨补之的"村梅"，而喜欢工整秾艳的"宫梅"。

同是梅画，直至南宋，帝王仍喜欢当时宫廷画家马麟的梅画，马麟是著名宫廷画家马远的儿子，据《南宋院画录》记载，宋宁宗、宋理宁还有杨皇后等都在马麟画上题诗或作跋，足见马麟之受宠。马麟《层叠冰绡图》，显然是以宫梅为对象，勾勒精细，色彩浓重艳丽，与杨无咎笔下荒寒清绝的梅画恰成鲜明对比。

马麟与杨无咎的情形恰似五代时黄筌与徐熙的对比，黄筌与徐熙均为五代时最有声望的花鸟画家，前者多以皇宫所畜养的花石、禽鸟为绘画对象，用笔浓丽精工，而后者则处处流溢出超脱野逸的情趣。因此黄筌的画受到重视，黄本人被加官进爵。到宋徽宗时，宫中收藏的黄筌花鸟画竟达到三百四十九幅，数量居历代画家之首[①]。而徐熙的"野逸"却遭到冷落。

如果作简单的比照，则徐熙、杨无咎之画格相当于苏轼等文人画运动积极提倡的思路，而黄筌、马麟则明显属于造型准确、色彩艳丽的宫廷画师一路。

用工笔着色的技法体现优雅闲静、富丽堂皇的美学追求，正是宋徽宗的审美原则。如他的《瑞鹤图》画十二只白鹤，姿态各异，无一雷同，羽毛用金粉勾画，色彩富丽；《芙蓉锦鸡图》对芙蓉秋菊枝叶的偃仰侧反，倚斜交错都作了真实的刻画；表现出作者对生活的认真细致的观察。

---

① 据《宣和画谱》。

由上述标准看来，要讲究造型准确严谨，就不能用逸笔草草的写意豪放粗笔，更不是重在墨笔的随意抒写。沈括《梦溪笔谈》曾经记载，徐熙之所以不如黄筌受帝王宠幸，原因就在于黄筌画花，妙在赋色，用笔极新细；而徐熙以墨笔画之，只是稍施丹粉，色彩不艳，用笔草草。

实际上，徐熙画的风格当是在唐末、五代的水墨画派确立之后，于着色和水墨画两种体裁之外，另外创立的一种着色与水墨相混合的新形式。这一新奇的形式，当时没有能引起画家的响应①。

从绘画史的历程看，后人对这种风格的继承改造和发扬光大者，似乎以赵之谦和吴昌硕最为成功。

米芾分析黄筌和徐熙之"传"与"不传"时着重从技术角度阐明原因："黄筌画不足收，易摹；徐熙画，不可摹。"

从宋人沈括、米芾、宋徽宗赵佶等人对黄筌和徐熙的评价看，再考察那些"孔雀升墩，先抬左脚"的宫廷绘画故事，宋代画院的绘画创作思想与技法，存在着与"文人画"的明显差异。

以往的绘画史研究，往往着重指出这一差异的南辕北辙，而我们所要深入讨论的是，在以宋徽宗为代表的"富贵"精工的画派中，也在进行着一场深刻的书画交融的变革，正是这一变革，使得宋元绘画具有文化史的重大意义。邓椿《画继》《宣和画谱》等书中记载的大量以诗配画考校画工的故事早已脍炙人口，这是诗画结合的时代审美思潮的一种导向性的实践，许多论者早已指出。就在文人画以用笔草草实践"简"、"淡"、"逸"等风格的同时，宫廷画的工笔整肃风尚中也开始探寻新的出路。宋徽宗的"瘦金书"就是一个信号。

宋徽宗书法学薛稷、薛曜和黄庭坚而变其法度。在"瘦金书"这一书体中，宋徽宗把书法的笔画推入到瘦劲而锋芒毕露的极点，前无古人，后无来者。从内在层面看，"瘦金书"的形成，与赵佶工笔花鸟画所表现出来的精湛的绘画素养有着必然联系。

北宋工笔院体画的一个重要特征，就是挺拔的勾线功夫。绘画线条

---

① 参阅谢稚柳：《鉴余杂稿》。

要求工整而不板滞，劲健而有弹性，特别是对线条头尾部分的转折交待和呼应，更是以前的工笔画所望尘莫及。

虽然宋徽宗未必以此来悟出"瘦金书"的体格，但他对清劲风格的审美趣味，使得他对瘦劲书家如褚遂良、薛稷、黄山谷一路书风有所偏好，并试图把书法中丰富的用笔技巧借用到绘画上来提高工笔花鸟人物画技法的生命力，又将这种瘦劲的勾线技巧再揉进书法中去，并随之形成了那种开张型的书法结构，最终完成"瘦金体"书法的基本风貌。

在这一过程中，书与画、画与书，始终是互相影响、互相启发的。以往我们只注意到写意画法中以书入画、以画入书的相互渗透影响，其实赵佶的这一实践，虽未提出明确的理论主张，却清晰地勾勒出一个与苏、米等文人画异质同构的文化信息。唯其如此，宋代门类艺术的繁荣，才能同中求异，获得和谐发展。

阅读宋词，特别是中、长调的婉约词，经常有头绪繁多、意象纷呈的感觉。如果我们将宋词的这种特征与音乐联系起来观察，则有助于我们对于宋代书法写意性质的理解。宋代文学的主流由诗转化为词，词是合乐文学，不仅要注重语言的音韵，而且要把这种语言自然音韵与音乐的节奏旋律结合起来，这就产生了与书法艺术十分一致的那种内在节奏。

为了配合诗词、赋在内容上清新、尖细、或说理道趣的"平淡"及节奏韵律感，书法在宋代以行楷最为流行，没有出现可以和唐代抗衡的"碑"传世。在狂草方面，宋元也没有什么能与张颠、怀素匹敌的草书大家，黄鲁直的大草如《诸上座帖》对于空白的分割，虽然取法唐代，不免稍见安排的痕迹。在形式感上似乎与宋词格律的复杂琐细造成对词境的影响有某种相似之处。

诗词的形式不仅影响到书风的形成，如盛唐气象与严整宽博的杜诗颜字有着内在联系，尚平淡求"韵味"的宋代审美思潮与尚意书风以书入画的技法追求等等，同样可以找到其渗透影响痕迹。倘若以绘画的眼光来观察比较难懂的婉约词，我们同样将有新的收获。

绘画中的焦点透视和中国画特有的散点透观是完全不同的两种空间

构筑类型。前者定点定视，有一个固定的审视范围并具有固定的视角，后者则时时变动视点，使之合成一个完整的、在总体视觉范围之内意象的大致形象基调，如《韩熙载夜宴图》《千里江山图》《清明上河图》等构图格式。诗词的空间意象组合亦如绘画形式，同样可以放入这个框架中加以分析。欧阳修《采桑子》：

群芳过后西湖好，狼藉残红，飞絮濛濛，垂柳栏杆尽日风。笙歌散尽游人去，始觉春空，垂下帘栊，双燕归来细雨中。

这种环顾中兼有线型发展的特点，绘画形式上属于焦点透视。先看到群芳过后的西湖，看到湖上的飞絮残红，又见垂柳栏杆及和煦之风，再看到游人散尽，细雨中双燕归来。这一系列不同意象全都是在"垂下帘栊"的固定窗口看到的，写法上用"倒卷之笔"，从结局写起，显出群芳"过"后而"始"觉春空，有明显的时间顺序。欧词的焦点透视所获得的意象虽未必定点而能全部得到，但基本上也限制在一个线的轨道上发生发展，观察仍然有相对的内聚点。散点透视重在表现一种意象的切割和片断的安置①。周邦彦《瑞龙吟》：

章台路，还见褪粉梅梢，试花桃树。愔愔坊陌人家。定巢燕子，归来旧处。黯凝伫。因念个人痴小，乍窥门户，侵晨浅约宫黄，障风映袖，盈盈笑语。　前度刘郎重到，访邻寻里，同时歌舞，惟有旧家秋娘，声价如故。吟笺赋笔，犹记《燕台》句。知谁伴、名园露饮，东城闲步？事与孤鸿去。探春尽是，伤离意绪。官柳低金缕。归骑晚，纤纤池塘飞雨。断肠院落，一帘风絮。

宋徽宗时提举大晟府的周邦彦，精通音律，能自度曲，词律细密。

---

① 参阅陈振濂：《空间诗学导论》，上海文艺出版社1989年2月版，第218、220页。

词风浑厚和雅，富艳精工，极铺陈之能事。上述特点正好与宋徽宗时宫廷绘画的审美趣尚相一致。我们可以用理解"瘦金书"在赵佶书画中的地位和作用那样来理解周邦彦慢调对绘画手法的运用（或叫"暗合"）。

《瑞龙吟》是周邦彦最负盛名的词作之一，自沈义父《乐府指迷》至俞平伯《清真词释》，好评如潮，亦众说纷纭，大都认为是"章台感旧"的佳作罢了。只有明李攀龙说："此词负才抱志，不得于君，流落无聊，故托以自况。"[①] 解说与评说的不一致，正是读者未能从这种典型的散点式构筑方式中寻绎到这些意象与对象的组合规律并发现这些意象自身之间的必然联系。

周词中"章台"、"梅梢"、"桃树"、"坊陌人家"、"燕子"、"痴小""障风映袖"、"笑语"、"秋娘"、"吟笺赋笔"、"孤鸿"、"官柳"、"旧骑"、"池塘飞雨"、"一帘风絮"，这些意象在一个固定视点上无论如何俯察仰视、凝视环顾都无法同时兼顾，只有在不同视点的移动即空间散点式透视才有可能步步观，处处见。那么有了这些视点的等视点游移变幻，似乎还仅仅停留在忆旧的层面，这时意象群中再须浮现出表现主题的三个唐代诗人：刘禹锡、李商隐和杜牧，他们三人在政治上都有抱负，都因政治失败而一生坎坷，借香草美人寄托政治感慨。

周邦彦《瑞龙吟》词借用他们的诗歌，自然使人联想起他们的遭遇，暗寓自己的政治感慨。这样通过联系各种独立的意象来构成一个"意象和弦"，形成形象的整体感和立体感，因而当绘画艺术中的散点透视出现了《清明上河图》等伟大作品时，词的空间构筑形式也由音乐格律的细密而显出其精工与复杂，如秦观、李清照、辛弃疾、吴文英、周密、王沂孙等人的婉约词作，都与绘画中的散点透视方式下取得杰出成就的作品，有其意象构筑方式即空间感的神似。

由于意象的繁密，又采自自然景观以寄托情志，因而有时常常免不了在色彩上作浓敷或淡施的选择，在浓敷中更见出散点透视绘画作品的

[①] 《草堂诗余隽》引。

富丽堂皇特征。试读史达祖著名的《双双燕》：

> 春社过了，度帘幕中间，去年尘冷。差池欲住，试入旧巢相并。还相雕梁藻井，又软语商量不定。飘然快拂花梢，翠羽分开红影。　　芳径，芹泥雨润。爱贴地争飞，竟夸轻俊。红楼归晚，看足柳昏花暝，应自栖香正稳，便忘了天涯芳信。愁损翠黛双蛾，日日画栏独凭。

这首词用细腻的笔触描绘出春来双燕的亲昵温柔。它们花梢芳径尽情游赏而又形影不离的愉快幸福生活，反衬出红楼少妇的孤苦和寂寞。仅以颜色的选择为例，史达祖可谓"形容尽矣"[1]。如"雕梁藻井"、"翠羽"、"红影"、"芳径"、"红楼翠黛"、"柳昏花暝"、"画栏"等，一方面以暖色调刻画双燕极富美感的生活情状。另一方面又借此暗喻双燕"看足"，而"栖香正稳"，便"误了天谓芳信"，忘了给红楼中的少妇传来远地情人的信息！

直接点明的色彩和间接提示的色彩并列，在视觉上不只呈现出相加的效果而是一种互相作用的复合效果，这些色彩由于不是作单纯的对比，而是粘附在各自的意象上完成散点透视原理下的构筑，因此色彩的感情和个性在词的境界形成过程中发挥了重要作用，它是一种意象色彩空间的构型。与唐代格律诗的对仗形式相比，词的参差复沓的组织形式在色彩的描摹上更具随意自然与丰富的效果。

---

[1] 黄升：《花庵词选》

第八章　明之新理异态

明代思想史先后出现两股思潮，一是复古思潮，二是明中叶以后出现的"阳明心学"和"心学异端"。明代美学思潮的形成，基本上以后者为主要思想基础。形成明代美学思潮主要特征如由情到欲，从雅到俗，以及崇尚个性反映人的真情实感等，都与前述"心学"哲学思想有关。其中从情到欲与心学异端的自然人性论，从雅到俗与心学"百姓日用即道"的平民思想，个性意识与心学的反权威精神，均有内在联系。诗歌、绘画和书法作为传统艺术的正宗门类，在通俗文艺取得重大成就的同时，始终不甘寂寞，在复古思潮和"心学"新潮的影响下，寻求各自的生存和发展契机，门类艺术的交融也更为全面和自觉。

一、"独抒性灵"与"纵笔取势"

明代的文艺领域受复古思潮的影响，前期的诗文创作尤为沉寂，这与明王朝对文艺的干预有关。元政治中心在北方的消亡使北方艺术活动在动荡中水平下降，而取得统治地位的南方明洪武专制政权必然要对其统治区域的文化艺术活动进行直接干预和选择，这就势必与元代以来在南方极为活跃的、与政治中心离心的元代文人艺术活动发生深刻矛盾。

其结果导致元以来南方文人绘画艺术活动遭到重大摧残。仅朱元璋亲手制造的迫害元末著名文人画家事件就有多起发生。据徐沁《明画录》记载，院内者，赵原"洪武初被征，令图昔贤像，应对失旨坐法"；周位"洪武初供事内府……后画天界寺影壁以水母乘龙背不称旨弃市"。院外者，徐贲下狱死，张明坐事窜岭南而投江死，陈汝言"临难从容，染翰就刑"，王行则坐蓝玉党伏法。

高度专制的政治压力下只能允许类似宋院体画的艺术活动风范，这就决定了迎合统治者意志的、代表已消匿一个世纪的南宋院体画遗风——浙派的应运而生。明代自永乐年间迁都北京后，政治中心对艺术人才的吸引又逐渐出现，当浙派主将戴进北上建构明宫廷艺术后，宣德至弘治间成为明代北方画院极盛时期，此刻北方艺术活动水平超过南方。

浙派山水取法于南宋的李唐、马远和夏圭，多作斧劈皴，行笔有顿跌，"铺叙远近"、"疏豁虚明"是其特色。浙派画家王谔当时有"今之马远"之称。

同为拟古画派，吴门派绘画在明中叶以后盛极一时。他们的画法，上探北宋董、巨诸家，近追元代四家，与浙派取径不同。当时浙派山水被沈颢、屠隆、张庚等指责为"硬、板、秃、拙"，大意是说浙派的用笔缺少书法的意趣，多了一些"行家习气"，而吴门画派山水属文人画体系，被称为"利家"画，强调画有"士气"。其情形颇类元代文人画对南宋院体的轻视。绘画的拟古由于有了书法和诗歌的普遍渗透，因而造成画派林立。最后的发展结果是明四家和董其昌取得左右画坛的地位。

与绘画的拟古之风相比，诗歌的拟古倾向更为严重。众所周知，明代诗坛素有影响的是以李东阳、何景明为首的"前七子"和以李攀龙、王世贞为首的"后七子"，他们倡言"文必秦汉，诗必盛唐"，提倡文学复古运动，拟古成为明代文学思想的主要特征。

至于以"台阁重臣"三杨为代表的"台阁体"诗文，充满了大量的"圣谕"、"代言"、"应制"等代皇帝说话和"颂圣"之作，甚至连题画诗和游山水诗中，也表现出这种倾向。

相比较之下，"前七子"复古的主张客观上正是为了适应"扬治世之休，文运之盛"，以改变"台阁体"影响下的萎弱文风。由于一般文人对"台阁体"已经感到厌恶，所以，迷信、模拟古人作品，就成为一个时代的选择，前后七子的诗文因此风靡一时。整个复古运动由弘治到万历间持续约百年之久，影响深远。据记载，"天下推李、何、王、李为四大家，无不争效其体"①。当时的知识分子大都受到复古思潮的影响，达到"物不古不灵，人不古不名，文不古不行，诗不古不成"②的程度。

根据前后七子的复古理论，一是文学发展观的崇古，他们极力推崇先秦两汉散文，汉魏古诗和盛唐近体诗，认为这都是绝对完美的，以后的诗文则一代不如一代。另外一个内容是创作上的拟古，最好的办法是把那些绝对完美的东西当范本，从篇章结构到句法、词汇都进行摹拟，摹拟得愈象愈好，用不着自创一种独特风格，一切唯古人是尚。

谢榛论诗鼓吹要走唐人的正道，偏重于炼字琢句，讲究格调技巧，甚至发展到替古人改诗，成为笑柄。李梦阳则拿书法来阐明他的理论："夫文与字一也。今人模临古帖，即太似不嫌，反曰能手。何独至于文而欲自立一门户邪？"③ 如果把他们写诗和临摹古帖相比的话，那么不仅可以看出某些诗类似临某家的帖，还可以看到有些诗简直就像"集汉碑"或"集魏碑"的翻版。如李梦阳的《艳歌行》就是模拟、抄袭曹植和古乐府诗句的"假古董"：

晨日出扶桑，照我结绮窗。绮窗不时开，日光但徘徊。（一解）
通阡对广陌，柳树夹楼垂。上有织素女，叹息为谁思。（二解）
步出郭东门，望见陌上柳。叶叶自相当，枝枝自相纠。（三解）

李梦阳晚年也深刻反省了如此作诗的不妥，在晚年编定自己集子时，曾于自序中表示承认友人王叔武"真诗乃在民间"的意见，并为自己作出了痛苦的总结："予之诗非真也，王子（叔武）所谓文人学子韵言耳，出之情寡而工之词多者也……每自欲改之，以求其真。然今老

---

① 《明史·李梦阳传》。
② 李开先：《昆仑张诗人传》。
③ 李梦阳：《再与何氏书》。

矣。曾子曰：时有所弗及学之谓哉！"① 后七子中只有王世贞晚年放弃复古主张，诗风渐趋平淡。

李梦阳将学诗与临帖相比较，从另一个角度也说明了明代文人对于艺术创作方法，进行门类艺术之间互相借鉴的思考。从书法方面看，整个明代帖学发达，以崇尚宋元阴柔之美为尚。书坛崇尚、学习赵孟頫，以赵之妍媚柔婉的书风为典范，风格趋于婉丽，追求外在形态上的感官愉悦。

明代尚帖学，通过学习赵孟頫，以求晋人风韵，但仍只得赵之外在优美之态，难入晋人风骨之门。如远绍二王及米芾的明宣宗朱瞻基，好摹《兰亭》的明仁宗朱高炽，日临百字以自课的明孝宗朱祐樘，以及身边常携带王献之《鸭头丸》帖的明神宗朱翊钧等明代帝王，书风大都趋于婉丽柔媚。

在书法领域里，长于摹拟，"痕迹宛露"也可以成为艺术品，这就是"今人模临古帖，即太似不嫌，反曰能手"给李梦阳带来的诱惑。那么，以此推论，"文与字一也"，是否就能得到类似效果，显然不一样。

其原因当然很简单，书法的抒情是通过抽象的点画用笔来实现，而诗歌则应有具体内容。谢榛就看出当时诗人生硬摹拟杜甫所产生的弊病："处富而言穷愁，遇承平而言干戈，不老曰老，无病曰病。"②

由于明人以杜诗为宗，故留下了许多抄录杜诗内容的书法作品，这种抄录和模拟，也许出于与书家相类似的情感体验，也许是对杜诗形式的研究琢磨，从书法创作角度看也都是有意义的。摹拟之风盛行的明代书法，却并不如诗文坛那样暗淡，马宗霍《书林藻鉴》中分析说："帖学大行，故明人类能行草；虽绝不知名者，亦有可观，简牍之美，几越唐宋。惟妍媚之极，易黏俗笔。可与入时，未可与议古。次则小楷亦劣能自振，然馆阁之体，以庸为工，亦但簪笔干禄耳。……又其帖字，大

---

① 李梦阳：《诗集自序》。
② 谢榛：《诗家直说》。

抵亦不能出赵吴兴范围，故所成就终卑。"

明中叶以后，在中国文化史上兴起了一股"掀翻天地"的叛逆思潮，这就是哲学史上以王阳明为代表的"心学"，王艮为代表的泰州学派。王阳明否认心外有理、有事、有物，提出"致良知"的学说，断言"心明便是天理"，要求用这种反求内心的修养方法，以达到所谓"万物一体"的境界。王阳明的学说以反传统的姿态出现，影响极为深远。

泰州学派的创立者王艮则提出"百姓日用即道"的命题，主张从日常生活中寻求真理。与哲学思潮相对应的文学艺术方面的代表，则是徐渭、李贽、汤显祖以及袁宏道等人。这股文化思潮的主题就是人的主体意识的觉醒，人对于"礼"、对于"天"的反叛。

徐渭说："因其人而人之也，不可以天之也，然而莫非天也。"① 李贽说："人即道也，道即人也。人外无道，道外亦无人。……人能自治，不待禁而止之也。"② 他的社会理想是"千万其人者，各得其千万人之心；千万其心者，各遂其千万人之欲。"③

他们就是要把人从"天"、"礼"的桎梏下解放出来，还原成为真正的人。明后期的文艺解放思潮兴起之后，当时的世俗文人就目为"决裂"。汤显祖说："盖十余年间，而天下始好为才士之文，然恒为世所疑异，曰：'乌用是决裂为？文故有体。'"④ 而文艺解放思潮的参予者们也正是要"决裂"，并非人的误解，实属自觉追求。

汤显祖如是说："彼真意诚欲愤积决裂，拿戾关接，尽其意识之所必极，以开发于一时。"④

汉代董仲舒为代表的儒学把"天"神化，天人合一的第一要义，却是天尊人卑，天之于人，既不是主体与客体的关系，也不是平等的关系，而是主宰与奴隶的关系。人之于天，只有绝对服从，别无任何选择。实际上这是封建专制社会君主与臣民关系的扩展。所以，天人合

---

① 《徐渭集·论中·二》。
② 《李氏文集·明灯道古录》。
③④ 《汤显祖诗文集·张元长嘘云轩文集序、序丘毛伯稿》。

一，就其基本含义与思想实质而言，是以人合天，取消了人的主体性。

这些特点经过宋明理学的发挥，变成了"当一切听天所为，而无容心焉"① 的结果。与此相联系，征圣宗经，拟古复古思潮也就有了思想基础。"天"即是现存秩序与礼法，也可以理解为文人所认定的某种艺术规范，"诗必盛唐，文必秦汉"，成为诗文创作不可逾越的樊篱。所以李贽感叹道："俗人以为丑则人共丑之，俗人以为美则人共美之。世俗非真能知丑美也，习见如是，习闻如是。闻见为主于内，而丑美遂定于外，坚于胶脂，密不可解。故虽有贤智亦莫能出指非指，而况顽愚固执如不肖者哉！"②

由天而人，所以这个时期的叛逆思想家都十分突出地感觉到人的现实感情生命欲求同传统理性规范的矛盾，并旗帜鲜明抨击传统理性的虚伪和荒谬，讴歌感性生命的美。

李贽提出"童心"说。他认为人的"童心"是至善至美的，而得之于"闻见"的"道理"即"《六经》《语》《孟》"之类，则是"假人之渊薮"，"著而为文章，则文辞不能达"。宣布"苟童心常存，则道理不行，闻见不立，无时不文，无人不文，无一样创制体格文字而非文者"，"更说什么《六经》、更说什么《语》《孟》乎？"③

以李贽为代表的"异端"思想，极大地冲击了维护封建统治的程朱理学，其"童心说"引导了艺术上浪漫思潮的兴起，使文学艺术向感性生命复归，使感性的美代替了理性的美。

汤显祖更赋予了"情"即人的感性生命欲求以冲绝一切世俗理性的伟力，扬言"情不知所起，一往而深，生而可以死，死可以生。生而不可与死、死而不可复生者，皆非情之至也"。所以他的《牡丹亭》写为情而死，为情而生的爱情，反映了情和理的斗争。对于那些以理责情的世俗之论，他反驳说："自非通人，恒以理相格耳。第云理之所必

---

① 朱熹：《答叶仁文》。
② 李贽：《焚书·答周柳塘》。
③ 《焚书·童心说》。

无,安知情之所必有邪?"①

李贽认为文学只有真假问题,不得以时势先后论优劣,"诗何必古选,文何必先秦"。与李贽相呼应,万历年间起来猛烈反对前七子拟古主义,有以公安人袁宗道、袁宏道和袁中道为代表的"公安派"。而"公安派"的旗帜就是袁宏道在《叙小修诗》中提出的"独抒性灵,不拘格套"。这是一面否定一切传统规范,唯以个性为美的旗帜。

袁宏道所谓"性灵",就是宏中道在《花雪赋引》一文中提到的"性情"。由于重"性情"和"性灵",在时代问题上,袁宏道主张"代有升降,而法不相沿,各极其变,各穷其趣,所以可贵,原不可以优劣论也"②。他认为"古人诗文,各出己见。决不肯从人脚跟转。以故宁今宁俗,不肯拾人一字"③。

由于公安派认为好诗好文,都是"任性而发","一一从自己胸中流出",人的个性又是多种多样的,而文学有表达这多种多样个性的权利,所以袁宏道在《叙小修诗》一文中肯定了诗可以"若哭若骂",可以怨而伤,可以写得很露骨。"但恐不达,何露之有?"宁可欣赏那些虽有缺点,但确属独创的作品:"其间有佳处,亦有疵处。佳处自不必言,即疵处亦多本色独造语。然余极喜其疵处,而以为佳者尚不能不以粉饰蹈袭为恨,以为未能尽脱近代文人习气故也。"宏道重视妇人孺子的"真声"、"任情",赤子婴儿的自然之"趣",显然受到李贽"童心说"的影响。这就在以感性美替代理性美的基础上,突出了个性美的价值。

思想领域和诗文领域那种重视个体生命的抒情,反对礼法及现存秩序的浪漫思潮,同样在书法领域掀起狂澜。这就是以冲突的美代替和谐美的狂草书家的思想性格及其艺术创作。它是宋人重主观抒情和张扬个性的审美思潮,在明代新的历史背景下再度得到重视的产物。

正如诗歌中重抒写性灵,不嫌"露"和"疵"一样,明代书家到

---

① 汤显祖:《牡丹亭·题记》。
② 《叙小修诗》。
③ 《又与冯琢庵师》。

了中后期出现了一批奇人。他们不拘法度，打破"中和"、"优美"的原则，有意抛掉形式美规范，不避丑怪，追求不和谐，表现出一种以"狂狷"、"丑"为主导的浪漫主义倾向，在笔墨的肆意挥洒中渲泄情感。

草书贵在取势，"明人草书，无不纵笔取势"①。由于要纵笔肆意挥洒取势，固有的一些讲究中锋、藏头护尾、平稳端正的形式美规范，特别是由赵孟頫研究精到的晋人笔法，到了狂草书家手里被有意淡化了。他们往往用露锋、方笔，甚至"败笔"写字，结构布局更是随心所欲，不惜以空间的分割破碎、散乱来与传统作对。

陈献章甚至"束茅代笔"，自称"茅龙"，在粗露散乱的笔触之中创造一种"拙而愈巧"的境界。祝枝山诗文清畅，与唐寅、文徵明、徐祯卿称"吴中四才子"。其人"狂放盖世，千金立尽，面无吝色"。

祝允明首先是一位真行草隶篆俱佳的全能书家，他对传统的全面继承，表现在其临古功夫上。王世贞《艺苑卮言》说："京兆楷法自元常、二王、永师、秘监、率更、河南、吴兴，行草则大令、永师、河南、狂素、颠旭、北海、眉山、豫章、襄阳靡不临写工绝，晚节变化出入，不可端倪，风骨烂漫，天真纵逸，真是上配吴兴，他所不论也。"

总体上说，草书在宋、元未见专长，明代的草书有中兴之功，就在于各具风貌的"纵笔"。祝枝山的《湖上诗卷》《李白五言古诗卷》《后赤壁赋卷》《杜甫诗轴》等狂草，古拙粗豪，点画狼藉，布白的紧密甚至达到了见缝插针的程度，这种扑面而来的纵横散乱，容易使人造成错觉。如莫云卿认为他的"行草应酬，纵横散乱，精而察之，时时失笔"。

祝枝山的学书过程也是明代其他狂草家所共同经历过的。但对于传统的继承与探究功夫，却使他们得出新的结论。

张弼草书"怪伟跌宕，震撼一世"②，宋克"合章今狂而一之"，

---

① 马宗霍：《霎岳楼笔谈》。
② 《明史·文苑传》。

是一种"古今草书中之混合体"①，充分表现了他"任侠使气"的个性特点；徐渭草书，就像他的泼墨《杂花卷》一样，奔放豪迈，不拘一格，细究点画，则不无粗疏之嫌，袁宏道说他"不论书法而论书神。诚八法之散圣，字林之侠客也。"张瑞图独标气骨，用笔尖利横撑，多露锋芒和折角，是于"钟、王之外另辟蹊径"的一种"奇逸"风貌②；黄道周师钟繇和索靖，"波磔多，停蓄少；方笔多，圆笔少。所以他的真书，如断崖峭壁，土花斑驳；他的草书，如急湍下流，被咽危石。"③以质朴刚健为基调，拙中见巧。

如果说黄道周的行草书多取横斜势，似斜反正的话，那么倪元璐的行草书就多取纵势，康有为评说："明人无不能书，倪鸿宝新理异态尤多。"徐渭以绝世奇才而走投无路，悲愤莫喻而走向疯狂。张瑞图为魏忠贤书写生祠碑文，立身有亏，晚年被贬为民，一生大起大落。黄道周举兵抗清被俘就义。倪元璐自杀殉明。更不必说倡"四宁"、"四毋"的傅山。

就上述数人的立身行世而言，多坎坷艰难，狂草行书在他们的手里便成为抒发个人内心复杂激荡情感的最好艺术载体。

我们还可以从当时所谓正统派的书论中，了解到这些狂怪恣肆的书风在当时形成的审美冲击力。

丰坊《书诀》说："永、宣之后，人趋时尚，于是效宋仲温、宋昌裔、解大绅、沈民则、姜伯振、张汝弼、李宾之、陈公甫、庄孔踢、李献吉、何仲默、金元玉、詹仲和、张君玉、夏公谨、王履吉者，靡然成风。古法无余，浊俗满纸。况于反贼李士实、娼夫徐霖、陈鹤之迹，正如蓝缕乞儿，麻风遮体，久堕溷厕，薄伏通衢，臃肿蹒跚，无复人状。"

项穆说："后世庸陋无稽之徒，妄作大小不齐之势，或以一字而包络数字，或以一傍而攒簇数形，强合钩连，相排相纽，点画混沌，突缩突伸。如扬秘图、张汝弼、马一龙之流……正如瞽目丐人，烂手折足，

---

① 于右任：《支那墨迹大成》第四卷。
② 秦祖永：《桐荫论画》。
③ 沙孟海：《近三百年的书学》。

绳穿老幼，恶状丑态，齐唱俚词，游行村市也。"① 又以为"狂怪与俗，如醉酒巫风，丐儿村汉，胡行乱语，颠朴丑陋矣。"

这些评论极尽丑诋之能事，其参照系当然是拟古复古的赵子昂及其所追求的二王系列的优美书体。

殊不知，明代狂草书派的大家们正是以狂怪为美，以俚俗为美，以反映赤子心、抒写性灵为尚，正如诗中可以若哭若骂，可以写得露骨直白，即使有"疵处"亦佳。

作为现实的支持条件，即在明代除了金石、碑帖之外，书法墨迹的范围远为扩大，诸如扇面、对联、屏条、中堂及诗稿折页等等，都成为传播书画艺术的媒介。人们接触墨迹的机会不断增多，书画名家的真迹或模仿而"乱真"的赝品，通过市场流通，使更多的人从间接欣赏到直接欣赏。书画也像诗文一样，成为人们现实生活的一个重要内容，成为文化生活的必需。这种书画普及程度正是明代帖学得以流行的基础。在此基础上，书法才能以多种多样的个性，冲破书法美学以文人文化精神为中心的审美原则，走向表现现实感性生命悲欢的世俗的坦途。

二、"明四家"与董其昌

明代艺术的世俗化更直接表现在明四家的诗画里。由于晋室南迁后艺术重心南移运动的积累，南方艺术文化土壤层已越来越厚实，加之经济重心在南方的立足和强大，明中叶江南地区商品经济的空前发展，强化了与北方政治中心对艺术家引力的抗衡力量。明代中后期以来南方区域艺术活动水平已达到北方难以企及的高度，尤其是明中叶以后商品经济在长江三角洲的活跃，使艺术活动重心找到了它最后的归宿。

商品经济对艺术文化的渗透影响较之完全依赖于封建专制的政治集结，从历史发展的角度看是一个进步，因为它更有利于艺术创作主体的能动选择和发挥，使艺术创造活动的美学品级得到提高。特别是南方出

---

① 项穆：《书法雅言》。

现的城市消费市场和商品经济模式，有利于艺术个体发展和经营。明清以来在长江三角洲地区就出现了许多靠卖画为生的艺术家。而明清以来南方活跃的经济力量多以分散的、小规模的随机控制方式为主，个体经营的商品交换方式虽不能发展和统一大规模的艺术活动，却对区域画派大规模的出现有利，艺术家也往往可自立门户。

从政治来看，南方主流艺术一般长期因处于偏安、分裂的社会政治空间中求发展，故易孕育出或追求破碎（如南宋"马一角"、"夏半边"），或写意墨戏（如南唐徐熙的野逸花鸟画作）。因为地理位置的差异，南方缺少中原及黄土高原那样雄浑厚重的气势，所以山青水秀、温润细腻的江南水乡，容易诱导出艺术家注重墨法滋润和天真平淡境界的摹写。复归自然的隐士文化，又促使艺术家对山水画题材的选择和偏好。而以"师造化"为主的山水画与南方地域环境的特征，正加强了这种联系。另外，距离政治权力中心位置较远而产生"天高皇帝远"心态，也有利于创造主体能动地发挥创造力，并对流派风格上采取相对自由的选择。综合上述诸因素，所以明清以来南方江浙小区绘画流派区域的活动，达到前所未有的高潮。

明四家指的是当时活跃在苏州的沈周、文徵明、唐寅、仇英。明中叶的苏州地区，有大大小小的收藏家，有专门经营古董、书画之类的商贾，这就刺激了一些与书画有关行业的发展。如装裱业的扩大、书画装裱工艺水平的提高，其他如纸店、笔庄等行业也相应得到发展。特别值得注意的是，这个时期还出现了伪造书画的特种行业。祝枝山说，沈周画"片楮朝出，午已见副本，有不日到处有之，凡十余本者。"而据记载，有人作赝品，沈周知其贫，竟为题款。

沈周作品所形成的轰动效应，一方面靠市场的推波助澜，另一方面靠其画所取得的成就，同时在野文士兼士大夫的身份也增加了他的声望。沈周兼工书法，其书具有黄庭坚行书的遗风，用长枪大戟般的书法风格入画，这就构成其画用笔的洒脱和阔大雄浑的风貌。如《春山欲雨图》《策杖图》《匡山秋霁图》及《石田诗画册》等，都具有简练洒脱而又气象雄浑的特点。其《夜坐图》作于晚年，透露他晚年对于人生、对于自然的种种感受。图写夜山，山麓有茅屋数间，屋内有一人秉烛危坐。作者还在图的上方自书《夜坐记》数百言，表达夜坐时得"外静而内定"的情思。王世贞评其《春山欲雨图》云："不作惊风怒霆战掣之状，而元气在含吐间。"[①] 说明沈周画已符合文人画所追求的意境。

唐寅在仕途落魄后，曾作过一次千里壮游，足迹遍及江苏、安徽、江西、湖北、湖南、福建、浙江七省，历时十个月，饱览了南国的名山大川，从而滋润了其山水画的笔墨。唐寅是艺术全才，不论山水、人物、花鸟，都有卓越的成就。

《孟蜀宫伎图》和《枯槎鸲鹆图》等都可代表唐寅在人物画和花鸟画方面的成就。山水《山路松声图》是山水画代表作品之一，观其画法，明显取法于李唐、刘松年，但改变了李唐那种以侧锋挥扫、大块面的勾斫画法及锋芒毕露、刻峭壮拔的作风，常常以细长挺秀的笔线来画山，随山势变幻，或作长线直皴，或作曲线弧皴，使画中的皴擦，别具细劲流动之趣。在皴的基础上，以水墨晕染，使山峰于风骨奇峭中包孕着秀爽清润的雅逸之气。同时，画家常在浓墨皴染的山石间留出道道空白，颇似版画中的刀迹，黑中存白，对比强烈，形象地表现出山石硬峭的质感，这是唐寅在技法上的独创。

在章法上，唐寅常以高远法表现"连江叠嶂"的江山景色，用飞泉悬瀑将山峦一层层推高推远，造成幽深奇妙的画境。唐寅的《枯槎鸲鹆图》是水墨花鸟画的传世精品。画中劲挺多姿的枝头上栖止着一只八哥，树枝似乎随八哥的引亢高歌而应声微动，从而显现了自然界生命律动的和谐之美。一两条细藤与数笔野竹同枯树上的老叶画到一起，增添了空山雨后的幽旷恬静和清新的气息。"山空寂静人声绝，栖鸟数声春雨余"，诗由画家自题，诗画相互映发，更以书法入画，以写代描，笔力雄强，作小写意一路，意趣悠然而生。既不同于林良、吕纪的院体花鸟，也和沈周那种老笔纷披的格调判然有别，具有秀逸清爽的艺

---

① 见《弇州山人稿》。

术风貌。可以窥见画家在探讨写意画技法和开拓花鸟画新境方面的卓越建树。

在前七子复古运动声势煊赫时，就有一些作家并不盲目追随，如沈周、文徵明、祝允明和唐寅等吴中诗人便是显著的例子。由于他们大都同时是画家，故诗中常有画意，大量的题画诗和写景诗清新可读，唐寅可为其代表。生活狂放不羁的唐寅，对世俗表示极大的蔑视，他的题画诗阐释画境，长于寄寓真挚情感。即使在创作与李白诗题材相仿的作品时，也流露出自己的傲气。如《把酒对月歌》："我愧虽无李白才，料应月不嫌我丑。我也不登天子船，我也不上长安眠。姑苏城外一茅屋，万树桃花月满天。"有些流于浅谑的作品，显然是他玩世不恭的表现。

文征明与沈周同为长洲人。五十岁后以岁贡生荐试吏部，授翰林待诏，在京师三年即辞归。文征明年轻时曾学文于吴宽，学书于李应祯，学画于沈周。这些人对他要求都很严格，文征明有一次练字模仿前人笔意，李应祯当即大叱曰："破却工夫，何用随人脚踵？"他还与唐寅、徐祯卿、都穆等相互切磋，故名声渐起。文征明晚年声望愈高，向他求诗文书画者，车马盈门，但他却不屑与藩王和宦官来往。但或许正因为这种"吾老归林下，聊自适耳，岂能供人耳目玩哉"的宣言，更使其声名远播。有的外国使者经过苏州，也望着他的宅所肃拜。

文徵明以九十高龄而卒，他成为吴门画派的后期领袖。绘画上他远绍郭熙、李唐，近追赵孟頫与王蒙。早年画风细致清丽，中年笔墨较粗放，晚年则粗精兼备，清润自然。流传作品如《春深高树图》《真赏斋图》，属较工整的青绿画法，《山雨图》《寒林钟馗图》则属于粗放风格。作于八十八岁的《真赏斋图》，描绘修竹丛生，古桧高梧掩映着草堂书屋，假山怪石玲珑剔透，草堂书屋之中，二人对坐，正在鉴赏书画。用笔细谨沉稳，设色典雅。高龄还能画出这样细致的作品，实为罕见。

临摹古画可以乱真的仇英，出身漆匠，他的山水作品，多作青绿重彩。仇英取法于南宋赵伯驹、刘松年，正如董其昌所称，"仇实父是赵伯驹后身"。《清河书画舫·亥集》记载这位出身卑微的画家"独步江南者二十年"。他的山水有时作界画楼阁，尤为细密，设色讲究法度，对宋代青丽巧整的院体画法有所发展。巨幅山水《剑阁图》，重彩辉煌，陡峭的绝壁如刀削斧劈，崎岖的栈道上树林成荫，残雪覆盖。笔法取用李唐，写出了山川的雄伟奇特，体现了仇英的魄力和功力。仇英取自历史题材的人物画，如《春夜宴桃李园图》《桐阴清话图》《列女图》等，秀润工整，不避彩色，造型工整，在富丽中显出高雅。这种接近世俗的倾向，实际上代表着市民文艺理想的模式。

明晚期是文人山水画鼎盛时期。在这一历史时期，董其昌、陈继儒、赵左、沈士奇为代表的华亭派绘画大兴，这个流派推崇董源、巨然、倪瓒和黄公望，对浙派、江夏派绘画竭力贬斥，画风偏重笔墨形式，摹古风气极盛。

官至礼部尚书的董其昌，富收藏，精鉴赏，著书立说，以书画家和理论家的身份，对画学思想产生了重大影响。董其昌山水画集宋元诸家之长，行以己意，特别注重笔致墨韵，画格清润明秀。董画传世作品如《秋兴八景册》《江干三树图》《夏木垂阴图》《林和靖诗意图》《奇峰白云图》等，笔墨程式具有明显的抽象意味，这正是他标榜"士气"的产物。因此他画山水不重写实，即使"读万卷书，行万里路"，重点也在以"书卷气"来强调自己的特色。

其设色，或采用没骨法，或以浅绛兼青绿，敷色用彩几与水墨用笔相同，并且积极倡导以书法入画法。董其昌在《容台集》《画旨》《画眼》《画禅室随笔》等著作中倡导"文人之画""南北二宗"等理论。他毕生致力于"士人"的山水画，主张落笔须有"士气"，不入"画师魔道"，不存"画史习气"，"绝去甜俗蹊径"。为了标榜门户，他极力宣扬由莫是龙最先提出的"南北宗"论，并以文人画的标准来划分"南北二宗"。认为"文人之画自王右丞始，其后董源、巨然、李成、范宽为嫡子。李龙眠、王晋卿、米南宫及虎儿皆从董、巨得来，直至元四大家黄子久、王叔明、倪元镇、吴仲圭皆其正传。吾朝文、沈则又远接衣钵。若马、夏及李唐、刘松年又是大李将军之派,非吾曹当学也"①。

董其昌划分画派,形成崇"南"贬"北"的风气,影响晚明以后画坛三百余年。对于董氏的这套理论,虽然歧义甚多,但从客观上看,董其昌等人是中国古代最先系统研究山水画派的代表人物,而且山水画也确实存在着两种明显不同的画法和风格,他在画派研讨方面的先行作用,使他成为理论上的巨人。曹溶对他的评价甚高,以为"有明代书画,结穴于董华亭,文、沈诸君子虽噪有时名,不得不望而泣下。"董其昌在清代受到康熙帝的特别标举,因而清代对绘画理论的研究也就特别重视文人画的发展,清代中叶以前的不少画论与画跋,几乎是董说的注脚。

三、"走向世俗"的综合大趋势

明四家与董其昌是有差别的。由于受到商品经济的影响,明代文人立身处世原则由宋元文人的高逸化心境一变而为世俗化心境。一方面固然受到浪漫思潮要求个性解放,传达世俗情欲的影响,另一方面也就必然要在消费城市如苏州直接与商贾打交道,反映在他们的绘画创作中,就相应地染上了浓郁的功利色彩。

如唐寅曾一再表示:"不炼金丹不坐禅,不为商贾不耕田。闲来就写青山卖,不使人间造业钱。""书画诗文总不工,偶然生计寓其中。肯嫌斗粟囊钱少,也济先生一日穷。"这就使原来的文人画创作作为寄兴适意、"聊以自娱"的高雅之事沦为一种谋求生计的手段。原先只是用于作为仕进敲门砖的诗文书画技巧知识,却从附属地位一变而为文人谋生存、取名誉、改变自己社会地位的主要工具。"吴门画派"中的明四家就是这种特殊历史文化氛围熏陶出来的艺术家。

沈周、文徵明还能较多地传承宋元文人的"逸气",但亦未能超逸

---

① 董其昌:《画旨》。

于商品经济的笼罩。沈周和文徵明对其绘画摹本甚至还自己题字，让其流传。唐寅、徐渭的狂放和不拘礼法，更非宋元文人如元四家拟迹巢、由、放情林壑的真隐居可比。因此，从绘画图式或风格上也表现出其远离宋元"逸品"精神。沈周的老硬之笔始终与倪云林若淡若疏者异趣，文徵明则显得过分的修饰和拘谨，唐寅布局繁缛、笔墨刻露。仇英以擅长青绿界画更与宋元文人"平淡天真"的趣味格格不入。

徐渭的大写意花卉题材远比正宗文人画广泛，其笔墨的放纵就由静逸而入险狂，异化了原来意义上的文人画。

然而就门类艺术的综合方面看，明四家和徐渭都是诗书画的全才，他们的艺术创作总体上朝着综合的方面发展，他们在城市里"创造山水"，在画幅上题诗言志，也在一定程度上以书入画。

这种由诗书画全才创作的绘画艺术包括偏离宋元文人"平淡天真"和"高逸"心境的所有风格，被社会与世俗全部接受，使明代艺术表现出普遍的世俗化倾向。

董其昌试图对上述倾向进行具体的评价。他的"南北宗论"研究，把古人与造物都摆到了审美关系的客体位置，而以主体心境"天真烂漫"的高逸，作为主宰统摄一切的关键，这正是董玄宰分南宗画的用意所在。

董其昌以为，对于生机勃勃的宇宙，应当作"禅定"式的感受，而不应该像"北宗"画那样，"刻画细谨，为造物役"。他举仇英为例说："实父作画时，耳不闻鼓吹阗骈之声，如隔壁钗钏，顾其术亦近苦"，这样就会"短命"、"损寿"。

不作细谨刻画，不为造物所役，最好的办法就是宋元人以书法入画法的路子。所谓"士气"、"书卷气"、"格外不拘常法"、"拙规矩于方圆，鄙精研于彩绘"，如米氏父子、高克恭"不事绳墨"的"游戏水墨三昧，不可与画史同科"，倪云林"逸笔草草，不求形似"等等。

董其昌的理论带有某种强化和特别偏重的意识。从他的画作中，可以看出许多抽象的"士气"即书法因素，在具体实践中，"士人作画"应该"以草隶奇字之法为之"，"既见骨法用笔，又无生硬之斧凿之痕"，所以，"善书者必善画，善画者必善书，其实一事耳。"相比明四家，董其昌的山水画更注重笔致墨韵，画格清润明秀，书法的抽象程式更为明显。对于这种自以为"绝去甜俗蹊径"和"画史习气"的作品，董其昌十分自负。

由于明代帖学盛行，书法普及，一般人士对书法的欣赏水平也较高。因此，即使在明四家对于艺术市场的占领呈绝对优势的时候，当他在山水画实践并从理论上强调绘画的书法因素时，他也立即受到包括商贾在内的世俗社会的普遍认可。这就说明诗书画交融程度的提高，不仅有艺术家的自觉努力，同时也有世俗社会的广泛基础。

就在这个基础上，中国诗歌与书法艺术以对联这种独特的样式，成功地结合在一起，并进入千家万户。中国古典诗歌内容的抒情性、篇幅的短小精炼、以及或宽或严的格律等特点，集中体现在对联之中。对古典诗歌的再度提炼，使对联特别强调了律化诗歌最基本的两个特征，即节奏和造句的奇偶。诗歌与书法在体制上的结合，无疑使对联成为中国最具特色、雅俗共赏、传播深远且至今仍然具有强大生命力的文学艺术样式。

相传后蜀主孟昶始于桃符上书写联语，桃符板由绘画形式演变成书法形式，表明书法艺术已经第一次比较普遍地向世俗方向发展。明初朱元璋亲自替阉猪人撰书"双手劈开生死路，一刀割断是非根"联语的传说，就表现出明代艺术世俗化的某种迹象。

这种富于雅趣和韵味的诗，通过与普及的书法相结合，在千家万户的厅堂、门庭上出现，从而能与最广泛的民间文化进行交融。

撰写对联须有诗的捷才和睿智，又须有较高的书法造诣。所以明代才子型的文人如杨慎、解缙、唐寅、祝允明、徐渭等人，都是撰写对联的高手。他们的许多生平事迹，思想性格和艺术才华，往往通过表达底层社会愿望的联语故事，广为传播。

明代以后，人们观赏书画的方式，由传统的展卷式转向悬挂式，可能就是受到楹联的启示。户外门廊的楹联，要考虑到其实物形式的局限，如镌刻于石柱或木板之上，这对尚新奇好异态的明代人来说，显然缺少变化。而且因为帖学风靡天下，墨迹的欣赏得到普遍重视，所以，明中叶以后，堂联也盛行起来。

楹联的形式再度被请回室内堂上，与长幅立轴或中堂一起被悬于高堂素壁之上。诗书画从多种角度被组合到一起，观赏者可以在开阔的视野中，远距离地直接观照整幅作品的意境，已不再囿于具体点画如手卷式的分段谛观，而更着眼于整体效果的欣赏。

这种由微观转入宏观的欣赏方式的形成，标志着书家艺术审美方式有了新的变化，它可以为书家纵情挥洒和表现气势提供条件。于是，堂联和长幅行草作为一种独立的艺术样式在明人的堂上书斋广泛普及。

世俗社会对于门类艺术综合趋势的认同，以及对于这种综合鉴赏水平的普遍提高，在很大程度上促进了艺术家对这种趋势的研究和引导。如前述明末的书画家董其昌就是一个显著的例子。

以书入画自元人提出并努力实践后，历代画家都在朝着这个方向发展自己的技巧和风格。元代的柯九思以楷书笔法画竹，历来评价很高。明人更是继承这个传统，独抒个性。明初宋克以《急就章》的笔势写竹，结构严谨，清秀隽美。《明画录》评其画："虽寸冈尺堑，而千篁万玉，雨叠烟森，肃然无俗。"文徵明画竹，明人邵宝看出其中的书法功力："于画中见书法，肃然无滞情"，正如祝枝山评唐寅画竹："唐郎写竹如写字，正以风情韵度高。"都是说文徵明、徐渭二人以书法功力画竹，画中体现出鲜明的书法特征及书家的个性气质。

徐渭是明代后期具有叛逆精神的杰出文艺全才。他在艺术上的成就是多方面的，诗文、戏曲、书画都有相当的造诣。他早年研究"王学"，也精研过佛学，性格狂傲，"不为儒缚"，认为"礼法"对他是"碎磔吾肉"，是一个愤世疾俗的封建礼教的反抗者。其为诗，"如嗔如笑，如水鸣峡"，"如寡妇之夜哭，羁人之寒起"[1]。其作剧，"独鹤决云，百鲸吸海，差可拟其魄力"[2]。论诗以"如冷水浇背，陡然一惊"

---

[1] 袁宏道：《徐文长传》。
[2] 祁彪佳：《远山堂剧品》。

为极致，论画则以"师心横纵"①"醉抹醒涂"②为宗旨。徐渭的写意水墨画尽管也是一种"格外不拘常法"的"逸格"，但他把积怨和愤恨都倾泻在艺术中，他在书画上的狂涂疾写带有鲜明的主观色彩，是一种恣肆躁动的狂逸，而不是正宗文人画所表现出来的那种"平淡天真"的静逸韵致。

其奔放淋漓、不拘成法，实乃"不求形似求生韵"。据说他常大醉后倾水墨于画面，再加勾染成画。比起明初吴伟偶尔碰翻墨汁碗，洒墨于纸上因而以补救心理趋势成画的"画状元"之举，徐渭则发展到了自觉大胆的泼墨，小心收拾（勾染）的自觉有意为之。

再比如与徐渭同时期的陈淳，也是大写意花鸟画的先驱，他一破院体画拘谨之遗风，用狂草笔意和精神来"乘兴醉笔，随意点缀朱粉，花之鲜妍笑媚，叶之反正飞舞，人所不能及。"③陈淳"受业文徵明，善书画"，他从文徵明小写意一类画法中悟到以书入画的妙处，所以徐渭说："道复花卉豪一世，草书飞动似之。"

可以说以草书入画的风格已经很粗放了，但是，徐渭比起陈淳来，更加放纵、更有生趣和韵致。正如他自己所说："我亦狂涂竹，翻飞水墨梢。不能将石绿，细写鹦哥毛。"他的竹似来自吴镇，豪放之致又过之。因此，他不仅发展了大写意泼墨画法，开拓了写意花鸟画全新的表现领域，对后世产生深远影响，更重要的是他把抒发炽烈真挚的情感，突出自己独特的个性放在首位。所谓"不求形似求生韵，根拔皆君五指栽"，"枝枝叶叶自成排，嫩嫩枯枯向上栽，信手拈来非着意，是晴是雨任人猜。"

在徐文长的画幅上，我们发现其题诗同样重要，如果不是通过诗画结合的方式造成联想，兴起画外之意，我们至少体会不到其画同样也给人以"嬉笑怒骂皆成文章"的痛快淋漓的感受。如《黄甲图》画蟹意在以蟹有甲而讽寓进士甲科。题诗曰："兀然有物气豪粗，莫问年来珠

---

① 徐渭：《题雨竹》。
② 徐渭：《题画兰》。
③ 《书画传习录》。

有无。养就孤标人不识，时来黄甲独传胪。"旧制殿试后传名曰传胪。很明显，这是借螃蟹粗莽横行的形象来讽刺那些纵然腹中无物，但却能黄榜题名进登甲第之辈。联系徐渭"不与时调合"，四十一岁以前连应八次乡试均名落孙山的遭遇，显然寄托明显。

再如《榴实图》的自题诗："山深熟石榴，向日笑开口。深山少人收，颗颗明珠走。"寄慨颇似《墨葡萄图》上的题诗"笔底明珠无处卖，闲抛闲掷野藤中"，都是独抒怀才不遇的苦闷。他如《青藤书屋图》中的"几间东倒西歪屋，一个南腔北调人"，与唐寅不羡李白在长安的狂放，却满足于"姑苏城外一茅屋"的玩世不恭，可谓同调。

徐渭狂放的水墨写意花卉画的成功，无疑得益于其狂草艺术成就。书法，是徐渭最为自负的，他曾自评说："吾书第一，诗二，文三，画四。"

观其《草书轴》，几乎用盘纡缭绕的线条、变幻莫测的点画，把传统意义的空间彻底粉碎，字与字，行与行之间被遮盖得几乎没有盘桓的余地。给人神完气足、体势豪放的感觉。《青天歌》中的字形忽大忽小，草楷杂处，笔触忽轻忽重，墨色忽干忽湿，故意反秩序、反统一、反和谐。人们常把他的书法和他的性格统一起来，认为"其书如其人"，说明他在书法创作中最能淋漓尽致地抒发内心的郁结和创痛。

徐渭的书法早年学黄山谷，晚年似米芾而更放纵。袁宏道第一次见到徐渭书法单幅时曾赞叹说："强心铁骨，与夫一种磊落不平之气，字画中宛宛可见，意甚骇之。"其《中郎集》评徐渭书法说："文长喜作书，笔意奔放如其诗，苍劲中姿媚跃出，在王雅宜、文徵仲之上，不论书法而论书神，诚八法之散圣，字林之侠客也。"

所谓"不论书法而论书神"、"笔意奔放如其诗"，都是深解作者用心的中肯之论。用徐渭自己理解书画运笔体会的话说，就是"心为上，手次之，目口末矣"①。正是将那种具有反理性的冲撞感，迹化在他的狂草书中，又将这种草书精神及其技法融化在他的《杂花图卷》《牡丹

---

① 《徐文长集》卷二十。

蕉石图》《墨葡萄图》《黄甲图》等大写意花鸟画中，结合墨、笔和宣纸的性能，才能收到运笔汪洋恣肆、畅快淋漓的效果。

如《杂花图卷》系徐渭晚年之作，图作牡丹、石榴、荷花、梧桐、南瓜、豆角、紫藤、芭蕉、梅花、水仙、菊花等四季花果、树木十数种，以狂草笔法入画，气势连贯，笔走龙蛇，构图和运笔的抑扬变化传达出强烈的节奏韵律感。

《墨葡萄图》以行草运笔，纵逸飞动，在离披的点画中，乱中求"生韵"，写出他"半生落魄已成翁"的坎坷命运和奇肆狂放的性格，一变花鸟画以宁静闲适为尚的淡雅静逸风格。通过笔墨的放纵和题画诗的寄兴，使花鸟画表现出全新的面目。张岱在《琅嬛文集》中评说徐渭的作品时说："青藤诸画，离奇超脱，苍劲中姿媚跃出，与其书法奇崛略同"，可谓精当。

徐渭着意不多的人物画也同样令人叹为观止。《驴背吟诗图》经鉴定被认为是徐文长的真迹。此图在狭长的构图中画一峨冠长袍的骑驴者，背景仅有左侧斜入之树干树叶和藤叶而已，用笔继承宋梁楷的"减笔"画法，整体上加强了书法意味的抒写。从藤蔓树枝的疏斜历乱到人物的衣袍以及驴的造型，特别是驴腿、蹄轻灵的呼应，具有强烈的节奏感和韵律感。

明末散文大家，徐渭的晚辈同乡张岱独具慧眼，他将徐文长以书入画的美学意义和成就，提高到王维诗画一律、苏轼诗画同体的高度给予肯定："昔人谓摩诘之诗，诗中有画，摩诘之画，画中有诗。余亦谓青藤之书，书中有画；青藤之画，画中有书。"[①] 作为本图的鉴定者，张孝思亦从这个角度下结论说："以书法作画，古人中多见之。此幅虽无款识，为徐文长先生靡疑。"画中追求书法意趣，使得再现为表现的艺术时空大为拓展。

徐渭是一位充分利用这个领域且比较全面展开探索的艺术家，所以他获得了巨大成功。正是在这个意义上，他首先肯定自己的书法成就，

---

① 张岱：《跋徐青藤小品画》

并对"吾书第一"有着十足的自信和自负。

明末的陈洪绶在人物画上更富创造性。他的人物画大胆突破陈规，造型古拙，面目怪异，比例失调。用笔浑厚而含蓄，画面具有装饰味。他的成功，很大程度上得力于书法造诣。包世臣《艺舟双楫》把陈洪绶的书法列为"楚调自歌，不谬风雅"的"逸品"。清初冯仙湜《图绘宝鉴续纂》说他"书画兴到即成，名盛一时。"足见陈洪绶书法造诣深为时人所推重。陈洪绶晚年用笔深厚独到，他的弟子陆薪说过这样一段话：

> 师作人物，设色缀染，薪具能从事，惟振笔白描，无粉本，自顶至踵，衣纹盘旋，常数丈一笔钩成，不稍停属，有游鲲独运乘风万里之势，他人莫能措手①。

这种"数丈一笔钩成"、"他人莫能措手"的线描功夫，是和作者深厚的书法修养分不开的。陈洪绶的书法早年用笔较肥厚，拙中见巧，顿挫生风。晚年细劲遒逸，柔中带刚，古趣盎然。书法的这种演变发展，与他在绘画上不同时期的线描技艺息息相关。

大体上说，陈洪绶四十岁以前，用笔转折有力，"衣纹森然作折铁纹"，如《屈子行吟图》；四十岁以后，遂逐渐转向清圆细劲一路，愈见敦厚古朴。如木版画《水浒叶子》描绘水浒英雄人物的威仪，生动、夸张，用笔刚劲简洁，加上画上所配赞语的风格，十分和谐统一。如《黑旋风李逵》题"杀四虎，奚足闻，悔不杀封使君"；《行者武松》题"申大义，斩嫂头，啾啾鬼哭鸳鸯楼"等，无不是生动传神的点睛之笔。前辈画家陈继儒看到他的《水浒卷》后，竟佩服得"惊讶交集，不能赞一辞"。

陈洪绶特别重视线条的运用，他有坚实的肖像画基础，善于抓住物象的自然形态，加以取舍提炼，鲜明地表现出对象的内在生命力。加上

---

① 施润章：《施愚山文集》卷二十六。

他"以唐之韵运宋之板,宋之理行元之格",取法唐宋。因此他的线描具有简洁、准确的特点,充满着运动感和节奏感。当时人如丁云鹏的古雅构思,吴彬的夸张变形,蓝瑛的苍劲笔调,孙林的细线双钩,都对陈洪绶有启发作用。

同是学习古法,陈洪绶偏偏选择了董其昌认为会"损寿"的一路画法,他不同意董其昌扬"南"贬"北"的论调,认为"大小李将军、营丘、伯驹诸公,虽千门万户,千山万水,都有韵致,人自不死心观之学之耳"①。

尽管到了明代末期,出现了以董其昌为代表倡天真幽淡之境的清逸派,以及以陈洪绶为代表的主要实践所谓"北宗"画法,二者的绘画风格迥然相异,但是,我们却看到他们通过相同的手段即加强书法向画法的渗透,来达到不同的目标。董画天真幽淡,陈画却"高古奇骇",其风格迥乎不同。

清人钱杜评价陈洪绶说:"老莲以篆籀法作画,古拙似魏晋人手笔,如遇古仙人欲乞换骨丹也。"② 是就骨法用笔即以书入画的角度深刻地阐明陈洪绶绘画和书法相互渗透的关系,并由此看到陈洪绶画中所表现出来的"古拙似魏晋人手笔"的意蕴和魅力。

以书入画就其技巧性而言,各有其时代特征。唐宋时期绘画线描的技巧性较为单调、易学,因而易聚。元以后的时代风格由个人来体现,绘画技巧的书法性就丰富多变,以人人相异的书法功力来展现丰富多采的绘画之书法用笔,不易学,因而无凝聚力,故多各自为体。所以元代以后同一绘画流派中的画家,各具风貌,无一雷同。依此相推,不难理解明清何以流派林立。即使没有名款和题记,我们也很容易判定倪瓒与王蒙的差异,同样不会把沈周的画误认为是文徵明所作,以至现在我们还能从董其昌名款下判别出赵左的作品来。这都是由于门类艺术交叉融合,以及这种融合达到各种不同程度的结果。

---

① 陈洪绶:《宝纶堂集》卷二《画论》。
② 钱杜:《松壶画赞》。

第九章 清——总结与回归

明代浪漫主义思潮所引导出来的世俗文艺特色，由于受到明清易代，以及相应的经济、政治、文化政策的影响，在清代发生了重大变化。在诗歌领域里，先是传达明清之际国破家亡的悲痛心声，随之而来是普遍地反映出感伤的人生空幻感。清中叶以后，各种理论流派分别从不同角度提出某种总结性的主张。明清之际和清初思想家一些有价值的思想被淡化和遗忘，代之而起的是所谓"实事求是"的考据工程，以及对古代文化典籍的全面整理、编纂。这既对诗歌产生影响，也对书法产生影响。相对诗歌的较为沉寂，书法却因其"复古"习碑有金石味而大放异彩，成为书道中兴的重要历史时期。至于绘画，除了花鸟一支在远离政治中心的扬州得以迅猛发展以外，山水画主要以理论总结和模仿为主。门类艺术的综合研究达到新的阶段，门类艺术的相互交融形态也体现出新的特色。

一、感伤的心潮

满清贵族入主中原以后，对于反清的军事行动一律严加镇压。"扬州十日"和"嘉定三屠"就是满族统治者施行民族恐怖政策的集中表现。在思想领域和意识形态则较多施之以恩威并重的怀柔政策，如采用礼葬崇祯帝后，升级擢用降吏和不改变汉人服制等项措施，来分化汉族地主阶级，同时发布赦免罪犯、蠲免粮饷等项告示，缓和反清情绪。科举制仍按明代旧制,扩大录取名额。康熙十七年又开设博学宏词科,用以罗致"名士"。

清廷一方面严禁文人结社,大兴文字狱,另一方面又允许一定程度的怀旧情绪抒泄。所以钱谦益、吴伟业等"贰臣",可以和顾炎武、黄宗羲等共同怀念故国。

黄宗羲《钱宗伯牧斋》诗云:"四海宗盟五十年,心期末后与谁传。凭裀引烛烧残话,嘱笔完文抵债钱。红豆俄飘迷月路,美人欲绝指筝弦。平生知己谁人是,能不为公一泫然。"黄宗羲把钱谦益当作朋友,大概也是看到他晚年未被清统治者重用,告退回乡的空幻感伤。

吴伟业则道不尽"误尽平生是一官,弃家容易变名难"①。他作《圆圆曲》,表达他对于腐化自私的封疆大吏的讥刺,也隐含着对明王朝灭亡原因的思索。《过吴江有感》则通过静穆的画面,刻画了历史空漠感:"落日松陵道,堤长欲抱城。塔盘湖势动,桥引月痕生。市静人逃赋,江宽客避兵。廿年交旧散,把酒叹浮名。"

这是一代文人的孤寂。这种孤独悲怆同样充满了民族志士如顾炎武的诗中:"日入空山海气侵,秋光千里自登临。十年天地干戈老,四海苍生痛哭深。水涌神山来白鸟,云浮仙阙见黄金。此中何处无人世,只恐难酬烈士心。"② 这是有感于明藩王跳海而死,是黄宗羲《山居杂咏》所谓"死犹未肯输心去"的内心独白。

吴嘉纪《过史公墓》则借明抗清将领史可法殉国而发幽思:"才闻战马渡滹沱,南北纷纷尽倒戈。诸将无心留社稷,一抔遗恨对山河。秋风暮岭松篁暗,夕照荒城鼓角多。寂寞夜台谁吊问,蓬蒿满地牧童歌。"这与当时直接在京城上演的《桃花扇》中流露的家国之痛而产生的时代感伤特点是相一致的:

[哀江南][北新水令]山松野草带花挑,猛抬头秣陵重到。

---

① 吴伟业:《自叹》。
② 《海上》。

残军留废垒，瘦马卧空壕；村郭萧条，城对着夕阳道。

……

［太平令］行到那旧院门，何用轻敲，也不怕小犬哗。无非是枯井颓巢，不过些砖苔砌草。手种的花条柳梢，尽意儿采樵，这黑灰是谁家厨灶？

［离亭宴带歇指煞］俺曾见金陵玉殿莺啼晓，秦淮水榭花开早，谁知道容易冰消。眼看他起朱楼，眼看他宴宾客，眼看他楼塌了。这青苔碧瓦堆，俺曾睡风流觉，将五十年兴亡看饱。那乌衣巷不姓王，莫愁湖鬼夜哭，凤凰台栖枭鸟。残山梦最真，旧境丢难掉，不信这舆图换稿。诌一套《哀江南》，放悲声唱到老。

作为戏剧唱词，虽然省却具体地点或人物的直接抒写，但"放悲声唱到老"的《哀江南》，无处不在寻求荣华转瞬，沧海桑田如同梦幻的答案。据《桃花扇本末》记载当时的演出效果，"笙歌靡丽之中，或有掩袂独坐者，则故臣遗老也。灯炧酒阑，唏嘘而散。"这种艺术形式产生的轰动效应和传染情绪，不久就受到控制。康熙借对佟皇后丧葬期间禁止上演此剧，提出警告信号。剧作者洪升被逮下狱，观众中有官职者一律免职。著名诗人赵执信刚中进士，也因听戏被革职，"可怜一夜长生殿，断送功名到白头"。表面上是由于犯忌讳，实质上是清统治者对开风气之先的文艺，公开进行了干预和钳制。

由此我们可以理解清初诗歌派别主于复古的宗唐、宗宋，只不过是一种带有避世色彩的为学与人生之路。正如明末清初的顾炎武、黄宗羲、王夫之等人反对明末王学的空谈心性，提出"舍经学无理学"的主张，企图通过经史的研究达到唤醒人心、复兴民族的目的。

所以黄宗羲《诗历题辞》说："夫诗之道甚大，一人之性情，天下之治乱，皆所藏纳。"从而反对模仿，"诗也者，联属天地万物，而畅吾之精神意志者也。俗人率抄贩模拟，与天地万物不相关涉，岂可为诗?"①

顾炎武则说:"君诗之病在于有杜,君文之病在于有韩欧。有此蹊径于胸中,便终身不脱依傍二字,断不能登峰造极。"② 主张诗要能反映现实,要有独创性。

经过降清出仕,却又受到冷落的钱谦益,也终于意识到只有诗歌才是泄愤的最好工具,因此他的论诗主张有其独创性。"诗者,志之所之也。陶冶性灵,流连景物,各言其所欲言者而已。"还说:"古之为诗者有本焉。国风之好色,小雅之怨诽,离骚之疾痛叫呼,结轖于君臣夫妇朋友之间,而发作于身世偪侧,时命运蹇之会,梦而噩,病而吟,春歌而溺笑,皆是物也,故曰有本。"钱谦益这些主张写真情感的言论对当时和他以后的诗文创作都有一定影响。例如晚年和杜甫《秋兴》,写了一百二十四首《后秋兴》诗,为《投笔集》,竭力希望恢复故国,并咒骂清朝和吴三桂,当时与其交往的文士并不以为他是一种"作伪"。

康熙年间,诗坛盟主王渔洋的诗歌主张恰好与顾、黄等人大相异趣。赵执信《谈龙录》评击王士禛"诗中无人",就是说王士禛诗中表现的思想感情不真实。读者不能从他的诗中"以知其人而兼可以论其世,反而言与心违,而又与其时地不相蒙。"袁枚说,"阮亭一味修饰容貌,所谓假诗是也"。那么什么是王士禛的"真实"感情呢?联系清初上述政治背景,今人刘永济指出,王士禛标举神韵,有避祸意。他的名诗《秋柳》组诗传诵一时,就在于该诗写于诗人二十三岁游历大明湖上,暗寓了亡国感伤。此后他便选择了一条有意无意讴歌太平景象而很少反映现实生活的路子,并在理论上提出著名的"神韵说"。

王士禛对其"神韵说"的含义并没有作出明确的解释与界定,但从他对司空图的韵味说和严羽的妙悟说的服膺,以及对王维、韦应物等诗人的推崇,可以看出,所谓"神韵"就是指诗歌内容的蕴藉含蓄,空灵清幽;表现手法的自然轻灵、天然浑成;风格上的淡远、超逸。作

---

① 黄宗羲:《陆鉁俟诗序》。
② 顾炎武:《与人书十七》。

为一种诗歌理论，王士禛的神韵说无疑具有独特的价值。

"神韵"一语，很早就见于唐人张彦远《历代名画记·论画六法》："至于鬼神人物，有生动之可状，须神韵而后全"。明末董其昌论南宋的山水画，也直接影响了王士禛的诗论。《香祖笔记》曾引王楙论《史记》如郭忠恕画数语，以为得诗文三昧，即司空图所谓"不著一字，尽得风流"。又引荆浩论山水语，以为闻此而悟诗家三昧。《池北偶谈》论王维画，以为古人诗画，只取兴会神到。王维、荆浩、郭忠恕都是南宗画家。而在《芝廛集序》里，王士禛更进一步论述了南宗画和诗的关系。

一日，秋雨中给事自携所作杂画八帧过余，因极论画理久之。大略以为画家自董、巨以来，谓之南宗，亦如禅教之有南宗。云得其传者元人四家，而倪、黄为之冠。明二百七十年，擅名者，唐、沈诸人称具体，而董尚书为之冠。非是，则旁门魔外而已。

凡为画者，始贵能入，继贵能出，要以沈著痛快为极致。予难之曰：吾子于元推云林，于明推文敏，彼二家者，画家所谓逸品也，所云沈著痛快者安在？给事笑曰：否，否，见以为古澹闲远而中实沈著痛快，此非流俗所能知也。予闻给事之论，嗒然而思，涣然而兴，谓之曰：子之论画也至矣，虽然，非独画也，古今风骚流别之道，固不越此，请因子言而引伸之可乎？

唐、宋以还，自右丞以逮华原、营丘、洪谷、河阳之流，其诗之陶、谢、沈、宋、李、杜乎？董、巨其开元之王、孟、高、岑乎？降而倪、黄四家以逮近世董尚书，其大历、元和乎？非是则旁出，其诗家之有嫡子正宗乎？入之出之，其诗家之舍筏登岸乎？沈著痛快，非惟李、杜、昌黎有之，乃陶、谢、王、孟而下莫不有之。子之论论画也，而通于诗，诗也而几于道矣。

这就是神韵诗通于南禅宗画的著名论点。明代前后七子论诗，言必称汉、魏、盛唐，其流弊是易于模仿而失真。公安派以宋人矫七子之失，其弊又流于浅率。王士禛生当两派流弊昭然的清初，要同时纠正两派的偏差，所以一方面标举唐音，一方面却又不是七子主张那样的机械模仿。依照王士禛的意思，他所喜爱的正是"明诗本有古澹一派"的"清音"①。这种"清音"，也正是王士禛所说神韵的特征。

从创作上看，王士禛长于工细地刻画景物，营造那种清幽的可以入画的境界。如"好是日斜风定后，半江红树卖鲈鱼"，即被当时画家绘成图画。再如绝句"皖公山色望迢遥，皖水清冷不上潮。青笠红衫风雪里，一林枫柏马萧萧。"王士禛本人曾请画师替他依该诗而作成图画。就诗画的相通和妙悟的特性看，王渔洋的诗近乎明末董其昌的南宗画，这是他理论和创作的主观努力发展方向。而董其昌的地位在清初因得到康熙的标举而提高。王士禛一生仕途顺利，官至刑部尚书，并继钱谦益、吴伟业之后，成为文坛领袖，这与他所倡导的艺术理论及相关的处世态度大有关系。

或许是与汉族文人的接触增多，感染了无所不在的那种感伤的时代风气，满族词人纳兰性德的词作以其"赤子之心"，突出了强烈的创造个性。汉民族的传统文化如此深刻地影响到初入中原的满族文人，说明汉族文化强大的同化力。

多病早逝的纳兰平生为人谨慎，避谈世事，严绳孙说他"惴惴有临履之忧"。闲愁与相思是他诗词的主要题材，而且情调低沉宛转，抑郁蕴藉。如"而今才道当时错，心绪凄迷，红泪偷垂，满眼春风百事非"；"归梦隔狼河，又被河声搅碎；还睡还睡，解道醒来无味"；"谁翻乐府凄凉曲，风也萧萧，雨也萧萧，瘦尽灯花又一宵；不知何事萦怀抱，睡也无聊，醉也无聊，梦也何曾到谢桥"；"风一更，雪一更，聒碎乡心梦不成，故园无此声"。

这些被誉为用"赤子之心"写成的词作，化用亡国之君李煜的情

---

① 语见《池北偶谈》。

调，融汇亡国词人李清照、蒋捷的句式和境界，写清丽哀婉的情思，充满艺术感染力。

但作为世代荣华的贵胄公子，更多的是"不知何事萦怀抱"，是通过描写爱情的失落来发出人生空幻的无可奈何的悲叹："一生一代一双人，争教两处销魂。相思相望不相亲，天为谁春？""但似月轮终皎洁，不辞冰雪为卿热"，"唱罢秋坟愁未歇，春丛认取双栖蝶"。在这里，没有来世的憧憬，只有"一生一代一双人"的铭心刻骨的遗憾。绵绵悠长的空漠凄凉感，总是挥之不去。

书画领域同样体现了上述历程。屡兴义旗、迭遭兵败，终于被俘系狱的黄道周，不但生与书画有不解之缘，其临终前亦以书画了却遗愿，这在书画史上是绝无仅有、慷慨悲壮的："及明亡，萦于金陵，正命之前夕，赴盥漱更衣，谓仆曰：曩某索书画，吾既许之，不可旷也。和墨伸纸，作小楷，次行书，幅甚长，乃以大字竟之。又索纸作水墨大画二幅，残山剩水，长松怪石，逸趣横生，题识后加印章，始出就刑。"

黄道周首先是一位台阁重臣，世传他有论书卷子，是崇祯七年随意写来的，开头就说："作书是学问中第七八等事，切勿以此关心，王逸少在茂弘、安石之间，为雅好临池，声实俱掩。"及至临难赴死之前，却选中书画作为倾诉心声的工具，由书小楷而及行草，越写越快、越写越大，书不尽意，以画继之，且以淋漓尽致的水墨大画写残山剩水和长松怪石。书画一旦与其悲壮慷慨的立身相结合，便立即显示出其独特的价值和沉重的内涵。

与黄道周有生死之交的地理学家徐霞客称赞黄道周："字画为馆阁第一，文章为国朝第一，人品为海内第一，其学问直接周、孔，为古今第一。"乾隆皇帝也赞扬黄道周"不愧为一代完人"。以朱耷、傅山、倪元璐、石涛等为代表的书画，则以其简率、狂逸、突兀等独特风貌强烈地感染着人们。与感伤的诗歌一样，多抒发国破家亡的强烈悲愤。

八大山人书画署款"八大山人"，似笑之，亦似哭之，哭笑不得，他的山水画中弥漫一种苍凉萧索的氛围，所画鱼、鸭、鸟等，常作白眼向人状，连书法用笔也经常采用秃颖枯墨，《酒德颂》通过晋人刘伶病酒的经历体验，把一种狂怪脱俗的精神重新注入笔端。

不过由于时势的关系，"有时对客发痴颠，佯狂索酒呼青天"，具体表现在笔墨上却往往变为淡墨秃笔，自署"临东坡书"的行书轴却在秃笔中锋的流动下，形成一种雄浑老辣的气势，恣意之中有古劲高秀，亦隐含着某种皈依佛道的山林气，相对其画的怪诞，书法结体不以紧结、险峻，而是较宽绰圆转，有一些字是干擦而出，也颇似他画画用墨之法，但干擦却能滋润明洁。因此《画徵录》称："八大山人有仙才，隐于书画，书法有晋唐风格。"

傅山的山水画也有类似情况。傅山在书法中提倡"丑"、"真率"、"拙"、"支离"等美学品格，而其绘画却常以其家乡的真山水景色为描绘对象，因而极富自然情趣。其《自画山水》诗说："觚觚拐拐自有性，娉娉婷婷原不能。问此画法古谁是？投笔大笑老眼瞪。"是说他作画用的是自己的思想和自己的方法。画风虽不狂怪，但却仍然有其针对性：即反对诗中的宗唐、宗宋的复古主张，而与遗民诗人"诗道真性情"主张一致，在画中也反对只是临仿董其昌，这与其思想和学术以"异端"自命是相通的。

王铎的"贰臣"形象使他愧悔终生。王铎被称为明代学古魁首之一，学米芾有乱真之誉。王铎和钱谦益都不约而同地以杜诗如《秋兴》一类诗作为唱和或书法创作内容，都可以看出其用意：杜甫晚年滞留夔州期间，身患重病，知交零落，心境是十分寂寞和抑郁的。钱谦益和杜甫《秋兴》，写了一百二十四首《后秋兴》诗，王铎则以书写大量杜诗作为创作的一个主要内容，无非也是借"沉郁顿挫"之笔来描写晚年心境。与明代两位草书大家徐渭和祝枝山相比，王铎的遒劲既有别于徐渭的粗放，也不同于祝允明的生辣。

王铎的成功在于对空间的分割意识，他的构成意识是前所未有的，是一种在狂放变幻过程中具有次序观念的理性处置效果。

王铎的这种"克制"，很容易让人联想到他的为人。当初他曾与黄道周、倪鸿宝一起提倡取法高古，开展书法复兴运动，黄、倪二人已殉明，而王铎则降清苟且偷生，官至礼部尚书。王铎曾说平生无所求，唯愿留下"好书数行"。马宗霍评说王铎的独特贡献："明人草书，无不纵笔以取势者，觉斯则纵而能敛，故不极势而势若不尽，非力有余者未易语此。"①

从张芝、张旭、怀素、黄山谷直到徐渭，草书的发展是以用笔的丰富顿挫为准规，而在结构处理上则较多地倾向于抒泄无遗的"放"，即"纵笔取势"，到了王铎手里，他便成功地遏住这股纵放的洪流，即所谓"纵而能敛"。另外，由于王铎兼工绘画，他使用了宿墨、涨墨等明代中叶以来新兴的墨法，这是他用"敛"的手段，也是对书法形式夸张对比的一大功绩。他的成功不像傅山那样引起古典主义和抽象派艺术家的同时注意，而在于借"书不宗晋，终入野道"的口号，突出唯美主义的表现意趣。

平心而论，康熙帝对董其昌清逸悠淡书画境界的欣赏和提倡，既有淡化明清易代给汉族士人带来心理创伤的用意，也有其个人鉴赏的偏好。

姜宸英就是因为书法温润秀丽似董其昌，受康熙帝赏识特拔其为"探花"。明亡时姜宸英十六岁，他说："余于书非敢自谓成家，盖即摹以为学也。"其心态与王铎何其相似。明人的激越、潇洒、流走、任纵，在清初突然被纳入有限的空间中。

明人项穆反复强调的"中和"原则当时被强大的浪漫洪流所淹没，到了清代则成了主要的美学理论依据。梁巘主张"于中正处求胜古人"，反对"以鬼巧见奇"、"邪态丛生"。朱和羹则强调"融和"之气，"虚和"之韵，可视为时代风气所致。从历史上看，由于唐太宗李世民对王羲之书法的偏爱，以后历代帝王争相效仿，大都趋向柔美流丽的书风。时至明清两代，由于清代帝王极端喜好董香光、赵松雪的书风，于是与之呼应的是科举制度所倡导的"馆阁体"广泛流行，导致他们的书法缺少灵动变化和生命力，忽略甚至摒弃了历史上名家书札笺帖更多样的神气完足、格调高雅的书风精华。由于帝王特殊的引导作用

---

① 马宗霍：《霎岳楼笔谈》。

和社会历史条件的原因，诗书画在复古思潮的影响下，产生了各自不同的风貌。

二、再议"四王"

清"四王"，是指清朝初期的四位著名画家：王时敏、王鉴、王原祁和王翚。他们在艺术思想上的共同特点是仿古，把宋元名家的笔法视为最高标准，在绘画风尚和艺术思想上承明末董其昌之遗绪，画风崇尚摹古，讲求笔墨韵味，这种思想因受到皇帝的认可和提倡，因此被尊为"正宗"。"四王"以山水画为主，各自画风略有区别，又以师承关系，分为"娄东"与"虞山"两派，影响了后代三百余年。

王时敏是江苏太仓人。万历二十九年中进士，万历四十二年（1614）受祖荫出仕，拜尚宝司丞，掌管皇帝玺印，累官至太常寺少卿。所以也被称为"王奉常"。少年时为董其昌、陈继儒所深赏。祖父王锡爵为明朝万历年间相国，家本富于收藏，对宋、元名迹，无不精研。王时敏少年时学画，颇多方便。"每得一秘轴，闭阁沉思。"对黄公望山水，尤为刻意追摹。工诗文、书、画。擅长山水，富于收藏。他精研宋元名迹，又受董其昌影响，摹古不遗余力，深究传统画法，表示"唯此为是"。入清后隐居不仕，以书画自娱，奖掖后进，被尊为"画苑领袖"，位列"四王"之首。

王时敏在《西庐画跋》中赞赏王翚是："笔墨神韵，一一寻真，且仿某家则全是某家，不染一他笔，使非题款，虽善鉴者不能辨"，即"摹古逼真便是佳"。这是王时敏判断艺术水准高低的标准。

王时敏山水，专师黄公望，笔墨含蓄，苍润松秀，浑厚清逸，然构图较少变化。在"四王"中，王时敏最擅用墨，用笔苍秀沉郁，而且书法最高超，所以他的画非常难仿造。王时敏擅画册页，在"四王"中，王时敏驾驭册页的能力最高。

王时敏早年多临摹古画，均按宋元古画原迹临写而成，笔墨精细淡雅，已见临摹功力。他早、中期的画，风格比较工细清秀，如37岁作的《云壑烟滩图轴》，现存上海博物馆，干笔湿笔互用，兼施以醇厚的墨色，用黄公望而杂以高克恭皴笔，具有苍浑而秀嫩的韵味。42岁时的《长白山图卷》，则用笔细润，墨色清淡，意境疏简，更多董其昌笔韵。至晚年，以黄公望为宗，兼取董、巨和王蒙诸家，更多苍劲浑厚之趣。如72岁的《落木寒泉图》，75岁的《仙山楼阁轴》，84岁的《山水轴》，均藏北京故宫博物院内，峰峦数叠，树丛浓郁，勾线空灵，苔点细密，皴笔干湿浓淡相间，皴擦点染兼用，形成苍老而又清润的艺术特色。

从王时敏的绘画宣言里，感到他坚持泥古的理论和实践，一直发挥得淋漓尽致，全然不以为是弊端。王时敏在摹古之中，总结了前人在笔墨方面的经验心得，对于绘画历史遗产的整理与研究，择优选择，针对性强，这就是贡献。王时敏正是融化古人的笔墨技巧，形成自己的面貌。当然，他更多地沉湎于古人精致笔墨的模拟，不免或多或少缺乏对造化的真切感受。因此，作品大多面目相近，较少新意，他曾自白道："迩来画道衰，古法渐湮，人多自出新意，谬种流传，遂至邪诡不可救挽。"可见他竭力主张恢复古法，反对自出新意而不改初衷。

今天看来，王时敏护卫优秀传统，保证其传承的纯粹性，已经具有明确的遗产保护思想特征。在清初，带这个头，有很大的贡献，应该给予肯定。

王鉴（1609—1677），字圆照，号湘碧，别号染香庵主，因官廉州（今广西合浦县）知府，世称王廉州，江苏太仓人。为明代南京刑部尚书、著名文人王世贞的曾孙。在多铎率清军攻破常州、无锡、苏州等城之后，他也没有迎降清军，出仕新朝，而是守住清白，继续绘事。他的绘画却因此受益，身为明朝遗老，无处宣泄的亡国之恨令他在故纸堆里寻找寄托，而大量临摹古画，不仅夯实了他的传统功夫，也暗合了明朝遗老的民族情结。康熙元年后，王鉴因避讳，将玄字改为"圆"或"元"、"员"。王鉴与王时敏同为董其昌弟子，三人同为"画中九友"。

王鉴一生的画业就是沿着董其昌注重摹古的方向发展，继续揣摩董源、巨然、吴镇、黄公望等诸多前辈大家的笔意，仿古吸收并转化古人的笔墨结构，形成了自己丰富的山水画语言。王鉴画的坡石取法黄公望，点苔学吴镇，用墨学倪瓒。尤其是他的青绿设色山水画，缜密秀润，妩媚明朗，综合了沈周、文徵明清润明洁的画风，清雅的书卷气跃然纸上，历来为后人所称道。

王鉴精通画理，特擅摹古。王鉴在"四王"中承上启下，在清初与王时敏齐名，并称"二王"。擅长山水，远法董（源）、巨（然），近宗王蒙、黄公望。运笔出锋，用墨浓润，树木丛郁，后壑深邃，皴法爽朗空灵，匠心渲染，有沉雄古逸之长。在"四王"中，王鉴的青绿山水成就最为突出，将赵孟頫的青绿与黄公望的浅绛结合在一起。王鉴的构图以空疏为主，与王时敏的茂密充满相比，差异很大。

王鉴的《山水清音图》，就是在临摹古画的基础上创作的。纵观全图，坡岸堆砌、层叠向上，远处山体高耸，峭壁悬崖，气势壮观。山上林木葱茏、茂盛，清气袭人。远处山涧，瀑布飞流直下，泻入溪中。景物的布置繁而不塞、杂而不乱，可谓层次分明、经营有序。由于山石多以淡墨皴染，然又用焦墨反复叠加，所以画面显得浑厚而壮观。山石用笔含蓄而内敛，丝毫没有外露痕迹，皴法细密、墨色浓郁，再加之少量的青墨晕染，使画面达到了刚劲和柔美、雄浑与雅秀的统一。

王鉴的画作大多题"仿"古人，如"仿北苑"、"仿令穰"、"仿雪松"、"仿江贯道"、"仿董源"、"仿巨然"等。但他的"仿"并不是简单地模仿古人的笔墨技巧、构图布局，而是重在体味、吸收、融会前人的笔墨结构，以形成自己的山水画语言。此图便是画家以模仿董源的笔意为主，又融合巨然、黄公望萧散、恬淡的风格绘制而成的。在用笔上中锋为主，辅之以偏锋，行笔稳健，不急不燥，缓缓而来，自有一番惬意。勾勒皴擦、晕染点缀皆从容为之，浓淡相融，复染复擦，显得雄浑灵秀。更为奇妙的是那些枯笔线条也丝毫不见火气，倒是显出一片清润、明洁，有一股清雅的书卷气。《山水清音图》是王鉴晚年的精心之作。

王原祁（1642—1715），字茂京，号麓台，又号石师道人、西庐后人，江苏太仓人，清代画家，画坛名家王时敏之孙。幼时能作山水小品，得到祖父王时敏的指点，故能继承家法。康熙九年（1670）中进士，后供奉内廷，擢翰林院侍讲学士，旋转侍读学士，值南书房。曾奉诏主持编纂《佩文斋书画谱》和绘制《万寿盛典图》，总裁编纂《分韵近体唐诗》。官至户部左侍郎，故亦称"王司农"。王原祁的画师法五代宋元名家，于黄公望用功尤深，深得康熙皇帝的喜爱，成为当时钦定的画坛盟主。王时敏、王鉴逝世后，王翚、王原祁并称"画圣"，分别成为太仓、虞山两派领袖。两人德高望重，追随者甚多。

王原祁的画风中年秀润，晚年苍浑。重视笔墨之美，所画山水先笔后墨，由淡到浓，反复渲染，再以焦墨略作勾勒破醒。其所作设色山水多用"浅绛法"，可谓熟而不甜，生而不涩，淡而厚，实而清。同时，王原祁在山水画画理方面有独到的见解，提出绘画用笔要有书卷气，即下笔要有力度，有气势，有感情，轻重顿挫，元气淋漓，力透纸背，入木三分，所谓"笔端金刚杵"。

王原祁主张好画当在不生不熟之间，别出心裁，不受古法拘束，熟不甜，生不涩，淡而厚，实而清，书卷之气盎然纸墨外。王原祁认为初学画者，必以临古为先，进而熟于胸中，自能运于腕下。又讲究作画以理、气、趣三者兼到为重，只有这样才能使作品达到精、妙、神、逸的境界。在对画家的修养要求上，王原祁最注重"人品"，认为"人品"高则"画品"也高。还提出"龙脉为体，开合为用"的创作理论，发前人之所未发，堪称为山水画结构理论的重大发展。

王原祁的画风秀润苍浑，重视笔墨之美，所画山水先笔后墨，由淡到浓，反复渲染，再以焦墨略作勾勒破醒。其所作设色山水多用"浅绛法"，可谓熟而不甜，生而不涩，淡而厚，实而清。所惜其一生只知临摹黄公望，笔墨钝滞，无复清新气象。主要传世作品有《仿巨然万山云起图》《仿洪谷子山水》《仿黄公望山水》《华山秋色图》等。著有《雨窗漫笔》《麓台题画稿》《罨画楼集》等。

王翚（1632—1717），字石谷，号耕烟散人、剑门樵客、乌目山人、清晖老人等。江南省苏州府常熟人（今江苏常熟）。清代著名画家，被称为"清初画圣"。与王鉴、王时敏、王原祁合称山水画家"四王"。

少年王翚虽家境欠佳，但以其勤奋和天资，绘画技法精能，尤以仿古作品达到乱真的程度。"仿临宋元无微不肖，吴下人多倩其作，装潢为伪，以愚好古者。虽老于鉴别，亦不知为近人笔。"周亮工对王翚这样评价。王翚19岁那年，幸运地被来虞山的王鉴发现，王鉴在初识王翚的当天就纳他为弟子，不久又将王翚招到太仓，介绍给王时敏。王时敏喜称："此烟客师也！乃师烟客？"王时敏居然带着王翚游历大江南北，并临摹各收藏家藏品。王鉴、王时敏家中精湛而又丰富的收藏，令王翚大开眼界。在游学于王时敏时，王翚摹仿李成、董源、巨然、赵令穰、米友仁、黄公望、吴镇、倪瓒、王蒙、曹知白、陈汝言等宋元名家的典范图式，笔墨纯正，色彩清新，熠熠生辉，号称"集宋元之大成"。

王翚与王原祁同时代，他们不算是前朝遗民画家。清朝建立时王翚才13岁。和他的两位恩师王鉴、王时敏相比，没有前朝遗民政治身份和精神负担。又在老师的教诲下，王翚、王原祁积极出仕，在仕途、绘画方面充分发挥士人文化的影响。

王翚进入中年以后，熔南北画派为一炉，对山水画传统进行梳理，概括出笔墨结构和山水构图的新程式。王翚主要是沿袭黄公望、王蒙、董其昌的书写性笔墨关系，同时，将巨然、范宽的全景式构图和山形结构相结合，他认为："以元人笔墨，运宋人丘壑，而泽以唐人气韵，乃为大成。"

王翚一生广泛涉猎唐、五代、宋、元诸家：王维、范宽、李成、董源、巨然、赵大年、米芾、李唐、元四家、唐寅，尤受益于王蒙、董源、巨然和唐寅。他的画风兼具文人画家和院体画家的双重传统特色，绘画语言上自成一格，且远丰富于其他"三王"，在笔墨、形象上能兼得。在笔墨、山形上，王翚最为可贵的是在一定程度上面向大自然，虽大量作品仍是以面对自然的感受来印证古人对山水情志的方式为主，但仍不失少量即景写生的画作。

王翚的山水画既师法古人，又师法自然，融汇南北诸家之长，创立了所谓南宗笔墨、北宗丘壑的新面貌，故王时敏称"画有南北宗，至石谷而合为一"。在王翚35岁到60岁之间，其作品最为精彩，技法精巧，清丽工秀，有"合南北为一手"的独特风格。

王翚《溪山红树图》图绘溪山秋色，丹枫映照，山泉下溅，汇成溪流，而山石堆叠，似巨浪涌起，犹董源《溪岸图》所绘；然而密集的解索皴，浓墨点苔，渴笔擦丛树，林木茂密，树叶或点擦，或双勾，而枫之红，以朱砂加朱磦，或点叠，或填双勾，则完全是用的王蒙之法。王翚38岁那年画的《溪山红树图》。王时敏和恽寿平见了，都十分震撼，想要收藏，但知道王翚不肯割爱，时敏老人只好在画上题词作罢："余时方苦嗽，得此饱累日，霍然失病所在。"王时敏说王翚的画把他的咳嗽症都治好了！

《山川浑厚》是王翚的作品，在创作中他学习借鉴了元代画家黄公望的技法，画中山川壮美奇秀，山中密林丛生，用浅绛色彩渲染，再搭配淡墨反复积染，达到了笔墨华滋的境界。黄公望如果要表现幽深空间，往往通过墨色变化就可以达到，不会过分强调构图上的细节。王翚运用的方法一看就源自于北宋画院燕文贵、许道宁等人的画法。这样表现不能说王翚画得不好，只是他采用了取巧的办法，掌控墨色的难度要超过设计构图。除此之外，王翚还有一些"小心机"。通过墨色积染达到华滋的效果画起来太慢，一遍又一遍在细笔山水画上积墨很容易出错。他采用浅绛设色，淡墨只积染了两到三遍，同样也达到了华滋的效果。

王翚生活的时代跨明、清两朝，主要的艺术活动则发生在清朝的康熙年间（1661—1722）。他曾在康熙三十年（1691）奉诏入京，主持绘制《康熙南巡图》这项浩大的皇家艺术工程，历时三年完成。图成后康熙帝非常满意，赐书"山水清晖"予王翚以示嘉奖，并欲赐官，但被王翚婉言谢绝。王翚晚年自号"清晖主人"，正是为了纪念这一次的荣宠。

奉诏主持绘制《康熙南巡图》已经是王翚第三次入京，在此之前，王翚名动京师与清代著名词人纳兰性德还有莫大关系。1678年，王翚第一次入京，但并没有引起多大反响，故而停留时间很短。而王翚第二次入京，却是因纳兰性德的再三恳切邀请。

纳兰性德从他的老师徐乾学的书斋处见到王翚的画，"惊为优钵昙花，千年一见，恨不能缩地握手"。于是，纳兰性德就拜托老师徐乾学"遗书致币"招王翚进京，想聘请王翚当渌水亭的画师。渌水亭乃是纳兰性德与朋友们的聚会的雅聚之所，同时也是纳兰性德吟诗作赋、研读经史、著书立说的主要场所。渌水亭在纳兰性德心目中有着举足轻重的地位，纳兰性德想请王翚做渌水亭的画师，可见他对王翚的钦慕。

徐乾学和儿子徐树毂多次向王翚转达纳兰性德的盛情，但王翚几番推辞，后来终于被纳兰性德的神交之切和雅意所感动，这才于1685年第二次进京。徐树毂给王翚的赠别诗序，就道出了王翚二次进京的始末。

《艺术品鉴》2018年11月刊《王翚的"后遗民时代"》梳理了王翚入京的脉络。认为王翚这次入京，似乎准备好了到京城以后的大规模的绘画活动，所以特意带了高足杨晋。但王翚此行却因纳兰性德突然离世，没能真正实现入京绘画的预期。不过，从王翚在虞山受到北京的邀请、在京城受到高级官员的接待，以至南归时受到京城官僚的隆重送行，都产生了较大规模的影响。

王翚从北京回南方的途中，在任县看望另一位名列"清初四王"的王原祁，又经金陵、武进、无锡到虞山一路南还，与朋友诗画投赠。特别是秋天到达金陵后，南京友人余怀、倪灿、王概、王蓍、汪楫等为王翚这次北京之行题诗、题跋。从北至南，一路上对此事件的传播度非常广泛，直到第二年（1686年）的夏天王翚返回虞山，仍有人为他作南还诗。王翚毅然南还的事情，被朋友刻画为"先生之归也，如神龙见首而不见尾"的神秘感和"掉头单骑出都门，高贵攀留绕朝策"的清高形象，成为一时美谈。

北上入京和南还虞山这半年多的经历，是王翚作为一名来自南方前朝"遗民圈"的画家对南北关系的一次试探，他出发时的踌躇和推辞、吊唁时对满族官员克制性的礼节，以及坚辞南还的决定，都可以看出他对南北关系的反复衡量。事实证明，他的决定是一次在南北之间选择中的完美处理。王翚作为一位职业画家，来京以及南归受到如此隆重的接待，除了和邀请者的高贵身份有关，恐怕也和这个时代南北方关系缓和，以及他所身系的南方遗民文化圈有一定的关系。

后来，王翚又于1690年冬第三次进京。接受皇家巨制《南巡图》的任务下达。南巡图三年完成，得到康熙帝的褒奖，被视为画之正宗。归里之后，求画者甚众，追随者甚众。因他为常熟人，常熟有虞山，故后人将其称为"虞山派"。

王翚的画历来是市场上的抢手货，在他活着的时候，他的画价即可与前代文徵明、董其昌等人不相上下。在抗战胜利后，北京琉璃厂八家大古玩商在联合购买王翚画作的时候，甚至需要用掉三四百根金条，画价直追宋元名画。

近代以来，以徐悲鸿、刘海粟、林风眠为代表的革新派对"四王"进行了激烈的批判，即使传统派大师黄宾虹、齐白石、傅抱石也对四王进行猛烈抨击。与此同时，也有一批画家对"四王"钟情有加。实际上，直至20世纪初，"四王"画仍是多数人学山水的入门范本，如钱食芝、李可染、陆俨少等等都是从临摹"四王"画作入手。

徐悲鸿对于"四王"的态度一向是坚决地排斥。他甚至将以董其昌为宗的八股山水绘画比喻为灭国的鸦片，甚至断送了中国绘画三百年。原因是他们只知道闭门造车，不懂写生与结构，程式化的山水都是些人造的假象，只为了掩饰思想的低能。此外，他批评"四王"不只是"八股"，还是"乡愿"，说董其昌一辈是"达官显宦，想不劳而获的投机分子的末流文人画家"。

徐悲鸿说："我对董其昌、王石谷等人的评价，至多是第三等，学生们都比他们画得好。"他还说："（我）瞧不起董其昌、王石谷等乡愿八股式滥调子的作品。惟奉董其昌为神圣之辈，其十足土气，乃为可笑耳。"

在1947年，关于这个问题很多人打了一大架，一方表示"董其昌和王石谷是滥调子，中国画必须用西方古典写实主义来改造"（西画派），一方表示"徐悲鸿诋毁董其昌、王石谷之无价值，但愿双方展览，公开评定，并将要求教育部规定国画的教育方针"（传统派）。

最后，虽然传统派在道义和学术层面获得双赢，但也没能阻挡西画派用西方古典写实主义改造中国画的进程，因为整个二十世纪，中国历史文化大的走向及其主流意识形态，始终笼罩在由近代悲情与进化论催生出的"西方文化先进，中国文化落后"，"写实先进，写意落后"的逻辑之中。

三、赵书的复兴与"我用我法"

到了乾嘉时期，明末清初那种在民族思想影响下文艺表现的愤慨、寂寞和忧患，逐渐为"失去理论头脑的考据"所代替，即使如戴震那样敏锐、大胆的思想家也只能以考据名世。乾嘉学派在文禁森严的条件下，逐渐放弃了顾炎武等人学以致用的治学精神，走上了"著书只为稻粱谋"，为考据而考据的道路。

以惠栋为代表的吴派学风是"博学"、"好古"，以戴震为代表的皖派学风是"实事求是"、"无征不信"。他们考据的目的是为了通经。所谓"实事求是"，体现在治学问题上则是依汉儒特别是以许慎、郑玄诸家之说作尺度。

戴东原在他的《孟子字义疏证》里，提出了"通情"、"致用"两种主张，反对程朱理学的观点，他说"酷吏以法杀人，后儒以理杀人，浸浸乎舍法而论理，死矣，更无可救矣！"① 这样的思想风格很像明中叶反对礼教束缚的思想。然而，此类声音却未能引起任何反响，就马上消失了。

典型的台阁体诗人沈德潜主张写诗要"温柔敦厚"、"怨而不怒"，在方法上则讲求比兴、蕴藉，所以他选诗"既审其宗旨（诗道），复观其体裁（格律），徐讽其音节（声调）"，"而一归于中正和平"。因此格调说一派诗及诗论，正是康乾"盛世"的产物。

---

① 《戴东原集·与某书》。

论诗主"肌理"说的翁方纲，认为"诗必研诸肌理，而文必求实际"①，"为学必以考证为准，为诗必以肌理为准"②。这实在是为当时考据文士以故纸材料入诗寻找理论根据。翁方纲不满于王士祯的神韵说，他在《神韵论》中说："今人误执神韵，似涉空言，是以鄙人之见，欲以肌理之说实之。"所谓肌理，就是学问，兼指诗歌的义理和文理。他认为作诗重要的，不在高举神韵，或死守格调，或空谈性情，而在读书，有学问，有方法。例如他评价宋诗，以为"妙在实处"，"诗至宋而益加细密"，"宋人精诣，全在刻抉入里，而皆从各自读书学古中来"。到嘉庆中，翁方纲成为诗坛的一位领袖人物，代表考据学派统治下产生的一个诗派。袁枚曾经作诗嘲笑他是"误把抄书当作诗"。

董其昌因为康熙帝提倡，在清初获得十分尊崇的地位。加上王士祯以其神韵诗论与之相对应，董其昌的影响就产生了跨门类艺术的效应。他在中国书法史上自有其地位，但是，主张"以动利取势，以虚和取韵"，在形式上不加节制的求虚倾向，损害了内涵的丰富性，从而导致内在精神的贫乏。因此，康有为才断言："香光虽负盛名，然如休粮道士，神寒气俭，若遇大将整军历武，壁垒摩天，旌旗变色者，必裹足不敢下山矣。"董其昌这种求"虚"倾向，正如诗中神韵派一样，必然要在乾嘉"求实"的考据风气下被修正。我们不知乾隆是否也注意到董其昌晚年对赵孟頫态度的转变。

总之，董其昌对于赵孟頫由早年的多少有些看不起，到晚年的大为佩服，其中就包容对赵孟頫临古综合并出之"实"、"媚"、"中和"特色及技法的倾慕。

乾隆帝对雅俗共赏的赵体书风的提倡，故乾隆时期可以说是赵孟頫的复兴期。他认为："书格至孟頫一变。说者谓其'有意取妍、微伤婉弱'，然右军《禊帖》正以姿致胜，故未可皮毛论也。"③

提倡肌理说的翁方纲则以"深厚"说支持了乾隆帝："世皆奉赵书

---

① 《复初斋文集·延辉阁集序》。
② 《言志集序》。
③ 弘历：《题赵孟頫十札卷》。

为模楷则非一日矣。……子昂大楷多侧媚，而小楷尚有存《黄庭》之遗意者，行书则实有渊深浑厚可入晋室者，专取其书法之深厚以概其余，则子昂之真品出矣。上而米书，下而董书，皆有习气。以子昂之深厚例之，则可以仰窥晋法。其有功于学者，视米、董为更优。"① "渊深浑厚"既有充实的"中和"之美，同时"其有功于学者，视米、董为更优"，这是一个过程。

乾隆帝仿松雪行书，前人早就有"千字一律，略无变化"② 之讥，但更重要的是"其时承平日久，书风亦转趋丰圆，董之纤弱，渐不厌人之望，于是香光告退，子昂代起，赵书又大为世贵"。

由"纤弱"萧散转入中和"丰圆"，是一次具有深刻文化意义的嬗变。

然而不管是董赵帖学或上追钟王、颜柳、苏米的书家，如"奕奕有雅致，诗人之书"的王渔洋；喜临晋唐法帖的何焯；学赵、褚，"书绝瘦硬"的汪士鋐；"出入苏米"的笪重光；"初从董香光入手，继乃出颜米"，受到康熙帝垂青的张照；被康有为誉为"集帖学之成"的"浓墨宰相"刘墉；与刘墉齐名，有"淡墨探花"之誉的王文治；"出入颜柳米董，自成一家"，书名远播日本、朝鲜的梁同书；"专精大令"，"书逼董玄宰"的桐城派散文家姚鼐；独入鲁公堂奥的钱南园等，他们都在帖学里讨生活，舍弃"放纵"的"狂狷"因素，亦如诗歌与绘画诸门类艺术一样，时代的感伤、愤慨逐渐消失或褪色了。王觉斯那种纯粹讨论"好书数行"的笔情墨趣成为书画创作的主要内容。

清王朝虽然实行闭关自守的经济文化政策，但伴随着农业生产的发展，和适应贵族、大地主、商贾享乐生活的需要，城市工商业逐渐活跃起来，呈现出一片繁荣的景象。当时窑业、印刷业、制盐业、纺织业、矿业等的规模和水平已相当可观。东南沿海一带一度被摧残的商品经济又开始繁荣起来。清代画坛的三大重镇新安、扬州、上海集中了清代一

---

① 翁方纲：《复初斋文集》。
② 马宗霍：《霎岳楼笔谈》

批最优秀的艺术家。政治地理空间和经济空间与明中叶有类似的特点，所以创作也就出现了新的生机。其次，由于考据作为文化人的主要学问根基，加上出土文物的日益增多，到了清代中后期的嘉庆、道光以后，帖学盛极而衰，碑学大兴，此期书家由唐碑上溯六朝碑版，以至三代、秦、汉、魏、晋各种金石文字，"托古改制"在书画创新方面发挥了极其显著的作用。开拓了书法继承与革新的新的广阔天地，"金石味"成为书画交融的主要追求目标。

在碑学大兴的这一时期，个人风格突出，有成就的书法家极多。最著名者当推邓石如、伊秉绶、陈鸿寿、包世臣、何绍基、吴熙载、杨沂孙、张裕钊、赵之谦、翁同龢、杨守敬、沈曾植、郑文焯、吴昌硕、李瑞清、康有为等。清代尊碑思潮中，与其说萌动着一种反抗民族压迫、追求个性解放的自由意识，不如说是借复古口号寻求新的出路。

通过对古代书法特别是上古书体的临写和重新理解，得到一种回归的快感。如果说宋元是对魏晋的总结与回归，从而达到新的审美层次的话，那么清代人对上古书法的重新总结与分析吸收，则是一种具有深刻意义的革命。

前者直接影响到帖学笔法对绘画史的渗透，而后者则使花卉人物的创作出现新面目。同时许多特殊的学书方法也应运而生。

如邓石如不但能以"隶笔为篆"，且能以篆书笔意写隶，写得体方笔圆，遒劲峭拔。以篆隶笔法入楷，越过唐人直接六朝，"一洗圆润之习，遂开有清一代碑学之宗"。伊秉绶从汉篆、汉隶碑额中吸取用笔结字的妙处，还用颜鲁公楷法写隶，形成了自己独特的风格。

何绍基用异于常人的"回腕法"临《张玄墓志》，这种违反人的生理自然姿态的方法，首先在学书的艰难程度上感动世人。正如熊秉明先生所指出的那样，"碑派书法家引篆隶入楷，把日常的字体扭曲、古拙化，把生命提到高一层次的紧张、凝聚状态，在做古文字的临摹、篆刻、再使用、再塑造的时候，他们能感到一种复杂的心理振奋……这是一种存在的肯定，是个人的，也是集体的"①。

康有为总结了清代尚碑思想，并将其发展到极端，这种唯碑是尊的理论已经表现出近代新的审美意识。其"宝南"、"备魏"而"卑唐"，对南北碑书法的推崇，也表明他对"中和"之美原则的突破。这归根到底与其变法思想息息相关："书法与治法，势变略同。周以前为一体势，汉为一体势，魏晋至今为一体势，皆千数百年一变，后之必有变化也，可以前事验之也。"②

清代中后期崛起的碑学思潮及其实践，树立了一种新的时代审美标准，不仅影响了艺术家自创新法的思路，而且开拓了崭新的技法革新领域，是中国书画史上一次新的回归。

石涛是承前启后的转折性人物。作为明宗室遗民，石涛与八大在政治态度上有着截然相反的选择。当八大佯狂作"哑"人，哭笑不得时，石涛虽然也有牢骚，但是他很快就出山写接驾诗迎接康熙皇帝的南巡。清权贵博尔都将军要石涛摹仿宋缂丝《众爵齐鸣图卷》、明仇英《百美图》等一类精工富丽的作品，石涛亦欣然应之。正如陈维崧、朱彝尊、周亮工、洪亮吉、侯朝宗等诗人一样，由于时势所迫，都走上了仕清的道路。

必须指出，在这一批艺术家的身上，仕清的行为并不能替代他们艺术思想的富于独创精神的选择。八大山人、黄道周、倪元璐等人残山剩水所寄托的失国破家悲痛，到了石涛的笔下却充满了盎然生机。

石涛作《细雨虬松图》，图上自题云："泼墨数十年，未尝轻为人赠。山水杳深，咫尺阴荫，觉一往兴未易穷，写以赠君。予尝有句云：细雨霏霏远烟湿，墨痕落纸虬松秃。能入鉴赏否？时丁卯夏日，子老道翁出宋罗纹纸，命予作画，风雨中识于华藏下院。清湘石涛济山僧。"画题就取自这段题识中的两句诗。整幅画笔墨细致柔和，设色空灵淡宕，使画中的雨后秋山如美人出浴，铅华尽洗，澄明秀雅，清韵无穷。

---

① 熊秉明：《中国书法理论体系》。
② 康有为：《广艺舟双楫》。

这种细笔清朗、含蓄秀逸的细笔格调，是石涛大笔淋漓、奔放不羁以外的另一种风格。

《山水清音图》呈现的是一种萧森郁茂、苍莽幽邃、豪情奔放的壮美。图以浓墨、焦墨破擦，以淡墨勾皴，尤其是满幅洒落的浓墨苔点配之以尖笔剔出的丛草，使整个画面产生了惊风骤雨似的韵律。用墨以浓、淡、干、湿而浑然一体，形成层次丰富的色阶。画的左下方，有一白文印"搜尽奇峰打草稿"，这正是石涛的论画名言，可见作者对该画是很满意的。

石涛从新安画派中独立出来，到扬州开创了扬州画派。八大山人只以奇特的绘画惊骇世人，并没有将自己的创作实践上升到理论。石涛则不然，他创作了大量才气横溢的画，总结了不少重要的画论，除随手抒写的题跋之外，还有著名的《苦瓜和尚画语录》传世。

石涛对中国绘画美学的贡献，突出地表现在"一画"论上。在他看来，"一画"不仅包含笔墨技法的意义，而且还包含着深刻的哲学意义，换句话说，中国画中的"一画"，本质上是自然（天）与艺术（人）、主观（心）与客观（物）的矛盾统一。石涛认为，"有法必有化"，即承认艺术表现的法则，但同时也就有运用法则的变通性，所谓"一知其经（准则），即变其权（变通性），一知其法，即功于化"。他对当时的拟古主义者下过这样的判语："师古人之迹而不师古人之心，宜其不能一出头地也。"石涛更理直气壮地论述了为什么要"我用我法"的道理：

> 我之为我，自有我在。古之须眉不能生在我之面目，古之肺腑不能安入我之腹肠。我自发我之肺腑，揭我之须眉。纵有时触著某家，是某家就我也，非我故为某家也。
>
> 画有南北宗，书有二王法。张融有言："不恨臣无二王法，恨二王无臣法。"今问北宗，我宗耶？宗我耶？一时捧腹曰：我自用我法。

由于有法必有化，石涛便提出了"至人无法，非无法也，无法而法乃为至法。""无法之法"乃是"我用我法"的极致表现。石涛的一些风格有如狂草书的山水画，若论章法与笔法，真不知何以名。在物我交融以及再现与表现的命题里，石涛用"脱胎于山川"来区别生平创作的不同阶段以及对山川自然的理解：

……此予五十年前未脱胎于山川也；亦非其糟粕山川，而使山川自私也，山川使予代山川而言也，山川脱胎于予也。予脱胎于山川也，搜尽奇峰打草稿也，山川与予神遇而迹化也，所以终归之于大涤也。

这实际上已经在探讨形成绘画意境的原因。山川与画家"神遇而迹化"之后，到底应该呈什么表现形态，石涛提出了著名的"不似之似"论："名山许游未许画，画必似之山必怪。变幻神奇懵懂间，不似之似当下拜。"石涛画过许多以黄山为题的作品，但都不是画黄山具体某一处的实景。他自己说过："余得黄山之性，不必指定其名……与昔时所游神会之也。"

清初开创新安画派的渐江，长期居住在黄山，曾画过黄山真景五十幅。但他也曾以"恍惚难名"的感觉画黄山："坐破苔衣第几重，梦中三十六芙蓉。倾来墨渖堪持赠，恍惚难名是某峰。"这种"恍惚难名是某峰"，同"变幻神奇懵懂间"一样，都是艺术真实与生活真实既联系又有区别的缘故。

石涛的"不似之似"论，到了齐白石手里，便被发挥为画贵在"似与不似之间"的有名论点，并且引起艺术家和批评家的广泛重视。

清中叶，在诗坛出现了由诗人袁枚标举、风行一时的"性灵说"。袁枚是才气横溢的江南才子，他论诗重"真"、"活"，提倡写真性情，反对摹拟和矫饰。袁枚这一理论，继承了明末公安派的传统而有所发展，闪烁出某种个性解放的光彩。如说"自《三百篇》至今日，凡诗之传者，都是性灵，不关堆垛"；"诗者，人之性情也，近取诸身而足矣，其言动心，其色夺目，其味适口，其言悦耳，便是佳诗"；"味欲其鲜，趣欲其真"；"作诗，不可以无我"，"落笔时，不可一刻有古人"。可以看出袁枚对神韵说、肌理说、格调说的不满。

支持性灵说的赵翼说："李杜诗篇万口传，至今已觉不新鲜。江山代有才人出，各领风骚数百年。"这是非常鲜明的创新和发展的观点。

正当性灵派诗人活跃于诗坛上时，扬州画派的创作也进入了全盛时期。面对现实，以民生疾苦为诗歌主要描写对象的郑板桥，有真性情，为人疏放不羁，张维屏《松轩随笔》云："板桥大令有三绝，曰画，曰诗，曰书，三绝之中有三真，曰真气，曰真意，曰真趣。"郑板桥也自称："四时不谢之兰，百节长青之竹，万古不变之石，千秋不变之人。"郑板桥绘画题材多限于兰竹和石头。其精彩的绘画美学理论，主要表现在其画跋中：

> 江馆清秋，晨起看竹，烟光、日影、雾气皆浮动于疏枝密枝之间。胸中勃勃，遂有画意。其实胸中之竹并不是眼中之竹也。因而磨墨展纸，落笔倏作变相，手中之竹又不是胸中之竹也。总之，意在笔先者定则也，趣在法外者化机也，独画云乎哉？

这里提出"定则"与"化机"的关系问题，比石涛更具理论的明晰性。因为意在笔先者所强调的是艺术创作中自觉的理性准备，而趣在法外者作为化机则强调了艺术创作中某种非理性的自动状态，所以手中之竹不等于眼中之竹。他又说：

> 文与可画竹，胸有成竹，郑板桥胸无成竹，浓淡疏密，短长肥瘦，随手写去，自尔成局，其神理俱足也。藐兹后学，何敢妄拟前贤，然有成竹无成竹，其实只是个道理。

艺术创作绝不只是传移模写，而是一种充满不可逆料之情的表现，故云胸有成竹，只是将久积于中的情感随机生出，手下纸上之竹自然神理具足了。

郑板桥的艺术借鉴主张有两点值得注意，一是师意不师迹，二是学一半，撇一半。而扬州画派中的思想家金农则提倡不趋时流的"独诣"精神和抒发个性解放的思想。

扬州八怪共同的艺术纲领可以在金农不趋时流的独诣精神中找到，"先民有言，同能不如独诣。又曰，众毁不如独赏。独诣可求于己，独赏难逢其人。予画竹亦然。不趋时流，不干名誉，丛篁一枝，出之灵府。"与宫廷"四王"山水相对立，扬州画派是在野的艺术流派和群体。在拟古主义风靡的时候，王翚被视为"画圣"，这种情形可算是"众赏"了。但这些众赏之作就艺术价值而言，却未必是唯一的最佳。

扬州画派多以卖画为生的画家，这样，他们必然要考虑、照顾欣赏者的要求。金农一生未遇到"众毁"，但他的画一旦离开扬州地区便很难碰上知音和赏识者。如金农曾托金陵的友人袁枚卖灯画，袁枚回信说："奈金陵人但识鸭脯耳，白日昭昭尚不知画为何物，况长夜之悠悠乎！"金农终身布衣，心态是矛盾的，经人推荐，他曾赴京应博学鸿词科，未果，遂无心仕进，周游四方。他不止一次自我写貌，突出自己倔强的性格，又画神马以明心迹。

金农说他画马异于赵孟頫只画马的自然美之处，是要表现"昂首空阔，伯乐罕逢"的"独行万里"的神马形象。这就不单写马的自然性，而且包含着人的理想，寄寓着人的思想感情。其"笑题一诗，以写老怀"中的诗云："扑面风沙行路难，昔年曾蹑五云端。红鞯今敝雕鞍损，不与人骑更好看。"以马喻人，说明冲破世俗束缚是有才之士的天性。

以石涛、扬州八怪、袁枚等为代表的诗画书法等领域的美学理想，在表达艺术家主观世界与客观世界的关系中强调真情实感，在神与形、意与笔相互交织的关系中，发挥了意对于神形的主导作用。为了达意，常常超越对具体物象的观照，通过心手无碍地实现精神的自由宣泄而获得画（诗）外意。

八怪所写之意，并非一种理性评价，也不是正统派山水画专以追踪古人为尚，乃是作者真性情的升华。因性灵潜藏于深处，故而以情为中介托物以出之，这样就能以意造型，而法自我立。除前述袁枚、石涛、金农、郑板桥等人关于"法"的思想外，八怪其余诸人都强调表露自己的独特命意与真情实感。华嵒说"我自用我法，孰与古人量"[①]；李鱓亦有闲章曰"用我法"；郑板桥认为画家应该"各有灵苗各自探"[②]，所画兰竹与李鲜"绝不同道"，对此，"复堂喜曰：'是能自立门户者'"；李方膺主张"画家门户终须立，不学元章与补之"（李方膺《梅花卷》自题）；汪士慎与高翔之所以欣赏金农"皆以意造"的艺术，则因其"目无古人，不求形似，出乎町畦之外也"。金农称赏高翔的山水也在于"先生自是如云手，洗脱南宗与北宗"。这些倡导抒发真情实感，创立个人风格的思想，正是扬州八怪得以在清代继承明人徐渭的传统，并有所发挥的基础。

四、汲古标新"金石味"

清代中后期对于书法意义上"金石味"的追求到了一种无以复加的地步。我们知道，明清时代的"流行书风"是"馆阁体"。在科举取士时代，"馆阁体"书法即以欧体为主，在用墨上以黑亮为主要特色，在用笔上以遵循法度为主要特色，在结体上以方正为主要特色，整个书法风格四平八稳，中规中矩，规范严谨，如同公文一样，讲究整齐划一。"馆阁体"代表了上层统治阶级的主流审美意识，它和等级森严的封建官场相适应，表现出妍媚特征。

清代，随着金石学研究范围的扩大，许多学艺兼善的学者开始由考据进而用金石的笔法入书，形成了后人所称的"碑学"，这促进了清代书道的中兴。

当"馆阁体"精致到极点，人们审美趣味也就疲劳了。清朝中后

---

① 华嵒：《离垢集·题画马》。
② 郑板桥：《郑板桥集·题画》。

期之所以出现魏碑体的复兴，就是这种审美疲劳的具体体现。作为对精熟细致圆润乌墨书风的一种反动，人们渴望充满刚劲、硬朗风格的"金石味书法"产生，于是威猛拙乖的北碑书法就成为新的"流行书风"。后来，甲骨文、汉简、青铜器铭文大量出土，特别是甲骨文的横空出世，深度开掘了书法意义上的"金石味"，成为书法史上又一次理论和技法创新高峰。

原始"金石味"的特质显示了沧桑的韵味，本身就蕴含着"古典"和"残损"之美，这和碑学书法"以古为尊"的审美心理暗合。一片甲骨，一通残碑，一枚残简，呈现出模糊、风化、斑驳的风貌，本身传递出的古文明之光，总会让书家有一种穿透文明的深思，有一种古典审美情怀的复活，于是向往之，揣摩之，并试图再现之。因为材质、工具、工艺手法不同，毛笔二次展现的"金石味"更多表现为雄浑、刚劲、苍茫之特色。

自汉代以来，历代学者都很重视对古代金石器物和铭刻文字的研究，于是逐渐演变成一门独立的学问。金石学，起于汉，兴于宋，衰于元明，极盛于清，这大概就是金石学的发展情况。后世以为，清代碑派书法的兴盛很大程度是因为金石学。清代的金石学带动访碑风气，此外摹拓技术的成熟也为书法家提供了好的书法范本。清代金石著作中流露出对汉朝、魏晋时期碑刻书法极高的评价，这种情况与宋朝也是不同的。

宋时偏重于"金"，一般指青铜器及其铭文；清则偏重于"石"，一般指各种碑刻文字。当然，金石学意义上的"金"和"石"远比此宽泛许多。除了其证史、补古籍之漏、考证、记载文字变迁等作用。

先秦至汉魏的金石碑版的书法，流传到今天，大多斑驳漫漶，与它们最初完成时候的形貌有了差异，有些残损严重者，字迹难以辨识，几乎"改头换面"了。清代的碑学名家，在自魏晋书法以来的帖学传统之外，别开了一条以先秦至汉魏的金石碑版书法为范本的路。

金石，是金文文字与碑版文字的合称。金石，除了具有文字学与历史学的价值之外，还具有一种独特的审美价值，即我们通常所说的

"金石气""金石味"或"金石气味"。金石碑版之所以能产生一种"金石味"的艺术美感，与金石碑版最初的制作手法有关。金文主要以浇铸、凿手法完成，而碑版则主要以刀刻。自商周以来，以铜为主的金属器物上的文字大都浇铸而成。秦汉以来，碑版石刻则主要用刀镌刻而成。无论是刀刻还是铸造，它与毛笔写出来的那种"柔而松"的感觉不一样。两相比较，金石书显得"质""硬"一些，墨迹书显得"文""柔"一些。

金石碑版在制作完成后，历经岁月的"磨砺"——风化、残破、斑驳，自然造化的"加工"与"修饰"，可谓是"二次创作"。同一金石书法，不同时期的拓本，面貌不同，如石鼓文的宋拓本、明拓本、清拓本。

摹拓是将金石文字转移到纸上，更易传播与阅读研究。后人临摹，多以拓片为对象。早在明末清初，已有一些金石家对隶书的书法展开研究。其中郭宗昌在《金石史》中评论《礼器碑》说："其字画之妙，非笔非手，古典无前，若得神之功……"其中"非笔非手"的描述尤为出神，金石为刻，非笔非手，这对于当时力求革新又苦于无法找到新的出路的书家来说，必然有很大的意义。

明末清初之际，已有不少学者将目光投向汉代碑刻。师古之风兴起，汉隶复兴。清人对北碑的关注是晚于汉碑的，虽然后有张琦、包世臣等人学北碑成就有限，但这意味着清代全面意义上的碑学兴起成为现实。而篆书更是经秦篆、唐篆之后又一次达到巅峰。此外，金石学对清代的绘画与篆刻也有巨大的影响。

至清中期，古代的吉书、贞石、碑版大量出土，兴起了金石学。嘉庆、道光时期，帖学已入穷途，当时的集大成者有刘墉。邓石如则开创了碑学之宗，阮元和包世臣总结了书坛创作的经验和理论。咸丰后至清末，碑学尤为昌盛。

前后有康有为、伊秉绶、吴熙载、何绍基、杨沂孙、张裕钊、赵之谦、吴昌硕等大师成功地完成了变革创新，至此碑学书派迅速发展，影响所及直至当代。

当时较著名的书家有金农、邓石如、伊秉绶。金农为扬州八怪之一，他的楷书取法魏、晋、南北朝碑刻，得法于《龙门二十品》、《天发神谶碑》，创造所谓漆书，力追刀法的效果，强调金石味。金农作诗直接贬低王羲之的书法是俗姿，他不愿学王作奴婢，宁肯去学汉代的《华山碑》。这样抨击帖学，提倡学碑，在当时帖学盛行的时代，是非常大胆的。

康有为说"篆法之有邓石如，犹儒家之有孟子"，把邓石如提高到亚圣地位。

邓石如在隶书方面，影响甚大。所书体势笔圆，刚劲柔润。他在隶书创作中习惯借用篆书中的中锋用笔，以汉碑为体，魏碑为用。邓石如广泛吸收汉碑中的金石味，所以他写的字线条具有厚重之感和自然朴实之气。临终前曾作《十幅隶书诗评屏》，也称《宋敖陶孙诗评屏》。此时他的书法艺术造诣已达到了登峰造极的境地。

邓石如在书法艺术的追求上并没有完全沿袭古人的道路。在清代乾隆、嘉庆时，书坛上仍然以承袭赵、董帖学书风为盛，当时的刘墉、翁方纲统领帖学的大旗。与帖派书法相对应的碑派书法家金农自创"漆书"，郑板桥创"六分半书"，但作为布衣书家，邓石如选择了和别人不一样的书法道路。一方面，他作为一名有骨气的书家，不与权贵为伍，走出了一条全面师碑的道路。另一方面，由于要谋生，在书写和篆刻上又不能太过于追求个性，只能表现得比较平实，从字体风格上他也努力上追秦汉，承袭古人之风貌。

邓石如广泛地吸取秦汉刻石的精髓，在书写上具有隶意写篆、篆法写隶、篆隶相结合的特点，让人眼前一亮。他选用长锋羊毫笔，这和古人惯用短笔相区别。他把羊毫长锋的特点进行充分发挥，在写字的时候指腕一起运动，力贯到笔端，写出力能扛鼎的线条，这在篆书发展史上是一个真正的创新，也是成功的例子。他的代表作《白氏草堂记》，已摆脱了"二李"以来篆书必须大小整齐的特点，总体上给人一种丰富饱满的感觉。

针对唐代以来篆书要写得婉转流畅，必须中锋用笔的特点，邓石如破除陈规，利用羊毫长锋的特点，完全摆脱了笔画形式的单调统一，在篆法中加以隶意，通过在写字时笔锋的不断变化，入笔时候的或回或护，营造出了一种方圆兼备、婉转自如的氛围。完全摆脱了"二李"篆书的工艺性特点，创造出了一种全新的写篆笔法和审美观。邓石如将篆法和隶法相互融通，以隶书方笔入字，写出的字具有金石味道，又把篆书的圆转、厚重融入写隶之中，这种独特的方式给作品注入了活力。

可以说，清代篆书的卓然成就与邓石如是分不开的。虽然他只是一介布衣，没有像历代书法家颜鲁公、王右军、钟太傅那样，有显赫的官位，但是他的书法成就是毋庸置疑的，他在书法史上的地位及贡献是非常巨大的，可与王羲之、颜真卿相媲美，他是中国书法史上继"二王"、"颜柳"之后的又一座丰碑。正如康有为所评"篆法之有邓石如，犹儒家之有孟子"。

邓石如在中兴篆书方面起到了重要作用，是他让篆书这一古老书体历尽千年依然闪耀光辉，这种传承意义远远大于他本人书法水平的意义。

赵之谦（1829—1884）晚清著名书画家、篆刻家。初字益甫，号冷君；后改字㧑叔，号悲庵、梅庵、无闷等，浙江绍兴人。自幼读书习字，博闻强识，曾以书画为生。参加过三次会试，皆未中。四十四岁时任《江西通志》总编，任鄱阳、奉新、南城知县，卒于任上。他一生在诗、书、画、印上进行了不懈的努力，终于成为一代大师。他是晚清艺术史上最为重要的艺术家之一。著有《六朝别字记》、《悲庵居士文存》等，又有篆刻《二金蝶堂印存》。

赵之谦曾说："独立者贵，天地极大，多人说总尽，独立难索难求"。在传承基础上创新，他在书画创作上擅人物、山水，尤工花卉，初画风工丽，后取法徐渭、朱耷、扬州八怪诸家，笔墨趋于放纵，挥笔泼墨，笔力雄健，洒脱自如，色彩浓艳，富有新意。他是"海上画派"的先驱人物，其以书、印入画所开创的"金石画风"，对近代写意花卉的发展产生了巨大的影响。

在书法上，赵之谦是清代碑学理论的最有力实践者。其魏碑体书风的形成，实得碑派技法体系进一步趋向完善，从而成为清代第一位在正、行、篆、隶诸体上真正全面学碑的典范。在篆刻上，三十岁前学浙派，之后学皖派并直接研究汉玺印，广开取资领域，涉猎权量诏版、泉布镜铭、瓦当石碣、秦汉封泥等，凡能为其篆刻服务的无不广为吸收，为已所用。他在前人的基础上广为取法，融会贯通，以"印外求印"的手段创造性地继承了邓石如以来"印从书出"的创作模式，开辟了一个前所未有的新境界。他将诗、书、画、印有机结合，在清末艺坛上影响很大，特别是对近代的吴昌硕、齐白石等大师的影响很大。

清代篆刻在明代文彭、何震之后，在理论与实践上得到更大发展，风格各异派支繁衍，成为专门之学。特别是清代碑学盛行，碑学书家无不兼擅篆刻，除为我们熟知者外，金农、桂馥、何绍基等均精篆刻。清代篆刻与其碑学是相辅相成的，早中期主要的篆刻大家都是安徽与浙江籍的，当然也有侨居扬州的，所以一直有浙派与徽派之说。

清代早期的篆刻艺术，由于以程邃为代表"徽派"的崛起，打破了明末清初的沉寂。程邃等在艺术上追求笔墨书写性的审美情趣，大大超越了他们的前人。到了清代中期，先后以丁敬、邓石如为首的"浙派"、"新皖派"，以崭新的体式雄居印坛，从而确立了清代流派的主流，成为近二百年来印坛影响最大的流派。

丁敬（1695—1765），字敬身，号砚林、钝丁、龙泓山人、孤云石叟、胜怠老人等。浙江钱塘（今杭州）人。丁敬是清印坛影响最大的篆刻家之一。他以创新意识强烈、面目众多、文字取材广泛、博览精取，创出了一条"离群"且标新立异的崭新道路，从此执起了"浙派"的大旗。宗其派而起的有蒋仁、黄易、奚冈、陈豫钟、陈鸿寿、赵之琛、钱松等人。他们八人因都是浙江钱塘人，历史上称为"西泠八家"。也有人称前四人为"西泠四家"，后四人为"西泠后四家"。

丁敬的印风，取法秦汉和其前贤何震、苏宣、朱简，其中朱简对他影响最大。他的作品有以下几个特点：一是章法严谨稳重，格调高古，清刚朴茂，简洁朴实。二是入印文字广收博取，面目多。他曾有"《说文》篆刻自分驰，鬼琐纷纶炫所知。解得汉人成印处，当知吾语了无私"，"古人篆刻思离群，舒卷浑同岭上云。看到六朝唐宋妙，何曾墨守汉家文"两诗。主张篆刻用字不必拘泥于《说文》，在不违"六书"的前提下，可进行改造，甚至六朝唐宋印章中一些怪俗之字，在清代印界不予承认的，他都可以吸收过来。同时，对汉篆也不作机械的照搬。这正是他离群成大器的奥妙所在。三是刀法在苏宣碎切刀的基础上，进一步发展，形成了苍涩稳健，劲挺含蓄，离合有度，刀刀见触，刀笔交融的细碎刀，把刀法推到了一个新的高度。

黄易（1744—1802），字大易、大业，号小松、又号秋盦，浙江仁和（今杭州）人。篆刻自幼承家学，后得丁敬亲授。他的篆刻在继承丁敬的同时，兼收宋元诸家，工稳生动，灵秀劲健。他的印风与蒋仁形成了一巧一拙的鲜明对比。黄易曾提出："小心落墨，大胆奏刀。"其意在设计写印时一定要精益求精，操刀时毫无凝滞，一气呵成。这一体会，成为后人篆刻创作的座右铭。

奚冈（1746—1803），初名钢，字纯章，号铁生、篆刻取法丁敬，涉秦汉，自成面目。所作印章方中寓圆，拙中求巧，温文尔雅，以秀逸见长。

钱松（1818—1860），初名松如，字叔盖，号耐青，又有铁庐、秦大夫、未道士、西郭外史、云和山人等别号。浙江钱塘（今杭州）人。钱松印宗秦汉，曾临刻汉印两千余方，功力雄厚。浙派中丁敬对他有一定影响。他是浙派中唯一能跳出地域风格的一名篆刻家。钱松的印风，在总结秦汉和前人的基础上别开一景。他的刀法在细切碎刀的基础上，创造了一种连切带削的新路子。同时，在字法、章法上较浙派前贤自然随意，苍茫古朴，面目丰富，跳出了浙派风格的樊篱，自开新风。

邓石如的篆刻承家学，早期学习明人。篆法在秦篆的基础上，以其深厚的书法功力，将石鼓文、汉魏碑额及汉隶意趣等金石文字之妙融为一体，形成了独特的篆法，且以之入印。由此，明末朱简、汪关追求倡导的在篆刻中表现笔墨情趣的主张得以实现，创造了刚健婀娜，多姿多彩，生动灵捷的印章体式。他在篆刻章法中提出的"疏可走马，密不漏风"和"计白当墨"的理论，在他的作品中表现得非常充分，如：

疏密开合、轻重呼应等。在他的理论影响下，印坛树立了新的章法审美意识。在刀法上，单双刀并用，洗炼拙朴，使转自如。魏稼孙曾评其印说："书从印入，印从书出。"这正是邓石如对篆刻艺术作出的杰出贡献。

继邓石如而起的代表人物，有吴熙载、徐三庚、赵之谦等，均能在晚清印坛标新立异，自创新路，红极一时。

赵之谦的书画、篆刻、学问均是清代第一流的大家。篆刻初学浙派，后学新皖派，受邓石如、吴熙载影响较大。继而广涉秦汉印、战国钱币、封泥瓦当及《天发神谶碑》《祀三公山碑》《禅国山碑》等金石文字。他的入印用字已大大扩展了其前贤的范围，从而形成了气势开张、稳健静穆的风格特征，是继邓石如之后，又一次在"印外求印"上突破了明清篆刻用字方法的一位大家，这是赵之谦对篆刻艺术最杰出的贡献。

五、禅机画趣说石溪

石溪，即髡残，中国明末清初画家。清初四僧之一。石溪从小好读佛书，未成年，即坚求出家，父母不允，遂拒婚，复引刀自剃其头，血流满面，跪求父母，终于得遂其愿，正式出家成了方外人。可见，他是一出生就有佛心的人。石溪削发后云游各地，43岁时定居南京大报恩寺，后迁居牛首山幽栖寺，度过后半生。石溪性直鲠，脾气倔强，寡交游，难于与人相合。这种强烈的个性表现在他的禅学上是"自证自悟，如狮子独行，不求伴侣"。表现在绘画上则为"一空依傍，独张赵帜，可谓六法中豪杰"。

石涛、朱耷、弘仁出家为僧更多的出于被动和无奈，从其艺术作品里流露出来的多为孤傲、愤慨和失意等。髡残则不然，他是四位画僧中最具佛性佛缘的一位，遁入空门存在着更多自愿因素：与生俱来的宗教信仰、由衷而发的桃园情结、宁静释怀的禅隐状态、禅俗相照的精神面貌，不论是与生具有还是后天养成，这些都成为髡残不凡生活阅历和独特艺术风格的形成因素，其影响不可谓不巨大、不可谓不深远。

"鲠直若五石弓。寡交识，辄终日不语。"这是程正揆对髡残的性格描述。石溪孤僻、耿直、朴拙、易怒、暴躁，但他在日复一日的禅佛修行中戒除暴躁、嗔怒，以定慧养性。在山水创作中抒发情怀，自娱自乐。在参悟禅机中参悟百态，自证自法。他将绘画和修禅联系的如此密切，可以说，绘画已经成为髡残修禅入佛的不二法门。

顺治十一年，即公元1654年，髡残重回南京，在当时南京的禅学中心大报恩寺，髡残受衣钵于住持浪杖人（觉浪道盛，以"禅律精严、儒释淹贯"著称）并获法号大杲，成为曹洞宗青原系的传人。栖霞寺、天龙古院也都留有他的禅踪画迹，在牛首祖堂山幽栖寺，髡残度过了人生最后十余年。在献身禅学的后半生，髡残将禅学理念融入绘画，其间无不透露出对于禅学的深深景仰。他在禅学和画学上的双重身份以及高深造诣，使得他在当时南京佛教、文艺两界享有崇高地位。除了佛门高僧，顾炎武、钱谦益、张怡、周亮工、龚贤、陈舒、程正揆等人与他多有往来并对他颇为推崇。

髡残虽然性格孤僻但并不拒绝友人来往，只是到了晚年经常终日不语，孤居幽栖寺实则是彻底的遁世隐居。悠然清静的牛首山是其心中最理想的净土，他以"不语"的方式参禅礼佛，以求得内心的深度净化。

石溪说："拙画虽不及古人，亦不必古人可也。"他长期生活在山林泽薮之间，侣烟霞而友泉石，踯躅峰巅，留连崖畔，以自然净化无垢之美，对比人生坎坷、市俗机巧，从中感悟禅机画趣。他性格孤僻，报恩、灵岩二名刹主持皆有意授以法杖，他俱不接受。坚持在地处偏远、环境极差的幽栖寺苦修，又常常闭关不出，致使疥癣满身而不以为苦。友人程正揆称之为"自证自悟，如狮子独行，不求伴侣者。"

一方面，听从内心的感悟。石溪作品中的题跋诗歌多作佛家语，这不仅因其身为和尚，而且在他看来，禅机画趣同是一理，无处不通。髡残并非仅从表象模仿王蒙，在心法上的研究学习更为深入，《松岩楼阁图》上有一段自跋："吾乡青溪程司空藏有山樵《紫芝山房图》，莱阳荔堂宋观察亦有《所性斋图》，而皴染各不相同……舞太阿者神变莫测。董华亭谓：画如禅理，其旨亦然。禅须悟，非功力使然。故元人论品格，宋人论气韵，品格可力学而至，气韵非妙悟则未能也……"这段题跋足以说明髡残对于王蒙以及先贤并非一味崇拜，而是思辨性的作出取舍，正所谓变其法以适意，同时倡导作画须有"妙悟"，其画之神韵更非力学可得之。

另一方面，石溪在学习传统基础上，重视师法自然。自谓"论画精髓者，必多览书史。登山寡源，方能造意"。他"僻性耽丘壑"、"泉石在膏肓"，主观的情感、性灵与客观的景物、意境相感应、交融，使其山水画景真情切，状物与抒情成为一体。

他善画，未见有师徒授受的经历，似亦从"自证自悟"的性灵中参来。也可能与他年轻时避乱的经历及在牛首、祖堂山与草木同呼吸，得山川灵气有关。人说他山水受王蒙影响，但从其经历看，他似乎仅见过程正揆收藏的王蒙画一幅而已，但很快就参悟了，并变易出完全属自己的风格，乱头粗服，雄厚深沉，苍劲中毓出生秀，枯涩中淹润无比。

石涛和尚以他一生的艺术体念，道出其中甘苦："此道从门入者，不是家珍，而以名振一时，得不难哉。"此后，石涛列举了当代画家中他最为佩服的"一代解人"，第一个就提到石溪："高古之如白秃、青溪、道山诸君辈……"称石溪的画"高古"，自然是一个极高的评价。程正揆更是这样推崇他："每以笔墨作佛事，得无碍三昧，有扛鼎移山之力，与子久（黄公望）、叔明（王蒙）驰驱艺苑，未知孰先。"

髡残晚年时曾写信给好友张怡："老来通身是病，六根亦各返混沌，惟有一星许如残灯燃，未可计其生灭，既往已成灰矣。"在生命之灯即将燃尽之前，髡残把生平所爱之物分散与众，封笔藏印，并嘱托僧人焚其遗骸于长江燕子矶，投入江中。

髡残和程正揆有"二溪"之美誉。身后，人们又把他与渐江、八大山人、石涛并称为清初画坛"四高僧"。他的人与艺，得到了历史的肯定，成了美术史家无人不晓无不敬仰的一代巨匠。

六、诗歌对画意的独特把握

清代沿海地区和南方消费城市里的商贾市民阶层，他们对于明代遗留下来的大量山水画所体现的思想风格和艺术模式，产生了厌倦心理，那种传统的审美趣味已很难合乎他们的心理需要与审美口味。明代失意文人作画卖画实际上出于对现实强烈的不满，但清代的艺术家则不同，他们虽然有的困顿场屋（如金农、李葂），或因仕途偃蹇（如郑燮、李鱓、李方膺、高凤翰），或因看破官场（如汪士慎、高翔、吴昌硕），才最终走上了卖画为生的道路。

而一旦在这个经济政治背景下立足，就自然滋生了若干与封建传统观念背离的思想，并将内心的牢骚和桀傲不驯之气，通过书画而一吐为快。

这样，法度森严、意趣陈旧而缺乏个性的山水画，就日渐为抒写性情，易于表达新鲜的审美意识的写意花鸟画所代替。明代徐渭作大写意花鸟画，且有许多精彩的题诗和以书入画的新鲜技法，也免不了"忍饥月下独徘徊"的困顿，而清代情形却完全相反。徐渭的艺术在托物寄情上表现个人与社会的矛盾冲突，高扬为争取实现个人价值而奋争的顽强生命力，那种洋溢着强烈的情感和个性特征的写意花鸟，经明清易代的社会变化，又为遭受国破家亡之痛的八大、石涛所继承发展，已成为一种新的绘画形式。加上书画内部发展机制的调整，碑学兴盛而帖学大衰，增加了书法风度中丑拙、质朴和刚健等狂狷因素。

书画互渗，于是这种新的绘画风格在文化内涵上便突破了"怨而不怒，哀而不伤"的儒家审美规范，开始冲破传统山水意趣的共性而以个性鲜明的感情与识见接近市民的审美要求。

在这个过程中，诗歌再一次发挥了它的重要作用。几乎所有的研究者都注意到扬州八怪或者海派先驱如赵之谦、吴昌硕等艺术"异趣"在选材上偏重于花卉翎毛的特点。

在十五位被列为八怪的画家中，除去郑板桥、李鱓、汪士慎、李方膺尤以梅竹兰菊或其它花鸟杂画而擅名外,其他兼长山水的高凤翰、陈撰、李葂,或者山水、人物、肖像兼工的华嵒、金农、黄慎、罗聘、高翔也不无着意于花鸟;海派宿将赵之谦、任伯年、吴昌硕也一样,在花鸟画上取得同样可观的成就。

花鸟杂画的艺术程式,基本上比较简易、粗率,要在非常有限的笔墨内体现前述那种博大清新、新理异态的思想内涵,则诗歌本身就成为不可或缺的组成部分。没有文字内容的援引、阐释和发挥,绘画题材和笔墨的作用也就相当有限。

以审美意趣的内涵而论,八怪艺术的个性化与主体化,又以关注现实关心世俗的生活与趣味而远胜前人。他们无意于远离现实、超凡脱俗。农村土墙上的蝶花、篱畔的牵牛花、破土盆中的兰花,可供果腹的菱、藕、莲蓬,僻远山乡的闲花野草,一一被画家摄入画中,并即兴题跋,抒发感想,使平凡之物顷刻充盈着诗情画意。

即使画传统题材,也在立意上别开生面。像带有世俗情味的,如汪士慎的《猫图》,题诗曰:"每餐先备买鱼钱,曾记携归小似拳。一自爪牙勤黠鼠,傍人安稳卧青毡。"很有世俗生活的幽默情趣。又如罗聘《一本万利图》,"利"谐"荔",虽描写满树红果,实际上迎合了扬州商人的口味与愿望。另一种是人们经常引用的一些例子,反映了画家对现实社会的关心,有一种干预生活的热情。如郑板桥提醒官吏"一枝一叶总关情"的《衙斋竹图》,李鱓《蔬草图》题"莫怪毫端用意奇,年来世味感参差",《秋柳雄鸡图》题"画鸡欲画鸡儿叫,唤起人闻为善心"。有些则专门用于托物言志,展示个性。如李方膺《风竹图》题有"自笑一身浑是胆,挥毫依旧爱狂风";郑板桥《风竹图》题有"千磨万击还坚劲,任尔东南西北风"。

李鱓创作过一幅《秋稼晚崧图》,郑燮唯恐观者不解其意,乃题词曰:"稻穗黄,充饥肠。菜叶绿,做羹汤。味平淡,趣悠长。万人性命,两物耽当。几点濡濡墨水,一幅大大文章。"这是郑板桥"天地间第一等人只有农夫,而士为四民之末"议论和关心"民瘼"的另一种体现。

试想，如果仅有几竿修竹、几株稻穗或几颗白菜，而没有上述题诗，那么观者将很难准确把握到作者的独特命意。正如这一阶段出现的许多涉及身世、际遇、抱负、感慨、师承、追求等等内容的闲章，可以让观者同时有可能把握到具体作品意蕴的规定性，从而与诗文题跋相互照映，进一步扩大表现领域。

情感通过一定的艺术形式得到表现。在中国传统绘画中，塑造形象的主要手段是笔墨技巧。正是陈淳、徐渭、八大、石涛那些充分发挥创造性和个性化的笔墨技巧，才与扬州八怪的思想感情相吻合，使他们产生某种内在的沟通。郑板桥曾说："徐文长、高且园两先生不甚画兰竹，而燮时时学之弗辍，盖师其意不在迹象间也。文长、且园才横而笔豪，而燮亦有倔强不驯之气，所以不谋而合。"① 郑板桥认为，只有奔放豪爽的笔墨，才能表达出他"倔强不驯之气"。而金农则"平生高岸之气尚在，尝于画竹满幅一寓己意"②。

他们要创作出"掀天揭地之文，震惊雷雨之字，呵神骂鬼之谈，无古无今之画"③。这种作品自然与明末以来董其昌等人大力提倡"笔墨神韵"、"虚和萧散"、"神恬气静"的境界大异其趣。因此他们根据生活实际和卖画为生的特点，破除了雅俗之间巨大的鸿沟。金农曾自题其屋壁说："隶书三折波偃，墨竹一枝风斜，童子入市易米，姓名又落谁家。"李方膺也说："元章炊断古今夸，天道如亏到画家。我是无田常乞米，借田终日卖梅花。"④

通过风趣的语言，化俗为雅。郑板桥在"笔榜"中甚至说"送现银则中心喜乐，书画皆佳，礼物既属纠缠，赊欠尤为赖账"等语，是以说真话来反衬那些"口不言钱"的伪君子，也是一种"雅"。

扬州八怪宣称他们从事书画创作的功利目的，从另一个角度说明失意文化人终于在世俗文化氛围中安身立命，获得了身心的平衡。这种反"俗"为"雅"的审美意识，从明代的陈白阳、徐渭到清代的郑燮、李

---

① ③ 《郑板桥集·题画》。
② 金农：《画竹题记》，《美术丛书》初集第三辑。
④ 李方膺：《梅花图》卷上题诗。

鲜、李方膺、华喦等人，他们的作品既成功地突破了早期花卉画家比较注重写实性和技巧性的定势，也避免了由于商品化而改变对艺术创作本质的认识。

结果写意性和情趣性就被突出强调。在构图上讲究空灵，在色彩上推崇淡雅，这与该时期文人画家及与之有紧密联系的商贾市民的文化观念与审美心态是相对应的。

时代发展到清末的海派画坛，因当时的文化环境和艺术氛围涵养而成为一代名家如虚谷、赵之谦、任薰、任熊、任伯年、吴昌硕、蒲华、吴友如、王一亭、冯超然、黄宾虹等，都产生于经济重镇上海。乾嘉之后盐商迅速衰败，一些人因被皇帝抄没家产，"转眼乞丐"，依附于扬州地区发达的商业经济基础上的画家及各色人物当然也就作鸟兽散。扬州后期画家多皆移居上海，尤以虚谷最为典型。

因此，我们不能不寻觅隐蔽于海派画家作品艺术形态后的经济形态。从联系上看，海派画家把扬州画家的那种在构图上讲究空灵、在色彩上推崇淡雅的以"俗"为"雅"的观念，在美学意识上进行了更新，由"雅"返"俗"，实行雅俗并重的艺术创作活动。如赵之谦构图的饱满与厚重、色彩的鲜亮与艳丽、笔调的写意化与金石气，都有着鲜明的艺术导向，就是为了强化绘画的欣赏性、装饰性与社会性和商品性。

这是俗意识与平民观念在创作中的体现，似乎也可以理解为八怪文人画在世俗意义上的极端发挥。如赵之谦、任伯年、吴昌硕等人花卉画的题材大都是象征富贵、吉祥、长寿的牡丹、紫藤、莲花、蟠桃等，其题跋大都是吉语贺词，如"百禄是总"、"龙虎之节，珠玉之质"、"苍龙振缨，紫凤绾绶"、"富贵苍宜侯王"、"桂树冬荣"、"眉寿"、"富且贵，寿而康"等。吴昌硕《画兰》的题诗："兰生空谷无人护，荆棘丛横塞行路。幽芳憔悴风雨中，花神独与山儿语"，算是比较富有思想意蕴的题画诗内容。

吴昌硕集前贤之大成，他把文人画的"水墨至上"发展到了极致，即使其晚年也喜爱用浓重的色彩，但下笔创作的所有效果全是水墨方法的演化。至于吴昌硕在考虑如何将情绪注入画面，开拓心理空间方面，显然要逊色于徐渭、朱耷和扬州八怪了。他饱经人世沧桑，历尽艰苦磨难，造就的不是愤世嫉俗或超然物外的性格和态度，而是一种随遇而安，知足常乐的机智。在他晚年高度成熟的作品中，除了使人难以企及的笔墨技法和完整的画面构成外，很难找到徐渭、朱耷、金农、郑板桥等人那种过目不忘的"画外音"。注重技巧的完善，注意作品与生活的平衡变为首义[1]。

吴昌硕顾及作品情调的努力受到他性格中不太强烈的反对俗性的影响。也就是说，近代社会的变革，造成了个人与社会的冲突，一介文弱书生得不到安宁和平稳的生存条件，不得不随波逐流，相似的社会环境在徐渭、朱耷则为疏狂和冷峻，而吴昌硕却将这种深远的意念抛弃，将积极而热烈的入世态度融进画中，他创造的精神境界是平淡无奇的，一种入世和宽宏大度的倾向压缩了他的精神世界，在这一点上，传统文人画孤高冷僻，"墨点无多泪点多"的心胸写照特点，至此便消失了。

这也许不是吴昌硕个人的特殊性，在他同时代或稍后的画家群中，保持象徐渭、朱耷、郑板桥那样将自己个性无拘无束地流露出来的画家廖若星辰。所以，尽管任伯年、赵之谦、吴昌硕等大师在诗书画印上具有全能的功力和表现，但却因为特殊的社会环境以及艺术家的秉性，而削弱了诗在画中表现丰富精神内涵的作用。

七、象物寓情的书画互演

清代的山水画继续在所谓师古人即对绘画形式的取用上迂回发展。师古人常常被视为一种与绘画的创新发展背道而驰的行为。与书法中的临帖相似，经常可以看见明清画家的作品上题为"仿某某"或"用某某法"的款式，甚至有大段某画家的赞词或对古代某画法的体会的文字。据此，不少人便直斥为拾人牙慧，泥古不化。

---

[1] 参阅张少侠、李小山著《中国现代绘画史》第一章，江苏美术出版社1988年版。

实践已经证明，诗歌中模拟古人如明人李梦阳所走的"假古董"路子是绝对行不通的。而绘画与书法的"复古"效果却往往与诗歌不同，前二者可以使书画家更多地注重技法意识的发挥和传统功力的显示。与西方重创新而耻于模仿成法相反，中国绘画特别是山水乃至"四君子"、"岁寒三友"等，更侧重于沿用与模仿。

模仿成法，也就是取用既有的绘画形式，它的意义远不在手段，因为在取用绘画形式里，可以展示自己水平的高下，修养的深浅。而既有绘画形式里的一个十分重要的内涵便是画家的书法功力以及那种工夫在画外的艺术观念的宣泄、情感意趣的抒发。

一种"披麻皴"从赵孟頫起，经过黄公望、吴镇、倪瓒、王蒙，传至王绂、杜琼、刘珏、沈周、文徵明及文徵明的后辈和众多弟子，继董其昌又有"四王"、吴历、恽格、龚贤、查士标、程邃、戴本孝，又有"小四王"、"后四王"，以至戴熙、汤贻汾，余绪不绝，竟历五百余年。

在清初，口口声声表示要与古人"一个鼻孔出气"的"四王"，却并没有因为模仿而失去自己的面目。如王原祁注明"仿高尚书云山"的《云山图》，有融和厚重的效果，尤其能体现王原祁那种湿而干、淡而浓、疏而密的浑然一体的笔墨特点。在绘画中王原祁实践着董其昌的一句格言："以景之奇怪论，则画不如山水，以笔墨之精妙论，则山水决不如画。"也就是把"画"（艺术）与"山水"（自然）都摆到审美的客体的位置上，所以不在于反映自然之美，而主要在追求毛笔、宣纸与浓、淡、干、湿等墨法结合而产生的材料质地与技巧结合之美，画面上的黑白与块面的结构之美，亦即以追求心境的表现为主。他的《华山秋色图》近看笔墨互相交错，模糊不清，远看却层次分明，苍润沉郁，特别是许多大小不等的不规则小方块堆积而黑白变化的笔墨效果，使图中的巨大山峰异常沉重雄浑。

这样一种抽象意味极为浓厚的方向，其实是在向书法的意蕴靠拢。大肆标榜"我用我法"、"搜尽奇峰打草稿"的石涛，其山水的笔墨形式实际上也并没抛弃宋元画家的精华。石涛关于山水技法的研讨，我们更愿意把它理解成为具有书法美学意义的倾向："信手一挥，山川、人物、鸟兽、草木、池榭、楼台，取形用势，写生揣意，运摹景显，露隐含人。"书法艺术中有笔势和体势之分，笔势是指用笔运动的趋向，体势是指结构运动的趋向，在山水画中也是一样。作为"主"的一画，是整幅画面无数笔划的灵魂与统帅。"取形用势"，主要靠的是皴、擦、勾线和点。以点为例，"画山容易点苔难"。点苔技法作为画面即将完成的最后一个技法层次，应该具有画龙点睛的作用。

石涛的画，用点特别讲究，他自己说："点有风雪雨晴四时得宜点，有反正阴阳衬贴点，有夹水夹墨一气混杂点，有含苍藻丝缨络连牵点，有空空阔阔干燥没味点，有墨无墨飞白如烟点，有焦似漆邋遢透明点。更有两点，未肯向学人道破，有没天没地当头劈面点，有千岩万壑明净无一点。噫！法无定法，气概成章矣。"①

这与书法理论中讨论点画须有意趣，非言实用之力，如"点，如高峰坠石，磕磕然突如崩"之类有异曲同工之妙。也就是说，在抽象的点画之间，要讲究新理异态，正如王羲之《论书》所云："作一字须用数种意。"康有为发挥说："故先贵存想，驰思造化、古今之故，寓情深郁、豪放之间，象物于飞、潜、动、植、流、崎之奇，以疾涩通八法之则，以阴阳备四时之气；新理异态，自然佚出。"②

山水画点皴程式与书法形质美感先后受到同一审美意识的重视，实际上是山水画文人化的一个重要标志，它意味着绘画已从摹拟自然再现自然的重点转移到通过艺术家的主观理解和创造去表现自然这样一条性质完全不同的道路上来。

因此，"四王"和石涛，同样在既有的形式中去寻找自己，借形式抒写性情，由于他们用寄寓各自性情的形式本身，或以题诗注明特殊命意，或因命意不同而各取所需并有所改造，因此，笔墨形式本身的抽象意味越浓，则产生理解上的分歧也就越大。这实际上也是中国书法艺术

---

① 石涛：《石涛题画》。
② 康有为：《广艺舟双楫》。

中书法形象与人品之间那种若即若离关系的反映。

再看与"四王"同时的清初"四僧"中其他画家的情况。

弘仁取法倪瓒，熔元人超隽意趣和宋人精密格律于一炉，在形式感上还往往带有一些不规则的构成美，这些暗含装饰规律的因素衬托和丰富了写实性，画面也就更耐人寻味。

中国画的用笔用线，有两种体系，一种如行云流水而变化莫测，另一种线形一致而韵味醇和。同是写实，前者一任自然，后者讲究规范，前者近于自由体歌行一类诗，后者则近于格律诗，因而也就更带有形式美感。发展到水墨山水画的笔墨处理，追求自由表现的大师如石涛，走的是前一种道路，而手法相对稳定的渐江，走的是后一种道路。

渐江的九尺巨幅《黄山天都峰图轴》《武夷山水轴》《黄海松石图》等，用笔蕴藉内含，线性的一致性带有齐整统一的装饰味，给人清逸宁静的感觉，有一种典雅谐调的规整美和秩序美。用墨则根据画面需要，进行黑白配置，计白当黑，黑白互托，整体效果响亮明净、优美和谐，并用黑白的变体变奏，避免了画面的平板和迟闷，富于构成美。特别是用方折直线条空勾出无数大大小小的几何体，组成天都峰绝险之势，用笔几乎没有皴擦和墨的变化，纯化到折铁般的线条中，透露出一股寒光冷韵。

渐江和石涛、石溪、八大山人并称为"四大画僧"，又和汪之瑞、孙逸、查士标并称为"新安四大家"。当时，收藏家以无渐江画为"恨事"，可见其享誉之高。

可以说绘画形式因素就如同象形或会意文字，作品水平高低或成败的关键，不在于使用了古人造的字或自己造的字，而在于组合、点化这些字的意匠和水平，在于组合、使用、点化时与自己性情沟通的程度。

如沈周可以如意地组合、使用、点化吴镇、王蒙的风格和技巧，但在倪瓒的风格和技巧面前就束手无策。而程邃、戴本孝用枯笔去体会元人风韵，不离古人形式也能使人耳目一新。然而组合、点化对每个画家都有新的再创造。譬如程邃的画，以渴笔焦墨为主要特征，王泽弘（昊庐）评其"润含春雨，干裂秋风"，历来被鉴赏家沿用以评论他的绘画风格。用程邃自评巨然和王蒙画所说的"粗乱错综，笔墨俱乱"或"纯用荒拙，以追太古"来评述程邃的绘画风格，也可以叫作有"金石味"。

中国画中以金石入画是在乾嘉以后才渐成风气，在山水画上追求金石味，程邃可以说是画史上的一位先行者。程邃是篆刻史上徽派的中坚，以篆刻名世，治印多用涩刀，作画乃"镌刻之暇，随意挥之"，因而作为一个金石家，程邃作画追求"金石味"是非常自觉的。上海博物馆藏的程邃为古岩作的《山水轴》上有所谓摹拟陕刻石本《蓝田庄图》（王维）的题识，画以劲利的硬毫中锋用笔，表明作者在追求阴刻的"刀味"。他的渴墨劲锋所取得的荒莽古拙味，与他治印的刀法效果完全一致。当然，荒率苍茫的枯笔山水效果，结合在明末清初发生改朝换代变故的众多画家身上，则可以有表达萧条淡泊志趣的解释，生拙迂僻的性情，也对于有表情能力的笔墨作出了抉择。

清代的书法，从清初到嘉庆、道光之际重帖，嘉庆、道光以还重碑，但即使在重碑时期也不废帖。许多书家以碑为主，帖碑互参，博采众长，融会贯通，把金石、碑刻风格与尺牍神韵交汇一体，使帖学与碑学、南派与北派相结合。同晋人、王书那种在帖学优美基础上的"中和"之美比起来，清代更是在碑学的基础上使阳刚之美与阴柔之美达到新的统一。前面以山水为主讨论笔墨特点，基本上是在清代书坛重帖学的时代背景下作出观照，画家的书法风貌大抵未能超出帖的范围，其中如石涛等人是以行楷中参以隶法，并有六朝造像记的笔意，楷隶混合的字在六朝造像记中比比皆是，并非石涛所独创，但一经石涛的师古求新，化腐朽为神奇，并以之入画，于是石涛的画便有了自己的面貌。

开启学碑风气的书家如金农、郑燮、高凤翰等，更以画家的眼光参与书法变革，创造出惊世骇俗的独特风格。金农的"漆书"无疑具有美术化的倾向，由于他对古韵拙趣的独特理解，使他选择了一条险径。金农曾自谓其书得自《国山》《天发神谶》两碑"字法奇古"的启发，并在工具上采取极端的改造："截毫端作擘窠大字"。金农就是用这种似刀削斧凿的笔法写隶，追秦摹汉使其书法得以高层次的回归。他用截去笔锋的毛笔写字，这在视中锋为生命的书坛简直是惊世骇俗。"漆书"的线条直来直去，舍去了提按使转的传统技法，与笔笔讲究中锋的传统笔法论背道而驰，笔笔侧锋，一侧到底，结果形成了平扁而不单薄，厚重又不凝滞，简练而古趣盎然的独特风格。笃信"同能不如独诣，众毁不如独赏"的金冬心，正是想用石破天惊的反叛来收到一鸣惊人的效果。一如其诗歌和绘画，这种轰动效应在当时的扬州城是相当成功的，连郑板桥的仿作都能畅销。

切莫以为金冬心变出的新形式是无根之本，金农死后一百多年才有汉简出土，而帛书的出土则是近几十年的事。但是，金农笔势飘扬的隶书中却分明含有汉简帛书的意味，有些字则与当时不能见到的居延出土的西汉"诏书"木牍字如出一辙。这就说明五十学画的金农书画中的古拙之趣是真"古趣"，他在绘画中充分利用这一率真、古拙的古趣开风气之先，通过异常简略的形象表达出异常强烈的个性感受，在具象再现中却充满现代抽象意味，如只用辐射式淡墨烘染的《月华图》，月中画了蟾蜍和玉兔，意境深邃，不落常格。金农所画之竹有很大变形，不忌似桃似柳，用笔简朴古拙，犹如他的书法，多用侧锋且不尚浓淡，金石味很浓，每幅画总要加上他那"漆书"字体的长题，相映成趣，造成一种奇丽而又古朴的美。

与金农漆书并肩而起的是郑板桥的"六分半书"。这种书体有两个来源，一是板桥自谓的以画入书，一是明显地杂揉综合而成。据其自道，是以八分书和篆、草、行、楷相混杂，且故意保留各种书体的特征。这样一来，形态之"怪"异常鲜明。然而，由此也引起论者的各种非议，大要是打乱各种形式之间的自我协调能力，缺乏统一的艺术基调，以至影响到线条的优美。大部分人告诫不可学，如杨守敬说："板桥行楷，冬心分隶，皆不受前人束缚，自辟蹊径。然以为后学师范，或堕魔道。"依我们看来，郑板桥要"删繁就简"、"领异标新"，力图改变传统的笔法和所谓"依样葫芦"的格局，用创制"破格书"的实践，既获求各种书体特征糅杂综合的"露"的效果，这与他以书入画、以画入书的思想是一致的，同时通过这种偏激的作法发泄对帖学一统的不满。试看他的《跋临兰亭叙》：

> 黄山谷云：世人只学兰亭面，欲换凡骨无金丹。可知骨不可凡，面不足学也。况兰亭之面，失之已久乎？板桥道人以中郎之体，运太傅之笔，为右军之书，而实出以己意，并无所谓蔡、钟、王者，岂复有兰亭面貌乎？古人书法入神超妙，而石刻、木刻千翻万变，遗意荡然。若复依样葫芦，才子俱归恶道。故作此破格书以警来学，即以请教当代名公，亦无不可。

这段关于创制"破格书"的自述，确是惊世骇俗之论。近人潘伯鹰即认为以时代论，以郑燮、高凤翰、丁敬、金农等为代表的在野书画家，是最早开启学古碑风气的不可埋没的豪杰之士。

绘画到了清代八怪以后，基本上已经形成诗、书、画、印相结合的综合艺术，虽然这种倾向已流传有绪，但这一阶段却有新发展。其次是碑学风气影响，金石书法入画，更着意于"力之美"。除前述诸人之外，黄慎的草书兼有怀素遗风，汪士慎与高翔均善八分，汪士慎双目失明后犹能作狂草，工妙胜于未瞽时。高凤翰右手残废后更以左手作章草，别有韵味。杨法篆书，杂古文与小篆为一，奇形异貌，前所未有。李方膺、李鱓、罗聘、陈撰、闵贞、李葂、边寿民等人书法亦各有特色。扬州八怪之外的画家如杭世骏、吴照、陈鸿寿、真然、林蓝、虚谷等人皆精书法，他们画竹明显地表现出受各自书法艺术影响的痕迹。

扬州八怪承续了石涛"画法关通书法律"的认识，在以书入画上变得更加自觉。李方膺说"古人谓竹如写，以其通于书也。"其《风竹图》写竹之"风"，就使用了后代"金错刀"一类的书法用笔。郑板桥说"要知画法通书法，兰竹如同草隶然。"① 在实践中，以兰竹长叶作书法之撇捺，又引用黄山谷行书开张的笔意入画。汪士慎的《西唐先生写山水歌》中也说："更有一言真不朽，先生作画名'书余'，两字

---

① 《郑板桥集·补遗》。

流传昔未有。从来书法本画法，曲折淋漓在心手"①。

黄慎早年师上官周作工笔人物画，以为要自立门户、自成一家就必须有相应的改进方法。于是他在怀素的草书中悟到了画法。画风也从此大变。黄慎以草入画特别是写人物动态的风格，对后世影响很大，清代的闵贞、近代上海的王一亭、广东的苏六朋、现代仙游的李霞、李耕等都有成功地师法黄慎的画迹传世。

黄慎对诗书画诸艺的重视各有不同，其态度与徐渭相近，即常常夸耀自己的字和诗，并不太珍惜画。作为画家，黄慎又将绘画原理运用于草书创作之中，巧妙地处理了书法结构的疏密、行气的强弱、运笔的疾徐、墨色的浓淡等矛盾，从而达到"书中有画"的艺术效果。

不仅黄慎如此，郑板桥的"六分半书"、金农的"漆书"、陈鸿寿的隶书都如此。陈鸿寿以画家的眼光，正如沙孟海所说："全仗聪明，把隶体割裂改装，改装得很巧。"他所写隶书的结构、章法布白有时完全像作画一样，疏密长短，上呼下应，看上去散散漫漫，却画意盎然，别具匠心。陈鸿寿必定从"六分半书"中得到写"怪"字的启发。

近代海派领袖人物赵之谦和吴昌硕，以诗书画印的全才特点雄踞艺坛。

赵之谦作篆，专以侧媚取势而出新意，侧媚之书风正好可以适应其绘画画面的丰满性与物象的丰富性，即他的书法意蕴补充了他以实见虚的经营位置和设阵布势，更形成他的笔墨赋形和空间构造的密中见疏。从而强化了花卉画的装饰效果。如他的桂树画法即运用隶书笔法，笔势奇崛，墨韵酣畅，再如《玉兰牡丹图》用笔老辣、涩重而坚劲，玉兰树上的苔点用大笔焦墨排列点成，更具有一种抽象的形式感和韵律感。赵之谦是清晚期借鉴书法金石开创花卉画新局面的重要人物。他把自己那种流动活泼、巧丽姿媚的各体书法与"使刀如笔，视石若纸"的师刀功力统一起来，顺应清末上海的社会文化特点，由雅返俗，一如其画。他曾将自己的书法与何子贞书法加以比较说："何道州书有天仙化

---

① 汪士慎：《巢林集》卷五。

人之妙，余书不过著衣吃饭凡夫而已"即论古雅拙朴自己不如何绍基，其实这正是他以笔师刀的成果。能将刚劲雄浑的北碑写得那么婀娜姿媚，书家本身就表现出包容并消化异质书风的能力。赵之谦以超人的胆识和足以与之相副的技巧，从历史的夹缝中拓开了一条艺术的坦途，并且使之纵横于书画与篆刻领域，他获得了成功。

吴昌硕是总结性的人物。他在六十五岁时的《石鼓文》临本上自记云："余学篆好临《石鼓》，数十载从事于此，一日有一日之境界。"他善于通过行草笔法，用道劲圆润、雄浑凝重的线条，将三代时的文化精神贯穿到字里行间，吴昌硕的大篆极富个性，他将《石鼓文》的体势变方为长，变平正为参差，变为纵势以后如仍以《石鼓文》本来那种粗细均匀的线条书写，很可能写成秀媚的神态，这样就会成为赵之谦第二。然而，吴昌硕以左低右高取势，加以凝练道劲的用笔，线条浑厚饱满，起和收及转笔处方圆并施，极具变化，与其体势相得益彰，具有雄强的阳刚之美。一部《石鼓文》被他写得出神入化，神飞意扬，挥洒自如。临写中又能频频生发新意，并以其画梅花枝干的笔意掺入大篆笔法，使线条显得老辣浑成，润燥适度。不仅如此，五十学画的吴昌硕晚年还以篆隶笔法作狂草，书风更加苍劲雄浑。在他的笔下，绘画中的金石味得到了淋漓尽致的表现，这是吴昌硕写意画的创新之处。

自觉进行书法与绘画的交融一直是文人画努力的方向，吴昌硕站在前人的肩膀上又前进了一大步。他充分相信自己在书法上的造诣，他说："我平生得力之处在于能以作书之法作画。""自从书法演画法，绝艺未敢谈其余。""画与篆法可合并，深思力索，一意孤行。"他用篆籀、草书笔法画梅花，称之为"扫梅"，观其所作梅花，奔放处如狂草，谨严处似篆籀，其线条可谓曲尽美的韵致。奇兀的格局，有椎碑断玉的金石味，吴昌硕自谓"是梅是篆了不问"，书笔和画笔已是难分彼此。在以藤本植物（如紫藤）为题材的绘画中，吴昌硕非常独到地表现着他的书意美。"苦铁画气不画形"，藤蔓纠结盘旋，缠绕虬曲，其体势和篆书草书的笔法都很吻合，画家可以在笔锋索带中写出生命的律动。

"食金石力，养草木心"，这是何等鲜明的美学性格。"我平生得力之处在于能以作书之法作画。"这是吴昌硕继任伯年之后，能与之两峰并峙的关键，在他手中，写意花鸟画的表现技法被推到登峰造极的境地。

吴昌硕总结了历史。

第十章　民国书画的多道风景线

结束满清帝制，民国诞生。重大社会变革带来了新文化运动的汹涌浪潮。民国时期的书画在新旧交替，中西文化交流中呈现多元的选择，多样的面貌。"兼容并包"、"通才"教育观念下的书画人才培养，结构和层次丰富；书画社团林立，展现自身形象，注重书画群体艺术水平提升，强调服务社会的特征明显；无论是遗老或新人，无论是坚守传统还是一意西化，书画创作和理论研究成果都十分可观。尤其是女性画家的突围和取得的成就，令人欣喜。这一时期书画市场的繁荣成熟，前所未见。包括如今见诸于招牌、匾额、报头、对联等形式的榜书大字，都是民国书画生态的生动遗存。

一、民国美术教育和林立的书画社团

20世纪初期，时代对美术教育提出更高的要求，这也意味着现代美术教育需要不断健全和完善并进一步走向规范化。民国时期特殊的历史环境，造就了开放包容的思想，因此，私立、国立美术学校和美术社会团体等纷纷出现，并在美术教育思想上别具一格，为民国时期美术人才培养创造了良好的环境。

1906年，李瑞清在两江优级师范学堂创办高等师范院校第一个美术系科——图画手工科，开设中西绘画课程，揭开了近现代高等美术教育的序幕。自此以后，师范院校的美术教育以及各级各类专门的美术学校相继开办。清末民初至新中国成立30余年间,全国各地有各级各类私立专门美术学校及美术补习班近50所。国立的专门美术学校"北京美术学校"和"国立艺术院"也相继创办。学校美术教育的快速发展,培养了大批专业美术人才,为美术社团的勃兴提供了丰富的人才资源。综观民国美术学校与美术社团的发展,二者虽不完全同步,但却有着惊人的一致性。美术社团发展的鼎盛期,差不多也是学校美术教育发展的高峰期。

从1911年至1949年,中国近代美术教育是在初期的社团、师范学堂、私立、公立美术教育的基础上,形成了后期的国统区与延安鲁艺的美术教育,教育理念借鉴与效法"新式"、"兼容并包"、"通才","理论和实践相结合"的人才培养模式。

民国美术教育人才培养,由于处于"数千年未有之变局"这一宏观历史背景下,因此,人才培养过程中不可避免要蒙上时代变革的色彩,其中体现最为明显的就是中西方美术理念、教育思想的矛盾冲突,而在这一社会背景下,民国时期美术教育先驱们,从单纯的学习西方绘画思想、教育理念,到促进中西方美术思想的融合,不仅实现了西方美术教育在中国的"移植",更是在中西合璧中拓宽了美术流派,促进了民国时期美术人才的教育与培养。

民国美术教育中之所以人才辈出一个关键的经验就是教育思想的包容性。

民国画坛三位重要人物刘海粟、林风眠、徐悲鸿。发现他们的伯乐是蔡元培,正是在蔡元培的启导下,他们接受了蔡元培的"以美育代宗教"的观点。三人从不同角度引进西方美术,一种来是学院派体系,如徐悲鸿;一种是现代派如刘海粟、林风眠等。他们不但是学校美育教育的全力支持者、实践者,而且是社会美育的组织者,新美术运动的推动者。他们的教育主张各不相同,创作各有特色,形成各自的风格、流派,丰富了美术教学的内容,为中国美育教育事业的发展做出了贡献。

一些思想深刻的美术家,在反思中国传统美术教育的过程中,也没有一味地"崇洋媚外",而是从中国传统美术思想中找到可取之处,并在西方教育制度"嫁接"的过程中融入本土元素，让西方美术教育与中国社会现实相结合。

私立美术学校产生于民国初期，发展壮大于民国中期。民国私立美术学院主要得益当时的"留洋潮"，这些东渡日本，西赴欧洲的美术先驱，不仅学习了国外先进的美术思想理论，更是将现代化的美术教育体制带到中国，并通过"移植""嫁接"等方式形成具有中国本土特色的私立美术学校。

广东是中国近代看世界的"窗口"，也是民主革命的主要根据地，这一地区经济发展、思想活跃，在美术教育方面能够获得更多的政府以及社会资助，因此，这里也产生了民国时期第一个私立美术学校——赤社，赤社创始人开办画展、招收学生，一时引起广泛关注。

周湘可能是最早开设新美术教育学校的中国画家。1910年12月28日上海《民立报》等刊载过其《上海油画院章程》，"章程"告诉读者：学校"专授新法图画，并研究关于图画必须之学识技能，以养成专门人才，使其将来从事教育工艺均得良好之效果。"1912年11月23日，17岁的刘海粟与友人创办了上海美专。

1918年，中国历史上第一所国立美术教育学府，"国立北平美术专门学校"成立，郑锦为第一任校长；晚于北平艺专10年，1928年，当时中国的另一所国立美术院校在杭州成立，即国立杭州艺术专科学校（现中国美术学院的前身），林风眠任第一任校长；1920年4月，唐义精、唐一禾创办武昌艺术专科学校；1922年7月，颜文樑与胡粹中、朱士杰、顾仲华、程少川于海红坊苏州律师公会会所创办苏州美术暑期学校。

相较于私立美术学校，国立美术学校能够在资金、政策、师资力量上获得更大优势。在人才培养过程中，蔡元培先生"兼容并包"的办学理念得以渗透，国立艺术院校人才济济，林风眠、潘天寿等大师级画家均在此任教，为民国时期美术人才培养提供了雄厚的师资力量。这些国立美术院校是民国时期美术人才培养的主要根据地，完善的教育体系、规范的教学制度、包容的教学思想，为美术人才培养提供了良好的环境。

民国初年，在新文化运动影响下出现了"美术革命"思潮。北京作为中国元、明、清三代古都，"尽管发生了批判传统的五四新文化运动，而主张保存国粹的京派画家却在画坛独占鳌头。"这一绘画群体的影响力，当然与其中的关键性人物不仅是北京重要美术社团的发起者或参与者有关，还与他们在政治界、教育界、学术界的地位不无关系。如组织"宣南画社"的余绍宋在北京任过外务部主事，民国成立后任司法部参事、次长、代理总长；姚华亦是"宣南画社"活动成员之一，他于1907年日本归国后，任过邮船部船政司主事、邮政司检核科科长等职，还被选为中华民国临时政府参议院议员；陈师曾1913年秋由长沙来京，与鲁迅同在蔡元培主持之教育部任职，并兼任北京高等师范学校教师；金城在民国成立后当选为参议院议员兼国务院秘书，倡议设立了"古物陈列所"，还参加蔡元培在北京大学创设的"画法研究会"，并发起建立了北京画坛最重要的美术社团"中国画学研究会"。

因此，从以上北京画坛的格局不难判断，19世纪20年代前后海派画风在北京画坛极为风行，如上文提及的京派画家的关键性人物：余绍宋、姚华、金城、陈师曾的画作都与海派画风有极大的关系，并且这一画风很有市场。

北平艺专是民国北京画坛主角。学校的发展师资力量很关键。据《1918年—1937年间国立北平艺专师资情况表》，可以看出：该校师资阵容强大，学院结构宽泛。这其中留学欧美、日本的不少。其中不乏诸多学界公认的中国近现代美术史上的名家与大师。

艺专国画教师陈师曾、萧俊贤、姚茫父、王梦白、陈半丁、萧谦中、汤定之、齐白石、凌文渊、周肇祥、吴镜汀等人多是民国北京画坛国粹精英，其中不少人更是1920年在北京成立的"中国画学研究会"的发起人和重要成员，1927年在此基础上改会名为"湖社"至抗战停止活动，曾多次举办大规模的画展。该会出版有《湖社月刊》（后改《艺林旬刊》）达150期。还曾到日本东京、上海等地举办展览，活动相当活跃。

西画教师吴新吾、李毅士、王悦之、邵碧芳、陈启民、林风眠、王代之、克罗多、王钧初、卫天霖、钱铸九、曾一橹、卫天霖等人也积极创作并展览。他们的作品风格各异，既有古典写实主义，也有印象派。

他们的作品有的成为了民国北京画坛的代表作，也是中国近现代美术史上的名作。如陈师曾的《北京风俗画》，王悦之的《亡命日记图》《弃民图》《台湾遗民图》等等，具有鲜明的民族特色和个性。

帝制的覆灭，民国的诞生，为美术社团的产生、发展提供了重要的历史契机。剧烈的政治变革让文人学者及书画家们无所适从，持续的社会动荡和无休止的战乱又使他们感到迷惘和失望。因此，大批从满清政治舞台上退下来的前朝官僚和仕途受挫的文人，纷纷转而成为专业的或"票友式"的书画家，以书画自娱或谋生。而面对国家民族的危亡，个人政治前途的迷茫与失意，民国时期的书画家们比任何时候都更渴求政治和艺术上志同道合的知音，更渴望在自己的组织内讨生活，书画家们结社组会的愿望也就更加强烈。

上海书画研究会，1910年成立于上海，由上海部分书画家和书画收藏家联合发起组织。成立之际就拟定周密的章程，其中阐述画会以"提倡研究，承接收发"为主旨，便于书画家、鉴赏家"随时晤叙，互相考证，以为保存国粹之一助"。

中国画学研究会，由金城于1920年联合陈师曾、周肇祥在北京创办，即后来的湖社。团结当时活跃于北京画坛的名家肖谦中、陈汉第、颜世清、徐宗浩、齐白石等，并得到喜好书画艺术的代总统徐世昌的支持，批准拿出日本退还的庚子赔款的一部分，作为活动经费，于1920年5月29日在北京石达子庙"欧美同学会"成立了"中国画学研究会"。中国画学研究会以"精研古法，博采新知"为宗旨，招生收徒，研讨传统，期能发扬中国固有的艺术特长。金城等人此举一来是回应来自康有为、陈独秀等对中国国画的批判；二是抗衡日渐强盛的西画势力，保存发扬传统绘画，使之不致坠地；三是响应建立美术社团组织的潮流，凝聚团结当时北京地区传统派画家。他们的活动和主张汇入民初蓬勃的文化守陈思潮，成为今天文化研究中可资借鉴的重要资源。

之后湖社以"领略古法生新意，广学古之各派，集其大成，发扬光大，脱胎出新"为学术主张，特别重视国画工具的表现力，强调画家作画的功力，所画作品，期能做到"古、新、力、美、意、趣"六字，即"古法、新意、功力、美涵、意境、趣味"的艺术品风格特色。

海上画派则成员众多，名家辈出，曾先后出现了海上题襟馆金石书画会、豫园书画善会、宛米山房书画会、清漪馆书画会、东方画会、天马会、晨光美术会、艺观学会、蜜蜂画社、中国画会等上百个画会组织。

地处南方的广州，最早受到西方文化的洗礼，成为中西文化交流的前沿阵地，高氏兄弟与陈树人等人的努力，为广州在近代画坛赢得了举足轻重的地位，以"清游会""春睡画院"及"国画研究会"为大本营，分别形成民国岭南画坛上新旧两派艺术力量，他们彼此间的矛盾与斗争，共同推进了岭南绘画艺术的发展。

民国时期，以社团为单位组织起来的美术展览会非常多，而且规模宏大，影响深远。如20世纪20年代活跃于上海的两个著名的美术团体天马会和晨光美术会多次举办过大型的美术展览会，当时影响甚大的《申报》，对历次展览盛况都进行了较详细的报道，引起画坛和社会各界的极大关注。

北京著名的美术团体中国画学研究会和湖社画会也积极筹办展览会。据《中华民国三十六年美术年鉴》记载，到1947年，中国画学研究会举办的成绩展览会有25次之多，与外国联展多次。湖社画会自1927年到1932年，每年举办一次成绩展览会，部分出品刊于《湖社月刊》上，展览期间还进行作品买卖。1927年，该会在北京举办"唐宋元明名画展览会"，展出名画，几乎包罗画史上的代表人物。

1929年4月10日至30日，中华民国政府教育部在上海南市国货路（今普育西路）新普育堂举行的第一届全国美术展览会，是中国现代美术史上盛况空前的一个美术展览。展品分书画、金石、西画、雕塑、建筑设计、工艺美术、摄影共七个部分，合计展品2266件。展品主要陈列在新普育堂的二楼和三楼。"书画部"作品最多，分九个展厅展出。

"西画部"四个展厅。另有"参考部"则陈列宋、元、明、清的名家书画作品。展览期间观众达近十万人。

特别是由徐志摩任首席主编的全国美展专刊《美展》三日刊，发表了徐悲鸿的论文《惑》、徐志摩的论文《我也惑》，就绘画创作要不要写实，以及如何对待法国后期印象派之后延伸出来的野兽派等西方现代主义流派美术，展开了激烈的论争，这就是中国现代美术史上著名的"二徐之争"。

一部分书画家是通过参与社团展览这种新兴中介进入书画市场的。北京地区有中国画学会、北京大学画法研究会和湖社等社团组织。各社团定期或不定期举办各种美术展览活动，一方面宣传了社团的艺术主张，扩大社会影响力，壮大社团力量；另一方面，由画会的成名者代订润格，通过画会进行宣传出售作品。如湖社第四次成绩展，售画所得款项近2800元；第六次成绩展售画所得款项千余元。还有的成员一次展览就销售达百余件。

民国诸多的美术社团自发起成立后，都以强烈的责任感和使命感大力引进西方美术，开展多渠道的中外美术交流。通过派遣会员出国留学或考察的方式引进和传播西方美术，是民国诸多美术社团都很重视的活动。

民国时期绝大多数的美术社团都有自己的刊物，用于刊登会员作品及理论研究成果。而且，由社团编辑发行的刊物是为宣传本社宗旨和艺术主张直接服务的，因此，一般都有一个对美术及其发展的基本观点，并以之作为办刊宗旨。

这些专门性美术期刊的出现，改变了传统美术相对封闭的创作和研究方式，适应了现代学术发展的要求。它一般有较为固定的作者群，对问题的探讨比较集中、深入，易于形成较强的学术影响。新学术成果的及时发表并很快得到反馈，其双向互动而导致的辩论驳难，对于繁荣艺术创作，深化艺术理论和美术史学研究意义重大。美术社团及其编辑发行的刊物充当了民国时期一系列美术思潮论争的前沿阵地。

希望借助社团和群体的力量，在动荡时局下，最大限度地保护古书画文物，并借以弘扬民族艺术，振奋民族精神。如上世纪20年代初，吴法鼎等人在北京创办"古艺术保存会"，其主旨就在于"借以研究和宣传中国古代艺术的价值，呼吁当局和广大民众珍视文物，保护文物"。1924年由黄宾虹、王震等人发起成立的"上海中国书画保存会"，更是以保存书画为己任。该会成立之初就针对"日人对我中华国粹，几购买一空，流于东海，不可胜计"之严峻形势，呼吁和号召国人"无论何国人士，以重价购我国粹，一概勿卖，借资保存"。

　　大型的商业都市，新兴的商业资本家和官僚买办热衷于书画及古玩的收藏，于是，一个潜力巨大的书画艺术市场吸引着全国各地的书画家前来寻求发展的机会。希望在上海淘金的书画人士众多，但对一般的书画家来说，想要在名流云集的十里洋场扬名立足，又谈何容易？在这样的情势下，书画家们就有了组织起来、共生共存的愿望和要求。而日益繁荣活跃的书画市场，客观上也需要有类似商业行会的社团组织以保障书画家的切身利益。于是，美术社团恰好充当了书画家和书画市场之间的桥梁和纽带。通过加入社团组织，会员间的交流与切磋，既有助于提升他们的艺术水平，提高知名度，扩大社会影响，又可以从多个渠道获取市场信息，从而达到推销自己的目的。而数量众多的美术社团的成立，又反过来繁荣和活跃了书画艺术市场。

二、北京和上海的书画市场

　　繁荣完善的书画市场除了供给群体和中介外，收藏群体则是艺术品能否完成交易的关键，处于整个市场体系的终端。民国时期北京的购藏群体包括政府官员、王公大臣、社会名流、文人学士、市民商贩、外国人等，他们嗜好古玩书画，构成了北京地区书画市场独特的消费群体。

　　民国北京浓郁的文化与政治氛围，使得政府官员和文人学者在书画市场中占有较大比重，这在其他城市较为少见。民国北京政府官员大多附庸风雅，这些官僚不仅追捧古代书画，当代书画家的作品也被纳入他们的购求视野之内。当时有个叫徐燕孙的画家，其作品已受到市场的青睐并成为政要竞相购买的对象。徐回忆起在中山公园举办画展的情形：捧场者颇多，卖出各件多大字标贴，"某局长定，"或"某处长定，"一诺为该画增光者也。既然徐的画作这么受欢迎，惹得众人眼红也在所难免，有许多人甚至包括徐的徒弟，偷偷地复制老师的作品和印章，暗中作伪卖画。

至于传统收藏家群体，一般也以具备一定的文化修养的文人出身居多，如张伯驹、张允中等。当时北平书画市场的繁荣，甚至吸引了一些外地收藏家专程前来购买。

画家的作品除了以卖画方式流入市场外，清宫书画大量外流也是市场藏品的来源之一。当时在清宫中，上自皇帝下至太监，都把皇室收藏的古书画当作发财之道，纷纷盗窃出卖，以致琉璃厂宫廷藏品交易异常繁忙。同时催生出造假的风气，特别是在地安门一带，形成了专门伪造宫廷书画来赚取利润的造假作坊聚集区，俗称"后门造"。

这时期北平还有大批旧官员失去俸禄，成为遗老遗少。这些人以前大多都有着收藏古玩的嗜好，为了继续维持奢侈的生活，便开始变卖家中世代所珍藏的古董字画，成为市场的供给者。并且每一公卿去世，其家所出售者，必书籍字画。"如怡亲王载垣，自被爵后，其子售书画三十年始尽"。这种现象在当时较为普遍，有些贵族显宦之家已经坐吃山空，日趋潦倒。如恭亲王之孙溥心畬无钱为母亲办丧事，被迫将家中祖传的陆机《平复帖》卖给当时的著名收藏家张伯驹。

市场上还活跃着众多的商贩群体。如王一亭、陈小蝶、虞洽卿、李秋君、穆藕初、吴蕴初、陈光甫、狄楚青、杜月笙和黄金荣等人，都是画坛十分活跃的商人。商人购买字画在当时已成为一种社会风气，也是显示身份的象征，他们通过各种途径购画。

市场之所以繁荣，除了拥有一批画家等艺术品生产群体之外，还应有作为中介机构的古玩商铺及一些书画商人。这时期的书画交易方式多样，主要有通过艺术品经营场所或中介人购画，画家制定润例卖画，直接向画家定购，举办展览售画等。

有一次丰子恺举办画展，就有许多作品被这些商人买去。此类书画商贩非常敏锐，会看准行情主动出击，以博取利润。1923年陈师曾卒于南京寓所，他的遗墨便一时被争购殆尽。投机者经常会闻风而动，余绍宋就曾遇到这样的尴尬事情："枚如言厂肆南纸店闻余久病，冀余或死，搜购余画甚哑，且多加价云。"这说明了当时的书画市场也不乏炒作之风。

当时北京经营书画的古玩市场主要有琉璃厂、前门、大栅栏、隆福寺等。其中尤以琉璃厂最具特色。琉璃厂自清代兴盛，民国时期已成为北京古玩交易的主要场所，北京的古玩店大都集中于此，如文禄堂、蜚英阁、松筠阁、保古斋等，它们各有特色。很多文人都到这里淘古董书画，像鲁迅就好几次在其笔记中提到来此购买碑贴拓片和古旧书刊。孙殿起也经常光顾这里，并留下了《琉璃厂小记》等详细记录此地经营交易状况的书。此外，还有一种是北京市场所独有的中介机构——挂货铺，天桥挂货铺经常出佳品，索价较厂肆为廉，这也是挂货铺在京城长盛不衰的原因之一。

此外，普通市民也喜欢购买书画，而且群体数量非常之庞大。由于他们是社会中收入居中的阶层，其购买艺术作品主要为装点居室所用。市民阶层中有着较高文化修养或专业技术的一类，是美术消费的主要群体之一。他们思想开放并拥有稳定的职业，收入较高，且具备文化娱乐消遣的素质和资本，购买艺术品成为其提高生活品位的标识。

事实上，北京书画市场的消费者不仅在国人，当时的外国人也很青睐中国的书画艺术品。民国期间，大量西方人涌入中国，其中一部分出于欣赏喜好，或为赚取利润等目的而大肆购买中国书画。如1945年傅雷致函黄宾虹称有"外国人欲购其书画作品，惟便逢美国新闻记者，及本为艺术家而被征入之军人，约观法绘，一致钦佩，已就敝藏中择一二转赠，以广流传，彼等有意一恳求大作，查美金兑率甚高，若以润资易吾公喜爱之古书画，亦大佳事；二设法在美开一画会，为吾翁宣扬海外"。

民国时日本人购求中国书画的风气颇为浓重，日本人之订购吴昌硕及白石画者，岁必数千幅，被誉为北平广大教主的金城，"以摹古得名，专以宋元旧迹，输送日本，其画青绿浓重，金碧渲填，日人购之，盖兼金焉"。齐白石作为职业书画家，更是日本购买者群体存在的最大受益者。在1922年春天，陈师曾受邀参加在东京举办的中日联合绘画展览会，带去了齐白石画的几幅花卉山水，展出并销售。这些作品不仅全部售出，而且卖价颇高，一幅花卉卖到100银圆，一幅二尺长的山水竟卖了250银圆。

随着艺术品市场的极度兴旺，大众对书画需求不断扩大，一些知名书画家疲于应付，以致出现"代笔"的现象。通过吴昌硕与沈石友的往来信札，我们可以看到吴晚年就经常请沈石友代笔："再奉去曹氏寿启，请公一读。元忠名，君直其号也，博学孝廉，官为内阁中书。缶素不相识。不能不有诗，另纸录上，乞为改至典雅或略带恭维，或再充畅最佳。四月二十二日要寄苏，能早日掷下尤感。"这是请沈石友改诗写联。

市场的高度繁盛，也催生了伪造古书画的风气。像上文提到造假作坊区和从事赝品造假的书画商人在北京不在少数。还有一些画家亦纷纷通过摹古制假，以获取暴利。

上世纪20年代末30年代初，张大千的名声还不如今天这样高，他临摹古画却能达到以假乱真的程度，就连精通鉴定的黄宾虹也曾被骗，拿着自己收藏的石涛真迹来换取。张大千同京城琉璃厂古玩字画商赵盘甫、萧静亭、靳伯声、周殿侯等人有交往，这些人给他销售临摹古画。然而，他的"假画"由于水平高超，现在依然有很高的艺术价值[1]。

民国初年，一个公开的书画市场在上海形成。大量的原始资料为研究和理解中国书画市场提供了充分的数据和文献，不但让我们了解到书画的价格是如何厘定，亦令我们明白到书画买卖的机制如何在现代中国运作。十九世纪末的上海，因为经济和政治的稳定，成为近代中国的文化和经济中心。自清末起，战乱和政治运动，为上海带来大量的资金和

---

[1] 关于民国时期北京的书画市场，可参阅吕友者《民国时期北京的书画市场》，《收藏》2014年第1期。

人才，其中包括了书画家和文化人。来自各省的书画家聚集在上海，形成一个巨大的艺术群体，他们透过组织书画会、出版书画杂志、举行书画展览会等，将一向被视为消遣寄托的书画艺术专业化，从而提高书画家在社会的地位，同时亦以专业的技能换取金钱维持生计。

19世纪末，现代传媒的出现为画家提供一个全新的销售渠道。如《申报》创刊后，即成为画家自我宣传的地方。但由于对公开卖画仍存顾忌，此时画家的卖画启示都是打着赈灾的名义。在赈灾的背后，其基本的目的只是卖画。

《申报》上也出现书画的分类广告。如1927年一则张大千的卖画广告就直接以"张季媛卖画"为标题，可见此时画家已无须借赈灾、慈善为名，而是直说卖画，反映出他们已从旧有文人画的概念走向专业化和商业化。

随着展览概念和模式的普及，书画展览成为当时城市人周末的好去处。据统计，上海举行的艺术展览由1919年的12个飙升至1933年的105个。此时的艺术展览集中在繁华的商业中心南京路举行，而其中热门的展览场地包括宁波同乡会、大新百货公司和新世界酒店等。这些展览往往可展出数以百计的展品，而且展品均是用作买卖。此时的展览等同于临时的销售处，反映了艺术与商业之间密不可分的关系，亦启示书画进一步商品化的开始。

除报章、杂志、展览会外，另一个主要的销售渠道是笺扇店。笺扇店在中国的历史悠久，但其发展成为书画买卖的专业中介机构，始于清末。随着西方销售模式的传入，其中包括广告推广、季节减价和附送赠品等新概念，笺扇店的市场推广也随时代改变。

有美堂是上海一间位于南京路的笺扇店，其业务包括发售古人书画、珂罗版书画、电银雕刻书画、装裱古今书画、以及时人书画等。1925年，有美堂出版《金石书画家润单汇刊》，集合一百四十八位书画家的润例。

《金石书画家润单汇刊》有如现今的产品目录，会免费派发给顾客，以供他们按各家的润单选择订购作品。润例是中国特有的产物，以文字为主，内容大致包括了画家简介、详细价目表，以及代订价目的名人名字和订价日期（当时的价格均由资深的前辈名家订立）。根据黄宾虹先生的考证，作画取润约始于隋唐。但广泛而公开的订润则是清末民初开始。民国时，随着艺术走向专业化和商业化，几乎所有画家均订有润例。

根据当时出版的润例统计，以1936年为例，山水堂幅的价格由二元至二百元不等，反映价格照顾到不同消费能力的社会阶层。然而，以当时的生活水平来看，洋行的高级职员于1934年的月薪为九十一元，而平均的山水堂幅约二十元左右，书画无疑是一种奢侈的文化商品。

有美堂的润例汇刊搜罗了上海著名书画家的润单，其中包括了吴徵。吴氏是当时价最高的画家之一。他的润例以精细见称，每一笔一画一寸都计算在内。以1925年为例，吴氏的山水价格为"堂幅三尺五十元，四尺七十元，五尺九十元，六尺一百二十元，八尺二百二十元，不足尺数者同……工细加半，点品加半，浅色加三成，重色加六成，绘图加倍（设色与墨笔同），金笺加倍。"可见画的价格基本取决于物料、画的大小、颜色。另一方面，技巧越是工细价格亦相对提高。

如另一位画家贺天健1934年的润例就以三种不同的山水风格定价，"写意之作：整张四尺至六尺止每尺十四元，工夹写之作：整张四尺至六尺止每尺廿元，工细之作：整张四尺至六尺止每尺三十元。"由此可见，即使文人画提倡水墨写意为尚，但在商业化的影响下，设色工细的画风在市场中的地位远超过水墨风格。无疑商业化影响了画风的发展。因此，自民国始，大幅设色山水便成为上海画坛的主流。

民国时期，书画古玩成为了海外贸易的重要商品。作为远东第一大贸易港，上海成为当时国内古董出口的第一大港，上海书画古玩市场也迅速成为全国艺术品交易中心之一。古玩艺术品的丰厚利润，吸引了大量古玩商转向洋庄生意。其中规模最大的是卢芹斋和张静江创办的上海"卢吴公司"。同时卢芹斋在巴黎还设立了运通贸易公司以及一家名为"来远"的古董公司。通过这几家公司，卢、张二人把中国大批的书画名迹源源不断地运送到国外买家手中，其中不乏像宋代名画《睢阳五老图》之类的珍品。

卢芹斋1918年开始经营"美国庄",为了迎合美国人的口味,改为专进书画、铜器、陶器和钧窑瓷器。经过积极的市场推广,卢吴公司在几十年时间里迅速成为当时中国向海外贩运珍贵文物数量最多、经营时间最长及在海外影响最大的私人公司。许多流传海外的书画名迹都与卢芹斋有着密切关系,包括宋人摹本《八公像图》、宋李公麟的《华严变相图》和《列仙图》、南宋米友仁的《云山图》、元初钱舜举的《王羲之观鹅图》、元赵雍临李公麟《五马图》、赵孟頫《人马图》等等。蓬勃的书画市场为传统书画提供了源源不绝的经济资本,延续了书画在近代中国的发展。1949年后,上海的自由书画市场消失。随着移民潮,香港成为五六十年代另一个活跃的书画市场。

三、民国画家群像掠影

民国时期期,画坛名家辈出,观念纷争,流派林立,美术思潮互相激荡,形成历史奇观。民国画家以鲜明的价值观和艺术个性,参与了画史人物群雕。

陈师曾(1876—1923),名衡恪,字师曾,号朽者、朽道人、槐堂等,江西义宁(修水)人。活跃于民国时期北京画坛。一生精于书画篆刻,又钻研理论,著有《中国绘画史》和《文人画之价值》等。

戊戌变法失败后,陈三立把儿子陈师曾、陈寅恪送去日本留学。陈师曾并不排斥西学。在日期间,他学习了油画和水彩画,在书画、诗词、篆刻方面都有长足提升。他还认识了李叔同,一起谈论国事。当时,正值日俄战争在中国东北地区进行,年轻的陈师曾多次修书回国力陈战争的真相。好友李叔同后来则一度成为陈师曾艺术的推广者——回国后,李叔同供职于上海的《太平洋画报》,多次刊载陈师曾的画作及照片等,使美术界对他有了初步认识。

陈师曾是艺术家,也是伯乐。慧眼发现齐白石,是陈师曾被谈论最多的艺坛佳话。据齐白石自己回忆,认识陈师曾之前,"我的润格,一个扇面定价是银币两元，比同时一般画家的价码便宜一半，尚且很少人来问津，生涯落寞得很"。认识陈师曾之后，一方面，他的画法开始改变；另一方面，陈师曾也成了他的宣传者和推介者。当时组织的雅集，陈师曾会邀齐白石一起参与。

1922年，陈师曾被邀请参加在东京举办的"中日联合绘画展览会"，他将齐白石的画作与吴昌硕、陈半丁、凌文渊等的一起带去，并且将齐白石的画价定到高达每幅百金。经过了这次展览，齐白石的名气渐长，来京求齐白石画作的外国人日渐增多，他的卖画生涯，一天比一天兴盛起来。

齐白石曾感慨："此次到京，得交师曾做朋友，是我一生可纪念之事。"后来还写过一首诗："君我两个人，结交重相畏。胸中俱能事，不以皮毛贵。牛鬼与蛇神，常从腕底会。君无我不进，我无君则退。我言君自知，九原毋相昧。"

陈师曾是时代的先行者，也是传统的捍卫者。

在我国现代画坛，一直有三大画派，其中包括南方的海派和岭南派，北方的就属京津画派了，而人称画痴的陈半丁是京津画派的典型代表人物。他擅长山水、花卉，尤以花鸟画造诣最高。他的作品融明、清各家花卉技法之长，以洗练、概括的笔墨和古朴沉着的色彩来表现花卉鸟兽。他用笔苍劲，力量感强烈，构图稳中出险，善于将诗书画印有机地统一在画幅之中。

齐白石与陈半丁二人对于彼此的艺术也是惺惺相惜。齐白石在《壬戌杂记》中写道："陈半丁，山阴人，前四五年相识人也。余为题手卷云：半丁居燕京八年，缶老、师曾外，知者无多人，盖画极高耳。余知其名，闻于师曾。一日于书画助赈会得观其画，喜之。少顷，见其人，则如旧识。是夜余往谈，甚洽。出康对山山水与观。且自言阅前朝诸巨家之山水，以恒河沙数之笔墨，仅得匠家板刻而已。后之好事者，论王石谷笔下有金刚杵，殊可笑倒吾侪。此卷不同若辈，故购藏之，老萍可为题记否？余以为半丁知言，遂书于卷末。"

金城（1878—1926）出身书香门第，自幼天性喜爱绘画，因没有老师传教，就在家里临摹家藏古代名人画迹，到后来所临字画几可乱真。金城在中华民国成立后，任众议院议员、国务秘书，参与筹备古物陈列所，倡议将故宫内库及承德行宫所藏金石、书画于武英殿陈列展览，供广大群众和画家们研究学习。

由于金城对于传统绘画的爱好，展览期间，日携笔砚坐，刻苦钻研，并不断地临摹古代佳作珍品。金城初学戴熙的精细笔法，后接近陆廉夫画风。他的山水、花鸟、人物都有古意。

金城是一位颇有革新思想的艺术家，他是中国画家中较早接触西画者。他留学的世纪初，正是法国印象派影响欧洲艺术的盛期，这对西方艺术怀有浓厚兴趣的金城产生了影响。

1910年金城创立了闻名遐尔的中国画学研究会，担任中国画学研究会会长。

金城长于山水画，兼擅花鸟、人物画，能诗，精于篆刻。其山水画，笔致清秀，丘壑严整。他的艺术主张是：师古人技法而创新笔，师万物造化而创新意。从其存世作品看，多数倾向摹古，功力深厚。谈及近现代画学的积极推动者，必言金城，他与张大千、溥儒和陈少梅号称民国四家。

郑午昌（1894—1952），曾任中华书局美术部主任，杭州艺术专科学校、上海美术专科学校及新华艺术专科学校教授。郑午昌由于其在书画创作、理论著作、社团组织、印刷出版等方面的成就和影响，作为上海国粹派画家代表人物，对海上画派乃至对中国美术的发展影响巨大。

郑午昌主攻山水，兼善花鸟，山水早年学梅清等黄山派，后取法王蒙，构图奇绝，多以细笔摹绘繁复的丘壑，松秀苍郁，喜用墨青、墨赭，其作品法度考究、笔墨俱佳，其《苍松叠翠》《秋林澄空》《秋林云涌》等绘画作品，可以体察到其作品中流淌的古今画学滋养的书卷气，且其诗、书、画、印俱佳。其作品代表中国参加了1939年在纽约举行的世界艺术博览会，并获得了金奖，这一殊荣不仅使郑午昌的绘画成就达到了顶峰，更重要的是给当时从事中国画创作的画家们注入了一针强心剂，坚定了更多人守护民族艺术的信心。郑午昌才华横溢、精力充沛，然天不假时，突发的脑溢血终止了正处在创作高峰的艺术家的生命，时年不足六十。

郑午昌1929年出版的《中国画学全史》和《中国美术史》最负盛名，是中国人自撰绘画通史的开篇之作，堪称20世纪中国美术史学科的奠基性著作之一，被蔡元培赞许为"中国有画史以来集大成之巨著"，当时，郑午昌才35岁，在理论研究上已经达到了这个高度。

郑午昌还是一位杰出的社会活动家，一位具有强大号召力并能产生广泛影响的艺坛组织者。为了推广中国画，他还撰写了各类文章剖析了中国画的独特魅力。同时，穷毕生精力向世人展示、宣扬国画艺术，积极筹备各类展览，组织了300多件作品赴法国、日本、比利时、德国、意大利、苏联等国举行"中国近代绘画展"，为推广中国画艺术做了很多工作。

由郑午昌发起并主导的蜜蜂画社，是当时影响很大的社团，参加社团的有著名画家张大千、张善孖、贺天健、吴荑之、顾坤伯等142位书画家，他们经常定期、不定期举办学术活动和展览活动，还办了《蜜蜂》社刊，影响深远。后又在蜜蜂画社的基础上，成立了中国画会，举办了会刊《国画月刊》与《国画》。中国画会也是中国历史上第一个正式在政府报备的美术社团，是现代中国美术社团发展史上的一座里程碑，郑午昌作为中国画会的主要领导者，也是其能够产生深远影响的重要因素。

郑午昌发明汉文正楷活字，并创建汉文正楷印书局，打破了西方企业对印刷业的长期垄断，对中国印刷事业的发展作出了重要贡献，被当时众多爱国人士赞誉为"我国印刷工具之新发明，现代文化事业之大革命"，蔡元培也题字祝贺正楷活字的诞生，称其为"中国文化事业之大贡献"。

齐白石（1864—1957），生于湖南长沙府湘潭（今湖南湘潭），早年曾为木工，后以卖画为生，五十七岁后定居北京。擅画花鸟、虫鱼、山水、人物，笔墨雄浑滋润，色彩浓艳明快，造型简练生动，意境淳厚朴实。所作鱼虾虫蟹，天趣横生。齐白石书工篆隶，取法于秦汉碑版，行书饶古拙之趣，篆刻自成一家，善写诗文。齐白石是真正以书入画的大师，深谙书画同源之妙道。曾任中央美术学院名誉教授、中国美术家协会主席等职。代表作有《蛙声十里出山泉》《墨虾》等。著有《白石诗草》《白石老人自述》等。

齐白石有关造型的著名画语："作画妙在似与不似之间，太似为媚俗，不似为欺世"，既是齐白石的造型观，也是齐白石在整个艺术格调上，欲求沟通世俗和文人的审美意趣。既不流于媚俗，也不狂怪欺世的中间选择。

齐白石衰年变法，形成独特的大写意国画风格，开红花墨叶一派，尤以瓜果菜蔬花鸟虫鱼为工绝，兼及人物、山水，名重一时，与吴昌硕共享"南吴北齐"之誉；以齐白石纯朴的民间艺术风格与传统的文人画风相融合，达到了中国现代花鸟画最高峰。

齐白石篆刻初学丁敬、黄小松，后仿赵㧑叔，并取法汉印。见《祀三公山碑》《天发神谶碑》，篆法一变再变，印风雄奇恣肆，为近现代印风嬗变期代表人物。其书法广临碑帖，历宗何绍基、李北海、金冬心、郑板桥诸家，尤以篆、行书见长。诗不求工，无意唐宋，师法自然，书写性灵，别具一格。其画印书诗人称四绝。

齐白石的衰年变法特别值得一提。变法之初就与齐白石相识的胡佩衡就回忆说："当时吴昌硕的大写意画派很受社会的欢迎，而白石老人学八大山人所创造的简笔大写意，一般人却不怎么喜欢。因为八大的画虽然超脱古拙，并无吴昌硕作品的丰富艳丽有金石趣味。"

齐白石的态度变化还隐藏了更深层的社会因素：在清末民初，八大的身份、地位是十分微妙的。一方面，八大对画坛的影响进一步加剧，地位在提升，在艺术表现上，八大那"苍茫自写兴亡恨"的绘画艺术，最能引起艺术家的共鸣。如任伯年、赵之谦、吴昌硕、虚谷都受八大山人艺术不同程度的感染和影响。"五四"时期，美术领域"革四王画的命"，富有创新精神的八大顺理成章地作为与"四王吴恽"及其流派相抗衡的身份出现。

20世纪二三十年代西方现代艺术的引进和西方现代艺术思潮，对中国画冲击的结果，使一大批西洋画家认识到八大的传统绘画艺术——疏简与线条的美感。如高剑父作于抗日战争时期《我的现代画（新国画）观》中，这样谈到中国学西画中的现代艺术的新潮："西画人走八大、石涛这条路，不是受国画的影响的，实受西画之影响。盖西欧动荡着艺术的新潮，本着其世界的眼光、思想，于开发祖国之富源外，还要探讨各国艺术之秘。于是寻求我国画的精神与技法，故有线条美与东方趣味，尤其表现于'野兽派'为显著"。西方艺术评论家巴尔蒂斯也说："莫兰迪的瓶瓶罐罐和八大山人的花鸟山石是异曲同工。这是真的！他们太接近了！可见，艺术，不论在西方还是在东方，达到最高境界的时候，是相通的。"八大不仅在绘画形式上，还是在精神内涵上，都与社会和时代紧紧合拍。他在民国时期的地位，于此时达到了顶点。

这就可以解释白石老人对于八大从选择到放弃、再到重拾旧欢的大致过程：在封建社会式微的尽头，齐白石选择了当时诸多文人、画家推崇的"苍茫自写兴亡恨"的八大。1917年，齐白石在北平卖画求生，因为当时北京画坛的主导力量是海派画风，八大山人的地位由于社会运动而不稳定，他学八大山人冷逸一路的画没有市场，只有进行变法。在齐氏对待八大山人态度的转变上，浓缩了民国时期的北京画坛和社会的变迁。

徐悲鸿（1895—1953），原名徐寿康，江苏宜兴屺亭桥镇人。中国著名画家，艺术巨匠，杰出的美术教育家、活动家。他是我国现代美术教育的奠基者，主张发展"传统中国画"的改良，立足中国现代写实主义美术，提出了近代国画之颓废背景下的《中国画改良论》。早在23岁时（1918年）即提出"古法之佳者守之，垂绝者继之，不佳者改之，未足者增之，西方画之可采入者融之"这一主导思想，并持续地以人物画为主体，倡导"复兴中国艺术运动"，其影响之深广，堪谓"以西润中"的代表性画家，与传统基础上的变革者群共同为中国画的革新作出了重要贡献。

1916年，徐悲鸿入上海震旦大学法文系半工半读，并自学素描。暑期应聘到明智大学作画，结识了著名学者康有为、王国维等人。1917

年留学日本学习美术，不久回国，任北京大学画法研究会导师，并兼职于孔德学院，成为新文化运动在美术方面的主要代表之一。

1919年3月，徐悲鸿怀着向西方学习科学和民主、以复兴中国美术为己任的决心，从上海乘船赴法国留学。徐悲鸿到达巴黎，随后考入国立巴黎高等美术学校，以弗拉孟为师。1920年冬，徐悲鸿拜法国国家画会领袖达仰为师。1921年夏，赴德国访问柏林美术学院，并先后去英国、比利时、瑞士、意大利等国，参观各大博物馆、美术馆和美术遗址，悉心观摩和研究历代艺术杰作，并临摹德拉克洛瓦、普吕东、伦勃朗等大师的作品。历经八年苦读，徐悲鸿通过对欧洲艺术如饥似渴的吮吸，取得了卓越的艺术造诣。

1927年春徐悲鸿回国后便投身于美术创作和美术教育工作中，先后任上海南国艺术学院美术系主任、中央大学（中央大学1949年更名为南京大学）艺术系教授、北京大学艺术学院院长。在教学与创作中，提倡写实主义，抨击形式主义，提倡中国画的革新，反对保守主义。他曾亲自拜访并聘请画家齐白石出任教授。1930年完成油画《田横五百士》，翌年完成中国画《九方皋》，1933年完成油画《徯我后》，开中国历史画一代新风。1933年起，先后在法国、比利时、意大利、英国、德国、苏联举办中国美术展览和个人画展。抗日战争爆发后，在香港、新加坡、印度举办义卖画展，宣传支援抗日。抗战胜利后重返中央大学艺术系任教。中华人民共和国建立后，任中华全国美术工作者协会（现中国美术家协会）主席、中央美术学院院长等职。

就其个人成就而言，徐悲鸿素描极精，不下于西方大师；油画以《田横五百士》《徯我后》为代表；中国人物画以《九方皋》《愚公移山》《泰戈尔像》《巴人汲水》最为著名。走兽画以马、狮名世，花鸟画亦生动感人。徐悲鸿的作品熔古今中外技法于一炉，显示了极高的艺术技巧和广博的艺术修养，是古为今用、洋为中用的典范，在我国美术史上起到了承前启后、继往开来的巨大作用。

"师造化"是徐悲鸿艺术思想的基础和核心。他曾说："一个艺术工作者，在其生存之环境中体验人生或会心造化，能真实表现出他观察所得于其作品上，无论其手法与作风之灵巧与笨拙，只要是真实，都会得到观者心灵上的共鸣。"他极力反对画者不接触自然，只一味临摹古人的作品，不讲创造，而弱化了中国绘画的创造力。

1947年10月1日，艺专国画组秦仲文、李智超、陈缘督，由于不满一年来学校对国画组之种种措施，特致函校长徐悲鸿，提出质询与诉求，同时停止授课。徐悲鸿没有回应三教授的质疑与诉求，强硬表态："合则留，不合则去。"事态由此升级，北平美术会响应罢教三教授，并发表《反对徐悲鸿摧残国画宣言》，徐悲鸿抛出了以"素描是一切造型艺术之基础"为理论依据的《新国画建立之步骤》来应对，由此上演了一场旷日已久的国画论战。

萧谦中（1883—1944年），原名萧逊，字谦中，号大龙山樵。安徽怀宁人。曾任教于北京美术专科学校及中国画学研究会。出版有《萧龙樵山水精品二十四帧》、《课徒画稿》。

1920年，萧谦中与周肇祥、金城、陈师曾等人发起成立"中国画学研究会"，"提倡风雅，保存国粹"，影响很大。当时，他与另一位北漂山水画家、北京艺专教授萧俊贤并称"二萧"。

吴湖帆（1894—1968）初名翼燕，后更多万，又名倩、倩庵，字遹骏、东庄，别署丑簃，书画署名湖帆。江苏苏州人。擅长中国画。历任上海中国画院画师，上海美术学校、上海美术专科学校、浙江美术学院国画教师，上海大学美术学院副教授、中国美术家协会上海分会副主席。早年与溥儒被称为"南吴北溥"，后与吴子深、吴待秋、冯超然、在画坛有"三吴一冯"之称。

他擅画山水，亦擅绘花卉，兼工书法。其山水以雅腴灵秀、缜丽清逸的复合画风独树一帜，尤以融水墨烘染与青绿设色于一体并多烟云者最具代表性。张大千曾将他誉为"民国画坛第一人"。

姚华（1876—1930），字一鄂，号重光，一号茫父，别号莲花庵主，贵州贵筑（今贵阳）人。时任中华民国临时政府参议院议员、北京女子师范大学校长。在民国初年的北京画坛，姚华与陈师曾两人以"中国画"艺术（包括人品学问及诗、书、画、印"四全"），并称

"姚陈"，公认为当时的"画坛领袖"，是公认的领衔画家。

姚华擅长山水花卉和题跋，隶、篆、行、草无不精道。姚华还是清末民初最负盛名的铜刻文具的创作大家。

王梦白生于1888年，1934年过世，年仅47岁。失业后生活贫困的王梦白来到上海，拜师吴昌硕，画艺大进。几年后，王梦白离开上海来到北平谋生活，拿着吴昌硕亲手写的润格，"梦白王君嗜画成癖，古意横溢，活泼生动"，从中可见其颇受吴昌硕的喜爱和肯定。可现实生活是残酷的，潘若渊回忆，梦白"之来京也，拟鬻画于厂肆，润格尺一元，扇亦一元。肆主以其非名画家，仅收其润格，拒悬其画，以是无人过问"。

王梦白画画不走寻常路，别人都喜欢画梅兰竹菊这类的，他却喜欢画猪、蛇等，在文人眼中猪又懒又脏，所以文人不屑。1920年在《花阴画展》中，王梦白画的《猪》被胡佩衡形容为"惊动了整个画坛"；1922年秋，陈师曾组织了"纪念苏东坡诞辰八八五周年"的罗园雅集，轰动一时。梁启超、姚茫父、汤定之、周肇祥、王梦白、齐白石、陈半丁、溥心畬等应邀参加，众人一致推让王梦白画猪，顷刻间一只憨态可掬的墨猪栩栩如生于纸上，陈师曾补竹，并题上苏东坡句："宁可食无肉，不可居无竹。"众所周知苏东坡是个肉食主义者，获得众人的赞赏，被认为纪念东坡诞辰的最佳礼物，由此王梦白的名气大增并传为美谈。

张大千（1899—1983），原名正权，后改名爰，字季爰，号大千，别号大千居士，斋名大风堂。四川内江人，祖籍广东省番禺，生于四川省内江。

20世纪50年代，张大千游历世界，获得巨大的国际声誉。他与二哥张善子昆仲创立"大风堂派"，是二十世纪中国画坛最具传奇色彩的泼墨画工。特别在山水画方面卓有成就。后旅居海外，画风工写结合，重彩、水墨融为一体，尤其是泼墨与泼彩，开创了新的艺术风格，因其诗、书、画与齐白石、溥心畬齐名，故又并称为"南张北齐"和"南张北溥"，名号多如牛毛。与黄君璧、溥心畬以"渡海三家"齐名。二十多岁便蓄著一把大胡子，成为张大千日后的特有标志。

张大千曾用大量的时间和心血临摹古人名作，特别是他临仿石涛和八大山人的作品，更是惟妙惟肖，几近乱真，也由此迈出了他绘画的第一步。他从清代石涛起笔，到八大山人、陈洪绶、徐渭等，进而广涉明清诸大家，再到宋元，最后上溯到隋唐。他把历代有代表性的画家一一挑出，由近到远，潜心研究。然而他对这些并不满足，又向石窟艺术和民间艺术学习，尤其是敦煌面壁三年，临摹了历代壁画，成就辉煌。这些壁画以时间跨度论，历经北魏、西魏、隋、唐、五代等朝代。

为了考验自己的伪古作品能否达到乱真的程度，他请黄宾虹、张葱玉、罗振玉、吴湖帆、溥儒、陈半丁、叶恭绰等鉴赏名家及世界各国著名博物馆专家们来鉴定，并留下了许许多多趣闻轶事。张大千许多伪作的艺术价值及在中国美术史上的地位较之古代名家的真品已有过之而无不及。

张大千曾与齐白石、徐悲鸿、黄君璧、黄宾虹、溥儒、郎静山等及西班牙抽象派画家毕加索交流切磋。

林风眠（1900—1991），原名林凤鸣，广东梅县人。是享誉世界的绘画大师，是"中西融合"最早的倡导者和最为主要的代表人，是中国美术教育的开辟者和先驱，1925年回国后出任北平艺术专科学校校长兼教授。1926年受中华民国大学院院长——蔡元培之邀出任中华民国大学院艺术教育委员会主任，1927年林风眠受蔡元培之邀赴杭州西子湖畔创办中国第一个艺术高等学府暨中国美术最高学府——国立艺术院（中国美术学院）任校长。林风眠是中国现代美术教育家，主张"兼容并包、学术自由"的教育思想，不拘一格广纳人才。

林风眠后来隐居于上海淡泊名利，历经坎坷，于70年代定居香港，1979年在巴黎举办个人画展，取得极大成功。作品有《春晴》《江畔》《仕女》《山水》《静物》等。著有《中国绘画新论》，出版有《林风眠画集》等。

林风眠擅长描写仕女人物、京剧人物、渔村风情和女性人体以及各类静物画和有房子的风景画。从作品内容上看有一种悲凉、孤寂、空旷、抒情的风格；从形式上看一是正方构图，二是无标题，他的画特点鲜明，观者一望即知。他试图努力打破中西艺术界限，终生致力于融合中西绘画传统，创出了自己独特的艺术风格。他无愧于是一位富于创新意义的艺术大师，对许多后辈画家产生过极深远的影响。林风眠是整个20世纪中国美术界的精神领袖。

张书旂生于1900年，素有"任伯年第二"的美誉。擅于在作品中用粉，能"粉分五色"，有"白粉主义画家"之称。张书旂最擅长花鸟画，在当时与徐悲鸿、柳子谷三人被称为画坛的"金陵三杰"。徐悲鸿对他的评价是："自得家法，其气雄健，其笔超脱，欲与古人争一席地，而蔚为当代代表作家之一。"老师吕凤子则称赞张书旂"画花似闻香，画鸟若欲语，技法卓绝，当代无与抗衡者。"在南京中央大学任教的同时，张书旂还举办个人画展。1935年他在南京举办的个展上，200余幅作品立刻被订购一空，获得高度评价。

四、巾帼画笔绘新风

兴女学，开办女学堂，解女禁，解放女性思想，培养女性艺术素养，这样的变化使民国女子从男尊女卑的封建模式中解放出来，不仅加速了女子参与美术创作的速度，同时提高了女子对美术教育思考与研究的能力。

美术展览会是民国精英女性艺术成果在公共领域的集中展示。从当时媒体报道美术展览会的一些情景，看女性参与度，很是轰动。

民国美术展览会借助报纸杂志等大众媒介，共同营造和拓展女子艺术教育公共话语空间，媒体承担阐释艺术思想和创作理念以及展示艺术教育实践成果、推动艺术启蒙和艺术教育的功能。

第一次全国美展所留下最丰富资产，应该是当时艺文界人士针对此次展览所作的各项评论，尤以《美展》及《妇女杂志》两刊报道最值得一观。

《妇女杂志》设有美展专辑，最特别的是以女性画家为主体的专题讨论，除了刊出她们个人肖像和画作之外，还以女性观点表述了女性与艺术之间的关系，见诸金伟君《美展与艺术新运动》、金启静《女性与美术》、陶粹英《女子发育美与人体画法》等文章。述及她们创作生涯的甘苦谈，有潘玉良《我习粉笔画的经过谈》、唐蕴玉《寸感》、裘练吾《与吴佩璋女士谈艺术》、金启静《艺术世界性的过去和将来》、王伊茹《艺术的使命》等。

《妇女杂志》1929年7月第15卷第7号"教育部全国美术展览会特辑号"设有"女青年艺术家"专栏："我国妇女之有才艺者，代不乏人。自解放运动以来，女青年之艺术家，闻风奋袂而起，指不胜屈，现所纪载的，仅限于敝社同人之所见闻，遗漏实多。观此而知我国女界之进步，盖未可限量也。"专栏集中记载潘玉良、吴青霞、蔡威廉、杨雪玖、方君璧等22位女画家。"女子美术品的一斑"专栏刊载何香凝、李秋君、蔡威廉、潘玉良等在第一次全国美展中陈列的作品。

民国时期所谓艺术教育的精英女子，"或为名闺淑媛，雅好天然；或系学子高材，研几有日；更有游学法日，穷十年之功，得西艺之精英，饱掠而归国者"①。

这些女性艺术家的成果除了在"教育部全国美术展览会特辑号""美术专号"等期集中展示外，《妇女杂志》还登载不少影像及作品，诸如"上海城东女学杨雪瑶女士画岁朝图"，"上海城东女学杨雪玖女士画山水"，"章太炎夫人题沈泊尘君遗画"，"赴法勤工俭学之最先者徐蒋碧微女士小影"，"李殿春女士在上海女子艺术师范学校教授写生摄影"等。

从女画家类型上看，基本有三种。

第一类是投身于社会革命，以变革社会为职志的艺术家，如何香凝、夏朋等。不论是何香凝的绘画，还是夏朋的木刻，她们的作品都从不同的角度反映了女性艺术家对国家和民族命运的关注。

第二类是接受"五四"新文化运动的思想启蒙，以建树新文化为

---

① 李寓一：《教育部全国美术展览会参观记》，《妇女杂志》，1929年第7期。

己任的人群。民国是一个特殊的时期，不断兴起的文化运动造就了一批异常活跃的知识分子，不管是文学家、思想家，还是画家、雕塑家，他们都怀抱着一份坚持，一份责任。尤为突出的是女性，她们开始真正明确自身存在的价值，追求属于自己的幸福，因此被称为那个时期的"新女性"，但是她们也承受着世俗的非议。

第三类是以艺术修身养性，作为高雅消遣的"闺阁派"艺术家。这些艺术家不以艺术为业，她们从事艺术活动的目的在于表明一种具有独立人格精神的"新女性"形象，即以自由人的身份积极参与文化活动和艺术活动，这是新时代的新女性所应有的一种新型的生活方式。例如1934年成立于上海，由冯文凤、李秋君、陈小翠、顾青瑶、杨雪玖、顾默飞等组织发起的"中国女子书画会"，集中地体现了这一类女画家的状况。

民国时期的知名女画家，从她们经历的人生历程，及其作品中体现的艺术风貌，可以看出她们对传统文化持有的态度，决定了她们在艺术取向上不可能再回到传统的程式之中。她们大多卷入西学热潮，到西方的新艺术中去确立自己的价值取向。其中最值得提及的是潘玉良、方君璧、关紫兰、蔡威廉、丘堤和孙多慈等，她们被称为"民国六大新女性画家"。

方君璧，福建闽侯人。出生于名门望族，方家启蒙得先，家长送君璧的六兄声涛、七兄声洞、七姐君瑛、四嫂曾醒四人留学日本。君璧诞生那年，戊戌变法失败，两年后，八国联军攻陷北京，古老的中国在风暴中进入20世纪。在这生死存亡之际，方家姐弟毅然投身革命，加入孙中山领导的同盟会。方君瑛25岁，为人正直，深受孙中山器重，被选任同盟会暗杀部部长。辛亥年（1911年）三月，方声洞配合革命党人潜入广州起义，事败，声洞率队冲锋，中弹身亡，葬于黄花岗，为七十二烈士之一。过半年，武昌起义，各省纷纷响应，清帝被迫退位，民国成立。革命成功之后，方君瑛、曾醒无意当官，申请官费前往法国留学。曾醒遂带其十弟仲鸣、君瑛带其十一妹君璧同行。时1912年，曾仲鸣16岁，方君璧14岁，到法国留学。

二十年代的中国，在社会上崭露头角的女性画家真是微乎其微，方君璧是当时极少数之一。在巴黎期间其作品《吹笛女》作为第一位中国女性画家的作品入选"巴黎美术展览会"。代表作品《吹笛女》《拈花凝思》等，当时巴黎各报竞相刊登她的照片和作品，被誉为"东方杰出的女画家"。1984年巴黎博物馆为她举办了"方君璧从艺六十年回顾展"，给予这位在巴黎起步的东方女画家的业绩以充分的肯定。

潘玉良，字世秀，江苏镇江桐城人，1895年出生于江苏扬州。中国著名女画家、雕塑家。幼年时就成了孤儿，14岁被舅舅卖给了妓院作歌妓，17岁时被芜湖海关监督潘赞化赎出，纳为小妾，改名潘玉良，居住在上海乍浦路。热爱艺术的她，于1918年以素描第一名、色彩高分的成绩考进上海图画美术院（后改为上海美术专科学校），师从朱屺瞻、王济远学画。

1921年潘玉良考得官费赴法留学，先后进了里昂中法大学和国立美专，与徐悲鸿同学，1923年又进入巴黎国立美术学院。潘玉良的作品陈列于罗马美术展览会，曾获意大利政府美术奖金。1929年，潘玉良归国后，曾任上海美专及上海艺大西洋画系主任，后任中央大学艺术系教授。1937年旅居巴黎，曾任巴黎中国艺术会会长，多次参加法、英、德、日及瑞士等国画展。曾为张大千雕塑头像，又作王济远像等。潘女士为东方考入意大利罗马皇家画院之第一人。

潘玉良的油画不论是气度、修养，还是技术，在中国早期女西画家中，无人可比，在男性西画家中，也数上乘水准。她的画风基本以印象派的外光技法为基础，再融合自己的感受才情，作画不妩媚，不纤柔，反而有点"狠"。用笔干脆利落，用色主观大胆，但又非常漂亮。面对她的画总让人有一种毫不掩饰的情绪，她的豪放性格和艺术追求在她酣畅泼辣的笔触下和色彩里表露无遗，天生一副艺术家气质。

她与别的西画家所不同的是，对各种美术形式都有所涉及，且造诣很深：风景、人物、静物、雕塑、版画、国画，无所不精，传统写实、近代印象派和现代画派乃至于倾向中国风的中西融合……都大胆探索、游刃有余，有出色的表现。其中印象派技术和东方艺术情调是她绘画演变的两大根基，由此及彼形成了她艺术发展的轨迹。

纵观潘玉良的艺术生涯，可以明显看出她的绘画艺术是在中西方文化不断碰撞、融合中萌生发展的。这正切合了她"中西合于一治"及"同古人中求我，非一从古人而忘我之"艺术主张。对此，法国东方美术研究家叶赛夫先生作了很准确的评价："她的作品融中西画之长，又赋于自己的个性色彩。她的素描具有中国书法的笔致，以生动的线条来形容实体的柔和与自在，这是潘夫人的风格。"她的油画含有中国水墨画技法，用清雅的色调点染画面，色彩的深浅疏密与线条相互依存，很自然地显露出远近、明暗、虚实，色韵生动。她用中国的书法和笔法来描绘万物，对现代艺术已作出了丰富的贡献。

孙多慈又名孙韵君，安徽寿县人，中国著名国画家，是徐悲鸿女弟子中得其真传且较有成就者。孙多慈出身于寿县的书香名门，父亲孙传瑗在东南五省联军总司令孙传芳麾下担任过秘书。1933年，孙多慈与徐悲鸿产生感情。全面抗战爆发后，孙多慈与徐悲鸿的联系一度中断。在朋友的劝告下，孙多慈与时任浙南政府教育厅长许绍棣结识。后因父亲坚决反对她与所爱的老师徐悲鸿恋爱，又因徐悲鸿尚有家室之累，于是1940年孙多慈与许绍棣结婚。1949年，孙多慈随丈夫许绍棣前往台湾，日益精研绘画，成为知名画家。

孙多慈在艺术上有自己的追求，三十年代后期已扬名天下了，1936年中华书局为其出版了第一本素描集。第二年在安徽举办了个人画展，1949年在上海慈淑大楼又举办了个人画展。后任台湾师范大学艺术系主任，20世纪50年代赴美国和法国进修，在台湾又举办了个人画展，受到了极高的评价。

1953年9月，徐悲鸿在北京病逝，噩耗传到台湾时，蒋碧薇正去中山堂看画展。在展厅门口当她刚签好名字一抬头，正好孙多慈站在了她面前，这对几十年前的情敌，一时双方都愣住了。后来还是蒋碧薇先开了口，略事寒暄后就把徐悲鸿逝世的消息告诉了孙，孙闻之即刻脸色大变，眼泪夺眶而出。她怎么也不会料到，这是蒋碧薇惟一的一次与她对话，竟是告诉她徐悲鸿的死讯。

关紫兰（1903—1985）出生于上海，原籍广东省南海县。1927年毕业于上海中华艺术大学西洋画科，同年赴日本留学，入日本东京文化学院。其作品曾多次入选日本重要画展。关紫兰是中国较早接受野兽派影响的画家，早年她师从陈抱一，并与日本具有现代艺术倾向的油画家艺术家有岛生马、中川纪元等人过从甚密。1930年代回国后多次在上海举行个人油画展，30年代上海著名杂志《良友》称她为油画家中的"佼佼者"，关紫兰的成名作有《弹曼陀铃琴的姑娘》《湖畔》《持扇裸女》《绿衣女孩》《秋水伊人》《幽》《慈菇花》《藤萝》《小提琴》等。被海外油画界称中国闺秀女油画家。

丘堤（1906—1958）原名邱碧珍，字秀昆，福建霞浦人。中国第一代最为激进、前卫，活跃在油画历史上一个才华颖异的现代派杰出女画家，20世纪20年代被誉为"闽东四才女"之一。也是中国油画艺术的奠基人之一。

著名画家、书画评论家陈丹青曾在《局部》中赞誉："她（丘堤）的静物画，以我所见，我愿意说是中国第一。"

丘堤年少在福州女师范读书时，已突显新女性之特点，带头剪短发，并利用暑期挨家挨户动员家庭主妇学习文化，组织补习班。1928年上海美专第二届西画系毕业，随后赴日本东京考察学习，受后期印象主义影响。

真正让丘堤在美术圈一举成名的是决澜社第二届画展，其参展作品为《瓶花》。与一般的花卉作品不同，她用色大胆，把常见的"红花碧叶"画成了"碧花红叶"，这种不遵循自然的主观的色彩运用在当时引来不少质疑、不解，各类报刊纷纷刊登，画家丘堤也因此"一画成名"。倪贻德则认为"画面上有时为了装饰的效果，即使改变了自然的色彩也是无妨的。因为那幅花，完全倾向于装饰风的。"为了表明立场，肯定丘堤的艺术创作，决澜社最终将"决澜社奖"颁发给了丘堤，这是决澜社四次画展中唯一的一次颁奖活动。为示郑重，专门邀请当时文教界名人李石曾颁奖，丘堤因此成为了该社团的成员，此画为丘堤在中国现代美术史上奠定了重要地位。

蔡威廉（1904—1939），是20世纪中国重要的油画画家，也是中国早期美术教育家，以肖像画闻名，为著名学者蔡元培之女。

蔡威廉天资聪颖，幼年随父母旅居德国、法国和比利时，先后就读于布鲁塞尔美术学院、里昂美术专科学校，专习油画，毕业后成为国立杭州艺专西画教授。其肖像画用色以黑、白、灰为主调，侧重人物脸部刻画，结构结实，造型准确，充满情趣意味。

蔡威廉还是一位早期美术教育的先驱者。学成回国后，在父亲蔡元培的支持下，她参与了国立艺专的创始工作，是该校首批教师之一，也是该校任职最长的教授之一。在学校期间，她把主要精力都投入到了教学工作中。她教学审慎，爱护学生，讲话少而启发多，但又严格要求，一丝不苟，在师生中有良好的口碑。在一次学生作品展览中，她发现了吴冠中的超人才华，便提出用自己的一幅油画换他的一幅水彩画，使年轻的吴冠中很受鼓舞，铭感终身。在蔡威廉等一批留洋教师开放式的教学下，塞尚、马蒂斯、毕沙罗、凡·高、毕加索等一批欧洲现代派艺术大师成为国立艺专学生的偶像。

蔡威廉对西方现代派艺术在中国的启蒙和传播，功在千秋，筚路蓝缕。著名画家刘开渠曾感叹："在旧中国能有像她这样的女画家是极难得的。"

1937年"七七事变"后，国立艺专为避战乱向内地迁移。首到浙江诸暨，继至江西贵溪，又迁湖南沅陵、长沙、贵州贵阳，直到云南昆明才勉强安顿下来。而蔡威廉夫妇一直随校奔波。1938年，杭州艺专与国立北平艺专合并后，因校方内部发生矛盾，蔡威廉夫妇离开国立艺专，次年5月5日，因产后逝世，死的直接原因是产后褥，间接原因却是无书教，无收入，怕费用多，担负不起，不能住医院生产，终于死去。人死了，剩下一堆画和六个孩子。

自1928年回国到1939年去世，十年光阴，蔡威廉生下了六个孩子，西子湖畔的十年绘画生涯中伴随着几乎没有间断的怀孕与生产的过程，她日常的生活情形是怎样的呢？就其有著录的几部作品看，1931年《秋瑾就义图》、1934年《天河会》、1936年《费宫人杀中贼图》，想来就是在怀孕哺乳的间歇中完成的。

沈从文先生在1939年6月写下的《忆蔡威廉女士》一文中对她的死痛心疾首："真正在那里为艺术而致力，用勤苦与自己斗争，改正弱点，发现新天地，如蔡威廉女士那么为人，实在不多，末了却被穷病打倒，终于死去，想起来未免令人痛苦寒心。"

蔡威廉去世时，蔡元培先生正在病中，当两个月后，蔡元培先生终于从报纸上看到了昆明举办蔡威廉遗作展览的新闻。悲痛欲绝的老父亲遂于7月13日作《哀长女威廉》一文，倾诉失去爱女的剜肉之痛，蔡元培先生离世时是呼喊着威廉的名字离世的。

蔡威廉的人物画，画风既有西方流行元素，有一点后印象派的意思，又受文艺复兴时期的绘画大师达·芬奇影响，因此也不缺乏古典韵味。她画过人物众多的大型油画《秋瑾绍兴就义图》，是大场面，大主题，十分震撼人心。

五、民国书风览略

在整个民国时期，书法仍旧在国民教育和社会生活中占据着重要地位，今天我们推崇的一些近现代著名书法家，如吴昌硕、李瑞清、康有为、于右任、郑孝胥等大书法家都活动在这一时期，可谓中国书法史上最后的黄金时代。

除了基础教育，在中高等教育阶段，大量美术学校的出现也极大地活跃了这一时期的书法教育气氛。如创立于1903年的两江师范教育学堂，就曾明确规定书法、篆刻是学生必修之课，不仅如此，该校还花费重金聘请当时的书法名家陈三立、李瑞清等人前来教学，由此可见其对书法重视程度。

1912年，刘海粟在上海创办了著名的上海美专，专设书法课程，聘请马公愚、钱瘦铁、诸乐三等人教学，此后的几十年中，这所学校培养了大批书法教育家，为民国和1949年之后的书法教育做出了极为重要的贡献。除此之外，还有如北京美专、北京高等师范学校图画手工科、上海美专、上海新华艺术学校、南国艺术学院、苏州美专、国立杭州艺专、南京美术专门学校、桂林美专、精华艺术专科学校、无锡美专、上海昌明艺术专科学校、正则艺术专科学校、广州艺术专科学校、武昌艺术专门学校、上海立达学院美术科、中华艺术大学、西南专科学校、四川艺专等，这些学校多数专职或兼课教师的个人素养是高的或比较高的，例如齐白石、黄宾虹、陈衡恪、陈半丁、吕凤子、乔曾劬、马公愚、钱瘦铁、潘天寿、张大千、诸乐三、寿石工、马万里等人，他们精于书法、绘画、篆刻，对人才的培养起到了决定性作用。

各种书法社团也纷纷成立。这种以书画篆刻社团为形式的书家群体性的活动，由最初的较为松散的、雅集形式的交流，逐渐发展到有明确宗旨、组织形式、严格规章和流派意识的社团活动，使书家既以个体的形象，也以群体的形象面向社会。社团活动既有益于书家个体的发展，对群体风格、流派风格的形成也有很大的促进作用，并能有效地扩大书法篆刻的社会影响。

书法篆刻社团的不断涌现是民国以来书法发展的一个特点，社团的频繁活动、商业意识对书法的广泛渗入，使不少书家逐步建立了商品意识，频繁举行各种形式的展出活动，并利用展览的社会功能，边展边卖，使书法作品由个人私密性的书斋走向了面向公众的以悬挂形式为主的展馆，带动了书法作品的形式和书家创作心态的改变，对书家声誉的提高也有很大的促进作用。

如成立于1904年的"西泠印社"、成立于1930年的"湖社清远艺社"、成立于1941年的"鹿胎仙馆同学会"、成立于1943年的"中国书学会"等，这些社团有的基于一个明确的目的成立，有的由一个地区的文人书家组成，有的则是同宗或同学会，在结社学书的同时，也带动了书法教育、交流、研究、鉴藏、产业的发展与兴旺。在这种背景下，民国时期的书法生活异常活跃，呈现出一道独特的人文景观。一边是各类书法教育学校、书法运动此起彼伏，大书法家如吴昌硕、李瑞清、康有为等人聚众授徒，逐渐形成了民国时期独有的书法流派，另一边是伴随着书法交流而来的书法鉴藏、交流活动非常活跃，如庞元济、张伯驹、张学良、吴湖帆、王己千、徐悲鸿、张大千、张珩等，都是当时极富名望的收藏家，他们不论在书法、绘画还是审美水平上，都代表了一个时代的风向。

成立于1909年的豫园书画善会是近代上海画坛第一个拥有完整章程及组织机构的书画社团，是上海的书画家在近代上海美术市场激烈的竞争中为谋求生存、扩大市场影响、售卖画作、维护自身利益、赈灾联谊等而建立的一种互惠互济的组织。

民国书法家除了少数前清遗贤之外，基本上都是"业余书法家"。虽然视书法为余事，但其传奇的经历、开阔的视野、不凡的气度、救国忧民的胸襟，使他们的书法充盈着从容和自信，一副大家气派。

民国的书法家有着深厚的国学文化底蕴。他们都是有着文人的性情、气节与傲骨。沈曾植、罗振玉、李瑞清、章炳麟自不必说，康有为、梁启超、李叔同、马一浮等人甚至学贯中西。所以，这些民国书法家都是学富五车的文人。一些人更是金石、书画、诗文兼精的通才。吴昌硕、沈曾植、康有为、郑孝胥、曾熙、李瑞清、谭延闿、于右任、李叔同、溥儒被誉为"民国十大书法家"，谭延闿、吴敬恒、胡汉民、于右任又并称为"民国书法四大家"。

前清遗贤如杨守敬、陆润庠、陈宝琛、沈曾植、康有为、吴昌硕、高邕等，他们的学问、功力无人能及，仍然是清末民国初年书坛的主力。另一方面，又有胡汉民、李叔同、章士钊、马一浮、马叙伦等后起之秀崛起。一时间，书法界人才济济，名家辈出。

在民国画家中，绝大多数画家对书法十分重视，在他们看来，一个画家只有字写好了，画才能画得好。著名花鸟画家李苦禅先生曾说过，"书致画为高度，画致书为极则"。李苦禅先生还曾将书法分为三类：一是书家字，二王、颜、柳、欧、褚家与摹写他们和摹写古金石文字者即如是；二是作家字，以文学修养化入字中，写来不俗，自有一番情趣，如欧阳修等文人之字即如是；三是画家字，寓画意于碑帖功夫中，字为画所用，画为字所融，字如其画，自有一番独特风貌，诸文人画家的字即如是。对于他自己的字，李苦禅认为属于画家的字。

海派山水名家陆俨少则一直主张："十分功夫，四分读书，三分写字，三分画画。"吴昌硕的弟子陈半丁更是对书法十分看重，他曾说："学画难，学字更难，学习中国画，首先要学习中国书法，写不好字的，又怎能画得好中国画呢？中国画讲究'以书入画'，画画的人，练习书法是每天的必修课，尔等时时不可懈怠！"

画家的书法尤为可观。民国时期的吴昌硕、陆恢、黄宾虹、齐白石、张大千、徐悲鸿、溥儒、姚华、潘天寿、傅抱石、陆俨少、谢稚柳、石鲁、高剑父、高奇峰、陈树人、刘海粟、李可染、吴湖帆、郑午昌、马晋、吴作人、丰子恺、吕凤子、钱松喦、贺天健、李苦禅、朱屺瞻、赵少昂、关山月、黎雄才、杨善深、黄君璧、唐云、沈子丞、来楚生、白蕉、陆抑非、陈大羽、余任天、方人定、丁辅之、吴㲷之、冯建吴、诸乐三、晏济元等画家都写得一手好字，他们的书法风格各不相同，各具特色，其中有的画家讲究以势取胜，如高剑父、张大千、陆俨少、关山月等；有的讲究以险取胜，如潘天寿等；有的画家讲究以力取胜，如齐白石、石鲁、李可染、朱屺瞻、刘海粟等；有的画家讲究以神取胜，如黄宾虹等；有的画家讲究以秀取胜，如谢稚柳、吴湖帆等；还有的画家讲究以雅取胜，如溥儒、傅抱石、沈子丞等。

满清王朝在1911年轰然倒下后，大批达官显宦旋即"失业"。不久以后，这些人中的一部分进入了民国政坛。另一部分人如陈宝琛、沈曾植、张謇、陈三立、朱祖谋、康有为、曾熙、李瑞清、郑孝胥等，则选择做了遗民或寓公，而他们赖以生存的本领正是书法。在这些人中，既有翰林、进士，也有晚清的硕儒，时人并没有因为他们是前朝旧民而不予理睬，相反却对他们的书法、绘画等投注了巨大的热情。一时间，很多人因此而一字难求，名噪南北。

杨守敬（1839—1915），湖北省宜都市陆城镇人，谱名开科，榜名恺，更名守敬，晚年自号邻苏老人。清末民初杰出的历史地理学家、金石文字学家、目录版本学家、书法艺术家、钱币学家、藏书家。杨守敬一生勤奋治学，博闻强记，以长于考证著名于世，是一位集舆地、金石、书法、钱币、藏书以及碑版目录学之大成于一身的大学者。他一生著述达83种之多，被誉为"晚清民初学者第一人"，代表作《水经注疏》，是郦学史上的一座丰碑。

杨守敬是享誉国内外的书法大家。主张书法要"变"，变即是创新。他阐述后人的书法与前贤的书法"笔笔求肖，字字求合，终门外汉也"。他所著述的《楷法溯源》，洋洋洒洒14卷，目录1卷。顾名思义，他是在探寻楷法的源流，也是在论述文字的变革、书法的创新。

杨守敬使日本书法发展出现了重大转折，他推荐的北碑、篆隶风并非强加式输出，相反，倒是他的无心和带去的一万多件碑刻拓片和书法作品的魅力完全征服了彼岸众多莘莘学子，使书家们趋之若鹜。光绪六年至十年，杨守敬在任出使日本大臣庶昌的随员期间，广泛搜集国内散佚的书籍，并带去汉、魏、六朝、隋、唐碑帖13000余册，致力于六朝北碑书法的传授，为中日文化交流作出了特殊贡献。著有《书举要》《评碑记》《学书迩言》《望堂金石》《重订说文古本考》《楷法溯源》。论者赞许为千古绝业。

杨守敬不仅学富，而且品高。驻日期间，他购回了大量流失日本的中国古典文化书籍，许多还是孤本，为保存中国的文化典籍作出了不可磨灭的贡献。正由于杨守敬当年在日本的巨大影响，至今仍被日本书家尊为"日本近代书道化之祖"。

陆润庠（1841—1915），元和（今江苏苏州）人。同治十三年（1874）状元，历任国子监祭酒、山东学政、国子监祭酒。以母疾归苏州，总办苏州商务。光绪庚子（1900）八国联军入侵，慈禧太后西行途中，代言草制。后任工部尚书、吏部尚书，官至太保、东阁大学士、体仁阁大学士。宣统三年（1911）皇族内阁成立时，任弼德院院长。辛亥后，留清宫，任溥仪老师。民国四年卒，赠太子太傅，谥文端。陆润庠能书法，擅行楷，方正光洁，清华朗润，意近欧阳询、虞世南笔法。

慈禧太后作画，常命陆润庠和同治元年状元徐郙、探花李文田、进士陆宝忠为之题志。著名的"荣宝斋"匾额即陆润庠题写。陆润庠在苏州留下墨迹较多。尝为留园、狮子林、网师园等园林书联。如为拙政园写"十八曼陀罗花馆"七个擘窠大字,下款署"陆润庠书于鄙寓小怀鸥舫",又为"远香堂"写长联一副,曰:"旧雨集名园,风前煎茗,琴酒留题,诸公回望燕云,应喜清游同茂苑;德星临吴会,花外停旌,桑麻时闲课,笑我徒寻鸿雪,竟无佳句续梅村。"

喜交艺友,或论诗文,或作书画,一时如同治元年状元徐郙、吴荫培、叶昌炽、潘遵祁、潘曾莹以及太仓的陆增祥等,时有往来。

因陆润庠从科举中来,在光绪初至光绪三十年左右,曾屡典试事,又充会试副总裁,故几十年来文字结构变化不大,馆阁气息较浓,讲究光黑精丽,匀圆丰满,大小一律的明、清官场书体。由于这种书体,为明、清最高统治者们所赏识。现故宫内布置或留存陆润庠书法不少。

陈宝琛(1848—1935),福建闽县(今福州市)螺洲人。同治戊辰(1868)科进士,官至正红旗汉军副都统、内阁弼德顾大臣,为毓庆宫宣统皇帝授读。中法战争后因参与褒举唐炯、徐延投统办军务失当事,遭部议连降九级,从此赋闲家居达二十五年之久。赋闲期间,热心家乡教育事业,辛亥革命期间出任山西巡抚,1909年复调京充礼学馆总裁,辛亥革命后仍为溥仪之师。精书法,其书风酷似黄庭坚。又喜画松,能篆刻、治印。

陈宝琛的书法被誉为"伯潜体",在清末民初的书坛自成一家。其书法作品常见于闽山胜景、寺宇庙观中,也有相当数量作品流落于民间。陈宝琛书法主要取法欧阳询、柳公权,上溯晋韵,推崇王羲之、王献之父子,下取宋意,效法黄庭坚,师于古人而不拘泥于古人,正、行书结体瘦硬,上疏下密,法度严谨,章法分明,以险化板,以奇出新,形成了瘦长秀逸、冷峻、遒劲的艺术风格。具体地说:险劲与结体严密取法欧阳询,刚健含婀娜与柳公权神似,点画沉着畅快,结构舒展大度如黄山谷,修神而离迹,独树一帜。

张祖翼(1849—1917),安徽桐城人,寓居无锡。张祖翼是最早走出国门看世界的清朝名士之一。1883年(光绪九年)至1884年,他远赴英国游历近一载,把所见所闻的英国政治、经济、民情、风俗写成诗歌百首,回国后结集为《伦敦竹枝词》《伦敦风土记》等书出版,并以孔孟之徒的眼光看近代英国，以"杨柳青青江水平"的笔调写泰晤士河，使得这些作品异趣横生，为人乐读。

张祖翼龆年即好篆隶、金石之学。篆刻师邓石如，书宗石鼓、钟鼎；隶法汉碑、魏碣，皆出于汉魏三代金石，属于典型的碑学书风。亦能行、楷书，兼有碑意。其篆隶成就当高于其行草。中年以后，其精心创作的篆隶作品上，有时会钤有一枚由邓石如所治白文长方印："八分一字直百金"，这应是当时市场对其艺术品价值的一种认同。西泠印社柏堂后石坊额上隶书"西泠印社"四字，为其所书。张祖翼长期寓居海上，时与吴昌硕、高邕之、汪洵，同称海上四大书法家。著有《磊盦金石跋尾》《汉碑范》等。他最早提出"海上画派"的名目。偶写兰竹，俱有韵致。力充气足，望而知为书家笔也。卒年六十九。

沈曾植（1850—1922），浙江嘉兴人。他博古通今，学贯中西，以"硕学通儒"蜚声中外，誉称"中国大儒"。光绪六年（1880）进士，历官总理衙门章京等职。1901年任上海南洋公学（上海交通大学前身）监督（校长），改革旧貌，成绩卓著。他也是书法大家。早年精帖学，得笔于包世臣，壮年嗜张裕钊；其后由帖入碑，熔南北书流于一炉。写字强调变化，抒发胸中之奇。他精于帖学，早年受欧阳询、黄庭坚、米芾等影响，并参钟繇法，点画纵横，风姿潇洒，气格峭拔，结字和用笔都非常成熟，堪为当时帖学的最高成就。民国时沈曾植寓居上海，在书法上自行变法，所作草书冶碑帖于一炉，取黄道周、倪元璐笔法，参分隶而加以变化，变帖学的圆转为方折、流畅为生涩，体势开张，既富有法帖的韵味，又具备碑版的气势，在表现方法上极富创造性，在格调气势上也不同凡响。

沈曾植以草书著称，取法广泛，碑帖并治，体势飞动朴茂，个性强烈，为书法艺术开出一个新的境界。沈曾植的书法独树一帜，章士钊评其为"奇峭博丽"；沙孟海称他"专用方笔，翻覆盘旋，如游龙舞凤，奇趣横生"。受到当时书法界的推崇，海内外求其字者颇多。

沈曾植的书法艺术影响和培育了一代书法家，为书法艺术的复兴和发展作出了重要贡献。如于右任、马一浮、谢无量、吕凤子、王秋湄、罗复堪、王蘧常等一代大师皆受沈书的影响。

  康有为（1858—1927），广东省广州府南海县丹灶苏村人，人称康南海，中国晚清时期重要的政治家、思想家、教育家，资产阶级改良主义的代表人物。他在书学理论上虽持见多有偏激，但其对碑学的阐幽发微、探赜索隐是他人无可比附的，故其贡献也是值得后人肯定的。只是他的创作实践并未能像他的思想一样光芒四射。他认为"古今之中，惟南碑与魏为可宗"，并列出其"十美"：一曰魄力雄强，二曰气象浑穆，三曰笔法跳越，四曰点画峻厚，五曰意态奇逸，六曰精神飞动，七曰兴趣酣足，八曰骨法洞达，九曰结构天成，十曰血肉丰美。有论者以此为坐标比照康氏本人的创作，谓其心有余而力稍逊，仍未能摆脱早年的帖学窠臼。

  康有为虽以推崇北碑而著称，但其笔下并无刀刻斧凿气，而是巧妙汲取北碑的气势与力量融入行书中，形成雄深宏大的康体行书风格。

  康有为书法早年学王羲之、欧阳询、赵孟頫，后从学朱九江，宗法欧阳通、虞世南、柳公权、颜真卿，又力学张芝、索靖、皇象章草，后又转学苏轼、米芾、钟繇等，自谓执笔用朱九江法，临碑用包世臣法，用墨浸淫于南北朝。由此可知，碑学的养分他只吸收了一部分，其他均是杂糅诸家而成。

  郑孝胥（1860—1938），字苏戡，福建闽侯人，历任广西边防大臣，安徽广东按察使，湖南布政使等，1932年任伪满洲国总理大臣兼文教总长。其书法工楷、隶，取径欧阳询及苏轼，而得力于北魏碑版。所作字势偏长而苍劲朴茂，很有特点。

  郑孝胥曾为交通银行题写名额，四个字润笔高达四千两银子，后来商务印书馆请他题写馆名，出价一万两白银，结果写好后对方要求在旁边注明"民国某某年"，此举顷刻间就激怒了这位满清遗老，当场将字付之一炬。虽然一万两白银就此付诸东流，但对他来说，抛弃满清，丢掉"气节"却是任何钱财都买不来的。

  潘龄皋（1867—1954），他自光绪十九、二十年乡试会试联捷并入翰林开始，至1954年病逝。他历经朝代更迭，能恪守节操，以德才立身，以书法名世。

潘龄皋学富五车，博学多闻。不仅是一位爱国人士，同时也是一位文化巨匠。自清末、民国至新中国成立初期，龄皋均以书法名世。其书法艺术自成一家，名重平津和冀中一带，与谭延闿齐名，时有"南谭北潘"之论。龄皋曾为平津许多商号店铺书写匾额；北京颐和园、北海团城亦有其书写的碑文和楹联。在保定，亦多有其书法遗墨及碑刻存世。民国时期，北京、天津出版过其字帖十四种，其中尤以《胡大川幻想诗》《南濠诗话》《又一村诗话》《潘龄皋太史墨宝》最为著名。1985年，天津古籍书店根据1934年天津"文成堂"为他出版的字帖，刊印了《潘龄皋行书四种》，对潘体书法有弘扬之功。

潘龄皋书法以行书见长。以颜（真卿）字为基，远取苏（东坡）书之腴，赵（孟頫）书之淑、董（其昌）书之雅，近取刘（墉）书之厚，熔铸而成自身风貌。其大要乃笔法尚饱满，多用逆笔入纸，导墨行笔，笔画外柔内骨，点画果断干脆，洁净利索，撇画挺拔而厚重。捺画一波三折而内含筋骨，钩画多方折，竖画行笔时劲健凝重，收笔时至力量饱满时戛然而止，有笔止意无尽之感。其结字重奇侧，与前人不同，特征是上重下轻，左重右轻；上下紧密，左右宽松；上横不平，偏竖不直。偏正欹侧之中意趣横生。其章法崇朗清，整体感觉疏朗、匀称、平稳；肥瘦呼应，大小相间；粗细错落，轻重互见，跌宕起伏，韵律勃动。总之，龄皋书法形美神足，外柔内刚，娇美而不坠俗媚，含蓄而不露锋芒。于静谧、安祥、平和之中，蕴含着勃勃生机。

李瑞清（1867—1920），教育家，美术家，书法家。中国近现代教育的重要奠基人和改革者，中国现代美术教育的先驱，中国现代高等师范教育的开拓者。他通诗、书、画，尤精书法。自幼钻研六书，学习书法，对殷墟、周、秦、两汉至六朝文字皆有研究。为一代书法宗师，也是中国高等书法教育的先驱。

繁盛的艺术市场也吸引了大批宫廷遗老画家前来上海。晚清遗老李瑞清"辛亥革命"后就来到上海，售卖字画谋生。他的卖字润例写有："自欧美互市，航轨东合，顷岁以来，商战益烈；运筹用策，不出市廛；灭国争城，无烦弓矢。是以大贾贵于王侯，卿相贱同厕役。尊富卑贫，五洲通例。若夫贫困不厌糟糠而高语仁义，诚是羞也。……不得已，仍鬻书作业。然不能追时好以取世资，又不欲贱贾以趋利。世有真爱瑞清书者，将不爱其金，请如其直以偿。"可见李瑞清已经意识到商业社会书画商品化为大势所趋，迫于生计，也只好顺应潮流了。

李瑞清的书法，上追周秦，博宗汉魏，各体偕备，尤工篆隶。其书法"秀者如妖娆美女，刚者如勇士挥槊"，潇洒俊逸，各具神态，以篆作画，合画篆为一体。李派书学熔铸古今，不偏不倚，至博且精，勇开风气，所播深远直至当代，为薪火相传的金石书派。著名国画大师张大千、著名书法家胡小石、李仲乾、黄鸿图皆出自其门下。

张伯英（1871—1949），1902年清廷补行"庚子辛丑恩科"考试，张伯英与张云生赴金陵应试，叔侄同科中举，传为佳话。张伯英当年还在北洋政府任过职，跟"三造共和"的段祺瑞一起打过天下，是对民主共和有过大功劳的人物。而且学问深湛，与康有为、梁启超、于右任、张学良、林琴南、齐白石、容庚等都有过密切交往，张伯英是清末民国时期著名的金石鉴赏家、碑帖研究学者、诗人，他不仅精于文史，而且还是蜚声艺坛的书法大家，当年北京城的很多招牌，如前门大栅栏"亿兆棉织百货店"、琉璃厂西大街"观复斋"、东大街"墨缘阁"牌匾，都出自于他之手。他与赵声伯并称"南北二家"，又与傅增湘、华世奎、郑孝胥并称书法四大家，在当时已为世人瞩目，并获得了广泛的赞誉。

张伯英一生酷爱书法，早年从颜体入手，再学魏碑，卓然成家。他以行楷最有成就，亦擅篆隶。楷书结构紧敛而不拘谨，字体规整端庄、方圆兼备，既宽博雄放又紧凑严密，内多劲力。行楷朴实秀逸，古拙自然。

民国书法在书法审美鉴赏上最大的贡献之一就在于对碑帖融合的探索上。这种探索又与书家的个性特征等结合，演绎出了民国书法绚丽多姿、丰富多彩的风格面貌，有影响的书家均独具个人面目。民国时期碑帖兼习、碑帖融合之路有多种途径，对碑、帖的重视程度、取法等有主次、先后之别。或以碑为基，或以帖为本，以碑去帖之柔靡，以帖纠碑之粗率。其中突出者除沈曾植、郑孝胥、李瑞清外，还有于右任、鲁迅、弘一、应均等人，他们以碑学为基，更以儒雅之气化之，见情见性，格调高古，独具面貌。

孙中山，名文，字逸仙。广东香山（今中山）人。孙中山是民主革命的先行者。中山先生的字，结体紧密，气象雍容，有一种大家风范。他放笔直书，随意挥毫，不受任何拘束，但不离书法其宗，不拘泥于传统布局排列，突破旧规，而更注重书写内容及笔下情感的表达，一气呵成。刚劲有力的书法中透出了一颗赤诚的爱国之心。

孙中山的书法主要融会王体、颜体和苏体诸家，自成一家。其书法在现在很多场合都能看到，包括赠送给很多友人的"天下为公"、"博爱"，现在我们在很多场合都能见到。

民国四大书家之一的谭延闿评说孙中山书法："故时贤谓总理之书，深得唐人气韵，流美自然，非力学所能工。至其矜慎厚重，不诡不随，又适如其人焉。"又说："其书不但似苏东坡，而往往有唐人写经笔意，正直雍和如其人，真天资聪明，凡夫须学而不能也。"谭延闿也是民国一代书法大家，长期追随孙中山，所述当然透彻，这也成为评论孙中山书法较为经典的论述。

弘一法师（1880—1942），即李叔同，著名音乐家、美术教育家、书法家、戏剧活动家，是中国话剧的开拓者之一。他从日本留学归国后，担任过教师、编辑之职，后剃度为僧，法名演音，号弘一，晚号晚晴老人。弘一法师对书法的看法很独特，他以一种图画的意识来处理书法章法问题，追求整体效果。他在致朋友的信中说，他写字时，皆依西洋画图案之原则，竭力配置调和全纸面之形状，于常人所注意之字画、笔法、笔力、结构、神韵，乃至某碑某帖某派，皆一致摒除，决不用心揣摩，所以他的字，应作一张图案观之。弘一以图案法观书、作书，也就是以西方的形式构成原理、视觉原理来分析书法，颇有新意。

民国书法界有真草隶篆四大家之谓，也称国民党内四大书家。他们是谭延闿之"真"、于右任之"草"、吴稚晖之"篆"、胡汉民之

"隶"。真正具有个人风格的当推谭延闿和于右任。

谭延闿（1880—1930）的字亦如其人，有种大权在握的气象，结体宽博，顾盼自雄。是清代钱沣之后又一个写颜体的大家。从民国至今，写颜体的人没有出谭延闿右者。他尤以颜体楷书誉满天下。谭延闿可以说一生基本都在攻颜书。

到了1921年，差点成为前清状元的谭延闿，已然成为未来南京国民政府名义上的最高元首，第一任的行政院长。在上海塘山路东头寓所，韬光养晦的谭延闿正一遍遍的临写颜真卿的《麻姑仙坛记》。他的弟弟书法家谭泽闿曾认真统计过，平生共临写颜真卿的《麻姑仙坛记》二百余通。谭延闿只不过比鲁迅大一岁，此时鲁迅的第一本小说集《呐喊》还未出版，而历经世事变幻的谭延闿却已经在考虑如何退隐江湖了。

于右任（1879—1964），陕西三原人，国民党元老，别署"骚心"、"髯翁"，晚号"太平老人"。于右任是近代伟大的民主革命先驱，著名爱国诗人、教育家、政论家、书法。他将草书熔章草、今草、狂草于一炉，创立了"标准草书"，被誉为"旷代草圣""诗仙草圣"，是中国现代书法史上的一座丰碑。他个性独具、雄奇开张的魏碑体楷书、行书和具有开创意义的"标准草书"享誉海内外。

于右任倾其大半生的心血致力于标准草书的研究与推广，用他自己的话说，就是"为过去草书作一总结帐"，这是他中年直到老年最大的使命和心愿。于右任1932在上海创办标准草书社，以易识、易写、准确、美丽为原则，整理、研究与推广草书，整理成系统的草书代表符号，集字编成《标准草书千字文》（1936年由上海文正楷印书局初版），为草书文字的书写树立规范，惠泽后人，影响深远，至今仍在重印。被誉为"当代草圣"。

于右任曾自述学书："朝临《石门铭》，暮写《二十品》。辛苦集为联，夜夜泪湿枕。"可见其在艺术追求的道路上所用心力之多。于右任崇尚碑学，不仅朝临暮写，还冥心搜求了从汉代至宋代的墓志，铭其斋曰"鸳鸯七志斋"，其收藏碑石因之也被称为"鸳鸯七志斋藏石"，后悉数转赠西安碑林。

虽然长期浸淫北碑,但与前代碑派书家不同的是,他却形成了非碑非帖又亦碑亦帖的独特审美特点,这就是:用笔的腴润简直,结体的扁宕松阔,点画的劲健坦荡,整体气韵的磊落真率自然大方。

"学书法不可不取法古人,亦不可拘泥于古人","写字无死笔,一有死笔,就不可医治了";"临是临别人的,写是写自己的;临是收集材料,写是吸收消化。"这些看似寻常的观点对于今天的学书者仍不失指导意义。于右任曾反复说过这样的观点:"一切须顺乎自然。在动笔的时候,我绝不是迁就美观而违反自然。因为自然本身就是一种美。"在他笔下,碑体楷书的行书化和行草书的北碑化,就是他这种"自然观"的直接反映和成功结果。"迁就美观"无疑就是忠实于碑体楷书的方整端严和帖学行书的流美飘逸。

当我们回望民国碑帖融合的书家群像背影时,中国书法史的最后黄金期已经结束。

六、大字秀:招牌匾额报头书法的传播

大字书法的展示,民国时期北京匾额最有代表性。这是古都北京的一道风景线。

北京作为千年古都,匾额之多,令人目不暇接,它们多出自历代名人和书法家之手,而且根据用途和时代的不同,形成了各自的特点。从现存的匾额来看,其用途大约分为古迹题额和商店牌匾。

民国之前,古迹题额以"御笔"最多,其余者为身份显赫的翰林书家之作。"御笔"中最为著名的当属紫禁城乾清宫中"正大光明"匾额,此匾宽4.4米、高1.3米,原为清世祖顺治帝书写,结体苍秀,灵动自然,今悬者为乾隆帝摹本。最初由顺治皇帝书写,出于勉励自身及训导子孙之意,后因政治的需要,此匾额协助完成了雍正帝之后的皇帝秘密立储制度。除皇家匾额外,旧京的牌坊也甚多,著名的有西单牌楼、东单牌楼、国子监的成贤街坊、东岳庙前的琉璃砖牌坊等,牌坊上

的题字也均出自名家之手①。

民国时期，匾额在形制上与清代没有太大的区别，基本上还是采用了之前的样式，但也涌现出一些带有时代特色的新匾额，例如，故宫博物院成立后，紫禁城神武门换上了政坛书家李煜瀛以颜楷题写的"故宫博物院"匾额，字体大气磅礴、超越古今，此五个大字与紫禁城相得益彰，在时人眼中留下了深刻的印象。更值得一提的是，辛亥革命后，在时任北京政府内务总长朱启钤的主持下，将原北京内九城城门满汉文匾额换下，请前清翰林、杭州名士邵章重新题写，并将字体制成石匾镶嵌，九门分别为"正阳门、崇文门、宣武门、安定门、德胜门、东直门、西直门、朝阳门、阜成门"。

在民间，用作商业的房屋称为"门脸儿"，也称"铺面"，经营者不仅要将"门脸儿"装饰得体，还要起上一个响亮的名号，并请名书法家专门题写，以此来引起人们的注意，好的匾额不仅能吸引过往者的品头论足，还能招徕潜在的生意，所以商家对自己的匾额非常重视。科举时代，一般的店铺喜用正统的颜或欧体楷书，一是楷书容易辨认，二来饱满的楷书象征着物阜年丰，财源茂盛。

进入民国，全国各地的硕学鸿儒、书画名家汇聚京城，这也为店家题写匾额提供了便利，书写者除包括恪守传统的前清翰林外，还出现了具有创新意义的碑派书家作品，这些风格迥异的牌匾在旧都的街市之上，争奇斗艳，绽放异彩。据老北京人回忆，匾额中最为出名的是地安门外由郑孝胥书写的"为宝书店"。这四个大字写得法度森严、笔力凝重，刚劲中现婀娜，柔媚中存劲健，为京城匾额中之最耀眼者，惜今已不存。现在全国通用的"交通银行"匾额也是他的杰作。其次是以魏碑见长的铜山张伯英题写的琉璃厂"富晋书社"匾额，字体潇洒飘逸、镕铜铸鼎，集北朝碑版于大成，琉璃厂"墨缘阁"、"观复斋"也为其所书。再者，还有在京城中有"无匾不恕"之称的冯恕书写的张一元

---

① 对民国时期的北京匾额，邹典飞在《中国文化报》曾经著文做过梳理和介绍，可参阅。

茶庄匾额，字体宗法鲁公，苍劲饱满，且带有行书笔意。以上三人之作品，均为北京最具代表性的题匾之作。

京城中名家所书匾额按地区划分，以琉璃厂最多，"宝古斋"古玩铺为翁同龢所书，实系金石家陶北溟设计，将"赏古斋"中"赏"字改为"宝"字而成；"萃珍斋"匾额为印人寿石工书，"韵古斋"出自遗老宝熙之手，"静文斋"南纸店为大总统徐世昌所书，"开通书社"为藏书家傅增湘题额，"邃雅斋"是画家姚茫父题写，"来薰阁"、"琴书处"为吉林三杰之成多禄所书，"藻玉堂"为新会梁启超书，"虹光阁"出自天津华世奎之手，海王村公园内的"长兴书局"为碑派宗师康有为书。其他的还有朱益藩写的"信远斋"、张海若写的"松筠阁"、孙贻经写的"翰文斋"、樊增祥写的"穆斋鬻书处"等。

琉璃厂之外，常为商店题匾的书家还有潘龄皋、李钟豫、韩毅、谢霈、王塏、吴兰第、恽毓鼎等，他们的书法各具千秋，风格多样。

民国北京政府中的一些政客也喜挥毫书匾，有儒将之称的直系首领吴佩孚，擅长行草，其匾额却以传统的颜楷题写。西北军首领冯玉祥喜八分书，题字多用隶体。步军统领江朝宗题字多为颜玉泰代笔，从中可见其附庸风雅的一面。

科举时代，皇权专制制度对书法的使用有着严格的要求，从皇家的诏书、诰封、起居注、账册、奏章、科举试卷，到百姓的婚、丧、嫁、娶用联和商铺牌匾均要用端正的欧或颜体楷书书写，其限制范围不仅限于士农工商，连皇帝也不能破例，乾隆帝喜作赵体书法，但题写雍和宫（雍正帝即位前之雍王府）正殿前的喇嘛教丰碑碑文时还是采用了正规的颜体，此体也是具有清代宫廷装饰性的应用字体。乾嘉之后，碑派兴起，学北碑的人逐渐增多，但在正式场合中，还是不便使用碑体书法。

传统的匾额对字体有严格要求，一般为榜书，书写时还要注意三个要点，一是笔画要粗，显得饱满。二是要横、竖、撇、捺相对寸楷要短而有力。三是字体中心部分比例要大，字体雄壮、凝重适宜匾额书写要求。所以清末民初，京城中善书匾额者像颜楷高手翁同龢、华世奎、邵章、冯恕、成多禄等都深谙此道。

民国之后，随着新时代的来临，对字体的限制才逐渐放松，一些具有新派意识的书家开始以自己擅长的书体题写匾额，但在传统保守人士眼中，这种做法是不合礼制和规矩的。

总之，民国时期京城匾额将蓬勃发展的书法风格全面展现。而且，书风并未因受到门派和政坛的影响而趋向单一化发展，虽然匾额书法在帝制时代受到了礼制的限制，但进入新时期，书法风格的多样化与古老北京文化氛围逐渐融为一体，牌匾艺术也成为展示民国北京书法成就的载体，将这些具有鲜明时代特征的书法艺术珍品永远留在了这个古老的城市。

早在民国建立之初，南京成为政治中心，商业日趋繁荣，新的商店大批出现，商店招牌开始成为一道风景。这些商店的招牌字，很多都出自当时著名书法家骆继海之手。骆继海的字大气磅礴，刚健而不失妩媚，很受商家青睐。

骆继海之后，南京出了个奇人陈艾。陈艾家贫，练大字买不起斗笔，便用抹布代替，久而久之，"抹布笔"居然得心应手，后来就用抹布替人写招牌。

开设字馆，以替人写字为营生曾经是个行业。十年动乱前，夫子庙贡院西街上还有一家，门口挂着两个肉头头的大字：袁涛，他就是字馆的主人。南京众多字馆中，民国以来直至上世纪五六十年代，名头最大影响最大者，非周琪莫属。

周琪（1897—1973），字仁廉，号瑶仙，笔名周琪。周琪从小随父习字，六七岁时就能悬腕临魏碑，把字写得有模有样，16岁开始为人写大字招牌。他先学欧阳询、颜鲁公和柳公权，后来专攻颜体，30岁后即以擘窠大字闻名遐迩。周琪在书法方面兴趣极广，从甲、金、篆到隶、楷、行、草，甚至仿宋等五十多种字体，皆有涉猎。周琪终身以写字为业，凭街开窗，经营字馆。

周琪的字馆开设在城南弓箭坊巷口，门面不足一间，求字者络绎不绝。书案是临门的一张八仙桌，每次提笔写字，路人便挤在门口围观，啧啧声不绝于耳。

店招上周琪的字，有肉无骨，虽中规中矩，却透着圆润，散发着富贵气，十分迎合商家追求大吉大利与和气生财的心理。因此，周琪的字受到商家热捧，街面上到处都能看到他的字，可谓满街江东周琪，美誉"周半城"。

南京"国民政府"匾额的制作，也有一番过程。这块匾额，非一般人能写，必须请名家。时任国民政府委员的谭延闿是当时有名的书法家，写得一手漂亮的颜体正楷大字。国民政府秘书处的人员经过磋商，认为由他来写非常合适。但当秘书处的人员将此意告诉谭延闿时，他却说，他的字不如他弟弟写得好，说他弟弟在上海卖字，你们找他去写吧。谭说的这位弟弟叫谭泽闿，谭泽闿的字确实写得好。

原来，谭氏兄弟的父亲是清末大官僚谭仲麟，做过陕甘总督和直隶总督，与光绪皇帝的老师翁同龢同年，颇有交往，常有书信往来。翁同龢是当时最有影响的书法家，求他的字很难，谭仲麟很珍爱翁的字，将翁的信笺都妥善收集起来，并让两个儿子临摹学习。两个儿子学得翁体真髓，书艺大进，都成了书法家。但后来谭延闿做了文官，研究书法的时间少了，而谭泽闿却一直悉心攻研书法，名气很大。

20世纪20年代，谭泽闿来上海挂牌卖字，成了一名专业书法家。国民政府秘书处的人员到上海找到谭泽闿，请他写了"国民政府"四个大字，回南京后，将题字制成匾额挂到国民政府大门之上。

国民政府秘书处付给谭泽闿酬金4000元，谭泽闿的字真成了名副其实的"一字千金"。

报头书法天天见，最受读者重视。报头是报纸的眼睛，而我国报头的书写常常与书法艺术密不可分地联系着，独具民族特色，观而赏之使人舒心悦目，极受书法爱好者、报头收集者的特殊青睐。也有一种由名家墨迹聚合而成的报头书法，虽非名家亲笔题写的报名，还不能视为真迹报头，但它又确是本人书写字迹，经精选拼合，布局得体，浑成自然，使人真假难辨。

赫赫有名的《申报》的报头乃郑孝胥所题写。《申报》是近代中国发行时间最久、具有广泛社会影响的报纸，是中国现代报纸开端和标志。它前后总计出版经营了整整的77年，历经晚清、北洋政府、国民政府三个时代。难得的是，后来的上海《申报》，早已是国民党的几位党要所主持，而郑孝胥所题写的报头却一直继续沿用。

伟人孙中山好写字，身前留下的大量墨宝，不仅是珍贵的革命史料，也是难得的书法作品。无论是案头小牍或擘窠巨构，所书皆开阔雄浑、朗健清逸，字字独立却气脉浑整。自始至终都贯彻着一种正大、沉毅、豪迈的阳刚精神和恢弘独特的美感，在雍和中透着高雅不俗，体现了孙中山的伟人气魄和不朽精神

孙中山的书法主要融会王体、颜体和苏体诸家，自成一家。其书法在现在很多场合都能看到。有些报名虽不是名人亲笔题写，但却是从他们的遗墨中选拼而成。如《新民晚报》的报头乃出自孙中山的遗墨。

张謇（1853—1926），江苏海门人，字季直，号啬庵，近代著名实业家、教育家、社会改革家。张謇题写报头的《申报》，被一直沿用。

谭泽闿（1889—1948）湖南茶陵人。近代书法家。字祖同，号瓶斋，室名天随阁，谭延闿之弟。善书法，工行楷，师法翁同龢、何绍基、钱沣，上溯颜真卿。气格雄伟壮健，力度刚强，善榜书。取法颜真卿，兼工汉隶。又善诗，能画。民国时南京"国民政府"牌匾即为其所书，上海、香港两家《文汇报》的报头即其所书，至今沿用。

为中国报刊题写报头最多的是擅写狂草书法而著称的毛泽东主席。他的题墨洋洋洒洒，气度非凡，不仅气势磅礴，飞动流畅，而且潇洒隽秀、各尽其妙。

一代伟人毛泽东题写的《人民日报》报头，遒劲有力，浑然一体，既严肃又活泼，给人一种朝气蓬勃的感受。毛泽东题写的《新华日报》《解放日报》报头，雄浑奔放，刚劲有力，蕴含着中国人民争取解放，渴望自由的时代意义。毛泽东题写《光明日报》，报头风格明快，洒脱自如，节奏感强，象征中华民族昂首阔步前进的英雄气概。

第十一章 "心画"与"心声"

中国文学艺术批评史有一个传统,素来把艺术作品视为艺术家人格的化身,对艺术的批评、品鉴,经常与对艺术家人品的评价联系在一起。它要求艺术家在追求艺术完善的同时,追求自我人格的完善。西汉扬雄《法言》提出:"言,心声也。书,心画也。声画形,君子小人见矣。声画者,君子小人之所以动情乎?"意思是言为心声,书为心画,看"画"听"声"就可以判定君子小人。这个结论虽然过于简单,但确实比较明确地揭示了艺术家主体内心世界与艺术创作的关系。在中国美学史和文艺批评史上占有重要地位,尤其对中国书法理论产生了深远的影响。

中国的书法艺术是以抽象的线条来抒发情感和表达心绪的变化,书法艺术形象虽然与文字的造型有关,但作为一种线的抽象形式,其发展结果是符号化即距离实际物象愈来愈远,正是这种距离使得它类似音乐,更加接近人们的心灵。书法以其特有的点线律动来表现和传达诗歌或其他内容,使它具有文字内容和点画布白结构相融合的多重艺术魅力,所创造的艺术世界与人类审美心理相映照。由于诗歌一般借助书法为艺术载体,故评论诗歌的标准也被用以评价作为"心画"的书法,这样,书法品评标准就与孟子的"知人论世"等艺术人格一体论打通,欣赏者可以用相同的审美标准来审视和评价不同的艺术门类。由于中国书画的使用工具相同"导致了技法的相似,在"书画同流"和书画相通的号召及实践中,以书入画和具有诗人气质的"士气"说成为文人画的主要标志,所以书法的品评标准又逐渐被移用到绘画领域,加上中国古代诗书画的兼擅一般成为文人努力的目标,文人大多也同时集诗书画诸门类艺术技巧于一身,这就形成诗书画创作与评价中"立身"与"文章"紧密相关而不可分离的重要传统,长期影响了整个文学艺术发展和批评史。

一、"人品"与"书品"

书法具有强烈的抒情功能,这是书法作为艺术的先决条件之一。同时,书法艺术又以来自自然形象(源于模拟自然的绘画)却又远离自然形象的字体造型、抽象线条作为艺术材料。那么,如何处理二者的关系,使之成为"心画"呢?就诗歌而言,解决心声传达问题比较直捷。即使这样,诗歌也还要用"赋"、"比"、"兴"等艺术手段来传达。唯其如此,才能深入人心,引起共鸣,达到陶冶性情的功用。

书法一旦兼具实用与抒情功能,而且偏重后者时,人们很自然地就注意到解决这个问题。

汉魏时期是中国书法成熟期的上限,故书法的审美价值首先得到理论家的重视,他们开始从艺术表现与自然及人的关系等新的视角而不是实用角度,考察隶变阶段的书法创作现象。

东汉蔡邕《九势》倡"书肇自然"说:"夫书肇于自然,自然既立,阴阳生焉。阴阳既生,形势出矣。"蔡邕生在东汉末,正是我国古代哲学关于阴阳五行理论流行阶段。"阴阳"指自然界万事万物中内含的两大对立面,具体落实到书法的形与势,则有黑白对立、消长等矛盾。

用阴阳五行理论来指导艺术创作,就使艺术有意识地推崇动态美,群体结构美,对称平衡美,绘画、诗词、书法则更为注重整体布局、以形写神、巧用程式,显示风格独具的时空、气韵等等。而上述种种特点,都是为了使艺术更好地统一于人的心理和感观。为此,创作最具抽象符号意义的书法,"须入其形",即必须将人或自然的某种形态化入其中。这正是汉代阴阳五行学派重视艺术与自然事物以及生产活动联系在书法创作领域的产物。试观蔡邕的书论，无一不受"同类相应"、"同类相动"、"同类相召"等阴阳五行理论的影响。

> 为书之体，须入其形。若坐若行，若飞若动，若往若来，若卧若起，若愁若喜，若虫食十叶，若利剑长戈，若强弓硬矢，若水火，若云雾，若日月。纵横有象者，方得谓之本矣①。

也就是说，写字时要把每一个字或笔画都想象成有生命的个体，这就是书法观物取象的著名观点。其后响应者甚众，西晋卫恒作《四体书势》一书，选取了东汉蔡邕《篆势》中形容书体特征的有关篇目加以叙述阐发，后来梁武帝《草书状》、孙过庭《书谱》、张怀瓘《书断序》《六体书论》《评书药石论》、姜夔《续〈书谱〉》等书法理论著作都以卫恒《四体书势》为祖构，加以扩展发挥，都是取山川云霓、动植物形态和人的形体举止来形容比拟书法形象。

如张怀瓘《六体书论》："真书如立，行书如行，草书如走。"姜夔《续〈书谱〉》："指点者，字之眉目。横直画者，字之骨体。撇捺者，字之手足。"徐浩《书法论》评"虞筋褚肉"，陆羽《论徐、颜二家书》详分皮肤、眼、鼻、筋、骨、心、肺。苏轼《东坡集》："书必有神、气、骨、肉、血，五者阙一，不为成书也。"黄庭坚《论书》："肥字须要有骨，瘦字须要有肉。"米芾《自述学书帖》："要得笔，谓骨筋皮肉、脂泽风神皆全，犹如一佳士也。"《书断序》《评书药石论》甚至以君臣、父子之伦常比附书法之结体，也是从卫恒这篇《四体书势·古文势》中所谓"日处君而盈其度，月执臣而亏其旁"触类旁通加以发挥。

主要发端于六朝的人化审美评价，论图画得具筋骨气韵，论诗文也以神、魂、魄、窍、脉、筋、骨、髓等"生人之容止风度"形容之，

---

① 蔡邕：《笔论》。

均与书法艺术的人化审美评价相辅相成，成为人格审美的心理基础。"如其人"的是是非非，也就成为艺术评判的一个热门话题。

尚意书风影响下的宋人，特别敏感于寓"道"之意，他们强调修身养性，自然包括强调人品性情，书法作为寄托感情、乐心悦人，且成为寓"道"、传"道"的一种重要手段，它的"载道"传"性"色彩也就分外突出。这样，汉代扬雄"书为心画"，唐代柳公权"心正则笔正"的观点，便在六朝以来人化审美评价的基础上，得到热烈的响应，以至形成观书知人的心理定势。

宋代诗文革新运动的领袖欧阳修开始具体结合唐人创作实际谈论书法问题："古之人皆能书，独其人之贤者传遂远。然后世不推此，但务于书，不知前日工书、随与纸墨泥弃者，不可胜数也。使颜公书虽不佳，后世见之必宝也。……杨凝式以直言谏其父，其节见于艰危。李建中清慎温雅，爱其书者兼取其为人也。岂有其实，然后存之久耶？非自贤哲必能书也，唯贤者能存耳。其余泯泯，不复见耳。"① 这是一种突出强调书法人格的观点。

欧阳修认为，书法的价值是由书法家的人格决定的。日本学者石田肇也指出，欧阳修在这段论述中，提出了一种人格主义的评价方法。北宋的苏、黄、米等人评价书法的观点都受到欧阳修的影响，也"具有强烈的人格主义倾向"。

如苏轼《书唐氏六家书后》："古之论书者，兼论其平生。苟非其人，虽工不贵也。"又，《题鲁公帖》："观其书，有以得其为人，则君子小人必见于书，是殆不然。以貌取人，且犹不可，而况书乎？吾观颜公书，未尝不想其风采，非徒得其为人而已，凛乎若见其诮卢杞而叱希烈，何也？其理与韩非窃斧之说无异。然人之字画工拙之外，盖皆有趣，亦有以见其为人邪正之粗。"

从以上两则题跋中，可以看出苏轼在"人品"与"书品"关系问题上所持观点的前后变化。他原先力主"书有工拙，而君子小人之心

---

① 欧阳修：《欧阳文忠公文集》卷一一九。

不可乱也",后来则认为"君子小人必见于书,是殆不然",只是"以见其为人邪正之粗"而已。

一方面承认书家的人品情操与书作的艺术风格有着千丝万缕的联系,另一方面又不承认两者必然一致。而"其理与韩非窃斧之说无异"的推断,则从心理学的角度作出分析:人们对某些书法作品的好恶、亲疏,很可能是出于"爱屋及乌"或"殃及池鱼"式的某种潜意识。

这种带着浓厚伦理色彩的批评方法,导致对于"法"的漠视,如黄庭坚宣称:"随人作计终后人,自成一家始逼真。"① 苏轼则慨叹:"我书意造本无法,点画信手烦推求。"② 这里并非意味着将陈法悉数破除,而是在其审美标准中,将它摆在次要的位置上,论书也不以是否符合古法为最高标准,而在于是否充分表现了书家的思想感情和审美情趣,是否具有突出的个人风格,以及是否激起观众的强烈共鸣。

另一方面,人们在书法或音乐乃至诗的欣赏中所获得的"以观其人"的效果,极大地鼓舞着诗书画诸艺兼精的文人尽可能从抽象化或符号化方面来发展绘画,他们将画面的物象提炼到几乎就像汉字那样的单纯和程式化,把更多的精力投入到对线条和韵律以及节奏的研究上。北宋文人画的兴起,就是这两方面综合的产物之一。

颜真卿何以会具有一种不可动摇的偶像地位?如果单纯以楷书的完善来认识还远远不够。同柳公权书法的硬利森然和欧阳询的隽秀谨严相比,颜体显然有粗略之嫌。但是如果与颜书整体中显露的雄浑气势相比,则足以令一切楷书退避三舍。

在颜书传世字迹中,大部分内容是与时代气息紧密相关的。人们读其所书内容,可以获得多重信息:关于时代、个人、艺术美感及技法鉴赏等等。《祭侄文稿》是颜书中杰出的行草作品,内容是追悼在安史之乱中牺牲的兄长颜杲卿和侄子季明。这是一幅忠义愤发、顿挫屈郁的盖世杰作,其辉映千古的价值就在于坦白真率,是以真挚情感主运笔墨,

---

① 黄庭坚:《山谷题跋·题乐毅论后》。
② 苏轼:《书黄九思卷后》,《苏东坡集》后集卷九。

激情之下，不计工拙，无拘无束，随心所欲进行创作的典范，是书法创作述志、述心、表情的典型，艺术家的魄力和胸襟使作品产生一种沉郁悲壮的崇高美感。线条质性遒劲而舒和，与沉痛切骨的思想感情融合无间，此尤为难能可贵，被誉为"天下第二行书"。

唐代宗时，右仆射定襄郡王郭英乂献媚讨好宦官鱼朝恩，结党营私，败坏朝纲。颜真卿于广德二年（764）写信给郭英乂，信中就争论文武百官在朝廷宴会上的座次问题，强调朝纲，义正词严，怒气溢于笔墨，这就是著名的《争座位帖》。此帖与《祭侄文稿》《告伯父文稿》并称"三稿"。从内容上分析，《争座位帖》讨论的是统治阶级内部的"朝纲"问题，情感上有所克制，因而书法及文章风格并不如《祭侄文稿》那样充满悲剧色彩和心手双畅、自然率真。所以在形式上多数论者都注意到篆籀笔法的内含蕴藉，就连讥讽颜书为"丑怪恶札之祖"的米芾在观此帖后也不得不承认："争座位帖有篆籀气，为颜书第一。"观者正是从纡徐跌宕的字体风格之"气"中，体味到颜鲁公刚强耿直，疾恶如仇的性格。

对于中国人的文化心理结构，颜真卿似乎已经具备了那种本能亲切的契合条件：尚法的大楷与高尚的人格，在关系国家命运兴亡时挺身而出，慷慨赴死，英勇殉国。所有这些，都从不同方面塑造了颜真卿其人其书的雄强与崇高，并且成为儒家养浩然正气的范例，这一切使颜真卿成为楷书中几乎无懈可击的偶像。应该说，颜真卿是书法史上"书如其人"的一个特例，因为他几乎在所有方面都吻合于伦理、道德、胸怀、气质、修养、以及技法的继承与革新等方面的规定性，以致每一法帖有相应的"如烈士道德君子"风貌的评价。宋朱长文《续书断》云：

> 鲁公可谓忠烈之臣也，……其发于笔翰，则刚毅雄特，体严法备，如忠臣义士，正色立朝，临大节而不可夺也。扬子云以书为心画，于鲁公信矣。……碑刻虽多，而体制未尝一也。盖随其所感之事、所会之兴，善于书者，可以观而知之。故观《中兴颂》则闳伟发扬，状其功德之盛；观《家庙碑》则庄重笃实，见夫承家之

谨；观《仙坛记》则秀颖超举，象其志气之妙；观《元次山铭》则淳涵深厚，见其业履之纯。余皆可以类考。

宋沈作喆也有同感：
  昔贤谓见佞人书迹，入眼便有睢盱侧媚之态，惟恐其许人不可近也。予观颜平原书凛凛正色，如在廊庙直言鲠论，天威不能屈；至于行草，虽纵横超逸绝尘，犹不失正体。本必翰墨全类其人也。人心之所尊贱油然而生，自然见异耳①。

主张"作字先作人"，明末清初的傅山甚至看出"平原气在中，毛颖足吞虏"②，说颜真卿正气在胸，下笔必然雄健有力，足有吞灭胡虏的气概。总之，颜真卿可算一位心手相应的大家了。

如果说颜书以恢宏磅礴的烈士忠臣印象打动人，从而更多地带有入世情味的话，那么，被当作逸品典型的陶渊明的诗、倪瓒的画，更多地以隐士的气质吸引人。

中国隐士中著名的林和靖，可以代表中国山林文化的"如其人"典型。对一生过着隐逸生活的林逋来说，心目中当然无需偶像，他以自己的潜在审美个性展示为最高追求。这个颇有浪漫色彩的传奇式人物，一生以梅为妻以鹤为子，是一位孤高自傲、清流自许的出世高人。他"疏影横斜水清浅，暗香浮动月黄昏"的咏梅绝唱，不但表现出对梅花高洁品质的喜爱和个人志向的寄托，而且也显示出刻划精巧、善于摄神弃形的语言选择和提炼功夫。

从林逋传世不多的书法作品如《三君》《秋凉》及《自书松扇五诗卷》等作品看，与他的诗一样是"瘦"即"清瘦"。南宋桑世昌作《和靖先生传》，对他下了评语："逋善行草书，善为诗，其语孤峭澄淡而未尝自录其稿。""未尝自录其稿"，与苏轼写信后还要重新抄录送人的

---

① 《寓简论书》。
② 傅山：《霜红龛集》。

那种"讲究"态度相比,显然更具自然率真之韵。"孤峭"二字,正切中林逋诗、书风格乃至人格的肯綮。观其所书,不作提按顿挫,不故为奔蛇走虺,笔划劲健,线条挺细,对比不求强烈而讲求含蓄,尤其是行距的特意拉开,造成大面积空白,就更加突出一种清简脱俗、翩然无羁的气象和韵致。

评论家往往用比较的方法来说明同一类型艺术家之间的细微差异,而正是这种差异显示出不同艺术家的艺术个性。与林和靖同时的黄庭坚在《山谷集》里曾将林逋与李建中加以比较,指出:"林和靖笔意殊类李西台,而清劲处尤妙。"又,都穆《寓意编》说:"林逋作迳寸行书,字方劲而气清。"二位都点出林逋"清"、"劲"的特征。尤其是"气清"二字,正是历代文人最为激赏之处。他们感觉到林和靖书法中有一种有别于"浩然正气",亦不同于具有壮美色彩的李白式的"飘逸",而是清雅静逸之气。

很显然,论者更多的是根据林逋诗歌的格调来评价其书法所追求的特殊迹象。恰好林逋门类艺术之间风格的统一,为后人提供了具体比较的可能性。

《式古堂书画汇考》卷九谢升孙跋云:"观其笔势遒劲,无一点尘俗气,与暗香、疏影之句标致不殊,此老胸中深有得梅之清,故其发之墨者,类如此。"谢跋明确地将书法中的笔势与诗歌中的句子联系起来考察,指出林逋书法个性的形成,当得力于他那凌霜傲雪的梅花品格。

这种"气清"格调鼓动起后世文人宗教般虔诚的景仰。南宋诗人陆游把林逋的书法当作祛疾疗饥的灵丹妙方:"君复书法高胜绝人。予见之,方病不药而愈,方饥不食而饱。"苏轼的向往,竟至于梦中不离。其《书和靖林处士诗后》长歌有云:"先生可是绝俗人,神清骨冷无由俗。我不识君曾梦见,眸子瞭然光可烛。"欧阳修《归田录》记载林和靖亦善画。

如此看来,清雅绝俗的林逋,诗如其人,书如其人,画亦必如其人。可见林和靖作为一种艺术和人格的典型,其精神气质更易为宋以后的文人所效法,尤其对于永远处于出处进退矛盾之中不能自拔的文人,更具有偶像的魅力。

颜真卿和林逋分别代表着入世与出世两类文化人的思想性格，他们是两个立身与艺术都十分一致的特例。由此辐射开去，其实即便不具备这种具体的一致性，评论家也都有意识将某种类似人的"气象"的东西与存留下的书迹作有机联系：

> 古人谓喜气画兰，怒气画竹，各有所宜。余谓笔墨之间，本足觇人气象，书法亦然。王右军、虞世南字体馨逸，举止安和，蓬蓬然得春夏之气，即所谓喜气也。徐季海善用渴笔，世状其貌，如怒猊抉石，渴骥奔泉，即所谓怒气也。褚登善、颜常山、柳谏议文章妙古今，忠义贯日月，其书严正之气溢于楮墨。欧阳父子险劲秀拔，鹰隼摩空，英俊之气咄咄逼人。李太白书新鲜秀活，呼吸清淑，摆脱尘凡，飘飘乎有仙气。坡老笔挟风涛，天真烂漫。米痴龙跃天门，虎卧凤阙。二公书横绝一时，是一种豪杰之气。黄山谷清癯雅脱，古澹绝伦，超卓之中，寄托深远，是名贵气象。凡此皆字如其人，自然流露者①。

周星莲以书画史上的名家为例，说明字的具体形象紧紧黏附着精神的含义，技巧与修养决不可分，精神内容的充分表现是书法的终极目的。明代项穆《书法雅言》、徐渭《徐渭集》、王世贞《弇州山人四稿》、张瑞图《白毫庵集》、钱泳《履园丛话》、刘熙载《艺概》、松年《颐园论画》、李瑞清《清道人遗集逸稿》以及近现代的许多名家都持相同意见。朱和羹从"传"与"不传"的角度论学书，其《临池心解》云：

> 学书不过一技耳，然立足是第一关头。品高者，一点一画，自有清刚雅正之气。品下者，虽激昂顿挫，俨然可观，而纵横刚暴，

---

① 周星莲：《临池管见》。

未免流露楮外。故以道德、事功、文章、风节著者，代不乏人。论世者，慕其人，益重其书，书人遂并不朽于千古。……世称宋人书，必举苏、黄、米、蔡。蔡者，谓京也。京书姿媚，何尝不可传？后人恶其为人，斥去之，而进端明于东坡、山谷、元章之列。然则士君子虽有绝艺，而立身一败，为世所羞，可不为殷鉴哉！

朱和羹从书与人能否"并不朽于千古"的角度看待书艺与人品的关系。认为写字虽为小技，却是体现书者人格的关键所在。道德文章有亏，其人其艺就难以立足，更遑论传世，这是一个很有代表性的意见。

颜真卿《述张长史笔法十二意》一文，记述了颜真卿向张旭学笔法的经过，也杂以颜真卿本人的一些体会，如"直者，必纵之不令邪曲"、"趣长笔短，虽点画不足，常使意气有余"等等，都带有浓厚的伦理色彩。

唐穆宗李恒曾向柳公权请教用笔之法，柳公权巧妙地回答说："心正则笔正，乃可为法。"意即一个人要正大光明、刚直不阿，其书法才能成为别人学习的楷模。柳公权持正直言，也就构成"柳骨"的内在气质。因此，按照"正统"的观点，学书的第一步，就是进行道德人品教育。也就是说，临帖摹仿，不仅是要求点画的肖似，而且更重要是要认识古人的精神品格，潜入古人的心灵深处，体味到那些点画产生的心理基础。

清人蒋骥探寻"学书莫难于临古"的原因时说："当先思其人之梗概及其人之喜怒哀乐，并详考其作书之时与地，一一会于胸中，然后临摹，即此可以涵养性情，感发志气。若徒求形似，则不足与论书。"①

道与德是中国艺术的骨干，按照这个传统精神，学书即学做人，书法的完成亦即人格的完成。反过来，作品就可以"还原"为人品。这正是孟子"颂其诗，读其书，不知其人，可乎？"② 关于知人论世理论

---

① 《续书法论》。
② 《孟子·万章》。

在书法理论领域的延伸。

二、孙过庭：关于"识者"评价

当自我感觉和外部评价产生矛盾时，如何认识其内在和外在的成因，是创作主体和评价客体之间经常互为纠结的一对矛盾。孙过庭对自己的书法艺术颇有自信，但他也经历了对其作品的外部评价的压力。这部分因评判标准而产生的压力，使他产生了心理不平衡。

孙过庭（646—691），名虔礼，以字行。杭州富阳（今属浙江）人，一作陈留（今河南开封）人。唐代书法家、书法理论家。孙过庭出身寒微，在"志学之年"，就留心翰墨，学习书法，专精极虑达二十年，终于自学成才。到了四十岁，才做了"率府录事参军"的小官，因操守高洁，遭人谗议丢了官。辞官归家后他抱病潜心研究书法，撰写书论，可惜未及完稿，孙过庭因贫病交困，暴卒于洛阳植业里之客舍。

唐初大诗人陈子昂曾为他作《率府录事孙君墓志铭》和《魏率府孙录事文》，说"元常（钟繇）既殁，墨妙不传，君之遗翰，旷代同仙"。把孙过庭比为三国时的大书家钟繇，可见他在唐初就很受推重。

孙过庭取法王羲之、王献之，笔势坚劲，直逼二王。以草书擅名，尤妙于用笔，隽拔刚折，尚异好奇。他又善于临摹古帖，往往真赝不易分辨。唐高宗曾谓过庭小字足以迷乱羲、献，其逼真可知。孙过庭著《书谱》二卷，今存上卷，分溯源流、辨书体、评名迹、述笔法、诫学者、伤知音六部分，文思缜密，言简意深，其中许多论点，如学书三阶段、创作中的五乖五合等，至今仍有意义。《书谱》不但书法浓润圆熟，而且文中有很多精辟的独到见解，可以说是书文并茂的典范。在古代书法理论史上占有重要地位。

孙过庭的《书谱》墨迹问世后不久，就有人提出批评。如唐代的窦臮在《述书赋》里说孙氏的草书有"闾阎（凡夫俗子）之风，千纸一类，一字万同"。是说孙过庭字写得很一般，面目雷同，缺少变化。这种说法受到了后世专家的反驳。宋代的王诜说："虔礼草书专学二王。郭仲微所藏《千文》，笔势遒劲，虽觉不甚飘逸，然比之永师所作，则过庭已为奔放矣。而窦暨谓过庭之书千纸一类，一字万同，余固已深疑此语，既而复获此书，研究之久，视其兴合之作，当不减王家父子。至其纵任优游之处，仍造于疏，此又非众所能知也。"

宋代的米芾虽然对前代书家颇为苛刻，对孙过庭的草书却心悦诚服。他说："孙过庭草书《书谱》。甚有右军法。作字落脚，差近前而直，此过庭法。凡世称右军书，有此等字，皆孙笔也。凡唐草得二王法，无出其右"。

唐代的窦臮在《述书赋》对孙过庭的评价不高，认为孙过庭的字有俗气，不新奇，一字万同多自我复制。对于书法史论当代名公的这一评价，让我们想起孙过庭《书谱》里关于书法评判标准的讨论。

孙过庭在其《书谱》中记述了作品评价这样一件事情。

原文是："吾尝尽思作书，谓为甚合。时称识者，辄以引示，其中巧丽，曾不留目。或为误失，翻被嗟赏。既昧所见，尤喻所闻。或以年职自高，轻致陵诮。余乃假之以缃缥，题之以古目，则贤者改观，愚夫继声。竞赏毫末之奇，罕议锋端之失。犹惠侯之好伪，似叶公之惧真。"

这段话中心说了一个意思：书法评判中没有真正的识者。首先他指出了一个非常重要的问题，即书法评判者的群体构成问题。他把书法评判的群体即所谓的"识者"们分成了三种：第一种是不识者，"其中巧丽，曾不留目"；第二种是错识者，"或有失误，翻被嗟赏"；第三种是不表态者，"或以年职自高，轻致陵诮"。可以看出，由这样一些人组成的书作评判群体，是一个负不起责也不负责的群体。评判的结果那是可想而知的："即昧所见，尤喻所闻"。这就指出书法界一个最为要紧的问题，即书法优劣的评判标准问题。

看来评判确实是出了问题了。为了弄个究竟，孙过庭开始寻找出现问题的原因了。他把自己作品的形式作了些改变，将自己的书作题上古人的篇目，再用淡黄色的绫子裱装后，再拿去让这个评判群体去评判。结果是："贤者改观，愚夫继声"。"竞赏毫末之奇，罕议锋端之失"。

不难看出，这一次评判同样是胡评、乱评。但评判的结果变了，而致使结果改变的，不是作品的艺术内容，而是作品的外在形式。即"假之以缃缥，题之以古目。"看来书法的好坏高下，与艺术方面的关系并不是很大。问题的原因找到了，孙过庭发现了第二个问题，作品的好与不好，是由所谓的"贤者"说了算的。"贤者"说你好，你就好，说你不好你就不好。要想让"贤者"说你好，那么就必须得让"贤者改观"。

这里孙过庭又提出了一个重要问题，即书法的评判标准依据问题。书法的评判标准依据是什么呢？是"贤者"的观点。"贤者"的观点是不是一个纯书法艺术的观点呢？显然不是。它可以是政治的，可以是经济的，可以是人缘的，可以是艺术的，也可以是其它的。结论有了：书法评判的标准是"贤者"的观点，"贤者"的观点可以不是纯书法艺术的观点。一句话：书法评判的标准是任意的。

孙过庭算是把书法评判这个问题弄清楚了。原来书法评判的裁判是一些不一定懂书法艺术的但具有影响力的"贤者"同一群不负责任的"愚夫"、一批"墙头草"组成。评判的标准是任意的，评判的方法是随意的。关于书法家的任何一个不确定的因素，"贤者"就可以拍脑袋。"贤者"脑袋一拍说谁好，愚夫们就跟着说谁好；"贤者"吹什么风，"墙头草"们就往那边倒。"贤者"凭自己的好恶可以以任何理由轻易地肯定任何一个书法家，也可以以任何理由否定任何一个书法家。作为书法家无论你的书艺多高，仅凭自己的书艺，对"贤者"没有任何奈何[①]。

孙过庭专习王羲之草书，笔法精熟，唐代无人能与他相比。书谱纸墨精好，神彩焕发，不仅是一篇文辞优美的书学理论，也是草书艺术的理想典范。卷中融合质朴与妍美书风，运笔中锋侧锋并用，笔锋或藏或露，忽起忽倒，随时都在变化，令人目不暇给。笔势纵横洒脱，达到心手相忘之境。孙过庭对于书论和习书路径的引导，以及书体样式风格的创作，想必是很满意的。

---

① 王根权《论说中国书法的评判标准》。

但现实情况是，一方面，官方认可提倡，舆论领袖推举引导，民众附和，成功率就高。反之，往往难有所成。孙过庭对自己在初唐的地位不被高度认可，他对自己落泊的遭遇，对书法艺术不被看好，确实有不满情绪。

与孙过庭同时代的陈子昂曾为孙过庭死后作《率府录事孙君墓志铭》和《祭率府孙录事文》二篇祭文，陈子昂在文中写到："君之逸翰，旷代同仙。岂图此妙未极，中道而息，怀众室而未摅，永幽泉而掩魄。"

陈子昂对孙过庭的评判应该说是"改观"。但陈子昂的影响力不够，还算不上"贤者"。真正的"贤者改观"则是五百余年后的宋代，宋高宗谓孙过庭的《书谱》"此谱妙备草法"。宋徽宗又渗金御题"唐孙过庭书谱序"。自此以后孙过庭书坛的位置才算有了确定。

在唐代，草书也有一个树规矩立法则问题。书法评判标准自然是其中重要组成部分。当一个书家书写作品形成社会事件或社会热点时，就要面对种种赞扬或非议。这就是因评判标准不同产生的结果。

那么，是初唐孙过庭"闾阎（凡夫俗子）之风，千纸一类，一字万同"的草书类型风格问题，还是窦臮等评论家的眼光问题呢？历史书写运动仍在继续。

盛唐狂草书随后隆重登场，张旭和怀素创造了新的书写视觉奇观。于是，时代社会心理关注了这个现象。由此出现了新的狂草书类型和代表人物，树立了法则。

三、"奸佞手迹"辨

在中国文学艺术史上似乎存在着一种以政治概念划分的"贰臣"、"奸佞"一类艺术。从李陵答苏武诗算起，可以说已有十分悠远的历史了。姑且不论苏李诗真伪如何，它说明人们早已觉察到文学史上存在着这样一个严重的现象。黄裳先生在谈到周作人时说："推而广之，凡是出卖或背弃了自己过去一直持有的信念，为了卑鄙的个人目的，或投降敌国，或在邪恶面前屈膝，卖论取官，不知羞耻，都是属于同一范畴的历史现象。这样，广义的'贰臣文学'就更加值得注意。"①

实际上，作为诗、书、画创作主体，关于中国知识分子的历史性格，在对这一命题的考察中可以得到不少答案。假如作机械静态的划分，颜真卿、林和靖与我们这里所要讨论的一类艺术家，至少在"立身"行为上是对立的，或是大异其趣的。为了叙述的方便，我们仍然按照"正统"的划分法来加以讨论。

一般说来，"忠奸"的主题是贯穿封建社会始终的道德评判铁律。姑且不论"愚忠"一类比较复杂的问题，仅从人人痛恨的奸佞入手接触艺术与人格的特殊关系。所谓奸臣佞幸，一般都能投皇帝所好，行己之私。承平时期他们有更多的机会靠近皇帝。利用各种政治光晕，衬托出艺术名声。

人皆熟知的蔡京，是财政专家，主持了国家货币改革。身为"六贼"之首，屡罢屡起，曾四秉国政。笔记载绍圣年间天下号能书者，无出其右，这中间就确有政治上的原因，然而蔡京工书兼精鉴赏也是不争之事实。能与宋徽宗论书品画，甚至于"敬题"御画，可见蔡京在宋徽宗时所确立的文化大趋势中，确有其独到之处。唯其如此，他才能博得领袖群伦的风流皇帝赵佶的青睐。

从继承方面看，蔡京学书取径也合乎"正道"，他先学蔡襄、徐季海、沈传师、欧阳率更，又不止于此，乃上追二王、颜真卿，从神韵上妙取众长，不取形似。根据书品即人品的传统之论，蔡京学书过程中亦当感受到那些忠臣烈士的"浩然正气"，并且把它融化在艺术品中。显然在正统评论家视野中，蔡京的立身行世与其书法的基本风貌，恰是一种并不谐调如一的特殊现象。

从传世墨迹《节夫帖》和《唐玄宗鹡鸰颂跋》等可以看出，蔡京书用笔矫健、意趣洒脱，精于单字的造型，甚至很有柳公权的遗意，形成了鲜明的个人风格。与北宋文化氛围相谐调，字里行间充溢着浓郁的

---

① 黄裳：《关于周作人》，《读书》1989 年 9 期。

文人气息，纵然无款无印也能一见而知是蔡京手笔。

关于蔡京的书法，宋人笔记《铁围山丛谈》记载：

> 绍圣间，天下号能书无出鲁公之右。公在北门，有执役亲事官二人，事公甚恪，各置白团扇为公扇凉。公心喜之，皆为书少陵诗一联。不数日忽衣戴新楚，喜气充宅，以亲王持二万钱取之矣。亲王乃太上皇也。后宣和初，曲宴在保和殿，上语及是，顾谓公："昔二扇今尚藏诸御府也。"

这段记载说明，蔡京的书法，宋徽宗赵佶在未登基时就已经十分赏爱。同书又记载蔡京当场书写大字的情形：

> 元符末，鲁公自翰苑谪祠，因东下，拟卜仪真居焉，徘徊久之，因泊舟亭下。米元章、贺方回来见。俄一恶客至，且曰："承旨书大字，举世无两。然某私意不过赖灯光烛影以成其大，不然，安得运笔如椽哉！"公哂曰："当对子作之也。"二君亦喜，俱曰："愿与观。"公因命磨墨。时适有张两幅素者，左右传呼取公大笔来。即睹一筒有笔六七枝，大如椽臂，三人已愕然相视。公乃徐徐调笔而操之，顾谓客欲何字耶。恶客即拱而答："某愿作'龟山，字耳。'"公一挥而就，莫不太息。墨甫干，方回忽长揖卷之而急趋出矣。于是元章大怒。坐此，二人相告绝者数岁始解。乃刻石于龟山寺，米老自书其侧，曰"山阴贺铸刻石"也。

这则笔记主要说明两件事：一是证明蔡京的确是写大字的能手，世传其所书采用影壁的放大摹写手法，因而蔡京让两位名家也在场亲眼目睹。二是蔡京墨宝在当时十分珍贵，名家如米芾、贺铸都以获其墨迹而以为贵。

南宋人对蔡京的立身为人甚为反感，开始在他的书法里寻找"奸相"痕迹。《独醒杂志》记载说："崇宁钱文，徽宗尝令蔡京出之，笔画从省，'宗'字以一笔上下相贯，'宁（寧）'字内不从心。当时识者谓京，'有意破宗，无心宁国'。后乃更之。"陆游《老学庵笔记》："蔡京书神霄玉清万寿宫及玉皇殿之类，'玉'字旁边一点，笔势险急。有道士观之曰："此点乃金笔而锋芒侵王，岂吾教之福哉！""这样一来，附会大开。由于蔡京政治上劣迹昭彰，乃被后人逐出宋四家以外，而以蔡襄代之。

与蔡京的情形相似却不尽相同的是明代大学士张瑞图。张瑞图是明万历三十五年进士，殿试第三，授翰林院编修，积官少参事兼礼部侍郎，以礼部尚书入阁参预机要，官至建极殿大学士。

张瑞图书画兼精，尤以行草尖利横撑的书风为后世所重。明季邢侗、董其昌、米万钟和张瑞图四大家，加上王铎、傅山等，帖学发展至此，各种书风争妍竞秀，书家各恃绝技啸傲抗世。

张瑞图独以挺劲而能绞转，体势偏扁，运笔坚韧而有力度，强调一种激烈尖锐的跳荡意识。抛弃被奉为金科玉律的藏锋说，几乎无横不折，无拂不曲，或长而逾制，或方扁矮小，或上蹙下展，或右低左高，形成一种以笔锋的大胆袒露和顿挫为主，笔划流畅中有直转，飞动之中有停顿的书写效果。奇险而不轻浮，在挫与撑的变化和统一的主旋律中形成磅礴的气势。

比张瑞图年岁稍晚的王铎、黄道周也善于"弄险"，如常将该长的写短了，该短的却写长了，左高变为右高，右高变为左高，别具险峻之姿。但稍加注意就可以发现，与王铎、傅山、倪元璐等人的一意连绵相比，张瑞图却倾心于断续，以多侧锋偏锋而一变温文尔雅的传统，独标个性。

这咄咄逼人的书风显然与张瑞图的为人行事大相径庭。从立身行世角度看，张瑞图的宦海生涯在魏忠贤专权期间可谓相当顺利。张瑞图作为宰辅，对魏不敢直称其名，而呼为"厂臣"，有事请熹宗裁夺，则以"帝与厂臣"并列，并手书魏忠贤生祠碑文。崇祯帝上台后，张瑞图终于被定为阉党入逆案，罢为乡民，遭后人讥评独多。

从张瑞图的书法艺术看，他比蔡京的传世作品要多，一方面由于他是书画兼擅者，绘画中山水一门造诣也很深，而人们对于绘画作品一般较具宽容态度，不像书法作品那样直接于点画之间品评书家人格，这样画上也留下了相当数量的题诗书法。另一方面，明末清初以后，开始出现了把书品与人品分别对待的某些批评观点，故而其作品受注意的程度也就相对提高，同时也增加了保存、收藏的价值，这就提供了人们多角度研究这位艺术家的可能性。张瑞图书录李梦阳的《翕然台诗卷》，是借他人酒杯浇自己之块垒之作，内容有对饮酒赏景，射猎隐居等生活情景的依恋，也流露出对佞臣当道不胜忧虑的情绪。似乎反映出为官圆滑与畏惧权贵的矛盾心曲。而正是这种暧昧不明，造成他行世的软媚，最终累及他的书法声誉。

其实张瑞图学书之论，也重在书外气质修养的陶冶。他说："晋人楷法，平淡玄远，妙处不在书，非学所可至也。……坡公有言：'吾虽不善书，知书莫如我，苟能通其意，常谓不学可。'假我数年，撇弃旧学，从不学处求之，或少有进焉耳。""从不学处求之"，就是不像通常学习书法那样只停留在一点一画的摹仿，而是依靠自己的道德、修养等书外功夫进行充实完善，进而从书法本质上领悟和提高书学修养，这样，"或少有进焉"。所以他的书法风格中有李邕的笔意，有高闲的挥洒，有苏轼的肥厚，有米芾的峻急，然而又脱略形迹，自成体系。

这与其说是技巧变革，不如说是审美价值观的变迁。对此，清人早有论评，秦祖永在《桐阴论画》中说："瑞图笔法奇逸，钟、王之外，另辟蹊径。"梁巘《承晋斋积闻录》也说："张瑞图得执笔法，用力劲健，然一意横撑，少含蓄静穆之意，其品不贵……明季书学竞尚柔媚，王、张二家力矫积习，独标气骨，虽未入神，自是不朽。"

指出他的书品（其实是人品）不贵却能不朽，是一种新变的异格，为后世提供了一种审美创造的新模式。

清吴德旋《初月楼论书随笔》，则明确指出："张果亭、王觉斯人品颓丧，而作字居然有北宋大家之风，岂得以其人而废之？"

吴德旋以王铎和张瑞图为例，大胆提出，不得"以其人而废"其书。以书论书而不带成见，突破了"人即是书"的传统观念，这意见是比较公允的。因为"书如其人",只是在一定程度上反映出书家的胸怀、气质、才学和修养,却很难具体呈现个人道德品质的实质,艺术风貌与伦理行为之间有关联,但不能等同,这在今天已经比较能为公众所接受了。

四、"贰臣"艺术的传世心理

关于"贰臣现象"的主要争论一般都集中在宋、元和明、清之际。赵孟頫、王铎、钱谦益、吴伟业等是重点。由于有了文天祥、陆秀夫、赵孟坚、陈子龙、黄道周、倪元璐、顾炎武、傅山、八大山人等作为参照对象,所以由"贰臣"创造的艺术在正统儒家评论家视野里就不可避免地带上了道德上的污点。

从儒家的道德观看,赵孟頫以宋皇室的身份出仕元朝,这在民族气节这一原则性的问题上就犯了不能宽恕的错误。

赵孟頫的书画在元代的声誉如日中天,陶宗仪称赵"以书法称雄一世,画入神品……公之翰墨,为国朝第一。"[1] 陆友说:"唐人临摹古迹,得其形似,而失其气韵;米元章得其气韵而失其形似。气韵、形似具备者,唯吴兴赵子昂。"[2]

但是,到了明清时期,赵孟頫的失节行为遭到了儒士们的鄙视而大受挞伐,甚至连他的作品也被斥为"奴书"、"奴画"。

李西涯率先发难,说"其《谿上》诗曰:'锦缆牙樯非昨梦,凤笙龙管是谁家',意亦伤甚。《岳武穆墓》曰:'南渡君臣轻社稷,中原父老望旌旗',句虽佳,而意已涉秦越。至《对元世祖》曰:'往事已非那可说,且将忠赤报皇元。'则扫地尽矣。……夫以宗室之亲,辱于夷狄之变,揆之常典,固已不同,而其才艺之美,又足以为讥訾之地,才恶足恃哉!"

---

[1] 《南村辍耕录》。
[2] 《研北杂志》卷上。

这是采取了人格与才艺的双重评价标准,"才恶足恃",语气决绝,然似缺少令人信服的说服力,于是进一步往风格上详加比附辨析。

董其昌将赵孟頫排在"元四家"之外,认为"幽淡两字,则吴兴犹过于迂翁,其胸次自别也。"张庚《浦山论画》:"赵文敏大节不惜,故书画皆妩媚而带俗气。"包世臣说:"吴兴书则如市人入陋巷,鱼贯徐行,而争先意后之色,人人见面,安能使上下左右空白有字哉。"

傅山说:"予极不喜赵子昂,薄其人,遂恶其书,……熟媚绰约,是贱态。"如果从这个角度看,傅山大声疾呼作字先作人,而且写字"宁丑毋媚",也就情有可原了。

赵孟頫虽然画过不少竹,技法也很高超,但很少有人以其竹为法,这也说明后人的价值取向,主要也是在人的品节与竹节的联系中更为看重前者。明人余永麟说:"先生画竹满人间,画竹争如画节难。狼藉一枝湖水上,与人堪作钓鱼竿。"一语双关,画竹节难就难在同时要表现为人节操,这就将画与人品联系起来。上述诸人都将自己对人的气节的好恶与对艺术风格的品评纠缠在一起。

顺着这一思路,有些评论家试图在具体的作品中找到这种痕迹。明王世贞《艺苑卮言》说:"赵承旨各体俱师承,不必己撰,评者有书奴之一诮,则太过。"是指他没有自家面目和独创精神。王世贞又说:"小楷《黄庭坚》、《洛神赋》于精工之内,时有俗笔。碑刻出李北海,北海虽佻而劲,承旨稍厚而软。"这里的"俗"与"软"正是雄劲奔放的反面。

董其昌则从侧面说出赵书不足之处:"书家以险绝为奇,此窍惟鲁公、杨少师得之,赵吴兴弗能解也。"[①] 用姚安道跋赵书小楷《过秦论》的话说,那就是:"字,心画也。松雪斋此书,……风格整暇,意度清和,可以观公之心矣。"所谓"整暇"、"清和",反映了赵孟頫温顺软弱的性格,元仁宗所赏识的也正在此,实际上是说赵书缺乏雄劲奔放的气势。

---

① 董其昌:《画禅室随笔》。

可见赵孟頫所难达到的境界就是诸如"险绝"一类，或者说，赵孟頫本身就不愿意去学习和表现这种风格，当然，也就无从领略到颜鲁公、杨凝式书法艺术的内涵。所以张丑认为赵书"过为妍媚纤柔，殊乏大节不夺之气。"① 清代傅山主张"学书先做人"，主张"四宁"、"四毋"，均是从对赵孟頫为人与作出的评价中引发。

今人伍蠡甫的结论是：赵孟頫书法首重古人笔法，次讲古人笔意，但由于自己的政治地位和气质倾向于调和折衷，和古人雄劲奔放的境界格格不入，所以最后只剩下自家的温润细谨，结果是得古法而失古意，终于沦为"妍媚纤柔"②。这个评价大体揭示了赵孟頫艺术风格与人品若即若离的联系。

再进一步看，赵孟頫追求古意的结果，使他成为元代二王书派的集大成者，因为他不但在技巧上融合了各家的不同取向，同时还对各家的韵致进行了相互的渗透和中和。这样做的结果虽然使他在风格上缺乏鲜明个性，但同时他也成为二王书派中一位最佳继承者。因此，从继承的角度、学习的立场看，赵孟頫的技巧是无与伦比的。董其昌晚年对于赵孟頫的书法佩服得五体投地，可能与他在书画创作中重技巧和心境表现的特点有关。清代中期乾隆对赵孟頫书风的倡导使之复兴，都说明赵体作为一种"中庸"书体而为大众所接受，也反映出广泛深刻的社会认识基础。

我们不妨把视野放得开阔一些。从历史的角度看，赵孟頫所处的时代，正值元政权建立不久，一方面是大批汉族文人被元朝收纳，为元朝统治服务。其中一些艺术家往往缺乏明显的反叛个性，艺术上较多妩媚之气，赵孟頫就是当时书坛这种书风的代表。另一方面，这批汉室文人渴望恢复汉人传统文化，以委婉的方式抗拒当朝，作为一种心理补偿，复古的号召力很强。在书坛上的表现是力追晋钟繇、王羲之的书风；绘画上也反对南宋画院派而追求古趣，寻求书法渊源，以书入画。赵孟頫

---

① 张丑：《清河书画舫》。
② 参阅《伍蠡甫艺术美学文集》。

又是这种追求的杰出倡导者和实践者。因而赵孟頫就在这种复杂和特定的政治文化环境下形成了自己的书风。这种类似"次优化"的选择对后世产生的影响也是深刻的。

很明显，明末清初王铎、钱谦益、吴伟业等"入洛群公"所走的道路，正好与赵孟頫十分相似。就在王铎与黄道周、倪元璐、傅山等提倡取法高古，从而对时风造成了强烈的冲击波时，地摧天崩、江山易主的残酷现实，使这些艺术家迅速出现了政治上的分歧。黄道周举兵抗清被俘，被杀于南京，倪元璐自缢殉明，八大山人、傅山等则土穴朱衣不事清室。这些都是以人格选择为标志的重大政治事件。

王铎则以南明重臣降清，官至礼部尚书。很快也就有人将他与赵孟頫作了比较，清人王宏撰《砥斋题跋》："文安学问才艺，皆不减赵承旨，特所少者，蕴藉耳。"这就在艺术气质上指出赵、王的不同。

从表面上看，王铎的书法大多是"临书"，如《临王筠寒凝帖轴》《临徐峤之帖》《临王献之群鹅帖》《临豹奴帖轴》《临张芝帖轴》《临王羲之秋月帖轴》《临柳公权帖轴》《临唐太宗帖轴》等等，这位具有唯美主义倾向的艺术家，一生处在"入帖"和"出帖"的矛盾境况之中，由于对传统的过分迷恋，使他的创新有"向后转"的趋向。

他自己常说："余从事书艺数十年，皆本古人，不敢妄为，故书古帖日多。""书不宗晋，终入野道。"但是王铎的高明在于同古人保持若即若离的关系，使人一看而知来历但又觉得它明显不同。王铎激流勇进，选择了狂草作为造艺的题材。我们试将王铎临王羲之、王献之、张芝等作品与原作作一比较，就可以发现王铎为了使自己的创作避免于制作的低俗，便以古人的作品内质来制约自己的惯性表现手法，造成一种他所需要的矛盾的心理机制，由于这种"克制"，从而使其创作水平能不断得到提高。

王铎的成功，除了个人天赋和"一日临帖，一日应请索"的刻苦追求外，与他特殊的生活经历也是分不开的。官场的矛盾，作为"贰臣"的心理压力，心境的失衡，致使他注入艺术中的情感多为不安、抑郁和苦闷。为了使这种焦躁的情绪得以宣泄，他笔下的线条便变得放纵跳荡，左突右冲和险崛不羁，涨墨法与缩墨法的使用，欹侧倾斜之势的强调，都打上了有别于前代的印记。与张瑞图相同，王铎书法中抄录杜诗的内容相当丰富，而且多为沉郁顿挫一类的风格。在这里，包括二王的潇散流美，都被他演绎为一反平和中庸、温柔敦厚的新面目，创造出雄强霸悍、真率恣睢，同时又能把奔腾与敛缩、典雅与放纵、情感的宣泄与传统的法度十分有机地统一起来，达到全新的高度。

金代诗人元好问有一首著名的论诗诗："心画心声总失真，文章宁复见为人。高情千古《闲居赋》，争信安仁拜路尘。"元好问认为，文章的风格未必可以反映出作家的人格，就象曲意奉承贾谧的潘岳却写出了淡泊明志、与世无争的《闲居赋》。这就提出了人格与作品之间实际上存在着矛盾的问题。

其实，历史上文行不一的人物岂止潘安仁为然。对待这些与作者立身处世截然相反的文章言论，如果仅以"伪饰、撒谎、失真"而概之，虽然方便直捷，但却把一个复杂的人看得过于简单，把立体的人的性格简化为平面。钱钟书先生分析二者之间的关系时说："虽然，观文章固未能灼见作者平生为人行事之'真'，却颇足征其可为、愿为如何人，与夫其自负为及欲人视己为何如人。"①

既然我们把文字理解为作者的一种意愿的表达，那么又怎么看待文字之"真"与为人之"真"？即如钱先生所说："人之言行不符，未必即为'心声失真'。常有言出于至诚，而行牵于流俗。蓬随风转，沙与泥黑。执笔尚有夜气，临事遂失初心。不由衷者，岂惟言哉，行亦有之。安知此必真而彼必伪乎？见于文者，往往为与我周旋之我；见于行事者，往往为随众俯仰之我。皆真我也。"②

确实，一个人生活在一定的历史环境中，处于一定的社会地位，他的愿望与实际很难完全协调。为了生存，往往是委屈而求全，戴上许多人格面具，久而久之，面具仿佛成了他的本来面目。而只有"从他所

---

① 《管锥编》第四册，第1388页。
② 《谈艺录》第163—164页。

写的书中，所画的画中，那个真正的他却还是毫无遮掩地以本来面目出现"（毛姆语）。在毛姆看来，似乎一个人的文字和有关的艺术创作，能通过特殊符号反映其本来面目，这似乎也符合我们所讨论的实际问题。

关于赵孟𫖯我们已经说过很多。这位不得不"官登一品，一名高四海"的宋室公子，无论生前还是死后，对他的艺术与立身都争论不休。在他的白纸黑字中固然有《宫中口号》如"日照黄金宝殿开"的歌颂新朝之作，然而更多的是不尽的内疚心理表白："在山为远志，出山为小草"，"重嗟出处寸心违"，"往事已非那可说，且将忠直报皇元"等等。深受良心谴责之余，想推行仁政以赎罪。

至于他的故国之思则集中表现在《岳鄂王墓》《浪淘沙》（"古今几齐州"），等诗词中。赵子昂的思想矛盾正是两个"我"的交替出现：已仕新朝，而仍怀念故国；甘居荣禄，却又作出世之想。甚至深信人生荣枯贵贱决定于骨相和世变，非人力所能左右，以此为自己的出处进行辩解。

这正如清代钱谦益的所为。钱谦益晚年特别尊崇慧远和尚以及陶渊明，论古人诗则独推元好问，因而受到其乡人的讥笑，说他因"晚节既坠"，成为满清降臣，欲借"野史亭"来自慰。因为慧远用"晋"纪元，陶渊明入刘宋后不写宋年号，是忠的表现。钱谦益的《有学集》可以归纳为两类内容，即表扬累臣志士与摭拾禅藻释典，尤其津津乐道那些不顺事二姓而皈依三宝的人事，都是出于愧悔自己的失节行为。

赵孟𫖯曾以《自警》诗总结自己的一生："齿豁头童六十三，一生事事总堪怜。唯余笔砚情犹在，留与人间作笑谈。"用他心灵深处的委屈，否定自己的立身行世，同时也怀疑自己的艺术是否能够获得世人的好评。但是，赵孟𫖯希望"笔砚情"能够传世的心情依然是十分殷切而强烈的。

被列入《贰臣传》的吴梅村、王铎，都对自己的失节行为悔恨不已，他们唯一的愿望也与赵孟𫖯相类。吴伟业临终前，作《金缕曲》词，说"吾病难将医药治，耿耿胸中热血'，"问华佗解我肠千结？追往恨，信凄咽"。以为自己的一生"竟一钱不值何须说"。《柳塘词话》等均记载了吴伟业以此词为绝笔，并嘱后人勿乞墓志，但题"诗人吴伟业之墓"，所谓死不自讳。

王铎在给他的弟弟的信中说："其留以告天下后世，后世读而怜其志者，只数卷诗文耳。"当时48岁的王铎又说："我无他望，所期日后史上，好书数行也。"

历史是公正的，赵孟頫的书画、王铎的草书、吴伟业的诗词等艺术成果，并不因其失节行为而掩盖其自身的光辉。这正应了老子的那句名言："其人与骨皆已朽矣，独其言在耳！"

第十二章 "狂""怪"论

在西方，许多著名的艺术家，如梵高、蒙克、克里姆特等，已经被心理学家、精神病理学家、艺术史研究者及美学家广泛地注意。那些偏于异常和变态的艺术家的心理或行为方式，为西方学者在研究艺术与精神的关系，探讨人的表现本能和艺术的实质等方面，提供了具有启发意义的新思路。

日本学者岩井宽著《境界线的美学》，将存在于正常和异常之间的这种"境界线"上的人的存在状态归纳为三种：残缺、变形、颠倒。残缺者、变形者和颠倒者在变为异常的同时又渴望回到正常，他们的艺术创作便是其特殊存在方式及矛盾心理的反映。岩石宽通过大量实例，借鉴病理学理论，运用多种学科的研究方法，剖析了上述三者的艺术创作心理，从一个侧面揭示了人的表现本能和艺术的本质，对我们了解历史上的异常艺术与现代艺术之谜，提供了线索和方法。当然，岩井宽的理论只是对弗洛伊德潜意识学说和荣格的人格心理学说的某种补充。

与20世纪现代文艺的重要思想体系，即弗洛伊德的精神分析学产生重大影响的同时，许多艺术家，包括乔伊斯、劳伦斯、卡夫卡、苟克多、恩斯特、基里柯、马宋、米罗、唐基、达利等，均在这方面有所探索。他们利用潜意识的学说，拓展了文艺表现中新的幻想境界。我们在审视超现实主义作品的所谓"狂""怪"风格时，明确地发现指向其自我心中世界的冲击力，这股冲击力包含着某种破坏性，其结果在正常人看来便是与本能相反的、异常的、颠倒的表现。

综合精神病理学家和心理学家的研究，这种颠倒异常的自我否定表现，一般采取以下几种途径：直接破坏自己；改变自己的特性，如用中性化、同性恋；通过自我破坏而破坏社会。就是说，一旦现实开始使人的内心产生变形，人的自我破坏就出现了。这时本能的歪曲在艺术中却被作为美的形式表现出来。另一方面，随着历史的发展和时间的推移，艺术观念也会发生变革，病理学和心理学上的颠倒及变形也会成为"正常"艺术的借鉴，引导出艺术家的创作灵感。

古希腊时期，癫痫病被推崇为圣病，到文艺复兴时期则将希腊时期摒弃的忧郁症，作为沉思默想的姿态而恢复名誉。19世纪不被人理解的颠倒症，在现代特别是现代西方却是十分正常的。沃林格《抽象与移情》、康定斯基《论艺术的精神》，以及毕加索、勃拉克、克种、蒙德里安等正常人对现代艺术的所谓"热抽象"或"冷抽象"的贡献，则全然是基于和移情冲动完全不同的"世界感"，它是人由外在世界引起的巨大内心不安的产物。这就说明，在历史上异常与正常之间的界限，以及对异常和正常本质的认识，完全是由一定的社会时代背景所决定的。这个结论对我们讨论中国古代文学艺术家立身处世和创作心理的"狂""怪"现象，同样具有十分重要的启示。

一、孔子和庄子如是说

对于立身的"狂"、"怪"以及与之相联系的艺术行为的理解，中国人比起西方人斤斤计较于病理学上的"疯狂"，其意义显然要宽泛和重大得多。从字面上看，"狂"，有"颠狂"、"狂妄"、"放荡"、"狂乱"、"狂言"、"狂直"等意思。苏轼《怀西湖寄晁美叔同年》："嗟我本狂直，早为世所捐。"就只是一个不合时宜的牢骚。其他的"狂士"、"狂夫"、"狂客"、"狂生"等，也都含有豪放、不拘小节、狂放不羁等意。

如杜甫《狂夫》诗："欲填沟壑唯疏放，自笑狂夫老更狂。"苏轼《江城子》词："老夫聊发少年狂。"李白《庐山遥寄卢侍御虚舟》：

"我本楚狂人,凤歌笑孔丘。"这当然只是从字面上比较肤浅的理解。因为与西方艺术史上那些精神病理学上的"狂"相比,中国古代的"狂士"大都是理性意识支配下的异常,他们的"狂"与西方艺术所注意的"疯癫"之类大异其趣,所谓"狂狷"应理解为对现存礼法的反抗,并由此引导出艺术风格的变异。

孔子"中庸"的治世原则和美学批评原则,对中国文化产生深刻影响。这一原则的内容主要是指社会或艺术矛盾各种对立面的和谐统一,使每一方都在适当的限度内发展,达到相对平衡即"中和"。孔子认为达到中庸才会有美,偏离它就是对美的破坏。

这个中正平和原则在具体表现形式上的主要特点,是把美的质的规定性从量上加以适当的限制和调节,即从量上对质进行严格规定,使决定美的质始终在一定限度内保持其稳定状态。他所提出的"乐而不淫,哀而不伤"以及"惠而不费,劳而不怨,欲而不贪,泰而不骄,威而不猛"都具有这种特点。对于质的限定即所谓"不费"、"不怨"、"不贪"、"不骄"、"不猛",就是使本质保持稳定的保证。

从根本上看,对于质的数量限定标准则是表现思想和行为规范的各种各样的礼,孔子《论语·为政》主张的"齐之以礼",这就包括立身处世和艺术在内的思想行为和艺术创作,要通过礼义的约束和限定,使感情与理智、个体和社会、内容与形式以及艺术中其他种种相互对立因素保持和谐平衡,达到"中和"的境界。

孔子所倡导的"礼",经过历代统治阶级根据自己的需要而重新解释以后,往往成为维护现存秩序的主要依据之一。这就反映了孔子的美学思想也像他的政治思想一样充满了深刻的矛盾。这种矛盾不仅反映在整体上,而且也反映在很多具体命题和范畴上。

孔子力图用礼来限定和消弭这些矛盾,使它们保持稳定的平衡,这就不但把艺术和审美限定在伦理道德的范围内,表现出明显的狭隘性,而且常有复古的保守性。不错,儒家在十分重视艺术表情性的同时,又始终坚持艺术中情感抒发须受伦理规范制约的原则。

这里用于节制"情"的"理",主要是人伦之"理",亦即在肯定等级制度前提下以协调不同阶层关系的伦理政治规范。艺术的功利性是儒家美学的主要特点，因此，儒家美学对艺术也有明确的规定性，即将艺术中的情感抒发限定在宗法伦理制度许可的范围内。

在肯定个体人格的独立性，可以最终导致个体与社会和谐平衡的前提下，孔子也尊重狂夫与狂言，这可以看作儒家思想调和性与包容性的表现。《论语·子路》说："不得中行而与之，必也狂狷乎？狂者进取，狷者有所不为也。"《论语集解》："包（咸）曰：狂者进取于善道，狷者守节无为。"朱熹的注解则说："狂者，志极高而行不掩。"孔子对待楚狂人接舆和家乡狂简小子的宽容态度，都说明孔子欣赏的是"狂者"有其"进取"的可贵精神。

"狂者进取"的思想经孟子及后人的阐释、推演而发扬光大，狂夫或狂人就带有浓厚的超凡脱俗的人格特点，表现为他们的思想行为世人理解的至言，是怀道之人用来启发习道之人的。

《庄子·知北游》篇中记神农向老龙吉学道，后来老龙吉死了，神农便感叹"夫子无所发予之狂言而死矣夫"。《田子方》赞赏那位"解衣磐礴"的画师"是真画师也"，则除了在理论上提出一个完全进入自我状态的创作原则外，同时也包含了傲视一切，率性而行，不受世俗羁縻的品格。

庄子美学中那种还本真、显个性的狂情怪胆，与孔子"狂者进取"的思想互为呼应，深刻地影响了中国诗书画家的思想性格及其艺术风格。

相对而言，以孔子为代表的儒家思想及其有关的礼法规范内容，对于中国封建社会后期的狂士以及艺术行为，更多地起到压抑作用，而庄子为代表的道家精神，则基本上是众多"狂""怪"之士处世的思想基础。二者往往互为联系，集中体现在出入儒道的中国古代文人诗书画家身上。

二、"狂""怪"百态举隅

清人沈德潜说:"大抵遭放逐,处逆境,有足以激发性情,使之怪佛特绝,纵欲自掩其芒角而不可得也。"中国文人的"狂"或"怪"应理解为对理性支配下现存礼法的反抗,造成古代文人产生狂态的主要原因在政治、伦理方面。就思想性格和方式而言,主要有忤世之狂和避世之狂。

避世之狂大多属于佯狂一类。这种装疯的行为,是一种寓抗争之意的自我保护手段。如商末太师箕子披发佯狂避免纣王迫害,汉代祢衡托辞患狂疾击鼓骂曹,魏晋时的竹林七贤纵酒清谈,不遵礼法,这是与当时社会政治斗争和矛盾尖锐复杂分不开的。面对倾轧和残杀,七贤避地竹林,他们企图消弭残酷而复杂的政治斗争,逃避政治风险,免除个人的利害得失,采取逍遥遁世的消极抵抗。为了求得社会的安定,他们又吸取了老庄的玄虚无为,任性放达思想,反对儒家虚伪的礼义教化,要求调整封建统治思想和传统观念。

阮籍和嵇康可以分别代表"避世"和"忤世"两种狂士。阮籍的《咏怀诗》八十二首,虽有少数篇章直接抨击礼法,意思比较明显,多数则是用象征手法或借历史典故,表现其内心的苦闷和愤世嫉俗的感情。如第一首:"夜中不能寐,起坐弹鸣琴。薄帷鉴明月,清风吹我襟。孤鸿号外野,翔鸟鸣北林。徘徊将何见,忧思独伤心。"这正如刘勰《文心雕龙·明诗》篇所谓"阮旨遥深",是李善注《文选》提到的"忧生之嗟"。阮籍经常描写到自己的险恶处境,如说"胸中怀汤火","颜色改平常","但恐须臾间,魂气随风飘。终身履薄冰,谁知我心焦"。

阮籍有种种愤世疾俗之举,如穷途而哭,作青白眼。在《大人先生传》中,他以庄周为楷模,把那些"惟法是修,惟礼是克,手执圭璧,足履绳墨"的礼法君子讥笑为裤中群虱,甚至还大胆抨击"君子之礼法,诚天下助残贼乱危死亡之术耳!"因此他"被礼法之士所绳,疾之如仇"。

竹林七贤的其他几位也像阮籍一样，因不拘礼法的放荡行为，被时人骂为"败俗之人"。《曲礼》有所谓"嫂叔不通问"的规定，阮籍却为回娘家的嫂嫂送别。别人讥笑他，他却说："礼岂为我辈设也？"刘伶曾脱衣裸体在家里走动，别人讥笑他，他回答说："我以天地为栋宇、屋室为裈（裤）衣，君何入我裈中？"刘伶"常以细宇宙齐万物为心"，可见他这种放诞行为是老庄自然本真思想在特定历史时期的实践。丧礼本是儒家最重视的礼节，但阮籍却认为这种形式上的礼节毫无意义。他们只注重悲哀的自然流露，一切皆以生命本真状态的呈现为尚。其母亲死时，阮籍正与人下围棋，有人前来告知他此事，他却坚持一决胜负。之后，饮二斗酒，方举声嚎啕，吐血数升。王戎遭母丧时，依然饮酒食肉，观人下棋，"虽不备礼，而哀毁骨立"。

放诞装疯的压抑，终究不能掩饰真情，阮籍葬母，食一蒸豚，饮二斗酒，哭喊"穷矣，穷矣"，因又吐血数升，反哺之情，见乎其中。又登广武山，观楚汉相争的古战场，便慨然叹道："时无英雄，遂使竖子成名！"登武牢山，望京城兴叹，于是赋《豪杰诗》，可见其遗世独立却并未忘情于世事。

嵇康则不同，他不事权贵，傲岸倔强，宁为玉毁，不为瓦全，是一种称心而言、率性而行的忤世之狂。他拒绝了司马昭辟召，又冷落了钟会，故与司马昭集团交恶。当山涛背离竹林，入朝做官，并要举荐嵇康时，嵇康写了著名的《与山巨源绝交书》，毅然申明"不屈之节"，与山涛绝交。并且任性率直地列出"必不堪者七，甚不堪者二"，此二者，"非汤武而薄周孔，刚肠疾恶，轻肆直言，遇事便发。"

嵇康认为自己很清醒，并无病理之颠狂，如果逼迫自己出仕，那才会发狂："若趣欲共登王塗，期于相致，时为欢益，一旦迫之，必发其狂疾"。他还参与毋丘俭反对司马氏集团的政治斗争，使得司马氏大为愤怒。

嵇康的好友吕安以不孝罪下狱，嵇康为其抱不平。钟会便趁机历数嵇康的罪状："上不臣天子，下不事王侯，轻时傲世，不为物用，无益于今，有败于俗。……今不诛康，无以清洁王道。"最后终于被借故杀害。

嵇康自己的行为与他在《家诫》中谆谆教导儿子要谨言慎行的看法大相径庭。《与山巨源绝交书》对此作了解释："阮嗣宗口不议人过，吾每师之而未能。"可见阮籍口不臧否人物，和嵇康的疾恶如仇、刚烈直言、遇事便发，是立身处世迥乎不同的两种态度。

柳永早年初考进士落第，便作《鹤冲天》词，似乎要和"浮名"告别：

> 黄金榜上，偶失龙头望。明代暂遗贤，如何向？未遂风云便，争不恣狂荡？何须论得丧。才子词人，自是白衣卿相。
> 烟花巷陌，依约丹青屏障。幸有意中人，堪寻访。且恁偎红翠，风流事、平生畅。青春都一饷。忍把浮名，换了浅斟低唱。

这是北宋时期天下太平时文人新的牢骚。柳永要和妓女结为知己，无视封建礼教，给人留下"浪子"印象。吴曾《能改斋漫录》记载：

> 仁宗留意儒雅，务本向道，深斥浮艳虚华之文。初，进士柳三变好为淫冶讴歌之曲，传播四方。尝有《鹤冲天》词云："忍把浮名，换了浅斟低唱。"及临轩放榜，特落之曰："且去浅斟低唱，何要浮名！"

柳永"由是不得志，日与浪子纵游娼馆酒楼间，无复检约。自称：'奉旨填词柳三变'。"[①]柳永由激愤而佻脱的牢骚始终伴随其一生。然而也正是坎凛失意的人生遭际，才使得他流落于市井、街头，浪迹于妓女、乐工之中，带着轻薄、风流浪子的"狂"名，毕生努力作歌词，尽情施展其作为词人的才华。而与柳永所处背景不同，遭遇相似的一批

---

① 严有翼：《艺苑雌黄》。

元代文人如关汉卿等，也都具有轻诋任诞、排调万物的思想性格。

宋代的米芾擅诗文，工书画，精鉴赏，富收藏，博学多才。米芾无法施展经国济世的抱负，只能作优孟衣冠，陪宋徽宗"玩"书画。于是，一个类似汉代东方朔"戏万乘若僚友，视俦列如草芥"的"米颠"形象在北宋末期找到了他特殊的存在方式。

米芾的性格中有放纵怪癖的一面：如洁癖，拜怪石为兄，以死相胁，巧取友人书画真迹，着唐服，慕晋人风度等等，时人讥讽为颠狂迂腐的"米痴"。

其实米芾非但不颠，反而精明乖巧。表面装疯卖颠的目的在于敷衍当时的社会及其礼法规矩，保持其独特的个性，从而更好施展自己的艺术才华。如大胆攻击唐代书风，说颜真卿是"俗品"，张旭是"乱变古法"，欧、柳、颜、张是"丑怪恶札之祖"。

米芾借古贬唐，反对沿袭的主张，可以看出他头脑清醒的一面。因为唐代书法的法度美已经达到高峰，特别是颜真卿、柳公权的楷书已经作为印刷书体成为大众传播媒介的标准，倘若重复因袭，就势必使书法艺术的发展走入绝境。聪明的宋人没有这样做，苏轼就一面为唐人的集大成划上句号，一面走自己的路。而米芾则通过贬抑与己格格不入的书法美学观，来宣扬自己的书法美学思想，他贬斥唐人，标榜魏晋书法，以晋人之"韵"攻唐人之"法"，只是一种借古讽今的手段，其目的乃在创新书法，形成宋代尚意书风，这与苏轼等人的方向和目标是一致的。

结合宋人论画已经注意到"变异合理"、"粗卤求笔"、"僻涩求才"、"狂怪求理"[1] 等笔法或风格，以及"笔法颇劲，长于诡怪"[2]的五代"减笔画"开创者石恪的画风，我们具体分析一下米芾貌似颠狂的狡黠。

素以"宝晋斋"作招牌而标榜自己是"集古字"的复古主义者，米芾对传统的继承与破坏最显眼之处，在于笔法和结构上，后世非米最

---

[1][2] 刘道醇：《宋朝名画评》。

多的也是他的笔法。

米芾颠而实精,他潜心研究二王,以自己的笔重新塑造了二王面目。传说二王墨迹如《快雪时晴帖》《大道帖》《中秋帖》等都属米芾作伪,由此可见他对传统理解的深度。他先洞悉传统的生发根源,然后又变革二王笔法。学褚遂良,增添了细筋入骨,飘逸飞动,特别是侧锋取势,表现在米书成就巅峰上的双璧《苕溪诗卷》和《蜀素帖》,这个特点最为典型。

宋以前中锋所谓"万毫齐力,笔在中行"的笔法是定则,而米芾却一反传统,蓄意八面出锋,特别明显地使用侧锋。由于侧锋的使用使用笔本身具有多向性选择,故米芾所谓"臣字如刷"就是通过用笔表现出他变幻无穷的意绪和情思,可见他对传统的破坏甚于继承。

即以绘画而言,米芾亦好作墨戏,不专用笔,纸筋、蔗滓、莲房皆用以作画,画纸不用胶矾,不肯画绢,为的是追求点染之妙,著名的米点山水可能就是用毛笔以外的工具所绘成的,可见其书画用笔的谐趣,因为它的效果的确有点现代派的味道。

其次是结体的倾斜,所谓"既能弄险,又能收险"。米字动势强烈,许多字如果单独抽出来看,似乎都重心不稳。米芾既能摹仿二王真迹,就表明他对造型的敏感与功力。而恰恰在这一点上他偏离传统的平衡和对称,许多米帖如《苕溪诗帖》《公议帖》等,甚至很难找到几个平正、端庄的字。他的一味左倾的结字法,与其说体现握笔的习惯状态,不如说是着意追求飞动跳宕之姿。用笔的八面出锋和欹侧结体,也有人以为是"猛放骄淫"的错误,从而视为异端,其实这正是米芾的过人和成功之处。

米海岳对于用笔颇为自负:"善书者只有一笔,我独有四面。"[①] 他依着连绵的笔势用不同的笔锋展示他的精采,观者在俯仰向背、转折顿挫、正侧行留之中随其指向而得到沉着痛快的感受。"欹侧怒张"也是宋代书风的突出特点,它表明宋人敢于打破魏晋以来追求平和含蓄境界

---

① 《宣和书谱》

的法度，无所顾忌地抒发书家的个性和激烈的情感。这样，就出现了反和谐的"丑"的因素，在艺术上表现了"欹侧怒张"的审美境界。

朱熹说："至于黄、米，而欹侧怒张之势极矣"，①项穆《书法雅言》以为苏书"肥欹"，米书"努肆"。苏书"点画飞动"，但"浓耸棱侧"，隶书"气势超动"，但"猛放骄淫"。

朱熹竟以楷书不许飘扬，否则便是人品玷累的道理批评大书家黄庭坚："他也非不知端楷为是，但自如此写，亦非不知做人诚实端悫为是，但自要恁地放纵！"

董其昌可谓米芾的知己，他说："字须奇宕潇洒，时出新致，以奇为正，不主故常"，"唯米痴能知其趣耳。"②

包括苏、米、黄在内的宋代书法"欹侧怒张"、"欹衺放纵"的气势，不同于唐代豪放飞动的壮美。相对唐代雄强飞扬之势，严格地控制在形式美规范之中，而宋"欹侧怒张"之势，则突破了形式美规范，含有了形式上"丑"的因素，表现出某种程度的狂狷之美。

明人徐渭的疯狂不仅仅出于艺术行为，他的疯狂具备西方精神病理学家和心理学家刻意寻求的典型症状：误杀继妻，以锥击耳，击阴囊，自我虐待。然而，当他将由压抑而产生的病理的疯狂转化为艺术行为时，便表现出鲜明的个性特征。所以理解才华横溢、疏狂孤傲的徐渭及其艺术，就不能以传统伦理和传统书论出规入矩等标准来衡量。

观狂人徐渭的狂草，首要的不是对传统的弘扬与传承，而是看他对传统的离异与背叛。徐渭以彻底的狂态为书法史施加了浓重的一笔。元明两代对二王的回归与继承，使理性主义占了上风，动必有则，终于因循僵化。徐渭的狂草，在冲破字行距的束缚中驰纵跳腾，间架完全被打散，狼藉一片的点画更服从于整体的章法效果，字的可识性显然受到削弱。局部的技巧美忽然丧失了原来的价值，一切取决于整体视觉感，唐宋人所宝重欹侧、顿挫的笔法也被更含混博大的审美意识所取代。

---

① 朱熹：《朱子文集》
② 董其昌：《画禅室随笔》。

在徐渭少数成功的狂草精品里，奇才、异趣、激情，张扬显露，物化了"其人"、"其志"、"其学"，从而以反理性的精神铸成了狂放不群的艺术风貌。

当徐渭把书法艺术中的这种变形和冲撞感渗化到他大写意泼墨花卉画的具体技法中时，他便获得了大写意画法的巨大成功。

陈洪绶生活在明清鼎革之际，中年时期的陈洪绶在仕途上到处碰壁而艺术上却声誉日隆，面对着自己不愿做画师而社会偏要他做画师的现实，他只能用特殊的狂怪行为予以反抗，于是许多狂放不羁，"性行骇俗"的事迹便附着在他身上。晚年的陈洪绶还面临着作为遗民"死"与"不死"的矛盾。毛奇龄《陈老莲别传》记载了陈洪绶作为遗民的气节：

> 王师下渐东，大将军抚军固山从围城中搜得莲，大喜。急令画，不画。刃迫之，不画。以酒与妇人诱之，画。久之，请汇所画署名，且有粉本渲染。已大饮，夜抱画寝，及伺之，遁矣。

虽然陈洪绶落发为僧，以逃禅的方式表白心迹，然而，"国破家亡身不死，此身不死不胜哀"，"死"与"不死"的矛盾，使得他时刻感到"偷生也无颜"，狂态时作："甲申之难作，栖迟吴越，时而吞声哭泣，时而纵酒狂呼，时而与游侠少年椎牛埋狗，见者咸指为狂士。"①"既遭亡国之痛，辄痛哭，逢人不作一语。姬人前问好，绶径执姬人手，跽地，复大哭。"② 周亮工《读画录》还记载了陈洪绶以裸体拒画轶事。另一方面，陈洪绶却喜欢为"小夫稚子"作画，为歌妓老卒，尤喜为不得志的寒苦志士作画。

从嗜酒、狎妓、狂放的背后，我们看到他"奇怪却近理，迂拙而生动"的风格中蕴含的强烈主观情感。如《归去来图卷》中《解印》

---

① 孟远：《陈洪绶传》。
② 戴茂齐：《茂齐日记》。

那段，陶渊明被画得比较高大，作为衬托，旁边一位身段短小、非常贪图禄位的书生，弯背曲腰，正在双手拘谨地接受陶渊明右手解下来的那颗官印。这与他常用夸张的手法把人物的头部画得出奇的大一样，通过形体本身或形体之间比例失调的对比效果，突出表现人物的精神气质。

八大山人朱耷的佯狂最为典型，他为逃避满清统治者的迫害和"延请"，焚毁僧衣，于门上大书一"哑"字，时常有激烈的佯狂行径，"初则伏地呜咽，已而仰天大笑，笑已，忽蹯跔踊跃，叫哭痛苦，或鼓腹高歌，或混舞于市，一日之间，颠态百出。"① 八大山人的颠狂失态，与他以情驱笔、借画泄恨是同步的，如将八大山人写成"哭之"或"笑之"；所画虫鱼鸟兽，许多都作白眼向人，情态极为怪诞。其组成共同孤愤意象的孤鹰、孤八哥、孤画眉、孤雀、孤雏鸡、孤鲦、孤花、孤石等，已不是自然状态的孤独物象，而是充满忧患的孤独"哑"人的孤傲、孤高、孤怨、孤怜、孤安、孤愤，以及孤芳自赏的情思。特别是政治讽刺画如《孔雀》《鹰蟹图》等画中的怪石、怪鸟显然变形丑陋，构图也失去稳定感。

这些怪诞的视觉形象在文化趋于衰落的历史背景下，同时也预示着山人孤独心理状态中另一种生生不息的精神。石涛理解八大的忧患，指出由于受到这种情绪的感染，故八大的"书法画法前人前"，达到"眼高百代古无比"的境界。

具有强烈遗民思想倾向的傅山，学书主张"宁拙毋巧，宁丑毋媚，宁支离毋轻滑，宁真率毋安排。"傅山以此来"回临池既倒之狂澜"，而明眼人以为"非止言书"。傅山怪异的思想行为及其艺术主张，加上他突出的艺术风格，必然给人们的审美观照带来一种陌生感，从而在看似陌生的"丑"、"率真"、"拙"、"支离"等不和谐的非传统意象中进行艺术性格美的反思。

以傅山的草书论，有些线条的故意扭曲，造成了分割空间的拥挤感，有些笔划转折时采用较小的夹角，这种小夹角的空间不可能带来疏

---

① 陈鼎：《留溪外传》。

朗感，频繁的线条缠绕，如果按照传统书法创作的术语讲，颇有"死蛇挂树"之嫌。然而傅山故意写"丑"，使字组行列间充满了集合的张力，仿佛想努力消解某种压抑感。这样，一旦在审美态势上与其时代拉开了距离，拉开了"我"与时俗，"此我"与"彼我"的间距，创作也就获得了生命力和新鲜感。

傅山抨击董香光"止是一个秀字"，表明他的书法美学正是为了矫正由当时贵族文化所给定的奢侈、巧饰之弊，否定世俗浮薄之美，否定人为确定的感官畸形之妍，鄙视世俗矜心着意的奴颜之巧，从而把握超越世俗的大美大巧大妍。傅山疾呼呐喊的直接后果，就是清代碑学的崛起。

清代的汪中、郑板桥、李慈铭等，都是所谓太平盛世里的著名狂士。

汪中是一位才学并茂的大通人，一篇题作《哀盐船文》的少作，文采照人，竟使老辈惊佩，甚至与左思和李华相比。因为不得志，往往激烈骂座，人目为狂。他曾不客气地告诉前来求教的人说，像你这样"读书更三十年或可到不通地步"。

清末的李慈铭，也是一位性情乖戾的狂人，他在《越缦堂日记》中题作《复某书》的小文里，直接把对方称为"妄人"，说"足下少年得意，读一二破碎书，自以为见理已深，狂谵百出，仆诚未闻道，亦不足称文人，然如足下者，恐须息心静气从仆等游十余年，方可启齿牙也。仆老多病，无闲气与后生较是非，原书附还，以后见绝可也。"在这篇短文里，李慈铭对对方极尽挖苦之能事。孤立地从这则记"相骂"的短信中，李慈铭确实如汪中一样，盛气凌人，目空一切，是"纵欲自掩其芒角而不可得"之"狂"。但是李慈铭博览群书，却直到晚年才中进士，眼看庸碌之辈得意猖狂，心中愤郁难平，不免有偏激之举。

其实即使是从科举之途入仕的郑板桥，往往也有深"恨"，《沁园春·恨》说：

花亦无知，月亦无聊，酒亦无灵。把夭桃斫断，煞他风景，鹦哥煮熟，佐我杯羹。焚砚烧书，椎琴裂画，毁尽文章抹尽名。荥阳郑，有慕歌家世，乞食风情。　　单寒骨相难更。笑席帽、青衫太瘦生。看蓬门秋草，年年破巷；疏窗细雨，夜夜孤灯。难道天公，还钳恨口，不许长吁一两声？颠狂甚，取乌丝百幅，细写凄清。

板桥以"颠狂"自许，想象要用过激的狂怪行为来使斯文扫地，为了解"恨"而仰天长吁。然而反语、激语的抒泄，并未能融解"恨"，唯有取笔砚"细写凄清"。可见其愤世嫉俗的思想感情挥之不去，排解无由。

狂怪思想行为一旦以指向外部社会的形式出现时，其能量可能转化为缓解思想文化危机的动力。譬如，在特殊历史时期或出现思想危机时，中国的知识分子总是表现出激烈的反传统，即否定主体文化的非常姿态。特别是"五四"时期传统政治秩序的崩溃、宗法血缘关系的式微这一社会政治背景，提供了足够的现实支持条件，全盘否定礼法，激烈反传统，才从个别人的"怪诞"言论泛化为知识群体大规模的文化操作。产生狂怪思想土壤的思想危机开始表面化、剧烈化。

伴随狂怪思想行为的出现，艺术更多的是表现不安、激愤、变形、丑拙、孤独，这些带有自我破坏性的特征，在正常人看来便是与本能相反的，带有"陌生感"的异常表现。一般而言，与狂怪思想行为相伴相生的狂怪艺术，以其独特新奇的形式，涌动着感性生命的力量，狂怪艺术家用陌生的眼光看待现实人生，甚至通过荒谬古怪的物质世界和非现实来歪曲那些曾经被歪曲的美和意义，他们在人格疯狂的毁灭中找到了艺术与人格的统一。在这里，美丑倒置与有意义和无意义的相互颠倒带有非常夸张的色彩以及变形特征。狂怪艺术精品的出现，不断摧毁以往的那些被认为是美和有意义的典范，以一意孤行的反叛恣态，创造出惊世骇俗的艺术奇观。

三、醉态与艺术升华

出于政治原因的狂怪行为和与现存秩序相对抗的狂怪之士，虽然每个朝代都有，但是他们都付出了沉重的代价，或为统治者所不容而丧失性命，或因此一生坎坷不为世人理解，人格精神的苏世独立，往往带来物质生活的极度贫困，因而绝大多数文人并不想"狂怪"，与现实世俗社会作彻底"决裂"。这时就必须找到一种比较适中的方式来抒泄愤闷，排遣忧愁。被称为"狂药"的酒，于是在中国古代文化中扮演了一个特殊的角色。

酒可以对人产生刺激作用，使人进入类似梦境的似我非我的精神状态，从而成为暂时性狂人。借助醉态既可激发灵感，又可以漠视现实理性规范。因此，这样一种可控制的醉态，就成为文学艺术家集中讴歌的内容和刻意追求的精神状态。在中国古人眼里，"须求狂药解愁回"，或"狂醉养天真"，是饮酒的两大妙处。作为艺术家更特别注重从醉中得到灵感和创作自由。

在西方艺术中，有一种被推崇的酒神精神，他们把酒醉当作生命的巅峰，把酩酊的状态认为是生命最炽烈、最具有创造力的状态。因为在这种状态中，理性的控制和拘谨丧失了。

与西方人的这种酒神精神性质十分相似，中国古人在对礼法的漠视或灵感的刺激方面，往往十分重视酒神的作用。这样，酒醉便不应仅仅被理解为解愁或麻醉，而更多的是使人的精神获得大解放、大活跃的有效方法和途径。在中国古代的狂士行为中，有不少是借酒醉来远祸全身或发泄愤闷的，如"竹林七贤"。然而，更重要的是借助于酒醉表达他们对于理性规范的漠视，对自由的追求。

魏晋风度与酒结下不解之缘。陶渊明《五柳先生传》称自己"性嗜酒"。颜延之给陶潜作诔，便说他"性乐酒德，简弃烦促，就成省旷"，把他塑造成"爱酒又爱闲"（欧阳修语）的人物。在萧梁时代，便有"渊明之诗，篇篇有酒"之说[1]。唐代的白居易说陶渊明"篇篇劝我饮，此外无所云"。用鲁迅先生的话说，陶渊明"在后人心目中，实在飘逸得太久了"。据统计，陶渊明现存诗文一百四十二篇，提到饮酒

---

[1] 萧统：《陶渊明集序》。

的共五十六篇，约占全部作品的百分之四十。《饮酒》组诗的序说："余闲居寡欢，兼比夜已长，偶有名酒，无夕不饮。顾影独居，忽焉复醉，既醉之后，辄题数句自娱，纸墨遂多，辞无诠次。聊命故人书之，以为欢笑尔。"虽然陶渊明的饮酒诗有写父老邻曲集会和劳动生活、哀伤自食其力的艰辛，以及"酒能祛百虑"[1]，"酒云能消忧"[2]，"试酌百情远"[3] 等浇愁之经验谈，然而最值得注意的是他的不平之气。如《饮酒》诗第十三首：

> 有客常同止，趣舍邈异境。一士长独醉，一夫终年醒。醒醉还相笑，发言各不领。规规一何愚，兀傲差若颖。寄言酣中客，日没烛当炳。

独醉的"一士"指自己，独醒的"一夫"指一般士大夫。醉士和醒夫，虽然同处而取舍各异，彼此格格不入。士醉了，要兀傲礼俗，醉酒反而使他超凡出尘；有的人表面上是醒的，而实际上却很愚蠢和糊涂。陶渊明因此肯定了日夜酣醉的行为。《饮酒》诗的最后一首，诗人指斥现实的礼俗法规，提出个人醉酒的重大意义："若复不快饮，空负头上巾。但恨多谬误，君当恕醉人！"这无疑肯定酣醉才能清醒，才能漠视礼法。

指责礼法，在世人眼里就是罪人，就是大逆不道，只有承认酒后失言，才能求得故人谅解。用这样的反语表达诗人的情态，发人深省。因此，昭明太子萧统早就看出陶渊明醉翁之意不在酒："有疑陶渊明之诗，篇篇有酒，吾观其意不在酒，亦寄酒为迹也。"[4] 鲁迅先生在《魏晋风度及文章与药及酒之关系》一文中有一段著名的评论："陶潜之在晋末，是和孔融于汉末与嵇康于魏末略同，又是将近易代的时候。但他

---

[1] 《九日闲居》。
[2] 《形影神》。
[3] 《连夜独饮》。
[4] 萧统：《陶渊明集序》。

没有什么慷慨激昂的表示，于是便博得'田园诗人'的名称。但《陶集》里有《述酒》一篇，是说当时政治的。这样看来，可见他于世事也并没有遗忘和冷淡，不过他的态度比嵇康阮籍要自然得多，不至于招人注意罢了。……由此可知陶潜总不能超于尘世，也不能忘掉'死'，这是他诗文中时时提起的。"即以醉态和思想行为而言，陶渊明的确"比嵇康和阮籍要自然得多"，这正是陶潜其诗其人"平淡"的本质所在。

中国古代文学艺术家酒醉后成功创作的例子不胜枚举。李白、张旭、怀素、苏东坡等人的轶事更是脍炙人口。李白似乎只有在醉时才最清醒："一醉累月轻王侯"，"天子呼来不上船，自称臣是酒中仙。"只有在酒醉时他才能认清现实，正确估量个体的价值，所以他"但愿长醉不愿醒"。

唐代画家李灵省，所画山水富有个性特色，他就是"以酒生思"，"傲然自得，不知王公之尊贵"①。

同时代的另一位画家王洽，以泼墨山水享誉后世，他"凡欲画图幛，先饮。醺酣之后，即以墨泼。或笑或吟，脚蹙手抹。或挥或扫，或淡或浓，随其形状，为山为石为云为水。应手随意，倏若造化。图出云霞，染成风雨，宛若神巧。"②

王洽和李灵省的画迹已不传，但用水墨技法趁醉作画的画家或画作后代却多不胜举。如南宋画家梁楷，行为狂放不羁，性嗜酒，号曰"梁疯子"。他酒后作画，"按图绝叫喜欲飞"，"醉后亦复成淋漓。"③我们今天见到的梁楷写意人物画，洗练、潇洒、飘逸。或以线为主，线条跃动不已，如《太白行吟图》。或以墨为主，墨沈淋漓，如《泼墨仙人图》。此图满纸墨气袭人，墨色的浓淡变化造成视觉上的扑塑迷离，绝妙地表现出醉仙人那种酒酣耳热、酩酊大醉的特有精神状态，是一幅不可多得的表现醉态的传世泼墨写意之作。明代画家吴伟因醉未醒就被

---

①② 朱景玄：《唐朝名画录》。
③ 居简：《北磵文集》。

明孝宗宣进宫中作《松泉图》，他无意碰倒了墨汁，于是趁醉以袖涂抹成画，因而被赐一枚"画状元"的印章。"扬州八怪"中的黄慎"醉则兴发，濡发舔笔，顷刻飒飒可了数十幅"[1]。在这种状态下作画，最后竟会"奋袖迅扫，至不知其所以然。"

至于书法领域里，趁醉作书的书家更是比比皆是。著名的狂草大家张旭，据《新唐书》记载："每大醉，呼叫狂走，乃下笔，或以头濡墨而书，既醒自视，以为神，不可复得也。"杜甫《饮中八仙歌》写到张旭时抑制不住仰慕之情："张旭三杯草圣传，脱帽露顶王公前，挥毫落纸如云烟。"

酒在唐代艺术中被普遍重视，它对唐代"壮美"艺术思潮的形成功不可没。唐文宗曾下诏把张旭的草书、李白的诗、斐旻的舞剑合称"世之三绝"。狂僧怀素，以狂继颠，他以和尚的特殊身份，饮酒食鱼啖肉，出入权贵之间，当众表演，意兴飞扬，"狂来轻世界，醉里得真如"，更是其狂草《自叙帖》所引用的世人对他的得意之评。

苏轼的许多诗词名作，就是在酒的刺激下完成的。如《水调歌头》（"明月几时有"），小序就说，"丙辰中秋，欢饮达旦，大醉。作此篇，兼怀子由。"这是一篇醉后抒怀之作，借助酒醉，词人调动丰富的想象和奇妙的艺术构思写月又写人，"人有悲欢离合，月有阴晴圆缺，此事古难全。但愿人长久，千里共婵娟。"词人用笔大开大合，意境一转豁达。在一种孤高旷远的澄澈境界里渗进浓厚的哲学意味，词的情思也随着无边的月色而愈加绵延清远。比较苏轼同类词作或诗作，更多的是平淡清丽，而较少这种"乘风归去"的特殊韵致。因此词，苏轼更奠定其"坡仙"的地位，正如唐代的诗仙李太白。

南宋著名词人辛弃疾满腔收复失地的热情，换来的是闲居无聊，因而只能"醉里挑灯看剑"，追忆少年为国立功的非凡抱负，感叹"可怜白发生"。尽管表面上说"万事云烟过"，说"而今何事最相宜。宜醉，宜游，宜睡"，"管竹，管山，管水"，但是，失路英雄依然放言"回首

---

[1] 许齐卓：《瘿瓢山人小传》。

叫云飞风起。不恨古人吾不见,恨古人不见吾狂耳。"是毛晋所称的"抚时感世之作,磊落英多,绝不作妮子态"①。试观《西江月·遣兴》一词,以醉后笑闹缓解内心的苦闷和忧愁:

醉里且贪欢笑,要愁那得工夫。近来始觉古人书,信着全无是处。　昨夜松边醉倒,问松"我醉何如"?只疑松动要来扶,以手推松曰"去"!

上片先以偏激语发泄对现实的不满,下片则生动逼真地刻划醉态,但这不拘形迹的醉态,实际上也都是表现对当时现实的一种反抗,尤其是借醉态更深刻地表现独立不倚的倔强性格,十分传神。

综观以上所述,无论是真狂、佯狂或酒狂,对于反抗现实礼法,寻求情感寄托,都能起到特殊作用。而对于艺术家来说,则可以以此达到超脱与专注之功。前述诸种"狂"态,抛弃的是他的社会属性,剩下的就是他的个性,这时创造出来的东西,就没有虚伪和掩饰,而是真情的流露。

另外重要的一点就是将时艺置之脑后,因为在某一社会环境中,从题材、内容,到色调、笔法,往往有一个陈陈相因的标准。比如以抒情为主的中国书法,就笔法而言还有相当严格的规定。这些标准虽说约定俗成,却有意无意地在制约着艺术家。但是,如果借助某种手段使人处于"狂"的精神状态下,艺术家就可以毫不顾忌或暂时忘却社会固定规范而任性挥洒,创造出令人耳目一新的艺术品。

超脱,也就必然会酿就一种潜在的精神感应,将意识超出点画形迹之上,才能无暇雕饰做作,这样艺术作品方可臻于妙境。傅山举出"或大醉后,无笔无纸复无字,当或遇之(此妙境)"②,如儿童般纯洁的心地在傅山看来是创作心境的最佳境界,然而,对于具有书法练习

---

① 毛晋:《稼轩词跋》。
② 傅山:《杂记四》,《霜红龛集》。

"识见"的成人来说，却往往因其"识见"而不自觉流为奴俗贱态，没有稚子学书而忽出奇古之趣。因此要舍除"识见"，还其天真，就必须借助"大醉"后的潜意识浮现。

专注与超脱是互为联系的。"狂"的精神状态，多半是一种高度兴奋的状态。由于这种状态割断了与世间的各种情结，排斥了别的欲望，这就使得艺术创作成了唯一的追求，浓烈、恣肆、激动人心的艺术品，也就会在这种情思如涌、精神专一的状态下被创造出来。

英国现代剧作家奥斯本《论灵感》一文曾指出："据说德谟克利特曾断言：诗人只有处在一种感情极度狂热或激动的特殊精神状态下，才会有成功的作品……这种情绪上的昂扬自得的特殊精神状态被认为本身就是一种疯狂，并且习惯上总是把它看作是一个在控制着他的全部机能时的那种正常状态相对立的。"

我国古代美学家也强调这一点，东汉文学家、书法家蔡邕说："书者，散也。欲书先散怀抱，任情恣狂，然后书之，若迫于事，虽中山兔毫不能佳书。"蔡邕认为任情恣狂之际是创作的最佳时机。王国维诗云"四时可爱唯春日，一事能狂便少年"，是讲暂时的疯狂能使人变得天真年少，同时也只有天真年少才能"任情恣狂"。所以中国古代文学艺术家都与酒结下了不解之缘，都想借酒醉触发艺术灵感、抒发情性。

伏尔泰说："当想象过于热烈，过于纷乱的时候，它就坠入疯狂。"让·傈罗说："幻想所产生的形象只仿佛现实世界里的纷纷落叶飘聚在一起；发高烧、神经病、酒醉都能使那些幻象长得结结实实、肥肥胖胖，凝固成为形体，走出内心世界而进入外物世界。"① 癫狂就意味着进入幻境。描写幻境正是艺术最精到的特性，它所带来的审美效应，传达出艺术家强烈的感情活动，说明艺术创作必须承认非自觉状态，这种状态不仅是必然的，而且也是必须的。明代学者吴廷翰在《醉轩记》中描写醉态：

---

① 《论形象思维》第 36—37 页。

吾每坐轩中，穷天地之化，感古今之运，冥思大道，洞览玄极，毛细始终，合濡包罗，乃不知有宇宙，何况吾身？故始而茫然若有所失，既而怡然若有所契。起而立，巡檐而行，油油然若有所得，欣欣然若将遇之。凭栏而眺望，恢恢然、浩浩然不知其所穷，反而息于几席之间，晏然而安，陶然而乐，煦煦然而和，盎然其充然，淡然泊然入乎无为。志极意畅，则浩歌颓然，旅舞翩然恍然，惚然怳然，不知其所以也！童子谓吾曰："翁醉矣乎？"是时也，四大浃洽，三极混融，万物酣畅，六合浮游，若登太和之堂，坐玉烛之台，而翱翔乎极乐之国也；若吸呼偃仰乎醍醐之岑，而泛醽醁之海也；若餐沆瀣而饱溟涬也。

这里写醉态，主题是庄子"与天地精神相往来而不傲睨于万物"，极尽恍惚之美。这正如张旭的狂草，它所显示的是生命酣畅时的状态，其意识、潜意识、情感、想象、幻觉，都纷然织成灵动多变的韵律，所以张旭醒来以后，感叹如有神助而"不可复得"。怀素"醉来信手两三行，醉后却书书不得。"本来写意画或狂草书追求的就是一种脱略形迹，虚处得神，所谓"似与不似"的境界。醉态下的执笔显然更多的是一种朦胧迷离的感觉，用这样的感觉处理技术问题，歪打正着，刚好创造出自由挥洒、略无碍滞的动人效果。

第十三章 儒、释、道思想影响及评价

要想全面、系统、准确地阐释儒、释、道对中国文化的影响是十分困难的。即使把这种影响的范围缩小到诗、书、画这样的艺术门类中来考察，并给出一个统存影响的综合评价也有相当难度。主要原因在于儒、释、道三教在中国或分或合的情态错综复杂，在不同时期和不同社会条件下，对于诗歌、绘画和书法产生的影响也就各不相同，很难作定性分析。

可以说，儒家学说是中国古代的"正统文化"，道家和道教对传统文化也有极为深刻的影响。印度佛教传入中国后，经过中土的改造，也成功地渗入中国文化各个层面。中国文化正是在三家分与合的综合影响下历史地渐进地演化而成。诗歌、书法、绘画作为中国文化重要的组成部分，也同样在儒、释、道的统存影响下形成独特的风貌。

一、儒家共性及艺术功利倾向

所谓"儒"是一个历史的、发展的概念。除了儒家之外，历史上还有儒家学派建立之前的儒和儒家学派建立后儒家之外的儒。《周礼·天官》云："儒以道得民。"郑玄注云："儒，诸侯保氏有六艺以教良者。"贾公彦疏云："诸侯师氏之下又置一保氏之官，不与天子保氏同名，故号曰儒。"按《周礼》及其注疏的说法，儒在西周初年就已存在。儒身通礼、乐、射、御、书、数，并以此教民。儒家学派建立于春秋末期，此后，儒家之外的一些人在很长一段时期内仍然被称之为儒，这些人包括医卜星相以及求仙炼丹追求长生不老之流，即方术之士。所以《说文》释儒为"术士之称"。把方术之士叫作儒，在汉代文献中如王充《论衡·谈天篇》所引《淮南子》的《览冥训》、《天文训》，将刘安所招揽来的术士之言，称之为"儒书言"，说明"儒"这个词至少在汉时并不是为儒家专用，它涵盖的品类极杂。

据《史记·秦始皇本纪》记载，方士卢生向秦始皇献长生方，后害怕骗术暴露受惩罚而潜逃。秦始皇屡遭术士如韩终、徐市等欺骗早已不满，闻知此事大怒，坑犯禁者四百六十余人。这些人中诚然也有儒家者流，但事由术士而起，被坑者多数当为术士。所以，儒不光指儒家。但必须承认，儒主要指儒家。

儒家是中国建立最早、延续最久的一个学术派别，同时儒家又是一个内部分化十分明显的学派。有孔、孟、荀等先秦诸子所开创的原始儒学，有综合名、法和谶纬等内容的汉代儒学，有与释、道互渗交融的宋明儒学，还有封建末集大成的清代儒学，甚至还有受近代西方文化冲击影响下形成的"当代新儒学"。虽然都有儒学之名，但其学说的内涵已发生了大小不等的变化。

作为中国文化体系中一种长期居于中心地位的思想学说，它仍然有着某些一以贯之的共性，儒学中有一些核心成份是虽经万变而不离其宗的。而对于中国文学艺术产生决定性影响的，主要就是儒学中这些具有本质意义的部分。

对于儒家的特点，司马谈《论六家旨要》和刘向《七略》曾有比较准确的概括。《论六家旨要》说："儒者博而寡要，劳而少功，是以其事难尽从，然其序君臣之礼，列夫妇长幼之别，不可易也。"《七略》说："儒家者流，盖出于司徒之官，助人君顺阴阳，明教化者也。游文于《六经》之中，留意于仁义之际，祖述尧舜，宪章文武，宗师仲尼，以重其言，于道最为高。"

上引的两段关于儒家共性的界说至少包含以下几个重要内容：以孔子为共同的思想宗祖；有共同学习和遵循的经典，如"四书"、"五经"；提倡礼教，强调人伦，维护宗法等级制度，即司马谈所说的"序君臣父子之礼，列夫妇长幼之别"，以仁义等为主要道德规范，维护三纲五常成为儒家的重要思想特征之一，憧憬圣人为帝王的三代，提倡圣王之治，即所谓"祖述尧舜，宪章文武"，后来这一思想被概括为"内圣外王"，助君主明教化，提倡经世济民，反对隐遁。这就使得儒家具有鲜明的入世色彩。儒家的上述共性，也是儒家区别于其他学派（如墨、法、名、阴阳以及佛、老等）的根本特征。

春秋时，由于社会动荡，宗法关系有所松动，于是出现了一种挣脱宗法关系束缚，成为有相对独立性的"士"。由于超越了宗法群体意识，具有自我意志和思想，他们有可能对自己所掌握的并赖以谋生的知识技艺如历数、刑法、礼乐加以反思、归纳，建立层次更高的理论，儒就是属于这个"士"阶层，孔子可以作为其代表。

孔子并不以掌握礼乐规范为满足，他以"朝闻道，夕死可矣"的精神追求道。通过问道，特别是通过自己所掌握的礼乐知识的反思，他初步建立起关于礼的理论，礼的理论不同于礼，它的诞生标志着儒学的建立。接受孔子思想的儒不再以懂得礼仪规范为能事，他们还要进一步探究礼的底蕴，而且他们要把追求个人道德的完善和治国安民之道作为人生的终极目标。

儒学产生后不久就取得显学的地位，汉武帝时又被定为一尊，成为长达两千多年的中国封建社会的官方正统思想。因此，"助人君"、"明教化"是儒的最主要的社会职能。也就是说，对政治教化的极端重视和以文学为道德教化工具的观点，乃是儒学的精髓，也是中国文学乃至中国上层文化最显著最根本的特质之一。儒家的广义文学观把纯文学诗词歌赋之外的所有文章全部划入文学范畴，从而形成中国文学的杂文学体制。

孔子论《诗》，指出它们具有"兴、观、群、怨"的作用，因而可以"迩之事父，远之事君"。荀子论乐，强调"声乐之入人也深，其化人也速"，于是提出以乐"制欲"而达到天下"大齐修"、"大同"的理想。中国传统儒学与西方古代哲学的巨大差异，在于它是一种政治理论、道德伦理学说和人生态度，而非自然哲学。所以儒学的要义是伦理中心、政治至上，是"仁"、"礼"、"内圣外王"。

儒学与文学的最初关系，是通过儒生对文学作品的解读和阐释发生的。两千多年前发生的一场改造文学的运动，结果是产生于儒学形成之前的原始神话和古代诗歌，经由儒生之手而被纳入儒学基本原则认可的轨道。

儒家不言"怪力乱神"，认为充满瑰丽奇特想象的神话太不雅驯，无从用于教化目的。于是便按照自己的意图动手把他们视为"荒诞不经"的神话传说强行人化"，即对神话中一切超自然的奇特幻想如"黄帝四面"之类作出合理解释，把神和文化英雄说成是人间的君主帝王，把神的系谱改制成帝王的家世等等。

将神话看作历史，这是古代世界各国都曾出现的一种现象。但干脆把神话篡改成历史，却是儒学占统治地位的中国古代文化的特殊现象。其影响在于，使汉族大批神话和史诗趋于消亡，使文学叙事能力在相当长时间内被逐出文学而转向史学，文史合流在《左传》《史记》中表现最为明显。

其结果一是使得中国叙事文学发育成熟时间大大推迟，一是文学的抒情能力获得得天独厚的发展机会，抒情诗高度发达。诗歌作为中国古代最重要的文学形式，与之相伴相生的早期诗论中蕴藏着最重要的审美经验和批评理论。与之相关的绘画、音乐、书法等门类的艺术理论，也都导源于此。

这一切就直接决定了中国文学史乃至艺术史的开端与基本面貌的独特性。

《诗经》中三百多篇诗乐相合的作品，产生于百家争鸣之前，这部古老的诗歌总集也在汉儒手中被加以改造。《诗序》就是这种改造的文字记录。《诗序》。分《小序》《大序》《小序》是对每一篇诗的具体解释，《大序》则由诗歌理论引申出对儒家文学观的纲领性论述：

诗者，志之所之也。在心为志，发言为诗。情动于中而形于言,言之不足故嗟叹之,嗟叹之不足故永歌之,永歌之不足,不知手之舞之,足之蹈之也。情发于声,声成文谓之音。治世之音安以乐,其政和;乱世之音怨以怒,其政乖;亡国之音哀以思,其民困。故正得失,动天地,感鬼神,莫近于诗。先王以是经夫妇,成孝敬,厚人伦,美教化,移风俗。

这段话从"诗言志"的文学本体论出发,展开典型的融诸说于一炉的中国式思维方式,把文学与人心、与社会世态,特别是国家政治状况等联系起来,最后引申出工具主义的文学功能论,集中而系统地表述了儒家支配下的中国传统文学观。

这种文学观的核心内容就是通过确定文学与政治教化的关系来确定文学在整个文化系统中的地位,把文学充作维护社会和谐稳定的一种实用工具。至于儒学对于文学的其他一些要求,如"温柔敦厚"的诗教、"发乎情止乎礼义"的创作原则;以及"乐而不淫,哀而不伤,怨而不怒的"审美批评标准等等,都由这个核心决定。

随着儒学政治化程度的提高,以及它在中国文化中地位的日趋巩固,以《诗大序》为代表的儒家文艺观实际上成为中国文学的根本大法与无形律令,其基本思想原则后来被概括为"文以载道"而贯串于整个中国封建时代的文学之中。

与《诗大序》同一时期出现的中国绘画,只能作"麒麟阁"功臣"赞"的图解,只有这类作品才能进入官方史籍记载。汉代画像石则只能靠埋入墓穴千年而又幸运地被发掘而使之重见天日。即使稍后的东晋大画家顾恺之,论者也以为他的《女史箴图》最能表现其风格。顾恺之虽然以画建康瓦官寺北小殿的维摩诘像而名声大振,但其作品的内容无疑也受到儒家重人伦教化思想的影响。《洛神赋图》最出色之处莫过于描绘"发乎情,止乎礼义"而无缘亲近的遗憾。

《女史箴图》是顾恺之根据西晋张华的同名文学作品内容绘制,主题是宣扬封建妇德。现存唐摹本只有九段,如描绘婕妤冯姬当熊而立,拟代观赏黑熊相斗时受到威胁的汉元帝受难,说是"夫岂无畏,知死不吝"。又如第二段画汉成帝乘辇出行，招呼女官班婕妤同辇而坐，但班婕妤谢绝了，她提醒成帝"观古图画，皆存名臣在侧，亡代末主，乃有嬖幸，今欲同辇，得近似之乎？"成帝善其言而止。这是宫廷妇女主动劝阻君王不要迷恋美色。又如第四段写妇女揽镜自照，大意说妇女应当像修饰容貌那样注意德性修养，做事才不会违反礼教。再如第七段依箴文画出女子艳装之前，男予以手示拒，是劝戒女子不要光想用冶容去取悦君子，否则会事与愿违。

如此等等，绘画作品内容完全是儒家教义的形象图解。女史作箴言，作者用意正在于此。

只有在内容方面具有"经夫妇，成孝敬，厚人伦，美教化，移风俗。"这种近乎儒家诗教的特点，顾恺之的作品才能得到包括封建统治阶级在内的重视，才更有可能使之流传有绪。我们也才能通过画迹来考察他所提倡的以"以形写神"，"迁想妙得"，以及唐人总结出他作画时如何使用"紧劲连绵"的铁线描之间的关系。

再如唐代绘画，画家阎立本以肖像画和政治性题材的历史画而知名，前者如《历代帝王图》《秦府十八学士图》《永徽朝臣图》《昭陵列像图》等，后者如《步辇图》。这些绘画成就使阎立本成为位至宰相的政绩之一。贺知章的书名大著也是因为他用草书写唐玄宗作注的《孝经》，而且《孝经》法书是贺知章唯一传世的墨迹。

与政治过于直接贴近的关系和过于单纯急切的教化目的，使大量的古代诗歌、书法、绘画作品表现出思想的相对狭隘性和艺术的单调性。儒家重政教，束缚了文学艺术思维的自由发展，但也曾促使许多作者创作立足现实反映现实的有价值的作品，形成中国文学艺术现实主义优良传统的一面。

同时，由于这种积极入世的"实"的思想蕴涵，无形中便造就了批评领域内与"虚"的标准相对抗的强大势力，导致了诗画原则和批评标准的一系列论争。

另外，儒学倡导"中和之美"，"主文谲谏"，"温柔敦厚"，"怨而不怒"，对于塑造中国文学艺术含蓄蕴藉、深沉内向的总体美学形象和民族风格，起到积极的作用。

在人格美领域，儒家肯定个体人格的独立性，但同时又认为人的发展和人格的独立只有最终导致个体与社会的和谐一体时，才真正具有审美价值。孔子强调"志于道，据于德，依于仁，游于艺。"① 这里有强调人全面发展的社会意义。一个全面发展的人，应该志向于道，立足于德，归依于仁，并且能游憩于艺术领域。这就为早期文人画家的创作态度提供了理论依据。

孔子之后，孟子进一步肯定个体人格的独立性，高扬个体为理想的实现而勇于自我牺牲的精神品格。孟子有著名的"我善养吾浩然之气"之说，所谓"浩然之气"，乃"配义与道"、"集义所生"，指的是融合了道德理想、渗透着情感意志、为实现一定的伦理目标可以牺牲一切的"有为"精神状态。

同时，那种"富贵不能淫，贫贱不能移，威武不能屈"的"大丈夫"；那种"生，亦我所欲也，义，亦我所欲也，二者不可得兼，舍生取义者也"的仁人志士，即是上述"浩然之气"的感性显现者。

结合自然美领域主"比德"说，亦即从伦理品格的角度去观照自然物象，将自然物象看作是人的某种伦理品格的表现或象征。

人格美理论和"比德"说，对中国书法、绘画、诗歌的伦理评价即注重立身与文章的关系，并且把前者视为决定后者的关键，导致"心画"与"心声"长期处于伦理学意义的论争，同时也促使绘画向书法靠拢，造成"四君子"一类写意题材和笔墨程式的大量出现和不断重复。

总体上看，儒家学说固然是处于核心主体地位，但同时受到其他学说的影响，并呈不断融合的趋势。先秦时期的墨、法、道诸家就以儒家的对立面而存在，汉以后的本土宗教道教和外来宗教佛教，都有自己独立存在并产生影响的历史。儒、释、道三家的教义始终处于相互冲突、相互渗透、相互融合的状态之中。因此，对中国文学艺术的特质与面貌

---

① 《论语·述而》。

起作用的，绝非儒学一家。

二、"象"外之旨与仙气

儒、释、道中的"道"，完整地说，应当包括"道家"与"道教"这两个既有联系又相互区别的部分。道家是先秦的一个哲学学派，"道教"是两汉时兴起的一种宗教，二者既有因果联系又有质的不同。但是，复杂的历史原因，不仅使它们在各自发展的历程中结下了不解之缘，而且共同影响了中国古代文学艺术创作和理论的发展。

儒家主要是从政治、道德、伦理的角度，具体论述了"诗"、"乐"等文学艺术现象的社会价值和政、教作用。其主要内容比较接近探讨文学艺术的外部规律，偏于文艺社会学的范畴。道家与儒家不同，他们首先提出了理论本体论，以"道"作为其哲学体系的最高范畴和逻辑起点，对宇宙人生、万事万物的本体、本性和本质作出总体概括。在释名上，"道学"原指"道家之学"，但儒家、释子也自称为"道学"。

"道"名虽同，而它的含义却截然不同。"道"乃比喻义理的路，因而儒、释、道无不可以宣"道"自命。

尽管道家和道教学者之间，对"道"究竟是物质性实体，还是精神性实体的看法并不一样，但其哲学本体论却为文学艺术本体论的建立奠定了理论基础，并提供了论证方法。

《淮南子·原道训》较早较具体指出："夫无形者，物之大祖也。无言者，声之大宗也。""无形而有形生焉，无声而五音鸣焉，无味而五味形焉，无色而五色成焉。是故有生于无，实出于虚，……道者一立而万物生矣。"按照道家和道教哲学本体论，包括人在内的宇宙之间的一切有生无生的万事万物，都属"道生"，都来自一个共同的本原。

因此，人对万物的认识，既不依靠实践活动，也不借助知识积累，而是得之于"道"的素朴人性与得之于"道"各种物性之间的契合。

《老子》教人"致虚极，守静笃。万物并作，吾以观其复"。又说，"多闻数穷，不如守中"，"故恒无欲，以观其妙。"这就是说人要保持得之于"道"的素朴人性，对万事万物，都采取静观默察的态度。

《庄子》也说，"至道之精，窈窈冥冥；至道之极，昏昏默默"，"明见无值，辨不若默；道不可闻，闻不若塞；此之谓大得。"宇宙的本体和万物的本质，都是超感官的绝对存在；因此靠感官获得的认知，用言辞表达，都是不全面、不真实的，不能达到对事物本质的真正把握。庄子认为至大无外，至细无内之道是不可言传的，因此要舍"言"求"意"，《天道》篇所说的用语言写成的书都是糟粕，就是一个极端的例子。

因为"大音希声，大象无形"，"大美不言"。那么，"言"与"意"的关系就应该如庄子的《外物》篇所云："筌者所以在鱼，得鱼而忘筌；蹄者所以在兔，得兔而忘蹄；言者所以在意，得意而忘言。"庄子的"得意而忘言"，不仅引发魏晋时期的"言意之辨"，而且对后世艺术理论如"意象说"，严羽论诗"不落言诠"等都产生深刻影响。

就其审美认识论方面看，它不是只有一种标准，而是存在于每个审美主体的感悟中，被认为是一种"妙悟"或"神秘的直觉"。虽然它不是对人的认识活动、思维规律的科学总结，但也确实从理论上概括了人在认识活动中经常发生的一种思维现象。特别是人在审美活动、艺术创作中的思维特点与道家认识论所揭示的规律非常接近。

因此，中国古代的诗论、书论和画论中根据道家揭示的认识规律，提出一种超感官、超具象的审美认识论。用这种理论指导诗歌创作，则求"不着一字，尽得风流"。依这种理论鉴赏作品，须得"言外之意"，"象外之象"。这就高度抽象地揭示了人的审美活动的本质规律。

在道家、道教思想影响下，不仅产生了以自然之道、素朴人性为本体的文学本体论，以素朴人性和自然物性相契合的审美认识论，进而又引申出崇尚自然、含蓄、冲淡、质朴的审美风格，并且进一步在阳刚、阴柔两大审美范畴上，确定了"自然"或"素朴"这样一个最高范畴。

老子所谓"见素抱朴，少私寡欲"，是因为"五色令人目盲，五音令人耳聋"，"信言不美，美言不信"，认为人为的雕饰是不美的。

《庄子》中主张"法天贵真"，赞美"天籁"，说"淡然无极而众美从之","素朴而天下莫能与之争美"。

此后,刘勰"标自然为宗";钟嵘倡"自然英旨";皎然更是推崇"真于性情","风流自然";司空图《二十四诗品》中,"冲淡"、"高古"、"典雅"、"自然"、"含蓄"、"精神"、"缜密"、"疏野"、"清奇"、"实境"、"超诣"诸种审美风格类型,基本上都可以归入素朴之美的范畴。至于李白评诗"清水出芙蓉,天然去雕饰",苏轼"发纤秾于简古,寄至味于淡泊",则是明显受到道家思想影响的审美观。书法评赏中观物取象的惯常作法则更可以见出这个特色。

关于"自然",《老子·道篇》云:"人法地,地法天,天法道,道法自然",与荀子"制天而用"的儒家观念不同。哲学意义上的"自然",在道家美学观里已成为人类存在所必须皈依趋赴的理想范本,是人类生存富有诗意的精神家园。正因为天地有大美而不言,所以人要超越现实存在必须"观于天地","原天地之美","身与物化","与物为春","独与天地精神往来,而不傲睨于万物"。

于是,避世者躬耕于皋壤,厌世者回归于山林,愤世者逃遁于江海,自然成了人生的总归宿也成了艺术的总渊薮。

观于天地的观念开启了后代"含遭应物。"、"澄怀昧象"如宗炳《画山水序》所言的山水画和山水诗传统,也导致了通过"终南捷径"的隐者或伪隐者出世心态的多种格局。

"道"、"一"、"精"、"气"的观念,杂糅易学的某些要义,奠定了中国书画的形式风貌。

一方面,于《老子》是"天得一以清,地得一以宁,神得一以灵";于《庄子》是"通于一而万事毕";于《淮南子》是"纯朴未散,旁薄为一,而万物大优。"道家美学对存在统一性和时间性的领悟决定了中国艺术中线条至高无上的地位。石涛《苦瓜和尚画语录》关于"一画"说的理论脍炙人口:"此一画收尽鸿蒙之外,即亿万万笔墨,未有不始于此而终于此。"

另一方面,《老子》"知其白,守其黑"的黑白论,对笔法、章法论产生了深刻影响。

此外，《老子》言道之为物，惟恍惟惚，以为象与物即在恍惚之中，具体征引诗美境界，如韩愈《早春呈水部张十八员外》之一："天街小雨润如酥，草色遥看近却无。"司空图《诗品·冲淡》："遇之匪深，即之愈稀。"又《飘逸》："如不可执，如将有闻。"曹元宠《卜算子·咏兰》："着意闻时不肯香，香在无心处。"

知白守黑，虚实相待，以及关于"精"、"气"、"氤氲"诸观念，成为"模糊"、"朦胧"诗境创造的美学背景，成为中国画尤其是南宗文人画关于淡墨技法及"墨气"风貌由来的理论背景。

特别是计白当黑乃中国山水画的一个重要方法与追求，也是诗歌与书法创作美学遵循的普遍原则。"空本难图，实景清而空景现，神无可绘，真境逼面神境生"。正如清人汤贻汾《画鉴析览》云"虚实相生，无画处皆成妙境"，"疏可走马，密不透风"不仅是书法的要求，同样适应写意画原则。

董其昌倡"虚和"之境，他继承了杨凝式《韭花帖》的布局特色，把行距和字距拉得特别开，形成一种松朗的新格局，空白的被特别强调，便有机地突出一种闲适自然的情趣。徐渭写风竹，数竿之间要求写出"哭声"，正与板桥萧萧几竿瘦竹而以顽石一拳相佐类似，大片的空白中却使人如闻满林风雨。

据说王石谷曾画《风雨归舟图》，有人问："雨在何处？"石谷答曰："雨在画处，又在无画处。"画山水画，应当注意到最基本的特性把握，如"山无云不灵，无水不活"。画中"云"、"水"，大都以空白出之。高明的山水画家更多的注意到空白的安排与布置。空白成画面的有机组成部分而不可或缺。凡此种种，都显示出计白当黑、虚实相济在中国艺术诸领域的广泛运用，形成具有民族特色的艺术传统。

庄子进一步发展了老子的审美心理应该处于虚静状态的思想。道家的这些思想对中国古代文学艺术创作的巨大贡献就在于推动了中国古人饿造性想象的丰富和发展。

《老子》第一章曾提出"涤除玄鉴"的命题，以及"致虚极，守静笃"问题，都指的是人要对玄妙之"道"进行观照，就必须排除内心的各种内外情绪干扰。

庄子继承、发挥并拓展这一点，从审美主体方面看，庄子认为"虚静"是感知和把握天地之"大美"、"至美"必不可少的条件。《人间世》云："瞻彼阕者，虚室生白。吉祥止止。夫且不止，是谓坐驰。夫徇耳目内通而外于心知，鬼神将来舍，而况人乎！"又，"若一志，无听之以耳而听之以心，无听之以心而听之以气，听止于耳，心止于符。气也者，虚而待物者也。唯道集虚。虚者，心斋也。"

"心斋"说就是对"涤除玄鉴"的继承和发展，只有处于"形若槁骸，心若死灰"的精神心理状态下，才能获得《知北游》所描述的精神意志的无限自由："其来无迹，其往无崖，无门无房，四达皇皇也。"所谓"瞻彼阕者，虚室生白，吉祥止止"，也是说在至虚至静状态中观察大千世界，四堵皆空，视有若无，才能观照到大道和至美。

从美学观点来看，虚静说在客观上包含着对审美心理状态的精确描绘，因此，虚静脱俗，虚静致幻等特点在后世的创作心理中几乎成为一种共识。它是一种高度平衡的心理状态，是一种积极的极富创造性的情态。

中国古代的诗文、书画论都强调虚静的作用。陆机在《文赋》里就提出"伫中区以玄览"，中区即区中，谓伫立天地之中，而起幽玄之观览，与庄子的意思是一致的。刘勰在《文心雕龙·神思》篇中指出："陶钧文思，贵在虚静，疏瀹五脏，澡雪精神"，"寂然凝虑，思接千载；悄焉动容，视通万里。"主张作家在临文之际，首先求得"虚静"的境界，使内心通畅，精神净化，才能产生种种想象。苏轼《送参寥师》："欲令诗语妙，无厌空且静。静故了群空，空故纳万境。"也是提倡诗人在创作时保持一种"空且静"的精神状态。

许多艺术作品特别是书画都是在虚静状态下发出种种幻象而创造出来的，书画家在谈到他们的创作经验和体会时，往往强调"态度"即认为只有怀抱清旷之际，才是进行创作的最佳状态。

唐太宗论笔法，云："欲书之时，当收视反听，绝虑凝神，心正气和，则契于妙。"唐书家欧阳询说作书当"莹神静虑，端己正容，秉笔思生，临池志逸。"强调的也是排除杂念、清心寡欲。宋代画家米友仁说："画之老境，于世海中一毛发事泊然无着染，每静室僧跌，忘怀万虑，与碧虚寥廓同其流。"明李日华说："乃知点墨落纸，大非细事，必须胸中廓然无一物，然后烟云秀色，与天地生生之气，自然凑泊，笔下幻出奇诡。"如此等等，都可视为"涤除玄鉴"或庄子"虚静"说的体验和发挥。

虚静能致幻。因此，虚静说也是后世所谓"通感"现象的心理基础。文学创作和鉴赏中各种感觉器官间互相沟通的通感现象的存在，是促使中国各门类艺术趋向写意性的重要因素，也是艺术得以交叉、融合、打通的心理基础。

道教的神仙思想和创造神仙系统的思维方式，对中国文学艺术也产生了深刻影响。道教信仰的主旨是追求长生不死，得道成仙，它注重个体生命的价值，相信经过一定的修炼，尘世的个人可以脱胎换骨，直接超凡入仙，不必等死后灵魂超度。这是它与别的宗教信仰的根本不同之处。

总之，在道教神仙家眼里，神与人有同本一体，仙与凡无绝对分界。一方面许多文学艺术家从这里得到创造性想象的充分启示，也为文学艺术家物化思想感情从事创造性想象提供了依据。

《庄子》中的"神人"、"至人"，能轻举独往，逍遥世外，《楚辞》中有生动浪漫的游仙故事，汉代琳琅满目的画像石、画像砖、帛画、壁画、游仙诗等，都是当时流行的神仙观念的产物。

神仙说激发了古代诗人的幻想和激情，演成"游仙诗"。曹植、曹丕、张华、郭璞、李白等人均有作品流传于世，这些诗歌或写诗人与神仙同游，写仙人漫游。郭璞"游仙"之作，揖"浮丘"，友"洪崖"，"飧霞倒景，饵玉玄都"，"乃是坎𡒊咏怀，非列仙之趣也"。李白诗中"蹑太清"、"朝玉京"，往往是为了反衬现实的苦难，而神交列仙梦游洞天的自由自在，也是他不肯"摧眉折腰事权贵"的思想在创造性的想象中得到的升华。李商隐《贾生》诗，选取贾谊被汉文帝自长沙召回，宣室夜对的情节作为诗材，独辟蹊径，抒写了不遇之感。"可怜夜半虚前席，不问苍生问鬼神"。诗表面上似讽刺汉文帝，实际上诗人主要用意尚不在此。晚唐许多皇帝大都崇佛媚道，服药求仙，因此诗人矛头所指，显然是现实中那些"不问苍生问鬼神"的君王。

与游仙行为相联系的"服食"，近乎道教徒的"外丹"修炼方术。"丹"主要指采用金石药剂或辅以草木合剂，经过炉火烧炼的化学反应后形成的丸剂。《抱朴子·金丹篇》曰："丹之为物，烧之愈久，变化愈妙。……黄金入火，百炼不消，埋之，毕天不朽。服此二物，炼人身体，故能令不老不死。"所以自西汉方士创制金丹后，上自帝王，下至道士均以炼丹为事。

魏晋的"服散"风气与道教信仰就有密切关系。鲁迅《魏晋风度及文章与药及酒之关系》曾就魏晋人所服的"五石散"与魏晋名士风度的关系作过十分生动贴切的描述。

"五石散"中有一种含砷的有毒矿物，容易使人中毒，服药后要"发散"，使服散者痛苦不堪，长期服用，就会毙命。

《世说新语》《太平广记》等记载了很多当时人服散的故事。由于何晏、王弼、夏侯玄、嵇康等名士都是服散的倡导者，以致服散在很多人眼中成为一种时髦。皇甫谧借口服散不奉皇帝诏命，居然可以不获罪。贺循拒任丹阳内史，服散后披头散发，袒露身体。避祸逃命如王戎，幸亏假装服散入厕所，才免遭杀身之祸。从"五石散"的药效功能看，主要用作治疗"房室之伤"的强壮剂。何晏伤于酒色，服后"首获神效"。

假如服用这种强壮剂是以人受苦作为代价，即使是纵情声色的贵族士大夫恐怕也要却之犹恐不及了，所以，延年、长生、成仙、纵欲，便成为道教思想最能吸引人的部分。再从唐代臻于极盛的外丹术情况看，更是如此。

中晚唐崇道风气盛行，上至皇帝，下至普通诗人都曾冒死服药。李白在《天台晓望》中说他自己"好道心不歇"，而且"攀条摘朱实，服药炼金骨。安得生羽毛？千春卧莲阙。"在应诏入京，被"赐金放还"以后，作《留别广陵诸公》诗，表达了"炼丹费火石，采药穷山川"

的强烈愿望。最后终于在齐州紫极宫请北海的高如贵天师授道箓，并有《奉饯高尊师如贵道士传道箓毕归北海》诗可证。他不单自己炼丹，而且全家参与，"拙妻好乘鸾，娇女爱飞鹤。提携访神仙，从此炼金骨。"在李白诗中，写游仙、醇酒、妇人的诗篇很多，不能说与此风无关。

唐代其他名人，如卢照邻吃丹药几丧命，以为剂量不准，还想再吃。韩愈就是服食身亡的。白居易不仅吃药，还亲自跟道士学习《参同契》，其《浔阳岁晚寄元八郎中庾三十二员外》极言经年苦炼，无奈"丹砂不肯死"，使得自己"白发自须生"。颜真卿也是长期服药者，只是剂量掌握得比较好，没有产生太坏的效果。

李唐王室奉老子李聃为先祖，崇道风气更盛，所修道观极多，据《唐六典·祠部》记载："凡天下观总一千六百八十七所。"道观里有美丽的女道士，有的还是豆蔻年华的美女，甚至还有皇家公主，这使得许多诗人与道观发生了极为密切的关系。李商隐、温庭筠、段成式，以善写爱情诗名世，其中就有涉及道教房中术的诗。如李商隐不少费解的爱情诗，似乎就与他在道观与女冠的恋爱隐情有关。

晚唐崇道之风给文学艺术创作至少带来如下影响：服食长生药的刺激迷狂作用，使作者驰骋丰富的想象力，追求绚丽谲诡的幻觉；纵欲享受，则使作品增加了秾艳神秘的成分。如李商隐、韩偓的艳情诗，温庭筠的词以及《游仙窟》等传奇，就逐渐由象征情绪的无端抒发过渡到较为具体的官能感受的描述。

至于道教八仙、钟馗打鬼、关帝显灵以及其他散仙的仙家风度，包括老子、庄子、竹林七贤、陶弘景、李白等等独具仙风道骨、超逸不俗的人物，更是中国画长盛不衰的题材。

三、"心缘"与心境再现

佛教在东汉初年由印度传入中国，在经历了与中国本土文化由相互冲突到相互融合的漫长过程之后，已经渗透到社会的各个领域，并且产生了广泛的影响。

广义的佛教是一种宗教，包括它的经典、教法、仪式、制度、习惯、教团组织等等，狭义地说，就是佛所说的言教，即"佛法"。根据赵朴初先生的意见，佛法的基本内容可以用"四圣谛"来概括（谛的意思是真理）：苦谛，指经验世界的现实；因谛，指产生痛苦的原因；灭谛，指痛苦的消灭；道谛，指灭苦的方法。四圣谛所依据的根本原则是缘起论。

佛教的所有教义都是从缘起论这个源泉衍生出来的。所谓"缘起"，就是指一切事物或一切现象的生起，都是由相待（相对）的互存关系和条件决定的。离开关系和条件，就不能生起任何一个事物和现象。因、缘一般地解释，就是关系和条件。

在佛陀时代的各教派中，缘起论是佛教所特有的，佛经中说缘起最主要的意义可以归纳四个重要论点：一、无造物主。所谓无造物主，就是否定宇宙万物的主宰，认为任何一个因都是因生的，任何一个缘都是缘起的，因又有因，缘又有缘，所以无始无终，无边无际。二、所谓无我，就是认为世界一切事物皆无独立的实在自体。三、所谓无常，就是说一切事物都受到时空条件的制约而变动不居。四、所谓因果相续，就是说因缘所生的一切法（事物或现象）固然是生灭无常的，而又是如流水一般相续不断的。如善因得善果，因与果相符，果与因相顺，这就是佛教对宇宙万有的总的解释。

佛教一经在中国广泛传播，文学、哲学、绘画、雕刻、音乐、舞蹈、建筑各方面，无不被渗透而受到影响。仅就翻译过来的几千卷经典，其中一部分本身就是典雅、瑰丽的文学作品。如《维摩诘经》《法华经》《楞严经》特别为历代文人所喜爱，被人们作为纯粹的文学作品来研读。在同一个层面上，也就产生了大量的佛教书法遗物，即佛经抄本和造像题记。敦煌所发现的南北朝隋唐抄本中，有极为精美的书法，反映一种对宗教信仰的虔诚，可以和西方中世纪僧侣的《圣经》抄本相媲美。名家抄写佛经或道家经典的书法，比较为人重视，如王羲之抄《黄庭经》，赵孟頫抄《道德经》等，将这些名家抄经与民间抄手的作品放在一起考察，可以发现名书家如王羲之、赵孟頫实际上是向那些素朴简约的经文抄本学习到不少东西。

与经文抄本处于同一文化背景的是，北朝书风和北魏雕刻艺术。北朝书风曾经对盛唐书家如颜真卿等产生过影响，清代后期则因尚北碑而掀起碑学之风。北朝魏的雕刻即建塔造像雕塑被西方研究中国艺术史的专家称作是代表人类宗教艺术的一个高峰。而与之同体的、北碑造像题记的斩刻风格则与造像峻拔瘦硬风格完全一致，由于历代文人视雕像为工匠的艺术而被忽视，而清代碑学派书家发现了刻在同一块石壁上的文字，却仍然看不见造像的重大价值。

其实这些不以自我表现为目的佛经抄本和造像题记，是最广义上的以书法入画法（雕刻）的艺术品，康有为比之为"江汉游女之风诗，汉魏儿童之谣谚"，"有后世学士所不能为者"①。梁启超则称这些艺术家为"平民书家"。

这种由于佛学深入民间而使六朝艺术独放异彩的特点，其实具有相当普遍的意义。

由户外走入室内，佛教艺术的绘画一门，相当普及地诞生在佛寺的墙壁之上。佛画艺术主要是壁画，最初盛行的是佛陀本生故事画，发展到唐代，逐渐为经变故事画所代替。所谓"经变画"也就是将佛经中的故事譬喻演绘成图。

经变画的兴起使佛画内容大大丰富起来，也就能使画家们发挥更大的想象力并给了他们驰骋艺术才能的更广阔的天地，所以唐代佛寺壁画极盛。当时名画家辈出，如阎立本、吴道子皆以擅画佛画而知名于世。佛教版画也随着佛经的刊印而产生，现在我们所能见到的中国最早的版画便是佛经上的释迦说法图。

中国有许多诗僧和僧人书画家，但是从对应关系上，这些僧人的诗、书、画作品，特别是书法作品，却未必能符合"佛教精神"。智永的书风"鲜媚"，决无宁静淡泊，更无寂然苦修的意味，他追求的只是一种形象优美的字体。他热衷于书法，而自己并不抄经。《宣和书谱》

---

① 《广艺舟双楫》。

记载当时所藏智永二十三种帖,其中有《千字文》十五种,杂帖七种,临王羲之《言宴帖》一种,竟没有一种是佛经。

智永的意图是要把自己的书法立为抄经僧的模范,所以写了八百本《千字文》散给江南诸寺,这当然比亲自抄经更有助于佛法的传播。因为如同寺院和佛像的装饰需要带有庄严和神秘的色彩一样,讲究教理的经文,其字体也一定要写得典则工丽,才能与"妙相庄严"的佛法佛身相表里。

智永在书法教学方面对当时可能起相当大的作用,对后代的影响则有史可查,张旭、孙过庭、欧阳询、褚遂良、怀素诸人都临过智永的字,宋、元、明书家也都多有临习。不过,智永作为王羲之的后代,众书家看重的是他的书法可能最接近书圣王羲之的真传。苏轼《跋叶致远所藏禅师千字文》就说"永禅师欲存王氏典型,以后百家法,故举用旧法,非不能新意求变态也"云云,即是此意思。所以智永的影响在纯书法领域大于纯抄经领域。

中国佛教中真正延绵不绝的是在印度也没有成宗的禅宗和净土宗。尤其是禅宗,更是唐代以后佛教的主流。

禅宗和净土宗的久远流传是与它们的教义和修行方法的简易分不开的,净土宗的简易法门是"称名念佛",以为一心机械地反复念诵佛的称号,念念不舍,就可凭借阿弥陀佛本愿的他力,往生佛国。这种净土法门以其简易方便而流行于中国古代的穷乡僻壤、城镇乡野,为缺乏文化而需要信仰的平民大众所普遍奉行。

禅宗认为人人都具有佛性,人人都先天地具有成佛智慧("菩提"),能够觉悟佛性而成佛,主张"见性成佛"和"顿悟成佛"。这就把心外的佛变成心内的佛。禅宗在解脱论上持真如佛性,"众生皆有"论,宗教实践观上持真如佛性"顿悟"论。

禅宗所标榜的"顿悟",它既包含感性、理性,又超越于感性、理性,实际上是由感知、理解、情感、联想诸种心理因素积极参与的、带有某种神秘色彩的直觉感受。

有了"顿悟",便可"见性成佛",精神刹那间获得解脱,进入个体自我与宇宙本体相融合一的绝对自由境界。而众生是否成佛，关键就在于自性的迷悟。这样就把宗教从神殿带回人间，并且对芸芸众生产生强烈的吸引力。

成熟的禅宗是与中国传统思想如儒、道二家相融合一又有所创新的产物。禅宗认为顿悟并不要求脱离现实生活，"担水斫柴无非妙道"，连最基本的坐禅工夫也省免了。儒家中《孟子》称"人皆可以为尧舜"，《荀子》则论"途之人可以为禹"，正因为此种"暗合"，给"援释入儒者开方便门径"。

陆王心学本从禅宗中来，他们打着新儒家的旗号反复阐说此理。王守仁云："个个人心有仲尼，自将闻见苦遮迷"，与释典《传习录》"人胸中各有个圣人，只自信不及，都自埋倒"的说法几乎如出一辙。道家认为"道"无所不在，却又是永远不能把握的超时空、非物质性的一种存在，即《庄子·知北游》所谓"物物者非物"。这些相互趋同的观点，为儒、释、道的相互融合提供了理论依据。

对上述"道"及"理"的理解与实践，儒家强调自身品格的修养；道家则以无为而为之，一切顺应自然，培养旷达、超脱性格；禅宗则侧重于追求生命（精神）的自由境界。由于禅宗的广泛传播及深入人心，其影响表现在艺术创造领域里，则由以往描写主体和客体的和谐统一，一变而为以表现个体心灵感受为基本内容，这是唐宋以后中国艺术的巨大变化。

禅宗对于文学艺术的影响既有思想观念层面的流变，也有对艺术创作的深层渗透。

唐代以后，禅宗迅速风靡于文人士大夫阶层，产生了广泛而深刻的影响。诗与禅都需要敏锐的内心体验，都重领悟和象喻，都追求言外之意，这就使它们有了互相沟通的可能性。诗人谈禅、参禅，诗中也有意无意地表现了禅理、禅趣。禅师则和诗人酬唱，在诗中表现他们对世界和人生的观照与理解。

诗与禅的这种联系必然反映到理论上来，到宋代，以禅喻诗遂成风气。严羽《沧浪诗话》推崇唐诗之"妙处"："盛唐诸人惟在兴趣，羚羊挂角,无迹可求。故其妙处,透彻玲珑,不可凑泊,如空中之音,相中之色,水中之月,镜中之象,言有尽而意无穷。"① 明汤显祖论诗"美"说:"诗乎,机与禅言通,趣与游道合。禅在根尘之外,游在伶党之中。要皆以若有若无为美。通乎此者,风雅之事可得而言。"这是把诗的"美""妙"上升到特定的美学高度来认识,就带有浓厚的禅宗佛学思想痕迹了。

禅赋予诗的是内省工夫,以及由内省带来的理趣。以禅入诗而具诗味者如苏轼《琴诗》:"若言琴上有琴声,放在匣中何不鸣?若言声在指头上,何不于君指上听?"其机锋所本出于《楞严经》:"譬如琴瑟琵琶,虽有妙音若无妙指,终不能发。"就是佛家缘起论的形象说明。《诗人玉屑·卷一》《吴思道学诗》用禅宗的说法来论诗,也很有特色:"学诗浑似学参禅,竹榻蒲团不计年。直待自家都了得,等闲拈出便超然。""学诗浑似学参禅,头上安头不足传。跳出少陵窠臼外,丈夫志气本冲天。""学诗浑似学参禅,自古圆成有几联。春草池塘一句子,惊天动地至今传。"和南宗所讲的"顿悟",有了"悟入",随便拈出就成了超然的诗。

学诗像参禅,要破除各种规矩。包括反对生吞活剥,句剽字窃,甚至敢于呵佛骂祖,所以要打破"头上安头",跳出杜甫的窠臼,自求创新。与龚相的讲学诗,举黄庭坚"成金"还须"点铁"的有所依傍,看法相近。

禅宗认为一切事物中都能体现"真如",因此论诗也主张一切事物中都有诗。如谢灵运的"池塘生春草"句,之所以成为传诵众口的佳句,就是因为诗人从眼前的池塘春草里看到诗意。吴可标举"圆成",本之《楞严经》"发意圆成一切众生无量功德"。"圆成"就是成就圆满的意思,吴可将"圆成"看作一种诗歌境界,自古以来能达到的寥寥无几,就是说谢灵运是在最平常的景物里写出一种类似悟入"真如"的境界,因此才能"惊天动地至今传"。

---

① 严羽:《沧浪诗话》。

至于欣赏诗歌，也须一个"悟"字，苏轼《夜直玉堂携李之仪端叔诗百余首读至夜半书其后》："暂借好诗消永夜，每逢佳处辄参禅。"是在李之仪富有禅意的诗中寻找字句外的理趣。

范温《潜溪诗眼》说："识文章者，当如禅家有悟门。夫法门百子差别，要须自一转语悟入。如古人文章直须先悟得一处，乃可通其他妙处。"

苏轼、范温以参禅的态度和方法去读诗，是因为不满足于诗歌语言之内有限的含义，而欲寻求诗歌语言之外无尽的韵味。所以范温论诗文书画的欣赏，以参禅悟入为途径，最终归结到"韵"为最高标准。

以禅喻诗，以禅入诗，以禅论诗等禅与诗的关系的总和，都是古人试图透过禅语来解决诗歌创作和欣赏过程中的心理分析问题。由于诗与禅的构通，中国诗歌原有冲和澹泊的艺术风格也因之占据了更重要的地位。

禅宗主张"心"是世界的本源，强调唯有个体心灵感受才具有实在性，这种主观唯心论的观念渗透到艺术和审美领域时，它那种高扬"心"的地位和作用的思想，却从另一个侧面即主体性，刺激了中国美学的发展。就绘画领域而言，受禅宗影响，宋代出现了不同于"载道"论和"畅神"论的"写心论"，如宋陈郁论画就旗帜鲜明地主张此论。与此相关的是北宋欧阳修、苏轼论画的"写意"论，这是文人画具有纲领性的观点。

王维的诗、苏轼的朱笔画竹、黄庭坚的书法，以及元代赵孟頫、倪瓒和元以后大批文人画的实践，直至董其昌的书画，都是受禅宗"一切皆从心生"思想影响的产物。

董其昌及其"南北宗"论所引发的空前激烈的争论，范围之广，分歧之大，反复之多，说明其人其说所具有的历史价值和存在意义。我们只要从禅宗给董其昌带来关于心境与表现新的时空和容量角度加以考察，就会理解为什么他的"南北宗"论一出，明清画家如陈继儒、沈颢、唐岱、布颜图、沈宗骞、"清初四僧"、"四王"、吴恽、"后四王"、"小四王"等会从风而靡，而董其昌也因此而成为公认的画坛宗主。董其昌"南北宗"论是旨在通过排比画史,借用禅宗南顿北渐的话头来为现实的文人画运动的发展正本清源。

必须指出,董其昌既不是重师古人的"复古"论者,也不是重师造物的"写生"论者,亦不是二者的折衷论者。古人与造物,在董其昌的心目中都是被摆在审美关系的客体位置。这样,带有浓厚的禅宗思想色彩,关于审美艺术创造原本离不开主体审美心理的能动性和创造性的特征,便立刻明晰起来。其《画禅室随笔》中多次引用苏轼"天真烂漫是我师"句,意味着在包括诗文、书画艺术在内的全部人生修业中,"天真烂漫"即主体心境的高逸被提升到主宰一切、统摄一切的高度加以充分的肯定。

正如宋元文人画以"平淡天真"的"逸品"或"逸格"为主要标志一样,包括画家的主体心境必须是超逸的,即逃遁于世俗的社会功利包括政治功利和物质功利关系之外,而"入道"返朴归真。所谓以画"聊以自娱"、"聊写胸中逸气",也包括绘画表现形式及技法方面的超逸,如"格外不拘常法",如米氏父子、高克恭"不事绳墨"的"游戏水墨三昧,不可与画史同科",倪云林"逸笔草草,不求形似"等等。董其昌通过渲淡、勾斫等技法的表现形态排比南北宗的同时,得出了一个心境以及心境与表现关系问题的解说答案:"南宗"画以心境支配表现,所以才能"以画为寄,以画为乐"、"一超直入如来地";"北宗"画以表现支配心境,所以必然"刻画细谨,为造物役","其术亦近苦","乃能损寿"[①]。

董其昌利用禅悦作为话头,目的在于通过理论的张扬,挽救明代中叶以降文人画因受商品经济影响,使宋元文人的高逸一变而为世俗化而产生的内外危机,从而重新回复到"南宗"画"平淡天真"的高逸化心境之中。

这种坚持返师于自心即可创造出美的中国画的极端立场,明显地打上禅宗佛学影响的印记。

---

① 均见《画禅室随笔》。

四、相融性及塑造力

儒、释（禅）、道三家思想性质各异，因而形成各自的特色。从纵的方面看，三家对中国文学艺术的影响因时代不同而体现出其不同特色。汉代以前主要是儒、道互补。先秦西汉时期，儒、道两家，在百家争鸣中脱颖而出。

孔子强调了文学艺术的道德教化功用，《诗经》作为中国古代第一部诗歌总集，经过孔子删节以后，开始被解释为服务于政治伦理的经典。绘画、音乐的情况也与此相近。商周及稍后的青铜器铭文书法，内容则大多以记录统治者的丰功伟绩而传世，风格典则规范，偶有《散氏盘》那样的倚侧萧散书风，也极为少见。这都是先秦北方理性主义（以儒家为代表）占主导地位的时代氛围所致。

汉初楚文化如巫术风气能够得以继续存在，主要是综合刑、名诸学的黄老道家思想作为基础。与国势强盛相一致，则出现汉代的大赋，同时在发掘出土的汉画像石和帛画艺术中，一如乐府诗，既有世俗生活的各个侧面，亦有人神相安的神仙世界等各种内容并存。儒家学说在汉武帝以后获得"一尊"地位，从此长期成为统治阶级的指导思想。

随着统一的中央政权的崩溃，战乱的纷起，魏晋时期儒学失去维系人心力量，魏晋美学深化东汉《古诗十九首》关于人的觉醒主题的思索，老庄哲学的分支玄学便应运而生。艺术中人化自然的评价就成为具有很高美学意义的成果。由于任诞清谈成风，山水诗和山水画开始勃兴，适应表现人的个性和精神自由的时代审美思潮，由隶变而转向章草、行书的书体，也以新的线条表现了韵味十足的魏晋风度。与此同时，东汉传入中土的佛学理论，如关于"有修""无修"的讨论和言意之辩，不仅影响到一代文人思想观念和处世态度，而且直接对艺术进行渗透。如北魏的壁画、碑刻造像记、雕塑，即为印度佛学深入中土的成果。

盛唐时期，三教并重，随着经济文化的繁荣，人们的视野更加开阔，出现了韩愈所说的三家"各道其所道"的局面。诗歌、绘画，书法亦因此而呈现出全面融合之势。陈子昂初唐的复古呼吁和韩、柳的古文运动，都以"道"的复兴为号召，明显受到儒家思想影响。大量的宗教绘画走向世俗，无论从题材、情调或技法上看，都是如此。而道家思想和神仙观念的再度得到重视，则使唐代艺术表现出相当程度的浪漫色彩，大诗人李白、书法家贺知章以"仙风道骨"受到世人的仰慕。

中唐以后，禅宗异军突起。这种强调表现心源的宗教流派，对艺术家突出个体感受，以心灵作为艺术表现的主体和重心，无疑起到十分重要的作用。晚唐以后，以表现静态细腻官能感受为主的抒情合乐文学词的兴盛，正适应了这种审美思潮。宋明理学的兴盛，使得儒家思想重新崛起，受到禅、道综合影响而形成的新儒学，不像汉人那样斤斤于"我注六经"，而是主张"六经注我"。宋代的理趣诗大盛和书画的写意倾向日趋明显，大都与此相关。明中叶到清初，儒禅互补，王阳明心学的实质乃外禅内儒，泰州学派更以狂禅名世，连李贽、袁宏道都带有这种色彩。所以抒写性灵的诗歌、以狂放纵笔取势的明人狂草书、抒泄内心情感的水墨大写意花鸟画，与明代其他通俗文艺新兴体裁如小说、戏曲等，同步登上历史舞台，新理异态，令人耳目一新。

到了清代，儒学逐渐占了上风，诗歌流派的"宗唐"、"宗宋"，与乾嘉时期的朴学研究，名曰复古，却未能取得元代文人如赵孟頫与元四家的创作成果。但是，清代碑学的崛起却有其重要的文化意义，康梁变法的托古改制背景，成就了向三代及汉魏北朝碑版吸取阳刚古拙气势的清代艺术家，使得他们的总结与回归至少在书法史上留下具有"金石味"的丰硕成果。与此同时，出入儒道，却又不为三家教义所束缚的"扬州八怪"，以其立身行世和艺术风格的独特性，在明人经历过的那种商品，经济发达的环境中，继续生存和发展。直到近代活跃于上海的海派大师如赵之谦、吴昌硕等，都是这一时代的产物。

这就说明、释、道不仅并存于社会心理，表现出不同的复杂形态，而且积淀在艺术家的个体心理之中。不同的艺术家以及每个艺术家的不同时期，对于儒、释、道思想的选择，往往也呈现出相当的复杂性与多样性。这也说明三家的影响是综合并存的。

例如阮籍、嵇康激烈地反对现存秩序，以狂怪面世，但正与陶渊明一样，本质上他们奉行的还是儒家的济世思想。李白入长安前，踌躇满志地高呼："仰天大笑出门去，我辈岂是蓬蒿人！"是积极的入世情味，而坎壈失志之后，便悲叹"大道如青天，我独不得出！"要"明朝散发弄扁舟"。王维早年作出塞诗，赞扬游侠少年，意气风发，无不寓有强烈的用世之志，而遭受挫折后，便转向禅的内心世界体验，艺术风貌也随之一变。苏轼仕途得意时，便志在兼济，但当乌台诗案以后，屡受贬抑，直至"天涯海角"，于是出入儒道，濡染佛禅的宏博达观思想对他的世界观和艺术创作就直接产生深刻影响。再比如韩愈，他的思想以正统的儒家为主，但修身养性却以相当程度的道教方法论为指导。同一情形者如颜真卿，他是儒家忠君良臣，但他也长期服药，作《麻姑仙坛记》。正如杜甫穷达皆有忧患，也偶有出世之想（如有关出水画题诗内容）。黄庭坚则以杜诗为宗，兼取禅法，强调"点铁成金"、"夺胎换骨"，明显地想通过融合儒、释、道而自辟新路。

凡此种种，都说明古代文人接受儒、释、道思想影响的必然性以及选择性。而在这一影响过程中，三家思想又表现出鲜明的相融特质。

儒家偏重于社会伦理内容，因而讲"理"；道家追求复归自然本真，因此主于"情"；禅家高扬主体心境，因而要求写"心"。社会、自然、本心，这是每个古代文人面临的生存环境、模式和抉择。入世情味浓郁，兼济天下，故多忧患，一旦不能实现济世抱负，只好独善其身，复归自然，于是自然中的山水、田园诗画题材使得到普遍重视，成为寓道传情的对象。为了调整心理平衡机制，以及处世及艺术表现的随机性与舒适感，心境表现亦即主体的存在就不断得到强调。

总之，儒、释、道三家无论在不同时代对文人产生不同影响，或者是艺术家的主体选择的差异性方面，都始终表现出对古代文人思想性格及相关艺术门类的巨大塑造力。

后 记

一九八七年，我在厦门大学任教，曾经开设《古典诗词与中国书画》课程，这是一门面向全校学生的选修课，具有通识课的特点。当时听课的学生很踊跃。厦门大学群贤楼的梯形教室是全校最大的教室，炎热的夏天，没有空调，只有屋顶呼呼作响的电风扇作伴，上课时大教室连过道上都挤满听课的人。我很感动，一方面为青年学生对优秀传统文化传承学习的热情感到欣慰，另一方面，也为自己能为此做一些工作觉得很有价值。短学期结束，这门选修课当年被评为全校第二名。可见其受欢迎的程度。讲稿中探讨书法与绘画关系的内容，以长篇学术论文《中国书画的通融性及其美学性格》，发表在《中国社会科学》上，受到学术界关注。后来，海峡文艺出版社编辑冯卫先生来访，谈起此事，认为该选题很有意义，值得整理出版。经过梳理，《诗书画缘探美》一书于1993年由海峡文艺出版社出版。这部专著及相关论述内容，曾获得福建省和厦门市社会科学优秀成果政府奖。

这次重印修订的《诗书画缘探美》一书，增加了有关章节和内容，进一步提炼和丰富了主题和观点，补充了有关史料和文献，吸纳了新的研究成果。为喜爱诗书画艺术的读者，提供一种审视角度和愉悦体验。

我的老师黄拔荆先生为本书作序。黄先生是厦门大学教授，著名的中国词史研究专家。在厦门大学，黄先生向来以奖掖后学而得到青年教师和青年学生的敬重。经常捧读黄老师的著作，倍感他毕生著作中国词史的不易，我从这部获得中国图书奖的优秀著作里，得到许多精神和学术滋养。当年我在厦门大学任教，黄先生是中文系领导，他公务繁忙，日以继夜忙碌繁杂的公务，一边著述，一边腾出时间专门关心和督促我的教学科研，尤其是对于这部诗书画关系研究的学术著作，黄先生尤为关注。每每细谈启示，针对指导，书稿初成，黄先生亲为作序，说了许多鼓励的话。如今，黄拔荆先生已经过世，师恩难忘，我很怀念他。这次书稿付梓，特别保留黄先生为拙著所作的序言。细读黄先生教诲，我依然心绪难平。这部体现师生倾注心血的著作的出版，寄托了我对黄先生的深深怀念。

茅林立先生是资深出版家，他为本书的出版付出大量心血。当年，由他担任责编的《林则徐全集》，在他的努力下，多年前已出版，这是新时期一项浩大的出版工程。担任《林则徐全集》责编的茅林立先生，当时非常年轻，他是海峡文艺出版社领导。出版《林则徐全集》《冰心全集》，还为多种中国古代文学作品选系列丛书担任责编，其中就有黄拔荆先生主编的丛书，这些丛书广受欢迎，多次再版。由于业绩优秀，他编辑的图书好评如潮，曾获国家图书奖的提名奖，因此他早早成名。茅林立先生雅好书法篆刻，紫砂壶刻陶有书卷气。多年来，我与他经常长夜微信互动，讨论书画艺术史的流变与得失，交流书画创作体会。他的眼光独到，见解深刻，每每让人有惊喜。有一些相关的真知灼见，我已吸收到这次修订的书稿中。茅林立先生书法承传颜体书风，刚健杂婀娜，我一直很喜欢。这次，我恳请他用颜味书法题写《诗书画缘探美》书名，他先是谦逊推辞，后来应允了。感谢他留下墨宝。

老友冯卫先生是1993年初版《诗书画缘探美》一书的责编。当初由策划到书稿的完成，他都提出许多建设性意见，对提高书稿质量贡献良多。我很感谢他。《诗书画缘探美》出版后不久，冯卫先生离开海峡文艺出版社，入京从事艺术品市场的推介与研究工作。从平日里的联系中，关心中国书画史传承与创新研究，依然是我们热聊的话题。每当我翻阅旧稿，字里行间，仿佛又听他精到的点评和修改意见，因此倍感亲切。

　　庚子之春，新冠肺炎疫情蔓延。忧患焦虑人类生存质量，变成很多人思考的问题。此时还有心思写书出书，说明对未来抱有信心，坚信包括诗书画这样的美好事物能永存。

　　感谢所有为本书出版提供帮助的热心人。

周　旻
2020年冬于厦门